U0061763

葛亮

著

燕食，謂日中與夕食。

——鄭玄注《周禮·天官·膳夫》

目錄

引首　一盅兩件

市塵盡處有快閣，為行人茶憩之所。

—— 金武祥《粟香隨筆》

榮師傅出走了。我的工作夥伴小湘説。

這消息對我不啻驚雷。很快，媒體就發了報導，説九十六年的老店「同欽樓」將在年底結業。

我急忙趕到了中環。當天同欽樓竟然閉門不開，外面貼了張字條「東主有喜」。但隱約卻聽到裏面有聲音。望向二樓，老舊的滿洲窗，依稀能看到燈光。我打電話給小湘。小湘説，你還不知道吧，裏面正在祕密地裝修。聽説店又不關張了，要易主了，改了個名叫「同欽茶室」。你猜是誰接了盤，就是店裏的原來的八個老夥計。

我問，那榮師傅呢？

小湘道，他是前朝元老，自然不想留了。

我心裏一陣頹然，想了一想，對小湘説，我要見榮師傅。

説起來，跟這個茶樓文化的研究項目，算是我一個夙願。但並非如計劃書中拯救式微傳統文化這麼可歌可泣。祖父上世紀四十年代，曾經短居粵港，在他一篇舊文裏，確切而生動地寫過廣式的點心。其中呢，又重點地寫了同欽樓，難得文字間，埋藏不少機趣。一個談不上是老饕的人，竟在蓮蓉包上盤桓了許多筆墨，這足以讓我好奇。

當初來香港讀書，家族長輩為我接風，便在這家同欽樓。那也是我第一次領略「一盅兩件」。廣東所謂的「茶樓」，「飲茶」的陣仗，熱鬧得不像話。人頭攢動，茶博士穿梭其間，竟好像與所有人都十二

萬分地熟稔，眼觀六路似的。一個熟客剛坐下來，他便拿起只鈎杆，利索索地將來客的鳥籠，掛到天花上，旋即便走去另張桌子收拾招呼。我當時瞠目，渾然不覺身處香港鬧市，仿佛進了某個民國戲的攝影棚。同欽樓的滿目煙火，讓我一下子就愛上了。叔公一口氣在點心紙上劃了十幾個小籠。叉燒腸粉，蝦餃、粉果，豉汁鳳爪，真是滿目琳琅。吃了半晌，那夥計照例來收拾碗盞，仍是利索，用國語夾雜廣東話問我，後生仔，邊一樣最好食？我想一想，指一指面前的一籠。夥計便有些顧盼自雄，説我們家的蓮蓉，恐怕整個省港，也找不出第二家來。

　　叔公問，阿關，榮師傅在不在？

　　夥計眨眨眼，説，毛生，這蓮蓉包的味道這麼正，你倒説他在不在？

　　叔公便笑説，他若不忙，我跟他打個招呼。

　　過了一會兒，便見後廚，搖搖晃晃地走出了一個胖大身形的人。滿面紅光，頭髮則是茂盛雪白的。他很靈活地在人群中閃身而行，一路拱手，和每座的食客賀著新年。而似乎人人也都認識他，老些的，都回拱手。坐得遠的，叫身邊的孩童過去，將「利是」塞到他廚師服的口袋裏。

　　走到我們這一桌，他喜氣洋洋地説，毛生，恭喜發財。

　　我就這麼和榮師傅認識了。榮師傅是同欽樓的行政總廚，從老字號遷港，歷經三朝。在店裏的威望足夠，對我總像是個爺爺輩的人，笑得如同他手打的蓮蓉，溫軟厚糯。因靠近港大，後來一些年，我也很習慣多來幫襯。特別是有來港遊玩公幹的朋友，想要體驗地道的廣式茶樓。同欽樓自然是不二之選。在店裏撞見榮師傅，他便照例送我一籠蓮蓉包、一籠流沙包。稍微閒一些，竟然坐下來，跟我和朋友聊天，講起了古。多半是他和我祖父在廣州初見時的往事，又如何在香港重逢，令人心中悵然。只是他每回説起這些故事，總有細節上的些微不同。關於見面的年份，或是祖父最喜歡喝的普洱，來自哪個山

頭。這些都是小節，我就好脾氣地由著他興高采烈。口若懸河間，聽得我一眾朋友心馳神往。這樣久了，我忽而覺得他這一遍遍講述的故事裏，有可以為之紀念的東西。這想法揮之不去。後來，發現了祖父的這本筆記，更覺得如冥冥中示。思量再三，我便申請了一個關於粵港傳統文化的口述史研究項目，打算好好地和榮師傅談一談。

誰知一番苦心，足準備了兩個月，待到要和榮師傅見面，卻碰到了同欽樓「政變」。先前有些風吹草動，我從傳媒的朋友和小湘那裏，時有耳聞。但或許我書生意氣，並未當成一回事。想九十六年的老店，波瀾壯闊也經歷過。這點暗潮，怕最後也只是一波微瀾，何足掛齒。只當是本港傳媒一驚一乍。沒承想，很快就等到同欽樓結業的消息。再後來，又是易主的風聞，甚囂塵上。

我對小湘說，我要見榮師傅。

小湘猶豫，道，見了面，他也未必願意談啊。店裏出了這麼大的事，我怕他在氣頭上。

我說，他要是就此退休，我就更得去看望他一下了。

我們在榮師傅家裏見了面。

榮師傅臉上並沒有一些異樣。甚至沒有平日勞碌的疲憊之色，面容舒展，更容光煥發了些。

他見了我，似乎十分高興，拿出一整個「金枕頭」，叫身邊的人劈開來給我吃。我連忙婉拒，一來我確實不好榴蓮；二來，榮師傅家空間其實不大，若是劈開整只「金枕頭」，那味道揮之不去，自然是滿室「馥郁」。

作為同欽樓的行政總廚，辛苦了幾十年，榮師傅住得不算寬敞，甚至可說是簡樸。西環堅尼地城，四十年的老唐樓，兩室一廳。年久失修，空調轟隆作響。我的目光，在窗前被經年煙火熏得發黑的神龕流連。神龕裏的關老爺橫刀立馬，神采奕奕。下面的香燭，堆疊著幾個不甚新鮮的供果。

　　榮師傅似乎看出了我的心思，便說，家有房屋千棟，瞓覺只得三尺。我這把老骨頭還有幾年，一個人足夠了。

　　我曉得榮師傅中年喪妻，鰥居多載。嘔心瀝血在幾個兒女身上。聽說都很有出息，一個在加拿大做金融；香港的一個，是知名律所的合夥人。他身邊這個花白髮的人，精幹身形，青黃臉色。模樣十分恭謹，應該不是他的子女。

　　未待我說明來意，榮師傅先和我寒暄了許久。問我在學校裏的工作可忙，升職了沒有，有沒有被女學生喜歡之類。我一一應他。他高興地說，叻過你阿爺當年，在大學一定好得！

　　我終於問，榮師傅，您真的不做啦？

　　榮師傅目光閃動了一下，又黯然下去，低聲道，早些年米壽都過了，做不動了。

　　我說，您那打蓮蓉的手藝，是撐住了同欽樓的。

　　榮師傅笑一笑，問，毛毛你倒說說，要打好蓮蓉，至重要是哪一步？

　　我自以為做足功課，便說，挑出蓮心？挑走了才沒有苦味。

　　榮師傅嘆口氣，說，至重要的，其實是個「熬」字。

　　見我沉默，榮師傅嘴裏起了個調，吟起一支曲，「歡欲見蓮時，移湖安屋裏。芙蓉繞床生，眠臥抱蓮子」。他眼睛笑吟吟，慢慢又闔上，聲音卻清冷。這支曲我聽他在茶樓裏唱過，是他少年時在「得月」的師傅教的。師傅姓葉，手把手教他打蓮蓉。

　　你問是怎麼個「熬」法？榮師傅停住，睜開眼睛看著我說，我就說說自己這顆老蓮子吧。自我在得月閣，由「小按」做起，如今已經七十年。你愛聽，我跟你講講古。光緒十五年，「得月」在西關荔灣開張，第一代的老東家是「茶樓大王」譚鐘義。集資的法子，股東一百二十二人。一九八四年「得月」裝修，我去督場，在財務生鏽的鐵櫃裏發現了這本吃滿灰塵的「股東簿」，上面載著入股時每一位股東的名字及入股數。算下來，才知道當年譚先生的大手筆。入股數四百一十四，金額合一萬三千兩白銀。這是什麼概念，相當於現在

三百萬港幣。你說這錢可都用在了什麼地方？如今「得月」沒了，成了茶藝博物館。我帶你去看過，百多年的老房子，那樓梯、門窗、橡樑，可有一處不砥實？那都是進口的烏木、紫檀、酸枝。海黃的滿洲窗，是西關木雕名家陳三賞一扇扇雕出來的；一樓牆上掛的瓷畫，是廣彩阿頭潘老駒一幅幅燒出來的。香港的威廉道「同欽」分店，如法炮製，處處見底氣，可是他隔壁「榮羽」一個扮高檔的新茶樓可比得上的？「同欽」的老掌櫃嚴先生，人厚道，建國後還繼續給廣州的股東們每年分紅，直到大陸公私合營。為什麼？就是為了不忘本啊。如今呢，這些股東，數一數，竟然全都沒了。

我當年一個後生仔，生生地，把股東們都熬走了。這七十年，同欽樓風裏浪裏，裏頭的，外頭的，多少次要關門的傳聞。我呢，都當它是雨打窗，只管在後廚，打我的老蓮蓉。去了蓮衣，少了苦頭，深鍋滾煮，低糖慢火。這再硬皮的湘蓮子，火候到了，時辰到了，就是要熬它一個稔軟沒脾氣。

說起來，當年得月閣，如果沒我師祖爺打得那一手好蓮蓉，哪裏有現在的廣式月餅？最好的時候，我師父教我琢磨用棗蓉、杏蓉和蓮蓉一起製出了「同欽三蓉」。這在當年的香港啊，可風靡一時。到了中秋，加班都趕不上。因為意頭好，還流進了黑市。香港人那會兒都說，是「一盒三蓉一條金」啊。

可如今，談起「同欽」，可還有人記得這個？報紙上那些，我都不忍看。什麼茶樓版的「溏心風暴」，爭產，分家。說起來，都是我看著長大的孩子，竟然鬧成了這樣。大爺和二爺是都沒了，可是哪一家少了糟心帳。大爺家兩房歷來不合，這些年卻齊了心地對付未過門的三奶。一份遺囑鬧得沸沸揚揚。遺囑假不假，有公論。可這人是丟出去了，是真的。才消停下來，二房的老三，教劍道又教出了非禮案。年尾剛擺平了，二爺家那個稍微出息的，想分家開分店，又給大房的六個堂兄妹鬥得焦頭爛額。人急了，爆出「同欽」特許牌照上最後一個股東去世，已是無牌經營。無非是要自己獨立門戶，名正言順。這可好了，那不生性的六兄妹，破罐破摔，竟然要將產權賣給外

人。要關門！九十六年的老店啊，捱過九七金融風暴，撐過○三年的沙士，他們說關，就關？！

聽到這裏，我終於明白了過來，説，所以這店，讓那八個老夥計盤下來了。

榮師傅愣一愣，笑了，説，是特許經營權，一次過三年期租。那幫老傢伙，哪來這麼多錢，月租金就是四十萬啊。這不是遇上了大金主了嗎？哈哈哈。

我囁嚅了一下，榮師傅，莫不是……？

榮師傅還是笑，環顧周遭，説，毛毛啊。你榮師傅生活再不濟，蒙老掌櫃的提攜，也是住過西半山獨立屋的人。

他擺擺手，不説了，不説了，都是身外物。這同欽樓啊，熬過了所有的人，連同我這把老骨頭，也熬到了今天。你説説，是不是合該和它同生共死，總得幫它熬到百歲整啊。

我説不出話來。

榮師傅説，這事除了這幫老夥計，沒什麼人知道。都怕那幫媒體搞搞震，你可得口密密，不然以後都吃不上師傅打的蓮蓉包！

我説，榮師傅……

榮師傅説，只是，店裏的人啊，只當我是個縮頭龜，有難，都讓八個夥計給頂了。我退休回家落清閒。如今啊，連我的徒弟們，都不來看我嘍。倒只有這個當年叛師門的，還三不五時來望我一眼，怕我死不掉。

他斜眼看看身邊精瘦黧黑的男人，一頭短髮，也是蒼蒼。始終沉默微笑著，不説話。榮師傅説，山伯，店裏如今這樣，我是再不好説了。毛教授這個研究計劃，你給我好好弄出來。

我客氣道，伯伯，麻煩你。

榮師傅哈哈大笑，説，快別把他叫老了。他是梁山伯的「山伯」，他可有故事著呢，讓他自己給你慢慢講。

他囑咐山伯，説，你帶毛毛去吃飯。下午去你死鬼老岳丈的店，看看。

我好奇問，也是茶樓嗎？

榮師傅故意作出不屑的樣子，說，一個不三不四的小館子。你大概看不上。

〔上関〕

壹·五舉山伯

人愛豔陽，居錦繡萬花之容；天開色界，聚楞嚴十種之仙。

卅五年前，塘西風月，豪情勝慨，盛極一時，楚館秦樓，偎紅倚翠，姬有明月，婿為微雲，長住溫柔鄉，真有「不知人間何世」之感。

——羅澧銘《塘西花月痕》

山伯總說，他沒趕上香港茶樓最鼎盛的時候。

他給我看他的手，掌心全是繭子。他說，我當年可是從茶壺仔做起。

我終於問，莫介意，榮師傅說你叛師門，是怎麼回事。

山伯收斂笑容，低下頭，又不說話了。

山伯其實不叫山伯，大名叫陳五舉。可是這是哪「五舉」，連他自己都說不上來。他從小爹娘病歿了，阿公帶大，十歲上也過了身。說起來，倒只應上了一個舉目無親。

鄰居看他長相伶俐，便叫自家的女孩帶他上茶樓。這茶樓叫「多男」，在西營盤的正街。女孩在茶樓做點心妹，捧了大蒸籠在樓面周圍行，俗稱「揸大巴」。他做茶壺仔，便是跟在茶博士的屁股後頭煲水、做些下欄活。以往的茶樓，有許多學問，先「校茶」、再開茶。每客一錢八，是上等還是粗製的「發水」，全靠師傅手眼觀色。所以茶博士各有自己的勢力範圍，幫相熟的客人留座。「要同啲客打牙骹，新聞時事，娛樂八卦，字花狗馬，都要對答如流。客人來了一兩次，就要記得人哋個名，下次就識叫人。」有了好茶，自然是要「水靚雙滾」，在廚房先一滾，五舉便協茶博士傾到大銅煲。然後提壺出

廳，放在燒煤炭的座爐上。壺中水常沸，是為第二滾。這大水煲又重又大，俗稱「死人頭」。五舉一個十歲的孩子，倒端得似模似樣。間中，還不忘舉起檯下的黃銅痰罐，伺候客人「放飛箭」。一個姓趙的茶博士，便留心多看了他幾眼。趙本德師傅是「多男」的茶頭，就是樓面最老的茶博士，那時已經七十多歲。他看出這小子沉靜，卻是個做事有眼力的人。又看他身後無靠，便跟「事頭」說情，將五舉留在了茶樓住，省下了住宿飯錢，一個月還給一百五十塊的工資。五舉心裏感激，便格外勤奮。每日天發白，就起身洗地、「省」爐頭，搶著粗活幹。趙師傅抽空也口眼心授，將那斟茶的看家本領，有意在他跟前多過幾招：「仙人過橋」是來個遠遠手起茶落；「二龍戲珠」是左右手各揸水煲同沖一碗；「雪花蓋頂」是從客人頭上耍個險又滴水不漏；「海底撈月」是拇指一剔，茶蓋穩固的蓋在碗口。五舉默默記下這些手勢，一邊心裏與這個老人親近了許多。往日的茶樓，有許多的行規。無人引領，單憑自己覺悟，雲裏霧裏，尚不得要領。凡有老客點茶，只不說話，全在手眼眉上。客指哪裏，趙師傅便特登在五舉跟前大聲唱出來。他便也漸漸清楚，指指鼻即是要「香片」，意即清香撲鼻；指指嘴即要「水仙」，水中升仙；指指耳即是要「普洱」，字有耳旁；至於指指眉當然就是要「壽眉」了。再往後，一天晚上，趙師傅將一個發黃陳舊的簿子，隨意扔到他跟前，也不說話。簿子封面沒字樣，捲了邊。是給人翻爛了的。他打開來，看到每頁上，一排大楷的數字，一排是橫直間線與圓圈，密碼一樣。他不禁眼底一熱。便知道，趙師傅是正式將他當「企堂」培養了。

　　這字碼叫「花碼」，是用在茶樓餐牌上，又名番仔碼。追溯起來，是由南宋的「算籌」演變而來，在明代中葉開始流傳，當時蘇杭一帶經濟貿易蓬勃，商人雲集，花碼就用來為交易計數。花碼好處是寫法跟算珠類同，可配合算盤使用。蘇杭一帶市民通用花碼，故也稱「蘇州碼子」。簡化易用的「蘇州碼子」比繁複的漢字方便，粵廣的茶樓標識價目，便代代沿用。熟記花碼，便是「企堂」新入行的門檻。

　　此時的茶樓，生意其實並無往日的好做了。茶樓的全盛，除了

「茶」，自然是靠「一盅兩件」。一九五〇年代，內地移民湧港，人口膨脹。時人多在家進食早晚，其餘時間則去飲茶，故有「三茶兩飯」之說。早期的香港茶市，只有早市和午市，最早光顧茶樓的客是來往省港的運輸工人和船員。每朝清晨出發，趕至港島茶樓吃早點。接著的客人多是鮮魚行、果菜欄、鹹魚廳的買手。早上九時左右，來茶樓品茗的多是公子和老闆，同些手捧雀籠的「雀友」，午市時段更常有馬票女郎如蝴蝶入叢穿梭席間。五十年代末，酒樓與茶樓競爭加劇，茶樓也增設了下午茶和晚市。

到五舉入行時，便更為難些。本港酒樓心思活絡，大的節慶各出奇招。如中秋，熱鬧是各大酒樓外邊的花牌。主題大都是傳統的《嫦娥奔月》《八仙賀壽》《三英戰呂布》。但花牌上登月的卻是美國宇航員阿姆斯特朗的面目。三英則坐在飛機大砲坦克車裏，怒目呂布，引得市民紛紛圍觀。趙師傅與五舉，感情已似祖孫。五舉喚他阿爺。次年端午，午後生意淡了，阿爺也便引這孩子，去街上看花牌。這年世道不景，龍鳳大酒樓別出心裁，就著股市低迷而製作出「大閘蟹」的諷刺花牌，外資大亨揹著香港人的大袋銀紙說「拜拜」，被股套住的市民感同身受。它的對手「瓊華」也做了個花牌，上面滿是漫畫圖案的巨大「糭」字，蔚然壯觀。趙師傅就問，五舉，你看這是個什麼字。五舉老實回答是糭子的「糭」字。趙師傅便冷冷笑說，我看，倒像個「傻」字。五舉一望，「米」字邊是寫成了近似「人」字。趙師傅說，旁門左道。如今的酒樓做生意，都將客當成了傻子。

五舉知道，阿爺心裏，是頂看不起酒樓新式的作派，覺得他們勢利張揚，輕薄無根基。說起趙師傅，是光緒年間生人。原是當地水上的蜑家孩子，因為家裏窮苦，才跟人上岸尋生計。那時他做企堂的，是香港開埠來的第一間中式茶樓「杏花樓」，在水坑口。

聽阿爺說起這間茶樓，五舉總覺他有些自雄。

開埠之初，香港的風月場集中於水坑口一帶，依循上海、廣州傳來的「開筵坐花」慣例，酒樓茶樓選址於此，為方便大商家叫阿姑來陪席。除了「杏花樓」，隨後新建的茶樓也依附於這一帶，包括蘭

桂坊的楊蘭記、威靈頓街的雲來，還有鄰近的得雲、三元、得名、三多、瓊香等。那年代，南北行華人逐漸富裕，上茶樓傾生意少不了擺花酒，就使茶樓雜役攜花箋往臨近的寨廳叫紅牌阿姑，就是今天説的「出局」。出局一般都是一元，才有了「一蚊雞」的粵俚説法。至於後來，港督要求水坑口的妓寨遷往新開發的石塘咀，方成就香港歷史上綺麗的塘西風月。

但阿爺並不把其他茶樓放在眼裏，另有其因。他曾拿了張照片給五舉看。相片泛黃，卻清晰。他説是往年常去「杏花樓」的一個英國領事，回國前送他的。看照片上杏花樓，的確是氣派得很。阿爺説，你瞧這門板、窗花與欄杆，哪一處不是精雕細琢，站在三樓陽台上能張見整條皇后大道。阿爺説，當年李鴻章來香港辦外交，英國人就在杏花樓擺酒設宴，那叫一個排場。五舉便問，阿爺那是見過李大人了？趙師傅一怔，卻不以為忤。他説，我那時小，沒趕上見著他。可我給孫文先生親手斟過茶。

山伯如今跟我説起這位阿爺，仍滿是欽羨之色。我問他，孫中山在杏花樓做什麼？山伯説，阿爺講是鬧革命的事。我一驚，又問，為什麼要在茶樓上談。山伯説，我當年也這樣問阿爺。他説，茶樓三教九流、龍蛇混雜，走私水貨等勾當都在這裏，富戶商家則在樓上包娼庇賭、抽鴉片，故樓下耳目線眼眾多，方便掩護及躲藏，一有洋人巡警出現，立即由底下通風報信，逃之夭夭。

我心裏仍有疑慮，就去問了一個研究香港地方史的朋友。他少時便傳來資料給我。話説一八九五年，孫中山與楊衢雲、何啟、《德臣西報》記者黎德（T. H. Reid）就是在杏花樓草擬廣州進攻方略及對外宣言，當時的香港首富、立法局議員何啟也在此次會議上發言，談論起義成功後如何建立「臨時政府」的政策大綱。後來，革命黨人最高層會議在杏花樓包間裏舉行，研討新政權建設問題。第一步決定國體，第二步選出新政府的臨時大總統。會議最後確認在廣州成立共和國政府，並一致推舉孫中山為臨時大總統。

　　朋友怕我不信，還帶我去了永利街，看一座唐樓外牆的孫中山雕像。如此說來，阿爺趙師傅，見孫文，也就是十歲左右的年紀，與山伯做企堂一般大小。但對五舉而言，阿伯「話當年」，都是別人的「當年勇」。他眼裏的茶樓，今不如昔是真。阿爺記憶中的二三十年代，許多茶樓為了生意，也曾各出奇招，但身段多是好的。小茶樓搏午市，樓頭一角開設講古，有茶水供應。說書的上台先寒暄幾句，拿起驚堂木朝桌子一拍，講的都是民間傳奇、章回小說；西遊記、濟公傳之類，有時也穿插點時事新聞，是要討觀眾歡喜的。後來，五舉倒與阿爺在麗新茶樓聽過一回書，說書的粵南生，據說是當年的名角兒，已上了年紀。那回講的是《七俠五義》，一段入話，臨了仍是「欲知後事如何，且聽下回分解」的老套。其間小歇，看粵南生佝僂了身子，還要親自挨桌售賣涼果、花生，大約也是為了多賺點小費。大茶樓看重的是晚市，設下歌壇，晚上七點到十一點，入場每位兩毫。茶廳架起高台，有現場的樂師伴奏。請了當紅的女伶演唱粵曲，多是南音、板眼與二黃等。阿爺說，像徐柳仙這樣的大明星，一晚上要跑許多場，忙得很，就僱了黃包車代步。我一邊服侍她，一邊周圍給客派歌紙，也忙得很。五舉就問，後來呢。趙師傅說，後來香港有了影戲，誰還坐得住聽歌？

　　五舉又問，那「多男」也設過歌壇？阿爺眼睛亮一亮，何止？「多男」可是設過大局的。

　　就在那裏。山伯向遠處指一指。此時我坐在這間已被政府納入了市區重建計劃的老舊茶樓裏，聞見空氣中漫溢著奇異的清澀氣。山伯說，這是陳年的普洱茶磚的味道。身處半個世紀前見證自己成長的地方，他臉上尚有一些茫然神情。

　　他指的方向是一面影壁。下頭是這間酒樓獨有的圓形卡座，深棕的皮靠背上有修補痕跡。影壁上是一隻赤褐色的鳳凰，不知是本色還是顏色已經斑駁剝落了。鳳凰昂首回望，可以看到一個紅色突起的圓形燈罩。如果在夜間，這燈亮起來，還是十分堂皇的。山伯告訴我，

這只「鳳凰追日」木雕是多男的標識，待這酒樓結業後會被香港歷史博物館收藏。

山伯告訴我，聽阿爺說那影壁的位置，曾是一個巨大的棋盤。「多男」在此舉行過棋王爭霸賽，引來城中熱議。那段時間，一到晚間，座無虛席。多少棋迷，都在期待著他們請來的圍棋高手對決，現場推盤。

山伯說，後來啊，到了那會兒商業電台「月老之音」節目主持人周聰，還邀請了當年的香港棋王蘇天雄，一同做了回顧棋壇的連續廣播。阿爺一期不落地聽，我陪著他聽。他一邊聽一邊給我講。末了嘆口氣，說蘇棋王也老了，好多地方記得不對路嘍。

年少的五舉，沒有親眼見識過歌壇與棋壇盛況。他在「多男」做企堂的那幾年，茶樓仍算熱鬧。間或可聽到有人在聽「麗的呼聲」的天空小說，有人在茶客中穿梭賣馬票。可他也覺得，茶客們的面目，正在老下去。

茶樓外的香港，正在十年間翻天覆地發生著變化。經歷了本地社會跌宕，而後股災、長期乾旱後的持續「制水」與接連的颱風，經濟卻在動盪與困頓中獲得了空前的發展。中華煤氣上市，啟德機場建成並投入使用，葵涌和荃灣的衛星城發展完成。中國大陸在六十年代初洶湧的移民，上個世代嬰兒潮帶來人口的年輕化。製造業空前地發展與擴張，其中紡織業漸成為香港的支柱產業。那個將五舉帶入行的鄰家女孩，早已離開茶樓，成了一名紡織女工。

然而「多男」，還總有一些不變的風景。三樓的雅座，清早時，照樣啁啾聲一片。這些嘆茶撚雀的老客，五舉也漸熟悉了他們的面目。趙師傅教他，要服侍好這些提籠的客人。流水的散兵，鐵打的雀友。事實上，他們風雨無阻，八號風球也擋不住。五舉著意記得他們的習慣。愛穿青綢長衫的十六少，曾是德輔道潮風南北行的太子爺，家裏有大哥執事，自己樂得逍遙。兄弟相閱，家道落了，架勢不倒。喜歡喝的是「敬昌圓茶」。這茶餅是用老撾邊境的曼撒山上最好的茶

菁製成。野樟茶香，水性細滑，入口即化。提了鎏金的籠，裏頭是一對鮮綠的相思。那總是行色匆匆，裹了《馬經》的張經理，原是觀塘開塑膠玩具廠的廠主，「六七」過後廠關了張，人便清閒鬆弛下來，腳步也慢了，他總愛坐樓梯口的六號檯。喝上好水仙，點上兩客流沙包，坐個上午。人懶洋洋的，養的卻是勇猛的打雀「吱喳」。至於靠窗的三號台，倒並無常客。可有時訂下了，阿爺便格外鄭重地叫五舉招呼好。

這天又是週五的清晨，三號檯的客人又來了。五舉看，是穿了嗶嘰呢的西裝，身形壯碩的中年人。眉目很淡，臉上笑著，卻並沒有和任何人寒暄的意思。他坐下，要了「一盅兩件」，又點了一客蜜汁叉燒腸粉，便頭也不抬地看報紙。五舉見他並沒有隨身的雀籠，卻坐在這雅座，要多付一半的茶錢。但究竟也不想問，便又招呼其他客人去了。

這時剛過了八點，老客們，人和鳥都神歸其位。撚雀客也有說法，有謂亦文亦武，楚河漢界。靠南邊那一字排開的，滿目琳瑯，賞心悅目，倒頗像個粵劇大戲台。藍黃色的黃肚、鮮綠的相思，眼眉入鬢俏過美花旦的石燕，牠們較量的是啼聲唱功、毛色與身形。這番「文鬥」，行話叫「柴」。宣戰靠的是各自主人，目不轉睛地打量對手的雀鳥，先壯了聲勢，廣東話裏頭「打雀噉眼」，便是典出此處。這一番唱鬥，大約得半個時辰。唱到其中一方的雀鳥無精打采，成個禮拜都不再開口。靠北邊呢，雀籠都被白布蒙著，裏頭是畫眉、吱喳之類的打雀。這布蓋的講究是要「儲火」，「到時好打啲」。要激起鳥的鬥心，各施各法。兩雀入籠，自然是死戰。主人亦賭上彼此的茶錢。這天恰見張經理的吱喳應戰。挑戰的客倒是個毛頭小子。這叫「賽張飛」的雀，是個常勝將軍，觀者甚眾，卻不知怎地，三兩個回合，就敗下陣來，依著籠子瑟縮成一團。張經理嘆口氣，說聲，老了。一抬手，便打開籠子門放飛了牠。

眾人一驚，熟人都知道「賽張飛」當年可是花了張經理兩條黃魚買來的。說放便放了？

張經理提著空籠子，扶著樓梯下去了。這時候，五舉聽到身後有

人輕輕說，英雄末路，留有甚用。

五舉回頭，看正是在三號檯飲茶的中年人。中年人重坐下來，理一理手上報紙，依然埋下頭看。五舉將他的茶續了水。中年人點點頭，是致謝的意思。五舉壯起膽問，客沒帶了雀來？

中年人半晌，方悶聲道，看看別人的就好。我這人，輸贏不起。

五舉又問，先生剛才說「英雄末路」，是個什麼意思。

中年人將臉從報紙上揚起來，望望他，說，人知道退隱江湖，卻不懂雀鳥也有顏面。

五舉想一想，說，人都只管這雀鳥的價錢。這麼說，張經理是懂的。

中年人放下了報紙，饒有興趣地笑了，道，細路，那你說說，這鬥雀，你喜歡「文的」還是「武的」？

五舉這回想也不想，說，文鬥。

中年人正色，問他，嗯，為什麼呢。

五舉回頭望一眼，答他，文鬥的鳥，多半是自己要唱，是天性，是自願，輸了也心服口服。武鬥，不是鳥自己要拚要打。是撚雀的按照他們的品種和脾性，硬要激將他們。畫眉呢，就爭女。隔籬籠擺隻雌，嗷佢就打。吱喳呢，就爭地盤。說到底，這番打鬥，都是人設計好了的。全是人自己要爭，要看他們打。

中年人沉吟，眼裏慢慢有光，又細細打量五舉。待那光沉了，他從西裝胸袋裏掏出張卡片，用自來水筆寫了幾個字，說，交給你阿爺，我和他有話談。

五舉遠遠望中年人和阿爺談話。阿爺和他說幾句，點點頭，再回頭看看五舉，眼裏頭有喜氣。

晚上，阿爺和五舉收拾後廚。趙師傅說，五舉，阿爺問你，你可想學做點心。

五舉說，我好好地跟阿爺學做「企堂」，不想旁的。

阿爺便又問，要是有人想教你做呢？

五舉搖搖頭，說，阿爺莫要笑話五舉了。五舉沒爹娘，交不上咱

「多男」那份拜師傅的「茶水錢」。

五舉在多男做了一年半，眼見耳聞，漸漸知道了茶樓裏的許多規矩。有明的，也有暗的。大小按的行當，雖不至成龍成鳳，因是茶樓口碑的根基，有這一技傍身，將來旱澇保收。所以有意入行學徒的，家裏的父母先想著要孝敬，漸漸慣壞了師傅們。尤其行裏有些名望的，也自覺矜貴起來。這拜師，先得擺上一桌宴，再當面奉上一封利是，作茶水錢。三五節慶，家裏都少不了打點，直至滿師。

阿爺説，孩子，阿爺願為你交上一份茶水錢，可這人不要啊。

五舉一驚，這才聽出阿爺剛才一番話，不是沒來由。

阿爺慢慢説，你以為剛才招呼的客是誰，那是同欽樓的榮師傅啊。

五舉茫然道，榮師傅？

阿爺説，嗨，要不説你還是個孩子。這榮貽生師傅，咱們茶樓行，誰不知道。別看他樣子後生，從廣州的得月閣到中環同欽樓，省港兩朝的元老。二十出頭，已經做到了「車頭」。這行裏熬年資，可沒拴住他。同欽樓大按的頭把交椅，做了許多年。人就怕有本事，「同欽」最出名的是什麼？蓮蓉！這「三蓉」月餅，每年上市就瘋搶，靠的是什麼？就是他這一雙手啊。

五舉想起來了，活了十幾歲，「三蓉」月餅就吃了一回。是有年中秋，隔壁鄰居家裏口挪肚攢，排隊買了一塊兒。小姐姐分了他一小口。那軟糯的香，入了口，在舌頭上化開。沒等他品出味道，化沒了。

五舉搔搔腦袋，説，他是茶樓的大師傅，幹嘛還要到我們這兒來。

阿爺説，他每禮拜五，是休工日，周圍飲茶也是常理。都傳説，他是琢磨著在行裏挖人了。誰又知道呢？前陣子，瘋傳他要收徒弟，可究竟沒有收。

阿爺看五舉一眼，長嘆一聲，説，你這小子，不知是撞了什麼大運，竟讓他給看上了。

五舉看阿爺眼裏一閃，兩行老淚，無知覺流了下來。五舉便半跪在阿爺膝前，急急説，阿爺，我不要做什麼點心。我跟著您做企堂。您拿手的「仙人過橋」，學會了，學好了，也夠我受用一世了。

阿爺袖手擦一下眼，摸摸他的腦袋，說，傻仔，阿爺是替你高興啊。福分這東西，是命裏終須有。阿爺留你，就是罪過。這茶博士，做一輩子能有什麼出息。我沒看錯，你是個有大天地的孩子。你要是條過江龍，阿爺就是你條江。你游過化得龍，也不枉咱爺孫一場了。

五舉瞧瞧鏡子裏的自己，多少有點陌生。

廚師服在他身上，是有些大了。昨天下午去領衣服，管布草的阿姐看看他，說，孩子，大點兒好，看你這身量，將來個頭兒且能竄呢。

五舉正一正帽子，讓眉毛眼睛都露出來。他的眼神清亮，鼻梁也挺。但鼻翼卻寬大，鼻頭厚實，是典型的粵廣人的「發財鼻」。鄰居的小姐姐講過，五舉，你這個鼻子，今後要享福的。

這時候，天還矇矇亮。阿爺告誡，到了同欽樓，要起得更早。「五更三點皇登殿」，是趕早朝的皇帝。下半句是「一世夫妻半世床」，說的便是茶樓的點心師傅，早早起身，不可貪戀床榻家眷。要收拾好一天的傢什，備足料，上好籠，等著開門迎第一批客。

大廳裏還沒什麼人。五舉環顧，空蕩蕩的同欽樓，似乎比白天時更排場闊大了。不像「多男」的格局曲折，將客都安置在自己舒服的角落。同欽樓要的就是一望無垠的氣勢，上了樓來，數千呎的店堂，迎面的大鏡，看不到頭。人多了，這裏就是人海；人沒了，便是空上又疊上一個空，繼而是無數個，寥落得讓人膽怯。彼時的香港，因為移民繁盛，已有寸土寸金之勢。缺的不是物，也不是人，而是空。五舉想，敢這樣用空的，是要有多少底氣。

桌椅都還疊著。不覺間，五舉將椅子從桌上放下來。他手裏一沉，有些吃力，知道這椅子是上好的木料。阿爺說，同欽樓，連滿洲窗的窗櫺都是花梨製的。字畫裝裱的鏡框，都用的紫檀。他又搬起了第二把，這時，聽到一個聲音喚他，說，別愣著，快進來。

他臉一紅，這才想起，自己已經不是企堂了。

喚他的人，正靠著後廚的門，似笑非笑地看他。這人身量高瘦，但看出年紀並不大，因臉上還有稚氣，嘴角上冒出了茸茸的短髭。他

眉頭略皺一下，又催促，快點，師父等你呢。

五舉就這麼和自己的師兄見了面。謝醒，十五歲，是榮師傅門下唯一的徒弟，自小在茶樓長大，父親謝藍田是銅鑼灣順義茶居的「車頭」，阿母是行內有名的「腸粉娘娘」。他在學校讀到了中二，便讀不下去。想要子承父業。謝藍田託了許多人，讓他在同欽樓「見世面」。又不知什麼緣故，便拜在了榮師傅門下。

進了後廚，五舉看著繚繞的蒸汽間，師傅們各歸其位，穿梭忙碌。並未有任何人，因這個新人的到來，而放下手邊的工作。大小有序的蒸籠堆疊著，山一樣。空氣中洋溢著醇香的肉味、蔬菜味。也有清凜的酸氣，那是「麵種」的味道。有人看他一眼，嘴角上揚算是打了個招呼。

謝醒帶著他，穿過了整個後廚，停在一扇小門前。敲敲門，開了。

五舉睜大了眼睛。裏面竟然是另一個廚房。規模不大，但是灶具和炊具齊備，而且更為精緻。

榮師傅問，你知道在這，跟我學什麼。

五舉答，蓮蓉月餅。

榮師傅笑一笑，說，這月餅做得好，靠的是什麼。

五舉想想說，蓮蓉。

謝醒在旁邊咪咪地笑。榮師傅正色一喝，笑什麼，他答得有錯？

榮師傅翻開一個抽斗，拿出一粒蓮子。在手裏搓一搓，殼剝落了，放在桌上，雪白的一顆。

榮師傅說，帶他去「小按」吧。

那年代，點心部分「大按」和「小按」兩類。大按主要做月餅、龍鳳餅、核桃酥、皮蛋酥等禮餅，每到年節，便是展身手的好時候。大按的主管，便叫做「大按板」。而小按則做蝦餃、燒賣、叉燒包、糯米雞等日常的包點。

大按是一間茶樓的門面，在人心中是堂皇些的。五舉聽到自己的去處，心裏一絲涼，知道自己可能與月餅無緣了。

　　小按學徒，在廚房裏叫「細路」。廚房裏的師傅，都並不想帶「細路」。因為早茶，是生意最繁忙的時候，講個爭分奪秒，並不像大按從容。若沒有合適的人「幫熟籠」，非但幫不上忙，沒有眼力的還會添亂。所以在很多茶樓，「細路」便等同於雜工。只能在角落裏頭，幫師傅磨刀、洗圍裙，或者出外採買。點心師傅，也沒空教你包點心的手藝。「細路」上心了，就在師傅旁邊「偷師」。慢慢也就學得一招半式。

　　帶五舉的師傅，姓聶，諢名「三只耳」。這師傅是個大舌頭，粵語叫「黐脷筋」，說話不利索。人問他姓什麼，他說「聶」，可任誰聽都是「葉」。他急了，便說自己是「三只耳」的「葉」。人就聽懂了，日後也就很歡樂地叫他「三只耳」。因為大舌頭，聶師傅的話很少。說起來，一句是一句，擲地有聲。

　　再一層，聶師傅包蝦餃是一絕。晶瑩剔透，入口香滑多汁。一籠蝦餃，恰好三只，又像極了耳朵，這諢名便又成了雅號。一只小小的蝦餃看似簡單，其實從發麵、擀皮、調餡、揉團都暗含著許多門道。所以歷來，被稱為茶樓點心的「四大天王」之首。如此可知，「三只耳」在小按是很有地位的。

　　這一連一個星期，他和五舉名為師徒，但彼此仿彿也沒什麼相干。五舉照例是一大早三點出現在後廚，拖地、洗菜、刷蒸籠。刷好了聶師傅的，也刷別的師傅的。都刷得乾乾淨淨，亮亮堂堂的。一連數日，別的師傅心裏過意不去了。就故意對聶師傅說，「三只耳」，這麼勤力的「細路」，你不寶貝，我可要收過來了。這話呢，一是致謝的意思，二則也是告訴聶師傅，這孩子厚道幫人是出於自願，可不是自己有心佔便宜。

　　久了，聶師傅思量這孩子實誠得未免戇居。別的學徒，「雙偷」成性。第一是幹活偷懶；第二呢，是瞅空跟師父偷師。可這孩子，忙著自己手上的活，師父不叫，竟然都不斜眼看師父一眼。有時，聶師傅故意在他跟前，將包蝦餃的速度放慢，五舉依然故我。「三只耳」怎麼說，也算是「同欽」有名的「小按板」，心裏忽而莫名失落。有一

日便說，細路，你不想跟我學？

五舉站起來，恭敬道，想。

聶師傅便說，想？咱這行偷師是俗例，你不知道？

五舉說，我知道。

聶師傅說，那你不偷，難道想刷一輩子蒸籠？

五舉便說，師父若看得上五舉，便會教我本事。我若是偷來的，自己用著也不踏實。

聶師傅聽了，大為罕異。他想想，說，你且看著。

說完，他當著五舉的面，包了六只蝦餃，動作飛快利落。他將蝦餃都擺到了五舉面前，說，有個不對路的，挑出來。

五舉略打量了一下，挑出了一只。

聶師傅問，這只怎個不對路。

五舉說，另外五只，師父都包了十二道摺。唯獨這只，師父只包了十道。偷工了。

聶師傅當下便知，這孩子非但不戇居，聰敏遠勝於常人。他心下一陣感動，說，好孩子，記住了。咱們這蝦餃，必須包上十二道摺，才算成了。這是師父給你上的第一課。

陳五舉，是同欽樓歷史上最快升到「大細路」的學徒。只用了兩個月的功夫。

但沒有人不服氣。畢竟段經理那刁鑽的舌頭，二十年來，都是「同欽」上下廚藝的試金石。這種考驗，有點類似於現在的「盲測」。三籠蝦餃，段經理一一品嚐，隨即選出了他認為最好的一籠。這一籠，是五舉包的。

其他兩籠，是店裏兩個資深小按的作品。這二位師傅嘴裏說著後生可畏，心裏一萬個不自在。

蝦餃之難，難在由表及裏。外面的餃皮，水晶蝦餃的造型、配料要求嚴苛，麵皮也很講究。蝦餃皮講求煙韌，須以澄麵和水晶粉混合，最關鍵的是熱水撞落澄麵時，撞得好和水溫夠，全靠經驗所致。

配料規定嚴格，蝦三隻，肥肉四粒，筍五粒，每粒大小均勻，如此配料口感豐富飽滿。肥肉裏面有水分、筍和香油裏也有水分，足以讓蝦餃湯汁充盈。另一要訣，蝦要用鹼、鹽醃製。遇上鹼，蝦肉纖維便慢慢收縮，緊致非常。再用水沖至蝦體硬爽，脫水後起了膠。這才算大成了。

兩年後，五舉已經升至小按的「中工」。早午茶各種點心，早已不在話下。

他與他師父「三只耳」，仍然是後廚話最少的兩個。做早茶點心貪黑起早。各位師父埋鑊開爐，要抖擻精神，免不了靠打打嘴仗。在浸荷葉、炸蛋散、炸芋頭、腐皮過油的同時，言談互嘲，嬉笑怒罵一番。

五舉與師父，也笑，卻沒聲響。這師徒二人，有自己的樂趣。他們沉默間，眾人並不知道，燒賣籠前是一場無硝煙的競賽。兩人面前，一案的燒賣是花樽形，裏面的餡料是魚茸蝦仁；一案是馬蹄形，裏頭是牛肉鵪鶉蛋。師徒各自凝神，手眼並用，快而不亂。一捧一捏，仿佛在指尖綻放開花朵。遠處管蒸籠的何師傅一聲響，喊道：得喇！二人便以此為號，停下手來。

聶師傅仔細清點了數目，長嘆道：衰仔，又勝了師父兩只！

五舉便說，花樽耗神。徒弟看著險勝，其實還是遜了師父一籌。

聶師傅便哈哈大笑，說，口花花。總之老輩說得沒錯，教會徒弟，餓死師父。

這時候，榮師傅帶著幾個「大按」的師傅經過。看到這一幕，問道，五舉，在「小按」做了多久了？

五舉與他，其實已有些生分，但還是躬一躬身，答，榮師傅，我做了兩年了。

榮師傅聽到，便故意湊到聶師傅跟前，說，三只耳，聽到未？兩年喇。

聶師傅轉過身，埋下頭，只管將燒賣一只只放進蒸籠裏，嘴上嘟囔說，使乜咁大聲哦，怕我聽不見嗎。

後廚的人，都看出「大按板」榮師傅，來得勤了。

這天，聶師傅不在。五舉一個人在那包叉燒包。師兄謝醒，便靠他坐下，說，五舉，我幫你切叉燒。

五舉點點頭。謝醒切了一會兒，說，這批叉燒，咁多「黑雞」。堅尼地的「燒味張」，自從給他兒子頂班，如今這叉燒質素，真是沒眼睇。

所謂「黑雞」，就是叉燒燒焦的邊緣，包大包是用不得的。五舉看一眼，說，師兄有勞，切掉吧。小張師傅不熟手，可叉燒的味道是不錯的。

謝醒一邊切，一邊問，五舉，你說這叉燒包，怎麼叫個好？

五舉滿心專注包包子，順口照本宣科：「高身雀籠，大肚收篤，包面含笑不露餡。」

謝醒笑笑，也不說話。過一會兒，他又問，五舉，要讓你回「大按」幫手，你來不來。

五舉心裏動了動，手裏沒停，輕輕給一只包子收了口，說，師兄莫消遣我。

晚上，五舉帶了幾籠點心，回「多男」看阿爺。

阿爺到底年紀大了，這一年來，身體大不如前。開春染了一次風寒，許久不見好。店面上的活兒，漸漸力不從心。茶樓的經理體恤，就只讓他上半天的班。好多些時間將息。

看到五舉，阿爺高興得很，精神也好了許多。

五舉將點心熱了，給阿爺吃。阿爺便吃，笑得嘴合不攏，說，我五舉，將這「四大天王」做得似模像樣了。

五舉想起什麼，便問，阿爺，你說怎樣的叉燒包，才叫「好」。

阿爺一樂，說，我孫包的叉燒包，就叫好。

五舉也樂了，說，阿爺，我是問你正經的哪。

阿爺便正色，思忖了一會兒，說，我看，這好的叉燒包，是好在一個「爆」字。

五舉也想一想，問，叉燒包個個爆開了口，不是個個都是好的？

阿爺說，是個個都爆開了口。可是爆得好不好，全看一個分寸。你瞧這叉燒包，像不像一尊彌勒佛。為什麼人人都喜歡彌勒，是因為他愛笑。可是呢，這笑要連牙齒都不露出點，總讓人覺得不實誠，收收埋埋。但要笑得太張揚，讓人舌頭根兒都看見，那又太狂妄無顧忌了。所以啊，好的叉燒包，就是要「爆」開了口，恰到好處。這香味出來了，可又沒全出來。讓人入口前，還有個想頭，這才是真的好。

五舉說，爆不爆得好，得麵發得好，還得「蒸」得好。

阿爺哈哈一笑，對嘍。發麵是包子自己的事，「蒸」是別人的事。這蒸還更重要些。不然怎麼說，「三分做，七分蒸」呢。所以啊，人一輩子，自己好還不夠，還得環境時機好，才能成事。古語說，「時勢造英雄」就是這個道理。

夜裏頭，五舉躺在床上，睡不著。他想阿爺的話，卻又想不透。他只覺得，自己是個沒什麼主張的人。沒主張或許是因為沒來歷，把他放在哪裏，他便落在了哪裏，長在哪裏。生了根，發了芽；若是把他拔起來，再落到其他地方。疼是疼一時。慢慢地，也就再生出新根，發了芽，漸漸長出枝葉了。

榮師傅與聶師傅，將五舉叫到小房間裏。

榮師傅說，五舉，我和聶師傅說好了。讓你回「大按」。你願意回嗎？

五舉低下眼睛，說，我聽師父的。

聶師傅面無表情道，這回不用聽師父的，聽自己的。

五舉說，不回。

榮師傅說，嗯，那你說說，你不回的道理。

五舉說，榮師傅把我帶來了同欽樓，是伯樂的恩情。可是師父栽培了我，教我學手藝。我走了，師父兩年的心血就白費了。

　　兩位師傅都愣一愣。繼而，榮師傅哈哈大笑，說，三只耳，你輸咗。

　　五舉茫然看著他們。

　　榮師傅說，我們方才打了一個賭，賭你願不願意回「大按」。

　　五舉皺皺眉頭，說，二位師父，五舉人小，是把細路當玩笑看了。

　　榮師傅忙道，嗨，倒是我們兩個老的不尊重。你可知這同欽樓，歷來有祕不外宣的規矩。「大按」看上的學徒，需在「小按」先作歷練，將這基本功夫打紮實了。我和你矗師父，有個君子協定，兩年。兩年後，你若成器了，他就要交還給我。可這個老傢伙，竟然反悔想要留下你。我們呢，就打了一個賭。若你急於求成，想要回來，他便贏了。我就得再等個一年半載。

　　矗師傅擺擺手，說，罷了罷了，願賭服輸。你這徒弟，我可算給你教出來了、又試出來了。這天下的白臉我來唱，你可欠我一個大人情。

　　榮師傅嘿嘿一笑，瞧你這話說得，多大的委屈，無非是惦記我許給你的「竹葉青」。跟我討著數，尖牙利齒，一點都不「黐脷筋」。

　　「大按」的活兒，看著比「小按」從容，其實是跟著節慶走的。一到春節、端陽、中秋，便忙得不可開交。師傅們要日做夜做，才能跟得上供應。

　　要說對這唐餅，廣東人可是歷來講究得很。像農曆新年，各大茶樓的大按工場上下便忙著炸芋蝦、「茶泡」，還有油角、肉鬆角；每逢清明節，便會有許多人來買煎堆、鬆糕拜山祭祖；農曆五月忙著包糉；到了中秋更是一年一度最熱鬧的餅季。人們絡繹而至，圍聚在茶樓下的餅部買月餅。可讓餅部忙的，還不止是中秋，而是過後所謂「小中秋」的嫁娶佳期。

　　這時，那排場大的，依照傳統習俗，男家做大禮，會用數個塗上紅、金油漆的木匣，把嫁女餅、生雞生豬、山珍海味都放進去。時新些的家庭，還會放入白蘭地酒。以擔挑吊起來運送，另有帖盒，用來

放利是、金器禮金。每個木匣幾斤重，裝滿嫁女餅也有十多廿斤重。

　　嫁女餅，就是囍餅。行內人又稱五色餅，雅些的就叫做「綾酥」，因為分別有紅綾、黃綾、白綾、合桃酥及雞蛋糕。綾，即綾羅綢緞中的「綾」，是其中最名貴的衣料。禮餅以綾酥為首選，寓意榮華。而不同顏色的綾酥各有寓意，黃綾以豆茸做餡，寓意大富金貴；白綾則是五仁餡，代表新娘白璧無瑕；紅綾餡料為蓮蓉，寓意喜慶、鴻運當頭。合桃酥和雞蛋糕則代表「夫妻和合」、「步步高陞」有些綾酥中還可加入蛋黃，則為彰顯高貴、旺丁滿堂之意。

　　其中當以「紅綾」最受歡迎，因為意頭格外吉祥。一個圓形禮盒，大概可盛三十個紅綾。

　　有一日榮師傅興致好，給我看過一張他收藏的同欽樓的嫁喜訂單，落的日期是一九六五年。單上寫著：「合桃酥伍拾斤、雞蛋糕伍拾斤、黃綾酥叁拾伍斤……」伍拾斤為半擔。就算到了上世紀的七八十年代，西餅開始流行。可逢年過節，喜逢嫁娶，大茶樓的唐餅，一般人家仍會訂上數十至一百擔。屆時，每日同欽樓門外的送貨車至少兩三部，不斷忙於往返。

　　由此可見，僅一個囍餅，就夠大按忙上一年。也是茶樓收益的大宗。像同欽這樣的茶樓，餅部的買家更是絡繹不絕。所以說，大按其實是一個茶樓的門面。是擺在外頭的。同業之間競爭攀比的，也正是這大按的餅品。

　　不太難想見，「大按」師傅在業內的吃香。高薪挖角的事，其實常常有。最好的師傅，甚至有老闆要留住人，送過一層樓去的。「同欽」呢，也不是沒從其他茶樓撬過人，手筆也都不小。比如北角「坤記」的岳長修師傅，拿手的是老婆餅。那餅味道好得，人都說他是拿餅當老婆來「錫」。「同欽」的段經理挖他過來，用的是出奇制勝的法子。本來是雷打不動的，據說是知道了他的小嗜好，愛蒐集鼻煙壺。經理忍痛將自己一只嘉靖年的壺做了見面禮。

　　因此這同欽「大按」的師傅，各具擅場，多少都有自己的一點絕活。可許多年沒收過新人。只兩個學徒，除了謝醒，便是五舉了。

　　榮師傅便要他的班底，畢其功於一身。師傅們看了他手底下常年荒著，又經過了「小按」這一層，知道這是他尋來的寶，自然都不敢怠慢。可是榮師傅教訓五舉用的法子，多少讓他們看不透。

　　這唐餅，以「唐」為名，可算是點心裏集大成的。口味、製作源法各地，煮法涵蓋蒸、焗、炸、炒。除了餅食之外，糕點、小食、酥餅及甜點各適其適。原料上，以麵粉製成的佔多數，最常見的唐餅無非兩類。一是酥皮，二是餅皮。前者口感鬆化酥脆，後者實淨而麵味濃重。

　　酥皮最考功夫，考驗的是手感與耐心。要焗出酥脆的酥皮依賴人手，得把麵糰從外向內摺，慢慢裹起，然後再擀平、摺疊，如是者重複數次，摺出至少幾十層，焗出來才酥脆。入行多年的師傅，哪怕工多手熟，這一摺一疊，稍懈怠走神，便無法盡美。

　　榮師傅便以此訓練五舉。一塊麵，揉、擀、摺，不停歇的，讓他做上一天。成了形狀了，狠狠地用擀麵杖一壓，酥皮便成了死麵，回到起點。然後重新又是一輪揉、擀、摺。這揉的是麵，卻也是心志。在這日以繼夜的鍛鍊中，人沉穩了，也漸漸挫去了少年人的輕浮氣。總而言之，要的是他一個「慢」。

　　再一層，又是要個「快」字。用的法子，是炸「芋蝦」。所謂「芋蝦」，叫蝦卻非蝦。其實是農曆新年賀年的齋品，討個豐收吉利，「食完笑蝦蝦，銀紙任你花」。料呢，要揀幾斤重、纖維多的芋頭，刨成幼絲才不易斷。芋絲以糯米粉漿拌勻備料。然而，功夫其實在個「炸」字。油鑊裏倒入炸油，大火升溫。丟進一根芋頭絲，不停攪拌炸起，待起泡浮面，轉小火即出。要的是眼明手快，動作慢了，油溫降下來，無法炸脆，又油又臉。火若太大了，芋蝦瞬間變硬變燶。後來市面上的芋蝦，多繞成繡球狀，便知是偷懶所致。芋蝦的上品，全是心機和時間的結晶。酥、脆、鹹、香，乾爽輕身。出入油迅速得宜，體態彎曲，芋絲生動得全鬚全尾，栩栩如真。

　　一個大大的芋頭，起碼花一個小時才能炸畢，其間還要不時觀察

芋蝦顏色調整火候。長時間站在灶邊面對烘熱火爐，極考腳骨力，且酷熱難當。平常人，炸完一個便要喝涼茶下火。榮師傅著五舉，每天要炸上十個芋頭，中間不可停歇。整一個月下來，五舉小腿上，站到青筋爆出。人瘦得銷骨脫形，便是每日焗汗出油，生生將人熬乾了。

別的師傅，看在眼裏，想自己也讓學徒吃過苦頭，可何曾有過如此十方閻羅的架勢。但礙於情面，並不好置喙。便是謝醒，也覺得師父過份，有心替師弟求情。榮師傅眼睛都不抬，說，他不做可以。你頂上？

如此一年之後，臨近八月。榮師傅對無舉說，進來，跟我做月餅。

五舉跟他進了那個小房間，心裏莫名還是起了波瀾。他想他上次進來，已經是三年前的事。

房間裏還如他記憶中一樣。碼得整整齊齊的蒸籠，牆上掛著大小鍋具、模具。

右手擺著一個龕，裏面供著關老爺。

榮師傅戴上圍裙，用擀麵杖點一點案板，說，醒仔，和麵。

五舉見謝醒先將麵粉過篩，在中間位置畫一個弧形，倒入生油、糖水和鹼水。將麵粉逐步拌入，搓成麵糰。先醒上，發酵。

榮師傅點一點頭，自己開了爐子炒餡兒。五舉看著，知道整的是「五仁」，合桃、欖仁、瓜子、芝麻和杏仁。榮師傅將餡料各取混合，手底下便是斤兩，分毫不差。末了問五舉，「甜肉」還是「鹹肉」。

謝醒說，師父，他知道什麼甜鹹。來個「八仙賞月」吧。

榮師傅便說，好。便又加上糖冬瓜，杏仁和腩肉。

空氣中，瀰漫著豐熟的麵粉的味道和餡料的焦香味。

謝醒將麵皮料分成小份，行話叫「加頭」，擀成麵皮。榮師傅說，細路，看著。便將一塊餡料滾圓，填入餅皮，手囫圇一轉，將模具按壓。便是一個餅，上面是個鐵拐李的圖案。榮師傅說，餅皮八錢，餡料四兩二，皮薄餡靚。多了少了都不對，老祖宗的規矩。

榮師傅將月餅上了盤，入了爐。過了一陣拿出來，刷上層蛋液。再入爐。

餅成了，澄黃如金。榮師傅夾一隻放在五舉手心裏，說，嚐嚐。

五舉小心翼翼地咬一口，五味馨香，在他齒頰漫溢開來。

榮師傅問他，好吃嗎？

五舉使勁點一點頭，露出了孩子的天真相。榮師傅笑了。

五舉不禁愣住，嘴裏忘記了咀嚼。這是他這一年來，第一次看師父對他笑。這笑的內容他難以判斷。但見這壯大的男人，因為笑，眼角裏打了一點褶。褶裏面藏了一點暖意。

這時候，榮師父忽然收斂了笑容，對五舉說，照樣給我打一爐。

於是，五舉打了他人生中的第一爐月餅。從爐子裏拿出的時候，和師父打的一樣金黃誘人。他將忐忑嚥下去。

榮師傅看一眼，仍夾起一塊，放在他手心裏，叫他嚐嚐。

然而這塊月餅，他咬不動，像石頭一樣硬。

榮師傅說，這種月餅，老輩叫「掟死狗」。反生，成爐都廢掉。想想看，你入爐前，都做了什麼。

五舉捧著月餅，茫然看他。覺得月餅的溫度，在手心裏一點點涼下去。

榮師傅說，你和麵的時候，加了一次水，又加了一次糯米粉。這就是「五仁」月餅，料只能讓你備一次。由不得你後悔，修修補補再來過。一次錯，成爐廢。

榮師傅冷冷地看他一眼，說，這一爐，你都給我吃下去，一塊不許剩。

八月初五，同欽樓的「大按」部格外熱鬧。儘管已入秋，三千呎的工場裏頭溫度逼人。頭上數把大風扇，嗡嗡作響，也並不管用。十幾個赤裸上身的師傅，汗流浹背，站在案板兩邊不斷搓餅，個個手瓜起𦟌，功架十足。另一張案板，則堆放了如山的餡料，四名女工密密地將它們搓成球備用。每年臨近中秋，對同欽樓來說，便有如盛大的

聚會。本已退休的整餅師傅們，自行「埋班」回茶樓幫忙，馬不停蹄地造月餅。輕快的笑聲與傾談聲，響成一片。混合著汗水與甜香的氣息。角落裏的五舉，望著他們，手中拿一柄木鏟子，攪拌著餡料。在這類似節日的氛圍中，他也感受到了某種熱烈，但又覺得似乎與自己無關。這時，師兄謝醒，端著一只大盆走來，人群中響起了如潮的歡呼聲。這是榮師傅調好的蓮蓉餡料。它將成為同欽樓，在這一年的中秋，再次稱雄全港的祕辛。

五舉接近成年的時候，這個城市又有了一些變化。說不上好，也說不上壞，只是每個人都急了一些。說話，做事，甚至走路。都比以前快了一些。茶樓裏，有些老人來不了，或者不再來了。有些年輕的面孔，漸漸老去。

師父仍然體態雄健，但也看得到鬢上有霜。

五舉抱著一摞摞已包裝好的唐餅，送去樓下餅部的店面。店面上掛著「同欽樓」的金漆招牌，在黃昏下有灰藍色的反光。到晚上，「樓」字是看不見的，因為霓虹壞掉了，幾天了也沒有修好。

五舉將唐餅放到櫃檯上，賣餅的阿娘一邊往櫃上擺餅，望了五舉一眼，恍然大悟似的，說，啊，五舉大個仔啦，生得咁靚仔。過兩年要娶老婆了。

五舉搔搔頭，不好意思地笑了。看那唐餅盒子上的年輕女仔，也在對他笑。這兩年，同欽的唐餅包裝，也跟別的茶樓餅家一樣，做了改革。從「龍鳳呈祥」，換成花花綠綠的旗袍女郎了。

這時候，師兄謝醒經過，好像剛剛從外頭回來。謝醒穿著花呢的西裝，已是時髦青年的樣子，頭髮梳得油亮。他正待上樓。五舉說，師兄，剛才師父找你。謝醒便退了下來，急問他，你怎麼說的。

五舉說，照你教的，說去送貨了。

謝醒便鬆一口氣，說，好彩有你。剛剛認識了一個新的股票經紀，傾談了幾句，耽誤了。

第二年正月，師徒三人，吃了一頓團年飯。

三個人回到茶樓，是掌燈時分。榮師傅說，我該教教打蓮蓉了。

兩個徒弟，隨他走到了小廚房門口。

榮師傅回過身，對他們説，我只傳給一個人。

三個人都沉默。

五舉想想，退後一步。他説，師父，師兄，我幹活去了。

榮師傅攔住他，説，你，跟我來。

謝醒愣住，人僵在哪裏。榮師傅看他一眼説，沒聽懂？我只傳給一個人。

謝醒嘴動一動，肩膀顫抖，説，為什麼？我幫你炒了六年的蓮蓉。

小廚房的門，「砰」的一聲，對他關上了。

五舉撲通一聲跪下來。

榮師傅一眼未看他，説，換衣服，繫圍裙。備料。

五舉説，我這一跪，是替師兄的。他縱有錯，跟了您八年。您教他。我替你們炒蓮蓉。

榮師傅繫圍裙，開爐，熱鍋。他説，我教誰，以後蓮蓉也歸你炒。

五舉説，師父，您可記得當年，您問我，鬥雀是喜歡文的還是武的。徒弟沒出息，不想跟別人的心志走。

倒油。火大，油入鍋「滋啦」一聲響。

榮師傅關上火，靜了半晌，説，我也告訴過你，我這人，怕輸贏。我傳給一個人，就輸不得。

五舉到了阿爺那裏。

長大的青年人，不管不顧，趴在阿爺膝頭哭了。

五舉説，阿爺，我方才明白。師父對我惡形惡狀，對師兄溫言細語。種瓜得瓜，他明知如此，從一開始就害了師兄。

阿爺聽著五舉哽咽，手摸一摸，摸到他的肩膀，厚實實的。阿爺的一隻眼睛障翳，看不見了。他順著肩膀往上摸到了這青年的臉，稜

角分明了，臉頰上還有淚。他摸到了他的唇，唇上有茸毛。唇微微抖動，還很柔軟，依然是孩子的。

他躬下身，為五舉拭去淚，說，孩子，可還記得當年咱爺倆，說那叉燒包。阿爺說，「三分做，七分蒸」。如今這話，得倒過來說了。人力在外，自然有好有壞。可到頭來，還得看自己的那「三分做」，這才是做人的基底。

上世紀的七十年代，西餅開始佔領香港市場，機製的西餅，由於花色多，產量大，餡料改革便於保存，不再受制於季節。漸漸為更多的香港人所歡迎。而且，西餅賣家所推出的餅券制度，改變了香港婚嫁喜餅的習俗規則，間接給唐餅的營銷帶來巨大衝擊。

五舉山伯，向我展示過一張「西餅皇后」李曾超群在一九七二年發行的永久通用餅卡。儘管，所謂「永久」的不渝承諾，因為一場忽然而至的金融風暴，隨風而逝。一九九八年，超群餅店關閉。這張餅卡也由此作廢。

我問五舉，為什麼留著這張餅卡。他說，知己知彼。

的確，這時候同欽樓的餅部生意，已大不如前。業內都知道，同欽的餅品之所以屹立不倒，全賴有一老一小。每年中秋，吃榮師傅的蓮蓉月餅，仍然是香港人不可割捨的情結，像是為了滿足一年中的某個念想。曾經「蓮蓉家家有，同欽佔鰲頭」的茶樓勝景已不再。隨著茶樓餅部的次第消失，轉入餅家。機製逐漸代替手工。「家家有」已作新解。甚至於西餅滿目琳琅的新品，以蓮蓉為餡，亦不顯尊貴。

榮師傅製蓮蓉的祕方，精義所在，是在一個「滑」字。但這個時候的餅店市場，因為開始批量生產。廠家已慣在蓮蓉中，加入膏粉、番薯粉魚目混珠，增加滑度。但滑則滑矣，蓮蓉的香味，早已欠奉。一回，五舉買了市面上最受歡迎的西點「蓮蓉班戟」，讓師父試味。榮師傅嚐了一口，即刻吐掉。他嘆一口氣，對五舉說，如今，人的舌頭，已經鈍成這樣了嗎？

其實，五舉何嘗不知師父的心事。和師父相處的十年，他慢慢清

楚，榮師傅的倔強，是這同欽樓的底裏。在他的眼中，同欽樓要活，便須有別人所沒有的東西，是獨一份的。無論時移勢易，物以稀為貴。只要是別人沒有的，「同欽」便可穩穩地站住。榮師傅的蓮蓉，曾讓同欽站了幾十年。如今，蓮蓉老了，師父也老了。

五舉也知道，師父埋頭在小廚房裏，是為了做一種新的月餅。這種月餅，叫「鴛鴦」。

難在製餡，一半蓮蓉黑芝麻，一半奶黃流心。猶如陰陽，既要包容相照，又要壁壘分明。

但是，師父試了幾年，只要進了焗爐，餡心受熱融化。兩種餡料，便一體難辨。

五舉見師父小廚的燈亮了通宵。早晨出來，烏青臉色，形容憔悴。見他笑一笑，嘴唇咬得緊緊的。

這時候的香港，和以往不同。餐飲要建立口碑，擴大影響，沒有茶樓歌台棋壇，便有了新時代的法子。其中之一，便是上電視節目。麗的電視，應運而生推出了一個教烹飪的節目，叫「家家煮」。每次呢，請本港著名食肆的廚師，在電視上，各展其能。教觀眾做一兩道自己店裏的拿手菜。當節目找到了同欽樓，段經理自然與榮師傅合計。段經理說，這可是個好機會。如今的人啊，相信眼睛多過嘴巴。榮師傅去小露一手，就夠我這邊給咱店裏打上一年的廣告了。

榮師傅擺擺手，說，你看我皮鬆肉掛的，上電視的事情，誰愛看個麻甩佬講古！讓五舉去，咱們「同欽」，就這一個靚仔頭。

段經理想一想，說，也好。如今年輕人的天下。五舉去，多吸引些妹妹仔來買餅。

電視台是五舉從未來過的地方，其實是有些拘束。因為要來錄這個節目，同欽樓上下是當了大事。段經理帶他到渣華道訂做了套西裝，又將自己的領帶皮鞋借給他。「三只耳」帶他到「僑華」理髮廳，找相熟的上海師傅給他剪了個精神的髮型。待他華服革履地出現在榮

師傅面前，他師父鼻腔裏哼一聲，說，臭小子，人模狗樣的。段經理，你可別給我帶成第二個醒仔！

「同欽」上下就都說，這才看出我們五舉靚仔。要的，要的。那幫電視佬勢利，先敬羅衣後敬人。

可到了電視台，走進了錄製棚。導演立刻給五舉換上了一身廚師服，又戴上了廚師帽，給捂了個嚴實。

導演打量五舉，說，啊，難得我們的節目，今次上了一對俊男靚女。收視一定要上去。有運行！

劇務就在旁邊說，是啊。這位小哥，靚仔過梁醒波啦。我們今期主題就叫「靚仔餅王」大戰「上海公主」。

五舉一邊任他們擺佈，聽到這裏，一邊皺了皺眉頭，覺得像師父所說，電視佬，實在是輕浮油滑。

待衣服整理停當了，他由場記領著望錄製棚走。遠遠看見一張椅子上，坐著個年輕女孩，低著頭。導演就將他領過去，說，戴小姐。這位是同欽樓「大按」的少當家，陳五舉先生。

女孩抬起頭，看他一眼。化妝師給她吹了一個陳寶珠的髮型。這髮型正是時下年輕女子的時髦，蓬蓬地堆在頭上，按說是別具風情的。可因女孩的臉格外的尖小，這髮型就顯得大而無當。女孩皮膚很白，不是粵地少女象牙白的臉色，而是白得透明。她對陳五舉淺淺地點一下頭。嘴裏輕輕說，陳生，你好。

聲音十分軟糯溫和，但目光卻清冷，甚至有些堅硬。

女孩說完，便將頭低下去，並不等導演介紹她。

於是氣氛變得尷尬。場記悄悄對五舉說，這是灣仔「十八行」本幫菜館的太子女戴鳳行。是你今天的搭檔。

五舉便知道，這就是劇務口中的「上海公主」了。

錄製開始，說是搭檔，不過各做各的。中間有一個饒舌的主持人。氣氛輕鬆而緊湊。先錄製的是五舉的部分。因時間有限，又是家常，五舉便做了一個「大按」的老婆餅，又做了個「小按」的蝦餃。因為駕輕就熟，他也就不太緊張了。

　　只是主持人，實在口水多過茶。待他做完了老婆餅，主持人將餅給在場的人分食，一面促狹道，這位哥哥仔，老婆餅整到當真好食。咁識疼惜人，唔知自己有沒老婆呢？

　　主持人將麥忽然遞到他嘴邊。五舉一時不知如何作答，鬧了個大紅臉。整個人都露出了獃相。

　　這時他聽到有人咻咻地笑。看見女孩坐在旁邊沙發上，樂不自禁。

　　主持人見五舉沒反應，便給自己打了個圓場，說，看來台下各位靚女，仲有機會哦。有看過，莫錯過。我們祝舉哥好事近！

　　五舉的眼睛，還在女孩身上。她卻已經正襟危坐，收斂笑容，還是剛才的清冷模樣。

　　比起五舉，女孩倒是準備了兩道大菜。一道是「本幫紅燒肉」。因為節目錄製時長，其實是帶了做好的成品。但熱油入鍋，當真是香氣四溢。看她的手勢，毫無如身形般的嬌柔，使起鍋鏟，竟有些虎虎生風的意思。做好了，女孩對主持人說，這是「十八行」的當家菜。他們從上海來香港，白手起家，靠的便是他父親燒得一手紅燒肉。

　　這第二道是「雞火干絲」，在上海菜裏是有名的功夫菜。原料並不複雜，一碗高湯、主料無非是雞絲、開洋和豆腐乾。這考的是刀功。五舉見女孩，手腕輕輕動作，便將一塊豆腐乾瞬間片成了薄片。輕盈靈動，全在方寸之間，一把大菜刀，竟被她使得有如繡花的針線般細緻。

　　連主持人都停止了聒噪，和在場的所有人屏住呼吸看著。但就在這時，那柄刀忽然從刀把上掉了下來。

　　全場的人慌了神。問女孩有沒有備用的。女孩不慌，說，我們上海人燒菜，一柄「胡順興」的菜刀打天下。鈍了磨，壞了修。哪來什麼備用之說。

　　她摘下圍裙，說，既然沒了刀，就不錄了。

　　導演連忙走上來，說，姐姐，千萬別，訂個棚不容易，我這就讓人去買。

　　女孩說，我使不慣別的刀，不稱手。

五舉瞧著，左右都下不了台。便從自己的刀箱裏，挑出了一把，輕輕遞上前去，說，戴小姐，這把白案刀，份量夠，你先將就用著？

女孩愣一愣，接過刀，掂一下，抬頭看一眼五舉，說，謝謝。

接下來，五舉看著女孩，舉著自己的刀，將豆腐片細細地切成了絲。手法嫻熟，快如細雨。主持人將一根豆腐絲高高舉起來，用誇張的聲調說，真的比頭髮絲還細啊。

女孩面無表情，沒有任何呼應。她開始置鍋，開火，吊高湯。將切好的豆腐絲與雞絲，盡數放入高湯。攝影機給了一個特寫。那豆腐絲在湯中，柔軟，飽漲。

就在這時，五舉的眼睛慢慢地睜大了。他忽然站起身來，對導演說，失陪了。急事在身。

五舉甚至顧不上敲門，就推開了小廚房的門。

榮師傅看著自己的徒弟，跑得上氣不接下氣。他問，舉仔，跑什麼，欠了電視佬的錢？

五舉一邊笑，一邊用手背擦拭著額頭上的汗。他解下領帶，鬆開了襯衫的扣子，狠狠地舒了一口氣。他說，師，師父，那個鴛鴦……有了，用，用豆腐。

同欽樓的「鴛鴦」月餅，在這個中秋，再次創造了香港一餅難求的奇蹟。

榮師傅難以想像，一片薄薄的豆腐片，真的可以分隔陰陽，讓蓮蓉與奶黃，完美地在一塊月餅裏各安其是，相得益彰。

他並沒有十分享受同欽樓重新成為了香港飲食界的焦點。他心中的快意，來自一個守業者在落潮時的有驚無險。面對媒體，他不再諱言自己的徒弟是個天才。他甚至將「鴛鴦」月餅最初的構想，歸功於他們師徒二人的心照。

他想，是時候了。這個年輕人，已繼承了他的技藝。那接下來，便是這麼多年來，與這間茶樓休戚相關的榮譽，他將會一一渡

讓給這孩子。

　　而五舉，此時想的，卻是一個師父沒有見過的人。那個給了他靈感的女孩。他自認是個木訥的人，從未體會到一瞬間的電光石火。他回憶那纖細的手指，將豆腐絲慢慢放進了高湯中，散落、飽漲，漸漸豐盈。

　　這個青年人，從未有如此的感覺。一種流淌全身的熱，無比美好，悵然若失。

　　五舉山伯，在向我描述鳳行與他重逢的情形。聲音變得輕柔，在他風霜滿布的臉上，仍可見到微薄的甜蜜，從眼角的細紋裏滲出。

　　那天五舉勞作，企堂到後廚來找，說，有位客吃了我們茶樓的點心，說想見見店裏的師傅。問想見哪一位。他說，就見上過電視的那位。

　　師傅們便起鬨，說如今我五舉是明星了。

　　五舉稍微收拾了一下，走出去。企堂引他到了卡座。五舉看，是個清瘦的洋裝青年，正舉著報紙看。因為戴著鴨舌帽，並看不清面目。

　　五舉恭敬地問，先生，你找我？

　　青年放下報紙，抬起頭，將黑框眼鏡也摘了下來，說，對。

　　五舉定睛一看，也愣住了。這面目，竟正是他這些天一直記掛的人。不禁脫口而出，戴小姐。

　　女孩將食指放在唇邊，作了一個噤聲的動作，這才流露了俏皮的女兒氣。

　　面前的人，坐得挺拔，因為著了西裝，眉宇間分明的輪廓，本就有英武之氣。倒真讓五舉未曾認出來。他坐下來。女孩定定看著他，眼神先是冷淡的，後來憋不住，自己先笑了。五舉便也笑了。

　　她將一個紙袋從包裏取出來，擺在桌面上。說，我來還刀。

　　五舉先嚇了一跳，恍然，擺擺手，說，實在不用，留給你作個紀

念也好。

女孩見他仍然在打量自己，便將黑框眼鏡重又戴上，說，你現在可是當紅小生。我不想給你找麻煩，讓小報寫了去。這身行頭如何，可說得過去？

五舉說，很像個港大的學生。

女孩說，以為你人戇居，說話倒是滿中聽的。

五舉說，戴小姐⋯⋯說笑了。

女孩細聲止住他，叫我鳳行。或者戴先生，哈哈。

兩個人都覺得這笑聲有些突兀，就沉默了下去。五舉看桌上，正有一塊「鴛鴦」月餅，但並沒有動過。

鳳行說，其實我想知道，這月餅裏頭，有沒有我的一份功勞。

五舉被她說中了心事，一時間有很多話要講，一時又不知從哪裏開始。他說，我有個認識的老廚，說你們上海菜最厲害的刀功，叫「蓑衣刀法」。

鳳行笑笑，你想學麼？我教你。兜兜轉轉，又說回了刀來。還是你忘不了對我的借刀之恩？這份情，我是一定會還的。

以後，同欽樓上下就說，五舉和一個時髦青年成了朋友。

又有人說，看見兩個人結伴去看了大戲。在新光戲院。

看戲是鳳行的主意。

先說的是看美國電影。五舉說，西洋戲，我一個粗人，看不懂。

鳳行就買了兩張票，看《百花亭贈劍》。說，林家聲做江六雲，吳江柳扮百花公主。鳳行說，你借了我刀，我便請你看贈劍。五舉說，這個好，我聽阿爺講過。何非凡做過這齣，收音機裏有。

看完了。兩個人都不作聲。鳳行說，這是老戲，說的倒好像是現在的事。本來不是一國的人，各有各的心事，也各有各的活法。到頭來，忠愛難兩全。

五舉想想說，他們最後，還是希望要團圓的。

鳳行説，世上哪來的這麼多大團圓。就説是戲，楊四郎和鐵鏡公主算是團圓了，可長平公主和周世顯又如何？

五舉無語，看看鳳行，想這麼瘦小的一個人，內裏仿佛有很大的氣力。想的事情，説的話，都是她的。倒是自己一個大男人，長了二十多歲，好像處處都在跟著時世走，跟著別人走。聽阿爺的，聽師父的，聽這世界的。

他便説，鳳行，你以後多跟我説説話。

鳳行便也看他。不知怎的，走到了春秧街，有電車「叮叮噹噹」地沿著路軌響過。雖然已經夜了。兩側的店舖都熱鬧得很。鳳行在一個麵店門口停下，麵店門面不大。卻有個堂皇的名字「振南麵粉場」。裏面確實有轟隆的機器。五舉看見麵條很柔韌地從機器裏一綹綹地游出來。五舉是第一次見，感到新奇。

鳳行和櫃檯的人打招呼，親切地交談。他們是認識的，用的上海話。五舉聽不懂。但覺得這話很好聽，被鳳行講得爽利，尾音處卻有一絲軟軟的俏。

臨走時候，鳳行買了一袋麵。鳳行説，這家的鹼水麵很好吃。我阿媽愛吃，以前沒有機器，都是手打的。

五舉便説，你對這裏很熟悉。

鳳行往前走了幾步，在一個賣南北貨的攤檔前駐足，對他説，我在這裏長大。

五舉周圍望望，兩邊是有些低矮的唐樓，燈光昏黃。每扇窗戶裏，都能看到一個家庭的剪影。有夫妻爭吵鬥氣，有父母教訓孩子；有情侶蜜月飲水飽，也有老年孤寡無人識。他想像不出，鳳行在哪裏長大。

他説，電視佬説，你是太子女。

鳳行笑笑，太子女？她遠遠地指一指，指向一個看不見的角落。她説，那裏是我們家的舖頭，賣紅燒肉麵。當年這個辰光，我還在店裏洗碗。

她忽然捉住他的手，讓他摸她的手心。那樣細軟無骨的手，掌心有厚厚的繭。

他們都覺出彼此手中的暖。便又握緊了些，沒有再鬆開。

對於見到鳳行的情形，榮師傅或許記憶猶新，但他並不願提及。

那是鳳行唯一一次，進入同欽樓的後廚。按規矩，對於除大小按以外的所有人，後廚是禁地。

當目送五舉消失在樓梯盡頭的二樓，她忽然有了一個念頭。

這時已是凌晨時分，她隨五舉悄悄潛入。

她推開了後廚的門，臉上還帶著好奇被滿足前的一種得逞的微笑。但她的表情，瞬間凝固，因她看到了燈下那一老一小。五舉半躬著腰。一個身形厚重的壯年人，對爐而坐。

他們在同時間，也看見了鳳行。

她聞見空氣中瀰散著濃烈的、難以名狀的臭味，不由得掩了一下鼻子。

榮師傅在「補餅」。

這是同欽樓延續了數十年的規矩。「同欽」餅部，平日出產廿多款唐餅，除了坊間常見的雞仔餅、老婆餅，還有皮蛋酥、摩囉酥、蛋黃酥、棋子餅、小鳳酥等。每日黃昏清點，賣光的餅品，便須夜晚焗製補上。「同欽」的這一傳統，在廣州「得月閣」時流傳至今。廣東有個歇後語叫「阿茂整餅」，說的便是昔日「得月閣」的製餅大師傅區茂。因區茂不時巡視店舖，見哪種餅賣光就製哪種，以備不時之需，「無嗰樣，整嗰樣」。因是供求相應，各大茶樓的餅部，曾紛紛效仿「補餅」。然而，時移勢易，到了這一代，唯有榮師傅還在嚴格地執行。

這一夜，榮師傅補的是「光酥餅」。

鳳行聞到的味道，正是由此而生。這種餅身雪白，鬆軟香甜的餅品，做法卻極為特別。因為不放麵種酵母，要將粉糰發開，全賴添加

一種「臭粉」。這「臭粉」當真奇臭。烘焙過程要等待其揮發，邊焗邊照看爐火。臭氣氤氳散盡後，便是化腐朽為神奇。

榮師傅看著這個模樣清秀的青年。在短暫的驚慌之後，他看到掩鼻的手迅速地放開。人也鎮靜下來，對他鞠了一躬，作為致禮。待頭抬起來，目光與他相對，不卑不亢。

榮師傅看一眼徒弟，問這青年，你是五舉的朋友？

青年點點頭。

榮師傅沉吟一下，目光轉向五舉，用斬釘截鐵的聲音說，送客。

五舉和鳳行正向外走。聽到身後一聲喝，回來！

他們猛回過頭。看見師父戴上手套，將剛剛焗好的光酥餅從爐裏取出來。他對五舉說，回來，給你朋友帶兩個走，回家吃。

這個秋天，五舉決定娶鳳行。

他想，這是他人生中一個很大的主張。他見過了鳳行的家人，吃了鳳行父親為他親手燒的紅燒肉。濃油赤醬擊打了他的味蕾，卻也喚醒了他體內一些原不自知的東西。他醒了，他明白這個主張中，必然包括了放棄。

對於徒弟突如其來的通告，榮師傅似乎並不很意外。他聽了只是說，你都大個仔，該娶老婆了。話界師父知，哪家的姑娘好福氣？

五舉便說了。榮師傅一皺眉頭，說，上海人，外江 [1] 女哦。

但他即刻又故作開明，道，如今是新時代。外江本省一家親，帶來師父見見。

五舉告訴他，其實見過。那天在後廚，師父還送了她兩塊光酥餅。

榮師傅愣一愣，恍然，哈哈大笑說，瞞天過海啊。你們兩個，原來是梁山伯與祝英台。

1　閩粵等地對外省人的稱呼。

說者無心，五舉卻倏然聽出了師父話裏的不祥。

他撲通跪了下來。他說，師父，我結婚後，恐怕不能回來店裏幫手了。

榮師傅瞠目，當即站了起來。當聽完了女孩家苛刻的結婚條件，他跌坐在了椅子上。

鳳行的父親說，鳳行是接我衣缽的女兒。我年紀已大了，她幼弟還未成年。你娶她，必須入贅我家，夫妻同舟共濟，撐起「十八行」。

過了半晌，榮師傅說，我養了你十年，你為咗條外江女，說走就走？！

五舉聽到師父的聲音沙了，便哽咽道，師父，一日為師，終身為父。你當我仔來養，我這輩子都拿您當親爹孝敬。

榮師傅看著他，冷笑道，我有親生仔，我要你孝敬？我養你是來接我的班。不是幫外江佬養出一個廚子，去燒下作的本幫菜！

五舉聽到這裏，猛然抬起頭，眼睛泛滿了淚花，他說，師父，捻雀還分文武。我敬您，但我不想被養成您的打雀。不是用來和人鬥，和同行鬥，用來給同欽樓逞威風的！師父當年選我，不選師兄。是看我好，還是看我孤身一人無罣礙，好留在身邊？

榮師傅顫巍巍地站起來，指一指五舉，厲聲說，你走，我不留你，走了莫要再回來。滾！

五舉抬頭，眼神灼灼道，好，徒弟不留後路。師父傳給我的東西，我這後半世，一分也不會用。

五舉對著師父，狠狠地磕了五個響頭。榮師傅沒看他，只是虛弱地擺一擺手。

這一晚，五舉架起鐵鍋，燒上炭火，最後一次為師父炒蓮蓉。他想起當年師父教他炒，說要吃飽飯，慢慢炒，心急炒不好。百多斤的蓮蓉。那時他身量小，一口大鍋，像是小艇，鍋鏟像是船槳。他就划啊划啊。那蓮蓉漸漸地，就滑了、黏了、稠了。他心裏高興，就划得分外有力了。

　　如今他長大了，艇和槳都小了。他還在划，卻不知道要划到哪裏去了。

　　五舉和鳳行的婚禮，很熱鬧。但都是女家的人。同欽樓上下，沒有來一個。外面的人都說，白養十年，他就是叛師門的「五舉山伯」。

　　到了婚宴時，男方家來了一個老人，是阿爺。阿爺帶來的卻是豐盛的囍禮。紅金油漆的木匣，嫁女唐餅有二十多斤。五色「綾酥」，一應俱全。另有帖盒，最上層的，是一整副足赤金的龍鳳首飾。

　　五舉取出一只「紅綾」，咬一口，嚼著嚼著，眼淚流了下來。他吃出紅綾中的蓮蓉，是他自己炒的。

　　此後，每逢年節，新年、端午、中秋，五舉必帶上鳳行，去看望師父。

　　每每在門口等上一兩個小時，才走。數十年雷打不動。

　　師父沒有再見他。

貳·般若素筵

漱珠橋當珠海之南，酒幔茶檣，往來不絕，橋旁樓二，烹鮮買醉，韻人妙伎，鎮日勾留……半夜渡江齊打槳，一船明月一船人。

——梁九圖《十二石山齋叢錄》

說起來，我和榮師傅去過一次廣州「得月閣」。

是在「得月」一百二十週年慶典。這間老店，自千禧結業。當年的掌事、車頭、大廚在各地開枝散葉，倒還都尊這間老號。水源木本，除了香港的「同欽」、澳門的「頤和」、還有上海的「瑞香」、杭州的「嘉裕」等，這天紛紛到場。人頭湧湧，共襄盛舉。又來了不少的媒體，也算是十分熱鬧。「瑞香」是有名的粵菜點心連鎖店，我尚不知與「得月」的淵源。這天來的是總經理，與我年紀相若，一個意氣風發的人。接受採訪，也是揮斥方遒的神氣。見了榮師傅，畢恭畢敬。榮師傅對他倒是淡淡的。事後跟我說，當家的少東，到最後，將「得月」的名號賣給了這後生仔開了所謂加盟店，也是晚節不保。

待人都散去了，榮師傅與我坐在這間已成了「茶藝博物館」的建築裏。如今業權給政府購下，已封了後廚，沒了煙火，倒還都完整保留了昔日的模樣。夕陽的光線，從一扇扇滿洲窗穿射過來，赭紅的「平地黃」玻璃，鋪在牆面上就是一層暖。陳三賞雕的「醉八仙」，也籠在這暖光裏頭，一幀一幀，那神態行止，也都是百多年前的模樣。

「像，真像。」我回過神來，見榮師傅正定定地看著我。

當年你爺爺，就坐在這張桌子上。他敲敲桌面，紫檀質厚，鈍鈍作響。榮師傅說，那天啊，我在廚房正忙，企堂喚，說有個客想見我。我問，熟客生客？回說，是個生客，江南口音。

我擦一擦手，便出去了。

遠遠見位先生，挨窗坐著。穿一身青布長衫，是個斯文人，面目有些冷清。企堂引我過去，對他說，這就是做蓮蓉包的師傅。

這先生看我一眼，竟站了起來，笑了。我現在還記得那笑，笑得像個孩子似的。他對我拱一拱手，說，毛某抵廣多時，未吃過這麼好吃的蓮蓉包，沒想到師傅這麼年輕。

企堂插言，別看我們榮師傅後生，長在輩兒上呢。

我也對他回了禮，說，毛生中意，就常來幫襯。

以後，你爺爺便真的常來。有時自己飲茶，有時帶了朋友。漸漸熟悉了。知道他從杭州來，在漱珠橋新開的美術學校教書。後來說起這一面之緣，他就笑說自己是這個脾氣，見到了好東西，便總想知道個出處。跟做學問一樣，為求甚解。現在想想，他的性情，還是讓人很喜歡。

我說，爺爺留下的筆記裏，記過和您見的第一面，還在文章前寫了個題目，叫「食狀元」。

榮師傅便樂了，這一笑就顯出了彌勒相，是極滿足的，說，那天他一個讀書人，對我行禮，可把我嚇了一跳。原來是把我抬舉成狀元了。

他笑著笑著，忽然沉默了，目光落在了一幅草書中堂上，是「至味」兩個字。這是祖父臨去香港前，題給榮師傅的。這中堂筆觸頗為豪放，不似平日楷書的工謹端肅，很有幾分少年狂的味道。榮師傅忽然開口，喃喃道，早知道我在他心裏，是個「狀元」，我就厚著臉皮，再多討一幅了。

那天晚上，榮師傅帶我在小北路上的「柏園酒家」吃飯。這酒家的粵菜算很有些名頭。內裏也別有洞天，據說設計是出自名家之手，鄰著湖，樓台水榭，飛簷翅壁。一晚上，榮師傅好像有心事。在我看，倒很想聽聽他品鑑同行的手藝。蝦蟹粉絲煲的味道，是不錯的。可是，他草草吃上幾口，情形很是敷衍。倒是中途，自己先匆匆地出

去了。我見他多時沒有回來，就跟了出去。看到他一個人，獃獃地站在中庭裏，面對著一扇巨大的紅木屏風，那屏風大概也看得見年歲，金漆已有些發暗。我於是走過去，上面鑴刻了四時的花鳥魚蟲，工藝十分細緻。榮師傅看我來了，笑一笑。那笑容卻是有些悵然似的。我說，難得這兒也還有些老東西，可跟「得月」有了一拼。他也不說話，只拍拍我的肩膀，做個回去的手勢。

離開「柏園」的時候，剛跨出門檻，榮師傅忽然回過身，在那扇烏黑的鐵木大門上使勁拍了拍，又抬頭上下看看，說了句話，我當時不是很懂。他說的是，也算是個好去處了。

這幾年前的一幕，在我印象中十分深刻。後來，我問起山伯。五舉山伯，笑一笑，說，他是對那門說話呢。

五舉說，前幾年，師父腿腳好時，每年我都陪他來廣州，去柏園吃飯。那十二幅金漆屏風，他曾經想辦法買下來。可如今都是公產，再多錢也買不回了。天大的太史第，一共只餘下來這些。

我心裏納悶，但隱隱地，覺得可能與榮師傅那悵然的神情相關。其實對五舉忽然邀我上廣州，我也並無思想準備。但他電話裏說，恰好明日有事要辦，師父既囑他陪我走走，不如同去。

接下來幾日，我便先跟著山伯，接連走了廣州的幾間食肆和酒家，除了「柏園」，還有「楠園」、「珠溪」和「陶然居」，一一見了他們掌事的大按師傅。一番行走，我也算是明白了大概。離開了同欽，榮師傅想要編寫一本食典，關於粵式點心。因為當年的老師傅們，各據擅場，每一道的做法和掌故自然都有個出處。山伯要辦的事情，就是為他蒐集當年的照片和師傅們手書的食譜，以茂圖文。可惜的是，年代久遠，許多老師傅已經故去了。好在如今掌事的，多是他們的傳人，可謂薪火仍在。「陶然居」的總廚，居然翻出了一張報紙，已經脆脆地發了黃，邊緣還有燒焦的痕跡，不知是否因為爐火。他指著報紙上的照片對山伯說，這可有年頭了，還是抗戰期間拍的，我師父前年這一走，當初幾個同業，恐怕只剩下榮師傅了。這報紙你帶回

去，給他老人家做個紀念吧。照片已經十分模糊了，我只有湊得很近，方能辨出大概的輪廓。在指點之下，我才看到中間一個瘦高的年輕人，穿著西裝，依稀見有清朗的眉宇，笑得很好看。

這正是當年的榮師傅。

我仔細地看一看，說，山伯，原來榮師傅人瘦的時候，和你眉眼有些像呢。

山伯似乎並不想接我的話。我在心裏做自我檢討。因為來陶然居的路上，我忍不住再次問起他，當年離開同欽樓的事情。

第二日清晨，山伯早早叫醒了我。我們搭車到了越秀區的一處古剎。門前有一只巨大的香爐，不知為何漆成了通體血紅，上面鐫著「無著庵」三個字。迎面的大雄寶殿，十分氣派。門頭是「萬佛樓」，漢白玉的欄杆上，掛著一道橫幅，上面寫著「熱烈慶祝廣州市佛教協會成立六十週年」。

大約是太早了，庵內外還並未有什麼人。

五舉山伯打了一個電話，便有一位青年尼姑走出來，很客氣地迎接我們，說，意靜法師已經在等二位了。

於是我們見到了「無著庵」的住持，一個年老而和善的比丘尼。山伯從包裹拿出一張支票，畢恭畢敬地遞給法師，說，這是代師父榮貽生捐奉的香火。

法師聽說了這個名字，立即站了起來，問我們榮施主可好。

山伯說，都還好。但師父腳裏長了骨刺，做了個小手術，又怕耽誤了日子，所以就派我來。

法師點點頭，雙手合十道，阿彌陀佛。我們都是年紀大的人了。菩薩慈航濟苦。檀越這些年，行善頗多，都在因果裏。

青年尼姑為我們打開了偏殿的門。我才看到，裏面的三面牆，錯落地安放著許多的牌位。五舉點上香，將帶來的供品，都放在相鄰的兩個牌位前。上面鐫著，「佛力超薦　先姚　榮氏　慧生　往生蓮

位」，另一只上中間的名字，只有「般若　月傳」四個字。那牌位雕刻得十分精緻，上首是一朵盛放的蓮花。

下午，我和五舉到了廣州市圖書館。「陶然居」總廚説他師父説過，當年幾場廚界會饌「庖影」，在《粵華報》上連登了五年有餘，都是各大食肆、民間私房的飲食異聞，興許能找到我們要的東西。

我們説明了來由，廣圖的館員十分熱情，説解放前的老報紙，如今都被掃描做成了縮微膠卷，現在保存在第二檔案館裏，便引我們進去。

花去了許多時間調取膠卷。上機之後，五舉山伯戴上老花鏡，一幀一幀地看。邊看邊做著筆記，同時用剛學會的方法，有些笨拙地將需要的資料影印。每張 A4 紙從影印機中出來，一道白色冷光，便煞煞反射到他的鏡片上。他撿起來，對著日光燈，認真地檢查影印細節，像個老學究。

這樣久了，未免沉悶。我便在另一台電腦上網，回了幾封郵件。忽然頭腦中閃過上午在無著庵中見到的名字。鬼使神差，便在搜索引擎打上了「般若　月傳」四個字。然而搜索的結果，卻讓我愣了一愣。

出現在首頁的，是一篇博客文章，叫〈風月沉沉話流年〉。打開看，是個叫「越秀俚叟」的作者，所寫無非是當年廣州的掌故舊事，文字頗為酸腐。可這篇文章，在「陳塘豔影」一節後，出現了「寶刹名庵」的標題。於是我在一個段落裏，看到了「月傳」的名字。

　　清末民初，廣州習俗遇有喪事，輒邀尼僧至治喪之家念經打醮。十年之間，尼庵峰起。四處交接，招徠佛事。然其內豔影不讓陳塘，後遭社會輿論所指，略有減少。民國九年，廣東軍北伐。因籌募軍費，勒定城中寺庵堂必捐出所有產業，庵堂紛紛關閉。唯數庵近官得力，得權力者支持留存，愈見其盛。其名較著者如：小北藥師庵，都府街永勝庵，仰忠街蓮花庵，麗水坊無著庵，應元路昭真庵，豪賢路白衣庵，大北直街的檀道庵等，並稱

「七大名庵」。所謂「水不在深,有龍則靈,庵不在大,有妙尼則名」。故坊間流傳「廣州五大伽持」之豔名,如藥師庵大蝦、細蝦,永勝庵眉傅,蓮花庵文傅,無著庵容傅,名謀一時。其與軍政人物有染頗多。亦有以才名著稱者,如般若庵月傅,丹青弈術,城中諸妹,無出其右。奈何其性清寒,風情不解,未有善舞長袖。唯知己,魂斷於亂,後杳然於世間。無可考,足嘆息。

到這兒忽然結尾,讓我措手不及,隱隱覺得還有下文。這時兩個管理員,推著一車檔案路過,一邊說著白話聊天。我於是問,在哪裏可以找到般若庵的資料。兩個人對望一眼,口中道,唔知哦。我問,那藥師庵呢,大蝦細蝦什麼的。

那年紀大些的,詫異地打量我,說,看你人後生,怎麼會問起這個,當年「開師姑廳」的,多半都不在了。

我更茫然了,師姑廳?

他促狹地眨一下眼,說,對,都是你爺爺輩的風流事嘍。我們這兒可沒有,該去問那些「老羊牯」。

我想了一會兒,又打開了那篇博客文章,登錄,給那個叫「越秀俚叟」的人留了言。我不清楚,他是不是所謂「老羊牯」,但直覺告訴我,他可能會知道一些事。我的言辭極為客氣。稱他為前輩,說拜讀了他的大作,自己在做一個研究項目,不知能否當面請教。誰知他竟很快回了留言,只三個字:「在哪見?」

我說,我在廣圖。

他又回了兩個字,「等我」。

我不禁有些驚訝。大概是他文章太過咬文嚼字,忽然變得這麼簡潔,讓人還真不習慣。我留下了我的手機號碼。

只過了十分鐘,我就接到了電話,竟然是個女人的聲音。我走到了圖書館門口,東張西望,只看到一個周身牛仔裝的年輕姑娘。她正在咀嚼,忽然一鼓腮幫,慢慢吹出一個大泡。我看得入神,「啪」地

炸了，嚇了我一跳。她嫻熟地將泡泡糖舔進了嘴巴，繼續咀嚼。我猶豫了一下，還是走近她，問，你是「越秀俚叟」？

她看我一眼，點點頭。

我輕輕皺了皺眉，問，這文章是你寫的？

她回答說，不是，是我太爺爺寫的。我幫他輸入、上傳。這麼老了還要趕時髦，開博客，那時天天逼著我打沒人看的流水帳。

「太爺爺？」我深吸了一口氣，想起這篇發表於八年前的文章，點擊數只有「35」。我說，我可不可以拜望下老人家。

她用很奇怪的眼光看我一眼，說，他老人家，早就下去「賣鹹鴨蛋」啦。我就是好奇得很，點解他死了這麼久，還有人會「拜讀」。

我心裏一陣黯然。這姑娘打開雙肩包，從裏頭拿出一本書，遞給我說，拿著，這個可能對你有用。網上的文章，都是這裏頭的。

我接過來，是本印得很粗糙的書，上面影影綽綽是個「三羊開泰」的輪廓。書名是行書寫的《羊城鉤沉》，作者「錢其志」，應該就是「越秀俚叟」的真身。

我很認真地道謝，問姑娘怎麼把書還給她。

她擺擺手說，不用不用，送你啦。這本自費書我媽一看見就來氣。我們家還多著呢，用你們文人的話說，叫「汗牛充棟」。要多少有多少。

晚上，我在酒店裏翻這書。五舉山伯，用很欽佩的口氣對我說，要不師父說，讀書這事，是長在根上呢。我今天看那些報紙，頭暈腦脹，到現在還沒緩過來，你倒還能讀得進去。

我對他笑笑，卻顧不上和他說話。我也沒有想到，自己會被這本印刷拙劣的自費書吸引。原來錢老先生，是用了章回體的方式，寫掌故舊事。網上這篇文章，的確有下文，為第三十二話：花跡夢影皆無痕。

這一話裏，提到了許多與「七大名庵」過往甚密的，都是民國軍政大員。讀來觸目驚心，曰彼時風雲詭異，自不待言。北伐前後，

朝野更迭。下野官僚政客，隱居於廣州尼庵，作避人耳目之所，一住便是一年半載，足未出戶；伺機再起者，亦以「師姑庵」作為祕密活動的場所，不少政治密謀與交易，皆於庵內拍板成交。自民國三年，廣西軍閥龍濟光治粵開始，簡直堪稱一部近代另類簡史。龍大將軍的部下官員大多是「開師姑廳」的愛好者。其中如統領王純良、馬存發等人，還娶了美尼為妾。及至粵軍陳炯明逐龍，重佔廣州，其麾下也一樣喜歡開師姑廳。黃慕松做廣東省長時，宋子良任財政廳長，與親信唐海安索性就在師姑庵內辦公，以便與名尼朝夕相處。說起尼庵豔聞，甚至驚動了時任行政院長的汪精衛，據說其心腹曾仲鳴長期將藥師庵作休憩之所。二人閒話，談及某粵上名媛姿色。汪問曾：「比得上藥師庵的大蝦和細蝦嗎？」

書中對所謂「五大伽持」之生平，算是津津樂道，盛時風光，身後蕭條，歿時慘澹，所述頗為翔實。但是，我翻來翻去，唯獨「般若庵」的月傅，再未著一字，確確實實「無可考」。

正當我也要掩卷「足嘆息」，隨手將書一擲，書裏卻掉出一張紙。對折的，打開竟是一張信箋，宣紙灑金，已黯淡成了點點灰污。上面密密地寫著小楷。抬頭是「敬啟者：般若素筵」，跟著一列列的，讀下來，竟是道道菜名。

末尾的落款是：慧生　擬，月傅　書。

一九二二年夏天的廣州，格外溽熱。

其實不過六月。傍晚時，下了幾程小雨，暑氣才微微降了下來。石板路上，還有未褪淨的水氣，便有赤腳小童忙不迭地玩耍奔跑。撞了一個賣花的阿婆，將開未開的梔子，落了一地，又被踏上一腳。兒童回身作了個鬼臉，只管繼續往前跑。婆婆用拐杖使勁頓一頓地，衝那背影就要罵過去。身邊卻有人扶她起來，將路面上的花也都揀回籃子裏。婆婆看一眼她，說，小師父，這花賣不得了，你好心施捨些，帶回去供菩薩吧。

　　熱是外頭的。般若庵，結廬人境，自有它的清爽。街面上大小聲響，車馬喧囂，進不來，連同許多情勢，也都一併擋在了外頭。

　　庵室三進兩側。正面佛堂供奉金身觀音，清肅莊嚴。有燈火香煙，紅魚青磬，幾個善男信女禮佛誦經。轉過側邊，彎曲幾折，另是若干靜室。「蓮座通幽處，還須繞迴欄。」有人尋了來，也不著要領。坊間傳說洞天福地，內有花冠妙人，輕紗軟衲，全在一念一時。

　　慧生拎了一籃花，往裏走。越走越靜，靜到外頭的香火味都滌乾淨了。她走得快了，聽見了自己的呼吸聲，才放慢了步子。

　　輕輕推開門，輕輕闔上。她捧了一只缽，出去接了清水，將花一一倒在了裏頭。

　　這時候，才聽到身後嘆一口氣。

　　窸窸窣窣的聲音。她一回頭，見案上又是一團揉皺的宣紙。她走過去，展開來看，見上面是幾個通紅的石榴。開了口的，粉嘟嘟的籽，一隻小雀正在啄食。旁邊還畫了荸薺與蓮霧，都是應時蔬果。題的是，「一暑接一涼，未見何其多」。

　　底下鈐的是「茶丘」。慧生就說，真是喜歡這枚印，蓋了又蓋。

　　月傅歔歔地，這才開口，說，談溶一還俗，又少了個能說話的人。

　　慧生想想，說，嫁了個蔡哲夫，也不知靠不靠得住。對了，檀道庵差人送了套清裝過來，還算是個念想。

　　你看這畫的，知道的說的是石榴。不知道的，又估摸著你發了什麼牢騷。好好的一張畫，怎麼又揉了。

　　月傅這才低下頭，輕輕說，佛手畫壞了。

　　慧生又仔細看了看，說，我是真沒瞧出來。放眼望，這廣州城裏的妙尼，如今還有誰畫得過你。藥師庵的細蝦，請了高劍父做老師，又如何。你可記得馮十二少怎麼說她，「還是一股子陳塘的胭脂味兒」。

　　慧生捏著嗓子，倒是將那個娘娘腔的軍務處長，學到了八九分。月傅這才被她逗笑了。

慧生將那畫展展平，説，以後啊，畫得不好，就交我燒了。你可是不知道，前日畫的那幅山水，給你扔進了紙簍。灑掃的紮腳尼撿了，執拾起來找人裝裱成軸。到外頭去，可給賣了個好價錢！

月傅倒笑了，説，還有這等事，也算物盡其用。

想想，她又眉頭一皺，説，可畫得次了，流出去，也是毀人清譽。

慧生也笑，你啊，一時聰明，一時又糊塗。他們得了好處，還笑你是個招財觀音。

月傅嘆一口氣，説，罷了，那些小孩子，也是過得清苦。就當是幫一幫她們吧。

慧生正色道，想當年，我也是個紮腳尼，怎麼沒個人心疼我。舉凡庵內掃地、添香、種菜、挑水、托缽化緣募米，一椿椿一件件，落手落腳……

説著説著，她看見月傅望她，又是憂心忡忡的表情。便沒説下去。

她也望著眼前的人，在燈裏頭，眉目鍍了毛茸茸的一層影，美得如畫。別房的妙尼，庵主要訓他們一顰一笑。可是月傅，自小不愛笑，冷著臉色，卻生就了傳情的模樣，也合該是造化。

慧生還記得那年，她九歲。月傅也九歲，剛剛買了來，琵琶仔的年紀。這麼小，一頭豐盛的好頭髮，散開來，黑雲一樣。慧生躲在庵堂後頭，看她剃度。剃完了，她卻屏住了呼吸。庵裏的小妙尼，見過得多。可沒了頭髮，還這麼美，美得無法挑剔，她未見過。那天邊剃頭髮，月傅一邊在哭。慧生的印象中，哭得如此美的女仔，這是第一個。

這美，讓她心悅誠服。她知道自己生得不靚，口鼻硬朗，幹活的相，只能做下等的紮腳尼。在這師姑庵裏，相貌即是等級，決定了地位與境遇。美對她而言，從不是值得欣賞的東西。仰視之餘，讓她順理成章地畏懼而妒忌。但她記得那個瞬間，哭泣的月傅，讓她心裏倏然一軟。

十歲那年的冬至，換香的時候，她打碎了庵主的琉璃香爐。監院

的老尼，把她摁在冰涼的井台上打。她一聲不吭，咬了牙任她打。因為她不吭聲，老尼打得更狠。漸漸打出血，僧袍底下，滲出殷紫。她覺得自己的牙關鬆了，就要失去知覺。朦朧中，覺得有人抱住她。

是月傅，就這樣緊緊抱著她。也不說話，也不求情，就是一邊哭，一邊緊緊抱住她，護住她。

這一刻，她知覺一點點地恢復，傷口有些疼，疼得發暖。月傅仍是不說話，只是哭。她身上薰衣的檀香味道喚醒了慧生。她覺得鼻腔裏猛然一痠，竟然有滾燙的水，從眼裏流出來。她驚奇地想，自從剃度後，從來沒哭過。她竟然哭了。

第二天，她被調到了月傅一房侍奉。

老尼說，你是什麼鍋蓋運氣。平日不聲不響的小妙尼，跪在庵主跟前不肯起，非要你。我都怕她哭出個好歹。

她搬了鋪蓋進來，看見月傅。跟她一般大的女孩子，目光竟然比她要怯得多。躲閃了她一下，好像對著陌生人。

慧生不說話，默默躺下。心裏想，這個人護了我一次，我從此都要護著她。

如今九年過去，她們都長大了。

月傅還是愛哭。但，只對她一個人哭。兩年前，有個順德開錢莊的「老羊牯」，花了三千大洋梳攏她。她硬著眼神應下來，回到房裏，伏在慧生肩膀上，哭了兩個時辰。哭完了，擦乾了眼淚，收拾了衣裳、身子，硬著眼神地便去了。

慧生想，這樣好。只哭給我一個人，外面便沒有人能欺負她。

月傅人聰慧。

住持的來歷，庵中無人不知。本是鉅富妾室，豪門因案破產，如鳥獸散。她攜帶私蓄，在般若庵落髮。因見過世面，又懂男人，她調教妙尼，是往大氣一路走的。教他們讀佛經道典，諸家詩詞。琴棋書

畫，更請名家相授。一眾妙尼中，月傅的靚，人盡皆知。可聰慧，卻是後來脫穎而出。讀書，過目成誦；學畫，她只見過二居筆墨，便已成竹在胸。自己畫來，竟是神形兼備；學棋，庵中偶有國手蒞臨，庵主求他點撥一二。月傅閉門幾日打譜。再有客上門，自詡棋藝了得，紛紛落敗於月傅，輸了棋金。久而久之，這聲名便傳開了去。

月傅聰慧，但不懂人情。男人來了，是要身心舒泰。見妙尼，是要討自己歡喜。與月傅對弈，輸一次，是掉以輕心；再輸，是自己嬌縱；輸個沒完沒了，就心生惱怒了。月傅不懂，下得一板一眼，每每將求見者殺得大敗。庵主笑著讓她放水。月傅冷面道，我不會，那就不下罷了。

客來求見者以資，資厚者接一弈，酬一畫，更厚者酬以詩；薄者留一茶，談笑片刻而已。資由庵主統收統籌，對見客尼酌予分潤。見與不見，都是庵主說的算。庵主心生不悅，白養出了一個愣頭青。

眼看房中冷落，慧生想，這庵裏人人看人臉色，月傅卻不看。她不看，只有我來看。

慧生七歲進來，庵中世故，各房門道，摸得一清二楚。月傅是不懂爭。而她是不屑爭。可到了如今，便是厚積薄發之時。

她早看清，除了妙尼酬唱，庵中收入，最大一項，其實是擺筵。

所謂「開瓊筵以坐花」，是陳塘風氣，如今已蔓延師姑廳。達官顯貴，王孫貴介們，早吃膩了「留鶬」、「宴春台」，非要一嘗這洞中風月。尼庵素筵，蔚然成風。比之花筵酒家的葷宴，取值更為不菲。一席素筵，通常要五六十銀元，上等素筵則非數百至上千不辦。如若延攬名廚整治酒席，收費則比市上的酒樓更為昂貴。

這一項，便成為師姑廳之間的比試。藥師庵的鮑燕素齋，聲名在外，令無數英雄競折腰，千金一擲。他人眼紅，卻奈何不得。庵主咬牙道，他們那燕翅羹，說是素燕，也不過是用母雞、豬骨熬的高湯來入味。什麼佛法真味，哄騙肉眼凡胎，也是阿彌陀佛了。

般若庵的廚房，三個廚師，一個還是從蓮花庵挖角過來。用盡百

般心力，卻總是發揮平平，追不上那風頭。

慧生便找到庵主，説，我有辦法。

庵主見慧生，愣一愣，想起是月傅房裏的。平常不多話，頰上有顆痣，依稀記得是多年前那個打碎了琉璃香爐的紮腳尼。神情骨相，仍是硬朗朗的。看她眼神不躲閃，是不卑不亢的樣子。

她想，不聲不響，倒是初生牛犢不畏虎，便問，你有什麼辦法。

慧生就説，我平日在後廚裏幫廚。看多了，久了，還是口味迎合，無非是落了外頭花筵的俗套。像藥師庵和白衣庵，都是在用料上下足了功夫。我們追不上，也無須追。倒是在做法上，多想想辦法。

庵主説，誰説不是這個道理。按説佛門地，仿葷的路數本不合適，可那些酒肉穿腸過的主，做得要不像，他們就不再來了。

慧生説，我看倒未必。吃刁了的舌頭，口味上跟不得，倒是該給它醒一醒。

庵主聽出些味道，笑問，那你想怎麼醒。

慧生説，給我三天，做一桌素筵。好了庵主點個頭，不好罰我降去做灑掃尼。

庵主心裏一怔，想，這好大口氣。讓她去折騰，撞了南牆，給自己一個好看。

晚上，月傅朦朧間，看慧生輕手輕腳出去，便問，去哪裏。

慧生答，起夜。

可出去了就沒了影。到了凌晨，才回來。

月傅便坐起身。正待問，卻見慧生揉一揉眼道，睡覺睡覺，可睏死我。

到了第二夜，又見她出去。月傅想想，終於悄悄跟上她出去，拐過側院、花池，看到她快步走到廚房裏，掌了燈。

門是虛掩的。爐子生著火，坐著一口鍋，鍋裏的水將開了，冒著霧白的熱氣。月傅見慧生坐在小杌子上，弓著腰，在用力刮著一

只碩大的青葫蘆，專心致志的。許久，月傅想想，心裏疑惑著，卻沒有擾她。

又是凌晨才回來，臉虛白的，腫著眼睛。眼瞼底下，是青青的痕。見了月傅倒先展顏，嘻嘻笑著說，我們就快要翻身了。

月傅佯怒，道，你啊，三更半夜的，給庵主捉住。醬油醋、醋醬油，說不清楚。

慧生往床上一躺，打了個長長的呵欠，說，還給你說準了，就是跟醬油醋打交道。

說完又骨碌一下爬起身來，說，快快，我來筆墨伺候，你寫個東西。

月傅蘸飽了墨，倒問她寫什麼。

慧生想一想，正色道，就寫：「般若素筵」。

三天後，便真的開了一席。除了庵主，還有三位平日掌宴的廚尼。慧生叫她們師父，看她們倒都淡淡的，大約準備好了要挑眼。

見慧生端上了幾道菜。上一道，便吃一道，然後才問起名堂。

先就上了一個蒸籠，打開了。裏頭是整齊的五分厚、一寸長的肉塊，外皮陳黃。入口倒很有咬勁兒，吃到裏面是軟糯的。並不膩，反而有一股鮮甜。慧生說，這是素燒鵝，懷山外頭包了豆腐皮，打了麵漿裏上。用秋油炸了發泡，再上籠蒸，這鵝皮的樣子就出來了。火候不可久，蒸垮了，皮肉就爛到一塊去。

庵主說，說人家藥師庵吊了高湯，你倒是有樣學樣，還說不遷就人的舌頭。

慧生嘻嘻一笑，說，這可不是高湯，是用老黃豆和綠豆芽熬了兩個時辰。

說著端上第二道。看上去倒像是油汪汪的五花肉，層層分明。一個老師傅便說，這可膩煞了我。慧生說，嚐嚐再說。

他們吃到嘴裏，竟是很清爽的。那肉皮更是入口即化。

問慧生，說是瓠瓜和麩皮薄薄切過，一做肉，一做皮。用大茴、

花椒、丁香炸油，一一煎了。然後加紅糖、瓜薑共炒。最後澆上一層豉醬。

庵主點頭道，這倒新奇，仿肉總是有豆腐。這瓠瓜看著像，吃起來倒還真是用了個障眼法。

慧生說，這還不算像，看看我的八寶素鴨。

說著端上了一只大盤，裏頭真是一整隻鴨子，折頸而臥，赤醬顏色，好不誘人。慧生執刀將鴨身切開，卻還有厚切的鴨肉，熱騰騰的，帶了血似的。

庵主說，阿彌陀彿，這可怎麼好。罪過了。

慧生說，又不犯戒，何罪之有。

起身揀了到庵主的盤裏，庵主這才嚐了一口，便道，這個好！十足的咬勁。到底是什麼，還真是醒了我的舌頭。

慧生不動聲色道，既說是八寶，出家人不打誑語。這鴨肉是用真粉、油餅、芝麻、松子、核桃去皮，加上蒟蒻，白糖紅麴，碾末拌勻了，在甑裏蒸熟了，晾乾，大切成塊，澆上一層芥末辣汁。

旁邊老師傅說，那這鴨身呢。

慧生說，鴨是涼補，這是一整個葫蘆，我可是在菜欄挑了許久，才有個像了回事的。

最後一道，是擺得整齊的一盤魚片，雪白的。上了一個銅鍋，水沸了，便丟進去。燙成一個卷兒，揀起來。旁有醬料，蘸了入口，綿韌竟與一般魚肉無異。兼有一股辛香，從舌頭上泛起，留於齒頰，久久未去。吃下去，整個人似乎都鬆爽了許多。

庵主同三個老尼，不知不覺，竟將一盤魚片吃完了。她們額頭冒了薄薄的汗，腮上也泛起了紅潤，似乎也沒有了剛才的矜持與挑剔。眼神中銳利退去，似乎還有一些盼望。

慧生看著她們，嘴角閃過一絲冷笑。她們甚至沒有追問這道魚片的做法，便用近乎失態的語氣，宣布了她的成就。

這道仿魚片，成為了「般若素筵」的當家菜，被命名為「鶴舞白川」。

說來也奇，自從般若庵的素筵由慧生掌勺，城中顯貴，竟至絡繹。有自己來的，有呼朋喚友的，更有一些回頭再來的。一夜最多，竟開到了三席。

鶴舞白川，每每作為宴席的壓軸。銅鍋端上來，赴宴的人，眼睛都會亮一亮，似乎等待著一個酣暢淋漓的收束。

月傅房裏的客人，漸漸多了。這自然是慧生與庵主的默契。慧生會準備一些糕點，放在房中，作為盛宴真正的端點。它們往往有著風雅的名字，比如「牡丹菊脯」、「雪意連天」。雖然簡素，其高昂的價格，與弈資相得。

月傅的棋藝比以往精進，客人們多半還是鎩羽而歸。但他們似乎比以往更為甘心，是一種快樂的甘心。他們體態慵懶，眼神迷醉。在某一個瞬間，卻又說不出的興奮。他們下棋，已經沒有了棋路。也沒有了所謂好勝心，下得信馬由韁，對勝負結果，皆十分坦然。他們的目光，有時逗留於月傅，總有些迷離，但仿佛並非因為她的美，而是被某種凝滯的物象所吸引。但更多的時候，則流連於室內某些細節。有時是一幅滿洲窗，有時是青錦屏風、烏木瓶簪，是一種近乎於癡迷的端詳。

他們似乎形成了某種慣性，宴後必與月傅對弈，樂不思蜀。

城中開始出現傳聞，般若庵的月傅，冷若冰霜，其實擅長巫蠱，足以迷惑男人的心智。這個謠言，當然是始於其他的師姑廳。「般若素筵」後來居上，使得她們大為受挫。她們百思不解，為何堂堂皇皇的鮑燕素齋，會輸給看似日常的菜餚。那些不算名貴的食材，做法儘管繁複精緻，但仍然經不起推敲。她們好奇與不平，進而央求靠得住的熟客，去般若庵一探究竟。這個客人信誓旦旦，去了後，卻再也沒有回來過。

　　流言如水，漸漸進入了般若庵的內裏。儘管每個妙尼，都懂得水漲船高的道理。但是終究在別人的風頭中，受到澤被，有些落寞與不忿。這無疑助長了流言，因為離得近些，便增添了許多的資料。有說在月傅的房中，曾聞見某種異香；甚而見過有青藍色的煙霧，在夜半時候，從窗戶中流淌出來。

　　有好事的絜腳尼，借灑掃之名，在月傅房裏搜尋，但什麼都沒有搜到。

　　這些傳言，漸漸傳到了月傅耳中。她有些厭惡，也感到了荒謬。但清者自清，她自然不屑去澄清什麼。只是她也開始疲倦於應付客人。

　　她也在想，慧生在廚房裏的好手勢，才是一切變化的底裏。

　　每次到了晚上，她見到慧生疲倦地歸來，總有些內疚。她不事庖廚，分擔不了什麼，卻是那個站在前台的人，坐享了所有的風光。

　　慧生，才是托住她的底。

　　慧生在廚房裏大刀闊斧，但有一道菜，總是帶回來做，就是「鶴舞白川」。她看到慧生用魔芋磨粉墊在缸底，用細紗濾出白色的汁液。然後傾出，在一只小鍋中煮沸，灑淡醋收聚，壓成小塊，鋪在甑內，再濾一次白汁，灑上紅麯，蒸熟。切片上盤。

　　月傅並看不出，其中有什麼奧祕。慧生的嫻熟，使得這一切的過程，更為簡化。

　　她也無從細想，這一道菜有怎樣的魔力，可以顛倒眾生。因為慧生並不給她試吃經手的菜餚，而她的食慾清淡，對於「仿葷」有著天然的抗拒，認為不潔淨。

　　有時，月傅想幫她洗刷蒸籠。蒸籠裏尚有殘餘的渣滓，散發著不知名的氣息。但慧生很迅速搶過來，說，這些菜，都是餵飽那些「聽收」[1]的，不要碰。那口吻中的輕慢，如同提及牲畜。

1　地嚳語，「聽候收檔」，比喻人死之意。

在某個雨天的午後，月傳百無聊賴，便起身在房間裏拾掇。這本是慧生的活兒。臨近佛誕，各房的紮腳尼，都被庵主喚去。她取下了帳幔、窗簾，又將房中酸枝傢私，盡數擦洗。慧生床頭的觀音龕，擦得格外細緻。擦著擦著，發現一塊板壁鬆動，就落了下來。她正想安上去，竟發現，裏面有一個油紙包。

她想一想，並不知這紙包隱蔽的意圖，於是打了開來。

包得很仔細，一層又一層。最裏面是幾顆枯黃的果實。這些卵形的果實，有些裂開了，可以看到烏黑的籽。這時，她聞到了一陣豐熟的異香，撞擊了她的嗅覺。她覺得這味道分外熟悉，甚至與她朝夕相處。忽然，她回憶起來了。

慧生是深夜回來的。

她看到了桌上的那包罌粟。

月傳看著她，並沒有說話，只是愣愣看著她。

慧生將那包果實包起來。月傳衝過去，一把抓起來，擲在地上。

慧生冷眼，俯下身，要撿起來。月傳一腳踩下去，實在而有力，那果實崩裂開來。烏黑的籽，還有一些雪白的粉末。那馥郁的，莫可名狀的氣息，在空氣中散布開來。慧生打了一個噴嚏。

她想，她一直謹小慎微，每次磨粉，都忍住了打噴嚏的欲望。她將那些粉加上木樨香，調製成乳液，然後慢慢地滲入魔芋，讓每一個顆粒都滲入。那魔一樣的味道，滲進去，可以讓每一個男人都欲罷不能。

她想，她終於可以淋漓暢快地打一個噴嚏了。

月傳說，你這樣，和眉傳房裏那個大煙鬼，有什麼分別。他倒是光明正大地抽，你卻偷偷摸摸地餵。我們這樣的人，還不夠讓人看輕？你做這些下作的事，想過我嗎。

慧生愣住了。她看著滿地的齏粉，抬一抬腳，似乎小心地想躲過什麼。她往後退了幾步，這才抬起頭來，眼神是散了。她努力將目

光聚攏了，落到了月傅的臉上，好像在看一個陌生人。她說，我做這些，不全是為了你？

說完了這句話，她一轉身，奪門而出。

夜半時，慧生沒有回來。月傅盤桓了許久，才找到了廚房。她看到爐膛裏燒著熊熊的火，爐上坐著一口大鍋，水已燒開了，冒著氤氳的白汽。慧生抱著胳膊坐著，獃獃著望著那爐火，臉被火光烤得通紅。忽然，她開始嗚咽，將臉深深埋在胳膊裏。肩膀也劇烈地抖動起來。她哭得這樣傷心，終於放出了聲響，不管不顧。以至於月傅已經走到了她身邊，她並未察覺。

月傅抬起她的臉，擦去她頰上的淚痕，卻又猛然攬入自己懷裏，緊緊的。她不說話，任由她去哭了。

慧生並沒有停止。她一邊哭，一邊記起了那個有月亮的夜晚。一個女孩，俯在了她的身上哭。當時，她感到身上纍纍的傷痕，很痛，也有些暖。

我在一本殘舊的嶺粵地方誌上，看到了有關「般若庵」的零星資料。可一提的是，這庵雖湮沒於上世紀四十年代的戰火，但卻曾為一席「竹珍筵」聞名。據說，這席素宴為一個叫月傅的女尼所製。

因年代久遠，字跡漫漶。但依稀仍辨得出，在這一節的開首，印著：

「大凡筍貴甘鮮，不當與肉為友。今俗庖多雜以肉，不才有小人，便壞君子。」

底下則是菜單，印有「海棠片」、「素雲泥」、「增城筍脯」、「靈芝筍」，可惜並未有製法。倒是一道「紫竹蓮池」，跟了一些文字：此出於杭州靈隱，竹蓀、蓮子、雪簟，入鹽湯焯熟，入碗即成，三者相得，各有清致。飲之，隱然有泉石之氣。慧生採鮮蕨入之，俱能助鮮。

下面幾行，印紙頁被蠹蟲蛀了，隻字片語，無法成文。跳過若干

行去，才看到這麼一句話：然「熔金煮玉」，以富貴之名，得至清之意。弦斷聽音者，幾希。

這道叫做「熔金煮玉」的菜上來時，陳赫明正對著面前的「傍林鮮」，發著獃。在似是而非的珍宴之後，他幾乎失去了最初的興味與好奇。曲徑通幽，清齋冷第後，窗亦垂幔，到最後也不過是滿室珠翠旖旎情形。他看著同袍們滿面的醉翁之意，其中一兩個，大約已是做慣了入幕之賓。

他忽而感到厭倦，打算找一個藉口提前離開。但見這道「熔金煮玉」端上來，他卻又坐下了。說實在的，這說不上是一道菜。它的名字，像是與這浮華盛宴有意的迎合，好似地水南音最後的打板。故弄玄虛，但其實只是一碗白粥。

他想，我正好想要喝一碗白粥。於是坐下來。

在滿室喧囂中，沒有人注意到，這個年輕的軍官喝了一口粥，忽而嘴角顫抖了一下。大約並未期待它的味道，然而，卻這樣好。

他用勺在碗裏撈一下，才發現，並不是白粥。所謂的「煮玉」，原來是切得極薄的冬筍片。不知熬了多久，甘香與粥渾然一體。似乎已經無味，但又有說不出的一種味，從舌尖遊到喉頭。

廣東人好粥，如他們海豐縣白町，是盛產粥的地方。大約因為近海，有豐盛的水產。粥便也因此多了許多的成就。他們都是就近取材，生蠔、青口，退潮時，撈上來便丟到鍋裏。一條「大眼雞」，斬掉魚頭，連鱗也不刮，也扔到咕咚咕咚燒開的粥裏。鄉俚的老輩人嘴刁，告訴他，不能等，要快，吃粥，就要吃一個「活氣」！

來了廣州後，滿街的粥舖。狀元及第、腰膶魚片，他喝過一次，從此不再喝了。那粥中的食材，無論如何標榜鮮美，在他嘴裏，只是吃出「陳」與「腥」。於是他只喝白粥。

但此刻，他又喝了一口，讓這粥在舌頭上留了一留，心裏驀然熱了一下。這粥裏，只有幾片筍而已，為什麼，卻有他久違的「活氣」。

於是他向庵主打聽這煮粥的人。

庵主說出了月傅的名字，說陳司令倒是有格有調，問他想弈棋還是求畫。

他搖搖頭，說，想問問這粥是怎麼煮的。

同袍們都笑，自然是笑他醉翁之意。庵主也笑，是心照不宣的模樣。

月傅見一身戎裝的人被引進來，說是司令，倒十分年輕。來人不是廣東男人慣常的黑瘦樣子，白面皮，高身量，竟稱得上朗眉星目，不免好奇多看了一眼。

這天月傅穿一身清裝。玄色絲羅，高衣衩，雪白的細綾長綺若隱若現。足登絲履，手持念珠，頭戴一頂珠玉尼冠。神態平淡，勿矜勿喜。

陳赫明上下打量了她一番，喃喃說，還以為見到了觀音大士本尊。

月傅微蹙眉頭，心想白高看了他。這行伍中人，一句話就露出了輕薄相。

但她不露聲色，徑直在棋桌前坐下，問陳赫明，敢問貴檀越，執黑執白？

陳赫明說，我不下棋，也不求畫。有件事要問師父。

月傅不作聲。他笑說，大世慈悲，救苦救難。腹中饑饉，也是一難。

月傅仍不作聲。他便道，師父那道「熔金煮玉」，該怎麼煮，可否賜教一二。

這倒讓月傅意外。她只聽說這人來頭不小，是陳大帥的親信，正茂風華。來找她，不談風月，不論時事捭闔，倒來問一碗粥。

她想想，說，其實簡單得很，無非就是捨得花功夫。米好水好。

陳赫明笑，說，怎麼個好法。

月傅說，米是新收的竹溪貢米，周家磅的一畝四分「天水田」，稻

熟可早七八天。入水漿如乳，不黏不糯，粒粒分明。煮粥的水，一為泉，次為溪，最次為井水。我這用的，是白雲山上的日息泉，每日朝露而出，日升而息。趕那黎明的一個時辰打水，水質格外潔淨甘冽。

陳赫明說，果然是有門道。那筍呢。

月傅說，是埔田的「嶺南珍」。只用那重陽的頭茬筍，蜜漬了用蠟封上，用的是「湯綻梅」的法子。一年幾時取來用，都新鮮如初。

陳赫明讚道，原來如此！我說怎麼我在一碗白粥裏喝出了「活氣」。師父在這裏頭花的心思，夠得上做流水的滿漢全席了。

月傅說，都是些小手勢，檀越見笑了。

陳赫明見桌上擺了一只碟，裏頭有些小食。就問月傅是什麼。

月傅說，看了本古書，裏頭說了這一道，覺得有趣。就照著做了。施主不嫌棄，可以嚐嚐。

陳赫明就用筷子夾了，放進嘴裏，仔細地嚼了嚼。

月傅問，味道如何？

陳赫明只覺得舌尖漾起一股清香，越嚼倒越是馥郁。他說，好像是臘月的梅花啊。

月傅竟笑了，說，好啊，這便對了。這道就叫「梅花脯」。

陳赫明說，難不成真是用梅花醃的。

月傅看看他，語氣終難掩興奮，說，還真不是。做法容易之極，這是用薄切的山栗、橄欖，加上一點鹽拌了。古人誠不我欺也。

陳赫明面露驚喜，道，這可真是奇了。倒讓我想起了金聖嘆那句「花生米與豆乾同嚼，有火腿滋味」。真是異曲同工！

月傅一聽，也笑了。她未想到，自己會笑得如此開懷。

兩個人笑過了，陳赫明看著她，認認真真說，月傅師父，那我以後要常來叨擾，討你一口白粥喝。

關於陳赫明與月傅的交往，並沒有太多的記載。哪怕說起他本人，最重要的身份，也是「阿煙」大帥的族中堂弟。從廣東護國軍第

一軍隨營講武堂畢業後，其追隨陳炯明，援閩護法。民國九年十一月，陳炯明就任廣東省省長。並邀孫中山回粵，整編粵軍，陳赫明任粵軍第一軍第三獨立旅旅長，次年改任第一軍第一路司令。此時少壯的陳赫明，剛剛經歷了春風得意，尚不知其人生正在走向終點。但他多少意識到了一些轉折，在他所目見的國家醞釀生長。或許是因為囿於時世風雲，或許因有一個過於奪目的兄長，這短暫的戎馬生平，身不由己，終於變得無足輕重。以至他在歷史尚留下的一鱗半爪，只多與風月相關。

坊間傳聞最盛的，是他對於廣州某名庵妙尼的賞識與傾心。其中一樁，倒是很有世俗的煙火氣。為祝賀這妙尼的生辰，他在庵內大宴賓客。當時尼庵還未安裝電燈，陳赫明下令市電燈局即日替該庵接裝電燈應急。一晚之間，全部辦妥，全庵大放光明。當是時，無論衙門官邸，抑或巨宅豪門，這都是萬難辦到的事情。

月傅沒有想到，會在這個夜晚見到陳赫明。

她知道，也看得清楚，這個男人，自有他的世界。他不說，她也不問。他肯說，她便也聽著。

她知道，她能給他的，從那一碗叫做「熔金煮玉」的白粥開始，是一個又一個，無味而有味的光景。

他已經半年不來了。慧生說，庵裏甚囂塵上，自然都是筵席上那些誇誇其談的男人們的談資。他的兄長陳大帥與孫先生，在「北伐」的事情上政見分歧，終於被罷黜下野。接連失去廣東省省長、粵軍總司令、內務部總長三職。兵權在握，陳大帥祕密策動粵部從廣西回師，而李宗仁防守的玉林是交通中樞要地。為防李不測之心，大帥下令，將李部調離，移防貴縣。玉林五屬之地，必交給其最信任者接防。

有時，她也會想，他在廣西，會做些什麼，想些什麼。但是，她想像不到。

有一次，她看見他躺在榻上，在睡夢中劇烈地顫抖，咬緊了牙關，甚至含混地吶喊了一聲。她害怕極了，拍他醒來。他只笑一笑，

説自己是「鐵馬冰河入夢來」。她看著他，蹙著眉頭，嘴唇緊闔。他知道，這是她表達擔心的表情。他就説，給我煲碗粥吧，壓壓驚。

以後，每當他要來，知道了消息。她總是提前起身，將粥熬好，等著他。

不能太早，也不能太遲。備好新鮮的料，她知道，他想吃的，是一口「活氣」。

但這天，陳赫明忽然而至，她沒有來得及熬粥。

六月的黃昏，暑氣剛剛沉降。月傅和慧生，有一搭沒一搭地説著話。

陳赫明這時走了進來，手裏卻拎著一只竹籃，半籃子的栀子花。他挺拔的身形，拎著籃子，未免有些滑稽。

月傅一回轉身，恰看見他，在原地定定地站住了。

慧生正拾掇手裏的花，將那水鉢剛剛擺好。不禁「咦」了一聲，問他道，司令，你這籃花是哪裏來的。

陳赫明説，在庵門口，一個阿婆被個細路仔碰倒了，灑了一地的花。阿婆坐在地上哭，看見我，扯著褲腿不讓走，央我買下來，説是到了庵裏，敬觀音。

慧生提起手上一模一樣的竹籃，説，這可好。我也剛買了一籃。這阿婆，這樣一天，還不知賣出了多少籃去。整好了一個局啊。

陳赫明愣一愣，喃喃説，如今是什麼世道，大的小的，處處是局。

月傅見他滿臉的疲憊之色，説，好了，一籃花而已。倒也是個好意頭。你平安回來了，這就是「踏花歸來馬蹄香」。

她這一説，真的也就滿室馥郁。栀子濃郁的氣味，飽滿地綻開了，在空氣中縈繞，將三個人都牢牢地包裹住了。

吃了飯，兩個人在燈底下弈棋。

下不多久，陳赫明已經被重重圍住。月傅説，司令，你的棋路亂了。

陳赫明笑一笑，故意道，你又知不是我苦心設了個珍瓏局？

說到這裏，自己倒先推了棋盤，說不下了。著月傅拿些點心來吃。

月傅站起身。他定定地看著，然後說，才看出，這身清裝是新的。襟上的萬壽結，倒是很別致。

月傅道，談溶差人送來的。她還了俗，這清裝給我，算是一個念想。

陳赫明沉吟了一下，說，想起了，是素與你交好的那個檀道庵的女尼，法號叫「悟定」。

月傅說，也沒那麼多的交好，只是又少了個說話的人。

陳赫明道，她也算嫁得其所。那個南社的蔡哲夫，算是個博古之士，配得起才女。他治過一枚印贈我，「柴溪」。

月傅說，談溶送了我一顆，說也是他治的，叫「茶丘」，和你那個倒很工整。

她說完了，不知怎麼猶豫了一下，接口道，還有另一枚，也留給了我，是她常用的「畫梅尼」。

陳赫明看著她，眼神有些迷離，問道，月傅，你日後若是還俗，想跟個什麼樣的人？

突如其來的一句。月傅不言，良久正色道，司令莫取笑我。入了空門，這些由得人去想嗎。

月傅端了點心來，兩個人慢慢地吃，都不再說話。

夜裏頭，陳赫明又驚醒了。月傅見他滿頭大汗，煞白臉色，大睜著雙眼，使勁喘著氣，像是溺水的人。待氣喘勻了，他說，鄧鏘死了。他們說，是給大哥殺掉了。

他說完這句話，忽然眼神一硬，竟然哭了。他俯在月傅的身上，哭了。

月傅什麼沒做，靜靜地看這男人，將自己哭得像個孩子。這哭聲擊穿了她，讓她在一瞬覺得，身體裏有無數的空洞。然後在這哭聲

裏，她一動不動，又默默地抱緊他，將這些空洞，一個一個地填補起來了。

陳赫明睡了很久很久，到第二日接近中午，才醒過來。

他又是談笑風生的樣子。看見桌上，已經為他備好了一席齋。最後有一道功夫菜，月傅說，是為他新製的。味道分外的好。

是一整只冬瓜，掏空了。裏面填上鮮蓮、松茸、雲耳、榆耳、猴頭等十味。用素上湯燉了兩個時辰，末了將昨天買的梔子拆瓣灑在上面。傳說，這十味素珍，都是南極仙翁，用來飼祂的座騎白鶴的。

陳赫明吃完，匆匆地就走了。

這一走，他從此沒有再回來。

因為走得太匆忙，他甚至沒有來得及問這道菜的名字。

他應該也不記得，有次閒談時，他與月傅開過的一個玩笑。

他說，這麼多的名菜，都是以人作名，好比「太守羹」、「考亭蓣」、「東坡豆腐」、「元修菜」。他問月傅，什麼時候，也用他的名字製上一道。

他不會知道，他在般若庵吃過的這最後一道菜，叫做「待鶴鳴」。

月傅是三個月後，發現有了身己。

庵中妙尼流傳著「斷赤龍」這種功法，可補足五漏之身，她並未習練過。當然是會吃一些中藥，但終於，還是來了。

她告訴慧生。

慧生沉吟一下，問她，你想不想保這個孩子。

月傅沉默。慧生說，保與不保，各有利弊。就是要賭一賭。你可記得白衣庵的薇傅，孤注一擲生下來。跟了鹽運使，林先生雖年紀大些，因老來得子，也愛重她。可是咱們庵裏的藥傅，你是知道的，瞞到孩子大得打不下來。也是硬爭一口氣，拼了命地生了一個女仔。娘倆兒，一併都給發賣到老舉寨去。庵主可是狠得下心來的。

月傅垂下頭，半晌，將手放在自己腹上，說，這是一條命。

慧生愣一愣，明白了。她說，那我們就做生下來的主意。

月傅不知道，慧生和庵主之間的談判，是如此卓絕。即使在現在來看，那仍然是鬥智鬥勇的一場博弈。

她旁敲側擊，讓庵主意識到，這裏面所暗含的利害。

白町陳家重子嗣。陳司令的兩房太太，一房無子，一房只有兩個女兒。如今司令少壯，又是大帥的嫡系，前途未可限量。若是月傅生下一男半子，飲水思源，這般若庵，就真正在廣州站穩了腳跟。

庵主冷笑一聲，說，上回司令前腳離開，大帥就圍攻了總統府，砲轟了粵秀樓。如今支持孫先生的人，可不少。說起大帥，用的是「率部叛變」。陳家人，怕是都脫不了干係。

慧生便說，我只問一句，如今的廣州，是誰的天下。若日後司令知道了，追問起來。天塌下來，庵裏誰來擔著。

庵主愣一愣，緩緩站起來，又坐下去，將手中的念珠數了數下，終於拍在了案上，說，罷了，讓她好生養著吧。

孩子是第二年的臘月出生的，是個男孩。

雖然早產，身量小些，但並不虛弱。生下不久，便哭得分外嘹亮，驚天動地。慧生給他取了個乳名，叫「阿響」。

因為一路有庵主護航，月傅未受許多委屈。她是清冷性子，不在意旁人的議論。庵裏閒話不少，耳邊吹風似的過了。

但孩子生下後，做娘的卻神思忡怔，下不了奶水。阿響愛哭，實在無法，庵主請了一個乳娘來。要抱走，月傅不讓。整天攬緊了孩子，是草木皆兵的樣子。夜裏睡得也不踏實，時常驚醒。

有天半夜醒了，大聲喚慧生，說是夢見他索命來了。

慧生問是誰。她咬緊了嘴唇，不說，但是下了床來，到搖籃裏找到孩子，抱起來，緊緊地貼著自己的臉。孩子給抱疼了，嚎啕大哭。她便也跟著哭。到了天亮，阿響睡過去了。她依在床頭，獃獃地，一動不動。

陳赫明的死訊，是這一年的五月傳來的。

至於怎麼死的，知道的不敢說或不便說。漸漸就傳出了各種版本。有說是陳大帥下野後，退守惠州，遭圍攻。陳赫明援惠行軍途中，暴病而亡，葬於河源；又有說，「六一六事變」後，其對軍中事務意興闌珊，萌生去意，並屢勸其兄長與孫中山講和，漸為粵軍中葉舉等人所不容，故而除之；還有說，他祕密赴港，轉道美國，遭遇海難。

這樣眾說紛紜了一個世紀過後，河源在興建公園時，發現了一具屍骨和軍刀。軍刀上刻著陳赫明的字，麓存。

慧生結結實實地，瞞了月傅兩個月。她一直在等一個轉圜的機會。

庵主卻聽到了風聲，來找她時，已經冷下了臉。說陳家的主母，要將這個孩子抱走。你也該告訴月傅，這麼下去不是辦法。我讓這個孩子生下來，已經算送佛到西。難道還要我養他一世。

慧生說，他們要帶孩子走。那孩子的娘呢？

庵主冷笑，照例是發賣。她如今癡癡嗳嗳，不中用了，這裏留不得。

慧生愣一愣，說，我看三房裏，新來了一個小妙尼，白白淨淨。倒是緊著要人幫帶伺候呢。

庵主看她一眼，心照似的，牙縫裏擠出一句話，你倒是先尋好了退路。庵裏上下，都像你似的這麼見風使舵，我可就省心了。

慧生笑笑，說，可不是？這些年跟著您，眼觀手做，再學不會，連菩薩都看不下去了。

慧生回到房裏頭，心急火燎地收拾。

一回身，看見月傅蒼白的臉看她。月傅問，你要去哪裏。

慧生望一望她，沒忘了讓自己的神情鬆弛下來。慧生說，司令有消息了，在惠州等著咱們。你也知道外頭情勢不好，可得小心著。說是夜裏頭，安排了人祕密接應。車都備好了，你也別愣著，幫我執下阿響的被褥。

月傅説，他死了。

慧生手指抖動了一下，手上正疊著的衣服，掉落在了地上。她默默地撿起來，不看月傅，繼續疊。

月傅説，他們要來搶走我的孩子。

慧生説，你又犯糊塗了。老是這麼糊糊塗塗，去了陳家，我怎麼放心。就算母憑子貴，坐打江山，你也得放醒目些。得求求司令，讓我跟了你去。

月傅又走近了些，説，你帶孩子走吧。

慧生木在那裏。看月傅走近了搖籃，將嬰兒迅速包進了襁褓裏，動作行雲流水，是少有的利落。她抱著孩子，轉過身，「撲通」一聲跪在了慧生面前，一聲不吭。

這時，外頭響起了腳步聲。是無數軍靴頓地的聲音，沉悶而響亮。月傅站起來，將孩子往慧生懷裏猛然一塞，一個箭步衝到了門前，將門關上，用肩膀死死抵住。她張開嘴巴，對慧生無聲地喊，走！

慧生抱起孩子，打開窗戶，便跨了出去。她一回頭，恰看見月傅也在看她，眼裏是護犢的母獸一般兇狠的光。

她不再遲疑，跳了下去，落在了後牆的草叢裏。這時，她聽到了一聲槍響，將這夜的安靜撕裂了。然後又是一聲。

她貓在牆根，許久。夜裏越來越冷，草叢裏的露水，滲入她的衣服，讓她不禁顫抖起來。她緊緊地抱著襁褓，讓這抖動漸漸平緩了。襁褓裏的嬰孩，竟然一直都睡著。她在心裏唸了一聲「阿彌陀佛」。

當夜更深的時候，她確信四周已經沒有了任何聲音，這才小心地站起身。她辨別了一下方向，開始往西濠口的方向走去。但她忽然停住了，在黑夜裏頭，她能聽見自己的呼吸。她讓自己平靜下來，轉過身，低下頭，開始往碼頭快步行走，越走越快，竟然像是跑了起來。她盡量讓自己跑得更穩一些，將自己與孩子貼得更緊一些。

當她終於坐上了一艘漁船，剛剛駛到江心，懷裏的孩子忽然大哭起來。哭聲不止，響徹天際。

在以後的許多年裏，慧生一直在尋找月傅。這個過程漫長而輾轉，一直到般若庵在廣州消失，也沒能找到。她們失散於那個夜晚，這麼匆促，甚至沒有一個體面的告別。

想到這裏，她會有些失神。她無數回地問自己，為什麼月傅有那樣的先知先覺，卻沒有對自己流露半分。她似乎準備好了一切，而自己竟毫無察覺。

在襁褓的內層，縫進了一對翡翠鐲子，若干金器、銀票，和一枚長命鎖。另外還有一封書信，上面寫著：

吾兒貽生，為娘無德無能，別無所留。金可續命，唯藝全身。

慧生想，她甚至自己一個人，就把孩子的名字取了。

她闔上信，仔細地疊好。將嬰孩抱起來，看孩子定定地望著她。她心中軟了一下，用手輕輕撫摸了孩子豐盛的胎髮，喃喃道：

貽生，貽生，你娘留了你這條命。往後怎麼走，就要看天的造化了。

叁·太史春秋

> 禮云禮云，玉帛云乎哉？樂云樂云，鐘鼓云乎哉？
>
> ——《論語·陽貨志》

　　五舉山伯，同我站在同德橫街連排的老舊出租屋前面。頭上有從騎樓伸出的長長的竹竿，晾曬著各種衣物。在午後的微風中飄揚著。風過去了，它們便也頹然靜置。在安靜中，我們聽到有上了年紀的人，使勁清喉嚨的聲音。如今這幢深巷裏的三層建築，被隔成了十幾間，住著天南地北的七十二家房客。

　　向老先生摸一下刷了白灰的外牆，指著對我們說，好好的水磨青磚，刷成這樣，現在都看不出了。你往上望，那裏頭有道坤甸木的樓梯，直通頂樓，頭頂的三角梁頂天窗，件件精雕細琢。我上次來看，也都給拆得七七八八。

　　話裏不勝唏噓。五舉山伯，央他帶我們進去，說榮師傅想拍幾張照片放在書裏頭。老先生搖頭道，如今我也是個外人，向家子侄輩只剩下我一個，話也說不上了。

　　五舉山伯說，師父記得他小時候，院子裏有一棵老榕樹。還在嗎？

　　老先生想一想，說，跟我來。我們就沿著橫街往前走，走了很遠，才在街角轉過去。我不禁說，太史第這麼大嗎。

　　老先生走得也有些氣喘。他說，可不是嗎？三面環路，一面傍河。以往可是佔了同德里、龍溪首約、同德橫街和同德新街四條街位呢。

　　我們終於在一個大鐵門停下來，旁邊掛了個木牌，上面寫著「海珠區少年宮」。跟那門衛說明了來由，才放我們進去。往前走了走，

果然見了一棵大榕樹。依然繁茂，粗得幾人合抱，長長的氣根垂下來，又落地生了根，枝蔓遷延。但樹的一邊靠了圍牆。大約因為動了牆基，被人為地砍伐了枝幹，斷面結成了醜陋的樹瘤，看上去就不怎麼體面。

五舉山伯，左左右右，找了許多角度，才把照片拍好。

放眼望去，這裏只是一個空曠的籃球場。幾個少年在夕陽底下歡蹦著。山伯道，師父說找見了榕樹，就是太史第的後花園。向老先生說，對，叫個「百二蘭齋」。你瞧那籃球架的地方，以前有個八角亭，庭外有蘭棚。當年，叔公封遜翰林，放廣東道台，慈禧太后賞了一百二十株蘭花，就得了這麼個名字。其他花草，都是從芳村花地杜耀花圃精選來的。

我忽然想起了榮師傅上次帶我去柏園吃飯，在那兩扇黑漆大門跟前不肯挪步子，便問起來。老先生說，哦，走，我帶你去看。

他指著一處空曠的門洞，確實十分闊大，大約以往是巍峨的。他說，就是從這兒拆下來的。

我仔細看一看，門軸的痕跡，已經用混凝土堵上了。抬頭望一望，不知哪戶人家，從大門口屋檐的鐵釘扯了細繩，上面掛了鹹魚和臘鴨。門楣往下垂了半條鏽蝕的鐵鍊。

老先生說，這裏啊，以往吊著一個大燈籠。那鐵釘上，掛著叔公親手寫的宅匾。

在向先生的指引下，我仿佛看到在正門上懸著巨大橫匾，上有「太史第」三字的遒勁行楷，兩邊側掛朱漆灑金楹聯。入門寬敞，每進都有朱漆大門，上面鏤刻貼金通花。內進是堂皇客廳，高懸宣統皇帝御賜「福」「壽」二匾，三進是肅穆神廳。神廳上有一巨型神龕，供祖宗神主牌，正中掛著「敬如在」的匾額。中設花局，局旁三邊迴廊圍繞，兩旁次第為書廳、飯廳。中央為梯台，左右分達女眷寢室。全屋的滿洲窗，按每廳之名，盡有山水、花卉、扇面、古鼎、古幣各款。往後便是後花園的勝景，據說整個廣府，其盛唯有行商巨子潘、伍兩家可一較短長。

　　老先生説，那時這同德里十號的正門，除非祭祖或紅白大事，平日是不開的。家眷貴賓，大多從十二號的大門出入。

　　但是，在榮貽生的兒時記憶裏，這正門卻為一個陌生人打開了。

　　大約許多廣府的老人兒，都記得這個秋天。

　　太史第請客，原不是什麼新鮮事。每年從秋風新涼「三蛇肥」，可以一直擺宴到農曆新年。來頭大的賓客，也並不稀奇。本地大員、中央南下政要，加上殷商巨賈，文人墨客，雖不説絡繹，可每每也是將河南老少的眼界胃口，都提高了幾成。但這一天的動靜，卻是他們沒有見過的。

　　整提前了一日，從南華西路至同德里，悉由警衛森嚴把守。同德里兩面出口的更樓，全部上柵，有如宵禁。行人要經檢查方許通過，直到那來客抵達，周邊的交通方恢復正常。可是並沒有什麼人，看到他進去。因為一架軍車，直接送到了十二號的大門口。在列隊的簇擁下，看見一個人影，斗篷閃動了一下，就進入了太史第。

　　外頭的議論紛紛。太史第裏頭，也都揣測這大人物究竟是誰。僕婦們聚在後廚，少不了要説道。有的説是杜參議長，有的説是孫大帥。只是如今自家的大門，換上了凶神惡相的警衛，閒人是不許過去的。

　　好事的，便去打聽，回來説不得了，怕是這人物來了，廣州又要出大物事。三太太羅氏經過，在窗沿兒聽見了，狠狠咳嗽一聲，説，輪到你們嚼什麼舌頭。前朝張總督，到孫先生、還有和咱通家的李將軍。過往的客流水一樣，太史第可變過一分顏色。任是誰來了，不是衝著吃一口太史蛇羹。你們都給我打起一萬分精神來，別丟了咱家的臉。

　　來嬌便説，老爺交代下來，往日做龍鳳會，入羹的至少用風前牡丹。可現時咱蘭齋後園裏，多是蟹爪。今天一大早，去了兩個花王，到芳村調了新鮮的大白菊。這去了有兩個時辰，人人可不都等著嗎。

　　三太太皺一皺眉頭，說，那還愣著幹什麼，主桌的全都改成「鶴舞雲霄」。

　　僕從們面面相覷。三太太才想起，八月颱風，園裏的白菊倒毀了大半。花王們緊搶慢搶，「鶴舞雲霄」只留下了幾盆。中秋為給李將軍接風，全都用掉了。這種奇菊，是太史第的名產。看是大白菊，白中微透淡紫，不及風前牡丹飽滿，味道卻更馥郁清洌，謂食用菊花中不可多得之物。每宴請上客，才以此花與蛇羹相配。

　　三太太頭上也有了冷汗，想也是疏忽了，精打滿算，可不能因為幾盆花露了怯。

　　這時候，眾人卻聞見遠遠飄來一陣清香，先是游絲一樣，繼而濃烈了。撞擊著每個人的鼻腔，醒了所有人的腦。

　　少年阿響，看見自己的母親，隨著大少奶奶頌瑛，從迴廊走過來。後面跟著花王和幾個男僕，每人兩手裏各拎著一大盆菊花。定睛一看，可不正是「鶴舞雲霄」。

　　頌瑛對著三太太行了個禮，道，三娘，咱同德里一戒嚴，連同去芳村的路，也要繞上一大圈。馮叔他們許是路上耽誤了。我就想起來，廖家小少爺過滿月，咱去年借出去四十盆菊花，有十五盆是「鶴舞雲霄」。當時爹高興，說不用還了。我跟廖老爺一說，人家也當說救急。二話沒說，給咱們拿回來了。

　　羅氏點點數，口中道，我們太史公，手一大，金山都許給人家。還好有個持家的新抱。人老不靈，你倒想到我們前頭去了。

　　她笑一笑，不過話說回來，許出去就出去了。再要回來，倒好像我們向家送不起似的。

　　頌瑛也笑笑，說，是媳婦不周到了，三娘的話記下了。

　　三太太一回頭，對著廚房裏說，還都愣著！這菊花也來了，還要再偷上半日懶嗎。

　　廚房內外，剛剛還定著。這一說，都熱火朝天地忙起來。

　　一陣油煙泛起來，羅氏掏出手絹，搧一搧，對身旁的兩個姨太太

說，老八老九，你們倆那齣《夜吊秋喜》，也好練一練。晚上要是堂會不濟，老爺少不了要你們唱，都給我仔細著點。

待三太太走了。空氣好像鬆懈下來，驟然快活了。各人手上是沒有停的。大廚利先叔，將湯吊高高一揚，唱起了「南山調」。來嬸說，剛才三太太在，也沒見你這樣威風。

利先叔促狹笑道，太太不在，自然是威風給你看。

此時上湯已夠火路。上湯濾好，湯渣全倒進竹籮去，做了廚房夥計的「下欄」。上湯味厚，是二十隻老雞、十多斤的精肉和金華火腿，熬了一夜。

蛇要新鮮下鍋。樂北路「連春堂」的蛇王鴻，一早候著，在廚房外的天階一展身手。宰蛇有序，要蛇馴服先取其膽。太史第做宴，所用皆為猛蛇，掉以輕心不得。他那一套如庖丁解牛，謂神乎其技，行雲流水。男孩子們自然是雀躍地去圍觀。阿響倒是一個人，不聲不響地，對著後廚外頭的鐵籠子。籠子裏有一隻七間狸，小得狸貓似的。尾上的條紋也像貓，黃一道，黑一道，白一道，長長短短有七節。這小東西也看著他，如豆眼珠子軲轆一轉，忽然有了可憐相。阿響執起半只秋梨，將手伸進籠去。那狸子盯著梨，露出惡狀，猛然撲過來，差點咬著他的手指頭。

來嬸飛步，一巴掌打在籠子上，一巴掌又打在他腦袋上，說，都是不知死的鬼。一個不怕咬，一個不怕燉。我還要用雙冬火腩、爆香了蒜子一起燉，看你還惡！

她便也拎了阿響的耳朵，直拎到了慧生面前，說，慧姑，你嘅仔真是個活菩薩。別的細路都去看劏蛇。他一個人在那餵狸子，手指頭差點給咬穿了。

慧生便也是一巴掌，打在孩子屁股上，說，這是你餵得的麼。讓你擦通花，都擦完了？

阿響點點頭。這大院三進，每一進一道朱漆門，半扇門雕通了花，灑上金箔，每逢年節大事，要逐只拆下來洗刷。阿響一個人，踩

了個小櫈子，擦了整個後晌午。

大少奶頌瑛走過來，執了一柄菊花。看見他，倒蹲下來，摸摸他的頭，説，蛇王鴻那兒熱鬧著呢，不去看？

阿響搖搖頭。

頌瑛説，我剛瞧見了，不怪他。這孩子心裏有慈悲，好事。

慧生嘆口氣，一個細路仔，心這麼軟。長大了讓我怎麼放心。

她搶過頌瑛手裏的菊花，説，少奶奶，您且快放下。讓下人們看見不好。這漫山有活不幹的人，怎麼輪到您來動手。

頌瑛閃一下，避開她，説，怎麼我就不能動。這要上桌的，親手洗了我也放心。她便將整朵的「鶴舞雲霄」，泡在清水裏頭。阿響看著她執著花柄，輕盈地在水裏搖動，然後拿出來，又在另一鉢水裏頭浸上一浸。那手在水中，手指蔥段似的，晃一晃，像在舞似的好看。頌瑛看這孩子定定盯著她看，就説，這是鹽水，泡一泡，小蟲子就下來了，花瓣吃了不鬧肚子。

阿響望一望她，點點頭，看頌瑛直起身，同母親一道，將菊花上的花瓣，一片一片地摘下來，落在竹匾裏，像是落了一層雪。一層又一層，雪就厚了，密密實實地將竹匾鋪滿。

頌瑛説，這孩子，叫阿響，可倒是一點聲音都沒有。

慧姑大笑道，哈哈哈，叫這個名，自然是小時候哭得地動山搖。

頌瑛聽她笑得，倒是失了神，喃喃道，慧姑，有個自己的細蚊仔，日子苦辣酸甜，倒是都有滋味了。

慧生便立時不笑了，又一個巴掌打在阿響屁股上，説，人人忙，你倒學會嘆世界。去，把這鉢檸檬葉給我洗乾淨去。

頌瑛看著他的背影，説，那時不及一個笒箕長，轉眼風似的，也長大了。

阿響便拎了一只桶，去井邊取水。恰好經過天階，「連春堂」的女工們，架起台，正在出骨。女工一手拈蛇，一手用大拇指從粗的一頭鑹進去，蛇肉離骨脱出，那手勢利落，不消兩三下便拆好一條蛇。

阿響看著，倒想不起了這些「茅鱔」[1]，剛才在地上血淋淋掙扎的樣子。

他坐在小板凳上，拿一柄小刷子，細細地洗那檸檬葉。太史第的後花園「蘭齋」，種了好幾棵檸檬樹，這些年也長了不少。利先叔，有年讓他站在樹底下，在樹幹上劃一道，說，阿響，明年再看看，你長高了沒。第二年，他老實地站在樹底下，見那一道高過了自己頭頂了。他以為自己長矮了，偷偷哭了一場。慧生知道了，當娘的去和利先叔理論。她大了喉嚨說，誰再欺負我們孤兒寡母，就跟這棵樹明年一道遭雷劈。

幾年過去，這樹沒遭雷劈，倒更茂盛了。娘倆兒在太史第穩了腳跟。阿響喜歡採檸檬葉。做蛇羹，嫩葉不夠味，老葉太硬了。他呢，就會瞇起眼睛，對著陽光看，就能看出老嫩，下得去手。他一邊洗，一邊撕去葉脈，葉子分兩半，一疊一卷，放在手邊的笪籮裏。

捲好了，送到後廚，正看見利先叔在熬蛇湯。遠年陳皮與竹蔗味，和蛇湯清凜的膏香，混在空氣中漫滲開來，讓他不禁嗅一嗅鼻子。

利先叔接過笪籮，將檸檬葉捲放在案上，麻利利地切開了。蛇羹考刀功，這檸檬葉要切得幼若髮絲，才算過關。這一案子，都是切成絲的各色配料。阿響看得出神，利先叔倒說，叔考考你。閉上眼，數數這案上切絲，數出了有賞。

阿響邊真閉上眼睛，一五一十地數：雞絲、花膠絲、冬筍絲、吉品鮑絲、冬菇絲、陳皮絲、薑絲、廣肚絲、雲耳絲。

利先哈哈一笑，說，不聲不響，還真是好記性。

說罷了，就端起碗，盛一碗蛇湯給他。

阿響不接。利先說，好小子，有賞不要？

阿響愣一愣，還是不接，說，我娘說了，不合規矩。

利先便自己一口將湯喝下了肚，然後長嘆一聲，人間莫過三蛇鮮啊。

1　粵地對蛇的別稱。《倦遊雜錄》記載：「嶺南人好啖蛇，易其名曰茅鱔。」

説罷偷眼看阿響。阿響舔舔嘴唇，定定地看他。利先又盛了一碗，放在他鼻子旁邊，盪一盪，説，香得來。

這時候，就看慧生，一把奪過碗，猛頓在案上，厲聲道，廚子偷食，教壞細路。

利先一時語塞，恨恨道，下欄命！

一九二九年的香港《華星報》曾刊登一則廣告，足證彼時「太史第蛇宴」令城中各大酒樓馬首是瞻之盛況：

> 廣州四大酒家每年製作之菊花五蛇羹，係用巨資，聘請向霞公太史之廚師傳授製法，久已馳名遐邇。自分設楠園、大三源、閏園各酒家來港，每年於秋末冬初，三蛇已肥之際，必依法烹製應市，近已出世，曾嘗試者，莫不交口稱讚，並運到大幫南雄新鮮北菇，香味異常濃厚，每日又有什絲雞燴果狸，均為應時補品，好者幸勿失之交臂，是幸。
>
> 香港：威靈頓，閏園酒家；石塘咀，楠園酒家；油麻地，大三源酒家。

我問五舉山伯，做這「三蛇會」有什麼講究。回説三蛇坊間説法不一，可太史第必用金腳帶、過樹榕、飯鏟頭三種。每蛇宴，要二十副，蛇湯才得其味。「龍鳳會」則是三殼蛇、一殼狸，混以蛋白豬膏，便其甘滑。所有葷絲走油炸過，方可會蛇入大鍋慢燉。

我又問，這太史第的蛇宴除了蛇羹，是否還要擺上九大簋。山伯説，師父也曾對他講過，都是精巧非常的菜式。啖蛇羹，須同飲蛇膽酒，熱雙蒸或三蒸，始能進補行氣。佐膽酒，先上一個四熱葷，其中少不得有「雞子鍋炸」，這是太史筵上的看家菜。壓席的是紅燜七間狸，太史的牙口不好，就捨了冬筍用廣肚同燜，燜到肚潤汁入。他究竟也記不清，大約還有大良積隆鹹蛋、蒸鮮鴨肝腸、杏汁燉白肺、菊花鱸魚、夜香蝦丁、紅炆文慶望鯉魚和一道「太史豆腐」，都是外面

吃不到的。

我說，你見榮師傅做過？

山伯搖搖頭，說，師父只做大按，未見他動過紅案。我跟他去「恆生」俱樂部吃過一次。那裏的主廚說是太史第大廚李利先的徒孫。師父吃了幾口，直搖頭。

榮貽生小時候，確實吃過太史第的宴菜。

那天，他吃到蛇羹，已是太史第的掌燈時分。遙遙地，他看見向太史的飯廳，有稀疏的光從滿洲窗裏滲出來。窗上有一團影，格外淨白，幾乎稱得上璀璨。那是一只法式的水晶燈，在兩面落地大鏡之間，華彩輝映，綿延無盡。

間或有絲竹聲傳來。太史飲宴，逢有貴客，必請堂會。粵劇有之，因當年點翰林，曾於京師候職，京戲國粹也是向太史心頭所好，並曾一力促成梅博士赴粵，成就佳話。廣州的「聞聲班」雖不及京津，但算勉強可聽。第八第九兩位太太，皆出身梨園，飲宴酣暢時，也可助興。

這回飲宴於太史第，也是前所未有地漫長。幾乎到了後半夜，還沒有結束。

少年阿響，自始至終，並沒有看清楚這個大人物的臉。他只是在擦通花時，似乎看見了這人的背影。身形並不高大，甚至有些佝僂，但兩條腿卻繃得筆直。腳下生風，馬靴在石板地上，有沉實的鈍響。

在這咿咿呀呀的聲響裏，他手裏捧著一碗飯，默默地吃著。飯上是半條煎得香噴噴的鱠白鹹魚，淋了浙醋和砂糖。

食下欄，是太史第僕從間的積習與傳統。在宴請接近尾聲的時候，後廚總有一些剩下的飯菜，或是高湯熬盡的湯渣，或是擺盤餘下的菜餚。最受歡迎的，自然是蛇羹。那往往是廚房裏有權力的人，負責分配。一個「近身」僕婦的孩子，分到的自然不多，淺嘗輒止。

阿響閉上眼睛，回味蛇羹在齒頰間的餘味，膏腴而香甜，還有一絲隱隱的酸，是他親手摘下的檸檬葉。

這時候，他卻覺得手裏的碗，猛然被人奪走了。

他睜開眼睛，看見對面一個男孩子，狼吞虎嚥正吃著自己的飯。

他看見男孩白淨的臉，因為吃得太快，而泛起了緋紅。額上滲出了薄薄的汗。梳得整齊的頭髮，額髮黏鶺舞白川地耷拉下了一綹，看上去有些狼狽。

這男孩子，似乎被這碗飯吃得噎住了。他站定，順一順氣，眼睛定定地盯著阿響，忽然喉頭一動，打了一個悠長的飽嗝。這才將碗還給了阿響，用手指支了支鼻梁上的金絲眼鏡，說，飽了。

然後又說，今天的魚煎得剛剛好。

阿響這才回過神來，恭敬地喚他，堃少爺。

是的，面前這孩子，是太史的第七個兒子。比阿響長一歲，大名錫堃，在南武學堂唸書。

阿響看他，還是剛剛下學的模樣，書包還斜斜地背在身上。

阿響捧著碗，張張口，終於問，少爺，您沒吃飯？

這做少爺的，倒是不著急，把包取下來，一屁股坐在台階上，挨著阿響，嬉皮笑臉地說，這不是吃了你的嗎。

阿響說，您這……

上房掀瓦，下地攆狗！七少爺一拍大腿，嘴一嘟，學了三太太捶胸頓足的樣子，這一回可倒好，點了先生的帳子！

阿響一聽，知道堃少爺又惹上了禍，被罰沒了飯吃。他同情地看看這男孩，從自己口袋裏拿出一個秋棗，在衣服上擦一擦，遞給他。

向錫堃接過來，咬了一口。這時遠處傳來高胡的過門聲，他嘆一口氣，說，飯可以不吃，可這戲也聽不得，真是冤煞了啊……

阿響見他拉了長長的戲腔，拎起並不存在的長袖，擋住了臉，佯作嗚咽。也覺得好笑。錫堃倒抬起臉，正色道，你說我屬什麼不好，屬了個「茅鱔」。爹每次擺蛇宴，就讓我上桌陪客。這是什麼個道理，不是讓我看著自己被扒骨抽筋熬湯喝？

阿響說，這是疼您。我娘說，少爺小姐們除年節都上不了大台，就您吃過整席的宴。

錫堃搖搖頭，說，吃不吃的倒無所謂。可是，在這宴上聽大老倌的戲，飽耳福才是正經。今天是白玉堂和林思仙，可惜了。

這時，他定定站住，支起了耳朵。半晌，轉過身，似抖動了頭上的花翎，一瞠目一個起勢，喝一聲，鳳儀亭，鳳儀亭，等候佳人訴衷情。

這一喝，倒將他自己嚇了一跳，四望了沒人，先對阿響笑起來。剛才還是個嬉皮笑臉的呂布，遠遠鼓點響起，他這架子一端，忽而身段也婉轉了。是貂蟬接口唱道，匆匆繞曲徑過花阡，千鈞重擔付嬋娟。脂粉遠勝動橫拳，一副溫馨臉，冷笑是刀默是劍⋯⋯

阿響看七少爺，在後廚稀薄的昏黃燈光中，無聲地唱，一人分飾兩角。臉上有一種與他的年齡不相稱的成熟，與方才的天真判若兩人。他看得有些獃住了，也不由為他的表演所吸引。這是一個讓他陌生的堃少爺，大概因為融入了角色，在他作為一個孩童的眼光中，並不輸任何一個在廣府當紅的老倌。他禁不住鼓起了掌。

錫堃大約也感到得意，對他一抱拳。但阿響卻見他眼神黯然下來。他重又坐下，低下頭，悶聲道，聽我爹說，我娘最喜歡的戲，就是《鳳儀亭》。阿響，我往後有個心願，就是寫一齣戲給我娘。

他抬起臉，看著阿響，問，你說，我能寫出來嗎？

阿響也看著他的眼睛，鄭重地，使勁點一點頭。

堃少爺於是又高興了。他使勁拍了拍阿響的肩膀，說，我今天吃了你的鹹魚飯，我們就是碗盞之交。我要報答你，我教你唱大戲好不好。

阿響沒吱聲。

堃少爺想想說，那我就教你讀書？

沒待阿響回答，他愉快地站起身來說，就這麼定了。

見阿響回來，慧生劈頭就問，飯吃完了？

他愣一愣，輕輕應一聲。

但慧生卻立時拎起了他的耳朵，說，好嘛，幾天不打長了本事，

講大話！來嬸說看見堃少爺吃了你的飯，是不是。

阿響不說話。

慧生愈發氣，說，少爺荒唐罷了，你也跟著起鬨嗎。這大小規矩都沒有了，你給我跪下！

阿響仍不出聲，自己走到了牆角裏，撲通便跪下。背卻挺得直直的。

來嬸走進來，將漿洗好的衣服端進來，一件件地抖，說，這七少爺也是，怎麼好吃下欄飯！這不是連老爺的臉都捐進去了嗎。

慧生一聽倒氣結，說道，下欄飯也是飯。誰叫缺個人照應呢。

來嬸冷笑，你們家的小菩薩，倒照應上了，難保自己不餓肚子。

慧生想想，便說，那就餓著！細路仔，餓一頓長記性，記得自己的身份。縱是吃下欄，有個娘，也餓不長久。

夜裏頭，慧生伺候頌瑛睡下。

頌瑛靠在床頭，對她說，今天五小姐寄過來一聽餅乾，說是美國產的。你拿去給阿響吃，別讓孩子餓肚子。

慧生說，讓他餓餓也好。

頌瑛嘆一口氣，說，你既知道來嬸的脾氣，和她置的什麼氣。

慧生回頭道，奶奶，我是替七少爺不值。看到少爺沒飯吃，一個兩個，也沒見伸把手。

頌瑛說，老爺和三娘不讓吃，他們也是不敢。

她想一想，說，我們這老七啊，專門在風頭火勢上招惹老爺。一個沒娘的孩子。六娘生他時還沒過門兒，人先走了，也是可憐。任誰不是伏低做小。他可好，整個太史第的動靜，誰都沒他大。

慧生抬起頭，硬硬頸說，我倒覺得，七少爺這樣好。別人是一回事，先別把自己個兒給看輕了。命要都是順著來，誰去跟命抗呢。

頌瑛揉揉太陽穴，笑一笑，他呀，不是跟命抗，更像是天性。長這麼大，風吹似的，誰都拴不住。我是喜歡，只怕他這麼著，將來吃虧。

慧生說，唉，除了五小姐，他也就跟您親近些。

頌瑛說，長嫂如母，就搭把手。我這樣，也更明白他一個人的苦。下個月是他娘的忌日。你替我多準備些金銀衣紙，拜她佑一佑自己的兒子。

慧生輕輕應一聲。外頭有風聲，將一扇將開未開的窗子，吹得直響。慧生走過去，將窗子關緊了。

頌瑛望窗外看看，道，還說今個秋天，比往年涼了些。這說話間，就快要過年了。

慧生和阿響，在太史第已經是第七個春秋了。

夜裏頭，她就著燈光，撩開額前的頭髮，還能尋見殷紫的戒疤。她細細地看。鏡子裏頭，倒也看得見床上那個小小的孩子。睡得正酣，均勻地呼吸，胸脯一起一伏。她回過身，走到床前，給他掖了掖被子。

阿響顫抖了一下，肩膀也驀然動一動，應該是做了夢。他嘴角上，還有殘留的餅乾渣。她為他擦掉。手指碰觸到孩子的唇，那麼柔軟。這讓她心裏動了一動。

她想，這孩子終於長大了。

這樣想著，她覺得胸前湧出了一股滾熱的東西。她不禁低下頭，讓自己貼了貼孩子的臉。

那時候，他不如一個笸箕長。

她在佛山老家，靜靜地等。那段時間如此煎熬。等到自己的頭髮生到了三寸。她便包上了頭巾，在遠房堂兄的介紹下，進入了南海鄉紳何家幫傭。她很清楚，一個女人，獨身帶著嬰孩，在世俗的輿論中如此招人眼目。但是，卻不會有人注意到一個大富之家的僕從。

她是對的。以後的兩三年，並沒有麻煩找來。儘管她如履薄冰，常常在夜裏驚醒。但她看看那孩子還在身邊，穩穩地睡著，便也安然入夢。雖然這期間，她受到過堂兄的勒索，但她懂得也慶幸月傅的先

見之明。千金散盡後，一切有驚無險。

何家人敦厚，看重她的伶俐與活泛。她很快就成為何二小姐頌瑛的近身阿姑。二小姐在新學堂唸書，卻肄業回到了閨閣。據說是要從父母之命，踐行一門指腹的親事。

姑爺如何尚不知道。這聯姻的親家向氏，好生了得。與何家同出於南海，有宗親之故，卻勝在是簪纓世家。祖上為鉅富茶商。如今主人，清末中進士，點翰，人稱太史。少年師從康有為，參加過公車上書。辛亥革命以還。失意宦海，索性隱居於鄉，以詩書飲食自娛。因承繼祖上基業，且有外洋煙草公司的代理之職，故也安於富貴逍遙。關於這位太史公，民間有許多傳說，大約最為人津津樂道，是他一房接一房地娶老婆。當年覲見慈禧，老佛爺高興，賜他酸枝、紅木鑲象牙的大床給四位妻妾。並答允他每娶就賜大床。這樣賜了七張，太后薨了。再後來，大清也沒了。他倒是還沒斷娶，且不拘相貌。廣府便流傳了民諺。「太史娶新抱——好好醜醜。」直娶到了十一房，這才覺得薄暮已至。可妻妾成了群，自然是關照不暇，難免擺不平。當年點了翰林，朝廷有誥命衣冠所賜，依例是元配岳氏應得。但因為向太史屬意三太太，羅氏不聲不響，就成了誥命夫人。這岳氏一氣之下，竟就歿了。

而何二小姐要嫁的，便是岳氏所出太史的長子錫寒。便聽說這大公子執意為母親守孝，三年不娶。可到了第二年，向家卻傳來消息，說大公子也急病而終。

依佛山俗例，女子未過門，夫未婚而死，是為大不祥，無人肯娶。頌瑛心雖不願，唯聽從族訓，與大公子締結冥姻，默默嫁到了向家「守清口」。

何家選了慧生，做了頌瑛的陪房阿姑。

多少個夜晚，慧生聽見頌瑛在房中飲泣。

可第二天，見她起來，照樣梳妝停當。給公婆問安，對著一大群

姨娘的面，大方落落，不卑不亢。那形容舉止，竟然天生就是這鉅紳之家長房媳婦的樣子。未竟一月，太史第上上下下，都稱得讚得這大奶奶的人品風貌。

慧生看在眼中，心裏也疼得緊。她想，才十七歲的人，已懂得用力將身心撐起來。以往在自己家裏，是個沒主意的樣子，要人嬌慣。讀了新書，也有些心氣上的任性，可究竟是有許多左右不了的事，讓她認了命。這女人，就算生對了人家，沒嫁對，也是前功盡棄。人說一入豪門深似海。這一輩子，一個人往前可怎麼走，誰又能知道。

其實，她慧生又何嘗沒有活動心思。因這一陪嫁，她也怕，怕的是回到了廣州來。可她卻也隱隱盼著回來，她多想告訴那個人，她對得住她，將這孩子養活了。她甚至想過要逃出去，將這幾年間她不知道的，看個究竟，問個究竟。

過門一年，頌瑛終於知道了真相。原來大少爺並非病逝，而是一早就從太史第出走，流連花間，在他母親忌日那天，同「珠玉樓」相好的名妓吞鴉片殉情。

那說漏了嘴的丫頭被打了一頓，趕了出去。卻也有說，是三太太見人人讚少奶奶賢慧、識大體，聲望日隆，故意走漏了風聲。

頌瑛只淡淡一句，他肯為這女人死，這女人又肯隨了他死，總好過苟且。

因這句話，太史第上下，原本憐惜她的人，都多了一分敬。敬她的人裏，也包括太史公。於長子錫寒，他原本就很內疚，想要補償。但沒想到素未謀面的新抱，受盡了委屈，對這雪上加霜的事，能有如此的度量。他便囑闔府上下，要尊大少奶為上，不得怠慢。並禮聘楊鳳公到府教習丹青，又請宿儒池清講授國學，是要向閨中巾幗大氣的一路培育她。

敬重她的，自然也有了慧生。她在這年輕女子的身上，看到了似曾相識的東西。那種純淨而世故的東西，曾也存在於另一個人身上，想讓她保護，看顧。安下心扎下根來，彼此廝守，成為歲月的同盟。

她決定不走了，安心做頌瑛的「近身」慧姑。

歲晚。年十六尾禡，廿三是謝灶，按例其間擇日掃屋。

太史道，「一屋不掃，何以掃天下」。茲事體大，闔府上下，無人憊懶。

太史第三面廊腰縵迴，檐牙高啄，中央設有蘭圃。中秋過後，便要計劃賀歲應備的盤花。處處井然有序，各顯芬芳。書房走廊擺的是蘭花，客廳外擺的多是芍藥，天井則擺牡丹和菊花。至於插瓶大枝桃花及吊鐘、年橘，皆是由芳村花地的杜耀花圃精挑送來。

頌瑛領了慧生，指點花王擺設，行步舉動，囑他們多加小心。往年用的花盆、花瓶都是景德、石灣的瓷器，且大都出自官窯。今年太史卻訂了一套本地「益順隆」瓷坊的鶴春青。

這套廣彩花盆，仿了乾隆御窯滿地黃，說是用了「二居」的筆意，繪了四時花卉。從繪製到燒製出爐，竟用去了整整一年。如今看來果然栩栩如生，盆內盆外，竟有鬥豔之勢。眾人嘖嘖稱讚。

待都擺放停當了，但看見一個小女仔，站在「益順隆」的夥計前頭，聲音脆脆道：「群賢畢集陳家廳，萬花競開靈思堂。」阿雲恭祝太史第財源廣進，老爺太太福壽雙至，少爺小姐鴻業似錦。

說完了，深深道了個萬福。

頌瑛便笑，這是哪家的細路女，這麼伶俐的。

旁人便說，是「益順隆」老攬頭司徒章的獨孫女阿雲。大名叫司徒雲重。

頌瑛一沉吟，這名字好，倒真有些氣概呢。

說罷叫慧生拿出福袋紅封的賞錢，遞上。慧生便交到阿響手中，耳語道，跟人家說，恭喜發財。

阿響便走過去，將福袋放到小女孩手中，臉卻一時間憋得通紅，轉身跑回來了。

倒是阿雲，仍是聲脆脆地說，小少爺吉祥。

慧生便道，我的佛祖，折煞了。這可走了眼，哪有那麼不上檯面的少爺。大吉利是嘍。

平日各院內房自有太太們的近身整理，業近完成。祠堂、神樓和老爺的書房，女眷和僕婢不得進入，則由男僕灑掃。可一年有個例外，謝了灶，除夕將至，自然有的是廚事忙碌。神廳裏也便開了一個工坊，闔府上下，倒有些全民皆兵的意思。

在神廳裏開了油鑊炸油角、煎堆，喜慶是做給祖先看，兒孫們仍然富足豐盛，也要祖先在天上放心。

如此一來，自然佈置上也怠慢不得。八仙桌都加了檯圍。神廳、客廳的座椅，全鋪上椅搭，一律大紅的錦陽緞，繡滿了紋龍金鳳。小孩子們在其間穿來跑去，投擲陞官圖、狀元籌。大人們也不像平日裏責怪，由著他們的性子，撞上碰上了桌椅角，便說是撲通撲通，送灶君，敬財神。

活兒倒並不輕鬆，鏟豆沙、搓粉、摺角、落鑊，忙個不停。因為對著向家的祖宗，開油鑊有很多禁忌，可亂說話不得。這時候「童言無忌」也不管用了，細路們不許插口更不得插手。太太們和幾位少奶奶，若干年言傳身教，個個手勢上乘，油角摺得均勻精緻，扭邊幼細；通心煎堆更吹得飽滿圓潤。

大少奶頌瑛的摺角，每年最受孩子們歡迎。她手裏比旁人多了一把鉸剪。在摺角一剪刀一剪刀，細細地剪。初時看不出名堂。可下了鍋，那一層層的麵根兒，炸脆了便豎起。大多是活靈活現的動物，公雞的花翎子、白兔子的豎耳朵，原來都是孩子們的屬相。少爺小姐們都玩夠了。她抽空也給阿響做了一只，是匹金黃的小馬。兩粒赤豆做了眼睛，看上去精靈靈的。尾巴高高地翹起來，是昂揚奮蹄的樣子。阿響捨不得吃，拿去給慧生看。

慧生看著，手上並沒有停。她正和女僕們忙著蒸糕。蘿蔔糕、芋頭糕、九層糕、馬蹄糕，還有蜑家哥仔送來水上人的盤粉，蒸了一大家子能吃到年十五。瞧見小馬，她也很歡喜，說，快趁熱吃了吧，奶奶給的好意頭，要下了肚才做數。

倒是七少爺錫堃在旁邊看見了，一噘嘴，嘆口氣說，人人都比我的好。豬肥屋潤，龍馬精神。就我屬條長蟲，油炸出來似篤屎，還要

吞落肚。

大人們聽了，先愣一愣，然後無不笑罵他，有的目光中露出鄙夷。他倒是做了個鬼臉，遠遠跑開了。

年關有童子掃神樓的講究。雖已清潔停當，管家旻伯給阿響一支撢子，讓他上去撢一撢。

這神樓在神廳的儲藏室上頭，他便爬上去。迎面是個巨型的神龕，裏頭擺滿了牌位，擠擠挨挨的。牌位上的字，有些他認得，有些不認得。但上首有「敬如在」三個字，是他識的。那龕上四面鑲了漆金木雕，精細繁複，他便執了撢子，一點點地撢。

撢著撢著，聽到身後有動靜，回過頭，卻沒有看見什麼。這時有微弱的陽光灑進來，恰照在神廳的牆上。他便看見那一排高懸的畫像，是向家的列祖列宗。無論男女，個個都有著嚴厲的嘴角，一律寬闊的額和尖削的下巴，在他看來，並無法區分。但一些在陰影中的，似乎瞳仁望向了他的方向，陰煞煞的，讓他驀然有些恐懼。

他想，這些人，曾經在這個大宅子活過，享受過榮光，然後在過年時還被惦記。因為他們是祖先。

而他的祖先是誰，他卻一無所知。他甚至，不知道，他的父親是誰。

最靠近的一張畫像，似乎是太史的父親，母親告訴過他，是一個富有的茶商。而太史是七少爺錫堃和他十多個兄弟姊妹們的父親。可他不知道，自己的父親是誰。剛來太史第的時候，那些僕從的孩子，羞辱過他罵他是沒爹的野種。他茫然而木然，因為他並不知道這個詞的含義，但他判斷出是關於一個對他重要的人。他看見自己的阿媽，因此破口大罵，以一種鄉野的悍婦的姿態。罵著罵著，聲音便虛了下去，然後撫了撫自己的胸口，息事寧人。當他再大一些，終於問起自己的父親。阿媽愣一愣，只是潦草地說，死了。

他想，死了。人死後總會有一些痕跡。在這座大宅裏，每個父親，父親的父親，甚至父親的父親的父親，都被供奉在這座神樓中。

可是，他的父親，在哪裏。

他慢慢下了樓，一個人，走到了院子裏頭。在年宵的熱鬧與人聲中，越走越遠。他還是個孩童，不足以思考，但已經能體會到空洞的惆悵。

這時，阿響忽然被一個人拉到了一邊。一看，是七少爺。

聽他去了掃神樓。七少爺吐吐舌頭，那鬼地方，那麼多牌位，得人驚。將來我爹的牌位在上頭，我的也得在。乍一看，又分得清楚誰是誰。

沒待他反應，錫堃說，快快，幫我換身衣裳。

說著就伸手脫他的外褂，然後把自己的長衫和夾襖，也脫下來，硬是給他穿上。他一邊推拒，七少爺霸王硬上弓，給他把衣扣一個個地扣上。待穿好了，錫堃退後兩步，看一看，說，嘿，你還別說，比我還像個少爺。

他一邊穿上阿響的衣服，一邊將金絲眼鏡也架到了阿響鼻梁上，說，這可就更像了。但卻旋即又取回來，嘟囔道，不行不行，沒這個我就變成了盲公。

他牽著阿響，穿過花廳一路走，走到了一幢大屋前面。阿響掙扎了一下，因為他知道，這是太史公的書房。阿媽三令五申，教訓過他。整個大宅，除了貼身的男僕可進去掃書塵、拭古玩，其他人不得靠近。

錫堃卻擁著他，走到了門口，把那厚布簾子一拉，將他推進去，耳語道，你就在這站著，哪兒也別去。我待會就回來。

說完，沒待阿響回頭，一道煙似的，就沒了。

阿響站在這大屋裏，有些昏暗。待他的目力漸漸適應了光線，才影影綽綽地看清楚。

正中擺了一張八角形的酸枝大案，鑲著大理石。兩邊是十分寬大的太師椅，天花頂上吊著一盞巨型宮燈。太高了，他看不見上面

的圖案。

　　他站在一扇滿洲窗底下，窗上有淨底翠綠山水的玻璃畫。這房間裏三面牆都是落地的紫檀古玩架，琳琅擺著各種稀奇古怪的物件。阿響聽旻伯說，都是皇帝用過的東西。當眼的五彩團龍宮鼎，還是太史點翰時西太后所賜。其他尚有幾樣宮物。四美十六子鬥彩瓶，仇十洲筆法所繪；八駿琺瑯瓶，亦為康熙年製貢品；還有那蟠桃獸酌杯和醉紅樽。若數起來，溯源倒不甚體面。彼時遜清既倒，廢帝溥儀尚在紫禁城中。宮監們見大勢已去，便將宮中古器偷運宮外，四處兜賣。溥儀的師傅，太史同年甲辰榜眼朱汝珍，時任誥南書房行走，與太史交情素篤。知道他好古董，以為古物落於市儈之手，至為可惜。便引薦了宮監喬靈，將這幾件給買了出來。如今在這太史第裏頭落腳，也算安得其所。

　　這滿洲窗似乎還間隔著另一個房間。他不知道那是太史的煙室，座落著一架紫檀鑲楠木的煙炕。他只是聞到了空氣中一種奇異的香味，他從未聞見過。同時間，忽而有一種極濃重的魚腥。他也不知，這是鱔魚子的氣味。傳說鱔魚子能夠清去吸食大煙在體內累積的煙油。太史的煙燈上，長年貼著如紙薄的魚子片，供他焙香食用。這味道刺激了阿響的鼻腔，讓他作嘔。他不禁打了一個噴嚏。

　　這時，他聽到裏面大聲道，快入來。

　　這聲音並不嚴厲，而是沙啞而慵懶，帶著長長的尾音。

　　他猶豫了一下，終於走進去。

　　他看見一個大人，佝僂著身體坐著，面對著一張棋盤，嘴裏喃喃說，你再等等，我這就破了你的局。

　　忽然他似乎意識到什麼，抬起了頭，目光正同阿響對上。

　　這是一張蒼老的臉，有著下垂的嚴厲的嘴角，與阿響剛剛看過的那些畫像很相似。但眼中的驚奇，透過眼鏡的鏡片射出，讓這張臉驀然地滑稽起來。

　　他打量著阿響，或許看到了他穿的衣裳，忽然哈哈大笑起來。他大聲地說，老七這個死仔，精過馬騮。

阿響從未這樣近地看過太史。他想，這個人是七少爺的阿爸，剛剛把自己兒子比喻成猴子。

太史識穿了這場惡作劇後，變得嚴肅起來。他仔細地辨認了阿響，說，你是大少奶那邊的……慧姑的仔？

阿響遲鈍了一下，點點頭。

太史又露出了笑容，似乎為自己的強記而得意。他也看出了阿響的躊躇，於是從煙炕上下來，將手背到身後，看著這個孩子。

作為粵人，太史的身形，原來是很高的。

他正色，問道，你怕我？

阿響搖搖頭。

他便又問，那你說說，我是個什麼樣的人。

阿響想一想，認真地說，你的胳膊特別長。

太史愣了愣，不可遏止地朗聲笑起來。他笑得如此恣肆，笑了很久，以致在空蕩蕩的房間裏，有了回聲。他忽然停住，伸出右手，從後面環過自己的腰間，搔了搔自己的左邊的胳膊。他看著阿響，使勁跳動了一下，然後再次哈哈大笑起來。

即使進入暮年，榮貽生回憶起這次與太史的見面，談及太史缺乏上下文的笑，仍然覺得突兀而莫名。

關於這一點，我與五舉山伯進行過討論。他認為，哪怕見識過自己師父超人的記憶。一個孩子的童年印象，仍不足以作為人物評價的依據。

不知為何，我卻對這件事，產生了某種信任。

關於向太史，因為他過於廣泛的交遊，有許多名字，可以作為他存在的佐證。這些名字，貫穿了中國近代的歷史，亦令向太史沒有在一些時代的關隘與節點缺席。孫中山、袁世凱、廖仲愷、林伯渠、胡漢民、譚延闓、張大千。但也因為這些名字之頭緒繁多，波譎雲詭，在許多的史料中，彼此砥礪錯綜，反而讓這個人的面目，難於安放。或許，榮貽生在其中，實在是個無足輕重的角色。我不確定我的信

任，來自何處。直到極其偶然地，看到一九七六年五月一日出版《廣東文獻》，恰刊登有「霞公太史軼事」一文，其間有如下段落。

> 霞公身軀高大，雄偉壯實，雙目炯炯有光，望之氣象萬千。且有豪邁的性情，自言未誕生之前，其太夫人夢見一巨猴，投入她的懷中，驚醒後，胎即作動，太夫人說他在胎中打了幾個觔斗，然後呱呱墮地，可知他在胎中已經是很調皮的嬰孩。初僱一乳媼撫育，斷乳後，仍留此乳媼當褓姆。三歲時，這乳媼手持鉸剪，正在剪裁衣服之際，曚曨中忽見一巨猴，撲至其身邊。乳媼大驚，立即以手上所持鉸剪擲去，中其右額，審視之，原來不是猴，而是霞公，幸而尚非擊中要害，損傷額上外皮而已。故霞公右額之上角，終身有一痂痕。其人身長，手亦特別長，右手能繞過頭腦之後，轉過面目之前，自摸其右耳，左手亦能如此摸其左耳。說者謂此亦猴形的憑證。霞公是猴子托生，不特他自己承認，擅長看相者，都是如此說，真可謂「不可思議」。

或許可以這樣說，七少爺錫堃因為不耐煩與父親對弈的殘局，在父親長考之時，偷偷溜了出去。李代桃僵。然後一個人溜去了海珠戲院，看陳玉珠擔綱的年關大戲《鎖春秋》，由此造就了太史與少年阿響的見面。

而下面的發展，則無關乎於他的導演。太史望一望阿響，問他，下過棋？

阿響點點頭。太史聽到，眉頭舒展開，再次跳動了一下。

阿響覺得似曾相識。他想起這也是七少爺常有的動作。錫堃沒有食言，他教阿響讀書、識字，甚至弈棋。他體會著一種教學相長的快樂。在他感覺阿響孺子可教時，總會興奮地跳動一下，作為對學生的褒揚。是的，他說過，比起「茅鱔」，他更希望自己的屬相，是一隻馬騮。

太史將阿響喚到了棋桌跟前，說，你看看，老七給我整了個「千

層寶閣」……

阿響只看了一眼，他伸出了手，一猶豫想縮回去。太史卻擋住了他。他於是執起一枚白子，點了下去。

太史思忖了一下，跳了起來，一瞪目道，破了。

這一天的黃昏，除去一人，太史第的人從未如此之齊。他們按長幼分序，依次對著祖先三跪九叩。七少爺錫堃卻心不在焉，他究竟想不通，聽了一齣戲回來，父親如何就破了他的棋局。

少年阿響，將一枚銀元埋在了檸檬樹底下。因為太史告訴他，這並不是給他的壓歲賞錢，而是佛山人的風俗。在除夕埋下這枚錢，遠行的家人，就會在新年歸來。他沒有對其他人說，甚至於母親慧生。他相信這是他想實現的祕密，越少的人知道越好。

大年初一。

太史第上下，自是一團熱鬧。平時見不見的，都來了拜年。多的自然是小孩子，穿的都是一團錦簇。頌瑛有慧生陪著，先去跟太史問安，再一一去太太們的居停。待回到自己的房間，已經過去了一個時辰。

這才到了各房和外頭親戚的細路們，來討壓歲錢。男孩子打恭，女孩子襝衽，近身們都拿著金漆托盤接利是。頌瑛是長房長媳，出手自然很厚，見到喜歡的孩子，還要多給一封。聽著孩子說著吉祥話，眼裏頭也是笑意。但見這細路走了，頌瑛的目光追出去，竟然是戀戀的。

這樣一程子，竟然也到了黃昏。慧生便看見她仍坐著不動，眼睛裏頭，似乎一點點黯然了。知道她心裏放不下人家的孩子，慧生便故意與她打岔，說，嗨，我們奶奶出手也太闊綽，不知這一天，又貼進了多少娘家錢去。

她說出去，方覺得不妥。頌瑛倒是笑說，看這些孩子年年長大，心裏也是高興。

她想一想，叫慧生喚阿響過來。慧生說，剛才還在這裏，幫少爺小姐們撒長命花生。這一轉身，不知就跑哪裏野去了。

出門找了阿響回來，見頌瑛端坐著，膝上是一件毛蘭青緞面的夾襖。展開來，在燈下亮閃閃的，襟上還繡了一枚平安結。她招呼阿響，道，快來換上，新年討個喜慶。

慧生有些發獃。她知道三太太讓頌瑛置辦家裏孩子的新年衣服，正是這種料子。她立時將衣服搶過來，說，奶奶，下人的孩子可慣不得，壞了規矩。

頌瑛站起來，人卻晃了一下。她站定了，看著慧生，說，我，連這個主都做不了了？

慧生語塞，半晌道，出閣前，老爺太太可是交代過，怕您太慈濟，在這家裏頭吃虧。

頌瑛抬起頭，目光卻不知要擺在哪裏，外頭忽然響起了鞭砲聲，震耳欲聾。慧生看她張了張嘴，似乎說了一句話。然而卻什麼都聽不見。她只看見頌瑛忽地兩行淚就流下來了。

慧生心一橫，將那件衣服，三兩下給阿響穿上了。一邊戳了阿響的頸子，說，跪下，給少奶奶磕頭。說，阿響將來好好孝敬奶奶。

頌瑛沒顧上擦乾眼淚，忙將孩子扶起來，道，看我，這大年下的沒成色。

她將一封利是，塞到阿響手裏，說，你要好好孝敬的，是你阿媽。你長大了，就知道她多不容易。

一向，整個太史第規矩森嚴，聞雞起舞。唯獨太史過午方起身。

初七那日，破天荒地，太史卻起了個大早。

這天是「人日」，老少同壽，有吃蠔豉長壽粥的講究，喻「好事」將至。來嬸和慧生，半夜便起來，給全宅子的人煮粥底。各房人先後來到，即到即淥，豬肉丸、豬腰、豬肝、每人一大碗，廚子忙煞。三太太心急火燎地過來，道，快煮一碗粥送去書房。再煎一個蘿蔔糕，老爺子直嚷肚子餓。

廚房面面相覷，心想這日頭從西邊出。大清早的，太史就起來了。他要吃的蘿蔔糕，可是要費上半天功夫。往日這「私伙」糕都由來嬸炮製。先用瑤柱煎水，棄瑤柱留汁煮蘿蔔。再煎香兩條鯪魚，揀骨留茸，爆香冬菇臘腸，拌入蘿蔔同煮，摻入粘米粉才上籠蒸。這糕用粉少故而稀削，煎也極需耐性。出爐自然獨沽一味，美不見料，軟糯清鮮。與宅裏他人所食，不可同日而語。可這會兒忙得團團轉，哪裏來得及。

來嬸手忙腳亂，現刨蘿蔔，發瑤柱。才煮上，這邊傳了話來，說這糕不做了，允少爺帶了荷蘭的豪達乳酪來，太史用來佐粥。

先不論這中西合璧的稀奇吃法，眾人聽了，都恍然太史何故起了個大早。連在外頭瘋跑的七少爺，聽到允哥到了，都趕了回家來。

整一個早上，書房裏頭都靜悄悄的。待到了晌午，才見太史偕一個青年人走出來。那青年人，穿了一身軍裝，很硬挺，但眉目倒是分外柔和。

太史看上去也精神了許多。雖然含笑，臉上有些蕭然之氣，是個指揮方遒的樣子。

慧生說，這允少爺一來，老爺倒比見了自己的孩子還舒爽些。

阿響遠遠地看他，覺得這青年的眉目，和太史是很像的。但又不太像，不像在哪裏，又說不清。

三太太迎上去，道，你阿叔同你傾咗半日，害我們一家人都等著開飯。

青年「啪」地腳一頓地，行了個軍禮，道，三嬸娘好。

三太太笑說，回了家來，這裏可不是軍校。罷了罷了，行這麼大的禮，我得備個多大的利是。

青年便鬆弛下來似的，說，我這一大早來，只為跟三嬸娘討口及第粥喝。

有這允少爺，太史第的午飯吃得比平日熱鬧了很多。

來往太史第的人，穿軍裝的不少，但如他這樣受到全家歡迎的，究竟不多。大約因為說話的有趣，或者因為見識的龐雜，他和誰都能聊得入港，太史、同輩、娘姨們，甚至小孩子。或許，也是因為他的吃相。

三太太常說，阿允是將碗仔翅吃出魚翅味道的人。

雖然這話聽來有幾分刻薄，但內裏說得卻是這人的討喜。太史第以食著稱，但究竟能盡得奧義，卻需要有一條好舌頭，且是由衷。

這天太史第的午餐，瀰漫了家宴的氣息。精緻但並不鋪張，甚至帶了一點日常的用心。其中一道，是特為允少爺準備的。

未到十五，街上已遊走蜑家婦，挑擔叫賣生開蜆肉。初春的黃沙大蜆，因與「大顯」諧音，為廣府年節時必食之物。闔家圍爐有之，吃它一個鮮美。而更為應時的整法，是炒生菜包。蜆肉先拖水瀝乾，火腿、臘腸、臘肉、鹹酸菜和韭菜切粒，一同爆香。生菜上碟，澆上魚露，加蘿蔔絲煮鯪魚鬆，包成一大包。這食物吃起來，其實很考驗人的儀態。太史第的人，上下大小，自然都有某種不自覺的矜持。即使放肆如七少爺錫堃，也不至吃到失儀。但是，一身戎裝的允少爺，卻仍然可以吃到朵頤生光，吮指不已。

這吃相，極具感染力。此時，太史卻沒有胃口吃下什麼，端坐一旁。三太太說，阿允，看你給你阿叔吃的，什麼起司就粥。這不中不西，可給吃堵了。

阿允又捲起一塊生菜，說道，三嬸娘，這叫中西合璧，如今國外可是興得很。

太史點點頭，臉上滿是縱容與欣賞。

闔府上下，自然都知道向錫允的獨特地位。

他是太史的兄長唯一的兒子。少年失怙，隨太史長大，情篤如父子。但太史並未將各種規矩加身於他，倒讓他自由地成長。從南武中學畢業後，考入廣東大學，後留法數年歸來。

彼時恰逢國共合作，黃埔軍校成立。討伐各省軍閥割據，以期共

和大業。為備北伐，向太史將自己的侄子薦給至交廖仲愷。廖時任黃埔軍校國民黨代表。向錫允便協助陳銘樞工作。其文采大約承繼於其叔父，極擅於軍中時文。因此很受到陳銘樞的器重，漸為黃埔文膽。

阿允到會。全家裏都覺得他們叔侄二人，在書房裏自有一番大丈夫的縱橫捭闔要談。但實情是，向太史沉迷於詩鐘，舉家上下，竟無知音。唯有阿允，可與他一較協律。整個上午，你來我往，命題酬唱，不亦樂乎。

太史歡喜他，另就是這孩子自小有一條好舌頭，能辨出食材優劣，鞭辟入微；且口味如他般龐雜，又豪放不拘。説起來，有些太史第的自創菜式，竟是這對叔侄，在飲食上電光石火的結果。

待吃完了飯，阿允陪太史與羅氏在內室説話，恍然道，差點忘了要務。這次是為堂妹宛舒當了馬前卒，送了東西來。

三太太一聽，冷颸颸一笑，我們這五小姐，過年都不回家。什麼寶貝東西，倒先回來了。

阿允説，是台留聲機。她人還在巴黎，讓我先送了來。還有幾張唱片。説是給七弟先聽著。如今可時髦得很，我在上海看梅博士都灌了唱片。這倒比聽唱堂會，還更方便些。

錫堃盼了允哥來，自然是收到了五姐的信。此時他帶著阿響，全神貫注地瞧著留聲機。這東西阿響沒見過。一有動靜，倒好像藏了一個人在裏頭，咿咿呀呀地唱起來。允少爺説，這是唱針。唱片上的羅紋，就好像紙上的文章。照著字一個個唸出來，就成了音樂。

錫堃一邊聽著，大喜道，馬師曾的《玉梨魂》，知我者宛姐也。

他便也跟著唱，唱得聲情並茂。阿允説，七弟這作科，可以撐起「海珠」的一台大戲了。

這時候，卻有人一掀簾子進來了。原來是頌瑛。

她聽見了宛舒房裏的動靜，竟以為她人回來了。一看，是個青年軍人在裏頭。

沒待她辨認，阿允先是從沙發上彈起來，肅然立正，恭敬道，嫂嫂。

頌瑛愣一愣，道，允⋯⋯少爺，這一身衣裳，硬是不認得了。

錫允揮揮軍裝，說，嫂嫂笑話了。都說人靠衣裝，可這芯兒是變不了的。

兩個人對望一眼，忽然都沒了聲音。

半晌，錫允開聲道：我年前回家，還見到世伯。老人家身體健旺得很，扯著我要教我螳螂拳。教訓說如今在軍中，要亦文亦武，文當武職。

頌瑛於是笑了，說，我這個阿爸，如今愈發活出了孩子氣。倒是和我那個弟弟，鎮日鬧不清爽。

錫允說，嗯，聽世伯提起，說是書不想唸了，要去上海學生意？

頌瑛嘆一口氣道，嗯，阿喆去年來看我，也是報喜不報憂。我們家可不比我公爹開通。「萬般皆下品，唯有讀書高。」漫說是行商學生意，當年阿爸送我去讀新書，都算是破天荒了。

錫允一忖道，倒也不是我阿叔一個。向家有祖訓「讀書為重，次即農桑；取之有道，工賈何妨」。他一個前清翰林，給洋人做煙草代理，外頭也沒少說些好聽的。可是他就是個我行我素的脾氣。

「禮義廉恥，四維畢張；處於家也，可表可坊；仕於朝也，為忠為良。」錫堃在一旁聽了，和著一個鑼鼓點過門兒，搖頭晃腦，接口唸道。

頌瑛說，你瞧瞧，好好的祖訓，給當了曲兒唱。給三娘聽到了，少不了又是一頓。

錫允在屋裏踱了幾步，回身道，你也好和阿喆說說，如今這生意不做也罷。去年美國股災鬧得這麼厲害，一過了年，恐怕咱這兒的日子也好過不了。今天阿叔還和我說起代理權的事。我說，是一靜不如一動。

頌瑛說，整個太史第花錢如流水，沒這個撐著，還得了。我過了

十五，回佛山一趟，跟阿爸説説。

錫允頓了一頓，説，你要回去，也去看看晏校長。當年學堂裏的先生，都挺惦記，替你可惜。

頌瑛低下頭，應一聲，也説，有什麼好可惜的，都沒畢業，一個不成器的學生罷了。

錫允搖搖頭，道，我聽個學弟説，校長在開學典禮上，還要引當年你國文課上作的五律，那句「死卻嗟來食，窮途吐哺仁」，裏頭是女子少有的氣魄。有一回，我吟給我們大學裏的教授聽，他也説，實在可以亂杜。

頌瑛目光落在遠遠的地方，説，窮途吐哺仁……你倒是都還記得。

這時候，三太太進來了，愣一愣臉，便堆笑對錫允道，瞧我這記性，上回見你阿媽，説想吃「蔗渣魚」。知道你要來，連夜讓來嬸做了。惠州的開邊甘蔗，恰是打節積糖的時候，這魚用五年陳普燻到了金黃，剛好給她送飯。廚房都拾掇好了。

錫允回説，要不説三嬸娘，小的老的一塊兒疼。她老人家，可不就想這一口嗎。

錫允離開時，阿響正幫著旻伯掌燈，與他擦身而過。見這青年軍官默然地，匆匆地向大門走去。雖然暮色濃重，但依然可見，他臉上不再是嬉笑怒罵的神情，而是有種令人陌生的沉重，籠罩在軍帽的暗影裏。

他手中的荷葉包，滲出了略帶清冽的焦糖香氣，也有一絲縷縷的腥鹹混合其中，在這個蒼冷的新年黃昏，游動鋪張，氤氳不去。

在等五姐歸來的幾個月裏，堃少爺終日與留聲機為伴。他覺得自己，像一塊海綿，貪婪地吸收著這些古老的旋律，以及旋律後千百年沉澱而來的王侯將相、男歡女愛中的人之常情。

這些粵劇的旋律，像魂魄般，湧入了他尚年輕的身體。對饕餮似

地餵養他，迅速地發育、膨脹著他的心智。

阿響看著他，漸漸覺得堃少爺有些癡了。這並不是一個少年的癡，而似一個久經滄桑的人，終究放下了世故與對世界的成見，又回歸了混沌的癡。

留聲機裏放著一段梁士忠的士工慢板，《六郎罪子》。阿響看錫堃跟著唱。慢慢地，七少爺眼睛裏無端地流出了沉沉的暮氣，像是被這個失望、無奈的楊延昭附了體。在一刹那，阿響忽然有些怕，是一個孩童的直覺的怕。因為他在這個年齡相仿者的眼中，看不到了任何他所熟識的東西。像是一扇門，驟然向整個世界關閉。門的那一面，只有七少爺自己。

當一個圓潤的聲音從留聲機裏響起，阿響感到似曾相識。

向錫堃其生也晚。當梅博士蒞臨太史第，他尚懵懂。可他的五姐宛舒，無數次地向他重述那個夜晚，漸漸也就成為了他自己的記憶。民國十七年的中秋，不在太史第的宴廳，倒是在百二蘭齋，梅博士唱了一齣《刺虎》。夜涼如水，習習的風，吹動了滿園的「鶴舞雲霄」。於是所有人的記憶，都好像鍍上了白菊清澀醒神的氣味。

向太史是在民初赴京時與梅先生相識，也正是蘭齋初建的年份。梅博士的回訪卻在十多年後，是應「戊辰同樂會」之邀。那是廣州的大事件，許多人記得為歡迎他，海珠戲院門前搭起了四座大牌樓，最高者八丈，旁有亭台，鑲嵌梅氏十二呎的巨幅劇照。太史親自將梅博士接到自己的宅第短住，大約也因此為子女帶來有關京劇的啟蒙。

我看到了此次短聚的見面禮，據說是太史八夫人的丹青，上題：戊辰九秋，畹華應徵來粵登壇，南北暌別已逾十稔，因以姬人仿宋人芙蓉鴛鴦乙幅為贈，並繫一絕以慰：「畫中人是美人妝，寫到芙蓉總斷腸；珍重涉江人宛在，不妨左顧有鴛鴦。」但按照筆意，大約是元代松江人張中的作品，而非宋人。原畫收藏於上海博物館。

五舉山伯告訴我，對這位梅先生，榮師傅有很深刻的記憶，倒不

因其聲名與風華，更不是因為他優美的行腔。而是因為，他親口稱讚了母親慧生做的口果「四季仔」。在太史第的蜜餞裏，這是最講究的一種，用紅心蕃薯製成。成品比拇指稍長，蒸熟去皮，晾乾方始加糖去餞，不太甜，也不太濕。用手拈來，一枚一口，「煙韌」糖心，百吃不厭。這也是阿響最喜歡的口果。梅先生説，味道堪比北平信遠齋的果脯。

更讓慧生寬慰的，這和藹的人，曾微笑地看著幼年阿響，摸了摸他的頭，説道，這孩子額角生得好，扮起來好看。長大了會有出息。

慧生記得，五小姐回來得太不應時。

當宛舒回到太史第，幾乎同時收到了令人不安的電報。

允少爺在新年時一語成讖。美國股災引起了曠日持久的經濟大蕭條，波及歐洲與南洋星馬。英美煙草公司生意一落千丈，並且在與兄弟公司的競爭中最終落敗。太史的亞洲代理權因此旁落他處。

這對整個太史第是沉重的打擊。因為太史的曠達與好客，幾十口家人，再加之長居的親友與門客，每天都是一筆巨大的開銷。此時無異釜底抽薪。

因為消息來得太過突然，一向以當機立斷而著稱的向太史，也一籌莫展。

宛舒在房間裏輾轉難眠。她的歸來，無人在意與重視。相反身後有人指摘，好像她是帶來這壞消息的信使。下人們甚至傳説，因她缺席了歲除時家族祭祀，而被祖先怪罪，為太史第招致了厄運。

以她的性情，當然無須計較這些。但她想，茲事體大，有關她的醞釀，必須先和一個信得過的人商量。

她敲開了頌瑛的門。

頌瑛也並沒有睡，她正在寫一封家書，但落筆躊躇。該如何代表太史第，向自己的娘家求助。

兩個人都用舉重若輕的口氣，閒談了一會兒，才進入了正題。

宛舒說，阿嫂，爸不會答應的。救急不救窮。太史第在旁人眼裏，始終是餓死的駱駝比馬大，算急還是窮？

頌瑛終於嘆一口氣，說，也罷，讓他們男人去想辦法吧。咱們除了乾著急，能使上什麼力。

宛舒笑一笑，說，那倒未見得。

第二天，頌瑛打著腹稿，想怎麼和小姑一起，說服太史和三娘。

慧生見她，是愁腸百轉的樣子，便勸道，奶奶，嫁出了，你還是何家的小姐。他們家的男人做事不長進，咱們就回娘家去。

頌瑛抬起臉，問她，慧姑，你還記得李將軍嗎。

慧生有些茫然。這時，身旁的阿響接口道，就是那個山大王，李燈筒。

聽到此，頌瑛倒笑了。

慧生恍然道，可不敢亂說！繼而也笑起來，在阿響屁股上打了一巴掌。

兩人笑歸笑，都知道孩子說的是實情。

這李將軍，往年是太史第的常客。上下稱他李大頭，或燈筒叔，沒人叫他將軍。之所以這樣放肆，是因他在太史第的言行舉止，也十分粗豪奔放。歸根究底，是由於出身草莽。

太史公交友不拘一格，廣府民間人盡皆知。有道是「不論上中下流人物，他均能分別與之往還，上至本國元首，下至蹲在街頭的乞兒，與不為當日士林所齒之『優倡隸卒』均能蹲在地上與之縱談，屈伸皆能自如，甚至各江的『大天二』，與之亦做朋友，真非常人所能及」。

李將軍，便屬這「大天二」之類。當年自立為王，橫行番禺，行蹤兇猛詭譎，令人頭疼。清廷縣署曾懸紅三千兩白銀買他人頭。向太史上任兩廣清鄉督辦，按理是要掃除綠林。卻不知用了什麼法子招安了他，委任他做了鄉團統領，變匪為兵。時事湧動，後來孫中山網羅豪傑，共舉反清大旗。太史又資助他去安南謁見，加入同盟會。武

昌起義爆發，廣東宣布獨立，嘯聚三千之眾，被軍政府編為福軍。自此追隨孫文護法，北伐征戰。也算是戰功赫赫，這將軍的名號，是實打實的，在廣府有「河南王」之稱。不過，前些年遭了排擠，解職回鄉，退隱渡日。

這粗莽漢子，記恩知遇，畢生維護二人。一位是當年大元帥孫文，一句粗口咆哮的「唔多清楚」，令人動容。一位就是向太史，每被貶抑為前清遺老，李將軍就那一句，「廣東共和的大旗，可是我太史哥給樹起來的」。

但是，兩個老的，這幾年倒有些小不痛快。

往年春末時，燈筒叔來太史第，都帶來了兩樣好東西。一樣是他的蠔塘產的九頭鮑，一樣是「禮云子」。

兩年未見，李將軍似乎清減不少，未著戎裝，穿一件寬綽的綢衫。只是言行還是一如既往，是「河南王」的氣勢。炒蝦擦蟹，一口一個「佢老母」，粗言如同連珠炮仗。

他一見太史，第一句話就是，丟佢老母！想通了？

太史並不為怪，微笑地看著案几上的碩大陶盅，除了貼著「獲德園」的標籤，上有工整的隸書，「禮云子」，是他親手所書。這如同一個暗號，代表著這兩個男人昔日通家之好。或者也是硬頸的李燈筒，表示和解的標誌。

太史心裏有了數，不急於回答他，微笑反問：香港這麼好，你又捨得回來？

「你好嘢，佢老母！」李將軍一邊粗豪地罵，一邊大笑。笑得上氣不接下氣。笑聲在巨大的客廳中迴盪，前嫌冰釋。

因為不談時局縱橫，兩個人恢復了很久未有的親密。太史非常明白，李將軍的「燈筒」習氣，並不適合政壇的捭闔，甚而也註定了他的倉促下野。當年，在與張發奎合作的事上，多次勸他三思，後來受到蔣內閣排擠亦是意料中事。失意於朝野，並不影響他在退隱之

後，成為一個好的投資者。燈筒叔目不識丁，卻似乎天然擁有生意人的觸覺。難得之處，在他很早為自己留下了後路。大約十年前，他變賣新加坡的甘蔗林，在河南置地兩千餘畝，開設「獲德農場」，甚而在農場中設置兵工廠，以期後圖。他避走香港，即刻在九龍大埔購地千畝，建立「康樂農場」，又在皇后大道開設厚金銀號，為備復出。事實上，雖則李將軍再無東山再起之日，但卻為此後的一系列時代變故，留下了李家足以應付的資本。

在太史志得意滿之時，他曾勸說其在香港共同投資農場。因為二人於政見上的分歧，有礙太史的決策，最終導致兩個家族大相逕庭的命運。

但此次李將軍應邀登門，無疑為已陷入低潮的太史第，帶來一線轉機。

太史告訴他，想通的不是我，也不是你三嫂，而是家裏的五小姐宛舒。

燈筒叔有些驚奇，脫口而出，就是那個最不聽話的細路女？

他下意識地摸一摸自己的鬍子。他對宛舒印象太深刻，甚而至今伴隨著痛感。在這孩子的抓周家宴上，他走過去逗她。或許是他過於囂張粗放的笑聲，讓幼小的宛舒感到不適，一把揪住他的鬍子，緊緊不放。令他叫苦不迭。

他也聽說這孩子拒絕了太史為他籌備的親事，隻身去了法國。

太史點點頭，說，我們都不知道。她去法國竟然學了農科。那天同她大嫂一道，跟我和她三娘說了許多大道理，說考察了法國南部的農場和酒莊，還在普羅旺斯待了一整年。如今在中國，老一套行不通了，要開一個和西人接軌的農場。

燈筒想一想，說，我在香港，倒聽人說過很多法子，但怎麼接軌，得想清楚。

太史說，她說，比如，用股份制。

燈筒大笑，哈哈，佢老母！我這個大侄女，竟能和我想到一塊，

當年這鬍子可真沒白揪。

太史點頭，卻又嘆口氣道，我也留過學，可如今才發覺輕看了孩子。宛舒說，中國和法國一樣，以農為本。越是到了世道經濟大不景，就是回到地裏搵食的時候了。

這一天，年幼的阿響，並不知發生了與太史第命運攸關的事。

他覺得大人們的臉色，不如之前陰沉。縱然依舊是凝重的，但似乎眼睛裏多了一些希望，也多了一些底。

他看見自己的母親慧生，跟大少奶頌瑛從房間裏走出來，手裏捧著一只首飾匣子。母親看見，摸了摸他的頭，說，唉，往日當了，手裏還留張當票。我們奶奶的私己，這捐進去怕就回不來了。

他更不知道，大少奶是第一個，響應了三太太在女眷中發起的募金。

三太太見頌瑛打開了自己的首飾匣，裏面一片燦然。她不禁有些慌張，因為她聽說了大兒媳寫信給她父親，要何家認購了未來這家農場的股份。她以前所未有的綿軟口氣說，你快拿回去。那些是羊毛出在羊身上，你又何必搭上自己的陪嫁。

太史最風光的時候，接連迎娶寶眷。他卻本了一碗水端平的原則，新人進門，舊人同笑。為表公允，所有姬妾都獲得同樣的財物。這無形間，為向家積攢了另類的家底。據稱太史第裏「三萬三」的透水綠玉，其質無倫，冠絕廣府。原是先祖所戴之飛彩玉扳指，太史令人車為四塊戒面，一枚頸墜，分贈眾美。三太太從古玩架上取下一只胭脂杯，盛滿水，撫摸了一下指上已鑲作寶戒的翡翠，毅然摘下，投了進去。然後從頌瑛的首飾匣中揀出一對火油鑽的耳環，也投進去。

三太太的近身，捧著這只胭脂杯，遊走於各房，看著太太們在萬分猶豫中，將最心愛的首飾投入。有的前腳離開，身後已響起割愛的飲泣。

當集滿的胭脂杯放在了太史的眼前，他不禁唏噓。自己一人繼承父親與伯父兩份家業，到頭來千金散盡。卻如此這般，在一片蒼老的

柳綠花紅中還又復來。

當晚，阿響吃到了一碗「禮云子」撈麵。這對他幼小的味覺造成了擊打，讓他第一次領受了「鮮」字，可予人帶來的感動。及至多年後，這豐腴的味道如同一道烙印，在他的舌尖上歷久彌新。

他獸獸坐在後廚的台階上，看著太史的飯廳燈火通明。曾一年一度，向家呼親喚友，舉辦禮云子的聚餐。這一餐有著黃粱一夢般的短暫與不真實。逢翌日，每個人說起，在回味中，都帶著意猶未盡的嘆息。太史第的大廚利先叔，以最快的速度，將這鮮美的食材，以各種方式進行烹飪。愈是簡單，如蒸蛋清或釀豆腐，愈可得其妙。再如煎薄餅，在福建潤餅上灑上雞絲、肉絲、冬菇絲、筍絲、鮮蝦肉、蟹肉、蛋皮絲、韭黃、芫荽，那一小撮禮云子，是最後的點睛。它橙中帶紅，在其他餡料中隱現。這些餡料清淡，杜絕芥醬，方能彰顯禮云子真味。它是百鮮之首。

此刻，太史吃著為他特製的禮云子粉粿，百感交集。他想，在這非常時日，來自於「獲德園」的禮云子，或者就是李將軍這個情感粗疏的友人，對他細膩的慰藉。

中國人膾不厭細，並不缺少時令的食物。但如禮云子一般曇花一現的食材，仍在少數。它本不貴重，卻因物以稀為貴，隨節令稍縱即逝。禮云子之名雋雅，實為嶺南田間小螃蟹所生之卵。這種螃蟹不過半個食指大小，又稱蟛蜞。每年春末，清明前後，正值禾麥生穗，農人們下水田中捕捉育卵的母蟹，揭蟹腹將卵洗出，以細鹽醃製，盛在陶盅。因其完全野生，且極易腐敗，所以被稱為難得的「俏食」，需盡速食用。

關於此物何以得名，查考典籍方知，其雙螯甚巨，行走如作揖狀，似古人見面拱手為禮。故稱「禮云」，其槜即禮云子。《論語》曰：「禮云禮云，玉帛云乎哉？」可見其內寓意。

我問五舉山伯，可吃過禮云子所烹製菜餚。他說何止吃過。七十

年代他已在本幫菜館掌勺，有貴冑出沒席間，點名要用此物做菜。可是如今嶺南水質污染，已食少見少。

我說，我的家鄉南京，有清真老字號的招牌菜，叫「美人肝」。其實是用鴨子的胰臟。一鴨一胰，做一盤菜，倒要用上四十隻鴨子，就是吃一個稀罕。

山伯搖搖頭，道，嗨，禮云子就更是矜貴，一隻好少子，筷子頭般大，燒一道琵琶蝦要用上幾十隻；一碟禮云子炒飯要用二兩，大約兩百多隻，幾襟計啊！

我們想一想，燈筒叔送給太史的這三盅禮云子，是由成千上萬的螃蟹而來。其中情誼可鑑，令人感嘆不已。

阿響踏進蘭齋農場，已經是第一季荔枝成熟的時候。

對於這其中的艱辛，他無從體會。但是他知道太史第將經營農場的重任，交給五小姐宛舒，擔任了總技師。幾個少爺也常去幫忙。

他見到這個青年女人，面色日漸蒼黑，穿著褲裝，風風火火地在太史第裏行走。頭髮也剪短了，從背影看，像是個颯爽的小伙子。

頌瑛便對慧生說，以往只覺得宛舒任性。可這一年，才知道她是個幹家子。我聽農場的雨霖伯說，一人多高的樹苗，她一個人，成捆地扛起來便走。

慧生說，可不是？以往見她話不多，又喜歡聽曲，以為不過是個悶頭不想嫁人的姑娘。連下人們都說看走了眼。

頌瑛說，時勢造英雄。擱女仔身上，也一樣有用。

正說著，就響起一個聲音，說誰是英雄呢。

頌瑛看宛舒進來了，手裏提了一籮荔枝。

她便笑說，自然說的是咱們太史第裏，出了個巾幗英雄。

宛舒把籮一擱下，就說，以前聽穆桂英，看她能成事，是靠個「勇」字。這一年多才知道，還是得勞碌一磚一瓦地往上壘，一分懶都偷不得。

説完，將荔枝往他們跟前一拱，説，今早巡城馬剛送過來，快嚐嚐。總算盼到桂味掛枝了。

慧生瞋她道，五小姐也太勤力！前幾天的還沒吃完，這又送了來。你辛苦種出來，吃不完不成我們的罪過了？

宛舒手一揮，那怎麼一樣。前些天的三月紅、黑葉和槐枝，不過是跑馬搖車的龍套。這桂味可是正旦，你瞧瞧，比市面上大得多呢。

她便拿起一顆，喚了阿響過來，説，我啊，不喜歡聽你們大人虛頭巴腦，細路的話最當真。

這荔枝果真大，小孩半隻拳頭似的。綠裏頭透著紫盈盈的紅，倒有一股青澀的幽香。宛舒將皮三兩下給剝了，果肉冰凌凌的，送到阿響嘴裏，問，乜味？

阿響只一邊嚼，一邊使勁地點頭，半晌一張口，蹦出一個字：甜！

宛舒哈哈大笑。可慧生倒慌了，阿彌陀佛，傻仔，你把核給嚥下去了？

阿響舌頭嘴唇一動，將一顆核吐在手心裏。幾個人一看，小得跟綠豆似的。

慧生驚説，五小姐，你可讓我開了眼。

宛舒道，我這大半個春天，就為這啜核荔枝，給它嫁接了三次糯米糍，總算成了。

外面響著仲夏的蟬鳴，一陣緊著一陣，聽得人躁。可幾個人圍坐著，吃了半籮荔枝，沁涼沁涼的。這一舒爽，倒覺得心裏一點點地靜下去了。

宛舒拍拍阿響的肩膀，説，走，想吃多的是。我放了兩大籮在花園的井裏頭冰著。咱們不等老七他們下學，先吃個夠。然後跟我幹活去，送了孝敬我那十幾個娘親。

臨走她又回過頭，對頌瑛道，嫂嫂，你替我謝謝何世伯。他老人家雪中送炭，我向宛舒有數。年底那兩成的股份就快有分紅了。

阿響學著七少爺錫堃，將頭探出了火車。天還未亮，但可以看到

東方既白，漸漸露出了晨曦。那淺紅，將黑處一點點地暈開，繼而是金色的光芒，好像劍戟，燦燦地將遠處的暗影子，切薄了，但還是不通透。

阿響未坐過火車。但他聽母親慧生說，他其實坐過，那時候他尚不記得事情。他在襁褓中，在火車上哭了一路。他想，火車多麼好，讓他看到了這麼多的沒見過的東西。近的走得飛快，眼睛都追不上。遠的就慢了，但因為還暗著，看得究竟也不很清楚。那些房屋、田野、山起伏的輪廓，好像在空中流動，浪一樣。但稍微亮了一點，他看見穿過了一條溪流。溪流的對岸上，有個和他年紀相仿的孩子。那是個牧童，坐在一頭牛身上。火車經過時，塱少爺對他揮揮手，那孩子也對他們揮手，似乎還張嘴喊了句什麼。老牛也揚起頭，像是「哞哞」地叫了幾聲。在火車轟隆聲中，他們究竟是聽不見的。

太史第上下，在天大亮前趕往蘭齋農場。

對他們而言，這農場實在有些邊遠。太史與五女宛舒反覆斟酌，商議後決定了農場的選址。未開在廣州近郊也罷了，照理向氏一族宗在佛山，名重於嶺南，與廣府各地水陸通暢，竟也未雀屏中選，多少令人費解。蘿崗洞在番禺縣境內，到達頗費一番周折。從廣州要先搭乘廣九鐵路火車先到南崗，再轉乘小火車方能到蓮潭墟，才是農場的所在。

李將軍攤開地圖，將自己名下的地頭，給太史盡揀。太史偏就在蘿崗那畫了個圈。燈筒叔搖搖頭，勸老哥不要冒險。此時蘿崗，名聲在廣東境內並不很好。因是悍匪出沒之地。聽他說，在這一塊嘯聚為王的，是他當年的一個把兄弟，其惡如虎，很不好對付。他說，我名下的地不少，但這一塊長年荒置。你既讓我以地入股，這投資的事還要聽我一句。

太史笑道，說，就這裏了。你忘了我最在行的，就是和三山五嶽的人打交道。當年你不落草，我們未必有今天的交情。

李將軍啞然，忽然也哈哈大笑起來，佢老母！就依你了。不怕宛舒被搶去做壓寨夫人！

太史道，我們家老五是廖先生的乾女，靶場上摔打大，什麼世面沒見過。

其實太史自然並非任性，早過了氣盛年紀，更不是偏向虎山行。他有他的考量。這蘿崗洞雖非魚米之鄉，但當地土質卻適合種植果樹。蘿崗墟至南崗，方圓十數里所產水果，薄有聲名。如蘿崗桂味、畢村糯米糍和南崗栗子，只因交通不便，未有大的作為。太史就請燈筒叔出面，與番禺縣政府協商。先是向農民收購周邊零星的小果園，再按部就班，向政府購買附近未開發的土地。以星羅棋布，循序漸進的法子，將這農場發展起來了。

太史第這麼些年，大家子人舉家出遊，竟還是首次。到了蓮潭墟，浩浩蕩蕩的。天剛放亮。小孩子們午夜就跟著大人起身，覺不夠。原本有個興奮勁撐著，這時候一個個低眉搭眼的，沒了精神。小火車開得搖搖晃晃，搖籃似的。有的孩子打起了瞌睡，便讓奶媽抱著。阿響也依偎著慧生，睡得朦朧。忽然一個激靈，醒來了。原來是遇到了一條小河，在前面煞住了車。這小火車靠人力控制，有蜿蜒交錯的鐵軌通向各個果園，一個戴著草帽的工人在其間扳道。阿響看著他的動作，竟十分瀟灑，如風浪間的舵手。錫堃問到了哪裏，什麼時候才能到。宛舒說，就你猴急！現在是黃竹坑，過了這條小河，是畢村；再下，就是蘿崗洞了。這時候的糯米糍，剛剛好。

於是，阿響看到了成片的果樹。都是繁茂的，枝條爛漫地生長，樹冠次第地連結著。在一個孩子的眼中，像是一望無垠的綠海。他不禁有些激動。初夏陽光下，那綠也並不是清一色的，有著層疊的深淺與明暗。剛生出的嫩芽，近於鵝黃。而那長有時日的，則黑油油的，閃爍著略豔異的光彩。

他看到了一種葉片如雲的樹，樹身上綴滿了纍纍的果實。宛舒告訴他，是去年託農學院的同學引進的檀香山種木瓜，眼下和呂宋種菠蘿都到了結實的時節，但究竟還未成熟。再往前呢，隔了一個山坡，是與太史交好的密宗雲禪法師送了家鄉名產夏茅芒樹苗，也將成材。

來年就結出芒果，果皮上有一抹胭脂，味似蜜樣。宛舒如數家珍。阿響靜靜地聽，心裏有一種別樣的憧憬。他在五小姐的眼睛裏，看到的，是一種慧生在看他時常有的光。那是一個母親，在對旁人提及自己的孩子時，有些羞怯但又急於表達的神情。

待他們終於到了蘿崗，空氣中漾著清甜的氣息。這其實是一個山谷。夜間集聚了白色的霧氣還未散去，在晨風中飄搖，將許多果樹纏繞在裏頭，看不分明，竟有些像是仙境。遠遠地，一個中年男人從霧氣裏迎過來，滿臉胡茬子。這是雨霖叔，宛舒從浙江聘來的監場。他一見面就說，可好了，將你們盼來，緊趕慢趕，只盼你們趕得過太陽。

說罷了，便招呼兩個工人，各搬來一個籮。宛舒笑說，你們啊，倒是手快，該讓他們自己摘下來吃，才有興味。

原來，這一家人從廣州趕過來，是為了吃頭茬的「霧水荔枝」。這一茬荔枝，依宛舒的說法，若桂味是正旦，它便是用來壓軸的大青衣了，是一季的定海神針。畢村的名種糯米糍，用了一年，悉心種植在蘭齋荔谷。此時收穫，倒像是個見證的儀式。可為何趕個大早？原來，糯米糍有它的嬌貴。甜而汁多，有一股濃郁清香。但一經陽光照射，果肉中糖分立時變酸，香味口感頓減。如此，竟是比一騎紅塵的「妃子笑」，還要不等人。唯有人趕著來吃它。在這荔谷，經過了一夜的霧氣氤氳，滋潤之下，水分和溫度都是將將好。這香甜鮮脆，各個都在點兒上。

大人們就跟著雨霖叔，緣樹採摘荔枝。果實生得並不高，枝椏上有，有的還簇生在樹幹上。一一放在籮裏頭，還沾著過夜的露水。

小孩子們在地下歡鬧著，邊剝邊吃。慧生剝開一個給阿響。吃下去，爽了神一般，剛才的旅途勞頓，竟然不覺了。阿響抬起頭，看晨光熹微，照進山谷裏來了。光芒從繁密的樹葉間篩過來，落到地上是斑斑駁駁跳動的影子。霧氣也散了，漸漸稀薄，也匿到了光裏頭，整個山谷都明亮起來。

頌瑛說，這霧水荔枝的名字，起得真好。就像這霧氣似的，過了

時候，就沒了。

三太太就對其他幾個太太說，唔食唔知，以前在市面上吃的糯米糍，味道打了這麼大折扣。都給我盡往飽裏吃，也不枉這大半天的腿腳。

這時候，阿響看見七少爺錫堃，定定站在樹底下，忽然拉長了腔，用戲白唸出來，「譬如朝露，去日苦多」。

在一片歡聲中，這句未免突兀。三太太聽了，臉一沉，說一個細路。知道什麼苦不苦，少給你一口飯吃了嗎。

頌瑛知道他是接自己的話，剛要圓場。卻聽見身邊的九太太，幽幽跟上來，「何以解憂，唯有杜康」。

太史愣一愣，笑道，這句倒是在理，帶了那幾罈竹葉青，就新出的口果，是最好不過了。

待吃夠了霧水荔枝，宛舒引了大夥在園內各處走動。頌瑛見周邊有幾棵特別高大的荔枝樹。上頭繫了紅色的綢帶，在風裏頭十分招搖。就問雨霖叔，這絲帶可是用來祈福。雨霖叔就笑一笑，說，少奶奶說祈福，也對。在籬崗薯參的土匪不少，看李將軍的面子，多半不來滋擾。掛了紅綢帶的，告訴他們是咱太史第所轄，彼此都有個數。出身草莽的，也還講自己的規矩。這幾棵樹上掛的果，我們是一向不摘的，算是留給附近山寨上的兄弟，應時的禮。

頌瑛輕嘆道，你們也是不容易。這蝦道蟹路，要都摸清楚了，才能不出岔子。

此時聽到孩子們開了鍋似的，都站在一個樹底下。雨霖笑說，此乃荔谷一寶，可是五小姐的發明呢。

慧生上上下下地瞧著，說，怎麼個寶貝法。

宛舒便過來接口道，慧姑，這看不出，可就枉我一片苦心。你從樹頂上往下看，這棵樹上，我可是每枝上都嫁接了一種荔枝。三月紅、槐枝、黑葉、妃子笑、桂味、糯米糍、亞娘鞋和掛綠。所以啊，雨霖叔給取了名，叫「五族共和」。

慧生仔細看了，恍然說，我的佛祖！這是太乙真人用藕段蓮花拼出了個哪吒。

宛舒笑笑，低聲說，瞧那最底下的，叫亞娘鞋，像不像三娘裹的小腳。模樣小巧，裏頭核大，吃了還容易上火。

晚上，就在這荔谷擺了一席。這山谷裏頭，暑氣退得慢，到天全黑透了，才覺得涼爽了。待涼下來，這涼爽卻是那種幽深的涼，幾乎帶著一點寒意。伴隨著蟲鳴此起彼落，和山澗的溪水聲，好像是很遼遠的。

利先叔不愧是太史第的大廚，這一餐靠的是因地制宜。因太史一向講究食材的新鮮，大多用的是農場自產、和附近農人的果蔬與山珍。雖不及在家裏吃得精緻，卻有難得的田園野趣。本地人以花生飼雞，又散放於鄉間，雞肉豐美，尤合下酒；而蘿崗洞有小瀑布、泉水鮮潔非常。清泉入溪，溪中產一種山斑魚，用來釀「太史豆腐」，混以火腿，其味尤鮮。或用甜腐竹炆製，均屬送酒佳饌。因為烤山豬肉略肥膩，最後上了一道粥品。這粥有奇異的清香，用勺舀一舀，除了有白果，倒還有種一種菌子。頌瑛問起，宛舒說，就是這荔枝樹底下的野菌，每年施了肥，經過雨水，就從樹底下拱出來。也不知什麼名目，味道倒是比松茸還要好。

此時的宛舒，換下了便裝，少見她穿上了絲麻的旗袍，有了難得的女兒樣子。筆挺挺的，還是很颯爽。她用西方的規矩，用勺敲敲酒杯，喚起了眾人注意，這才說，今年是蘭齋農場首輪豐收。一年過得動盪，難得咱們全家團聚。我和七弟做了一段戲，阿弟的詞，我安的腔，給大家助助興。

錫堃便也站起來，說道，原本是林子裏頭的故事，在這演正合適。

阿響見他不知從哪裏找來一頂農人的帽子，又給自己打了個領結，看上去倒有些滑稽。錫堃便道，我得扮上，是個外國的故事。

眾人原本並未當一回事，可是兩人一開了口，倒讓人一驚。五小姐的粵劇底子，家裏是知道的。可這堃少爺，大概是嬉笑怒罵慣了，

說話又可樂。但一開了嗓，竟遽然一股清朗之氣。板眼俱在，聲音裏的沙啞，倒是酷似一位當紅的正印小生。

頌瑛看著，聽著，也覺出了端倪。回憶起中學時教英國文學的先生，最愛給他們講的就是莎士比亞。弟妹兩個唱得雖如泣如訴，改自莎翁的《隨汝歡喜》，卻其實是齣喜劇。最後這對男女，千辛萬苦，是要大團圓的。她這樣想著，不禁有些走神。轉過頭，瞧見阿響看著她，知道自己臉上有了悵然的神色。

她吟道，「陌上千秋各不同，孤山萬仞聽簫聲」。阿弟小小年紀，看不出有這樣的文采。

三太太接口，自然是隨了我們太史公。可又一皺眉道，就不知這戲子的相，是跟了誰。

太史不動聲色，待他們唱完了，回身道，青湘，你也來一段吧。

眾人這才將目光，都集中到了九太太身上，卻見她兩頰已飛起了酡紅。原來這一席，她不言不語，卻一直在喝酒，一杯接了一杯。聽到這裏，放下杯子，站起身，幾乎沒有猶豫。她站起時，身體微微晃了一下，頌瑛扶了扶。她將手在頌瑛手背上按了按，站定了，開口便唱。

眾人便都收拾了心神，將目光移開，該說的說，該笑的笑。在太史的宴席上，九太太青湘獻唱，照例是保留節目，並沒有什麼出奇。有時用於宴前的暖場，有時用於宴間的冷場。久而久之，眾人便當她的聲音，是這宴上的背景。有了，覺得可有可無；若沒有了，又覺得少不得。即使太史第的常客，談到九太太，竟都不記得她說話的聲音，倒只記得她的唱腔。

說起來，九太太也很少說話，到這時，廣府話也說得不利落。經了這些年，她戲倒是唱得很好，大概到她學唱，粵劇用的依然是官話古腔。所以，她是不學新戲的。

這時候，她卻不知一個孩子在看著她。阿響未涉身過太史第的宴席，而侍酒的工作，對他也是首次。他微抬起頭，定定看著青湘，在他的人生中忽然領略了美麗的意義。前所未有地，他看到了異性的美。不同於一個成年男人，他的領略是很潔淨的。他發現了九太太與

太史第其他的女人，不同的骨相。她有寬闊的額頭，鼻梁挺秀，而皮膚是白而透明。從他記事，母親慧生的臉色就是蒼黑的。還有她的眼睛，大得坦蕩，有種說不出的慵懶，也藏不住事兒似的。粵人即使美，眼窩往往深陷，如同太史第其他的太太。他卻不懂得，他所感受到的，是一種被嘲為「外江女」的美。

九太太不是廣東人。她是太史公最後一次入京，千里迢迢帶回來的。一同帶回的，還有那些輾轉從宮中得到的古董。當時她棲身於一個京劇戲班，將紅而未紅。

徐青湘出身宦門，其父為遜清舉人，參加革命，民國仍浮沉政海，曾任西江等縣縣長。因雅愛京崑，即延名師教習其女學戲，為女命名青湘，取出水青蓮不為所染之意。惜父親早逝，為叔嬸不容，便投身梨園。在某商紳堂會上與太史相識，或戀於繁華，想想孤萍無依，就此便嫁了。

也許因為微醺，目光蕩漾，此時竟唱得有些旁若無人。阿響見九太太的眼神有些發空，聲音卻格外清越，咬得字正腔圓，唱道：

> 恨東風，不為奴，吹愁去，到春日，它偏能惹我懷思。
> 對菱花，看愁容，實在無心修飾；
> 薄命人，傷春思，把鏡奩脂粉，奴就一概拋離。
> 在燈前，和月下，寫不盡相思字，都是淚痕滿紙；
> 撫著了淒涼景，吟不盡，春愁夏感秋思冬寒，傷悼四時。

到後來，畢竟有些飄忽，可卻沒有停。眾人才覺得九太太的腔，越來越涼薄，便也停下聽她唱。三太太說，大好的日子，唱什麼《小青吊影》，倒弄得悲悲戚戚的。老爺，另點一齣吧。

太史說，今天也是難得。青湘，那年畹華來咱們家，一招一式地提點了《貴妃醉酒》，可從未見你唱過。

三太太說，梅博士調教自然是好的。可那唱的人，本來是不醉的，所以才有了莊重的味兒。喝成這樣了，怕是要唱回了《醉楊妃》

「粉戲」的路數上去，成什麼樣。

太史咳嗽了一聲，說，唱吧。

青湘便走到了院落中，執起一柄折扇，信手打開，悠悠唱道，「海島冰輪初轉騰，見玉兔又轉東升。冰輪離海島，乾坤分外明，皓月當空，恰便是嫦娥離月宮」。寥寥數句，倒仿彿換了一個人。原是京崑的底子，比起方才粵劇的幽麗，原來她的身段唱作，還是更適合雍容大氣的脈絡。這段二黃平板，聽得太史連連點頭。

這時，恰有月光映照在了院落裏頭，阿響看到九太太的面龐，在折扇後忽明忽暗。有濃重的的影籠罩在她的身上，那臉也看不分明，倒好像一時在笑，一時間又不笑了。阿響未聽過京劇，也聽不懂唱詞。但他聽到的，是一個女人一時間的喜悅和亟盼，和忽然而至的惆悵。

大約唱完了，青湘不走，搖搖擺擺地在院子裏頭，甩著不存在的水袖。阿響不知，在這戲裏，有許多虛擬的花卉，是等待貴妃欣賞的。太史拈一下鬚，笑了，說，這段柳腰金，還真是海棠花未醒。

忽然，眾人見她屈下了身體，慢慢蹲下來，身體也扭過去，穩穩盤坐在地上。

宛舒不禁鼓掌，說，好一個臥魚，九娘真是得梅先生真傳。

但是，青湘坐定了，卻沒有起來。她似乎頹然地，將頭也埋了下去。那旗袍的開衩間，露出一段雪白的腿。宛舒見勢不對，忙快步走過去，想要扶她起來。青湘卻一把將她推到了一邊去，自己努力地撐了一下地。雙腿跪在了地上，整個身體的曲線，暴露在了眾人的視野裏。太史大聲道，成何體統！

宛舒又過去，手剛搭上她的肘腕，已經被撥開了。青湘終於站起來，踉蹌了一下。往前跚然幾步，一個趔趄，手裏的折扇飛了出去。人一仰，倒在了宛舒懷裏。

阿響看見，九太太的臉是煞白的，緊緊閉著眼睛。這時候，月色正灑在她的臉上。飛動的，是從樹葉中篩落的，斑斑點點的影。

大約因為這一幕，敗了大家的興致。飲宴便草草結束了。

當天晚上，阿響睡得很熟。他做了個夢，在夢裏聽見了潺潺的水聲。有一條魚，奮力地溯流而上，牠躍動著，將自己拍打到了潮濕的佈滿了苔蘚的岩石上。那岩石滑溜溜的，有青澀而微腥的氣息，在空氣中蕩漾。中間他似乎醒來了。聽到了「咿咿呀呀」的聲音，從很遠很遠的地方傳過來。他想，這大概是另一個夢。便轉了一下身體，又睡過去了。

天矇矇亮，阿響聽見自己的母親慧生，慌亂地起身。
院落裏有嘈雜的聲響。
他悄悄從床上爬起來，透過窗子，恰看見幾個農民，將一副擔架抬進了院子。她聽到母親大聲地呵斥農人，讓他們的手腳放輕一點。
他的眼睛漸漸地睜大了。他看見擔架上，躺著一個衣衫凌亂的女人。她的眼睛大睜著，嘴角留著紫黑的污跡。她有著寬闊的額頭，頭髮濕漉漉地水藻一樣披散著。面龐是毫無生氣的灰白色。而頸項上，有一道殷紫的痕跡。
九太太青湘，是被果園一個守夜的農人發現的。
她漂浮在果園周邊的溪水中，打撈上來時，已經沒有了呼吸。她藕色的旗袍敞開著，也漂浮在水面上。農人們發現，一雙繡花鞋，很齊整地擺在岸上。近旁的草叢裏，是一只已經空了的酒壺。

三太太給了農人們掩口費，讓他們不要報警和聲張。她對家人說，人已經死了，你們要想想農場的聲譽。

阿響記得自己，慢慢地走出門去。
晨曦中，他看到有一束陽光，極微弱地在九太太的眼睛裏跳動了一下，稍縱即逝。他努力地想看得更真切一些。但有人伸出手，輕輕將她的眼睛闔上了。

這一刹那，女人的臉色，毫無徵兆地，也泛起了淺淺的光，讓她煥發出了異乎尋常的美。

這是他，第一次如此近地接觸死亡。

他沒有感到害怕。

此時，有輕微的風吹過來，他聞到了，極清淡而甜的清香。那是成熟荔枝的氣味。他閉上眼睛，覺得心裏面的有些東西，在一點點地粉碎。

從此後，榮貽生每每他回憶起這一幕。甚至，當此後每一次面對了死亡，總是不期然地會聞到荔枝的氣息。那味道一瞬間地，濃郁起來，而後漸漸轉淡，卻彌留不散。

肆 · 風起河南

荔紅羌紫豔陽天，道出南門過五仙。買棹漱珠橋畔醉，沉龍甘美鱖魚鮮。

　　　　　　　　　　　　　　——鄧鳳樞〈漱珠橋竹枝詞〉

及至久後，榮師傅才與我說，對許多人的印象，是定格在了九歲那年。即使此後再與他們相見，但是，都無法覆蓋那一年的印象。如此深，像是熾熱的烙鐵燙印進血肉。那一年，他聽到了七少爺作的一首曲詞，裏頭有一句，也於是忘不掉，「眼底舊院洞中天，桃樹掩映台榭尚似從前豔，盛似從前豔」。

我問五舉山伯，有沒有聽師父吟過。他想一想，便哼唱出一支旋律。山伯本五音不全，但此時，在夜色中，這支旋律卻因其中的停頓和破敗，出人意表的蒼涼清遠。我拿出錄音筆，想要錄下來，讓他再唱一遍。他笑著擺擺手，說，我是聽得太多，板眼都在心裏頭。可師父聽到我唱成這樣，要罵我的。

一九三二年的太史第，並無意於故人。或許這便是大時代給予人的藉口，有關記憶與遺忘。

年頭，北方傳來了一些消息，總算是鼓舞人心。即使如阿響一般的少年，亦可體會到暮靄沉沉的太史第，驟然有了一些漣漪。竟然在僕婦間的言談中，也出現了一些激昂的東西。他們議論著上海的戰事，雖則阿響似懂非懂。三太太經過，會笑他們的無知，但並沒有影響到他們討論的熱情。他於是聽到了「淞滬」「十九路軍」，還有一位姓蔡的將軍。但說的更多的，大約是蔡將軍的同鄉部下譚師長。「一 ·

二八」一役，對日作戰，譚以一旅，守吳淞砲台。其砲陳舊，尚屢能擊中日艦。與日軍對壘月餘，滬上民眾，感其英偉而獻旗。

闔府上下，皆呼其花名「大口譚」，自然是因為向譚兩家之淵源。太史祖母出於廣東羅定譚氏，故其宗人，與南海向家世有姻親之誼。譚師長妻禮和，太史第人稱七姑，與三太太交好。其長女為太史認作義女，過從甚篤。及至日後譚氏解甲林泉，寓居香江，還可與太史把酒，這是後話。

仲春日，阿響看到一架軍車停在門口。僕從簇擁在花廳，遙遙地望。他想，上回這樣的陣仗，還是「三蛇肥」時那位始終未曾露面的大人物。但這次畢竟不同，沒有宵禁，沒有列隊的士兵。車上的人下來，車便開走了。前面的軍官，只帶了兩個隨從，便步進了太史第。

阿響只覺得他步態分外眼熟。阿響聽見七少爺，遠遠地跑過來，只一聲歡快的「允哥」。這時那軍官抬起頭來，果然是向錫允。

允少爺在府第仰目而望，一眼掃到了阿響，便笑了一下。那笑容依然是溫存的，但也稍縱即逝，便是凝重的表情。數年不見，允少爺的面目已起了變化。除了臉色的蒼青外，神情中也脫去了往日的天真與生動，不見瞋喜。阿響不知道，這是出於戰場上的歷練，看慣了生死後的沉澱。他只覺得這個人，眉目的果毅堅硬，讓他陌生，既畏且敬。

太史在三太太的攙扶下向他走來。錫允脫去了軍帽，這一刹那，人似乎終於鬆弛下來。但即刻便站定，繃直了身形，對他的叔叔行了一個軍禮。

這讓家人之間的見面，忽而變得肅穆。

是的，向錫允是代表譚師長，準確地說，是代表十九路軍造訪太史第。

看到他甚至沒有和府中上下寒暄，便隨太史走進了書房。這令眾人的盼望多少有些失落。

三太太說，都散了吧。他們爺倆有大事要談。

但她內心，其實也打起了鼓。這孩子的眼神舉止都讓她感覺，有這些年為自己所不知的事，在一個人身上的凝聚。但她畢竟是個婦人，也知道即使闔府事務於一握，畢竟離外面的世界還太遠。見面有這麼一瞬間，她伸出手，想如以往撣一撣侄兒肩頭的風塵。但是，卻不知為何縮了回去。

她望望書房的方向，嘆了一口氣。

叔侄二人，傍晚時走了出來。太史神氣平靜，但交代給管家旻伯，聲音裏卻有些發灼。他說，快，拿了我在案上的字。送去漱玉橋的木新齋，找岳師傅連夜趕出來。

第二日，太史第門口多了一副橫額，來往的人站定了。看上面用大隸鐫了四個字「義款救國」。有人認出來，是向太史的手書。

向錫允負命而來。其在軍中，以少校副官之身隨大口譚南征北戰數年，深歷戎馬甘苦。而自年初，十九路軍因餉金屢被剋扣，軍需難以為繼。錫允便主動請纓，回粵籌集軍餉。

太史第自然成了這場募款的起點。對譚氏而言，這是個明智的選擇。向太史名重河南，其振臂自有應者如雲。加之其少年時負笈南洋等地，且曾任職於英美煙草公司，於僑界關係密切，更易獲得海外及港澳商界的支持。

即使時日如煙，前事枝蔓不可歷歷，但老輩的廣府人都記得，那一年，太史聯合「戊辰同樂會」在海珠戲院發起了募款義演。甚至讓府中的八太太吟香現身，票了一齣戲。吟香工巾生，往日各種場合，向與九太太青湘搭檔，這是太史以此自矜的風雅。此時，她與「協春社」的女伶靚小鳳在台上出現，台下眾人都愣了一愣。太史第上下，聽到了議論，忽而回憶起這個幾乎已被淡忘的人。有的不以為意，有的銳痛突至。但是更多的，一忽悠間，想到了那個夏夜，仿彿有一縷似有若無的荔枝的氣息，在空氣中迴盪。這時他們聽到七少爺與五小

姐宛舒啼聲初試，連袂而作的《女兒香》曲詞，由靚小鳳口中流出，皆覺別具深意。

> 磨我劍，礪我槍，男兒身當為國殤，流我血，衛我疆，征夫血戰淚凝霜，城社有狐鼠，關塞有強梁，孤臣節烈死，義士不屈降，越王台下塚，戰骨尚未寒，撫劍問明月，何日還故鄉，馬上故鄉，雲山泱泱水茫茫，離亂滄桑，忠烈長留萬古香。

大約太史第馬首是瞻，兩個月中，各界善款接踵而至。錫允不辱使命，在募款的尾聲，便協主軍需謝旅長，登城內仕紳商賈之門，一一行謝儀。

午後，他敲敲頌瑛居停的門，聽到裏頭咳嗽了一聲，便道，嫂嫂，不急開門。聽說你抱恙，我就在門外說了，這次募款替何世伯捐出了農場股份所得。錫允銘感在心⋯⋯

他正說著，門忽然開了，就見宛舒笑盈盈，一把將他拉進了門，說道，我和大嫂剛才還說，打過仗的人可是不同了，那個精氣神兒，整個太史第的男人也找不出一個。這才幾日，怎麼又現出了書生的迂腐勁兒來！

錫允聞見室內有隱隱的中藥味，見頌瑛披著衣服，依桌前坐著，用一隻木杵正在石臼裏搗著什麼。

頌瑛招呼他坐下，聲音倒有些發虛。錫允問道，嫂嫂可好些了。

頌瑛便說，允少爺有心了。不妨事，每年一入了春，就開始咳嗽，喉頭癢得不行。老毛病了，吃幾味藥就好一些。

錫允說，有沒有看過西醫？要是年年如此，聽起來像是敏感。西醫的法子，倒是更對症些。

宛舒在旁道，呦！在外頭打鬼子，倒打出了一個大夫來。會診症了！

錫允笑笑，只沿著自己的話說下去，我哪有這好本事。說起來，譚師長也是每年開春便咳嗽，和嫂嫂很像，是一個德國醫生看好的。

中醫調理，是慢一點，不會立竿見影。嫂嫂這手裏的是哪味藥，怎麼還要你親自動手。

宛舒接口說，什麼哪味藥！我講出來，你又欠一個大人情。三娘知道你愛吃芡實糕，昨晚上就在那咋咋呼呼。嫂嫂應下來，大早就找出去年藏的「肇實」，落手落腳去殼、晾乾、研粉，這跟我說著話，杵了一上午。手都痠了。

頌瑛忙道，這是什麼話。我們婦道人家能做什麼，舉手之勞的小事罷了，給這丫頭說得天大。

錫允說，並非小事。這次募款，嫂嫂的手筆不讓鬚眉。

宛舒說，向錫允，你好嘢！大嫂謝了兩茬了。我這個做妹妹的，在鄉下起早貪黑，將蘭齋農場一年所出都捐給了你，倒聽不到一句好聽的！

錫允的黧黑臉色，竟透出了紅，囁嚅道，這自家人就不謝了吧。

宛舒不依不饒，好！照你這麼說，嫂嫂倒不是自家人了？

心直口快的話，出來就收不回去。在場的，頓然都沒了聲響。旁邊伺候的慧生，見情形不妥，便一拍身邊孩子的腦袋，說，仔，你不是成天問這前線打仗的事嗎？這二郎神就站在眼前，倒沒聲氣了？

錫允躬下身，看著他，我還記得，這孩子叫阿響。不聲不響，才幾年，長這麼高了。

阿響定定看他，依然沒聲。錫允就問他，大個仔了，想不想跟我去參軍？

阿響點點頭，可又使勁地搖搖頭。錫允就笑了，說，怎麼不想？

阿響便開了口道，阿媽說，好男勿當兵，好鐵勿打釘。

眾人都愣一愣，房間裏一片靜。錫允忽而大笑起來，這笑仿佛為這安靜打開了一個缺口，大家便都跟著笑。宛舒笑得渾身亂顫，說，這細路！天底下還有比我更愣頭青的。

慧生邊笑，邊粄顏道，死仔胞！當沒我這個阿媽，你到底想不想？

阿響倒有些無所適從，他低下了頭去，但忽然間，他抬起頭來，大聲道，想！

這清脆的童音，出其不意的銳亮，幾乎震穿了大人們的耳鼓。慧生的笑，凝固在了臉上，臉色漸漸地沉了下去。

她說，允少爺，我們孤兒寡母，可沒有披甲上陣、光宗耀祖的富貴命。天不早了，三太太著人準備晚飯，我先幫忙去。

說罷，跟頌瑛姑嫂也行了禮，她匆匆拖著阿響便出去了。

她回到了自己房裏，將櫃桶抽開，找出只匣子，裏頭有密密收藏的油紙包。她打開，一方錦帕裏的一對鐲子，通透的綠翠。這是襁褓中，她唯一留下的東西。每隻鐲子內側，都刻上了明月流雲，雕工格外細緻。眼前，倏忽便是那個人，平日哀矜不顯。但男人一身戎裝，風風火火地進來，只將這鐲子放在她手裏。她看一眼，便放在梳妝台上，淡淡說，有心了。男人不言語，將鐲子重新拿起來。迎著燈火，給她看。兩只刻的，一枚滿月盈盈，一枚是新月上弦，一陰一晴。她的眼睛這才亮起來，將鐲子戴在手上，又悵然道，你若初一來，我就戴這只；十五就戴這只。不知這輩子，能戴上幾回。

慧生看一眼門外玩耍的阿響，心裏頭又不安起來。她想，這東西是個念想，可終是那男人留下，帶著兵刃氣，不能讓安生孩子續上了這條冤孽的血脈。她再一想，既然外頭募捐是為了上戰場殺敵，將這捐出去，也算適得其所。

她便將那錦帕包起來，揣到了襟兜裏，打開門。卻又退了回來，不知怎麼的，她又將那鐲子拿出來看。天色已黯淡下去，外頭火燒似的雲靄，流影投到鐲子上，一忽是豔異的光色。這時，外頭有人喚她。她一閃念，便將那枚滿月的鐲子拿出來，又塞到了櫃桶裏，包好另一只出去了。

她並沒留神，方才做的這一切，給站在門前暗影子裏的阿響，看得真真切切。

太史第夜宴，有為錫允踐行之意。他第二日便要隨隊開拔離粵。因忙於籌款，竟未有幾日能舉家聚坐，好好吃上一頓飯。這塵埃落

定，眾人心裏也都鬆快了許多。

錫允知道，今晚少不了要與叔父把盞。見侍酒的，正是後晌見過的阿響。

上的酒，卻是汾酒，在廣府是少人飲的。端來的頭道熱菜，是菊花鱸魚羹。他便明白了。斟滿了酒，敬叔父。

太史一飲而盡，蕭然道：阿允，從你記事起，我對你盡半父之責。可也要時時提醒你，莫要忘本。當年我和兄長，同師從追隨康南海，同年中舉，同具名公車上書，但命運殊異。我和他吃的最後一餐飯，只一道菜，就是這菊花鱸魚羹。只一壺酒，是他從晉中帶來的汾酒。

旁邊的三太太倒聽得不耐煩了，接口道，你叔父近年總是長篇大論。其實他就是想說，你阿爹這一房，該開枝散葉了。

太史被打斷，有些不悦，但也悶聲説，兄長一房人丁單薄，到你又是獨一支，是要早做打算。

三太太説，我們既是半個父母，但如今也不作興老古董的一套，也要扮得開明些，你可有意中人？

錫允愣一下，回道：叔父嬸娘教訓得是，是我疏忽了。不過，如今國難當頭，何以家為？這幾年南征北戰，也知道槍砲無眼，不想連累了好人家的姑娘。

太史慨然道，你這糊塗孩子，就是槍砲無眼，才不可讓我兄長斷了血脈。

三太太忙説，大吉利是！這才是老糊塗，孩子明天就回軍隊去，説的是什麼話！我倒是想，「大口潭」七姑家的三女，我認了契女的那個，今年不是剛中學畢業？我看很合適。

錫允倒也笑了，説，三嬸取笑了。人家剛考上聖約翰大學，哪有急著嫁人的道理。況且我和半夏以兄妹相稱，大她十歲有餘呢。

大些怕什麼！説到這裏，三太太一斜眼睛，高聲道，若是你叔父怕大這一二十歲，你哪裏來這麼滿桌的嬸娘，滿地跑的堂弟堂妹。太史第有怎會如此的熱鬧！

這話説得是半真半假，聽來卻是有些荒唐戲謔，忽而將剛才凝重的氣氛，給裁開了。太史也是哭笑不得，撚一下鬍鬚，無話可説，長嘆一聲。這一嘆，倒將桌上的人，都解放了。

此刻，錫允悶著頭吃菜，再不想多言，對周遭也很敷衍。眾人只當他這幾日是奔波累了。但後來酒過三巡，大約也是喝得多了，形態忽然有些放任，露出了左右逢源的狂狷相。旁人卻又不慣了，只由他言語，再也不接他那些逗趣的話。

待家宴接近了尾聲，上了主食。三太太夾了一只芡實糕，放到他盤子裏，説，你小時候最愛吃這個，總讓你走之前吃上了。

聽到這，錫允禁不住遙遙地一望。他站起來，向另一桌舉一舉杯，想説句什麼，忽而身子一沉，又坐下來。

另一桌，坐的都是府上的女眷。宛舒瞧見了，哈哈一笑説，這允哥，喝了酒才有了往日樣子。小時候啊，我和他你一言我一語，誰也不讓誰，説得熱鬧得很。出去幾年，見了世面，倒成了個悶葫蘆。

鄰座的八太太便道，我們五小姐也去法蘭西見了世面，嘴巴卻愈發不饒人，是跟洋鬼子學壞了，當心以後嫁不出去。

宛舒輕哂一聲，我向宛舒頂天立地，要嫁什麼人。大不了，在家裏守著嫂嫂一輩子。

頌瑛正出著神，宛舒忽而向她靠過來，讓她猛然一怔。她於是笑笑，説，你倒要先問問我，願不願意和你守一輩子。

第二日清晨，頌瑛帶著慧生，著幾個花王，在蘭圃伺弄新鮮的花卉。朝陽的光是凜凜的，帶著些夜露的清氣，灑在身上是一層冷白。杜耀芳村的西府海棠，趕了夜送來，都跟沒睡醒似的。淋了水，沐了陽光，倒立時舒展了開來。新放的花，都格外的茂盛濃豔。卻唯有一盆打了白色的骨朵，蔫蔫地不開。一顆露珠，從毛茸茸的葉子上，慢慢地滾落，集合了其他的，越滾越大，到了葉間，眼看著就要滴下來了。

頌瑛凝神間，不禁唸，「釐月正當寒食夜，春陰初過海棠時」。

聽到身後有人讚，好句。

她回過頭，看見是錫允。錫允穿了身玄色杭綢的短衫。不見了戎裝，還是當年上學時的書生模樣。

頌瑛斂衽道，允少爺起得早。

錫允說，一早就醒了。汾酒的後勁大，起來還腦仁疼。也好，午後才動身，偷得半日閒。

慧生說，堂少爺這一走，老爺又要牽腸掛肚了。

錫允說，今年的海棠，開得遲呢。

頌瑛說，是啊，春寒久了，到現在才開了頭茬。

錫允說，小時候，跟著大哥二哥讀家塾。叔父請了陳桂生給我們講《資治通鑑》。陳師父最愛海棠，知道太史第百二蘭齋的海棠開得好，偏要等到花期才來教我們。叔父就在塾室給他擺滿了。陳師父說，海棠好，好在無香。闔上眼睛，佛不動心；張開眼睛，又是滿目翠豔。這一闔一張，就是《資治通鑑》裏的所有了。我愚鈍，至今不明白這話的意思。大哥二哥，一個做了國會議員，一個做了省議員。我到現在，只記住了海棠。

五舉山伯，曾向我展示他在廣圖所得的成果。

有一份是一九三二年五月二十九日《粵聲報》的複印件。其中一則新聞，是關於前一日在蘇州舉行的「淞滬抗日陣亡將士追悼大會」。《粵聲報》對整個公祭儀式進行了詳細報導，並刊登了「淞滬抗日陣亡將士追悼會告全國民眾書」。此次設壇公祭，到會軍民共計約五萬餘人。國民黨中央黨部委員會代表居正擔任主祭官，陪祭官為國民政府代表孔祥熙。在這份報導中，也選載有全國各界名人發來的輓聯。其中一則發自廣州，全聯為：

　　白日陰明，愁魂黯黯，我輩哀憐冤憶。崇拜英偉，痛今朝追悼九泉，哭沉天地；

　　咒持等等，磬叩聲聲，人生得盡招升。皆大歡喜，願此後輪

迴再世,整頓乾坤。

具名為「向翊胤」,一目了然出自於太史的手筆。但當他撰寫這則輓聯時,十九路軍已為南京政府所迫,撤離上海抗日戰場,被調派往福建。一九三三年秋,蔡廷鍇等將領在前線與中共展開和談。次年十一月,蔣光鼐、蔡廷鍇與鄧世增等發動「閩變」,在福州成立抗日反蔣的「中華共和國人民革命政府」。蔣介石調集八個師入閩,重兵鎮壓下,「閩變」事敗,蔡廷鍇等高級將領輾轉香港,部下譚啟秀等參與者皆被開除軍籍。譚啟秀猝然回粵,寄居於太史第,半生戎馬生涯就此告一段落。而其副官向錫允,卻在戰場上不知所蹤。這都是後話。

我帶著這份載有輓聯的報紙,向榮師傅詢問當時太史第內的情形。他看一眼,想想,搖一搖頭,似乎不願提及。但大約終究忍不住,對我說,如果阿媽不做那一餐飯,以後可能就都不一樣了。

向太史中年參佛,暮年皈依受戒。太史第內設壇追悼淞滬亡勇,請了彌陀寺的雲禪法師親自來做法事。三太太便說,不如在法事之後,辦一場素宴,也用以酬答義款捐贈的應援各界。

此時的太史第,宴客排場自當不如往日。太史意得時,盂蘭節大放水陸三寶,喚紫洞艇四五,誦經開壇,年年燒幽,太史第上下至戚友以此遣興,達旦通宵,山水環迴,完壇始歸。向晚思之,方覺鏡花水月。

他便囑咐下去,這場素宴,不妄奢華,重在周到體面。太史第以蛇宴聞名嶺粵。但因太史多年禮佛,眾位太太亦追隨,府內初一、十五與佛誕必守齋。故而太史第的素齋,其水準與外名齋相較不遑多讓。幾位家廚,可謂各具擅場。利先善做蛇宴,馮瑞工中式白案,莫子項由十三行法餐室禮聘而來,專責西點。而做素齋的,就是府上唯一的女廚來嬸。

說起來嬸的口碑,其人之勢利在太史第裏是出了名的。但因做人

圓轉，且得三太太寵信，自然在一眾僕從裏，有她的地位。當然，三太太用人向以務實為原則，也是賴得她的廚藝。

府裏的人說來嬸投其所好的功夫了得，是有出處的。三太太的生辰在農曆六月底，太史第有道當家的素菜叫「三寶素會」，一聽便知為其度身訂製。那時蘭齋後的水塘，菱角正上粉。皮青中帶赭紅，裏頭嫩得掐汁，剛剛可以剝肉，與鮮草菇和絲瓜塊同燴，加個琉璃芡，不需佐料提味，已是齒頰留香。火候重要，出鍋時那菱角嫩滑，咬一口清甜如蜜。原料是應時的，所資不費，意頭卻是四兩撥千斤。這「三寶素會」，太史第的人吃了十多年，眼看著三太太的地位日隆。那做菜的人，自然言語行事，也都十分氣壯了。

可若說來嬸的首本，是為太史第撐足面子的鼎湖上素。既是首本，自然不惜工本，「三菇六耳」缺一不可。再加之鮮蓮子、百合、冬筍，炸生根等料，用素上湯以文火煮上三個時辰，再以大火同炒。聽起來工序並不複雜，可功夫都花在備料上。因竹笙、榆耳等都出自野生，桂花耳更是朝發夕萎的稀罕物，在外採貨的廚工，有時不免疏忽些。可但凡有一味不合了規矩，或以次充好，來嬸先將他們祖宗八代問候一遍去。

按理，精益求精是不錯的。這用料的講究，多少也是太史第行事的分寸。再說其素菜的料，無非是腐皮、麵筋、生根，新鮮的水豆腐、板豆腐、布包豆腐及硬豆腐，每每萬變不離其宗。佐料也不可大鳴大放，蒜、蔥、韭、蕎、興渠，所謂「小五葷」，自然用不得，偶也用豆豉便打了大折扣。醬料多用麵豉、醬油、南乳及腐乳。而來嬸的心得，提味全靠各種菇類。用的居多是冬菇和乾草菇。因為用的量大，這洗涮晾曬的工作，便都落在廚工身上，動輒得咎。有敢怒不敢言的，就編了個歌訣，「冬菇草菇荔枝菌，香菇松茸雞肶菌，隔籬利先唔開口，姣婆分分瘋孖筋」。再隱晦，聽者也知道說的是大廚利先叔和她的事。

利先有個老婆在鄉下，人雖非君子，在廚房裏打情罵俏可以，但卻也不想招惹是非。可曖昧了大幾年，經不住寡居的來嬸窮追不捨，

竟將那髮妻給休了。但成了「一支公」，他卻又硬了頸，就是不和來
嬸擺酒，所謂「拉埋天窗」。這以後，來嬸的脾性便愈發不可收拾。
僕從間流傳了一個笑話。當年守長齋的九太太青湘，愛吃一道「桂花
鍋炸」。做甜鍋炸要用上牛奶和雞蛋，這兩種雖屬花素，但食清齋的
人是忌口的。因彼時九太太極受太史寵愛，後廚便專養了一籠東竹母
雞，生下的蛋不受玷染，才可入饌。可有一日，廚工未關好雞籠，竟
然讓這幾隻母雞跑了出來。後廚原有一隻雞公，大約也是垂涎已久，
來個霸王硬上弓，將這幾隻雞娘紛紛臨幸了一遍。發現時已經遲了。
這可也讓來嬸看到了，拎起把菜刀，風火火地出來，一言不發，將
那雞公拎起來，照頸子就是一刀。臨了將那雞頭，扔在地上，唾一口
道，「賤格！」這真是迅雷不及掩耳，那雞身子噴著血，還拍著翅膀，
在地上撲騰。看得後廚上下，驚心怵目。有人便私下裏說，真是阿彌
陀佛，雞公這一刀，是替利先叔捱的。利先聞風而喪膽，此後和來
嬸，連眉來眼去也不敢了。

　　因為有三太太撐腰，來嬸向來恃寵而驕。再加上了為情所亂，對
後廚的事情，漸漸不上心了。無奈太史第近兩年，是多事之秋。事事
敷衍，也就有些粗枝大葉。有次四房的近身來端藥膳，看見來嬸做羅
漢齋，大約是手邊老黃豆熬的素上湯沒了，順手就舀了一勺近旁的雞
湯做底湯。看見的人，知道她的厲害，當時自然不敢聲張。

　　後來，逢到初一、十五，要開素齋，她大約也是憊懶了，除了
一兩個主菜，其他的，她竟著人到龍津路上的「盈香齋」買了現成的
來，熱了應付主子。終於有人不忿了。三太太便當著眾人的面放話
說，我養兵千日，要放在大處用的，是用來佛誕上給我撐場面的。

　　原本，這酬募後的素宴，便是三太太說的大場面。她自然沒想
到，會自打了嘴巴子。來嬸竟就在前一天夜裏失了蹤。問起來，說是
有急事，回了佛山老家。

　　三太太啞巴吃黃連，心裏恨得直咬牙，最恨自己將人驕縱壞
了，這可難收拾。表面上，卻還是一副風停水靜的模樣，一邊著人

去外頭借廚。

　　這事還未傳到太史耳中。此刻，太史正和雲禪法師在書房裏頭。法事將至，因是告慰英靈，二人都格外鄭重。旁的人都不敢進去打擾。

　　出去借廚的，無功而返。這火急火燎的。三太太點了名字的廚師，無論是食肆還是府第，竟一個個都挪不開身。能出來的，她又看不上，怕敗了事。終於，她也有些慌，早知如此，就請雲禪帶了淨念來，現在好了，遠水解不了近渴。

　　後廚都啞聲，這淨念和尚，是六榕寺榕蔭園當家廚僧。其聲名之大，連當年陳濟棠的持齋夫人莫秀英都三番延請。可他卻有個習慣，不涉軍戎，就是不肯踏陳府一步。不知怎的，倒是與太史頗有佛緣，十分談得來。三太太便著來嫂與他習廚，即使不太情願，他還是教了幾個拿手的菜式。「雪積銀鐘」、「六寶拼盤」、「佛蒲團」，都是廣府四圍的素菜館所沒有的獨一份。這也是三太太將來嫂捧在手心裏頭，看不上外頭廚子的緣故。如今可真是釜底抽薪。

　　六神無主間，她想想闔府能幫她拿主意，又不落話柄的，竟只有一個大兒媳。於是找了頌瑛。頌瑛想一想，說，三娘，那我就給你薦個人。

　　慧生來了，望三太太跟前一站。三太太打量她，揚起下巴，問道，你會做素菜？

　　慧生愣一下，張口答道，嗨，太太抬舉！我一個粗手笨腳的下人，哪裏會這細巧東西。

　　說著眼睛便往外頭看，是想要脫身的架勢。頌瑛便說，慧姑，太太問，自然是咱家落了急。你從前在老家，給老姨奶奶做的那幾樣，應付得來的。

　　此時三太太也硬頸不得，口氣軟了下來，說，你好歹做上幾樣熱菜，精粗且不論。先替我敷衍過去。

　　慧生站在了太史第的廚房裏。她的手觸碰了一下灶台。雲石的

涼，順著她的指尖蔓延上來，一點點地。卻出乎意料，最後有一絲暖，讓她心裏悸動了一下。

她不再遲疑，對身旁的廚工說，燒水，備料。

那日赴太史第素宴的人，大約都有揮之不去的記憶。他們記得筵席的最後一道菜，端上，是一整只冬瓜。打開來，清香四溢，才知裏面別有乾坤。濃郁的花香之下，可見鮮蓮、松茸、雲耳、榆耳、猴頭等十味素珍，交融渾然。嚐之，其鮮美較「鼎湖上素」，有過之無不及。來者交讚不已，連雲禪法師亦嘖嘖稱是。問起菜名來，說叫「璧藏珍」。

這一道，慧生用素上湯文火燉了兩個時辰。她靜靜地候著，待火候到了，她對阿響說，仔仔，去蘭圃給阿媽摘兩朵梔子來，越大越好。

慧生將雲白的梔子花，輕輕掰開。後廚便是一股四溢的濃香，隨著霧氣蒸騰的熱力，擊打了她一下。那花瓣的觸感厚實，滑膩溫存。忽然間，她覺得自己的手，是被另一隻手執著，牽引著，一點點地將這花拆成了瓣，落到這湯水中。變色、捲曲、沉沒。她想起了，她回憶起了那個溽熱的六月，滿室的梔子花香。清晨，那個人用水淨般的目光看著她，告訴她，他終於還是走了。沒來得及話給他聽這菜的名字。

這名字，自那人唇齒間輕輕吐出，叫做「待鶴鳴」。

此時接近飲宴尾聲。人們未解朵頤之快，有人忙於言商，有人捭闔時事，有人談到激越處，不禁慨嘆，撫案潸然。然而，他們都沒有注意到，一位耆紳，在人群中一言不發，反覆地品嚐這道菜。他閉著眼睛，半晌，忽而嘴角抽動了一下。

他起身，藉故離開了飯廳，走進了太史第的庭院。太史第的人，看到一個老者，在各處游盪，甚至深入一些少人去的角落，似在各處逡巡。但因為他的穿著體面華貴，舉止亦無踰矩，人們便也由他去

了。他在每一處流連，眼中熱烈而謹慎，如一頭年邁的獵犬。終於，他在「百二蘭齋」停住，目光落在正隨花王捉蟲的阿響身上。他靜靜地打量阿響，由頭至踵，眼睛似乎再也無法挪動。久後，他似乎下了一個決心，毅然轉身離開。

　　榮慧生，這個大少奶的近身阿姑，在太史第的籌募素宴後，獲得了無上的聲名。人們的結論是，如太史第鐘鳴鼎食，即使日後寥落，仍是藏龍臥虎。哪怕一個不聲不響的僕婦，亦不可小覷，必內藏乾坤。

　　在這之後，慧生再無意庖廚。她甚至盡量減少去後廚的次數。為頌瑛準備宵夜和藥膳，她會去小廚房。這是讓她感到安心的所在，是她自己的一方天地。如同以往在何家，也是如此。在這方天地，她可釋放她的手藝，這手藝藏著她的過往。而她釋放所得，足以俘虜一干人的味蕾。其中包括頌瑛那個口味乖張的老姨奶奶。頌瑛的祖父去世後，這老人將自己關在沒有光的後廂房裏，佈置為佛堂，青燈持齋。她唯一與外界的交流，就是頌瑛從小廚房給她送去的素食。頌瑛對這個姨奶奶有別樣的感情，她知道自己的父親庶出，自這老人。但父親很快過繼給了太夫人，才有了她一脈相承正房小姐的身份。但出自於血緣的親近，令她們有著相似的食慾。是慧生的手，無形中養刁了祖孫二人的舌頭。於是，慧生將這些帶到了太史第的小廚房裏，成為主僕之間的默契與祕密。「海棠片」、「素雲泥」、「增城筍脯」、「雪梅餅」，這些只會屬於頌瑛。太史第其他人等，哪怕親近如五小姐，也不可染指。

　　但她沒有料到，素宴尾聲，那道叫做「熔金煮玉」的白粥，收服了太史，令其心馳神往。他通過三太太與頌瑛商議，即使不深入後廚，但希望慧生負責府中的粥品。慧生猶豫了一下，答應了。

　　當來嬸回到太史第時，剛剛落過一場小雨，腳底下漾起一陣塵土混著青苔的潮濕氣息。她走到了後廚的天階，正看見慧生坐在小板櫈上，面前是一爿石磨。慧生專心致志，將米和杏仁，一點點地放進石

磨，然後勻勻地推動。那米漿便從石磨的槽口流進了瓦盤。瓦盤上蒙了層紗布隔開一道，濾出的米漿才夠幼滑。

一群細路正圍著，有府中的小少爺，也有僕從的孩子。來嬸順口一問，這圍了一圈，是有什麼稀罕好看。

一個孩子就說，慧姑給我們打杏仁霜呢。

來嬸掃了一眼，與慧生點了點頭，算是打過了招呼。她並不知道這段時間太史第裏發生的事情。此刻只覺自己神清氣爽。畢竟於她，算完成了一件大事，心裏的石頭落了地。

來嬸回鄉，為自己夭折多年的兒子，辦了一場體面的冥婚。

之所以不告而別，是因為她從老鄉那裏聽到了風聲。老家有一個新喪的少女，著人陰配。她找人合了八字，與自己孩子是上上之姻。但又聽說，有另一家的老太爺壽終正寢，要納妾於泉下。因為訂禮豐厚，女家的父母動了心。她這一著急，帶上了積蓄，便奔回了三水。那可真是一場鬥智鬥勇，艱苦卓絕，可她到底是贏了。她看著女家的棺柩起靈，潑了清水，撒下花紅紙錢，移葬在兒子墳側，不禁嚎啕大哭。她想，當年跟死鬼老公發了毒誓，如今可算有了交代。她終於也是做婆婆的人了。

這時揚眉吐氣地回來，以三太太平日對她的深淺，至多嘴上責難一番。她甚至準備好了一份喜儀。三太太也是出身三水。當地的風俗，冥喜的喜儀，是要為生者貴人添壽的。

然而，三太太只陰颼颼看她一眼，不問緣由，喝道：跪下。

她遲疑了一下，還是跪下了。

三太太說，這是你給我的好看！若是沒有慧姑，這次就是給全太史第的好看。誰也保不下你。

來嬸一愣。她想，慧姑？這個人，三太太何時提到過她的名姓，以往說起來，至多泛泛說是大少奶的人。現在成了慧姑。

三太太說話，從不是急風驟雨，但句句幽幽地說出來，都冷到人心裏。

來嬸究竟沒將那封喜儀拿出來。

來嬸走到後廚，看到慧生正靠在井邊，細細地刷洗那片石磨。水順著井邊的水渠，慢慢地流淌過來，帶著一絲杏仁清凜的香氣，微微地發苦。

她想，這個女人，也算朝夕相處了多年，從未讓自己感到過不適。太史第的僕從上百，或許這女人是讓她高看過的。大約是因為慧生的身上有一種自尊；大約因為彼此都知道什麼叫做本份，井水不犯河水。

好事的廚工，在她跟前，說了那一日慧生如何行雲流水般，做了一席素宴。許多菜餚，竟都是他們未見過的名目。大約因為添油加醋，說得不免神乎其技。她安靜地聽完，有讓她自己意外的鎮靜。她想，人不可貌相。人人也都有那曇花一現時。

如今，她來嬸回來了，一切都會回到以前的樣子。

第二天清晨，來嬸照例給太史滌了一碗及第生滾粥，裏面撒上用蠔豉醃過的荔枝菌。那「私伙」的蘿蔔糕，也是細細地煎過。煎到雙面金黃，讓那鯪魚茸的鮮香滲透出來，這才滿意地熄了火頭，著人給太史送去。可廚工並沒有接，躊躇了一下，終於說，三太太吩咐過了，以後太史的早餐和宵夜，都交給慧姑做了。

她不禁一愣，即刻，笑一笑說，太太真憐惜我，以後再不用起早，也不用貪黑了。

她伸出筷子，夾起一塊蘿蔔糕，放進自己嘴裏，片刻嚼得稀碎。

來嬸發現，除了為幾個廚子做下手，慧生幾乎不來後廚。她所做的，都是在小廚房完成，這是分寸。她從不越界，只是做粥品與果糊。花生糊、芝麻粥、核桃露，做這些，她也是見縫插針式的，有空了便做一做。原先只是給頌瑛做。現在，也給太史做，吃了稱讚，便給太太們吃。眾人說好，她也未必接著做。不迎合，也不抗拒。她呢，跟著節令走，不同節令是不同的粥水。入梅了，有眉豆粥打濕；立夏了，便有香草綠豆粥去暑。也跟著人走，給小姐們熬的是蓮子百

合紅豆沙；哪房少爺青春體熱，臉上起了痘瘡，她就給煮一碗臭草綠豆沙。喝下去，兩三天，痘印便退了。

她看周圍的人變得好起來，有一種將自己的技藝，放在了陽光下的舒坦。

小孩子們呢，也愛她。大約是身邊有阿響的緣故，她不時做點齋紮蹄、齋鴨腎給府第的孩子們解饞。親手製成了荷包，裏頭裝了甘草豆，給年幼的掛在頸子上。八太太說，慧姑的相，是有佛緣的。以前不覺得，如今看出她對人的好，仿佛詩文裏說的，叫潤物細無聲。

來嬸終於聽到了隻言片語，將她與慧生比較。有人說，這養過孩子的人，就是不一樣。對人對己都寬待些，拿人家的孩子也當自己的。七少爺沒娘，因為有這個慧姑照應，雖磕磕絆絆地長大，少受了多少罪。聽的人就說，那來嬸也算養過孩子的，怎麼天上地下。就有人插嘴說，何解，你沒見這不是就把孩子給養死了嗎？

這話聽到了，來嬸驀然心裏像給刀扎了一下。

到了七夕乞巧節，蘭齋農場的柚子掛枝，果實纍纍，但因未長足肉，距收穫還遠。太史第多半用作供果，敬香拜神。但還有一個用途，此時碌柚皮青而厚，最宜入饌。

嶺南自肇慶至於四邑，皆擅烹調柚皮，作為日常佐餐。來嬸是好手，她選的柚皮，多半是沙田柚，因皮飽滿疏鬆，且帶清香。太史好柚皮，人盡皆知。舉府自然受其澤被。但來嬸心裏自有一杆秤。給太史和三太太的，做法十分考究，先用挑柱和整隻母雞熬上湯，加雞油蝦子同炊，出鍋前濾淨湯渣，只得柚皮，但精華早已由表及裏，食之難忘。給各房太太的，用魚露和蠔油煮製；到底下粗製，用豬油和生抽足矣。人們都說，這手心裏長著眼。做一個柚子皮，已有三等五級。

說起來，這菜原料簡單，其實極為考工，且「功夫在詩外」，費在準備上。柚皮外層苦澀，要用薑磨刨去，出水後浸在大木盤內，不時換水，用力氣將苦味擠出方能用。這些勞碌活兒，屬於廚工婢女

們，來嬸自然從不插手。但一出水，她便要親自嚐過，直至苦味去盡方下手烹製。

這一日，來嬸心情本就不爽。幫廚的婢女又是新來的，處處不稱用。來嬸精挑細選一只大柚，想用整只柚皮做柚煲。可那婢女下手粗笨，去苦時竟將這柚皮給擠裂了。來嬸心頭火起，上去就照那女仔一巴掌，罵聲不絕。因是新來，這孩子不曉厲害，還未學會忍氣吞聲。也是初生牛犢，竟就將一盆柚皮潑在地上，和她對罵。惹得眾人來看。女孩的粵北口音，鏗鏗鏘鏘，那真叫個針尖對麥芒。看熱鬧的心裏暗笑，也都不勸架，想這下可棋逢對手了。女孩氣勢是足的，但究竟閱歷短淺，大意無外乎罵來嬸狗仗人勢之類。來嬸後來居上，四兩撥千斤，對方到底還是個姑娘，給她罵哭了。但臨到最後，這孩子罵道，人說生仔冇屎忽。有男人要你，你一世都冇仔生。慧姑也做柚皮，自己落手落腳。人哋有仔傍身老來福，你仆街暴屍冇人埋！

來嬸本叉著腰，冷眼看她。聽到這裏，忽然間，身體就鬆懈了。這一鬆，人也矮了下去。看的人有些發慌，他們知道，這話擊中了來嬸的痛處。

有廚工慌忙躬下身，收拾地上的木盆和柚皮，是打掃戰場的意思。另幾個將那女仔拉走。來嬸不再說話，她用奇怪的眼光看了眾人一眼。這目光沒有焦點，好像落在很遠的地方。她一轉身，就回去後廚了。

傍晚時，她看見幾個孩子在夕陽中玩耍。他們圍著七少爺，錫堃手中是慧生新製的蜜漬柚皮，這是為太太們近日喜歡的居停口果。阿響正站在近旁，不隨他們吵鬧，很安靜。臉上的笑容，也比一般十歲的孩子要沉和得多。

她看了好一會兒，阿響的樣子，就此定格在了她的頭腦中。她想起了某個廚工曾和她八卦，那日素宴，一個衣著體面的老人，目光也曾在這孩子的身上流連。人們都感到古怪。

少年的臉，夜裏令她輾轉反側。天快亮時，朦朧中幾乎要睡去，

她忽然想起有次回老家，本家阿舅說起流傳在佛山鎮的一則傳說。有個尼姑，抱著新生嬰兒，逃到了鄉下親戚家。後來有廣州的大人物追來，這尼姑帶著孩子卻不知所蹤。對這嬰兒有印象的，大約只有祖廟街的老中醫。因為孩子患了黃疸，他曾出診上門。他深刻記得，嬰孩的尾龍骨的正中，長了一塊方正的胎記，萬不見一。相書上叫龜骨記，主大貴。

這則傳說，擊打她。她頓時醒了。風馳電掣般，她又想起，有次她去水房，看到慧生正在洗頭。原本披散的頭髮，還濕漉漉的。看到她，立時便用毛巾包起來，匆匆離開了。

這一幕幕串連成了一個念頭。這念頭炙烤著她，煎熬著她，令她感到折磨。

她睜著眼睛，看著天一點點亮起來。她推開窗子，外面沒有晨曦的光，只有厚厚的、陰沉的雲，好像壓在了太史第外的門樓上。

終於有一日，慧生陪頌瑛出門，置辦中秋的貨品。來嬸端了一碗桂花釀圓子，穿過花廳。路上有三太太的婢女經過，說不用勞她大駕，要替她送去。她一手端著盤子，一手打開婢女的手，笑說，我做出的好東西，倒由你嘴上抹蜜佔了便宜去。

她終於找到了阿響。他並未與孩子們玩耍，而是在二進的朱漆門前擦通花。自他六歲起，每到年節，這就成了他例行的工作。他長高了，再不用站在板櫈上，也不用踮起腳。

來嬸走過去，說，響仔，擦累了吧。阿嬸請你食好嘢。

阿響看看她，說，唔該阿嬸，我仲未做完。

來嬸和他說了些無關緊要的話，這孩子慢條斯理地回答，但並未停下手中的活兒。她終於有些不耐煩，過去大力拉了孩子一下，說，食完先做喇。

阿響被她拉扯得沒有站穩，往後一傾，恰碰到了食盤上。碗裏的桂花圓子，竟然扣在他身上。

孩子被猛然一燙，不禁顫跳了一下。來嬸也慌了神，但她很快就

平靜下來。她想，這樣好，省卻了許多麻煩。

她對阿響説，大吉利是！這麼不小心。快讓嬸子看看燙傷了沒有。

説完，她不由分説，將孩子的衣服脱了下來。阿響的肩頭紅了一片，來嬸一邊大呼小叫，一邊就勢拉下了他的褲腰。

她不禁愣了一下。她看得很清楚，是的，這孩子的尾龍骨上，有一塊青色的胎記。形狀如一隻屈身酣睡的貓仔。

她讓自己平靜下來，招呼近旁一個婢女，讓她帶阿響去上燙傷藥，一邊説，我去給他找身乾淨衣服來。

來嬸走進了慧生母子居住的耳房。她的心砰砰直跳。她遲疑了一下，但沒有讓自己猶像。

她想，這比她原本的計劃，更為一氣呵成。

她打開櫥櫃，找到一件阿響的衣服。然後開始在室內翻找。她翻得十分細緻，但讓自己不要留下痕跡。同時間代入另一個女人的心理，去揣測她可能收藏祕密的蛛絲馬跡。

她小心翼翼，在櫃桶裏找到了油紙包，發現了那只翠鐲。她拿起來，迎著光線凝神看，估出了上佳的成色，卻也未看出其他的端倪。她在心裏「哼」了一聲，想，這女人不聲不響，果然還有些家底。

時間一分一秒過去，她不禁有些焦灼。當聽到外面些許的聲響，她緊張地幾乎想要放棄。

在她關上衣櫥的刹那。忽而聞到了一陣氣味。這時，她的嗅覺派上了用場。隱隱地，是嬰孩的奶味，因為陳年，有些腥羶。

她終於發現了那只襁褓。

雖然經年褪色，她還是認出來。這襁褓是一件僧衣改的，還可以看到衣領上繡的萬字紋。衣料的質地細膩，她雖不懂什麼是清裝，但是在心裏顫抖了一下。

來嬸回想，或許是那封短箋，讓她幾乎心軟。她有一個母親的本能，她讀出了這隻字片語中，是一個母親無力的求助。在那個幾乎要

動搖的當下,她想,我為什麼要識字。那個死鬼老公沒留給我任何東西,但為什麼卻教會了我識字。

　　　　吾兒貽生,為娘無德無能,別無所留。金可續命,唯藝全身。

　　但是,她的心很快就硬了起來。她想,這個素未謀面的女人,無論是死是活,但至少留下了一個兒子。這兒子寄生於另一個女人。這個女人忠誠地為她保守祕密,還養大了這個孩子。

　　她想,我有什麼?我什麼都沒有。

　　黑暗中,她狠狠地咬了一下自己的嘴唇。咬得太狠,她甚至嚐到一絲血的味道,慢慢地滲出來,是腥鹹的。

　　這就是太史第的好,王孫貴冑、風流人物皆可成為談資。有心的人,不怕打聽不來。來嬸很快地知道了那個華服老者的身份。下野的陳參議長,雖做閒雲野鶴多年,但竟不至被人遺忘。他的堂弟陳炯明,在時勢潮頭跌落,早已避居香港。他們還有個共同的族弟,叫陳赫明,亦音訊杳然。但傳說這個失蹤的陳姓將軍,身後留有一個子嗣在外,整個家族這十年來,一直在尋找。

　　來嬸在太史第的家塾找到了許多發了黃的《粵華報》。晚近發生在西關的一宗綁架案教她獲得了靈感,學習了掩藏身份的方法。她從報紙上將那些字一一剪下,拼貼成了一封內容簡潔而清晰的短信,放進了信封。

　　然後,她將那些滿是窟窿的報紙投進了後廚的爐膛。看著熊熊的火舌,一忽悠,就將它們舔得乾乾淨淨。

　　三太太對陳府來太史第借廚的事,感到有些詫異。倒不完全是因為陳參議長與向氏一族,這些年並無許多往來。而是,他邀請的並非幾位聲名在外的家廚,而是點名要借慧生。

信上的理由說得很簡單。上回赴酬募素宴，一味「璧藏珍」齒頰留甘。夫人寢疾初癒，此齋定襄其復本固原。萬望成全。

說到此處。三太太想起這位前參議長，由於他堂弟的立場，與當年支持北伐的太史並不算親睦。如今，既為一味齋菜屈尊求廚，於情於理，如何都無法拒絕。

夜裏，慧生心急火燎，翻開衣櫥與櫃桶。查驗之後，回過頭來。她厲聲問阿響有無動過。阿響搖頭。她捉住孩子肩膀，搖得阿響幾乎站不住。她說，響仔，你同阿媽講大話，就是要了我們兩仔乸的性命，你知唔知？

阿響看見眼睛在燈光底下，好像要噴出火來，像一頭兇猛的母獸。這是一個他陌生的母親。他終於哭出來，使勁地搖頭。

慧生再次翻開那襁褓，沒有她做了記號的頭髮絲。而那只玉鐲，對著她的，也不再是滿月的方向。她撐住床頭，想抱一抱自己還在痛哭的孩子，卻忽然腳下一軟，終於頹然地坐下來。

榮慧生走進了大少奶頌瑛的房間，二話不說，便對她跪下來。

頌瑛大驚，要扶起她。

她不起，只說，奶奶，你要答應救我們母子，我才起來。

慧生就這麼跪著，對頌瑛和盤托出。

慧生說，奶奶，我瞞你，是我該死。可孩子沒有錯。

頌瑛聽完了，獃獃望著她，半晌沒有話。忽然從牙齒間迸出一句，慧姑，是我害了你。

伍 · 安鋪有鎮

家在桃源裏，龍溪是假名。蕉衫溪女窄，木屐市郎輕。
生酒鱘魚膾，邊爐蜆子羹。行窩堪處處，只少邵先生。

—— 陳白沙〈南歸寄鄉舊〉

我和五舉山伯，從廣州，坐了八個小時的巴士，到了湛江。碰巧最近播了一齣很紅的推理劇，在這個粵地最西端的城市取景。網絡經濟實在有令人瞠目的威力。這個網劇的取景地，如名勝一般，成為遊客的網紅打卡點。我們經過了一個士多店，山伯說，等我一下，我去買包香煙。但當他出來時，這個巴掌大的店舖門口，竟然被圍得水泄不通。他舉著香煙，和兩瓶礦泉水，擠了出來。他看到一些少年男女，擺出各種甫士在拍照，錄視頻。他們挽著胳膊，在唱一首兒歌。這首歌我在小學裏學過，沒有想到因為這齣劇而再次翻紅。

五舉山伯沒有看過這個劇，因此他匪夷所思地望著這一切。我舉起相機，在赤崁老街附近拍了一些照片。帶給了榮師傅看。這些模樣敗落的街巷和建築，在我看來大同小異。每個城市的改造規劃中，大約都有一些黯淡的印記。但令我吃驚的是，榮師傅看到每一張照片，都能夠準確地說出它的地理位置和周邊景物。

山伯向我提及師父對當時湛江的描述。十歲的榮師傅，身處這座城市，眼神裏曾充滿了迷惑。因為到處都是外國人。金髮碧眼的水手，或者是眼窩深陷的南亞人。他不知道，這座城市當時叫做廣州灣，又叫白瓦特城，是法國人在中國的殖民地。

阿響與母親，終於棲身於叫做安鋪的小鎮。

慧生長長地舒了一口氣，打了一盆水，將行李篋裏的衣服拿出來。看看阿響，趴在騎樓的露台上，往外望。對面的樓下，一色是商舖。此時暮色濃重了，有一些便關了門。另一些正在打烊，一間接一間地黑了下去，造就日落而息的景觀。倒是樓上，是萬家燈火的樣子。

這一排居家的窗戶，連成一片。阿響就想，來的時候，他們坐的船，坐了很久。現在望過去，這些窗戶，仍像是船，便像是整齊地漂浮在了黑暗上面。這底下的黑暗，為上頭的光托住了底。就像是海面，一望無際的。而在遠處，他竟然也能看到真正的海，有一兩點漁火的。

巨大的月亮，從海裏升了起來。

不知為什麼，他覺得自己的身下，好像也搖晃起來，如同這幾日在海面上了。

慧生憂心忡忡地看著兒子。她不知道阿響在想什麼。這孩子有時太靜，讓她擔心。這年紀的孩子，總應該多一些吵鬧和宣泄，才讓人放心。尤其是這樣的時候，經過如此長途的旅程，到了一個完全陌生的地方。

她的目光，倒都在暗處。她想，暗些好。

此時，她已經不慌了。她想，一切不過回到了原點。想到這裏，她愈發感恩這十年安定的日子，仿彿都是賺來的。這十年在廣州的日子，讓她產生了錯覺。她不懂什麼是「大隱於市」，但她以為可以藏身於喧囂。這是錯覺。如今，她終於回到黑暗中了。

過了多些時候，安鋪人便看到有個敦實的婦人，坐在「十八級」上，身旁是一副扁擔。每當貨船靠岸，她便起身。其他的擔工，都蜂擁而至，搶活的搶活，卸貨的卸貨。她卻不動，遙遙地望，待看清楚了，才撣一撣衣服上的灰塵，拾級而下。

當地人叫「十八級」，其實是九洲江畔的古碼頭。安鋪座落在出海口，西鄰北部灣。九洲江是粵西繁忙的水運航線，這碼頭大約就是鎮上最熱鬧的地方。因為要落到江邊，必先下過十八級的青石板台

階，故而得名。當地又有「七上八下」的説法，是説緣江望去，這台階左高而右低，右邊的石級被磨得圓滑低陷，往往還崩裂了。原來這忙碌的碼頭，也有自己嚴格的秩序，是左落右上。那從船隻上卸貨的挑工，是要將貨物依次沿著右邊的石級慢慢擔上去。石級經過多年歲月的踩踏，就成了如今的樣子。

這婦人便從左邊輕快地走下來，專揀那面色黧黑，眼窩深陷的人。這些人在這小鎮上並不鮮見，畢竟當地是慣做了與南洋的生意。這些南洋人攜帶家眷的，往往會在碼頭上猶豫一下。大約是因為東西多，挈婦將雛，總不得週轉。婦人便迎上去，主動表示要幫手。一副扁擔，一頭一個行李篋，她擔上，穩穩便站起來，大手大腳地，便沿著那右邊的石階走上去。

這樣來去，大約耽誤大半個時辰。回來了，她便又在「十八級」上等。她近旁，有時會有個男孩子，十來歲的樣子。不同於婦人生得粗枝大葉，眉目是很細緻排場的，人也是安安靜靜的。拎一個竹籃子來，擱下，裏面有一些粥菜。兩個人就挨著，慢慢地吃。船來了，她也顧不上似的，擱下碗，執了扁擔就跑下去。

這孩子就遠遠看著，拾掇了一下，迴轉了身向鎮裏走去。時不時也要回頭，往碼頭的方向看一看。

多數時候，還是婦人一個。到晌午，她就將扁擔挨牆放著，不埋堆，獨自大剌剌地坐下，大口大口吃一碗菜頭粄。只看肩背，竟有些男人的形容。時間久了，人們也便瞧出她有些古怪。一是她擔東西，不計較價錢，輕重同價；二是不計較路途，先擔上再説。碰上孩子多的，她便從女眷懷裏抱過嬰孩，拉開一根寬布帶，背上，再擔上行李，望上頭走。看出來有些吃力，但腳下還是穩穩的。

按説，她這樣不計較，其實有些壞規矩。但人們看始終是個女人，又帶個半大的孩子，耐勞擅作，便也由她。這鎮上臨海，雖早有「萬舖之鄉」的商賈傳統，卻還保持著純樸的民風。雖不知底裏，挑夫們便也有意無意地照應她，見有南洋人來了，便往後退退，慢幾步，讓她趕得及過來。但是，每每她擔貨回來，人們還是能看得出她臉上

淺淺的失望。

榮慧生每從碼頭回來，已近薄暮。她總是強撐了身體，至多是在騎樓上坐一坐，腰痠背痛，卻不敢躺下來。她知道這一躺下來，怕是就起不來了。

這時候，阿響便會走過來，給她槌一槌，鬆鬆筋骨。母子二人就說些話，雖不說其樂融融，但慧生心裏卻很安慰。她看阿響在無形間，似乎已開始抽條。這孩子長大了。她伸出手，想要在他頭上摸一下，卻終於落在了他肩膀上，按一按。兩個人，便在油燈底下吃飯。有時是一碗蠔豉粥，有時是一碗簸箕炊，這算是硬飽。孩子在長身體。這用米粉蒸出來的，畢竟飽肚子。用豆豉油、蒜蓉調成的醬汁蘸了吃。口味是不計算的。阿響大約知道她想什麼，大口地吃，是叫人放心的意思。慧生就很感懷。覺得這孩子，雖是食下欄長大，卻始終是見慣了太史第的錦衣玉食。如今，跟了自己的生活，還是順順妥妥地，像是生來如此，無一絲勉強。她心裏有些發空，想孩子不聲不響間，是比大人還能認命嗎。

她環顧這房間裏，清鍋冷灶，倒是沒有半點家的痕跡。連行李都沒收拾清楚，是隨時要開拔的樣子。最堂皇的，倒是神台上的關公像，紅通通的臉色，眼裏炯炯地看著她。行李篋上整齊地碼著一摞書，那是臨走時頌瑛讓她帶上的。她焦灼間，不想帶。頌瑛把一下她的手，說，你記著我的話。你這孩子，是比老七還能讀得進書的。

這一日，到了下晌午，天無端下起了暴雨。挑夫們便都貓在西街緞子莊的屋檐底下。男人們一邊抽煙，一邊說著閒話。江上的風夾著雨水簌簌地吹過，漸漸烈了，迎面打過來，風也有些硬。吹得慧生有些瑟縮，不禁抱住了胳膊。這時候，走過來一個男人，舉著個酒葫蘆，對她揚一下，說，飲一啖，暖啲。她笑一下，擺擺手，說，唔該。這微笑大概鼓勵了男人，竟走近了一步，問，廣府來的？慧生便將身體抱得更緊了，然後偏到了一邊去。男人輕嘆聲，搖搖頭，走開了。

待雨終於停了，天已經黑下去。碼頭上並沒有船，大約是都聚到了海灣附近的避風港過夜。挑夫們就散去了。

慧生悒悒地望東大街走，看到騎樓底下，舖面都在往外頭掃水。手勤快伶俐些的，整理停當了。便有人搬了小板檯，依門勞作。大人在廊下削竹篾、捲炮筒、撝麻繩；小孩子則繞膝玩耍奔跑。鎮上的人多半是上居下舖，因此開門做生意，也並不影響樂享天倫。不知誰家裏傳來了爭吵聲，然後是孩子響亮的哭聲，倒將慧生的心打開了。

路過蘇杭街，她看到一個走鬼檔[1]，在賣牛雜。孩子們蜂擁地圍著，在一個熱騰騰的大鍋裏涮著，一面吃，臉上都是酣暢的滿足表情。她心裏動了一下，便也走進去，挑了幾串，淥熟了。看那牛肚慢慢變了顏色，捲曲起來。心頭莫名有了一絲快意。

她舉著竹扦子，風風火火地望家裏走。忽然覺得有些盼望，腳下也竟輕快了。

她上樓，呼吸到了烹炊的氣息，在這清寒的空氣裏，是一股暖熱。辣椒味刺激了她的鼻腔，讓她打了個噴嚏。這味道讓她陌生而熟悉。這不是房東周師娘在準備晚飯，因為沒有那離不開的熱烈而馥郁的蝦醬味道。

她一邊疑惑，一邊望上走。當她確認這味道是從自己的小屋裏傳出來。她想，他們母子唯一的食物來源，就是對面的「吉佬」粉粥檔。她包了伙。在她放工時，阿響會拎一只鍋，將晚飯端上來。他們的屋，靠著一間小廚房。但從未用過。這麼長時間，她沒有開過伙。

她不禁走進廚房，摸一摸灶頭。還有餘溫。她心裏不禁顫動了一下。

她推開門。

阿響照樣坐在騎樓上看書，就著外頭的光。她不回來，家裏是不

1　粵語，流動小販。

點燈的。她的鼻翼，像獵狗一樣翕動了一下，竹扦子掉到了地上。她點亮了油燈，看見桌上擺著四個菜。一碟油麥菜，一條蒸大眼雞，一盅蒸雞蛋。還有一盤熱氣騰騰的、用辣椒醬炒過的簸箕炊。

她不甘心地問，周師娘送來的？

阿響輕聲，說，我整的。

慧生回過頭，看著這孩子，說，你整的？

阿響點點頭。

慧生說，你整的？你怎麼會整？

阿響說，看阿媽整，看利先叔整。

慧生說，你為什麼要整？

阿響停了一停，說，今日，天好凍。

慧生慢慢坐下來。她說，我說過家裏不開伙。你唔聽？

阿響的聲音大了一些。他說，今日，天好凍。

慧生看著孩子，眼神少有的，灼灼看著她。她說，阿媽給人整嘢食，整到我們兩母子冇咗屋企！你知唔知？你唔讀書，開伙入廚房，要招禍來，你知唔知？

她望著外面通黑的天，雲靄裏的一星亮，忽然間也暗了。她眼底一酸，覺得內心間一陣虛弱，兩行淚就流了下來。她拖著腿，走到了阿響跟前，抬起手掌就打下去，打到孩子的背上、臀上，和腿上。她的手腳也麻木了，沒了輕重，打下去，孩子的身體就是一凜。腿彎一折，就跪了下去。但他卻立時站了起來，站得更直些，由著母親打。

慧生一邊哭，一邊更兇狠地打。她喊道，響仔，你哭，你哭出來！也讓我這個做阿媽的安心。狗也嫌的年紀，不怕你上房揭瓦，總要有點聲響，我心裏才有個底，有個著落。你這個樣子，不聲不響入廚房，會害死我哋！

阿響不哭，身體有點發抖，但仍站著。閉著眼睛，由阿媽打。

慧生打累了，也哭累了。她眼裏發空，跌坐下來。神台上的關二爺看她。燈光落在阿響身上，又落在牆上，一片昏黃。牆上的影，這

孩子站得挺挺的，巨人似的。卻有些發虛，在燈影裏晃動。

這時候，才聽外頭有敲門聲。慧生連忙收拾了自己，順一順額前的頭髮，平息了一下，才打開門。

敲門的是周師娘。手裏是一掛月餅，微笑望她，道，響仔阿母，今日係中秋，團團圓圓。

慧生愣住，動動嘴角，牽起一絲笑，説，周師娘，下個月房租，我後日就給您送過來。

周師娘道，不著急。

她往屋裏望一望説，響仔好生性，辣椒醬是我借給他的。家裏要開一開火頭，才有屋企的樣子。

慧生不作聲。

周師娘頓一頓，壓低聲音説，我聽講，你在南洋人家裏找傭工做？

慧生眼皮跳一下，眼睛想躲閃，卻終於抬起來，坦蕩蕩望著周師娘，説，嗯。

周師娘猶豫一下，還是説，南洋人待人孤寒。你一個女人帶著孩子，若要去南洋討生計，怕是很不容易。

這番話，讓榮慧生心裏驟然軟弱了一下。她倏忽想起也是個雨夜，來時在船上，睡得朦朧間，聽有人在身旁閒談説起，舉家正要望廣州灣去，但那裏不是終點，他們最後往星馬落腳。但若説起捷徑，倒是先要往廣州灣以北廉江上的小鎮，然後由防城東興轉往安南，再過老撾，從泰國南下是最快的。

她本不是心思縝密的人，卻記住了小鎮的名字。到了廣州灣，在何家人的安排下住在客棧。她卻帶了阿響，連夜便逃了。她想，這一回，要逃得乾乾淨淨，逃到個誰都找不到的地方。逃得太倉促，丟了一只行李篋。裏頭是她的積蓄和何家給的銀票。還好隨身有些細軟，她在廉江找地方當了，咬一咬牙，還是把那只玉鐲留了下來。她想，這是那個人，與阿響最後的牽連了，要等孩子長大的。

響仔阿母，周師娘説。

慧生一個激靈。面前的女人，是關切模樣，卻有分寸。她説，響

仔阿母，我不問你的過去，但我知道你難。最難的時候，卻也未欠過
我的房租，你是個體面人。說到底，誰都有難，既到了這裏，你總得
信一個人。

慧生終於抬起頭來。

周師母臨走前，又迴轉了身來，說，既然開了伙，孤兒寡母，也
算是一頭家了。你仔仔的手勢，要嗜嗜的。

慧生與阿響面對面。孩子不說話，低著頭。

今日是中秋，她竟忘了。慧生將那魚分開，夾了半條到兒子碗
裏。自己夾了一筷炒簸箕炊，放入口中，眼睛卻漸漸亮了。她不禁多
嚼了幾口。這翻炒的東西，按理沒什麼。但她卻吃出了火候和分寸。
這孩子從未下過廚，手底下的輕重絕非出自經驗。她一時間百感交
集，淚又流了下來。抬起頭，看見孩子憂心忡忡地看她。她擦了擦眼
角，抑止住。那淚便往心裏流下去，一點點地，身上竟有些暖和了。

　　我和五舉山伯，到了安鋪，已是黃昏時分。鎮口看到了立了一塊
石碑，「廣東省四大古鎮」，我就問山伯，是哪四大名鎮，他也說不
出所以然來。碑是新立的。鎮子裏頭倒全是舊的氣象。兩側的騎樓，
和我之前所見不太一樣。輪廓建制上頗有異域風情，聽說因為和東南
亞的往來頻密，風物互漸。羅馬柱頭，屋檐上是業已斑駁的磚雕和彩
畫，但究竟也看不周詳，因為街道都不甚寬闊，騎樓間又沒有縫隙，
光線便被擋在外頭。抬起頭，錯落的電線，將狹窄的天空切割成了
各種幾何的形狀。此時街上是很幽暗的。山伯說，那就對了。聽師父
說，這裏以往叫「暗鋪」，本地人嫌不好聽，才改了名。

　　我打開電子地圖，並沒有發現這家叫做「仙芝林」的中藥舖。最
近的能找到的建築是「文筆塔」，附近顯示出了幾個酒吧和咖啡店的
位置，還有一家麥當勞。九洲江邊的文筆塔在我們的視野範圍內，它
依然是這個鎮上最高的建築。我點了一下簡介，說是同治年一個叫陳
恭秀的監生督修的，上祀魁星經。文革期間作為「四舊」被拆掉了，
如今看到的是後來新造。榮師傅說，沿著它一直走到安鋪西街，就能

找到「仙芝林」。

我們走過了整條西街，我很著意地看著路牌與街招。依次經過「欣妮為你理髮室」「關帝廟糯米雞」和「青霞鐘錶行」，然而並沒有看到「仙芝林」，甚至沒有一家中藥舖。

我們走到了街尾，又折回來。當我終於意興闌珊、心不在焉時，看到山伯在一個洗頭房跟前站定了。像中國所有的洗頭房一樣，窗口的紗簾透出了豔異而曖昧的粉光。我正猶豫要不要揶揄他一下。此時見這洗頭房和相鄰的騎樓間，牆上鑲嵌著一塊斑駁的花崗岩，上面鐫著兩行字「仙芝林，廉江『三點會』領袖劉芝草故居」。

在周師娘的介紹下，慧生入了鎮西南新開的繰絲廠做工。佛山、順德一帶本是「桑基魚塘」之鄉，自小離家，雖談不上耳濡目染，但手眼有數，慧生很快駕輕就熟。同廠的女工，有不少是鎮上姑婆屋「漱玉堂」的自梳女，不論是什麼緣故，總算是打定了終身不靠男人的主意。個個是獨當一面的樣子，又彼此友愛。知道慧生一人寡居帶著孩子，也很照顧。並不問她的前緣，得空便教她廉江本地話。相處起來，皆十分利落。慧生雖未放下十分戒備，卻也覺得神清氣爽。

其他大半時間，她便待在「仙芝林」裏，幫周師娘看舖。這中藥堂是周師娘家的祖業，卻也是一間醫館。館裏有個坐館的中醫師，花號叫吉三，只道是周師娘的本家叔叔。大名不知道，能看出是一把年紀。擅治瘡疥和眼科，也能看跌打，所以周身是一股子藥油味。「十八級」的挑夫，因為鎮日負重，腰骨勞損，去看他的人很多，生意算是十分好的。

慧生在旁瞧了個把月有餘，又看看身邊的阿響，漸有了一個主意。他問周師娘，醫館裏可收學徒。周師娘聽懂了，說，你們以往經過的人家我不知道。響仔難得這麼好讀書，鎮上的同禮書院，改了新式小學，你不想讓孩子試試？

慧生說，人各有命。我們這樣的人，讀得再好，也還是下九流。何必費這個折騰。

周師娘嘆口氣說，現在畢竟是民國了。我們家老太爺當年……

她終於沒有說完，看慧生直愣愣看她，便說，行，我代你問一問吧。

慧生心裏頭，對醫師郎中，總有些好感。她不懂什麼懸壺濟世的大道理。自己的身體粗枝大葉，也少去醫館。可是，她記得當年祖廟街的那個老中醫，是將阿響的黃疸看好了的，撿回了孩子的半條命。她還記得，那個老中醫指著孩子尾龍骨上的胎記，說這個孩子命裏本富貴。她當時心裏一驚，衝這句話，倒覺得做郎中的都神乎其神。這就是個緣份。

周師娘回話，吉叔說，他原本一個遊醫，沒收過徒弟。本事有限，便也沒有這麼多講究，想學便跟著他吧。

周師娘一同帶來的，是吉醫師給的幾本醫書，都不怎麼齊整。不知給多少人翻過，書頁焦黃捲曲，書脊開了線，是《湯頭歌訣》、《金匱要略》、還有本《備急千金要方》。慧生便找了根納鞋底的大針，一針一線地重新訂訂。她原本不擅長針線活，陣腳格外地大，但總算是囫圇有了完整樣子。

以後看櫃時，周師娘便順手教阿響辨認藥材，秤斤兩和分類入櫃。她對慧生說，響仔真是靈的，教他什麼，過目不忘。

可眼見著，這孩子卻並不很愛看那幾本醫書。像《湯頭歌訣》這樣算開蒙的。吉醫師隨便翻開一頁，讓他背，便都是朗朗的。「升陽益胃湯，東垣參術芪，黃連半夏草陳皮。苓瀉防風羌獨活，柴胡白芍棗薑隨。」可再往深裏問，卻道不出個所以然。吉醫師便道，這當了歌唱，先前學的，都忘到了爪哇國去了。

他這麼說，心裏卻又喜歡這個細路。安安靜靜的，手腳倒也很勤快，有個眼力見兒。將醫館裏頭，上下擦得乾乾淨淨的。有人來看跌打，正骨時候趴著，給吉醫師一使勁，疼得嗷嗷叫。阿響就從罐子裏頭，拿出山楂條、或是一塊蜜漬的陳皮，塞到那人嘴裏頭。那人嘴裏甜著，再看個青靚白淨的細路，心平氣和地望著他。自己一個大男

人，便也不好意思再叫了。

不明就裏的新客，還以為阿響是吉叔的孫子，說，醫師，好福氣啊。

吉叔也不辯白，笑吟吟地看那人，說，這個藥油，每天擦三次，偷不得懶。

閒下來了，他便問阿響，響仔，你大了後想做什麼。

阿響道，我跟你學醫。

吉叔搖搖頭，說，我看你是「陳顯南賣告白 —— 得把口」哦。阿媽不在，就話給阿伯聽啦。

阿響說，其實，阿媽煮餸好叻。我想學，她不讓，說沒有出息。

他想一想，將那本《備急千金要方》拿過來，翻開指著上頭的「食治」部說，阿伯，你能教我這個嗎？

吉叔哈哈笑說，這是藥膳，不同家常煮餸，裏頭有好多醫理。我看你識好多字，是跟誰學的。

阿響心裏動一動，湧起了衝動，想和他說說自己的朋友堃少爺的事。但立即警醒，阿媽說過以往在廣州的任何事情，都不可以說。阿媽厲言厲色，現在不可以，以後也不可以，就當爛在肚子裏頭。

他便沉默了。吉叔倒也不追問，說，你想學，阿伯便教你，以後教埋你讀書罷。我的書你隨便看。

醫館裏頭有個雞翅木的大書櫥。以往阿響揮掃，也能看見裏頭的書。最上層擺著《文選》《古文觀止》和《資治通鑑》，中間是醫典和養生書，《太平聖惠方》、《奉親養老書》、《遵生八箋》，倒還有一本《飲膳正要》。吉叔就從書架上拿下來，對阿響說，這本你可看看，我得空就講給你聽。以往給皇帝治病用得著，就靠個「吃」。

但其實呢，吉叔確實沒什麼傳道授業的經驗。自己天性又很懶散，三天打漁、兩天曬網。興致來了，就說上幾句。有時候呢，他在裏頭看跌打，便讓阿響在外頭櫃上唸。唸到一段，他便講一講。因為他耳朵有些背，就要阿響唸得格外大聲。雖是童音，阿響的中氣倒很

足，鏗鏗鏘鏘的。久而久之，成了醫館裏的一道景。正骨的人原本叫得殺豬一樣，阿響唸得嘹亮，倒將那聲音給蓋了下去。吉叔就哈哈大笑，說，響仔，你這個名倒真沒取錯。

這一天後晌，他趴在櫃上唸書。忽然聽到一陣大笑聲，聲音雖尖利，卻爽朗豪氣得很。阿響不禁好奇地抬起頭，看著一個寬身漢子走進來。人本是高的，走路沒有氣勢，一是身形扁薄，二是拄著一支拐。這人進來了，笑聲卻沒有斷。阿響一看，原來漢子肩膀上棲了黑毛紅嘴的鳥，是隻鷯哥，竟笑得如人一樣。阿響書不唸了。這鷯哥也便止住了笑，撲拉拉地飛到了櫃檯上，煞有介事地踱了幾步，東張西望一番，忽然來了句，食咗未呀？

阿響目不轉睛，沒承想被牠這麼一問，倒獃住了。他這一愣，鷯哥卻又大笑起來。阿響不禁問，你笑乜嘢喎？

黃臉漢子打了聲唿哨，那鷯哥便飛回到他的肩膀上，似乎有些焦躁，使勁啄著自己的翅膀。漢子一邊安撫牠，一邊說，能不笑嗎？好好一句古文，給唸了個稀碎，雀仔都聽唔落去。

見阿響茫然，他便從櫃上拿過那本《小蒼山文集》，指著一句，問他，怎麼唸？

阿響就唸道，「故有所覽，輒省記通籍。後俸去書來，落落大滿」。漢子搖搖頭，說，這就錯了。因為你不懂得什麼叫「通籍」。是說中了功名的，名字就給朝廷知道了。吃了公糧就可以買書。所以這句應該唸，「故有所覽，輒省記。通籍後，俸去書來，落落大滿」。

這時候，吉叔送客出來，看見黃臉漢子，面黑黑道，葉七，你叻仔喇！你這個鷯哥，跟你學舌，也不見得句句都對。

漢子說，鷯哥是隻鳥，養得再壞也是隻鳥。你教人細路，可叫個誤人子弟。

吉叔不屑道，你這鳥給你教髒了口。我這細路，乾乾淨淨的！

鷯哥大概聽懂是在敗壞牠，興奮地撲搧一下，大聲叫：丟你老母！

剛出門的客，聽了竟又折返來，促狹對鷯哥道，雀仔，那你得先等吉叔老母翻生喇。

　　吉叔有些惱，便要趕那漢子和鷯哥出去。那漢子將拐一扔，捋起褲腿，大聲說，醫者仁心，救死扶傷。吉叔，你見死不救，是要遭天譴的。

　　阿響瞧見，漢子小腿近膝蓋處，有個杯底大的傷口，邊緣上是厚厚的陳年疤痕。那傷口上翻起了紫紅的血肉，有些化膿了。

　　吉叔愣一愣，搖頭道，這才半年，又潰成這樣。唉，進來吧。

　　這以後，漢子便經常來了。他並不似其他病人愁眉苦面，臉上總帶著笑，倒仿佛串門走親戚。和櫃上的慧生阿響娘倆也熟了。來了，手裏捧了一只荷葉包，遠遠地就拋在櫃檯上。回過頭，衝阿響眨眨眼。慧生便偏過頭去，對阿響說，唔望佢。麻甩佬，桃花眼！

　　那荷葉包打開了，往往裏頭是一份小食。有時是半只糯米雞，有時是幾只蝦餃，還有時只是安鋪常見的菜頭粒。可說來也怪，即使當地普通的吃食，他帶來的，味道卻格外的好。滲入了荷葉凜凜的氣息，十分清爽開胃。有時好得，連慧生這個廚上客，也不禁瞠目。她只當這是個風流人，背地裏罵歸罵，卻也從來不拒絕他的饋贈。因為除了這些，聽阿響讀書，他往往適時地從旁說上幾句。做娘的雖聽不懂，但能看出這點撥十分切中。因為她能看出兒子的佩服，是由衷的。

　　在阿響看來，這個男人是有些與眾不同的。他常想，只那杯底大的傷口，總不收口，便是要疼死人，但從未見漢子哼過一聲。吉叔那藥膏，給敷在傷口上。他是知道厲害的，多少人疼得要作勢打滾。可是漢子，至多皺一皺眉，豆大的汗珠從額上滾下來，黃臉泛一泛白，便恢復了談笑風生的模樣。

　　眼見他和吉叔，是老熟人。插科打諢，言語間你來我往，像是前世冤家，沒什麼輩份。吉叔也不惱，有時候給說急了，就衝著鷯哥發發牢騷，無非指桑罵槐。旁人聽了都很好笑。他在時，整個醫館裏頭，便洋溢著快活的空氣。

　　阿響是個聰慧的孩子，很快的，已經學會了廉江話。他這才意識到，葉七和他初見時教他斷句，大約怕他不懂，用的是廣府口音。他

的鸜哥，説的則是很正宗的廣府話。而他的廉江話又很道地，甚至夾雜著一些土語，又是阿響所聽不懂的。但阿響很快又發現，這並不是什麼土語。比如他和別人都不同，稱吉叔為「保舅」，或許是因為他們之間有什麼親戚關係。還比如有個人的名字，他們會常常談起。這個人叫「老披」。但談到時，他們往往都會有短暫的沉默，和一絲悵然。這時葉七的臉上，會瞬間脱去那混不吝的表情，甚而是凝重而肅穆的。

有一次，葉七一進來，忽然衝著吉叔心口比一個手勢，問道，你是誰？吉叔並沒有猶豫，也比了個手勢，答道：「我是無尾羊。」吉叔反問，「你是誰？」葉七答：「我是我！」

這一幕，對趴在櫃上的阿響而言，不明就裏，近乎一種返老還童式的遊戲。但他看到兩個人，繼而大笑起來。在吉叔混濁的眼睛裏頭，忽然閃現出了他未曾見過的光芒。那光芒，是屬於一個青年人的。

終於有一次，阿響問了周師娘。周師娘臉上笑容，慢慢收斂。她默然片刻，説，響仔，你看看，「羊」字底下一個「我」，是個什麼字。

阿響在心裏頭描了一下，説，是個「義」字。

周師娘摸一摸他的頭，説道，對。安鋪地方小，可出的都是真男人。你長大了，也一定不會差。

七月流火，轉眼又至天涼時候。

到了中秋這天，繅絲廠提前給女工們放了假。慧生便到「仙芝林」看櫃，讓周師娘早些回去操持一大家子的晚飯。她想想，説話間竟然又一年過去了。娘倆已經囫圇有了過日子的樣子。想到這裏，不禁轉頭去看阿響，卻正迎上兒子的目光。原來響仔也正在看她。她笑了，心頭一熱，這真就叫個相依為命。

漸漸有了暮色。她正準備打烊，遠遠看有人一瘸一拐地過來，扁薄身形。只見葉七走進來，將一只盒子擱在櫃上，説一句，花好月圓。

慧生便説，醫館收工了，吉叔同人飲酒去喇。

　　葉七說，不關他事，這是給響仔的。我手打的月餅。

　　慧生便將盒子一推，說道，我們阿響讀過書，知道什麼叫「無功不受祿」。

　　葉七將盒子又推回來，衝阿響笑笑，響仔也聽我講過《兒女英雄傳》，知道什麼叫做「恭敬不如從命」。

　　說罷，他轉身便走了。阿響見他一瘸一拐地，跨過了門檻。刻意將身體挺得直一些，似乎走得也比平時快了。他望望自己的母親，看慧生的目光也竟落在了遠處，跟那背影走出了很遠去。

　　母子兩個回到家裏，就著燈光將那盒子打開。一股豐熟的甜香蕩漾出來，是焦糖、蛋黃和麵粉混合的香味。拿起來，這月餅竟然還保留著溫熱。並不似店裏所賣的，大概沒有精緻的模具，餅上沒有繁複的雕花，僅用刀刻出了一個「吉」字。那口是半圓的，像是在暢然地笑。大約也是因為太過樸素，中心便點了一個紅色的點。

　　阿響小心地捧在手裏。慧生說，仔，愣著幹嘛。吃啊，他敢下藥不成。

　　阿響這才咬了一口，這一咬，他的眼神漸漸亮了。他又吃了一口，細細咀嚼，終於抬起頭，對慧生說，阿媽，得月……

　　慧生不明所以，便也拿起一只來，咬下去。忽然，她停住了。她說，響仔，你剛才說什麼，得月？

　　阿響點點頭。

　　慧生呼吸不禁有些急促。她說，你可聽實了，他說這月餅，是他手打的？

　　阿響猶豫了一下，肯定地點點頭。

　　慧生慢慢地將月餅放下了。

　　我向榮師傅求證過這件事。他說，每年自他熬出蓮蓉，第一口，必由他親自嘗試。與其說信任自己，不如說是信任已經因年老正在退化中的味覺。

　　我相信，一個好廚師的味蕾，必然會有著獨特的記憶。哪怕凡人亦如是。我記得若干年前，第一次離開南京。思鄉心切，母親便託付一個朋友給我帶了一盒「六賢居」鹽水鴨。但我吃下第一口，縱然美味，便覺得不是老張師傅的手藝。或許只是火候導致肉質的勁道，或許只是胡椒的份量，或許只是一點難以言傳的細微差別。我打了電話給母親。她說，就在我離開的那個冬天，老張師傅忽然中風，再也無法掌勺。這盒鹽水鴨，是他手把手，指點他兒子小張師傅製的。人人都說得他真傳。母親說，你的舌頭太刁了。我們所有人，都沒吃出差別。我想一想，或許是一方水土一方人，當味覺留下了記憶後，如烙印一般，會在鄉情熾燃間愈見清晰、強烈。一切只是源於一條飢餓的舌頭。

　　我又問五舉山伯，他最深刻的食物記憶，是否是榮師傅的月餅。他想想，搖一搖頭。他說他的童年自貧瘠的歲月中來，造就了味覺的遲鈍。他對廚藝的分寸，多半來自經驗。但是，也許一部分也來自於敏銳的嗅覺，這是因當年他跟在阿爺後頭做茶壺仔，終日在「多男」氤氳滿室的茶香中練就的。

　　那晚，月光底下，這盒月餅齊整整地擺著。慧生望出去，看墨藍天上，一輪月亮格外白亮，邊緣泛起了一圈絨毛。她想起若干年前的那個中秋，頌瑛夜半敲開他們的耳房。那是頌瑛嫁來太史第的第一年。慧生起身迎她，誠惶誠恐，說，小姐，我的少奶奶，你怎麼好到下人房裏來？給三太太知道可怎麼好。

　　頌瑛將一只食盒放在台上，說，由他們熱鬧去。我們娘仨在一起，才算團圓過了一個中秋節。

　　盤裏擺著三只月餅。兩只蓋了玉兔丹桂，一只魚戲蓮葉。那一只上頭，點了一個大紅點。頌瑛說，這只要給響仔吃。吃一只，長一歲。

　　阿響咬下一口去，便再也沒忘去那味道。如此軟糯的蓮蓉與棗泥，並不十分甜，但卻和舌頭交纏在一起，滲入味蕾深處。他太幼

小，並不懂得什麼是朵頤之快。但是，此刻他卻感受到了一陣細小的戰慄。

慧生看到自己的兒子，臉上露出了孩童由衷的微笑。比起許多孩子，他還未學會用語言表達自己的欲求，甚至有不少人覺得他性情木訥，物慾淡漠。但這一剎間，他眼睛裏泛起的光，卻將慧生與頌瑛都感動了。

頌瑛說，這「得月閣」的雙蓉月餅，名不虛傳啊。

與洛陽紙貴同理，作為廣州最富盛名的茶樓，得月閣每年推出月餅，都有著嚴格的數量控制。而其中以蓮蓉餡料最為矜貴，因為那是由他們的大按當家車頭葉鳳池親自手製，從選料、製餡到壓花、烘焙，除了一個最親近的夥計，從未假手於人。而據說製餡這道工序，因為涉及祕方，更是在他如密室般的小廚房裏完成。雙蓉月餅，每年只製一千只，多年雷打不動，無關世道豐歉。並且葉師傅立下了規矩，這款月餅只在得月閣的點心舖「信芳齋」發售，絕不流入市場。每人只供兩盒。因其性情硬頸，豪門大戶也無奈何，無非是僱人排隊購買。也漸有逐利之徒化零為整，奇貨可居。據說有次給葉師傅發現了，便索性封了「信芳齋」。當年的雙蓉月餅，在市面上跡近於無。而也正是這一年，阿響第一次吃到了這塊月餅。

慧生讓他記住，這塊月餅，是少奶奶頌瑛為他省下來的。

以後的三年，他便總能在中秋吃到一塊。作為一個僕從的孩子，這份奢侈的口福近乎不可思議。慧生謹小慎微，從般若庵到太史第，皆諳於不可踰矩之道。但是，這塊雙蓉月餅，卻成為了每年一次的例外。她想，這或許就是骨血的傳遞。曾經那個人，也如此地喜歡吃「得月閣」的雙蓉月餅。只一口，神情清淡的臉上，便霎時綻開了不可抑制的笑意。慧生多麼喜歡看她吃月餅，看她一邊吃，一邊掩上口，卻擋不住由衷的愉悅。後來她們甚至很認真地鑽研，想要仿製，但從未成功過。

而今，這孩子也吃到這月餅，竟與她有一模一樣的笑容。

　　這個發現，竟然讓她感恩與慶幸。她在心裏暗暗決定，以後每一年，都要想辦法讓這孩子吃上「得月閣」的月餅。其後三年，得償所願。然而到了第四年，阿響沒有吃上。因為這一年的「得月閣」，竟然沒有再售賣這款月餅，一塊也沒有。廣州的講究人們失魂落魄，像是過了一個不完整的中秋。後來慢慢傳出了消息，說是因為車頭葉師傅離開了得月閣，甚至離開了廣州，不知何蹤。知道內情的便說，他能去哪裏呢，腿腳也不好，應該走不遠吧。但此後，廣州城裏，確實沒有人再看到他。事實上，鮮有人知道葉師傅的模樣。慢慢地，也就有談論起葉師傅的來歷的，卻和他的模樣同樣模糊。依稀聽說，他似乎是個潦倒的世家子弟，至於怎麼流落，又怎樣進入了得月閣，又如何練就了大按上的絕技，就都是眾說紛紜的傳奇了。

　　廣州人是不甘心讓這月餅絕跡的，不願它成為仲秋佳節的留白。第二年，各大茶樓與餅家便各顯神通，都推出了各自的蓮蓉月餅。而「得月」自然不甘人後，靜觀有時，重又推出了「月滿雙蓉」，這猶如為這波風潮一錘定音。人們奔走相告，趨之若鶩。晚上，慧生將一塊月餅放在阿響手中，看兒子雙手捧過，像是進行某種鄭重儀式。阿響難掩欣喜，輕輕咬上了一口。她看著這孩子的眼神，在咀嚼間，一點一點地黯然了下去。

　　這黯然，大概也出現在了這一年許多廣州人的飯桌上。人們很清楚。得月閣的雙蓉月餅，自此成為絕響。

　　此刻，多年以後，在這個偏遠的粵西小鎮，也是一個中秋夜，慧生看著阿響，吃著一塊月餅，臉上浮現出了久違的笑容。

　　慧生驚奇地看見孩子眼裏的光，聽見他說，得月。

　　她的腦海裏出現了一張有些風流氣的臉，晃晃盪盪的扁薄的身形。她搖搖頭，似乎想要將一個念頭驅散。她分明聽見那男人說，這是我手打的月餅。

　　手中的月餅，帶著溫熱。她也咬上一口，那沁人的香，在她口中氤氲、流淌。她閉上眼睛，想，真的是它。

其實葉七，很早就發現這孩子在跟著他。他只由他跟著。他甚至有意讓自己走得慢一些。他的不良於行，為他隨意地調整步伐，提供了便利。

不用眼睛看，他感到了這孩子跟得執著。並未躲閃，或有一絲延宕。

阿響走入了那間外牆黯淡的騎樓，牆根上生著厚厚的苔蘚，由最下層的黑往上退暈為青綠色。地上也有，青石板因此黏膩而濕滑。他險些摔了一跤。他抬起頭，看見安鋪鎮上本就稀薄的陽光，在這裏似乎更為吝嗇。一道光影，落在誰家陽台伸出的竹竿上，竹竿晾曬著有些發灰的衣物，還滴著水。不知為何，他覺得這個地方，熟悉而陌生。他並沒想到，就此選擇了自己以後的人生。

他腳踏上樓梯。木製的樓梯吱呀作響。昏暗的光線中，有經年的灰塵在飛舞。樓梯的拐彎處，他不小心碰到了一個陶罐，發出沉悶的鈍聲，瞬間便被黑暗吞噬了。他舒了一口氣。

那門打開著。

他走進去，發現比外面還要更陰暗些。他嗅到了空氣中有中藥的氣味，但和醫館裏的味道不一樣，因為混合著成人的汗液揮發的味道，會更為恣肆，也不新鮮。還有另一種香味，令他似曾相識，衝擊著他的鼻腔。當他的視線開始適應黑暗，正努力地辨認著房間的輪廓。忽然，他聽到了撲搧翅膀的響動，有個怪異的聲音，大聲叫道，人客來，人客來！

這聲音劃破了黑暗。同時出現了一星火，房間驟然亮了。

這裏，比他預想的要寬敞得多，甚至可以用排場來形容。亮起來的一剎那，他看到對面牆上掛著一幅畫。那畫上的老壽星捧著仙桃，正對他慈祥地笑。他聽到了一聲咳嗽，看到畫底下的男人。

葉七蜷在一把太師椅上。阿響看他光裸著腿，因為用力，這腿上青筋蚓然，盤踞在肌肉間。這男人正將一塊很大的膏藥，貼在那杯底大的傷口上。膏藥貼上去的剎那，男人不禁「嘶」了一聲。他面上沒

有了慣常的笑意，有種陰鬱和堅硬的神情，臉頰抽搐了一下。這讓他更像是一頭在暗處舔舐傷口的野獸。

做完了這些，他並沒有穿上褲子，反而將腿抬起來，好像在欣賞那膏藥邊緣的疤痕。他甚至沒有抬頭，對阿響說，那個，給我拿過來。

阿響這才回過神，意識到他是在跟自己說話。順著他指的方向，他看到八仙桌上，有一柄煙槍。

阿響頓時明白了讓他似曾相識的氣味。他進過太史的書房，同樣黯淡的室內，總是瀰漫著膏腴的異香。他拎了這把煙槍，很沉重。他不知道這煙杆是用象牙製成，煙嘴和葫蘆以鎏金接口，鑲嵌翡翠。

慢著點，這可是件好東西。我老竇的東西，我還能接著用。葉七接過來，填上煙膏，點上。過了一會兒，他深深地吸一口，將煙吐了出去。阿響看他的神情鬆弛了，有一種怪異的笑意，慢慢地浮現起來。他軟軟地靠在太師椅上，眼神迷離，看著阿響，問，細路，你來幹什麼。

阿響往後退了半步，站定了。說，我要跟你學。

葉七問，哦？跟我學什麼。

阿響看到了這眼神中的挑釁。他迎著葉七的目光說，學打月餅。

葉七倒愣了一下，他擱下了煙槍，定定看著這個細路，說，你看清楚了我這副模樣，還要跟我學？

阿響沒有猶豫，使勁一點頭。

他未覺察到這男人神色細微的變化。但他看到葉七默默地撿起近旁的褲子，穿上了。他繫上褲子，站起身。他站起來，忽而跟蹌了一下，扶住了桌子，這才站穩了。他望著阿響，你當真想學？

阿響說，嗯。

他笑一笑，笑得有些虛弱了。他說，你知道我是誰？

阿響想一想，說，你是無尾羊。

這男人愣一下，卻即刻朗聲大笑起來。這笑讓他頓時煥發了神采，好像變了一個人。他問，那你呢，你是誰？

阿響這回沒有猶豫，他說，我是我！

　　我是我。葉七口中喃喃重複，眼神卻也一點點黯然下來。他慢慢說，我知道你跟周師娘打聽過我。一個廢人，倒還有人打聽。

　　阿響說，我要跟你學。我吃的第一塊月餅，是你打的。

　　葉七不禁冷笑，說，你才能吃上幾年，我離開廣州可有年頭了。

　　阿響說，我吃過三年。三塊月餅，夠記一輩子。

　　這時，葉七的笑凝固在臉上，是一個分外難看的表情。他說，一輩子。細路哥，你可知道一輩子有多長。

　　他重新坐了下來，說，一輩子，一世人。我這活了，都只可說是半輩子。這半輩子，人幫我，我幫人；人負我，我負人。就這麼過來了。吃上一口，隨便說，就能記一輩子？

　　阿響說，你不是我，怎麼知道我不記得。

　　葉七一笑道，也對，子非魚。我不是你，怎麼知道你不記得。

　　他環顧了一下，像是在尋找什麼東西。最後終於還是落在了阿響身上。他說，如今的人掛住我，是因為一塊月餅。

　　阿響說，不，還因為你是無尾羊。周師娘說，無尾羊底下一個我，就是真男人。

　　葉七聽到這裏，放在桌上的手，無知覺地顫抖了一下。他沉默住。半晌，他拎起拐杖，使勁將自己撐持起來，他說，細路，你跟我來。

　　阿響跟著他走進了另一個房間。他把燈放下，將身上一把鑰匙解下來，遞給阿響，指指牆角一口木箱，說，打開。

　　阿響便照著他的話，打開了鎖。他屈身將箱蓋掀起來，裏頭是些雜物與瓷器。他一件件地取出來。最底下是個包袱，他讓阿響抱出來。包袱有濃重的樟木的味道，有些嗆鼻，看著應是在箱底壓了許久。

　　葉七解開了包袱，大約當初繫得緊，很花了些氣力。裏頭有一只黃色的帽子，式樣頗為奇怪。在阿響看來，像是戲台上用的。葉七捧起帽子，看了又看，忽然貼到了自己面上。埋下了頭，良久，抬起臉。又抖開了包袱裏的一件衣裳，是綢緞質地，上面有刺繡。胸前繡

了一個鮮紅的「洪」字。葉七眼裏有光，如見故人。他說，細路，你可知道，當年我們老披穿了這件，帶我們過洪門關，何其威風。他坐在台前，問我，你敢不敢殺皇帝？我脆生生答一個「敢！」

如今皇帝沒了，老披也沒了。老披死了，我苟活，還瞞下了這副衣冠，放在箱子裏頭。你說這日子，我們這些個人，還怎麼活這下半輩子。

他失神，忽而將衣服使勁一抖，便將自己的底衫脫去。在燈光底下，阿響見他背上，是縱橫的傷痕。有一道蜿蜒到股，像是血紅的蚯蚓。葉七便當著他的面，戴上了這頂帽子，穿上了衣裳。

待他轉過身來，阿響不禁一驚。這眼前的人，竟像神將一樣，忽而有軒昂氣宇，再不是個現世中的人。他將手中木杖頓地，仰天道，「孔子成仁，孟子取義，唯其義盡所以仁至。讀聖賢書，所學何事，而今而後，庶幾無愧！」

說罷，卻將拐杖一擲，身體卻也一點點地矮下去，最後頹然坐在木箱上。阿響看他捂住臉，久沒有發聲。面前的油燈，忽然火苗亮一下，卻漸漸暗下去。他再抬起頭來時，阿響見到這男人臉上有兩道淚痕。葉七苦笑一聲，對阿響說，細路，沒嚇著你吧，你就權當看了一齣大戲罷。

慧生看著自己的兒子跪在面前，身板卻挺直的。不知為何，她預感到了這一幕。

她說，你跪我，是知道我不會許你學廚。

阿響說，阿媽，他不肯收我。

慧生愣一愣，說，這就笑話了。他不肯收你，你倒來跪我？

阿響說，他不肯收，我就要天天去求他，但我不跪。我跪阿媽，是因為不孝。

慧生俯身，想扶他起來，卻將手收了回去。她說，孩子，你可知道這條路，可能是會要命的。

阿響說，以前阿媽說，我信。現在阿響長大了，想的是安身立

命。不知道自己想做什麼，才是沒有命。

慧生吃了一驚，發覺這麼多年，母子兩個是第一次對話。這孩子以往順從，原來心裏早就一板一眼，鏗鏗鏘鏘。

阿響便天天去。

葉七看這孩子，來了，也並沒有求人拜師的樣子。大清早的便來，挺挺地站在堂屋裏頭，咬著嘴唇，也不說話。他便裝作看不見，衣食起居，該做什麼做什麼。

這樣過去了半個月。一天早晨他站在騎樓上，喝了茶漱口，看著這孩子又來了，依然不說話。

一站又是一個時辰。阿響忽然腳底下一軟，險些沒站住。他身子晃了一下，眼前一斜，目光恰落到了牆上的幾幅畫像上。那畫像上的人，眼神陰鬱。嘴角不知為何，倒些微上翹，似笑非笑。有一個就散著眼光，或許是泅潮，半邊臉泛黃，有些扭曲了。阿響就想起，他小時，過年在太史第掃神樓，看過去，是向家的列祖列宗，一色有寬闊的額和尖削的下巴。而這牆上的這麼些人，面目倒並不相像。

這時他聽到「嘩」地一聲響，見是葉七腳下一蹬，將一只小杌子支到他身後，是讓他坐下的意思。他不動，站得更直些。葉七咳嗽一聲，清一清嗓，戲文唸白道，傻仔……

那鷯哥便從露台的的架上飛起來，在室內盤桓了一圈。大約是與阿響熟識了，竟落到了他的肩頭。一邊啄他的耳垂，一邊叫道：傻仔，傻仔。

葉七到了後晌午，照例要煲一鍋糖水。煲好了，自己靠著八仙桌慢慢飲。秋深了，多煲的是南北杏甜湯。這一煲便是一個時辰，南杏生津；北杏平喘，但因有微毒，須要長煲解毒。這一日煲出，他盛了一碗，先擱到阿響腳邊的小杌子上。

他也不說話，背轉過身去給自己盛。卻聽到身後少年的聲音，說，少了一味。

他回過身，見阿響並沒有動那糖水，甚至看也未曾看一眼。他笑

笑，因為龍脷葉用完了，是未放。這一減料，倒給這孩子瞧見了。

他剛走回廚房裏頭，又聽見阿響說，今天的北杏多了。

葉七這才在心裏一驚，回過身，見那碗糖水，仍然是分毫未動。不禁問阿響，你如何看出來的？

通常這道糖水，南北杏成數為三一之比。因為今日微咳，他不過多加了兩顆北杏，且用枇杷葉去毒。其中不過是毫微之別。

阿響說，我不是看出來的，是聞出來的。

葉七不言語，暗地留了意。第二日做桂花糕。做好了，仍擺在阿響身後的杌子上。

阿響不動聲色，葉七卻看見了他鼻翼的翕動。片刻，少年說，今天用的是不是金桂，是銀桂。

他想，細路鎮日在中藥舖子裏頭，倒熏出了一隻好鼻子。他自然不甘心，下一天煲了陳皮紅豆沙，有意煲到了極爛。且不論紅豆都開了花，只那刮瓤的陳皮竟至也軟糯化於其中，不辨蹤影。

這一回，他盛好了，有意先涼上一涼。自己點上一筒大煙，慢慢抽。抽完了，才將這碗紅豆沙放在阿響身邊。

或許要先發制人，他索性問道，細路，你倒說一說，這裏頭用的，是幾年的陳皮。

這時間，滿室內是氤氳未去的大煙味。紅豆沙也已經被涼氣封上了。

葉七見阿響閉上眼睛。良久，他才睜開了，說，十五年。

葉七笑一笑，剛要開口，阿響說，等一等。他仔細地吸了吸鼻子，然後說，這裏頭，還摻了一種，不超過十年。

葉七不作聲了。他的確用了兩種陳皮，一種是新會十五年的名品茶枝柑。可還有一種，是古兜山河谷產的野生青皮柑，將將好的十年品。

他皺一皺眉頭道，明天，你別來了。

從此後，阿響未再去找葉七。葉七竟然也不再到「仙芝堂」的櫃

上來。許久不見他一走一拐的扁薄身形。吉叔或許也感到寂寞了。有時正在診病，聽到外頭有鳥叫的聲音，便立時站了起來，臉上擺出促狹的神情，要出得門去。但那並不是葉七的鷯哥，他便失望地折回醫館，搖搖頭道，死嘅仔，他那條腿，遲早要爛掉。

後來，他究竟待不住，為葉七出了一回診。回來後，罵罵咧咧，說，好啲啲有手有腳，唔出來見人。你話係唔係黐咗線？我在他家裏半日，七魂冇了六魄，對住我成個死人噉。

說罷，將一個荷葉包放到櫃檯上，說，同我冇半句話傾，臨走倒記得給你們兩母子帶副點心。

慧生便打開荷葉包，看是幾塊光酥餅，好像剛出爐還熱乎的。她推到阿響跟前，說，仔，食一啖，都幾香口。

阿響像是沒聽見，依然埋著頭，在櫃檯上謄抄醫書。慧生在心裏嘆一口氣，每每從絲廠收工，看這孩子如今安心跟吉叔習醫，與周師娘學藥理，都是踏實本份的。還是那個她熟悉的響仔。或許是先前碰了釘子，吃了荒唐，總歸是收心生性了。可是，她卻總是覺得哪裏不對。

待到關舖打烊時，慧生將那趟櫳門闔上。外頭照進店裏的光線，漸漸地微弱了，只在櫃檯上留下了昏黃的一線。慧生回過身，恰見到響仔手裏執著一塊光酥餅，愣愣地看。眼神裏頭的內容，卻讓她這個當阿媽的，感到十分陌生。但忽然她又覺得似曾相識。她回憶起了陳將軍離開的那個下午，有個人坐在桌前，也用一種這樣的眼神，對著面前已成殘羹的一道菜。

那道菜，叫做「待鶴鳴」。

許久，阿響才發現母親看著他。他埋下頭，匆促地將那塊餅擱下，包進了荷葉包，推到了一邊去。

葉七沒有發現榮慧生的到來。這女人走進來時，甚至鷯哥也沒叫一聲。

慧生經過了瑞南街整條街的熱鬧，轉過了石角會館。只一拐，這

熱鬧忽然就靜止了下來。她望著拐角處的騎樓，想，這還真是個藏身的好地方。

不同於阿響，當走進了葉七的屋子，她並沒有分辨出各種氣味的來源。但是，不禁掩了一下鼻子。她只聞到了一種氣味，一種不潔淨的男人氣味。這讓她有些作嘔。他，還是一個癮君子。

這一天，太陽架勢，房間裏居然有飽滿的光線。這也讓室內無所遁形。他看到葉七正靠著八仙桌，眼神迷離，有輕微的鼾聲。桌上擺著煙槍，還有一壺酒以及兩三只顏色並不新鮮的小菜。鷯哥在他肩頭打著盹，也是無精打采的樣子。抬起眼皮，看見她，想要振動一下翅膀，卻只是無聲地顫抖了一下。

慧生環顧這屋子，有種錯覺，好像回到了太史第。她有些啞然，在這南洋風的騎樓裏，為什麼還會有這樣恍若隔世的所在。

傢具一律是厚重砥實的廣作，她是見過世面的人，看出質地上好。酸枝的博古架，上面擺著各色文玩，紫檀和花梨的書櫃，鑲嵌著繁複的雕花。然而，這些傢具間並未有應有的錯落，而是在房間裏擺得滿滿當當，彼此間幾乎沒有留下縫隙。每一件上，都積滿了灰塵。如果不是那幅壽星圖和草書中堂，以及牆上懸掛著位置並不周正的畫像，這裏侷促得，更像是個無人問津的古董舖。而騎樓上擺著一些盆景和花草，長得七支八楞，居多已經衰敗了，泛著枯黃顏色。

她看了一會兒，皺起了眉頭，想，這麼些好的東西，怎麼沒有人愛惜。她不禁捲起了袖子。見門外有一只水桶，便到樓下的水井打了一桶水。拎上來便開始擦洗。像所有在大宅裏訓練有素的僕從，她皺著眉頭，不聲不響地開始工作。這些傢具，漸漸露出了它本來的底色。如意雲頭、花開富貴，似不停歇地在她的手中一一盛放。她感到了一種滿足，勞作後的滿足。這是久未有過的。在這勞作中，她有些忘記了此行的來意。將地板拖得一塵不染後，她甚至發現了一柄剪刀，就在騎樓上開始修剪花草。她回憶著「百二蘭齋」花王的手勢，投入了創作的意趣。當她全神貫注，將一株龍爪槐，修成了「仙芝林」門口那棵古樹的形狀，聽到身後響起了咳嗽聲。

她回過頭，看見葉七已坐起身，不再是迷離眼神，而是鷹隼般的警惕與疑慮。

她不動聲色，將地上的枝葉掃成一堆，用一只簸箕裝起來。

你哋兩母子輪班來，到底有什麼蠱惑？男人的聲音，是冷冷的。

慧生不理他，將扔在各處的髒衣服拾到桶裏，嘆一聲道，好好個屋企，這麼缺人打理。

葉七説，你擺低，洗衣婦明天下午來。

慧生沒有停手，她將桶拎起來，便望外頭走去。走到了門口，她聽到有手杖頓地的急促聲響。她剛想轉過身，卻感到有雙胳膊忽然將她從身後抱住了。是男人結實的胸膛，緊緊貼著她的後背，兩隻手箍著她胸前。她有些愣住了，待她感到了一陣窒息，這才想起了掙扎。她是有把子力氣的人，可這男人的胳膊卻掙脫不開。而她的耳際，是粗重的呼吸帶來的氣息，滾熱的，沿著她的皮膚蔓延過來。這是她未有經歷過的，她覺得心裏一軟。手一鬆，桶掉到了地上，砸了她的腳，也砸醒了她。她用手臂一頂，低下頭，在男人胳膊上使勁咬了一口。這才鬆開了。她想也不想，沿著樓梯就望樓下奔去。

她剛剛跑到樓下，聽到有聲音從樓上傳過來：唔好扮嘢喇，不就是你想要的麼？

她聽到男人的聲音在樓梯間迴盪，以一種惡作劇的怪腔調。然而尾音卻喊劈了，聽來竟然有些淒涼。

周師娘是隔一天來的。

這是個有分寸的人，可再是若無其事的樣子，事情都在眼睛裏。慧生看見她手中的荷葉包，先就有數了。倒是周師娘説到前頭，響仔，一陣曲龍有「白戲仔」聽，阿鹿弟係樓下等你，一齊去。等下人多就看不到了。快去。我同你阿媽有啲嘢傾。

阿響便去了，走到門口，回頭望一望。慧生對他點點頭。

待阿響走遠了，周師娘把門關上了，説，響仔阿媽，前日的事情，我都知道了。

慧生冷笑一聲，説，他倒是不知醜。

周師娘頓一頓，這才説，你知道我是個爽快人。我們就把事情一椿椿拆開來講。響仔想和他學打餅，是不是？

慧生沉默了。

周師娘有了底，便道，你不找我議這個事，倒以為我不知道他是廣州「得月閣」的葉鳳池？還是怕我問你們娘倆的來歷？我説過不問前事，你還是信不過。

慧生説，我們兩仔嫲，幾時求過人。拜他學個手藝，這麼難。

周師娘笑笑，拜葉七不難，難的是葉鳳池。拜葉鳳池其實也不難，他説，他願意收響仔。

慧生抬頭，看周師娘的眼睛，問道，真的？

周師娘點點頭，説，他是説了，也想求你一椿事。

慧生説，什麼事？

周師娘便輕聲説了。慧生道，呸！我可憐他屋企似個豬欄。孤兒寡母，他倒想趁人之危。

周師娘等她平息了，便説，他這麼個人，説話行事都荒唐該打。可你是聰明人，先前能看不出來？

她指指手上的荷葉包，説，意思都在這裏頭呢。你自己忖一忖。你也説是孤兒寡母，如今在安鋪安下身，多少算是個依靠。

慧生愣一愣，喃喃説，他收阿響，怕是個藉口。

周師娘嘆口氣，若是藉口，還用三番五次考這孩子？他不是不願收徒弟。你以為他當年何解離開「得月」？還不是因為一個徒弟。千挑萬選一個細路，教到了半路，叛了師門跟了「得月」的對頭去。他是傷了心了。

慧生望望外頭，晌午還亮堂堂的天，無端地陰沉了些。她沉吟一下，對周師娘説，師娘，你當我自己人，我也明人不説暗話。這個葉七，怕是不止個大按師傅這麼簡單吧。我看他掛在牆上的畫像，有一張和你掛在咱舖子裏頭的一模一樣，是「仙芝林」的老掌櫃。

説到這裏，周師娘方才還泰然的臉色，慢慢收斂了笑容。有一瞬

間，似乎忽而讀到了疼痛。但是，她終於執起慧生的手，説，響仔阿媽，你坐下來，我説給你聽。

關於葉七這個人物，為了還原他的音容，我查了許多的資料。然而，在這資料的瀚海中，他的面目反而更為撲朔。甚至關於他的名姓，也眾多紛紜。有寫他做葉鳳池的，亦有葉風遲，在《廣粵庖曲》裏，則載為葉風馳。不知是化名，還是為了避諱。然而他既不是皇族，亦非貴冑，便不知是避的什麼名諱。我問過榮師傅，他開始自然一口咬定是葉鳳池。但被我一問，倒也疑慮，變得不肯定起來。他仔細想一想説，師父的書讀得不少，可我竟沒有看他寫過自己的名字。

終於，我在《石城縣志》上找到了有關他較為確鑿的記載。光緒三年生，安鋪下三墩村人。世居蘇杭街，為當地絲綢賈商。其祖葉紹荃出資設「同禮書院」，譽「攬英接秀，廉江之文運開於此」，出貢生黃龍章、崖州守備邱國榮、海安營把總陳明義、雷州把總胡漢高等人。葉鳳池行七，少敏於學，然無心功名，志亦不在陶朱事業。勤武藝，並好庖廚。弱冠之年，入三點會，職「流徙」。光緒二十四年，隨老披劉芝草，嘯聚塘蓬，石嶺、青平、車板、龍灣、石角等地三府八縣會眾萬餘人，於安鋪誓師，先後攻橫山團局及靖江炮台，圍當地團勇首黃錦燦、毛其勉等，捕而剿之。然廉江知縣王壽培，增調高雷廉鎮台兵勇並瓊州水師，搜捕三點會眾。起義事敗，葉鳳池與吉思顧等人，護會首劉芝草潛往廣西，至博白縣境，遭清兵突襲。俘葉等數人，施吊頭、火烙、鉗腳酷刑。為救會眾，周氏毅然投案，於安鋪玉樞宮前，以十字架釘手足示眾，凌遲就義。

葉氏秉周之遺志，將三點會化聚為散，興行會之名，以抗清廷。其以穗上名肆「得月閣」大按之身，於嶺南各處結社，聲震庖業。辛亥以降，洪門因時分崩。葉氏以道不同，淡出江湖，匿跡於粵廣，後其蹤鮮為人知。

周師娘説完了，眼睛裏的光，隨夜暮一併熄暗。慧生體內，卻還

滾熱地奔湧著一些東西，未及冷卻。她問道，當年，他們就是在仙芝林「開總台」？

周師娘理一下鬢髮，點點頭。

慧生又問，那吉叔也是？

吉叔是他的保舅，就是當年入會的擔保。周師娘默然片刻，接著說，話時話，都是三十年前的事了。你知他腿上那塊傷，是為護我阿爹給王壽培的人用火槍打的。彈片嵌進了骨頭，長死在了裏頭。如今不知怎麼，隔一陣就化膿，總不收口。洋大夫看過了，說取不出來，要根治，得截肢。他不願意，說好歹一塊鐵，留在骨頭裏，算是老披留下的念想。

慧生便也沉默，兩個人都不說話，太靜了，遠處便聽得見影影綽綽的鑼鼓聲。是那唱大戲的人。周師娘便又把她的手，放在自己手裏，在上面按了一按。師娘人長得細巧清秀。手心卻是糙的，生了厚厚的繭。這一按，按得慧生的心裏，驀然疼了一下。

半晌，慧生抬起頭來，定定看著周師娘的眼睛，問道，他，能把大煙戒了嗎？

隔年的正月二十八，榮慧生領著阿響，進了葉七家的門。

自然沒有喜儀，也沒有天地高堂可拜，只擺了一桌酒。請了兩個客，周師娘和吉叔。

周師娘帶了一塊喜綢，一副自己繡的鴛鴦枕。吉三帶了阿響讀過的《資治通鑑》給他。葉七笑道，你個吉老倌，我辦喜事，你白來吃酒就罷了。帶書來送，是想我「執輸」嗎？

吉三說，我是賀你。書中自有黃金屋，你死鬼老爹給你留下的。如今桃花運得了顏如玉，求蓮得子，你倒說該賀不該賀。

這時候，外頭響起了「六國大封相」，震耳喧闐。一時光猛，將那黑沉沉的天映得透亮。葉七便拍手道，好了好了，合該全世界都賀我，替我省下擺酒錢。

他這樣說，眾人便都歡喜起來。這一日逢上安鋪的「雷王誕」，

是大節慶。白天遊神,晚上遊燈。

白天從玉樞宮一路過來。雷神作主,各街境神伴遊,神轎十多乘,香燭焚於轎前,神童、道公隨於轎旁。三角彩旗引路,香案台擺滿香燭寶帛,拜神品台擺置燒豬牲儀,有數十台。還有鑼鼓花架、獅子班、舞龍,隊伍長數里,熱鬧異常。可更好看的是晚上,那才正正不夜天,便又是一個白晝。

幾個人聽到聲響,便走到騎樓上望。看下頭明晃晃的一片,除了人,便是燈,分不清人和燈。看清爽了,前頭的是鑼鼓樂手,吹吹打打走過來,八音座前,高擎各色引燈,後面跟著有走馬燈、盤轉燈、長燈、短燈、方燈、圓燈、扁燈、梭燈等,五光十色。再後頭的是十來歲孩童,每隊三五十人,身穿長衫、馬褂,都騎在大人肩頭,手舉龍燈、鳳燈、馬燈、鯉魚燈、鯧魚燈、龍蝦燈、螃蟹燈、桃子燈、柑子燈等,學的是飛禽走獸,求的是五穀豐登。遠處看得見人頭湧湧,張燈結綵的立著大花牌,是文筆塔下請的三班慶誕,不唱個三五天不罷休的。

底下的燈火,映在樓上人的臉龐,也映在眼睛裏頭。周師娘看葉七和慧生,眼裏便都是兩朵小火苗,灼灼地閃。周師娘便說,這下好,比什麼八抬大轎不強?往後你們要是記不住,我替你們記下這一天。

夜深了。幾個大人說話,吃菜喝著酒,眼看著就過了子時。吉三沒酒力,竟然喝成了一灘爛泥。拖著拖不動,叫也叫不醒。周師娘拍他一巴掌,說,這成什麼話。

葉七就說,罷了,響仔先睡了,讓他也去小屋裏過一宿吧。

周師娘倒很抱歉似的,說,真是越老越沒成色了,聽日我非說說他不可。

慧生送她到了樓底下,一邊說著話,忽然站住不動了。低下頭也沒了言語,忽然說,周師娘,我還是跟你回去住吧。就當你陪陪我。

周師娘看她一眼,倒笑了,說,人講一回生二回熟,事事如此。

你要當我是娘家人，就更不能由著性子來了。明天早上你再來，算是回門兒，我好好陪你說話。

慧生上了樓，正看見葉七捲著一領鋪蓋，在堂屋鋪開。看見她，說，裏頭鋪好了，你去睡。

慧生愣一愣，倒站在原地不動。他說，我睡相不好，怕攪了你。

慧生不知是什麼緣故，木手木腳地望那屋裏走。走到門口，忽然聽男人追過來一句，你信不信，我還是個童男子。

她沒有回頭，聽見這聲音裏，藏著張嬉皮笑臉。她便將屋門猛然關上了，帶了響。關上了卻不甘心，將耳朵貼在上頭聽一聽。窸窸窣窣，又「咯吱」一聲，是男人躺下來，再沒了聲響。她心一橫，索性將門閂上了。

第二天清早，她起身推開門，看見吉叔和阿響兩個，一老一少圍著堂屋的春櫈。阿響看向她，眼神是惶惶的。

她這才看見葉七靠著春櫈坐在地上，瑟瑟地發著抖。長大的一個人，身體捲曲著，竟然縮成了一團。慧生見他臉色蒼白著，額頭上冒著細密的汗。胳膊半撐在地上。慧生便趕忙屈下身，想扶他起來。誰知剛伸出手，就聽見吉叔冷冷道，別碰。

慧生情急之下，脫口罵道，你隻老嘢，白做個郎中，見死不救嗎。

郎中？郎中頂個屁用！這癮犯起來，天王老子也救不了。吉叔搖搖頭，對她說，你打盆熱水來吧。

這時，葉七的手，在空中胡亂抓一下，喘著氣，像是個水中垂死的人。吉叔一跺腳道，罷了罷了。

回過身，就去那八仙桌上拿起煙槍，熟門熟路，裝上煙膏在燈上點了。舉起來，蹲下身放在葉七嘴邊。慧生剛張一張口，看吉叔眼睛裏頭，也是絕望神色。他索性將葉七的褲腿一撸，輕聲說，你以為骨頭裏留鐵的傷，是活人能受的麼？

這十幾二十年，還不就靠這一口，才頂過來。

這時，葉七喘息著，忽然抬起胳膊，將吉叔一把推開。那煙槍也

掉落在地上，「噹」地一聲響。鎏金葫蘆上的一塊翡翠，竟然跌落下來，給磕成了兩片。他喘著氣，抬起了臉來，艱難睜開眼，定定看著慧生，使勁迸出一句話。聲音很輕，但慧生聽得清楚。他說，牙齒當金使……我應承過你。

這話說完，似乎耗盡了力氣。葉七便昏了過去。

這一睡便是一天，到晚上才醒過來。葉七看眼前的女人望著自己，見他醒了，便急急站起來走出去了。

回來時，手裏端了一碗白粥。他坐起身便接過來，還是滾熱的。看來是在暖鍋裏擱著，等他醒來。

他喝一口，竟一時間怔住。接著又舀了一大勺，細細地喝下去。竟然閉上了眼睛。這粥似無味，至喉頭甘香裏卻又有千百種味。

他望著慧生，問，這是什麼神仙白粥？

慧生說，這粥有個好名字，叫「熔金煮玉」。我看你廚房裏頭藏了顆冬筍，就用上了。

「熔金煮玉」。葉七放下碗，說，好名字，我現在是神清氣爽。

他聲音裏還透著虛，卻撐出了一個硬朗朗的精氣神。站起身，望一望外頭，天已經黑透了。一看櫃上的座鐘，竟然已經半夜了。他就將床上撢一撢，說，我是睡夠了，你好生歇著吧。

慧生咬一咬嘴唇道，你別動了，我看著你。今天早上那樣子，嚇死個人。

葉七愣一愣，臉上的神色也靜止住，忽而舒展開了，笑道，你不趕我，我又何必要走。

他便又躺下來。片刻，又將身體望裏頭挪一挪。這本是個無比寬大的寧式床，橫躺著都能睡上好幾個人。挪與不挪，離床沿都有一大塊地方。慧生看懂了，臉熱一熱。背過身，只將外褂脫了，熄了燈，就也躺在了床上。

兩個人便並排躺著，誰也不說話。屋裏先是黑透了，慧生聞到一股子陳年的中藥味，還有些帶著濕霉氣的木頭味，外頭放了通天砲仗

的火藥味和點了一宿遊燈的燈油味。如今都冷下來了。倒是還有一種氣味，先是若有若無，游絲一樣，漸漸濃厚了，竟有了一個形狀，暖暖地，將她碰觸了一下。這是身邊男人的氣味。這味道是她陌生的，卻也熟悉。畢竟是有兒子的人，如果也長成了少年，那是汗和皮膚翕張而來的氣息。但到底不同，這氣息要厚得多，也粗糙得多。

她聽到了輕微的鼾聲，不禁側過頭去。外面的月光灑進來，漸漸她看到了身邊有一個黑幢幢的起伏的輪廓，是這男人的呼吸。漸漸看清晰了，這輪廓竟是海涯邊的岩一樣的。鼓凸的眉骨，粵地人少見的挺秀的鼻梁，都是鏗鏘的。鼾聲大了一些，有些微的停頓，然後接續。也是一起一伏，這聲音漸讓她安心，竟也沉沉睡去了。

她是在鳥的聒噪中醒來的。她睜開眼睛，卻看見那隻鷯哥棲據在床架上，歪著腦袋，直勾勾地看著她。那眼神黑洞洞的，竟有一些凌厲，忽然「嘎」地叫了一聲。她聽見身後的笑。回過頭，看男人盤腿坐著，說，我睡了一天，沒人給牠餵食，是餓極了。

慧生心裏抱怨著自己的疏忽，卻脫口道，你醒了，幹嘛乾坐著？

男人說，嗯，早醒了，怕起來吵醒你。就坐著。

慧生默然，也坐起了身。葉七說，沒事，你睡你的。他便下了床來，剛站定，那鷯哥便飛到了他的肩膀上。男人撫弄一下牠的羽毛，用英文跟牠招呼，good morning。

這鳥呼搧一下翅膀，一疊聲地也叫「good morning」，像個饒舌而興奮的孩子。

慧生自然睡不著了，天還半黑著。她朝窗外望出去，東方的天，才微微泛起了魚肚白。外頭有淺淺的霧。倒是文筆塔，已能看見一個清晰的輪廓。她想，原來這裏離九洲江口這樣近的，難怪夜裏能聽見水響。

忽然，外面「噹」的一聲，她連忙走出去。看著葉七靠在八仙桌上，裸著腿。慧生就看見了那杯底大的殷紫的傷口。這男人虛白著臉，手裏捉著一封膏藥。那地上卻是一只打碎的碗，裏頭是還冒著熱氣的藥膏。男人伸手擦一擦額上的汗，不忘對她笑一下，說，我真係

幾論盡……

　　慧生蹲下身，先收拾了，然後說，我幫你吧。她就幫葉七將膏藥貼上，這男人的呼吸變得氣促，眼睛裏不自控地淌出淚水，鼻涕也流了下來。他偏過頭，不想讓她看到自己的狼狽相。可是慧生明白發生了什麼。

　　慧生將他扶進了屋裏。男人躺在床上，對她笑一下，卻即刻便咬緊了牙關。男人渾身開始顫抖，篩糠一樣，胳膊也漸漸抱緊。那隻鷯哥飛了進來，停在他的近旁。竟然棲住，一動不動地望著他。慧生看見男人的面龐扭曲了，流出了口涎。她拿起一塊毛巾，幫他把這口涎擦去了。可這時，她的手卻被另一隻手攥住。這隻手是冰冷的，緊緊地攥住她。太緊，攥得她有些疼。這手一邊顫抖著，她覺得手心中的寒意，在這顫抖間，順著她的手指、胳膊，一點點地傳入她的體內。她竟然也感到冷了，冷得徹骨。她不禁坐下來，依偎那具冰冷的身體。那身體便也靠緊了她。在依偎間，顫抖似乎漸漸和緩了些。她長長地舒一口氣，索性將這身體放在自己臂彎，抱住了。她覺出一線淺淺的暖意，讓自己不那麼冷了。慢慢地，反而有一種熱力，從她軀體的深處，向上升騰。這熱力令她陌生，炙烤著她，東奔西突，忽而讓她有了一絲醉。這時，方才冰冷的身體也熱了，舒展了，不再顫抖了，與她更緊了一些，慢慢地，慢慢地，潮水一樣捲裹和覆蓋了她。迷醉間，她感受有種力量刀鋒一樣，劃開了她的身體。她聽到了自己最深處，有開裂的聲音。她閉上眼睛，任由一滴淚流了下來，心說，罷了。

　　當這一切結束，天已經透徹地亮了。慧生和男人的眼睛碰撞了一下，回過身去，靜靜地穿衣服。葉七看著床上的一抹紅，難以掩飾目光裏的驚詫。這目光中，還有畏懼。此時，慧生已經穿好了衣服，站起來，靜定地望著這男人，說，你若負我哋兩母子，就天打雷劈了。

陸·此間少年

易米梅花不諱貧，玉台壺史自千春。閩茶絕品承遙寄，我亦城南窮巷人。

　　　　　　　　　　　　　　　　—— 談溶〈梅石圖題識〉

　　榮貽生對葉七，終身沒有改口，叫了一輩子的師父。

　　這是葉七的主張。他說，一日為師，終身為父，夠了。留著名姓，記得來處。

　　阿響，並不知自己的來處。

　　可有了一個師父，心裏踏實了不少。長這麼大，他從來沒有見過家的樣子。他不知別人的家是什麼樣子。早上起來，有母親的身影，忙碌地為爺倆兒做早飯，也抱怨著昨晚未收拾的棋盤。中午，看見騎樓上晾曬好的衣服，在並不猛烈的春陽下，透著光。風吹過來，微微地飄蕩，將番鹼的味道也吹過來。這味道是潔淨而安靜的。

　　榮師傅給我看過一張照片，那是一張畢業證。上面記錄著他短暫的求學生涯。這張標示為「同禮小學」的畢業證上寫著他的名姓。照片上是個頭髮濃密的男孩子，穿著立領的制服。即使穿過了幾十年的時間，仍然可以看到他眼神的清澈。不得不說，這張臉上，有一種和年齡不相稱的少見的雍容，大約來自一個少年對現狀的滿足和篤定。

　　畢業證水印的建築，影影綽綽。榮師傅告訴我是文筆塔。背面，印著這所學校的校歌，「既殫精以求知，復篤志以力行，嗟我諸生兮，毋忘同禮之好學精神」。榮師傅哼了兩句，大約為自己老邁沙啞的聲音所報顏，終於擺一擺手，逕自放棄了。

182

但他又戴上了老花鏡，將那段並不長的歌詞，細細地看了又看。

他說，在取得這張畢業證後，他曾經有去廉江縣城升中學的機會。但終於沒有去。我問他為什麼沒去。他不再說話，卻將眼鏡取了下來，擱在一邊。整個人似乎也便定住，忽然伸出手，將一片從窗子飛進的合歡的落葉捉住了。這才長吁了一口氣，說，一個廚子，讀這麼多書有什麼用。

少年阿響，在一個黃昏下學後，路過了瑞同街。他看到了一座騎樓，在灰撲撲的同類中脫穎而出，張燈結綵。鄰近的空氣中，還洋溢著鞭砲燃放的硫磺硝煙的氣息，是還未冷卻下來的熱鬧。

他看到門樓上，掛了一塊匾額，用鎏金鑴了「南天居」三個字，覆著紅綢。

他不是好奇的性情，但仍忍不住向裏張望了一下。其實，他已經回憶不起這騎樓本來的模樣，究竟是一處平凡的住家，還是商舖。

過了幾天，吉叔來訪，說起這間新開的茶樓。

葉七道，安舖一街的豆豉店，半巷的醬園子，開茶樓倒是頭一遭。

吉叔說，你道是什麼來歷，開茶樓的是誰？

葉七搖搖頭，只說，敢叫這個名，也是好大的口氣。

吉叔賣關子道，好，聽朝帶上阿響去看看，我作東。

第二天清晨，阿響便坐在這叫「南天居」的茶樓裏，看著來往企堂、茶博士穿梭於店堂。此時的太陽還是冷白的，穿過滿洲窗照射過來，拖曳的影子也是冷白的一道。

葉七說，這陣仗，倒和上六府學了個三分像。

吉叔嘴努一下，說，老闆出來了。

三個人都看過去。一個穿了青綢夾襖、身材矮小的人，走出來，對著眾人作揖。葉七笑一笑，說，莫不是我看錯了，跳魚羣？

這人雖短小，但聲量卻分外大，中氣又足。安舖老少都認識，在

蘇杭街經營一家小飯館，菜式並不多，卻擅作一道「跳魚煲酸菜」。知道他耳朵不好，人人去他店裏幫襯，便都和他用手比畫。

吉叔説，你沒看錯，他是發達了。要不説安鋪藏龍臥虎。你可記得上年底陳濟棠來探親的事。嗯，就歇在同禮書院，聽到有人在外頭吵鬧，震天聲響。問起來，説是有個聾子在外頭，帶了一個食盒子，説要慰勞昔日長官。門衛看他相貌寒磣，攔住不讓他進去，也不肯通報。陳司令一聽，卻立即喚他進來。那聾子進來一口一個「營長」。見了陳，就跪下來，打開食盒。陳一看，裏頭是一盤「跳魚煲酸菜」，一碗紅米飯，立即認出這是當年自己的馬弁，救過自己的命。當場就賞了一封銀元，問他還想要什麼。他説年景不濟，就想開一間自己的茶樓。陳點一下頭，説，那就挑個好地方吧。

葉七説，這裏是陳司令買下來的？

吉叔點一點頭，要不敢叫這個名字？也是「南天王」的地盤了。

葉七沉吟一下，説，那少不了要請個好廚子。

吉叔説，大按是湛江「鶴雲樓」請來的，袁仰三。

葉七聽了眼睛一亮，這倒好了。

晚間，慧生在桌上擺著一盤糯米雞。卻不曾見葉七開火。

葉七笑笑，説，你嚐一嚐。

慧生挑開嚐一嚐，便説，如今你這手藝，是連家裏人都要打發。

葉七笑得更開懷了，説，好，能吃出不是我做的，合該進了一家門。

慧生説，不是你，那是誰？

葉七回她，我要等的人。

慧生怔一怔，明白了一半。她問，你不送響仔出去了？

葉七説，不送了。

慧生説，不出去上學，也不出去學廚？讓他留在我身邊？

葉七點點頭。她看著這男人，心裏頭打著鼓，眼裏卻驟然流了

淚。這淚憋了半個月有餘。她忍一忍道，我們娘倆，只求跟你學手藝，不圖別的。你要藏，我們就跟你藏一輩子。

葉七說，你要藏，我要藏。響仔一個後生，路還長著呢。要做大小按，怎能沒有個像樣的師父。

慧生的臉色，便又慢慢陰暗下來，說，你到底打的是什麼主意。

葉七慢慢說，我，已經是個死人了。如今要想響仔成了，就得借屍還魂。

少年阿響，小學畢業後，在「南天居」做了白案學徒。

在家裏頭，他的師父姓葉。在茶樓，他的師父姓袁。

袁師父是個和氣人，不教他，不指點，但也不像其他師傅防他偷師。每天自己做，便讓他在近旁看著。看上一個星期，就讓他自己做。這在白案行，算是厚道了。

到要他自己上案的前一日，葉七便讓他在家裏先做一次。製蝦餃，阿響埋頭包了一會，忽然不動了。葉七問，手怎麼停了？「南天居」教人摸魚？

阿響抬頭便道，袁師父包蝦餃是十二道摺，你是十四道。我跟他，還是跟你？

葉七脫口而出，說，跟我！

但頓一頓，輕輕道，跟他吧，十二道。

出了蒸籠，整整齊齊的一籠。葉七一皺眉頭，說，不好。

阿響問，怎麼個不好？

葉七說，一個露餡兒的都沒有。學徒入行，手勢好過師父？重來！

這樣過去了半年，阿響算是囫圇學會了幾樣。在旁人眼裏，這學徒談不上什麼天資，或許是有些陰晴無定。一時聰慧，一時又論論盡盡。可人前人後，袁師父都有些護他。

他跟人說，學徒千日苦，都是行過來的。但凡有點辦法，誰送自己孩子來給人倒痰罐。還是讀完了小學的。

他大約也是聽説了阿響的家況，問得直截了當，家裏頭不是親爹？

阿響愣一愣，點點頭。他雖然已可以講一口道地的安鋪話，但仍用寡言來藏著。時間久了，終於有藏不到的地方。隻字片語，露出了廣府口音。袁師父聽了，問，不是本地人？

沒待他回答，將自己顧周全。這駝背漢子卻已經長嘆一聲，想他是跟阿媽遠嫁過來的，便拍拍他肩膀道，細路，人爭口氣，終究要靠自己。爹是個擺設，你還有師父呢。

阿響的肩膀一抖，心裏頭卻也「咯噔」一下。

晚上，葉七教他洗豆沙，做水晶皮。洗著洗著，阿響説，我不去茶樓了。

葉七停下來，看著他。

這狹小的廚房，由來已久，被一股甜膩安靜的氣息所充盈。這氣息包裹了這對師徒，構成了虛浮的祥和，在燈光中氤氳開來。此時，卻被這句話陡然割開了。

阿響的眼睛垂下去，説，我跟袁師父，學不會什麼了。

葉七並不意外，笑著看他，我是讓你跟他學嗎？

阿響説，他手勢不如你，可他是個好人，把我當徒弟。

葉七洗了手，坐下來，問道，那你説説，你是誰的徒弟，跟誰學。

阿響抬起臉，望著葉七，慢慢地説，我是你的徒弟，跟你學。

葉七看這少年的眼睛裏，有一點燃亮的東西。這點亮和他的目光對視、對抗，有種他所不熟悉的堅硬，讓他有些心驚。然而，這點亮瞬息便熄滅下去。阿響輕輕問，跟你學，有什麼見不得人嗎。

葉七目光冷下來，跟我學，學會了手藝，要藏一輩子。

阿響説，那就騙袁師父，一直騙到我跟他出師？

葉七一字一頓地説，對，是帶著我的手藝出師。

阿響不再説話。漫長沉默間，葉七站起來，拎起燈向外走。最後一線光在廚房裏散盡時，阿響聽見這男人的聲音，從黑暗間傳過來：

記著，遵行例，還有三年零五個月。

　　阿響離滿師還有一年時，葉七領了個小女仔回家。

　　這小女仔十來歲，身形乾瘦，眼睛卻分外大。葉七喚她叫秀明。

　　秀明話不多，人卻十分有禮，是個好教養的樣子。有問有答，卻唯獨不說自己的往來出處。

　　她對葉七很恭敬，叫「七叔」。葉七說，既進了我的家門，從今改口叫「爹」。這也不是七嬸，要叫「阿媽」。

　　慧生不多問，不知為何，她從心裏歡喜這個女孩。她和葉七有默契，彼此不問前事。她知道，這孩子便是他的前事。她默默地在桌子上多擺上一只碗，添上一副筷子，說，好啊，我如今仔女雙全。

　　阿響坐在對面看母親。經過了這幾年，母親錚錚的輪廓一點點地退去了，身形與行事都柔軟圓潤。面頰上有了安鋪鎮上大多婦人的淺紅，是安定生活的沉澱。可那一點周全，還是以往的。

　　聽到這裏，女孩臉上有些戚然的神色，也鬆弛了下來。這時候，聽到葉七咳嗽了一聲，說，什麼仔女，秀明是你的新抱。

　　對於榮師母，我瞭解甚少，並不僅僅因為她的早逝。在榮師傅家客廳的正中，掛有一幅黑白照片，是榮師母的遺像。相片上是個清秀的中年婦人，齊耳短髮，形容樸素。她微笑，很大的眼睛因此有些下垂，眼瞼的褶皺，遮沒了一些神采，而顯得倦怠。她沒有任何多餘的飾物，領口卻別著一枚胸針。分辨不出是什圖案。或許是一隻蜻蜓，或許是一支含苞的玉蘭。在這幅照片的下方，是一處供台，有著電控的香燭，內裏是忽明忽暗卻不會熄滅的火焰。榮師傅看我注目良久，便起了身，從供台下方取出三支香，點上，對著那照片拜一拜，便插進了香爐裏。青煙從香爐裏裊裊地昇起來，榮師傅的眼神也變得蕭穆。但自始至終，卻未有說一句話。

　　後來，我向五舉山伯也打聽過。他緘口良久，終於說，自師母去世以後，有一道菜，便沒有出現在榮家的飯桌，是蝦籽碌柚皮。

秀明有門親戚，夫婦兩個做瓷器生意，長年在廣府、四邑往來，再由粵西轉往南洋去。

入秋的時節，他們總是來看一回秀明，帶了豐厚的禮物。然後從南洋回來，再看上一回。幾經寒暑，如同候鳥一般。慢慢的，他們的到來，好像季節的鐘點。至於是什麼親戚，是否是真的親戚，便都不重要了。

秀明叫女的「音姑姑」。看得出，這對夫婦與葉七也是故舊，慧生不追究底裏，只看得出他們間有時日累積的默契。

彼此都很熟識了，話便多了起來。音姑姑是個走南闖北的人，說話間，總是帶了豐富的見識，是和外頭的大世界有關的。也將她和平常婦人們區分開來。可這見識，也有女人的心思在其中，便又顯出日常與細膩。裏面便有了許多的故事，常常聽得人入了迷。她說話時，音姑丈便坐在一旁，看著她，默默地抽一柄煙斗。這煙斗看得出是上好紅木所製，刻著繁複的雕花。這物件的奢華，和他形容的過於樸素頗有些不相稱。但或許因為氣定神閒，久之大家也都看得很慣了。

有時，他會忽而離席，和葉七走進裏屋去。這時，音姑姑便側一側目，很快迴轉來，依然說她的話，神色若常。大約到了飯點，兩個人久久並未出來。她便叫慧生照常開飯，說我們不等，讓他們去談「男人的事情」。

慧生煮飯，她幫廚。在旁邊看著，半晌說道，阿嫂，你這一把好手勢，好像是大世面裏練出來的。

慧生聽得心裏一驚，手卻不停，說，這是哪裏話，幾個家常小菜，上不得檯面。你七哥不肯顯山露水，才讓我在這裏能耐。

音姑姑接口便說，聽七哥說你老家是佛山。西樵的大餅，鳳城的魚皮餃，最合風雨裏來去的人。嫂嫂有空了，給我們備上幾個帶上。

慧生想想道，我出來得早，老家的事都不記得了。沒根兒了，怕是做出來的也不地道。

音姑姑端來一只木盆，裏頭是換了幾水的碎柚皮。她擼起衣袖，將柚皮使勁擠淨了水，笑說，阿嫂且先歇著去，到了我顯身手

的時候了。

上了桌，菜擺上了，才叫男人們出來。照例是要喝酒，姑丈酒滿上，敬葉七一杯，一飲而盡，說，這一回下去，要隔上一段才能來了。你們大約也聽說，日本人在瀾洲島建了個機場。往後下南洋去沒有這麼便利。

慧生說，難怪近來，總聽到頭上轟隆隆地響。該不會打過來吧？

姑丈說，都不好說，一年前，誰知道他們能佔了廣州和武漢呢。現在廣州的市面上走動，除了「宣撫品」，就是得拿了許可證的。江西胎也過不來，如今我行裏頭的藝人，十之八九都去了港澳的金山莊掛單。我們益順隆倒還有些外單生意，這一回也是執了首尾去。

慧生第一次聽到姑丈說起「益順隆」三個字，只覺得耳熟，究竟想不起在哪裏聽過，便說，那你們也要去港澳避一避風頭才好。

姑丈搖一搖頭，說，我姐夫是個硬頸的人，說行會總要有人撐著。他不肯走，我們兩公婆怎麼安心走得掉。靈思堂的規矩，要走，先得革除了會籍。司徒家的人都走光了，往後就沒人來「加彩」了。

說完這些，他和葉七交換了一個眼神。慧生張一張口，卻低了頭去。倒是阿響，接口道，「群賢畢集陳家廳，萬花競開靈思堂」。

姑父便笑道，我們的堂歌，響仔倒是會唱。

慧生斜過眼睛，看一眼兒子。說，不知細路哪裏胡亂聽來的。

這時候，音姑姑走進來，手裏是熱騰騰的一缽，說，我們秀明啊，打小喜歡吃我做的蝦子碌柚皮，怎麼吃都不夠。

慧生幫她接過來，放在桌上，不動聲色道，我是想起來了，以往我侍奉過老家的小姐，嫁去了廣府。聽說婆家裏每到過年，就有益順隆的夥計上門送花盆。最前頭一個小女仔，一口好嗓兒，唱的莫不是你們的堂歌。

音姑姑說，那這家，一定是太史第了。太史最喜歡我外甥女阿雲，每年都是她去送。只是，他們全家都搬到了香港去，快小一年了吧。

慧生先前端著碗的手，倏然抖一下。她放下碗，伸出筷子去夾菜。那柚皮厚得很，煮得爛，夾起來便落到了缽裏頭。她便索性收起了筷子，説，瞧我這論論盡盡。

阿響望著母親，眼神直愣愣的，説，阿媽，你心裏明明掛著，念著，為什麼不問。

慧生停一停，重又伸出了勺頭，舀起了一勺柚皮，放在秀明碗裏，説，阿女，食多啲。

她這才一咬唇，輕輕説，話時話，這麼久過去。也不知這小姐過得怎樣了。也跟去了香港麼。

音姑姑問，佛山嫁過去的……是他們大少奶奶？

慧生沒説話，輕點下頭。

音姑姑想一想，説，向家大少奶奶。這麼大的事，你竟然沒聽説嗎？

慧生抬起眼睛，望著她，眼裏茫然灼灼。音姑姑嘆一口氣，説，她離開太史第那年，整個廣府沒有人不知道的。因為在《粵聲報》上登了啟事，和她那死鬼老公離了婚。

慧生一時定住，身體卻不由地直了。她問，這是幾時的事。

音姑姑想一想，三年前了吧。中秋前後。富貴人家的事情，捂都捂不住。聽人傳，她是為了太史的侄子。

姑丈便説，行了。長氣，説人家家裏什麼雜碎呢。

音姑姑説，哼，誰人背後無人説。我倒看她，是替我們女人長了臉。一輩子押在一個死人身上，自己不也是個活死人了嗎。

慧生極力將聲音平穩些，又問，向太史有這麼多的侄子，是哪一個。

桌上的人一片默然。音姑姑這才小心地説，阿嫂，莫不是太史第上的舊人？

慧生才醒過來，輕聲説，家大業大，估摸自然有許多侄子。

姑丈説，這侄子以往替譚啟秀做事，是他的少校副官。後來福建事變，大口譚被老蔣奪了權，這向副官也被革了軍籍，往後就失了蹤。

葉七在旁邊聽著，一直沒説話，這時開聲，我聽説，這個侄子，現在被日本人通緝。

姑丈舉起杯來，説，好了好了，有酒今朝醉。各有各命，莫論國是。

待送了音姑姑夫婦上船，已經是後半夜。葉七回來，見慧生一個人站在黑黢黢的騎樓上，背對著他。

夜涼如水。桌上還擺著一只已經劈開的碌柚，是音姑姑做碌柚皮剩下的。空氣中便飄蕩著若有若無的清凜香氣，有些苦澀。

葉七就走過去。慧生轉頭來，定定看他，説，你到底知道多少？

他沒有説話。月光底下，他看到這女人臉上有清晰的淚痕，瑩瑩地發著光。

慧生張張口，道，你能打聽下少奶奶的下落嗎？

葉七笑笑，點一點頭。他説，你到底算是信了我一回。

司徒雲重到了安鋪時，是第二年的深秋。正是桂花開放的時節。

這鎮上也怪，大約因為極少見到陽光，倒養得桂花馥郁不謝，從九月一直開到臘八。這裏的桂花，都是幾十年的老桂，伸伸展展像是榕樹一般闊大的樹冠。風吹過來，簌簌地葉響，那香氣便隨著風吹到了鎮上的各處去。也是簌簌地，有桂花落下來，也是跟著風。風到哪裏，便飄去哪裏。人身上，頭髮上，遠些的，竟然也飄到九洲江的碼頭上，鋪在「十八級」青石板的台階上。挑夫們愛惜，都不願去踩，繞著道走。可沒留神給風又吹到了江裏。花瓣金的銀的，載浮載沉，那江水便是一片好景致。

鎮上的女人，將大幅的床單鋪在樹底下。清晨打露水時鋪上，到了黃昏的時候，床單上是金燦燦的一層。拾掇起來，便是一天的收穫的心情。她們將這桂花用蜜漬上，罐子封了，做成桂花蜜。可以一直用到端午。包湯圓、蒸八寶飯、包長腳糭，用處可多著呢。

阿響從「南天居」回來，一路上，便都是沁人的味兒。傍晚風

涼，這香氣沉澱得幽幽的，讓人有些醉意。一兩點落在他的肩上，他也不撣，深深吸一口氣。

待回到家裏，搭眼便看見八仙桌上擺著兩只大礫柚，便問母親，音姑姑來了？

慧生擦擦手說，嗯，還沒坐定，倒匆匆走了。送了她外甥女來，說跟咱們住幾天。這不，給秀明拉出去到鎮上逛了。

阿響說，外甥女？

慧生笑一笑，說，「群賢畢集陳家廳，萬花競開靈思堂」。

阿響未回過神，就聽到外頭明晃晃的笑聲，樓梯一陣響，就看見秀明拉著一個女孩走進來。

這女孩手裏拎著一把洋傘，看見他，並不怵，望一眼，卻朝廚房裏喊，嬸嬸，快拿一口鍋來。

慧生遠遠聽見了，便拎著一只鐵鍋走出來。女孩便將陽傘舉到那鍋上頭，小心翼翼地打開，抖一下。只見呼啦啦地，傘裏竟如雨一般，落下了桂花來。紛紛揚揚，竟然鋪滿了小半鍋。

慧生便拍著手掌說，這是誰想出的神仙辦法。

秀明笑說，自然是阿雲姐。一路逛著，一有風就把傘打開來，誰也沒有我們採得多。

慧生說，這可好！回頭讓七叔給你們打桂花糕吃。

她看一眼響仔，這才說，嗨，你瞧我。放著大水請龍王呢。眼前可就是「南天居」的大按師傅。

秀明便說，如今響哥的點心，做得要不重樣了。

女孩看著阿響，朗朗道，阿明說你屬豬？

阿響點點頭。

她便笑道，那我得想想叫你什麼。是跟表妹叫你響哥，還是爽快快叫一聲妹夫？

秀明就一紅臉，撚著衣襟對慧生說，阿媽，我幫你開飯。

阿響便和女孩對面站著，不知要說些什麼。女孩倒還是笑著望他，眼神清亮，還有些利。一邊將耳際上別的一簇桂花取下來。她留

的是齊耳的短髮，在這鎮上是少有的。阿響久前的記憶中，是廣州的女學生才會有的樣式。因為太短，幾乎像一個男仔。她撩一下頭髮，才看眉毛也生得利落，是有些英氣的模樣。

女孩說，果然像阿明說你，叫阿響，沒動響。

阿響忽然悶聲說，其實我的大名叫，榮貽生。

女孩忽然大笑起來，又是朗朗的，也不知笑什麼。笑完了，這才學著他的口氣，瓮聲瓮氣道，我的大名叫，司徒雲重。

不同於秀明的曖昧身世，阿雲的來歷倒是清清楚楚。廣府最大的瓷器商號「益順隆」，攬頭司徒央只一個獨生女兒。雲重是明朝一個武狀元的名字，取這名字的，是阿雲的爺爺司徒章。

阿雲不太跟人說起父親，卻極愛說這位已過世的阿爺。

她說自小喜甜，最愛吃梅州產的糖薑，好那股子綿香裏的辛辣爽利。阿爺便時常領著她上街，去果子舖買糖薑。正宗的廣府糖薑，裝在珠罈裏。珠罈都是廣彩瓷製成，上面多半繪了繽紛的纖金人物。阿爺豪氣，整套給她買。今天買了「四大美人」，明天便買了「醉八仙」。阿雲一手罈罈罐罐，也覺得誇張，說，阿爺，太多吃不了呢。阿爺便說，給我阿雲慢慢吃。阿雲便又說，慢慢吃也吃不了，放綿了就不好吃。阿爺聽了，聲音嗡了，說，那就倒了，留下這罈子。

阿雲說，這空罈子有什麼用。

阿爺便將罈子翻過來，給她看底。說到這裏，阿雲四望一下，一眼看見櫃上的一只糖罐。她就叫阿響搬下來，翻過罐底看一看。阿響一看，果然有個青綠的印，是篆書的「司徒」兩個字。

阿雲便說，我們自家的老「鶴春」，我閉著眼睛都認得出。

相對於秀明的安靜，阿雲是分外明麗的性格。

秀明來了半年，竟都不怎麼開口，出門都躲在慧生身後。人問一句說一句，說出來字斟句酌。

阿雲可不同，來了沒有三天。鎮上都知道葉七家裏來了位西關小

姐。安鋪人是分不清什麼廣府口音的。在他們看來，廣府就是西關，西關就是廣府。至於珠江河北河南，他們更是分不清。阿雲不怯，走到一處鋪頭，就和他們傾家常。只一週，就可說上一口廉江話。雖然支離破碎一些，味道卻是對的。她願說、敢講，聽的人也便歡喜。

多半是大戲裏看來的。安鋪人印象裏，名伶千里駒、白玉堂，都出自西關。看見雲重，便對著她唱《文姬歸漢》「人愁心更復聽兒啼，聲似寒蟲悲咽露，何堪句句斷人腸」。阿雲便笑，回他們道，如今誰還唱這些，都去聽新戲了。

這一日，阿響正在後廚裏忙。就見袁師父拍拍他的肩，說，響仔。你表妹來搵你。

阿響茫然，想自己何時有了一個表妹。但也就摘了圍裙，走出去。

看見大廳裏的一角，雲重正靠著滿洲窗，往外頭眺望。那陽光透過窗，落在她臉上，星星點點地跳。大約是遠處搖曳的樹葉篩下的光，活了一樣。窗檻子上不知哪個茶客，掛了一籠畫眉。這鳥蹦一下，忽然婉轉一聲啼，吸引了她。她便又抬起頭，看得入神。

阿響站在原地定定的，無端擋住了企堂的路。這人端著蒸籠，不耐地喊一句，傻仔，望乜哦。

喊得聲音大，驚動了許多人。雲重便也回過頭，目光恰與他對上，便對他使勁招招手。阿響走過去，看她一身洋裝，襯衫長褲穿了馬靴。在這茶樓裏，未免招人眼目。阿響便輕聲說，你怎麼來了？

雲重笑一笑，說，這是間茶樓。南來北往，誰不能來？

阿響不禁噎住了。雲重才正色道，我出去寫生。嬸嬸說下半晚天涼，叫我順道給你送件衣服來。

說著，她便將一件皮坎肩遞給他。阿響見她背著一只畫夾。這畫夾很大，竟佔去了她一半的身量。雲重望一望窗口，兩手伸出食指和大拇指比成了一個框。那手指間竟然就是一幅畫。外頭雖然有霧，看不清楚，卻也是遠山如黛。霧氣繚繞間，是文筆塔挺挺地立著。她說，多好，在這裏能看見九洲江呢。

阿響說，這裏不算好，給虞山擋住了大半。要看江水，得到西邊的山上去看，臨著入海口。

雲重說，好，等你得空了帶我去看。

阿響沒應她，想一想，又點點頭。

她說罷利索地將畫板往身上提一下，就要走。阿響說，你等一等。

他走到她身後，將那畫架上的綁帶緊一緊，說，阿媽交代，在外頭早回，別顧不上吃飯。

到下半晚上收工，袁師父抱了一只蒲包來。

說你這個表妹，可是個厲害角色。先前來了，問我。你們茶樓用的瓷器，是哪裏來的。我如何知道。她又問，是不是我們「益順隆」的。我說，不是。她就說，不是司徒家製的，哪裏上得了檯面呢。廣府第一式的茶樓，誰不用我們家的東西。

我就問她，那可怎麼辦。

她說，你把你們家的盤子碟子，都交給我。我給你畫。有我司徒雲重的繪彩，就是益順隆的了。

袁師父大笑，我給她繞來繞去，倒像是我欠了她的。你瞧，這一摞盤子，算是我孝敬她大小姐的。

阿響也笑，我們家的盤盞，是早就給她畫光了。

袁師父變戲法似的，又從身後拎出一只紙袋，說，新出的光酥餅，還熱乎，不知合不合廣州人的口味。

阿響回到家時，家裏人都睡下了。唯獨靠騎樓的地方還亮著燈。葉七將一只花梨大案搬到那裏，專給阿雲用。阿雲說，夜晚靜。人心靜，筆也就靜了。

外頭的人，走上樓梯的聲響，似乎並沒有攪擾她。

阿響看見，在燈光裏頭，那光正籠在她身上，是毛茸茸的一層，包裹著她，好像要同那夜的暗隔開似的。阿雲端正地坐著，一手執著瓷盤，一隻胳膊靠在枕箱上。不同於白天時的明朗，她臉上的神情，

有一種端穆與肅然。微微蹙著眉頭，眉宇間似乎也有些蒼青，甚而冰冷。這些，也是在一個少女身上所稀見的，令阿響感到陌生。

遠遠地，他看到阿雲方才落筆處，是一抹嫣紅。他不禁屏住了呼吸，將手上的東西，慢慢放在了桌上。然而在極靜間，這動作還是引起了聲響。

阿雲肩膀似乎抖動了一下，手中的筆也一抖。她回過身，看見是他，愣一愣，笑了。

阿響有些不安，喃喃道，看我論盡……

這時，阿雲便放下了手中的筆，用手捶一捶腰，說，不妨事，我也畫累了。

阿響便說，師父讓我給你帶了盤子來。

阿雲接過蒲包，拆開來。拿起一只，對著光看一看，難掩如獲至寶的神情，說道，居然是上好的江西胎。你師父可說了，以後我要多少，他供我多少。

說到這裏，她的眼睛也亮了。方才瓷白的臉色暈起了紅潤，輪廓也亮起來，像是浮冰在光中瞬間融化，還是那個阿雲。

阿響心裏也不禁輕鬆了一些。但看到方才阿雲手中那只碟，邊沿上的一朵西紅玫瑰，最後合筆，筆劃無端飛了出去。

阿雲看出他的抱歉，信手拿過布，便將那朵玫瑰擦去，說，唉，「撻花頭」是基本功。唔關你事，是我的心，還不夠定。

又似安慰他道，你看，這「描金開窗大鳳梅瓶」的圖案，到底給我默了出來。

盤上，是個鳳穿牡丹的輪廓。阿筆雖不懂，但也看出筆觸的繁複細緻。枝葉藤蔓，筆走龍蛇，躍然如生。

他的目光，落在了另一只正晾著的盤子。盤上大片的，是他未見過的幽靜青綠，燈下熠熠，闖入了眼睛。他不禁說，這綠，可真好看啊。

阿雲轉頭看一看，說，「湖水綠地菊提雀」，乾隆御窯。這可不是普通的綠，阿爺說，老「鶴春」，是我們司徒家的本錢。守住它，就

守住了益順隆。

她說完這些，人似又蕭穆了，眼低了低，仿佛倏然有了一些心事。兩個人，一站一坐，中間就隔了一道安靜。燈光也暗了些，這安靜忽而濃重，滲入了密實的黑，漫溢了開來。

秋涼的夜風，從騎樓吹進了，吹得阿響一個激靈。雲重也不禁抱了一下膀。他這才想起來，連忙從桌上拿過那包光酥餅，說，新打出來的，趁熱吃。

阿雲吃著餅，眼神又亮起來了，伸出手指，擦了一下嘴角的餅末，臉上竟現出了孩子般的笑靨。這笑竟讓阿響的心裏，也驀然快樂了幾分。

這時，阿雲說，響哥，你打的餅好好味。

阿響愣一下，不知為何，並沒有否認。他只是望著阿雲，輕聲說，好味，就食多些。

這一年冬至，竟是格外冷。

九洲江上的風吹來，也是冷冽的，又乾又硬。慧生說，也好，乾冬濕年，到春節時就好過些。

阿響見葉七站在風裏頭，肩背有些佝僂，這一年，師父的腿似乎比以往更不靈便了。但他在慧生攙扶下，極力站得更穩一些。他袖了一會兒手，看阿響將墓頭的野草、樹枝清乾淨了。也不說話，半晌，才對阿響說，阿仔，掛紙。

阿響便將墓紙鋪開，壓到墓頭和墓旁的「后土」上。黃白五色的墓紙披掛下來，在風的吹拂下，有一種異樣的鮮亮與熱鬧。這是他第一次跟了師父來祭祖燒冬紙。這在虞山的墓，是葉七祖父的。葉太爺有聲望，鎮上的「同禮書院」是他生前所修。三個人擺了供，燒著紙。葉七投了一只紙馬到火盆裏頭，天太乾，劈哩啪啦地響。葉七說，響仔，跟太爺爺說句話。

阿響想一想，說，太爺爺，一路走好。

葉七本來臉上戚然，聽到這裏卻笑出來，說，傻仔，還走到哪

去？太爺爺已經走了幾十年了，在陰曹吃香喝辣，比我們都好。

他便自己說，阿爺，我收了個徒弟，現在成了我的仔啦。我們葉家沒香火，手藝總歸沒斷。

他站直身體，揮一揮衣服上紙錢的灰燼，看慧生一眼，說，回吧。

廣東人講究「冬至大過年」。慧生將周師娘邀到家裏來「做冬」。

短短幾年，人事流轉。屋企老的過身，小的遠嫁，如今周師娘變成了一個人。她看著葉七家裏的五口人，說，慧姑，眼下囫圇能有個團圓，就是福啊。

便說起當年正月二十八，慧生剛來時，那天「雷王誕」的熱鬧。忽然才想起，少了一個人，是吉叔。這年年頭，安鋪鬧鼠疫。吉叔說沒就沒了。去收拾他的東西，醫館的桌檯，還擺著他給自己開的補養方子。葉七說，唉，我這個保舅，醫者難自醫。周師娘搖搖頭，說，也是年紀大了。那一場，鎮上留下了幾個老人來呢？

慧生瞧著話頭不對，忙將灶上的湯圓端過來，擺在桌上，大聲說，來來，食啲暖笠笠嘅嘢！

屋裏的空氣便真的暖起來。招呼了師娘，慧生給三個小的，都盛得滿滿的，笑盈盈地說，後生仔，食多啲，團團圓圓。

周師娘就逗秀明，問幾時和阿響擺酒。說得秀明羞紅了臉。她又打量了雲重，說，嘖嘖，早就聽鎮上人說，你們家來了個西關小姐。百聞不如一見。老七你家是什麼好風水，引來鳳凰棲梧枝。

阿雲向她還了禮，卻沒多說話。匙羹在碗裏舀起一個湯圓，手抬起來，又放下了。慧生知道，是剛才自己說團團圓圓的話，惹了她的心事。

慧生便在心裏阿彌陀佛，一邊說，咱屋企哪裏留得住鳳凰。過一排，我阿雲就要回廣州過團圓年去了。

過了冬至，多是「白戲仔」班子在粵西各鎮走街串巷的時候。也是一年農忙，塵埃落定，要慶豐收的意思。

這「白戲」班子，源起安鋪鄰近的曲龍，所以又叫「曲龍班」。打乾隆年間就有了。原是村民為了自娛，為鄉人演唱，多用的是民歌調。後來吳川木偶戲流入安鋪。便組成班社，一人主唱，一人操木偶，一人敲竹筒配腔。鄉間便稱之為「竹筒戲」。嘉慶年間，加入了簕古頭胡、月弦、橫簫三件頭伴奏。竹筒改為大小木魚，引入小堂鼓、高邊鑼等戲劇鑼鼓，從此改稱「白戲仔」。曲龍原有七八個「白戲」班，每到年節，便在廉江、遂溪一帶串鄉演藝。

可這兩年，年景不濟。先是日本人的動靜，風聲鶴唳，後又鬧了鼠疫，百姓失離，一些戲班便也雲流霧散。但終於還有些班子，在這個冬天來了安鋪。只說是「年冬鬼抓人」，以往為了喜慶，如今吹吹打打，權當為驅邪。

因為終究是個熱鬧，慧生便讓阿響，領了秀明與雲重去看。這一年的戲台，搭得也潦草了些。沒有花牌。就是在北帝廟，有一棵大洋槐，掛橫梁，扯了塊幕布。

他們三個趕到時，剛剛開始請神。一個使頭胡的大漢，大約是班主，喝一聲「眾仙請了」。手一揚，便是各樂齊音，跟著班主唱，「東方壽筵開，南方慶壽來，西方長不老，北方上天台」。也便有八仙逐一上場，對台下的觀眾作揖。因是木偶，衣飾打扮格外鮮亮斑斕，臉上塗著胭脂，一片柳綠花紅。有種仙班萬象的氣勢。其實底下的藝人，不過是四個。鞭砲便也響起來，硝煙過後，八仙便另有一番翩然，是一個簡易的仙境。

但到了正戲，卻是《高文舉》。唱了一會兒，戚戚哀哀。班主改使了杖頭，扮高文舉，嗓音雖粗礪不似個狀元，但究竟行腔見功力，也算是聲情並茂。到了他老婆玉真出場，做角的是個滿臉皺紋的阿伯，硬是捏著嗓兒，要唱那滿腹的委屈。台下的人，看著聽著，漸覺得十分折磨，說，換戲，換一個《周氏反嫁》。有人喝起了倒彩，說現今唱戲的都是些什麼貨色，張梅香怎麼不來？阿伯眉頭一蹙，便不唱了。班主杖頭一扔，罵道，飯都吃不上，肯唱幾句就這幾個喘氣的，不聽躝遠啲！弦子響起來，那阿伯大約是被傷了自尊，死活不開口了。

終於紛紛起了鬨。阿雲就拉拉秀明，説，咱們走吧。還等他們台上台下打起來嗎。

三個人就擠出了人群。一聲也不吭，終究是有些掃興。走到了蘇杭街，阿雲忽然回轉了身來，笑嘻嘻地説，做也敗了自己的興致。不就是演戲嗎？我演給你們看。

阿雲站定，清一清嗓子，一開口，竟然是一把分外渾厚的聲音。

秀明便拍起巴掌，説，阿雲姐，你是要演一齣《女駙馬》嗎？

阿雲笑一笑，一縮肩，身形忽而變得佝僂，再開聲，阿響聽見她用國語説：是馬格麗特・高傑嗎？

這聲音把他和秀明都嚇了一跳，因為蒼老而焦灼。是個龍鍾的聲音。

此時，阿雲卻忽而轉到了另一側，站姿雍容起來，用一種極甜美而自持的女聲説，是，先生。請問您貴姓？

秀明張了口，説不出話來。阿響也有些吃驚，他知道這是一齣西洋的戲劇。

他們漸漸看進去了。這是一個老人和少女之間的對話。老人是一位父親，而少女是他兒子的情人。

阿雲一人分飾兩角，從容地穿梭於老人與少女之間，講述這個傷心的故事。他們靜靜地看著，並沒有懷疑過，這是兩個人。

倏然，阿響想起，這場景似曾相識。開始是依稀的，慢慢地清晰起來。曾經有一個人，也是如此分飾兩角，一男一女，演戲給他看。

呂布與貂蟬，相會鳳儀亭。「匆匆繞曲徑過花阡，千鈞重擔付嬋娟。脂粉遠勝動橫拳，一副溫馨臉，冷笑是刀默是劍……」

十多年前，太史第後廚天井，稀薄的昏黃燈光中，一個少年無聲地唱。唱給他一個人聽。那少年的臉龐也愈見清晰。少年説，阿響，我往後有個心願，就是寫一齣戲給我娘。

他的心忽而痛了一下。這疼痛讓他猝不及防。待這痛慢慢地平復，他想，原來自己也曾經看過西洋劇的。也是一個夜裏，還是那個七少爺，改了英國人的劇，用粵白唸道：「陌上千秋各不同，孤山萬

仍聽簫聲。」

這記憶中，漾起一絲荔枝味，若有若無的。有些甜，有些冷。

這時，他聽到了身邊的啜泣，是秀明。

你可以在我死了以後，等到阿芒提起了我痛恨的時候，你可以對他說明這件事，告訴他我是非常愛他，而且我把這個愛情證實了。先生，有人來了，再見吧，我們兩人是今生不會再見的了，祝你一切幸福。

叫做馬格麗特的少女，她將要犧牲，成全愛人的幸福。這聲音，在暗夜中，清亮而絕望。在清寒的空氣裏迴盪，無邊無際。

雲重走到了秀明的跟前，掏出一方手帕，拭去了她的淚水。然後理了理她的額髮，說，傻女，哭什麼呢。都是戲。

而秀明卻哭得更為難以自持。這讓阿響也有些驚訝。他從未看過她哭，甚至很少看到她有起伏的情緒。雲重輕輕地撫她的肩膀，卻對阿響眨眨眼，笑笑說，這是我在中學劇社演的第一齣劇。記得自己的詞，居然還記得對手的。我也是寶刀未老。

三個人在街上走著，大戲的鑼鼓也遠了。街道兩旁的騎樓，燈火也次第滅了。周遭靜下來。極靜，間或有一兩聲犬吠，也瞬息便被吞噬。

這時，阿響覺出自己的手被握住了。是秀明。這麼久了，他們還從未觸碰過。她在黑暗中牽住了阿響的手，緊緊地。過於緊，以至於讓阿響覺出手心有些疼痛。

直到過完年，廣州也沒人來接雲重。

阿響沒有食言。開春時候，他帶雲重上了虞山。

虞山很高。粵西多丘陵，雖至綿延，卻入不了體面。這虞山在這綿延中，無端峭拔起來。山體並不闊大，因山勢陡峭，卻有橫空出世之感。山上並無許多的林木，便更顯岩石磊磊，刀皴斧劈。

　　阿響帶雲重上去的，是青龍舌。是從山巔上，斜生出的一塊扁平的巨石。上下左右，皆自凌空。是險中之險，一望無遺。

　　阿雲立好畫架，站定，長吁了一口氣。山上的風，很烈，並未應了「乾冬濕年」的民諺，還是乾硬的。因了四面的無遮擋，吹得更肆虐些。一時間竟讓人說不出話來。阿雲索性站在山崖上，由它吹。來了安鋪，她的頭髮便未剪過，說要回到廣州再剪。這時候，已經長得很長了。也在風中飄揚起來，是濃密豐盛的，像烈馬的鬃一樣。她攏起手，向那空中喊了句什麼。聲音被風吞噬了。阿響聽不見。或許她本來就是無聲地喊。

　　風漸漸停下來，雲重仍是站了半晌，才回過頭來。阿響見她臉上一點淚痕，已經乾了。阿雲擦一下眼角，笑說，這風真大，吹得眼睛疼。

　　阿雲指一指，問，我就是從那裏上岸的嗎？

　　阿響看看，說，是啊，十八級。

　　原是一處良港，遠遠的。碼頭上船如葉，人如蟻。從這裏看九洲江，臨了入海口，江水便沿北部灣慢慢鋪展開來，越來越寬闊，真的是浩浩湯湯。

　　望下去，一邊是遠無盡的海，看不到頭，一邊是安鋪古鎮。阿響看這些在雲重的筆下，一點點地生動起來。他甚至能看見海水上泛起的光，是最遠處的凜凜波動。而安鋪看到的便都是屋頂，居多的是騎樓，黑黢黢的，連成一片。那沿著街巷的，彎彎折折，在阿雲的畫上，便是一道圓潤而黯然的弧。他想，說起來，他已經在這裏生活了七年，竟沒有好好從上面看過這些騎樓。

　　待那畫上的輪廓豐滿了，他又不禁一驚。原來安鋪和海，一個在光裏頭，一個在光外，如同陰陽太極。而安鋪的形狀，像是臥在暗影子裏的一尾魚。密集的騎樓，如同鱗片。這魚被山勢環抱，蜷著身體。文筆塔長在魚眼睛裏。而自己住的地方，就在那擺動的背鰭上。

　　雲重停下筆，看著自己的畫，手指沿著海的方向走出去。她轉過

頭，問阿響，你說，我還能等到麼。

阿響點點頭，待廣州時局好一些。我阿媽說，會送你去香港。

雲重笑一笑，搖搖頭。

這時候，天又暗了一些。太陽沉下去，天邊忽而亮起來，是一線奪目的光。接著，那顏色便從雲裏一層層地次第滲了出來。將雲一片一片地染紅了。是火燒雲，兩個人，都看得有些獃。在這淨冷的天，如何就出現了火燒雲。

這雲一層推著一層，一層裏著一層，從海上滾滾而來。顏色便也疊著，在深深淺淺地湧動。

雲重看著看著，開口道，這些色用在廣彩裏，唔知幾好啊！

她看著阿響。阿響也看著她，雲重臉上紅紅的，金燦燦的輪廓。眼裏也有光，像是兩星火苗。阿響不覺間，身體裏有些靜止了許久的東西，倏然被這火苗點燃了。然後順著血管流淌、繼而奔湧起來，所經之處，一路灼燒，摧枯拉朽，在他的身體裏蔓延。阿響的心跳急促起來，臉上感到發燙。

這時雲重問，響哥，要是有得揀，你將來最想做什麼。

阿響說，做個最好的大按師傅。

雲重又問，那你的師父是誰呢。

阿響說，袁師父，那天在茶樓，你見過。

雲重笑笑，你做的點心，味道和七叔製的一式一樣。那光酥餅，不是你做的。

雲重眼裏的火苗沉澱下來，光也隨著雲漸漸褪去了。眼看著，天與海，便都冷卻了。她說，我的師父，不是我阿爺，也不是阿爸。

我們司徒家的手藝，傳男不傳女。我在等一個人，教我畫廣彩的人。他就快要回來了。

雲重的目光，遙遙地，落在了某個不知名的盡頭。她喃喃道，你說，我還能等到麼？

阿響的心裏，銳痛了一下。但他還是無聲地，堅定地點了點頭。

　　阿響背著雲重的畫架，兩個人彼此照應，往山下走。所謂嵐氣襲人，天又晚了。竟然越走越冷。這時，一隻野兔忽然從草叢裏跳了出來，將他們二人嚇了一跳。那兔子跳出了幾呎遠，倒不跑了。半立著身子，像個人一樣，遙遙地看著他們兩個。阿響也定定地看牠，卻聽見身邊的雲重說：

　　響哥，我們說好了。等我們都出了師，你做的點心，都要用我阿雲畫的彩瓷來裝。

　　沒頭沒尾的一句話。雲重伸出手小指，說，我們要蓋個印。

　　這本是孩子氣的，不知為什麼，阿響放下了畫架，很鄭重地伸出手指，和雲重勾了勾。然而，在他碰到了雲重的手指，那冰涼的指尖，還是讓他心裏猛然悸動了一下。猝不及防。

　　他很快地抽回了手，低下頭，默然地向山下走去。這時，他看著雲重的背影，手指上卻有了一絲暖意。這暖意順著指尖一點點地蔓延，他覺得全身也暖和起來了。

　　清明前，有了消息。

　　廣州沒有人來，來的是一封信。寫信的人，是音姑姑。

　　信中說，因家裏出了些變故，不能來接雲重，問能否請人將她送回來。信裏還提到一件事，說慧生要找的人，有下落了。

　　葉七沉吟了一下，說，那就讓阿響走一趟。

　　慧生猛回過頭，不相信似的看著他。

　　葉七說，你要找的人，別人去你信得過？還是這人能信得過別人？

　　慧生硬錚錚地說，我們娘倆自打離開了，就沒想過再回去。非要一個人去，那也是我。

　　葉七不禁冷冷笑一聲，你去？你以為你出了事，這孩子能脫得了干係。

　　慧生咬一咬唇。

　　葉七的語氣緩和下來，說，響仔十歲來了這裏。長成大小伙子了，你還能記得他八年前的模樣？如今出了師，袁仰三的徒弟再不

濟，也不能窩在小小的安鋪。

慧生扁一扁嘴，說，這事我們說得不算，還是得問孩子的主意。

葉七將那信，給阿響看了。

長久沉默後，阿響說，我去。

慧生怔怔看著他，半晌，忽然哭了出來。她一把抱住阿響，不管不顧地哭。哭夠了，阿響說，阿媽，我記住了。把阿雲送回去。見到了少奶奶，我就回來。

葉七在旁不聲不響，這時才開口道，你到了廣州，打聽事情，少不了要落腳。明日去茶樓，央袁仰三給你寫封薦信。我這裏還有一封。你帶著信，去找個人。

阿響回過頭，看他，問，我帶著袁師父的信，找你的人？

葉七點點頭。阿響從這男人臉上，看不到任何表情。這些年，這個被自己稱作師父的人，不見喜樂。說什麼做什麼，一字一句，都是斬釘截鐵。他便不再問。

葉七說，我再教你一樣，你就滿師了。

這一夜，葉七在後廚架起一口大鍋。

那鍋阿響未見過，生鐵，沉厚。外頭有鏽跡，裏頭也有。葉七用木賊草泡了水，裏外打磨。那口鍋漸漸出現了金屬的光澤，是一口好鍋。

葉七問，我教你的，記住了？

阿響點點頭。葉七問，那你說說，要打好蓮蓉，至重要是哪一步？

阿響望見堂屋裏頭。三個女人圍坐，默默給老蓮子剝皮，用竹籤去心。都不說話，但那經年的蓮子，清苦的香氣，卻從堂屋漫溢開來。一點點地，擊打了他的鼻腔。

他想一想，說，去蓮心吧。挑出了蓮心，就不再苦了。

葉七搖一搖頭，去了蓮心，少了苦頭。它還是一顆不服氣的硬蓮子。

　　葉七嘆一口氣，説，至重要的，還是一個「熬」字。

　　阿響定定地看著師父。看他執起一顆蓮子，對著光，説，這些年，就是一個「熬」字。深鍋滾煮，低糖慢火。這再硬皮的湘蓮子，火候到了，時辰到了，自然熬它一個稔軟沒脾氣。

　　這一晚，葉七架起鐵鍋，燒上炭火，手把手教阿響炒蓮蓉。他説，當年我師父教我炒，要吃飽飯，慢慢炒，心急炒不好。葉七把著他的手，手底下都是火候和分寸。師父的手大，手心生滿老繭，糙而暖，握著他的手。阿響見這一口大鍋，像是小艇，木鏟像是船槳。就這樣划啊划啊。眼見著，那蓮蓉漸漸地，就滑了、黏了、稠了。

　　他不禁望了望自己的師父。師父臉上無表情，眼裏卻漸漸有光。忽然間，他聽到一把沉厚的聲音，唱：「歡欲見蓮時，移湖安屋裏。芙蓉繞床生，眠臥抱蓮子。」他未曾聽師父唱過歌。師父的歌聲並不清冷，是溫厚的，還有些啞。一邊炒，一邊讓他跟著唱。唱了一遍又一遍，唱多了，就記在了心裏。鍋裏頭，漸漸蕩漾起了豐熟的香，在整間房間裏漫溢開來。堂屋裏的女人停下手，看著這爺倆。葉師父問，都學會了？

　　阿響點點頭。師父説，嗯，學會了。往後，唱給你的徒弟聽。

　　阿響坐在船上，懷裏是一只布包，似乎還有餘溫。那裏頭是兩種月餅，一種是玉兔丹桂，一種魚戲蓮葉。雙蓉的那種，上面都蓋了一個大紅點。

　　他往外頭望出去，已經看不到安鋪，連文筆塔也看不見了。只能看見虞山的輪廓，朦朧而峭拔。此時，北部灣的海是出奇得靜的，但還是能感受到身下的波濤的起伏。他想，上一次在海上，已經是許多年前了。

　　雲重也望著外頭，一言不發。待似乎已經望不到所有的東西，她才開口説，好大的霧啊，什麼也看不見了。

　　這時候，有汽笛聲響起，先是遼然悠長的。汽笛聲越來越近，就

看到一艘輪船慢慢駛過，是一艘貨輪。因這龐然巨物，海面便也波動了一些。人們就紛紛伸出頭去望。雲重問，響哥，這船是要開到哪裏去呢。

阿響想一想，說，大概是要去南洋。

雲重看了一會兒，說，嗯，阿爺教我，紅煙囱的渣甸、藍煙囱的太古，都是往歐洲去。

阿響笑一笑，說，你阿爺好見識。

雲重說，我沒坐過輪船，可是我們益順隆的彩瓷，都是用輪船運出海去的。我小時候，每日天矇矇亮，就跟我阿爺去渡口，看工人把瓷器裝在竹籮裏，從小涌用槳櫓搖到省港輪船，再從環珠碼頭向北轉到西濠口對岸的金花廟渡口。阿爺指著港輪說，接下可就指望著它了。這些輪船將我們的廣彩轉運到港澳，環珠橋碼頭出龍珠橋，過鳳安橋到珠江，英國商船的貨倉就設在白硯殼，等著我們呢。

阿響說，這些你都記得很清楚。

雲重就說，我們自己家裏的事，怎麼會記不清楚呢。

阿響就想，阿雲這是要回家了。這樣想著，心裏驀然有些傷感。他眼裏的黯然，被雲重捕捉到了。雲重說，響哥，昨天七叔教你唱的那支歌，很好聽。能唱一遍給我聽嗎。

阿響拗他不過，終於唱了一遍。興許是外面的海風，吹得烈了。他覺得自己唱得有些跑調。雲重靜靜地聽完，只說，我還給你一首。

「伍家塘畔係瓷鄉，龍船崗頭藝人居。群賢畢集陳家廳，萬花競開靈思堂。」這，是極其甜美的少女聲音。歌聲悠然，在並不大的船艙裏迴盪，氤氳不去。船裏方才還有些嘈嘈切切的人聲，這時都停下來，靜靜地聽她唱。可唱到了後來，不知為何有些蒼涼了。這蒼涼的吟唱，讓阿響想起了許多年前，叫青湘的女人，在荔枝樹下唱一齣《貴妃醉酒》。他屏息聽著，望著這女孩的側臉，瓷白的挺秀的額頭。他又想起了雲重一個人演出的西洋劇。他想，這個阿雲，究竟有多少種聲音呢。

唱完了，雲重又恢復了安靜。但阿響回憶起了許多事，包括那個

太史第的新年，廿三謝灶日，伶俐的小女仔，接過他手中的福袋。她應該都不記得了。

他不禁輕輕搖一搖頭，似要將這些念頭從腦海中驅逐出去。他問雲重，餓了吧？

他拿出兩塊月餅，遞給阿雲一塊，自己一塊。

咬下一口去。他還是感受到了一陣細小的戰慄。軟糯的蓮蓉與棗泥，並不十分甜，但卻和舌頭交纏在一起，滲入味蕾深處。他一面吃，同時伸出手，仔細地接住掉下來的餅皮，極其珍惜。與許多年前，他第一次吃到時，如出一轍。但此時，這塊月餅，出自他自己的手。

他問雲重，好吃嗎。

雲重默然點了點頭，然後笑笑，看著他說，長這麼大，從未在清明時吃過月餅。

她說，往年這時，我們全家拜山去看阿爺。

她問阿響要了一塊月餅，放在船舷上，說，我阿爺，一直到老，都愛吃甜食，吃得牙只剩下了五顆。別的不挑揀。可月餅，只吃得月閣的。

她站起身來，索性將身體伸出了船艙，在獵獵的風裏頭。她將那月餅掰碎了，一點點地擲到海裏頭。剛擲下去，便被波濤吞沒了。可擲了幾下，竟然引來了幾隻越冬的海鳥。大約也是餓極了，撲搧著翅膀，要與她搶月餅，啄她的手。雲重發了狠似的，就不給牠們，一邊使勁揮舞胳膊驅趕那些海鳥。

阿響連忙將她拉進來，看她虎口上，被啄得殷紫的一道傷口，正汩汩地流出血來。

阿響用手巾幫她包紮起來，嘆口氣說，幾隻雀仔罷了，這又是何苦。

雲重看他一眼，將手抽回來，說，這是給我阿爺的。

說完這句話，她便抽泣了起來。哭著哭著，索性伏在阿響的肩頭上。

這女孩，身體劇烈而無聲地抖動，帶著阿響的身體也顫抖起來。他感到滾熱的水滴，透過衣服，流到了他的肩頭。又在初春的清寒中冷卻，滲入他的皮膚裏了。

到達廣州的黃昏，天下起微雨。

火車站，有個中年男人，徑直向他們走來。

阿響並不認識他，一時警惕，本能地將雲重護在身後。倒是雲重迎了上去，叫他鄭叔。原來是益順隆的管事先生。

阿響四望，並沒有看到音姑姑夫婦。鄭叔就說，阿音被事情牽絆住了，叫我送你先去休息。

就叫了人力車。阿響看一路上，已不是印象中的廣州。或許隔開了許多年，自己也記不清楚了。街上並沒有什麼人，商舖多半也閉門不開，是百業蕭條的樣子。在一處拐彎的地方，他看到焚燒後廢墟的遺跡。只覺得地方眼熟，想了又想，原來是一家戲院。他跟著七少爺去看過戲，至於是什麼戲碼，究竟是想不起來，只記得是極熱鬧的。

鄭叔看他一眼，神色凝重，並沒有多的話。到了一處客棧，停下來。鄭叔送他下了車，說，這裏是包了晚飯的，你吃點先將息著。明天下午三點，過來接你。

阿響提著行李，站在客棧門口，門楣上掛著匾，上頭是「玉泰記」三個字。大約給風雨蝕的，「玉」字的一點已經看不清了，成了個「王」。阿響剛轉過身，忽然聽到雲重喊他，就回過頭來。

在細密的雨裏頭，雲重遙遙地喊，響哥，轉頭帶你去看我們家的瓷莊啊。

五舉山伯，交給我這一幀小畫。是真的很小，大概只有成年男人巴掌的尺寸。畫上，畫了一個清瘦的青年。面目嚴肅，有溫厚的雙眼。

這幅畫畫在一種特殊泛黃的卡紙上，我並未見過。紙紋粗疏，略灰，甚至看到未除淨的草莖的痕跡。或者可說是素描，但運筆稚拙，應是未受過良好的訓練。但是，筆觸間有一種自信，強調了畫中人五

官的特徵，造就了另一種驚人的真實。在畫的右下角，有一個簽名。並非是字，而是一枚圖案，是一朵輕盈的流雲。

畫中人，是年輕的榮師傅。我將畫翻過來，看見背後寫著一個日期。再看，這麼小的一張畫，竟然有裝裱過的痕跡。山伯説，師父今天上午拆下來，叫我給你送過來，説你或許用得著。

裹在畫外面的，是一張報紙，《民聲日報》，報頭是彭東原所題。這是日偽時期廣州的報紙。頭版標題赫然，「斷絕安南援蔣物資，陸軍西原少將任委員長，華南派艦隊一部駛海防」。山伯示意我將報紙翻過來，於是，我看到了「司徒央」這個名字。

民國二十九年春，益順隆瓷莊老闆夫婦通共被捕的事情，是整個廣州城最大的新聞之一。這間瓷莊關閉了許久，但日本人出其不意地搜查，庫房的密室裏繳獲了大量的槍械，而在已經廢棄的瓷窰裏發現了配製中的彈藥。

密室中，同時間發現了不少破碎的瓷片，上面繪製的圖案，精美絕倫，非出於凡俗之手。維持會著清祕閣驗看後，竟然皆是仿製於御窰上品。

我問山伯，所以，榮師傅回廣州時，這些已經都發生了，是嗎。

山伯説，是的，司徒在清明前一天行刑。這份報紙，當時就擺在師父客棧房間的桌子上。

柒·故人相候

春堂四面蒹葭水，吹作秋霜一鬢絲。識透江湖風味惡，更從何處
著相思。

君情一往深如水，慣聽秋風憶故人。滿紙瀟湘雲水氣，不緣風露
已銷魂。

——黃景棠〈蒹葭水〉

阿響在廣州，再未見過雲重。

數年後，當他們再次相遇。他想問她的，並不是她去了哪裏，而
是是否等到了那個人。

那天，阿響究竟有些不放心，輾轉到了午後，禁不住還是走出門
去。沿著漱珠涌往南走，看著河水，不見了往年艇仔聚散的景致。廣
州河南沒有車水馬龍，這艇便是車與馬，承載日常生計。如今沒了，
河水依然流淌，倒是顯出了消沉來。

好在街面上，還有人，但也不多。經過漱珠橋往環珠橋的一段，
阿響便一路打聽著，望南走。他記得阿雲說，一過環珠橋，轉右百來
米，就是益順隆的彩瓷作坊。經過了這些年，如今河南的地形究竟變
了些。他一時走岔了，錯過了莊巷，出了陳家廳，才看出南轅北轍。
他問一個賣煙的阿伯。阿伯說，莊巷，快別去了，那裏都是日本人的
崗哨。

待少走了幾步，又回過頭問他，後生仔，外地來的，有良民證嗎。

阿響這才意識到，自己的廣府話，已有了粵西口音。想一想，時

間不早了，究竟要趕回客棧去。

回到了「玉泰記」，卻看有一輛人力車已經等在了門口。車夫和他對視一眼。他認出來，竟然是在火車站接他的那個。他讓車夫稍等，說上樓去拿一些東西。車夫左右張望了一下，說，好，你快啲。

阿響上樓，帶上準備好的荷葉包。到門口，車夫也不言語，歪一歪腦袋。待他上車，埋下頭就拉起車開動，健步如飛。可阿響見他並不走大路，卻專揀橫街窄巷走。七拐八繞的，又彷彿駕輕就熟。到了一處巷口，遠遠看見了幾個日本兵，跟前有個人跪著，身旁東西散了一地。好像是個貨郎，不知怎麼就衝撞了。那日本人抬起腿，將馬靴蹬在那人臉上，嘴裏嘰哩哇啦的。車夫左右張望了一下，到底還是望地上狠狠啐了一口，調轉了車頭，又重往巷子深處疾走去。

就這樣，阿響覺得這車夫，將廣州的巷陌走成了迷宮。他想，當年他年紀尚小，記得的廣州，到處都是大路朝天。其實原來，竟有這麼多曲曲折折，又彼此相通的小巷。細密得，好像當年吉叔教給他的人體經絡，無處不在，流淌奔流著人的血與元氣。

不知過了多久，車夫步子慢下來。在一處巷子裏，有清寒的草木氣味。景物也慢下來，阿響來得及看見，竟有一枚路牌，上面寫著「棗子巷」。

車在一棵細葉榕下，停了。阿響聽見車夫站定，輕聲說，落車。他下了車，這男人未有看他，接著說，往前走，七號。

他便往前走，走了幾步，究竟忍不住，回過頭來，看見人力車已然不見了。

棗子巷七號，是一座紅磚建築，有個清真寺的圓頂。

陸續有戴了白帽的男子魚貫而出，望見阿響，用詫異的眼神看一眼。但並未聲張，反而垂下了眼睛。這時有個裹著闊大頭巾的女人走出來，裹得很嚴，只能看見一對青黑的瞳。她走到他跟前，摘下頭巾，竟是音姑姑。

他剛要問什麼，她卻只是示意他進去。他便從一道小門走進。裏

面竟然是闊大的，但卻分外的空。四壁徒然，只在地上鋪著地毯，放著一只盛滿清水的銅盆。

音姑姑一如往常，溫婉地看他。頭輕輕揚一下，說，上去吧。

他走上樓梯，夕陽的光，原本是黯淡的。但在樓梯拐角，因為一扇窗上琺瑯玻璃的折射。一線光藍瑩瑩地，銳利的一道地落在了梯階上，幽冷而曲折。光的盡頭指向了一扇漆黑的門。

他站定，敲了敲那扇門。裏面的人輕輕地應了一聲。

他推開門，先是聞到了一陣濕霉的氣味。然後，看到一個人的剪影。這人慢慢站起來。此時，他的視線也適應了房間裏頭的光線。微弱的燈光裏，他還是看清了這人的面目。心裏猛然動一下。

他說，少奶奶。

是頌瑛。即使裝扮得極為樸素，阿響仍然一眼認出。她抬起頭，看著面前的年輕人，眼睛裏是木然的。

阿響上前一步，我是阿響啊。

在辨認中，她仿佛受了驚嚇，說，我不知道，什麼都不知道。

阿響讓自己平靜下來，輕聲說，我是響仔。慧姑的仔。

頌瑛慢慢說，響仔。

他後退，轉過身，輕輕撩起了自己的上衣，給她看。在靠近了尾龍位置，有一塊青色的胎記，形如屈身酣睡的貓仔。

他聽到身後的人，呼吸漸漸急促了。他這才又轉過來。頌瑛上前，一把把住了他的胳膊，說，響仔，你是響仔。

頌瑛的手，捏得他有些發疼。她甚至摸他的頭和臉，仿佛不願意錯過一處細節。這動作是粗魯的，不復他印象中那個溫和的人。因為近，他看見頌瑛的眼睛，終於有了一點活氣。然而也因為近，他看出面前的人，其實有些蒼老了，臉頰深陷下去。而手也因為乾瘦，指節尖銳地硌著他的皮膚。

終於，她抽開了手，端詳著阿響，問道，你也是嗎？

阿響問，我是什麼？

她似乎在辨認阿響的神情，一邊慢慢地說，他們。

這時，他聽到她更為熱烈的聲音，還是說，阿允有消息了？

她在阿響的無措間，搜尋著些微痕跡。她的眼神，終於一點點地黯淡下來。看一看窗子外頭，暮色已經暗沉了。她說，他們說，家裏人來看我。我這樣的人，還有什麼「家裏人」。

阿響說，少奶奶，我娘，讓我接你回家去。

頌瑛猶豫了一下，理了理落到了額前的鬢髮，說，慧姑，也被保護起來了嗎？

阿響看著她眼中游離的光，不禁又喚她，少奶奶。

頌瑛坐回到那暗影子裏，輕輕笑一下，說，離開太史第這麼些年，我不是什麼少奶奶了。

阿響想一想，將手裏的荷葉包打開。裏頭整整齊齊地擺著四只月餅，每一只上面都有個大紅點。

頌瑛執起來，對著燈光看一看，良久，這才咬了一口。唇齒開闔間，眼睛卻漸漸亮了，她看著阿響，用微顫的聲音，說，得月？

阿響點點頭，道，這月餅，是我打的。

頌瑛低下頭，大口地咀嚼著。嚼得太狠，以至於噎著了，禁不住連聲咳嗽起來。阿響走上前，關切地看她。卻看見她已經淚流滿面。

阿響猶豫了一下，終於伸出手。可是頌瑛卻一把握住了他的手肘，眼裏是灼灼的光，她說，孩子，你真的帶我走嗎。

此刻，門被推開了。音姑姑站在門口，用溫存的口氣說，我們走吧。她該歇著了。

阿響在這平靜的口氣中，聽出了不容置疑。他想一想，將手輕輕放在頌瑛的肩頭，說，少奶奶，我再來看你。

這時，頌瑛卻瑟縮地靠在椅子上，連同頭都深深地埋到了肩膀裏去。她有些輕微地發抖。這顫抖，順著阿響的指尖一點點地傳上來，讓他一陣心悸。

走到樓底下，阿響見音姑姑站住了。

遠處的那棵細葉榕，被近旁的煤氣路燈照著。燈光從榕樹葉子裏篩過，星星點點撒了一地。風吹過來，忽閃不定地跳躍著。阿響一時間，竟看得出神。

兩個人先都沒有說話，直到一隻野貓，從牆頭上跳下來，跳到他們腳的近旁，又匆匆地逃走，逃進漆黑的夜色中去了。

這時聽見音姑姑的聲音，很輕，你問吧。

阿響只望她一眼。音姑姑說，她今天見你，人算是很清醒了。被日本人扣了一個星期，上個月才救出來。

阿響輕輕「哦」了一聲，說，被你們的人，救出來？

音姑姑聽出「你們」二字的重音，於是說，不是我們，是他們。

阿響說，他們又是誰。

音姑姑垂下眼睛。

阿響說，那，我可以帶她走了嗎？

音姑姑搖搖頭，說，還不行。還有事情沒辦完。

阿響心裏，驀然揪了一下。他向四處張望了，輕聲問，所以，允少爺還活著嗎？

音姑姑沒有再回答他。

她望向遠方，終於說，再過十日。你師父⋯⋯什麼也沒對你說過？

阿響想起了葉七臨行時交給他的信，但究竟沒有說。他搖搖頭，道，從我阿媽平白有了個新抱開始，我只看到家裏的親戚，越來越多。

音姑姑聽出這看似性情柔軟的青年，一時間變得硬頸，話頭裏有鏗鏘之音。

這聲音或許讓她動容。她說，你是不知道的。不知道好。她有他們照看著，讓你阿媽放心。

阿響閉了一下眼睛，說，這麼久，少奶奶沒說過，想見什麼人嗎？

音姑姑想一想，說，有一個，向錫堃。

阿響抬起頭，說，七少爺？太史第不是全家都搬去了香港嗎。

音姑姑點點頭，只有他一個人回來了。他在港大讀了一半，沒畢業，在當地參加了一個劇團。這幾年做編劇，在粵港名頭很大，叫杜七郎。你沒聽說過嗎。

阿響搖一搖頭。

音姑姑說，他給向錫允的宅子寫過信。我們在日本人前頭截到了，算是為他擋過了一劫。

阿響覺出自己的聲音有些冷。他問，這怎麼說。

音姑姑道，何頌瑛當年淨身離了太史第，跟了向錫允，同向家人形同陌路。唯有一個人還有聯絡，就是這七少爺。他從香港回來前，寄了這封信，裏頭夾了一冊劇本，說是遵允兄囑寫的《李香君守樓》。

阿響說，不過是一冊劇本罷了，少爺自小就喜歡。

「國破家何在，情愛復奚存。」音姑姑一笑，這樣的本子，落到日本人手裏，就不好說了。

阿響默默地站著，覺出音姑姑在看自己。腦海裏，卻掠過臨走時頌瑛近乎哀求的眼神。這時他聽見音姑姑說，我聽說你小時，和這個七少爺很要好，想不想見一見他。

瞬間，阿響竟激動了一下。他讓自己平復下來，說，我一個下人的孩子，談不上什麼要好。是少爺人厚道。

這時，漸漸聽見了急促的腳步聲響，在這暗夜裏十分清晰。遠遠地，一架人力車過來了。

阿響這時候，終於回過身，問音姑姑，阿雲可還好。

音姑姑沉吟一下，說，她已經離開廣州了。

阿響沉默了片刻，才咬一咬唇，問，她去了哪裏。

音姑姑一邊招呼車過來，一邊輕輕說，唔好為難我，我只收錢做事。

阿響上車的瞬間，她卻加了一句，秀明這孩子，我知根知底。好好待她。

夜裏頭，阿響將那兩封信拿出來。

一封是袁師父的，開著口。袁師父說，響仔，這譚世江若看得上我幾分薄面，你在廣州就站得住腳。他若不看，就回來，「南天居」留著你的位。

葉七的信，封得死死的。信封上無一個字。

阿響是在中午時到達西關的。縱是市井寥落，荔灣湖的風光依舊。

他看眼前的建築，三層，雖稱不上巍峨，卻有洋派大廈難當的氣勢。門口懸著牌匾，上面是草書的「得月」二字。

他走進去，沒承想，這裏卻是鼎沸人聲。仿彿街面上的人，都聚了齊全，儼然一個小世界。企堂與茶博士穿梭其間，與茶客一般，神色都是怡然的。

茶樓是廣府人的面子，時移勢易，哪怕是迴光返照，都要撐起一個排場。這排場又是阿響未見過。一連十幾扇海黃的滿洲窗，將近午的陽光濾過，籠在人身上，整室便都是一層暖。

阿響的眼睛，正落在那窗花的醉八仙上。騎著毛驢的張果老，影子投在身旁大隻佬厚實的背脊上，盈盈地動，仿彿活了起來。

這時，一個知客[1]走進來，問，後生仔，幾位。

未等他回答，知客一邊迎著其他客人，一邊招呼他說，一位過來搭個檯。

阿響忙說，我不飲茶，我找韓世江韓師傅。

知客停下步子，你搵佢有乜事？

阿響說，我帶了信，要當面交給他。

知客冷笑，好大的口氣。我們「得月」的大按，可是什麼人都見得的。

阿響說，唔該帶個話，我是「南天居」袁仰三薦來的。

知客跟身邊人耳語一番，自己先就上了樓。待回來了，說，我們

1　茶樓的迎賓人員，也稱為「知賓」。

大按説了，不認識什麼袁仰三。

阿響看他鼻孔朝天的樣子，還是靜氣説，那我這信怎麼辦。

知客迎來送往著，便朝近處的供台努努嘴，説，擺低，我得閒交給他。

這台上供了一尊關公像，燈火明滅間，是飛髯怒目的樣子，十分威武。阿響愣愣地看，接著嘆口氣，心説，也罷。

他掏出懷裏的信，擱在了供台上。怕給吹散了，一想，從懷裏掏出塊月餅，壓在信封上。那原是他揣在身上，為了中午出來抵飢的。

走了幾步，看那知客浮皮潦草的樣子，終究不放心，又把信收起來。月餅，給放到了關公面前的供盤裏，端端正正地。他闔上眼睛，恭敬拜一拜，這才走了。

回到客棧，已經是小後晌。

客棧的掌櫃説，來了一位年輕先生，在這坐著，足等了你兩個時辰。

阿響問，找我？

掌櫃點頭，説姓向。

阿響心裏一動，急忙問，人呢。

掌櫃説，等你等得困乏了，自己開了一間房，在樓上歇著。説睡到你回來。

阿響上了樓，敲敲門，沒有人應。他便輕輕推門進去。見一個青年和衣半躺在榻上，看得出是高身量。睡得很熟，白晢的臉色暈起紅，金絲眼鏡滑到了鼻尖上。嘴巴微微張著，在夢裏頭，似乎還嘟囔了一下，就有了稚拙樣子。

阿響不忍叫醒他，預備先回自己房裏。見旁邊有條毯子，就揀起來，輕輕蓋在他身上。這一蓋，青年身體一凜，倒醒了來。眼半睜著，茫然地看他，忽然一個鯉魚打挺，便坐起身來了，大聲地説，阿響！

阿響點點頭，説，七少爺。

青年不相信似的，又揉揉眼睛，索性站到了地上。這一站，竟高出了阿響半頭。阿響記憶中，少爺原是瘦弱的身形，如今這樣壯健了。

青年忽然哈哈大笑起來。他一把抱住阿響，結結實實地，猛然一舉，說，響仔，你長這麼大啦。

阿響也笑了。這活潑樣子，可不是就是當年的堃少爺嘛！

兩個年輕人，都是不勝歡喜。談笑間，錫堃忽然站定，後退幾步，用戲白唸道：君自一去無音信，教我掛肚又牽腸啊。

這唸白，本是有些突兀滑稽的。可阿響聽著，卻笑不出來。他看著七少爺，想著八年前那個微寒的秋夜，兩母子匆匆地離開了太史第，他甚至沒來得及看這宅子最後一眼。

錫堃說，我問了又問，只說你阿媽娘家人得了重病，連夜走了。誰知一去不還，我就想，響仔怎麼能就不跟我言一聲呢。

看他悵然的樣子，阿響一陣衝動，要將這些年的事，對堃少爺掏個肺腑。可到底想起了阿媽的話，微笑說，我這，不是回來了嗎。

錫堃狠狠地，一拳擂到他胸口，算你有良心，還知道給我留張字條。

字條？阿響一時獃住。

堃少爺說，也是你好彩，整個太史第，現在可只剩下我一個了！

兩個人在漱珠橋附近走了許久，找到了一間小館子。以往熱鬧的河南，如今剛入了夜，便紛紛闔門閉戶。生意不當生意，只求個平安。

這個小館子是賣羊肉的，進了門便有一股子膏腴的腥羶氣。桌案上也是一片油膩。阿響舉目望望，坐下的人都是粗礪打扮，或許這裏近渡口，是附近的碼頭工人。堃少爺倒成了唯一的長衫客。可他仿佛對這裏熟得很，將阿響按在橙子上，說，呢度最好的可不是羊肉，是金不換的玉冰燒。

他喚老闆，端上來一鍋熱氣騰騰的羊腩煲。將酒給阿響滿上，說，今天見你實在歡喜，就想要個水滸吃法。大碗喝酒，大塊吃肉。

老闆就笑說，七少爺，今晚喝好了，照例賞一曲畀我哋。

堃少爺擺手，不理他，對阿響說，回了廣州後，我的曲兒，倒有大半是在這裏寫的。如今太史第裏空蕩蕩，一個人都冇。這曲是寫出來唱給人聽的，沒人怎麼能寫出來呢。

阿響本還為剛才的事疑慮，但一杯酒下了肚，對著熱騰騰的湯鍋，也為堃少爺的好興致所感染。不知是因為熱，還是酒力，堃少爺的白面皮，已經變得通紅。他和阿響說著這些年的過往，說太史第中的人事遷延。說他阿爸如何老去，但仍然擺不平家中的一眾娘親，如今領著她們在妙高台吃齋唸佛。說到自己，家裏頭逼迫習醫，如何學業未竟，跑去了上海，又如何為人知遇，加入了劇團。輾轉粵港，竟然也很多年過去了。

他說，阿響，自你走後，其實我並未在家裏待許久。三娘說我的命硬，剋父母，家裏拿我年庚八字算過。我娘是為我難產死的。到我老竇，那年在東堤給人暗殺過，又險些墮了河。所以我長大些了，便索性不在家裏待了，落在一個自在。如今家裏走空了，缺個看家的人，我就回來了。

這時候，有個學生模樣的人跑來桌邊，拿著張照片，說要請堃少爺簽名。堃少爺一看，邊笑邊說，你拿了薛老闆的劇照讓我簽，這倒是打誰的臉。

學生就說，這劇是您寫的嘛。

堃少爺拿過筆，龍飛鳳舞地，便在照片上簽了幾個字。

阿響看學生走了，便問，這「杜七郎」是個什麼來歷。

堃少爺本來是春風滿面的樣子，說到這裏，臉愣一下，低頭說，杜是我娘的姓。

阿響便說，少爺，你仲記唔記得，那年你跟我說，要為你娘寫一齣劇。那時候，我就知道，你能寫出來。

堃少爺聽了，倒是笑了，說，怎會不記得，那天還得多虧你賞我一碗飯吃。後來我知道，你為請我吃這碗下欄飯，罰了跪。

阿響也笑笑說，你終究是個少爺。

堃少爺便問，如今你在做什麼。

阿響沉默了一下，說，我現在，是個廚子了。

堃少爺眼睛亮一亮，說，這可好了。慧姑就是好手藝，都傳給了你。你娘一走，再冇人做齋紫蹄給我們吃了。

阿響說，家裏的廚子們呢。

堃少爺嘆口氣，說，他們幾時將小孩子當回事過。你知道，利先專庖蛇羹的，阿爸丟了煙草專賣的差事。三娘就常把他借出去，借來借去，就成人家的了。來嬸到底跟他一起走了，都說一物降一物。可家裏的素齋也就沒人做。莫大廚辭了，如今在一個英國銀行俱樂部。只留了一個馮瑞，跟去了香港，忙活一大家子。

阿響嘆一口氣，你這一回來，也沒人給你做飯了。

堃少爺哈哈大笑，我現在是一人吃飽，全家不餓。要不老來這羊肉館子呢。

兩個人就一邊喝酒，一邊說著話。轉眼兩個多時辰竟然也就過去了。直喝到了店裏只剩下他們兩個，湯鍋也冷了，湯面上積了一層厚白的羊脂。堃少爺說話大起了舌頭。店老闆說，少爺，我們要打烊啦。

錫堃抬起手，整個人卻忽然趴到了桌上去。阿響要跟老闆結帳。老闆擺擺手，說，不打緊，堃少爺跟我們，都是一月一結。呢位客，只是我今天騰不開手，要勞您送他回去了。

阿響就將錫堃攙扶起來，麻煩老闆叫人力車。這時，堃少爺卻推開他，說要走回去。

老闆說，我可是送過。從咱們這走到太史第，道不近啊。

阿響說，沒事。他想走，就走回去吧。車依家怕都冇了。

老闆說，好，您記著，要走龍溪首約的邊門進去，有人應。如今同德里的正門和大門，都不開了。

他們兩個出了門，老闆遙遙地喊，七少爺，您今日曲兒可沒唱上一句，我也給您記上帳啊。

兩個人走在路上，錫堃的高大身量，壓得阿響有些喘不過氣。其

實路是有些看不清的，身旁全是密實的黑，能聞見河涌裏傳來濕漉漉的泥腥味。阿響只管撐著力氣，往前走。

這時，忽然有陣夜風吹過來，涼得阿響頓時一個激靈。堃少爺嘴裏嘟囔了一下，竟然搖搖晃晃地也站直了，一個過門兒，張口就咿咿呀呀地唱起來。先是唱得很含混，怕是夜風擊打得人也清醒了，聲音竟激越，字正腔圓。底子是沉厚的，已非阿響印象中的童音了。

> 傷心淚，灑不了前塵影事；
> 心頭嗰種滋味，
> 唯有自己知。
> 一彎新月，
> 未許人有團圓意；
> 音沉信杳，獨亂情志。

阿響抬起頭，看天上只是一片霾，隱隱地透著一絲光。也太靜了，在這暗夜裏頭，堃少爺的聲音，無端地淒厲起來，將這安靜碎成了七零八落。

終於走到了巷口，有了路燈。阿響見錫堃回過頭來，已經唱得滿眼是淚。人卻是微笑的，嘴角上揚，由衷而天真的笑。這時他一個踉蹌，阿響趕緊上前扶住了他。

阿響敲開了太史第的邊門。

應門的是個老人，忙將錫堃接了過來，一面說，唉，又喝成這樣。後生仔，唔該你送佢返來啊。

阿響望一望老人，脫口道，旻伯。

老人眯起眼，上下打量他，只茫然。

阿響說，旻伯，我是響仔啊。

老人遲鈍了一下，眼睛卻漸漸亮了，恍然道，響仔！慧姑嘅仔。

老管家旻伯，將阿響迎進來。

他在前頭提著燈籠，邊走邊說，正院和前廳都封上了，只空了後廂。依家我這老而不，就和七少爺作伴兒嘍。

阿響四望，周遭漆黑的，只能影影綽綽看見輪廓。卻依然能感受到，偌大的太史第，如今是處處發著空，一片冷寂。

往日，仲春正是草木繁盛的好季節。此時宅裏卻洋溢著一種不新鮮的微酸味道。像是去年秋落的樹葉和根蔓，無人收拾，混在泥土中，漸漸腐敗。

兩個人，將錫堃扶到了房裏安頓下來。可剛躺下來，他翻身便開始吐。吐得厲害，酒菜都吐乾淨了，還不住往外冒酸水。旻伯拎著只痰盂，一邊撫弄他的背，說，唉，我們這少爺喝酒，三分量，七分膽。真怕給喝壞了。

阿響站起身，說，我去給他做個醒酒湯吧。

旻伯抬起頭，看他，問，你會？

阿響點點頭。

旻伯說，好。大廚房好久沒人用了。旁邊小廚裏還有些傢伙，你都記得地方吧？

阿響走到後廚，果然清鍋冷灶。用手指在灶台上劃一下，積了很厚的一層灰。

依稀記得那年秋風新涼，太史第廚房卻是格外熱鬧，做「三蛇會」。一群小孩子們簇擁在天井裏，看「連春堂」的蛇王劏蛇。年幼的阿響，坐在小板櫈上，拿一柄小刷子，細細地洗檸檬葉。利先叔在熬蛇湯，遠年陳皮與竹蔗味，和蛇湯的馥郁膏香，混在空氣中漫滲開來。還有一絲清苦，那是「鶴舞雲霄」的味道。

阿響端著一碗湯，叫堃少爺喝。錫堃先聞了一下，便用手擋開，說受不了一股子中藥味兒，反胃。旻伯說，少爺，這可由不得你。響仔熬了好一會兒呢。

就迫他喝了一小口。誰知他抬頭看阿響一眼，就咕嘟咕嘟地灌下

去，連說好喝。

阿響看著，心裏也熨帖，想這道「八珍湯」，還是當年吉叔教的藥膳，沒想到在這兒派上了用場。

喝了這一碗，堃少爺好像平復了許多，竟然沉沉地就睡過去了。

旻伯替他掖實了被子。兩個人才坐下來，燈光恰照在管家的臉上，深深淺淺的，佈滿了老年斑。

這老人笑一笑，看著阿響，目光是極慈愛的。他說，細路，沒想到，你這是真正好手勢。

阿響笑笑，我現在就學這個，差得遠呢。

旻伯細細端詳他，說，昨天少爺出門前，說要見個朋友，歡喜得跟什麼一樣，沒想到是你。去時才到我腰眼高，如今也長成人了。你和阿媽，走有七八年了吧。

阿響說，嗯，阿媽常唸叨，在太史第旻伯給我哋兩母子的照應。

旻伯卻嘆一口氣，唉，這……當年的事，我也知道些底裏。可我們這號人，哪裏說得上什麼呢。

他定一定神，又說，好在你回來了。你剛才說，在學廚？

阿響點點頭。旻伯瞇起眼睛，好啊，說起來，當年你阿媽做了一席素膳，太史第的人都忘不掉。那道「璧藏珍」，連雲禪都心心念念。

這時，只見錫堃翻了一個身，身體抖動了一下，忽然繃緊了，神色也緊張起來，雖然沒有醒，嘴裏卻含混地說著什麼。聽起來，仿佛反覆喚著一個人的名字。

旻伯說，唉，夜夜這樣，長了要給魘住了。

阿響問，要不要叫醒他。

旻伯說，唔要，醒來才是一個苦。你當好好的，少爺為什麼放著書不讀，去上海，上北平。一路跟著，跟到最後，唉。要我說，這向家從上到下，都是情種。老爺呢，雨露均勻。我們這七少爺啊，平日嘻嘻哈哈，可心裏裝了誰，怕是一世都走唔甩嘍。

這剎那間，阿響頭腦中，倏然出現了一張面龐。竟然是個女孩站在虞山頂上獵獵的風中。那風吹得硬，他的臉此刻竟然有些發疼。看

他出著神，旻伯問，後生仔，你訂親了沒？

他一愣，胡亂點點頭。旻伯說，好，先成家後立業，人就有了個退路。

阿響望望外頭，窗一扇半開著，一扇關著。天是墨藍的，雲層中有了薄薄的光，將樹影子，投到窗戶上。影子又疊到影子上，烏黝黝的一片。他便問，太史幾時能回來呢。

旻伯說，不知這仗打到什麼時候。走得也匆忙，日本人成日來叫老爺做維持會的會長，不得安生。老爺硬頸扛著。也是沒法子，家裏人分了兩路，一路避回了南海鄉下，老爺帶著太太們去了香港。留了我一個守著宅子。不曾想，如今七少爺卻回來了。我說啊，整個向家，就數這埋少爺的膽性，像年輕時的老爺，天不怕地不怕的。要說還有一個，就是允少爺……

說到這裏，旻伯忽然停住了，說，瞧我這多口舌。也是一支公待久了，憋了滿肚子的廢話。唔該你陪我吹咗半日水。你都攰，早啲瞓啦。我給你抱床被子去。

輾轉了一夜，阿響都沒有睡著，天矇矇亮便起了身。

走到宅院裏，果然落英枯葉委地。一叢竹子不知幾時給風颳倒了，露出了黑漆漆的根。上頭大抱的枝葉搭在涼亭上，沾了夜露，一滴聚在葉尖上，正落在他領子裏。他不由打了個寒戰。

走到了一處月門，看見了兩旁鑴著雲石的聯對：「地分一角雙松圃，詩學三家獨漉堂。」憶起是「百二蘭齋」。這月門，印象中原本是極闊大堂皇的，怎麼如今卻低矮了不少。獃立半晌，才頓悟是自己長大了。

他走進去，見已經站定個人，一襲白衫，背對著他。

園子裏原先遍植蘭草，奇珍異卉，如今也已一片荒蕪。滿目蕭瑟，春意弗見。

背影長身玉立，被晨風吹得衣袂翩然，在這荒蕪背景上，莫名有了蕭條的好看。

這人回過頭來，是塸少爺，大約醒了酒，身形竟格外挺拔了。不同昨日，沒戴眼鏡，臉上竟有清肅之氣。他對阿響微微一笑，並沒有說話。

見他口中唸唸，卻無聲。先是俯首、沉吟，繼而回顧，一手撫衣襟，似風拂過，兩步而前，如憑欄張望，足步略浮略定。許久後，舉扇低眉。

他這才停下，開口問，阿響，你說，我方才是在做什麼。

這一番，自然是戲台工架。阿響想一想，說，我看是在，等人？

錫堃臉上一喜，拍巴掌道，有你這句話，戲算成了。我和薛先生說，這齣戲，一半是意會，一半才靠言傳。你看著。

錫堃這才唱道：正低徊一陣風驚竹，疑是故人相候，你怎知我倚欄杆，長為你望眼悠悠……

一邊仍是方才作科，行雲流水。真如竹影拂動，人臨其境。看他聲情並茂，阿響也被感染。這時，確有風吹過來，吹得滿地的枯葉簌簌作響。園裏的蒼涼景致，一時間恰如其分。

錫堃望那葉子被席捲著，在地上滾動，直滾到了他的腳背上，不由停住。他說，當年，梅博士就是在這院子裏，唱了《刺虎》。唱完了，宛姐又票了一齣《遊園》，那時候這蘭齋，真是姹紫嫣紅開遍。如今她又回了法蘭西。倒我一個人，對著斷瓦殘垣了。

阿響便問，五小姐走了，那農場呢。

塸少爺說，荒了吧。只留下了兩個管工。去年的荔枝沒有採收，養的意大利蜂，給日本人打散了。香橙、夏茅也不掛果。阿爸去香港前，用牙牌算了一卦，我還記得卦辭，「松柏經霜雪，歲寒凜冽生。月明風正高，農田可問耕」。

說完這句，塸少爺眼神直愣愣地，忽然使勁拍了一下自己的肚子，大聲道，我說怎麼無精打采，我可真餓了，昨天酒肉穿腸，吐了一個乾淨！

這突如其來的孩子氣，可把阿響給逗笑了。他說，你等著，我下廚給你做頓好的。

說是要做頓好的。可一到了後廚，阿響才醒覺，並無許多可施展的餘地。

先前看廚房裏的物什，已知平日裏這爺倆如何將就。他看到灶台上已皺了皮的蘿蔔，牆角裏有顆不知何時用剩的冬筍。屋檐底下，吊著舊年的臘腸和兩條風魚。放得久了，經過了濕霉天，長了一層的白毛。他嘆一口氣，心裏也已有了主意。

看著桌上新煎出的蘿蔔糕，旻伯和錫堃都有些驚奇。嚐一口，堃少爺這才說，哪來這麼香的鯪魚味道？阿響說，可不就是檐子上的。拾掇乾淨，煎了半日，揀骨留茸，耽誤了些功夫，才摻米粉上籠蒸。

旻伯也說，嘖嘖，這趕上當年老爺的「私伙」糕了。

喝了一口粥，錫堃眼睛亮了，又品一品道，真甜。用勺子舀一舀，看到裏面的冬筍片。想一想，卻慢慢擱下碗，說，上次給我煮這暖粥的，還是大嫂。

旻伯在旁看一眼，輕輕說，少爺……

堃少爺索性將筷子一擲，恨恨道，千不提萬不提！這麼好的人，就算離了太史第，說沒有，就當沒有了嗎？

桌上的人，便沉默了。半晌，旻伯終於開口說，人各有命，你找了這麼久，也是對得起允少爺了。

吃完了，阿響正收拾著，堃少爺說，響，你別住客棧了，搬過來吧。太史第如今別的沒有，就是屋多。咱們也好做個伴。

旻伯微笑，是啊。響仔，我們少爺有私心，想吃你做的飯。

阿響在心裏頭動一動，說，我先住外頭吧。少爺想吃，我每天來做。

阿響回到「玉泰記」，問掌櫃的可有人找。回說沒有。只是有人將半個月的房錢都結了。

他想，這音姑姑，神龍見首不見尾。她說的事情，到底幾時能辦好呢。

這樣想著，心裏忽然不踏實，就叫了人力車，自己去了棗子巷。他特意在那棵大榕樹下，提前下了車，慢慢走到七號。紅磚樓房，院門是緊閉著，許久也並沒有人出入。他揣摩了一下朝向，就轉到樓房的西邊去，看那扇大窗戶。窗簾依舊是拉著，但裏頭能看見，盈盈地透出些燈光。有些許人影浮動。他望了一會兒，就稍稍安下了心來。

從西關回來的路上，看見一個菜農，湖邊擺了一副擔子，在賣時蔬。

間中有那水淋淋的茭白，還裹著綠色葉衣，在陽光底下，很是青爽喜人。

菜農見他端詳，便說，後生仔，正宗泮塘茭白，行勢不好，今年難得採收。你識貨，買少見少嘍。

那時年紀小，阿響仍記得，太史第舉家上下對泮塘菜蔬的鍾情。

廣府的老人，歷來的，講究吃「泮塘五秀」。泮塘是南漢末帝劉鋹花塢「劉王花塢」故址，「主城西六里，自浮丘以至西場，自龍津橋以至蜆涌，周回廿里，多是池塘，故其名曰半塘」。如今五約閘門尚存刻有「半塘」二字的石牌坊。至於為何改成了「泮塘」，據說是為風雅的緣故。舊時科舉考取生員謂之「入泮」，所以當時的學宮亦稱「泮宮」。恩洲直街上「仁威廟」楹聯中有「龍津連泮水」之句，被太史照錄了來，就掛在書房裏頭。

而「五秀」指的是泮塘所產的五種菜蔬，即指蓮藕、馬蹄、菱角、茭筍、茨菰。傳言是龜峰西禪寺的老僧植在池塘裏頭，取其出於清冽，作為四時供奉佛前的蔬果，故而又號「五仙果」。稀罕就在於因一蔬一時令，這「五秀」是難在桌上聚齊的。非要個博彩眾秀的名，也不過曬乾、磨粉，煮成湯羹、糖水，或用來蒸糕。但太史第每年的素齋，有道「五秀釀」，卻當真令其共冶一爐，不知是什麼緣故。而「五秀」之首，便是獨可入饌的茭白。

因為這菜農的價格實在便宜，阿響就將擔裏的都買了下來。菜農是感激的模樣，說，如今市不成市，擺上一陣兒就要到別處去，還得

避過崗哨。其實都是往常辛苦，眼下倒像是做賊一樣。這下好了，可以提前收工，回去吃頓安穩飯。

阿響就說，你要願意，三兩天給我送上一回菜。就是地方遠些，行腳我一起給你。

菜農喜不自勝，說，有生意做就好，還要什麼行腳。細路哥，你唔係呃我啩？

阿響說，我呃你做乜？就送到河南太史第。

菜農狐疑看看他，說，那大宅子，依家還住著人嗎？我可聽說裏頭鬧鬼，太史九姨太的遊魂兒回來了。

阿響好氣又好笑，說，鬧什麼鬼。這年月，就算有鬼，也和人一樣瘦成骨。你只管送，記得走龍溪首約的邊門進去。

往後一些天，阿響的手藝，算有了用武之地。就在太史第裏給錫堃和旻伯做飯。那菜農倒很有信用，隔天便來了。可菜送多了，要趕著新鮮，就叫上幫忙拾掇宅子的管工一起吃。阿響說，旻伯，請個花王來打理下蘭齋吧。少爺晨練開嗓，也圖個神清氣爽。

旻伯就請了花王來，竟是七八年前的老花王阿趙，手把手教過阿響摘檸檬葉。趙花王雖然身體佝僂了，可還是眼明心亮，聲如洪鐘道，好好的園子，可給糟蹋得不成樣了，看我來收拾！

人多了，阿響就琢磨著，怎麼合著法，做出個以一當十。

吃飯時，人便都在後廚。望著滿桌的蠔油茭筍、蝦子茭筍、豉油王茭筍、魚青釀茭筍、牛柳炒茭筍絲。花王驚道，這這……食食到飽，賤年倒碰上了皇帝命。

他已認不出阿響，只連說這小師傅好手勢。兵荒馬亂的，還有這口味也是造化。

旻伯就說，不兵荒馬亂，又幾時到我們嚐這好手勢呢。

錫堃頭也不抬，只管大口吃菜，說響仔這一招叫，「萬變不離其宗」。趙花王看一眼他的吃相，說，也是，如今主僕都同了桌。不知是壞了規矩呢，還是立上了新規矩。

以後幾天，阿響來太史第前，總是先去棗子巷看一眼。看那窗簾後頭的燈光還在，人就安心下來。他便一天天數著，音姑姑的説的日子，就快到了。

這天他再去，遠遠地已見了幾個日本兵，站在門外頭。領頭的那個，正往大門上貼封條。阿響心裏頭「咯噔」一下。還是大著膽子窺了一會兒，見並未有什麼騷動，像是已經人去樓空。先前的驚惶，剛平復了些。可再往深裏想一下，血又一熱，不覺人都好像頓時給抽空了。

他努力讓自己鎮靜下來，終於有了一個決心，便叫了人力車，急急往太史第去。

才進了門，便看到一團熱鬧。遙遙就聽見錫堃喚他，阿響，你看我在路上，捉到了誰。

因為有心事，他敷衍笑笑，就想拉錫堃到屋裏商量。可見當院兒裏擱著一副擔子，擔子一頭燒著火，便有裊裊的炊煙飄上來。一個老漢正對火忙碌著。阿響認出他來，不禁道，池記！

那時候他剛記事，到了傍晚，聽著外頭有人敲竹片，叫賣雲吞。堃少爺先雀躍起來，慧生便拿著錢荷包，帶著太史第上的孩子們去門口。雲吞擔子便停下來，熙熙攘攘地。池記姓麥，大名冠池，那時候還是個精壯漢子，手腳利落。手眼不停，嘴巴也不停。孩子們喜歡他，是他的雲吞味道個格外好，還會講古仔。一邊煮雲吞，一邊講七俠五義。講那錦毛鼠飛檐走壁，盛雲吞的竹挑子，便在孩子們頭上飛過一圈。那快得，都説好像方世玉的無影手。阿響記得池記給他盛上一碗，不忘再添上一兩個，摸摸他的頭，説，食多啲，快高長大。

關於池記，有不少傳説，説他是個怪人，給自己約法三章：「和老婆吵架不開檔、颱風下雨不開檔、賭輸了錢不開檔。」他的生意，也就有一搭沒一搭。可這無損於他的聲名。都説陳濟棠太太莫秀英特別喜歡池記雲吞，有次意猶未盡，用貨車將他的擔子運到東山陳公館，重金包了一夜。大家都説這下可發達了，不用再走街串巷。可是隔天，就又看見他打著竹板出現在三聖社。

那擔子裏架著鍋，鍋裏頭的滾湯「咕嘟咕嘟」響。旻伯説，池記，你到底算進了太史第，以前看你硬頸！

老漢嘻嘻一笑説，以前可不敢，太史第一片柳綠花紅，怕我看花了眼。

有個管工説，池記，都説你去了香港。點解又返來，係唔係借大耳窿，賭輸咗錢？

池記也不惱，説，你話係就係，人窮志氣短。

錫堃就説，池記，好耐未聽你講古仔，講來聽下。

池記説，少爺，我有乜古仔講？又要畀你寫入戲文。要説有都有，前幾日差點被捉進法政路的汪公館，到底畀我走甩。叔齊不食周粟，我池記也不給日本人煮雲吞。你要寫畀天下知。

霧氣繚繞間，雲吞也熟了。盛出一碗又一碗。一個管工拿起便吃，吃得燙嘴，吸溜吸溜，卻停不下，連稱好味，説，池記，手勢不減當年！

説完了，大大口將一碗湯喝個精光。池記咧嘴大笑，説，周街都話我係用老鼠肉熬湯，唔怪得之你上咗癮！

大夥的笑鬧間，太史第許久沒有如此快活的空氣。錫堃走到了阿響跟前，拍一下他肩膀道，響仔，看你怎麼七魂沒了六魄。

阿響心不在焉笑一下，正想著如何跟堃少爺開口。

錫堃卻興奮地説，我講件事給你開心下，大嫂來信了！

阿響聽到，抬起頭，同時覺得心裏猛然一跳，卻停在了嗓子眼兒。他定定看著錫堃，説，大少奶奶？

錫堃説，是啊。

阿響猶豫了一下，半晌，終於問錫堃，少爺，你可看清楚了，那信，是少奶奶親筆寫的？

錫堃望他凝重神情，聽聞此言，忽而如釋重負，説道，自小是大嫂教我習字。那筆歐體，我是再認識不過。

頌瑛信裏頭，要見錫堃，約在一個西餐廳。

阿響説，我和你同去。阿媽是少奶奶的近身，我要替她見一見。

這西餐廳設在慕畧大廈頂樓，是個旋轉餐廳。兩人先沿著批盪[2]樓梯上到二樓，才乘了電梯上去。剛出門口，就看見幾個日本軍官，擁著女眷往裏走。那些女人臉上都塗著厚厚的粉，卻難掩煙媚之色。左擁右抱間，兩人便看出，大約是幾個藝伎。

再往裏走，看見幾個兵士駐守，阿響讓自己鎮定些。這時，看見靠窗的位置，坐著頌瑛。

錫堃剛一坐下來，便輕聲對頌瑛説，阿嫂，我們換個地方，這裏到處是日本人。

頌瑛並未接他的話，只是叫來侍者，點了餐。

侍者走了，她才輕輕説，嗯，這餐廳是個新加坡華僑開的，最近被日本人買了台。

錫堃望一望四周，説，嫂嫂。

頌瑛只微微一笑，老七，你該聽過一個道理，叫「燈下黑」。

錫堃嘆一口氣道，嫂嫂，你為什麼不回我的信，這些天真是急得……他有消息了？

頌瑛看一眼阿響，説，堃，你的朋友，不同我介紹下？

錫堃這才恍然，説，哦，這是阿響啊，你可記得，慧姑的仔。

頌瑛似乎愣了一下，繼而眼睛亮了，説，響仔，長這麼大了。

阿響便也恭敬回禮，少奶奶。

阿響端詳，頌瑛微笑與他的寒暄。話裏話外，是久別重逢的懇切，無一處不得體。但是這個頌瑛，他甚至依稀有些恍惚，又確非一週前他所見過的。或者説，眼前這個女人，更為接近於多年前的、他印象中的頌瑛。梳著飽滿而緊實的髮髻，略施粉黛，一襲靛青的絲絨旗袍，雍容合體，水靜風停。

2　粵語，指在建築物面層塗上水泥石灰作粉飾。

這時牛扒上來。阿響並未吃過西餐，不知規矩。錫堃就在一旁，教他使餐具，一樣樣地教。頌瑛在對面看著，說，西人吃飯也像是行軍，飯桌上是十八般兵器，刀光劍影。

待阿響看懂了，自己使刀叉。一刀下去，牛肉微微地往外滲出了血。

他便有些尷尬，說，少爺，這麼生，要不要回鍋。

錫堃就笑，說，五成熟的牛扒就是這樣。要不說西人茹毛飲血呢。

阿響便自嘲，我嘅名取錯了。應該叫阿土。

錫堃給他打圓場，說，阿嫂，阿響現在可是大廚了，如今在太史第做飯。慧姑好手勢，後繼有人。

響仔，你阿媽可好？頌瑛問。

阿響答，都好，就是好掛住少奶奶。您不嫌棄，就跟我回鄉下住幾日。

阿響將「回鄉下」三字咬重了些。他看見，頌瑛眼中掠過一絲黯然，稍縱即逝。她說，你阿媽有心，我有什麼好掛住呢。

錫堃忙說，阿嫂，你還是跟我回太史第去。

頌瑛放下手中刀叉，用餐巾按一按嘴角，看著錫堃，說，七弟，你知道，太史這麼多太太，我為什麼最敬你阿母？

錫堃慢慢抬起頭，看她。頌瑛道，我敬她，就因她一輩子，未進太史第。

錫堃說，當年阿母若進了太史第，就救不了老竇。

頌瑛笑笑，我進不進太史第，能救下向錫寒？嫁給一個神主牌，十幾年聽夠了他的故事。臨走前，還有人告訴我他是革命黨。以身殉道，是比和陳塘阿姑殉情，更體面些嗎？

阿響感受到她提高聲量，大約不全為激動。他不禁向周遭掃了一眼，看到近處有個男人，舉著報紙，目光正望著他們。一時間，他覺得這男人的眼睛分外眼熟。然而，待他再看去，男人已用報紙遮住了整張臉。

這時，頌瑛飛快地從隨身包裹，拿出一樣東西，放在錫堃手裏，

説，替阿嫂收好。

阿響看見，是一枚勳章。

當那雙眼睛，又從報紙上抬起時。方才還在冥思苦想，阿響不禁恍然，是音姑丈。

頌瑛輕輕攪拌咖啡，將勺子拿出，放在碟裏。喝一口，舉止之間，有萬方儀態。這時，他們都聽見了遠遠傳來弦歌的聲音，嘈嘈切切。頌瑛説，以前，我跟李鳳公學畫。畫累了，李師父講了個古仔給我聽。

戊戌當年，阿爹中翰林院庶吉士，甲辰狀元是夏同龢。同年赴科試的有朱汝珍、譚延闓和商衍鎏，論才情朱汝珍眾望所向，以為狀元人選，非他莫屬。夏同龢年方二十八歲，會試名逾過百，眾人只道難入三甲。是科殿試，光緒皇帝欽點。夏同龢恰坐在前席，待他寫完答卷，準備戴上卜帽出殿。這頂卜帽，卻被太監踢中了，跌在了光緒腳邊。夏同龢對皇帝行叩禮，取回卜帽。皇帝就問他姓甚名誰，從哪裏來。答高枧夏同龢。光緒就取出他的答卷來看。看後擊節。文章裏以千年之邦，必勵精圖治，當能德服蠻夷，固無所懼異邦。那時光緒帝力進新政，這篇卷章正合聖懷。主考官將朱汝珍等人的試卷呈上，光緒就將夏同龢卷疊在上面，欽點為狀元。朱汝珍只得了個探花。世人都説他非才不能，是命不及夏。夏生於甲戌年春節，大貴之象，世所罕有，註定大魁天下。

我就拿這個故事，問阿爹。你猜阿爹怎麼説。他説，這個故事還有另一半。夏出生，是光緒元年，卒於光緒駕崩之年。其命雖貴，註定命殉天子之喪，以酬知遇。你們看，這世上有人為自己活，有人為別人活著。為別人活卻不自知，才是可嘆。

説完這句話，阿響看頌瑛沉默了一下，忽然抬起頭，看著牆上的掛鐘。她輕輕地説，就到了。

這時，所有人都聽到了一聲巨響。這轟然的聲響，猝不及防，讓整個樓都仿彿震動了一下。有氣浪震動，窗戶上的琺瑯玻璃紛紛濺落。阿響不禁伸出胳膊，擋在了錫堃身上。當那震動停住了。他

感到有滾熱的東西，在耳邊流下來。錫堃看著他，惶然地說，響，你流血了。

阿響此刻卻顧不上，匆忙地望向對面，頌瑛的座位已經空了。

空氣裏瀰漫煙塵，人們終於有了反應，有女人的尖叫聲，還有桌椅跌落的聲音。阿響拉著錫堃混著人群往樓下跑去。在樓梯口，有一摞報紙，於眾人的踩踏下，散亂開，在污濁的空氣裏飄動。

當他們終於跑到樓下，聽到救火車呼嘯而至。這座高大的樓宇，正冒出滾滾濃厚的黑煙，被風席捲至空中，遮天蔽日。

我和五舉山伯，站在慕眾大廈樓下。座落在長堤大馬路上的新歌德建築，水洗石米外牆雖顏色斑駁，經歷了許多年，仍有卓爾不群的歐美範兒。而樓下卻是嶺南風味的騎樓，橫跨在人行道上，如今成為了底商，開著超市、地產中介舖和牙科診所。

我仔細繞著大廈走了一圈，弧線形的樓體上，已經尋找不到那年轟動廣府的爆炸案的一絲痕跡。

我們走進去，看到正廊的羅馬柱上，掛著裝裱「賓至如歸」行草中堂，落款是李宗仁。其他幾幅書法，保養得顯然不如這一幅。一些已經被嶺南的潮氣侵蝕，一些深黃的水跡，在紙幅上蜿蜒，一些字跡也洇入這些水跡，但依稀可辨孫科、于右任、余漢謀等名字。

在正廊的左側，有一個覆蓋著玻璃的長欄，噴繪著規矩的美術字：「歷史廊」。我看到最前面的一張照片，是一九四九年的慕眾大廈，外牆上懸掛著巨大的畫像，從塔樓一直掛到了騎樓上方。畫像上是正在揮手的毛主席。上方寫著，「中國人民站起來了」！

有關大廈的歷史沿革，未免鉅細靡遺，當我稍不耐煩，看到了一張很小的黑白人像，這相片雖模糊，但能看出是個硬挺的軍人，微笑，露出了整齊的牙齒。他的右胸袋上，別著一枚勳章。

相片下的名字：向錫允。名字旁邊的括號裏寫著：愛國志士。接著是引自某報紙有關這起爆炸事件的介紹。向錫允，抗日戰爭七戰區司令部中校諮議，兼前政爆破大隊大隊長。一九三九至一九四〇年，

以私立嶺僑小學教師身份為職業掩護，與同隊組員陳愛等裏應外合，於慕眾大廈十樓，精心策劃並成功刺殺日本特務組織「谷機關」南三花情報組組長谷池潤一郎。由於身份暴露，向錫允提前引爆，不幸犧牲，壯烈殉國。

向錫允的名字旁邊，寫著他的生卒日期。

我想起了，榮師傅曾說過那個傳奇狀元的故事。抱著實證的精神，我查考了他的生平，不料與光緒元年和駕崩之年皆對不上，亦並非生於春節。

向錫允生日為一九〇六年一月二十五日。心血來潮，我掏出手機百度了一下，恰是那年農曆正月初一。

捌 · 月滿西樓

廣州光孝寺有大甑,六祖時,飯僧之用者也。大徑丈,深五六尺,韶州南華寺亦有之,大與相若。當飯僧時,城中人爭持香粳投之。或有詩云:「萬戶飯香諸佛下。」

——屈大均《廣東新語》

當阿響再次踏進得月閣的大門,是半個月後了。

他終未實現慧生的囑咐,將頌瑛「帶回來」。

因為有負使命,他經歷了長時間的焦灼。他想,或許從一開始,他們就沒準備讓他完成使命。然而,他竟然不放棄。他給慧生寫了一封信。信中說,要在廣州多待一段時間,叫母親保重身體。

他終於將客棧的房間退了,搬去了太史第。一來自然是盤纏已經花銷完了。二來他很清楚,去太史第給錫堃遞信的人,不會找不到他。

在爆炸事件平息後,廣州城呈現出了異樣的平靜。報紙甚至未說明具體的傷亡情況,是某種曖昧的欲言又止。錫堃因而堅信,允哥沒有死。這一種信念,甚至比與頌瑛見面繼而失蹤所帶來的悵然,更為強大地支配了他。他在房間裏看那枚勳章,上面鐫著一只鼎,在燈光底下煥發著幽明的光彩。他朝那勳章哈了口氣,用塊絨布反覆輕輕地擦拭。他抬起頭,對阿響說,我一定會收到信的。

然而,阿響沒有他樂觀。此刻他只是想,再也未見到過音姑姑。十天後,她沒有兌現她的承諾。他想,我要找到音姑姑。

他究竟是年輕的。這個想法燒灼著,讓本性溫和的他,也不禁寢食難安。他追本溯源,音姑姑夫婦,來自於師父葉七。而葉七與廣州

唯一的聯絡，只是得月閣了。

當他再走進得月閣，是在後晌。午市已經結束。

因為世道不景，廣州許多的茶樓，也紛紛做起了晚市。這分明是要和一眾酒樓搶起營生。而像得月這樣的老號，到底有自己的底氣尊嚴，謹守著做午不做晚的行規。

這時，客已散了，一片熱鬧也就雲流霧散。而整個廳堂，因為大和空，呈現出了一派寥落與靜虛。阿響這才看出來，原來周遭的陳設，都已很陳舊了。

幾個企堂在那裏埋頭擦洗，收拾桌椅，其中一個頭也不抬道，我哋收工啦。

下意識地，他不禁轉過頭看了一眼那供台。燈火明滅間，關公依然飛髯怒目。

這時卻聽到一個聲音，說，後生仔，你可來了。

他抬起頭，認出原來是上回見到的知客。先前的輕慢樣子不見了，竟然笑容可掬，滿臉慇懃。

他說，韓師傅話，你還會來，我們都不信。

他不禁有些驚奇，道，韓師傅知道我要來？

知客說，是盼著你來，我可是被怪罪了。他說，虧這後生醒目，留在供台上的那塊餅，是留著後話呢。

知客引了阿響到三樓，曲徑通幽，最深處有一間房。知客敲敲門道，韓師傅在裏面等你，我就不進去了。

阿響推開門，見裏頭別有洞天。原來是一個廚房，正中是張半人高的大案，上面放著白案的各色家什。灶上坐了一口大鐵鍋。牆上則掛了從大到小的兩排蒸籠，井然有序。可是，另一邊呢，卻攔了一只矮榻，兩邊掛著一副竹製的楹聯，「每臨大事有靜氣，不信今時無古賢」。阿響知道，這是教光緒皇帝的師傅寫的句，因為太史書房裏也掛了一副，七少爺講給他聽過。那個是行楷，這是隸書。看起來，倒

是和這滿室的煙火氣，並無半點突兀。

那案板上，擱著一把擀麵杖，還有個揉了一半的麵團。

你師父的腿還好嗎？忽然間，傳來一個渾厚的聲音。阿響一驚，四周望一望，並未看到人影。這聲音便似天外來的。

待他未回過神來，看大案旁走出來一人。這人身材極矮小，不僅是五短，而是未曾發育的孩童身形。但是，卻有成人的頭臉，且面相成熟，甚至很見滄桑。他並不等阿響回答，自顧自走到矮榻前，很靈活翻身上去，盤腿坐好。拿出一只煙斗，填上煙絲，給自己點上，抽了一口，吐出一個煙圈。

這煙味並不衝鼻，相反有一種很清涼的氣味，在空氣中瀰散開來。

怎麼，嚇著了？他這才對還在愣神的阿響，開了聲。

阿響終於囁嚅，說，您，是韓世江師傅？

那人將煙斗放在一邊，衝他揚一揚頭，說，坐過來。

阿響便繞過大案，坐到他身邊的長櫈上。這時，他才注意到，原來大案後有一把精緻的木梯，連著一隻樹樁。樹樁是很寬大的，上面密密層層的年輪。但卻有兩個深深凹陷的腳印，將部分的年輪遮沒，看不清晰了。

阿響坐定，這才問，您剛才問我，師父？

韓世江嗤笑一聲，說，後生仔，你留了塊月餅在供台上，不就是想告訴我，這葉七陰魂不散嗎？

沒待阿響解釋。他接著說，我偷了關老爺的嘴，嚐過，是他的手勢。

他打量著阿響，意味深長地看一眼。阿響心裏想的是，怎麼和他開這個口。

他卻說，那天，你拿了封袁什麼的信來找我，為什麼不直接提你師父。這葉七，就沒半個字給我嗎？

阿響於是將葉七的信掏出來，遞給他。韓師傅打開信，抽出來，左看右看，又翻過來，漸漸皺起眉頭，又忽然哈哈大笑起來。

他把信遞給阿響，說，你也看看。

阿響接過來，看這信，竟然沒有一個字。對著陽光再看，還是一張白紙，反面也是。

丟佢老母！這下沒錯了，像是那個葉七幹的。裝神弄鬼，誰也猜不透。送個細路哥來，畀我自己執生。

阿響一時間有些茫然。那張白紙在手裏頭，太輕薄，有微風從窗戶吹進來，吹得嘩嘩響。

韓師傅坐得直一些。他對阿響說，既如此，你就留下吧。我這近來人手不夠，你兼做小按，包食宿。

阿響想一想，終於說，韓師傅，您認識音姑姑嗎？

韓師傅笑一笑，什麼陰姑姑，陽姑姑。我唔知。

阿響說，這人和我師父認識，經常往來廣州和南洋，做瓷器生意的。我想找她。

韓師傅收起了笑容，沉默了。許久後，他開口道，一個手藝人，有自己的本份。不該看的別看，不該問的也別問。你師父就是看的問的太多，累了自己，走火入魔了。

他「噌」地一下，利落地跳到了地上。在大案旁的銅盆淨了手，順著那木梯登到了樹樁上，兩隻腳便穩穩地站在了兩個凹陷下去的腳印裏。可見他踩在這年輪上，已經許多年了。

阿響見他拎起那隻麵團，重重地甩在了案板上。幾經摔打，麵團下落的聲音更為沉鈍。其中的力道，甚至讓阿響感覺到了腳下的震動。

韓師傅說，你先走吧。

阿響對他鞠了個躬，轉身望外頭走。然而，他忽然回過身，對韓師傅說，那塊月餅，是我整的。

韓師傅頭也沒抬，又是麵團落在案板上「砰」地一聲響。他說，我知道，這塊餅裏少了一味，葉七可不是個粗心的人。

其實，阿響在得月閣，很快便也駕輕就熟。

對這裏，他有一種莫名的熟悉。這熟悉又是他所不自知的。自然不是因於人，而是來自周遭的環境、陳設和器物。當他意識到了這一

點，才發現師父葉七，是將安鋪自家的廚房，複製成了一個具體而微的得月閣後廚。灶台的方向，大案擺放的位置，乃至掛牆蒸籠的樣式與模具的雕花，竟然都如出一轍。

在勞動的間隙，阿響看著牆上一道自天花板蜿蜒而下的裂痕，有經年潮濕的沁潤，而顯出淡青色的翕張。他分不清，這潮濕，是來自西關的雨季，還是每日氤氳在後廚的蒸汽。他深深地吸了一口氣，那溫暖而濕潤的、麥粉在發酵後的豐熟的氣息，霎時充盈了他的鼻腔，繼而流向了全身。那氣息是濃郁的，因為混合眾人的汗水，甚至有些重濁。但在這闊大的後廚中，瞬息便也瀰散開來。這與他在「南天居」的排場，已更是不同。阿響不知道，有一種東西在他體內悄然滋長、膨脹，甚而漸漸讓他貪戀。而這正是他師父葉七曾極力迴避的。他又深吸了一口氣，想，師父怎麼捨得離開這裏呢。

韓師傅很少出現在大廚房。有時他過來，在某個灶台前站定，便有人自覺地搬來一只小櫈。扶他站上去。他凝神片刻，會一皺眉，突如其來地揭開蒸籠。將籠蓋扔在一邊。沒有人再敢將籠蓋蓋上，這籠點心就算是廢了。有時，他緊皺的眉頭，會慢慢舒展開。那上籠的師傅，便鬆了一口氣。

當看著他那孩童般的背影，步伐莊重地走遠了。人們才開聲，有些快活地奚落那個被懲罰的師傅。而阿響卻驚異於方才的安靜。漸漸他知道了一種傳說。韓師傅巡視廚房，賞罰的標準並非是用眼睛看，而是聽。他凝神時，旁人亦屏息，他便從蒸籠水汽升騰的聲響，來判斷是否是恰當的火候。

然而，韓師傅卻未有為難過阿響，也未有過誇讚。仿彿他是個已有多年默契的熟手師傅。人們在不解與抱怨中慢慢地默認了。因為這個粵西口音的小師傅，手勢的確是好。至於他的來歷，他們也不追究。阿響漸聽到議論，說，能坐上「得月」頭把交椅的，哪個是按牌理的人。韓師傅不是，他師兄又如何。

這師兄便是當年出走的葉七。人們不提名字，諱莫如深。阿響便不再指望能知道什麼。但他卻總有種期盼，是韓師傅會對他說起，哪

怕隻字片語。然而僅有一次，他走到阿響身旁，抬頭看了一會，開口道，說小按，你師父只有一項輸我，就是造蝦餃。不是輸在快慢，是輸在比我多包了兩道摺。

　　阿響與眾人一般，目望著韓師傅矮小的身形，消失在樓梯拐角的陰影處。他回去了他的小廚房。那裏是得月閣多數人的禁地，而對阿響不是什麼神祕的地方。但是，和眾人一樣，他其實並未看過韓師傅的作品。每每韓師傅下廚，便有一位資深的跑堂，候在門口。剛剛出爐，便端去了二樓的包廂。

　　這時節的廣州，已將入夏。茶樓的生意，往年將將淡下來。而此時市面上出現了一種虛浮的和平，是在戰亂中囫圇而生的畫皮。本地人或以吃來麻木自身，回歸到了民生的基本。而有一些人，便也想進入民生，刺探這畫皮下的血肉。他們穿著本地人的衣服，雖則與本地人面目相若。但是他們的神態裏，過份繁冗的細節與矜持，暴露了異族的痕跡。因此他們的到來，被人察覺。往往竊竊私語，有人埋首默然，有人昂然離開，是一種行將打破的和平臨界。

　　於是，那些為得月閣的盛名所吸引的，便走入了二樓的包廂。品嚐這裏出名的點心，並以另一種複雜的情緒，進行窺伺與交易。

　　河川守智推開了鄰湖的滿洲窗，看見窗外的荔枝湖上，已是一派綠意。微風吹過，湖上泛起層疊的浪。不是水，而是新生的荷葉，正是舒展的時候。莖葉相連，一葉推著一葉，向遠處疊進去。他想，秋後底下生出的，又是枝枝好藕。

　　耳畔的話，他其實有些聽不進了。他自然有他的少年任氣，這任氣大約也來自他曾經的志得意滿。他並不是依靠祖蔭的人。說起來，河川家族在幕府中的地位，因與足利義滿將軍的淵源，以及長袖善舞的斡旋手段，似乎世代都未有顛仆。他們太會審時度勢。一如河川守智的長兄，作為早年首批加入櫻會的年輕軍官，義無反顧地參與十月政變。然而，政變失敗後，他又搖身一變，成為最為堅定忠誠的統

制派。河川守智並未趕上效忠帝國的最好時候。其生也晚，這是他的
託辭。另外，他經常會舉起手，給人看他天生外翻的手掌，嘆上一口
氣，是哀己不幸的神情。

其實，他在內心是有些看不上長兄的。當然，這一點他掩藏得很
好。他覺得長兄更像是一個傀儡。意志堅決，有一種來自家族的遊刃
時代的本能，而實則缺乏智力。他的證據之一，出身鐘鳴鼎食之家，
長兄以最為嚴苛的武士道精神歷練自身。看似合理，卻違反了人性最
為原始的欲求。而他則不一樣，食色兩樣，他對後者只是敷衍。而對
於食物，他有一種天性中的追逐。而且這種追逐是如此不拘一格，帶
著一種貪婪的秉性。儘管河川府上有最好的江戶前料理師傅。但他
卻執迷於在民間尋找朵頤之快。這自然養刁了他的一條口味龐雜的舌
頭，讓它變得包容、挑剔與敏感。比如，不同季節的丁字麩，土佐醬
油中木魚花的產地，似乎成為他味蕾測驗的遊戲。在來到中國的第一
個月，他做了一枚新的藏書章。是一隻饕餮。他欣慰地想，在這個被
征服的國家，竟有一隻和自己同樣貪婪的神獸。

在這個國家，他宣稱自己姓趙，趙守智。一個出奇本份的名字，
他很滿意。在慕眾大廈爆炸案之前，他對一切都感到滿意。在「谷機
關」更是如魚得水。他覺得這是他可以施展智力的地方。他不喜歡血
肉橫飛的戰場，而更傾向暗潮湧動的博弈。但是，這場爆炸案挫傷了
他與同僚的銳氣。他的上司，南三花情報組組長谷池潤一郎遇刺。儘
管他與谷池私下並不親睦，但他無法容忍自己的失智。

他是縝密的人，長於抽絲剝繭。由他親自處理的瓷莊軍火案，牽
扯出了不少人，仍難免疏漏。據聞司徒太太有一個堂妹，負責益順隆
的外銷與海外金山莊打交道，卻一時不知所蹤。這堂妹夫婦說是長年
去南洋跑單，還不曾回穗。然而，卻有線報，有對商人夫婦，與這堂
妹兩口子形容極像，近期曾出入西關得月閣。

他在心裏冷笑一笑，想，盛傳得月閣是華南著名的情報集散地。
「谷機關」亦有安插，對這雙風流人物卻渾然不覺，豈不是燈下黑了。

他於是，便將自己釘在了得月閣。守株待兔向為聰明人所不屑。

但他反其道而行之，來個大巧若拙。此刻日本人最不該在的地方，他偏就駐紮下來，堅若磐石地等著。

大半個月過去，他沒有什麼收穫。亦不可謂完全沒有，就是他將「得月」的各色點心品嚐了一個遍。這倒是未讓他失望過，還真是不負盛名。可有一天，他執起一只叉燒包，咬了一口，忽而愣住。他於是又咬一啖，閉上眼細細咀嚼。這時，他睜開眼睛，恰有企堂過來為他斟茶。他便信口問，廚房裏來了新師傅？企堂不禁忖一下，他對這北方口音的趙先生素有好感。雖非老客，可近排來得勤，亦出手闊綽。這一問，不知是否發難的意思。

河川便指指桌上的叉燒包，笑笑說，這個不錯。

企堂鬆下一口氣來，不無逢迎道，是啊，新來了一個師傅。人年輕些，可手勢一等一的好。

河川道，我說呢，口味和我吃過的不同些。

企堂便道，是啊，聽說也是粵西出名的茶樓來的。做法總歸和廣府比，有些新鮮意思。

「粵西。」河川在心裏默讀，然後笑笑點頭，給了企堂比平日豐厚的打賞，說道，那我可更要時時來了。

阿響，並不知道自己的手藝為人注目，更想不到，會有人和他一樣來到得月閣，為了找到音姑姑。

雖然在尋找這件事上，他是徒勞的。然而，在這過程中，他卻發現自己，漸與這座茶樓產生了某種休戚相關的聯繫。這感覺在南天居不曾有過，惘惘間，仿彿他天生便屬於這裏。

但他並未接受韓師傅的建議，住在茶樓。而是，每天收工後回到太史第，給堃少爺做晚飯。

這天黃昏，他剛走到龍溪首約，遠遠地，依舊見一個青年人站在門口。不知已經站了多久。錫堃聲名在外，自從他回到廣州，消息漸漸傳了出去。有好事的，也有擁躉，便會在同德里的正門外逡巡盤

桓。是為見一見杜七郎。然而大門緊鎖,多半是失望而歸。久了,便重又清靜了。

然而,這青年從第一天起,就站在首約的邊門口,可見對錫堃很熟悉。阿響看出他與自己歲數相仿,眉目倒很成熟篤定。他卻並未穿著時下青年的西裝,倒是一襲長衫,穩穩地立著,像是一尊塑像。

小哥。阿響喚他。青年望他一眼,只抿抿嘴巴,也不回話。抬起頭,一雙眼睛,清凜凜地看他。

到了飯點了,你都劫,不如聽日再來過?

青年不再理他,硬著頸子,將頭昂起來,身形倒是站得更直了。

阿響便敲開門。旻伯開門,讓阿響進,不禁往外頭張望一下,看見青年,悄聲說,呦,還站著呢。

說罷闔上了門,才嘆一口氣。阿響問,這是第幾天了。

旻伯想一想,說,人家劉玄德是三顧茅廬。這孩子滿打滿算,已經站了一個禮拜了。

阿響說,少爺還不肯出來?

旻伯搖搖頭,說,唉,我們少爺那古怪脾氣,我都替這後生委屈。

兩個人邊說,一邊往裏走。這時,忽然聽見門外有人起裏一個音,唱起了曲。「怎不教我暮想朝思。」

頭句「乙反二王」。這曲,阿響可很熟悉,《獨釣江雪》。是錫堃為薛先生寫的第一齣戲,他自己心心念念,得空了便不由哼出來。久了,便是阿響都唱上幾句。門外的人,唱得中規中矩,像是唱給自己聽。漸漸聲音大些了,也自如起來。底下是一段「不如歸」:

> 憂憶漸成癡,
>
> 相思倩誰知,
>
> 曲終夢斷尚有何詞,
>
> 雖則愛絲化恨絲,
>
> 癡心一顆永無二,
>
> 悵念前塵舊事,

傷心怕憶花落時。

旻伯凝神聽，不禁「咂」一聲道，你別說，這後生的嗓兒，倒和咱少爺有幾分似呢。

阿響也點一點頭，剛想說什麼。卻聽見下頭一段「合尺花」，音陡然一高，變了假嗓。

好似掛住離人珠淚；只奈何人去後，
封侯夫婿，今日有恨不知。
孤舟裏自傷離。

漸漸唱得聲嘶力竭起來。因為尾音的誇張，荒腔走板。阿響可是聽出了惡作劇的意味。他和旻伯對視一下，心裏不禁捏一把汗。這時，就聽到遠處「登登」傳來腳步聲，慌裏慌張，疾走得像是在跑。錫堃提著長衫，面帶慍色，大步流星地走到門跟前，嘩啦一聲把門打開了。

那青年看見他一臉的殺氣，喘吁吁，卻笑了。他只頓一頓，便恢復到了方才平心靜氣的風度，對著錫堃，穩穩地給自己的演唱結了個尾：

雪影迷迷，照住愁人失意；
提不盡鴛鴦兩字，
因為鴛侶分飛。

錫堃斜了他一眼，到底收斂了怒容，一扭頭便回身往裏走。旻伯對青年說，後生仔，我們少爺請您進去呢。

青年到底猶豫一下，說，七先生沒開聲啊。

錫堃回過頭，狠狠地瞪他，大聲道，你唱我的東西，唱錯板眼。留在外頭丟人，我豈能忍得下！

不知為什麼，阿響心下鬆一口氣，說，來了就是客。少爺我做飯去。

錫堃說，慢著，我說要留他飯了嗎？

阿響定定，卻聽出他口氣裏軟一下，就說，飯總是要做，少爺自己也要吃。

錫堃扶一扶眼鏡，看看青年，那青年也似笑非笑回看他。他便道，你從香港跟到廣州，就為了蹭我屋企一頓飯？

青年正色，說，我是真心拜你為師。

錫堃皺一皺眉頭，道，你問問省港的梨園行，我杜七郎是不是真心不收徒弟。

青年咬咬唇，不甘地回說，那你又收了鹿準。

錫堃愣愣，口氣也粗了，他不是我徒弟，我只是缺個人抄曲。

青年說，那我就幫你抄曲。抄得比他快，比他好。

錫堃冷笑，說，好，你這大話放出來。要是跟不上我，我就當你是白撞，即刻躝！

時至今日，有關向錫堃與宋子游的師承，仍是粵劇歷史上的一樁公案。撲朔之處，大約因為二人各具過人才華，聲名均一時顯赫。而其曲詞風格迥異，前者華美典麗，後者質樸莊重。但共有傲骨，向杜七郎之癡世人皆知。宋子游則遺下名言：「我要證明文章有價。再過三、五十年，沒有人會記得那些股票、黃金、錢財，世界大事都只是過眼煙雲，可是一個好的劇本，過了五十年、一百年，依然有人欣賞，就算我死了，我的名字我的戲，沒有人會忘記。這就叫做文章有價。」

二說，坊間從未有人聽到宋子游叫過向錫堃一聲師父，他在粵劇界公認的師父，是馮志芬。但是，盛傳宋子游確曾懇求薛覺先夫婦和薛氏徒弟陳錦棠，向杜七郎傳達願拜為師的意願，向錫堃「耍手擰頭」，數次均拒。最後由「覺先聲」班司理黃不廢、蘇永年聯合薛覺先夫婦向他說項：「老七，你終有一天退出編劇行列樂享晚年，何不

造就一新人才，多個編劇接班人也。」

在一個夏夜，我和榮師傅師徒看了五十週年紀念版的《帝女花》。我們在北角的一間糖水舖宵夜。感慨間，我問他老人家，榮師傅，你說，一個師父真的會容忍他的徒弟，擁有和他同樣的才華嗎？

榮師傅哈哈大笑，說，才華，只有你們文化人才會這麼說。教會徒弟，餓死師父。你問陳五舉，他要是不改行做上海菜。憑他整得一手好蓮蓉，我做師父的仲可以搵到食？

五舉山伯，正在細心地將一些黃糖，灑進豆腐花。這時抬起頭，憨厚地笑笑。

我便又以向宋二人問他。他瞇起眼睛，好像望著遠方，目光卻落在糖水舖的標價牌上。他說，那時候，我愛看七少爺度曲，好像劇本早在心裏頭，一邊唱，還有做手，一邊走來走去。他要寫曲，不是唸出來，而是唱，好像在台上演大戲一樣。唱著做著，一晚上就是一個本子。要是找人抄曲，沒人能跟得上，都給少爺罵出了門。可那天晚上，阿宋來了，少爺唱一句，他便記一句，嘴裏跟著數板。不忘音韻身段，倒好像與少爺是一個人。一個人分成兩人身，就這一唱一和，「查、篤、撐」「查、篤、撐」一折戲就記下來了。什麼也沒耽誤。

我說，那還有呢？

榮師傅說，還有啊，就是我做的飯嘍。阿宋最愛吃的，是臘味煲仔飯。

那個夜晚，太史第響起了久違的笑聲。在這初夏的夜風中，飄蕩不去。阿響看著少爺在笑，不禁心裏有些酸楚。自從與頌瑛倉促而別，音訊杳然。他似乎就不曾笑過。他只是躲在自己的房間裏，度他的曲。他有時會託付阿響將寫好的本子送到固定的地方。阿響固然知道，這曲詞的鏗鏘之音，是全然將自己置身度外的。這是個天真而勇敢的人，亂世的悲喜於他，太過複雜而沉重，他唯有唱出來，寫出來。卻再也無法為之一笑。

此刻，錫堃朗聲大笑，笑得如此由衷。阿響看著被少爺稱為阿

宋的年輕人，只是微笑，眼燦如星。聽七少爺微醺後，說著些「癡人瘋話」。

待到後半夜，阿宋起身告辭。錫堃已酩酊，踉蹌著起身，卻又坐了下去。遠遠對阿宋說，你方才那段「揚州二流」，我總覺得末句還缺了力道。待來日……來日……說完這句，他便坐下去。歪著腦袋睡過去了。

旻叔便道，唉，又喝成這樣。響，我扶少爺進去，你送一送宋先生吧。

在蒼黑的夜裏頭，兩個人默然地走，走到龍溪首約的路口。阿宋開口道，今天真要謝一謝你。

阿響說，謝我做什麼。

阿宋笑一笑，不是你對我說，聽日再來過。我可能狠不下心來，唱一齣破釜沉舟？

阿響也笑，說，我是好心怕你累，倒成了激將了。我書讀得不多，可知道一句「精誠所至，金石為開」。不瞞你說，當年我拜師父，也是用了和你一樣的法子。

阿宋說，哦？那我們倒有緣份了。你方才做的臘肉煲仔飯，很好吃，讓我想起了家鄉的味道。

阿響就撓一撓頭，說，那真是歪打正著。其實是冬天剩下的臘肉，我是不想糟蹋東西。你老家是哪裏。

阿宋望一望遠處，說，香山。我很小就出來了，去了上海讀書，可舌頭都記得呢。我們家不富裕，這煲仔飯要年節，阿媽才會做給我吃。

阿響喃喃說，香山。

阿宋說，是啊，也是孫先生的老家。你知道，我有個心願，就是有生之年，能為孫先生寫一齣劇，演給天下人看。

阿響說，一輩子才剛剛開始，說什麼有生之年。

阿宋笑笑，這也不打緊。是我小時候，有個看相的，給我算過

一卦，那卦辭我還記得呢……罷了，我能和七哥學上戲，還說什麼往後呢。

阿響説，我們家少爺，嘴上惡聲惡氣，心裏是極善的。

阿宋過了一個數板，輕輕唱道，女兒香，斷人腸，莫道催花人太癡，癡心贏得是淒涼……誰説不是，心裏不善，哪裏寫得出這樣的曲子來。

阿響頓一頓，便説，如今少爺寫的，倒不是這些了。他是個不管不顧的人，你跟了他，不要怕。

阿宋低下頭，又抬起來，看著阿響，眼裏是灼亮的。他説，其實我想拜他，倒是因為在香港時，他作了一個演講。我還記得其中一句，「曲有百工，興邦惟人」。

他便站定，對阿響説，就到這吧。這太史第可真大，我們繞了整條街，還沒走到正門呢。我慢慢走回去。

阿響便也站定，看這青年人漸漸走進夜色中。因為時值十五，天又晴。月亮澄明，還有滿天的星斗，夜並不黑。他走了很遠，身影也仍能清晰地看見。

安鋪的信遲遲而來。是慧生的口氣，説是家裏一切都好，叫他勿掛念。日本人的飛機比往日來得少了些，他們商量著去廣州灣暫避，叫他在得月閣多留些時日。阿響讀下來，眼前卻浮現出葉七那張似笑非笑的臉。信裏隻字未提，要他在廣州找的人。亦未提到秀明，催他回來完婚。只説，有些手藝要留著，待天涼下來，從長計議。

轉眼到了端午。得月收得早，過午即打烊。

照例端陽這日，珠江上有扒龍舟的風俗，上午是趁景。起龍、拜神、採青、划船、吃龍船飯、入竇，忙了一程子，午後才「鬥標」的正印。穗上的好男兒們，摩拳擦掌，一展身手。這也是整個廣州城裏的熱鬧，萬人空巷。商舖食肆，便也偷得半日閒。

阿響雖非愛熱鬧的脾性，可想起上次看賽龍舟，還是七八歲時，

便也隨茶樓裏的年輕夥計們，去熱鬧了一程。回來得月，天竟已薄暮。夥計們一邊議論，一邊搖頭說，到底還是時勢不景，連這龍舟都不及以往好看了，強打精神似的。

拾掇一番，夥計們打了烊。阿響想著，世道再不濟，怎麼也是回到廣州來的第一個節日。心裏掛著，便拎著一掛長糭，往太史第回。

剛從邊門出來，迎臉便遇上一個人，朝茶樓裏望。

他見這人面善，便說，先生，我們收工啦。

那人「哎呀」一聲，說，緊趕慢趕，還是遲了。

阿響聽他的粵白裏，有濃重的北方口音，也不禁停住了步，問，有乜幫到你？

那人抬一抬頭，說，唉，逢上端午，我們這些異鄉客，不就圖吃上一口得月閣的糭子嗎，也算團團過個節。你說我好好的，去看什麼賽龍舟。

阿響就笑了，說，我們上晌就關門了。您要是趕來買糭子，倒又耽誤了看扒龍舟。

那漢子便袖起手，嘆一聲，說，小師傅，你們本地人，年年吃得看得，哪能一樣呢。

聽他這麼說，阿響心裏一動，便也喃喃道，您要這麼說，我離了許多年，也算不得道地廣州人呢。

見漢子看他，他便笑笑，說，現如今，我們得月的師傅夥計，都笑話我的口音。

漢子便恍然說，說，都說「得月」新來了個粵西小師傅，手勢出奇好。我吃了幾次，名不虛傳，莫不就是你？

阿響愣一愣，想起店裏的企堂議論起講國語的客人，為了他製的點心，經常給了格外豐厚的打賞。他便脫口而出，您是那位北平來的先生？

漢子似乎也一愣，忽然意會，對他拱一拱手道，正是在下。

阿響心裏不知怎麼歡喜起來，他躊躇一下，便將手裏的糭子，塞到了漢子手裏，說，您拎回去過節吧。

漢子自然堅辭不受，説無功不受祿。終於，他只拿了一個糉子，説，趙某孤家寡人，哪裏吃得了這麼多，就嚐個鮮吧。

説罷，轉身便往前走了。阿響遠遠看他背影，也是孑然的。心裏忽也一陣悵然，追上他説，趙先生，您等等。

其實，被這年輕後生邀請，去吃端午的夜飯，是在河川守智的計劃之外的。他想，如果他的意圖只是接近他，一切是否發展得太快。他轉過身，見這青年，向他走來。青年靦腆而小心地表達，只為了讓他不會感到這是來自一個陌生人，對孤身在外異鄉客的同情與憐憫。他驀然有一絲觸動，雖然一瞬以後，他便恢復了理智。在短暫的推託後，他欣然接受了邀請。

這時，他們不約而同地側過臉，因都聞到了一陣濃烈的檀香氣味。雖無交流，他們敏鋭的嗅覺，也都在氣味氤氲中分辨出了八角、花椒、硫磺的混合。他們看到衣著鮮麗的婦人攜著兒童，這氣息來自他們身上掛的香包。香包綴著五色絲線，在廣府一般由新過門的「新抱」所製。婦人手中拎著精美的漆盒，也是依廣州「送節」的舊俗，盒裏裝著糉子，豬肉、生雞、雞蛋、水果，是為娘家的「全盒」。兩人不禁看著這對母子離開，各懷心事。在這溽熱的南國，市井蒼涼，節日倒還如她的根系。根深而蒂固，皆自民間。

五舉山伯，忽對我説起，在他記憶中，師父身體一生壯健，無病無疾，可患有一種罕見的哮喘，久治不癒。遍看過嶺南廣府的名醫，並不見好。説是罕見，因平日無礙，但只要聞見兩種氣味，便立時發病。我問是什麼。他答，一是檀香，一是艾草。

這病症，及至老年，毫無改善。所以，逢到端午，全城燒艾，氣味數日去不去。恰是榮師傅最難熬的時候。這是他們師徒之間長久的祕密。香港業界只是傳聞，「同欽樓」的行政總廚，無論業忙，端午時必離港外埠，雷打不動。怕是與什麼人有一期一會。

山伯説，他曾陪同師父，去江蘇的無錫，參加一個食品博覽會。

榮師傅是評委之一。到了中午小休，有個附近江陰縣鄉鎮企業的廠
長，硬是把評委們拉到了一個什麼大酒樓。在座的，還有當地的領
導，可見是有默契。我笑笑說，考試前見主考，聯絡感情，這在唐朝
叫行卷。山伯嘆口氣，說，吃到一半，突如其來的，端上來一個盤
子，裏頭是幾只青團。原來就是這個企業的產品，什麼純天然綠色食
品。那廠長懇懃得很，給師父夾了一只。未到嘴邊，師父登時喘了起
來，一口氣差點上不來，嚇得整桌的人都獃住了。原來那青團裏，是
摻了艾葉汁的。

這年端午，太史第裏，瀰漫著濃重的薰艾氣味，幾乎有些嗆鼻。
旻伯燒得特別狠。他說，這裏許久沒人走動，不知滋生了多少蛇蟲鼠
蟻。再不燒一燒，白娘子就快要成精了。

儘管早已摸清了底細，河川守智也想不到，會在此刻出現在太
史第。還有一些意想不到。這大宅比他想像得還要闊落許多，九曲十
迴，走了許久。先不說河川自己的家，竟比他見過最有權勢的大名宅
邸還要大數倍。再想不到的，是它的敗落，只剩下了一個大而無當。
他很清楚，這與他的國家所帶來的時勢變局相關。

透過百二蘭齋的月門，他看到了一塊上好的太湖石，在暮色中，
竟還是百般旖旎的。不知為何，讓他聯想到昔日的熱鬧。這裏曾是多
少權貴鉅子流連之地。眼看他起朱樓，眼看他宴賓客。而今在這初夏
黃昏，如此空與冷，竟然讓他打了一個寒噤。他想，若自己是這宅子
的主人，要好好修繕一番。

現在一方斗室之中，竟已經坐了宅子裏所有的人。那個老邁的管
家，先去睡了。阿響準備了酒菜。酒是上好的紹酒，並一小瓶雄黃。
桌上另兩人，也都是青年。一個似乎並不顧他，正和另一個說話；另
一個並不接話，沉吟一下，在一個本子上奮筆疾書。卻沒忘抬眼望他
一眼，那眼裏有內容，並牽動了嘴角。

阿響抱歉地輕聲對他說，我們少爺在度戲。

「查篤撐、查篤撐」，堃少爺倏然一停，方才微闔的雙眼睜開。旁邊的宋子游擱下筆，將那本子也就猛然一闔。

錫堃道，腦汁都吸乾了，我可真是餓了。

他看了看河川守智，竟也不問來歷，說，來的都是客。阿響今天做的菜，得要吃乾淨。

倒是宋子游，掂起了酒壺，給大家斟上了酒。河川忙用兩指，在桌上磕一磕，道一聲，唔該。

錫堃聽罷，噗嗤一聲笑了，說，這又是跟我們上六府的人學壞了。喝茶便罷，能一起上了酒桌的，哪來的這許多規矩。

河川便道，初來乍到，禮多人不怪。

聽他一口粵語說得磕絆，錫堃便笑得更厲害了，用國語說，這位大哥，快別講白話了。你說得吃力，我耳朵都辛苦曬。

他一皺眉頭，用手指掏掏耳，戲白道，你是對牛彈琴，弦斷無人聽啊！

桌上的人，便都大笑。酒過一巡，心裏都鬆快不少。宋子游便道，還未請教尊姓。

河川點點頭，敝姓趙，趙守智。

宋子游便說，聽閣下口音，是北方人？

阿響說，趙大哥是北平來的。我們「得月閣」的老客了。

河川便道，論籍上是河北樂亭，這不是在皇城根兒混口飯吃嘛。

錫堃正色說，都民國多少年了，還說什麼皇城根兒。

河川笑咪咪，輕聲道，我可聽說，這太史第是光緒帝的太史呢。

錫堃一時語塞。宋子游給兩個人都滿上酒，說，罷了，反正不是滿洲國小宣統的太史。聽說北平的局勢近來好些了，您怎麼到了廣州來。

河川說，商賈之人，也是沒辦法。我老闆在這有間廠子，原是和英國人合開的。如今英國人顛了，叫我來拾掇。你們廣東人怎麼說，執手尾。

錫堃心裏還堵著，這時說，如今廣州的廠子，給日本人佔了一

半。按說燕趙多俠士。趙大哥的氣性,莫不也要低頭拿張貿易許可證?

河川依然笑笑,我們不營業,只盤貨。

這時阿響進來,又端上了一盤熱菜。是盤煎得香噴噴的糟白鹹魚。錫堃見了只顧拍巴掌,說,這個下酒好!我和阿響細個時的結緣菜。

河川說,哦,阿響師傅的廚藝,是小時在這太史第練就的?

阿響撓一撓頭,這可談不上,我學的是白案。太史菜的學問多。這幾樣小菜,我是照貓畫虎,還不如大哥見的世面多。

河川擺擺手,我一個北方人,哪吃過什麼正宗的粵菜。要說精細些的,以往在北平,跟老闆吃過譚家菜。名頭算是大的,「戲界無腔不學譚,食界無口不誇譚」,一個譚鑫培,一個譚家菜,好像是京上風雅人的半壁江山了。

他看一眼堃少爺,說起來,創始譚宗浚,和太史一樣出身南海,也曾點翰。這一南一北,都是淵源。

錫堃卻不接他的話茬,他揀起一塊廣肚,說,好好的雙冬火腩,以往用來炆壓席果狸的配菜,現在倒成了端午的主菜,也是難為阿響。話時話,我們家的太史菜,可不是用來謀生計的。

河川說,譚家菜雖設席經營,倒也不放外會。如今是三姨太趙荔鳳主理,一個女人,勉力為之,撐持十分不易。

錫堃悶下一杯酒,脫口而出,女人如何?當年我們家最好的廚娘,就是響仔他阿媽。

河川放下筷子,側臉微笑看阿響,令堂身在何處,趙某可有機會討教?

阿響一愣,說,我阿媽身體不好,少下廚了,在老家將息呢。

錫堃這時,忽然將酒杯在桌上一頓,喝一聲,陰功!

阿響便笑著起身,說,我該備個醒酒湯了。我們少爺今天心情不爽利,酒也喝得不盡興。

宋子游便嘆一聲,說,可不是!整個後晌,度這一支曲,總覺得

不在點上。

河川說，我是個粗淺人，可問問少爺度的是什麼曲？

宋子游剛張了張口，錫堃用筷子敲了一下酒杯，搖搖晃晃站起來，開口便唱：

> 看花疑在武陵源，燦然枝頭遍杜鵑。
> 夢醒眼中花憶鳥，魂斷啼血倍驚喧。

唱完了，自己一愣，便又搖晃地坐下來。河川說，在下不才，對粵曲無研究，可是方才聽七先生，安的好像倒是國語的腔。

錫堃眼神一散，眼裏有噱然之氣，只道，我要是用了當今的「平喉」，怕是有人更聽不懂了。

河川也不惱，沉吟一下，說，那我也來斗膽和一個，便唱道：

> 生花妙筆入詞篇，金縷歌殘入管弦。
> 豈是知音人盡杳，更無新曲效龜年。

這唱罷了，室內一片靜寂。半晌，宋子游先拍起巴掌，說，好啊，好一個「豈是知音人盡杳」！倚情入境。兄台的底子厚啊。

他轉向錫堃道，七哥覺得如何。

錫堃正愣著，眼神落到遠處的燈影裏頭，半天才回過神來，喃喃說，你懂戲？

河川笑笑，拱一下手，哪敢說懂，年輕時候，有個師父教過幾齣，不論崑亂，就是自己唱著玩玩，上不得檯面的。

錫堃喃喃，你這個師父，不一般。

宋子游說，我是好久未聽崑曲了。上回還是楊雲溪來海珠，那時小不懂事，一齣《牧羊記》聽了個皮毛。如今想來，是大憾。

河川便起身道，各位不嫌棄，那我票一折《告雁》吧。

他清一清嗓，開首便是「一翦梅」：

仗節旄羊北海隅，天困男兒，誰念男兒？綠雲青鬢已成絲，辜負年時，虛度年時。

方才還是個有些英氣的人，疏忽間，一抬手，老境已至。眾人驚了一下。

這折「一場幹」，是鬚生看家戲。告雁而不見雁，思我而忘我。雁卻由意而行止，不留一痕，又無處不見。虛虛實實，實實虛虛；雁於蘇武，如心獨白。「渴飲月窟水，飢餐天上雪」。一鞭在，羊在。一人在，雁在。叫雁數次，雁飛，起落，盤旋，由唱者手眼引導，於觀者心中。無中生有，無勝於有。

待唱到「仗你一封達聽，望天朝金闕，旺氣騰騰。月冷權棲蓼花汀，天寒暫宿無人境」。阿響恰端了湯進來，那趙大哥的背影對著他，有躕躇之意。他卻見堃少爺定定坐在座位上，如石化了一般。眼裏滿淚盈盈，神情卻是暖的。

這唱完了，河川正襟坐下，拱拱手道，冒昧了。

錫堃卻站起來，走到他跟前，一個踉蹌，阿響要扶住他。他卻推開，穩穩地走到河川跟前，恭恭敬敬作了個揖，說，趙大哥，方才是我造次了。

河川也起身，這怎麼說起。我隻身南下，孤家寡人。今日叨擾，得君賞飯，才是造化了。

以後，河川便成了太史第的常客。阿響便也有心將菜做得精緻些。還跟「漱石居」的人學了幾個北方菜，想對漂泊的人，總是可以一慰鄉情。

夜半時，每每看太史第的前庭，暈黃的光裏頭，有三個人酬唱。雖不見得熱鬧，卻讓這清冷的大宅裏頭，多了許多活氣。他聽旻伯說，一人肩上兩盞燈，幾個後生仔，就將這太史第點亮了。他看出來，少爺的形神，又好了一些。他知道少爺心裏本是孤的，想作個伴

兒。可自己這個伴兒，走不到少爺的心裏去。如今，一個宋子游，一個趙大哥，都是可以往他心裏頭作伴的人。他便覺得安慰了許多，也充盈了許多。

　　少爺有等的人，他也有。等著等著。日子也就無知覺地過去了。有時他也恍惚，是否真有這個人，要他等。還是他本要用等待做個藉口。每每他為這個念頭所動搖。一封信就寄過來，說家裏在廣州灣都好，教他莫著急，在「得月」多歷練些日子。口氣是慧生的，筆跡卻是葉七的。

　　他嘆口氣，也罷。如今他在得月，似慢慢站穩了腳跟。韓師傅依舊不管他。可是旁人能看出對他的關照。茶樓的生意，時好時壞。事頭發話，流年不景，大小按各自遣走了一兩個人。聽說也都是韓師傅的意思。未到年尾，食「無情雞」[1]，這本不合常理。他被留下來，便招人怨言。阿響本是硬頸的人，想起了袁師父的話，便萌生了去意。可沒等他和韓師傅說起，韓師傅倒先找了他，說《粵華報》的「庖影」，要舉辦一個大賽，給各大食肆的新廚。他說，這是什麼局勢，還要辦比賽。韓師傅說，比賽事小，倒是讓「得月」重整旗鼓的機會。阿響搖一搖頭，韓師傅看他一眼，說，你師父的無字信，我讀懂了。

　　阿響猛抬起頭，問他讀出了什麼。他說，你先別管他說了什麼。這個比賽，非得你去。

　　阿響說，「得月」資歷在我之上的，至少四五個。我拿什麼和人比。不瞞您說，我是想回家了。

　　韓師傅說，你會的他們沒有。

　　阿響問，我有什麼。

　　韓師傅說，「得月」往年最出名的是什麼？你是帶著你師父的手藝來的。

1　粵俚，舊時指被老闆開除。

　　韓師傅將二樓的小廚房借給了阿響，晚上給他練手。到了夜晚，這裏便成了他一個人的天地，就連韓師傅都不會進來。

　　他看著這廚房裏的傢什，都是葉七用過的。一口打蓮蓉的大鍋，也是葉七留下的。韓師傅說，他走了，無人再用。用了，打出的蓮蓉不好，倒毀了鑊氣。不如放著，算是個念想。可阿響看，卻並不見生鏽，好像是有人隔上一陣兒，便擦拭打理。

　　他開火架灶。這半年下來，手其實有些生疏了。先打出了一爐，給韓師傅嚐。

　　韓師傅說，餡料不夠滑，皮不夠酥。

　　隔天，再打一爐，韓世江說，火候欠了，沒炒匀。

　　再打，韓師傅咬一口，忽然停住了，再咬，慢慢品，點頭道，好了，果然，只差那一味。

　　阿響便問，哪一味。

　　韓世江看他，笑而不言。

　　阿響便試肉桂，舂到極細的白胡椒，都不對。

　　韓師傅搖搖頭說，想想細過時吃過的，與現在你打的，差了什麼？

　　阿響仔細想，許久，囁嚅而出，小時候口味貪甜，和現在怎能一樣呢。

　　韓師傅說，那就繼續試，試出來為止。

　　阿響望著還熱騰騰的月餅，說，這些怎麼辦，分給店裏的夥計？

　　韓師傅說，不，你帶回去，給七少爺吃。

　　阿響一抬頭，七少爺？

　　韓師傅點點頭，笑說，太史第練出的舌頭，口味刁。興許能幫上你。

　　看阿響猶豫，他終於說，記著，就說是我教你打的。

　　阿響提著一籃月餅，回到太史第，竟還帶著餘溫。遠遠地聽見有胡琴聲，清越地從暗夜裏穿過來，軟軟在他心上劃了一道，是熨帖的。太史第許久沒有琴音了，以往這聲音，伴著無數個盛宴的。多半

酒過三巡，太史興之所致，會親自司琴，他如癡如醉，賓客如醉如癡。

但此時，這琴聲悠遠，卻是很清醒的。

他走過去，琴聲恰停在一個餘韻綿長的尾音。遠遠地，就看堃少爺喚他，說，響仔，你算趕上了趟。趙大哥這操了一手好琴。你倒問一問，他還有多少好東西，沒有亮給我們！

趙大哥謙謙一笑，說，哪裏是我拉得好。是這琴好，上好的青海紅鬆，不多見。太史第倒是還有多少好東西，我不知道。

錫堃嘆道，唉，我爹啊，就捨得在這些東西上下本錢！若不是你來，一年半載，怕還要在書房裏撲灰。

他看到阿響手中的籃子，說，這是什麼，響仔給我們帶了好宵夜來。

不等阿響言聲，他便走過去，大喇喇掀開了籃布，跟著大笑起來，這還未到中秋，怎麼就有了月餅吃。

便取出來，捧在手裏，說，呦，這好，新鮮熱辣。

說著，一面也便分給了宋子游和趙大哥。自己先咬了一口，嚼了幾下，眼睛忽然亮了，又嚼一嚼，這才問，響仔，這月餅哪來的？

阿響道，韓師傅，教我打的。

錫堃目光黯然了下去，說，我還以為，是得月閣的大師傅回來了。你可記得我哋細過陣時，得月的雙蓉月餅，好生排場，有價無市。可那大師傅忽然走了，再也吃不到。你這月餅呢，論口味倒與他有些像。也難怪，那韓師傅，罷了，到底還是欠了點什麼。

阿響不禁問，欠了什麼。

錫堃搔搔腦袋，忽然拉長了腔調，嘻笑地用戲白道：欠咗一味風花，又差咗一味雪月罷。

趙守智，或河川守智，在旁邊微笑著，看錫堃與宋子游吃下了整只月餅，他才佯裝收拾好了胡琴，開始小心品嚐。

有一種味道在他的舌尖上打擊了一下，齒頰間忽而流出了津液。他心裏暗暗吃驚，他想，這種感覺，似乎在他的童年記憶之後，就再

也沒有過了。毫無疑問，這是一只非常好吃的月餅。來中國這些年，他吃過不少月餅。稻香村的京式自來白、自來紅，知味觀的蘇式鮮肉酥皮、乃至潮式膀餅、清油餅，廣式月餅，更是遍嚐五仁、金腿、豆沙、蛋黃到棗泥。可是，第一次，他被一款看似普通的蓮蓉月餅所震動。他想，七少爺說缺了一味，是缺了什麼。

他想起了聽過的那個傳說，有關得月閣，也有關早已經失傳的雙蓉月餅。風馳電掣地，又想起那個不知何蹤的大按師傅。他看了一眼阿響，默然想，這孩子，到底沒有辜負自己的等待。

事實上，河川守智已在太史第盤桓了許多時日，並無實質性收穫。至此，他未看出任何蛛絲馬跡，卻開始習慣於這大宅裏信馬由繮的日常。

而在這日常中，他卻被另一種東西所滲透，浸潤，挾裹。

起初，他只當是一場遊戲。和這些青年人相處，他甚至談不上「使命」二字。一場遊戲，他只是在其中扮演一個角色。漸漸地，他發現自己，似乎開始享受趙守智這個角色。一個略潦倒的工廠襄理。孤身南下，有來處，有淵源。

有關趙守智，自然一切都是假的。但唯有一樣，卻和河川有了真實的嵌合。他一向覺得，自己是個必然孤獨的人。從他出生開始，家族、學校甚至他所在的組織，他都是孤獨的。一方面，當然是因為智力上的優越、或者驕傲，更重要的是，他無法信任這個世界。這個世界也並不值得他信任，他們在暗處，曾嘲笑他的殘缺。而他需要做的，不過是在或明或暗之處擊敗、消滅他們；或者蟄伏，等待他們被局勢所淘汰。就如他的同事谷池的下場。然而，此後，他仍是一身孑然。

他扮演過許多人，可謂得心應手。出其不意的是，趙大哥這個身份，讓他感受到了一些經驗外的東西。在遊戲的開始，他嚎然於他們的天真。究竟還是些年輕人，如同新鮮的誘餌。他冷靜地在他們背後的暗影裏，尋找另一些人的輪廓。

可就在這尋找的過程中，或者曠日持久，他發現自己漸漸投入於趙大哥這個角色。甚至在這些青年，親熱地喚他時，竟有些享受。就

在剛才，他用天生外翻的右手，艱難而熟練地舉著琴弓，奏罷一曲《鳥投林》。這些青年，看著他的手，沒有嘲笑與同情，只有欽羨，甚至是一種可稱為摯愛的神情。愛，這個字眼，離他非常遙遠。即使在自己的家庭，在兄弟姊妹中，他只是一個庶出的殘疾的孤兒。可在剛才，七少爺遞給他一塊月餅，微笑著，極其自然地，叫他一聲，大哥。

剎那間，他的心驀然鬆軟下來。他忽然閃過一個念頭，我為什麼不是真正的趙大哥。

趙大哥，一個落魄的中國北方人，一個工廠裏理，哪怕只是一個懷才不遇的琴師。

這個念頭，猝不及防。意識到這一點，讓他感到危險，甚而警惕。他想，如果一無所獲，或許應該停止了。這只是個遊戲。在這他越來越熟悉的大宅裏，一種力量，潛移默化地在侵蝕他的遊戲規則。他想，或許他的方向錯了。或許是時候戛然而止，抽身而退，回他的「北方」了。

但是，剛才這塊月餅告訴他，再等等。

他將月餅吃完，甚至將掉在膝蓋上的餅渣撿起來，也吃下去。他微笑地接了堃少爺的話，這月餅太好吃了，還會欠什麼呢。

阿響喃喃地說，係啊，差啲乜哦。

待客都散了，錫堃拉住阿響道，響仔，我有事情跟你說。

阿響見他是蕭然的神氣。望望外頭，月朗星稀，是一絲夜風也沒有。半晌，錫堃說，我恐怕是要走了。

阿響一時怔住。他說，你還記得，我曾對你說，省主席李漢魂，請我去做省府參議，我在韶關成立了一個粵劇改良所。可只做了半年，便解了職。所謂人浮於事，我並不戀棧。

最近聽說，大武生段德興從香港經過廣州灣轉南路道了粵北，正在義演《岳飛》。說起來，返廣州前，我也動員過省港名伶回內地義演勞軍。可老倌們戀於繁華，沒幾個願意回來的。段德興好本事，竟集合了衛明珠、明心姊妹，黃少伯、陳發、陳江十餘個人，組了個

「粵劇宣傳團」。上次寄去我新寫的的本子《燕歌行》，說是演得極好。當年允哥說，「未臨戰地者，非向家兒」，我打算隨段德興的勞軍團做編劇，鼓舞士氣。總比每寫出來，都要一番輾轉的好。在這大宅子裏，久了，人養懶了，寫出來的，總歸都失了力道。

阿響說，少爺，這事你還對誰說過。

錫堃說，宋子游。他雖還未出師，可倒是很像我的氣性，我打算讓他回香港去，在伶界做些宣講。抗戰一事，水滴石穿。再說日本人虎視眈眈，香港如今，哪裏又是桃花源。

他頓一頓，我唯有一件事情放不下。

阿響想一想，良久道，少爺，你放心，我在這裏幫你打聽著。允少爺和大少奶奶，吉人有天相。

錫堃闔上眼，喃喃道，自我阿娘開始，吾所愛之人，必多舛，每為我向族不容。「屈子滄浪驚水濁，離騷詠賦隱憂時」，這是命。

阿響說，少爺，你什麼時候動身。

錫堃說，中秋後吧。

阿響說，嗯，我要讓少爺臨走前吃上，我哋細個時食過的月餅。

河川守智，是個長於抽絲剝繭的人，他將他所捕捉到的所有細節，建設一張事件的版圖。和他在「谷機關」的同事們不同，他不愛與人討論。他往往依賴獨立的冥想完成這張版圖，在冥想中真相漸漸豐盈，成型。積以跬步，柳暗花明。他甚至不願留下建設的證據。他崇尚以思為筆，意念為紙。

阿響帶來的月餅，為他打開了關節。他發現自己的失誤在於，他將思考的焦點，放置於向錫允所在的組織。在慕眾大廈爆炸案中，他們發現了向錫允的屍體。他主張隱藏了這個事實，並且以之為誘餌，尋找他的同黨。然而，經過縝實的調查，向家和益順隆通共的攬頭司徒、以及那對神龍見首不見尾的夫婦，並不存在交遊與往來。這讓他的邏輯，發生了困頓與斷裂。他試圖在得月閣與太史第之間建立某種聯繫，長久無果，直到他等到了這只月餅。

得月閣失傳了數十年的雙蓉月餅，隨著當家大按師傅葉鳳池失蹤，在廣府消聲匿跡。河川調查出來，這葉師傅曾是三點會有聲望的當家之一，在嶺粵結社。興行會之名，以抗清廷。辛亥後，洪門散了，他也便隱於江湖。可他的根脈觸鬚，仍是形散而神聚。反日之聲愈熾，便有人藉之為號令，遊刃集結民間各種力量。事來，則膠結凝聚，如萬千蚍蜉共撼樹；事畢，則如蟻而散，各歸其巢。互助間，不囿於團體、政見，只以任務為要。因是短期聯盟，人員組織、信息傳達全以職業革命掮客為樞紐。這些人，被稱為「音線」。其音希聲，難覓蹤跡。

當河川恍然，那對夫婦的音線身份，他不禁驚訝於這來自於廣東民間的鬆散聯盟，竟是久未告破的幾起反日事件的因由。

這是一個巨大而路徑無序的蟻巢，在粵西對蟻王的追蹤並無進展。葉鳳池舉家遷離了安鋪。但是他的徒弟，或者養子，竟與自己朝夕相處。他有些興奮，但並未聲張。不假旁人之手，他要親自揭開事情的隱祕。

阿響終於為了一件事情輾轉反側。這在他是未有過的。他想，為什麼韓師傅一嚐，就發現月餅少了一味料。他與葉七，究竟是怎麼樣的默契。為什麼葉七肯教他，卻獨留下那一味。

他隱隱地有一種感覺，先前的家書，或許已石沉大海。也不再寫信回安鋪。他想，他是必要回去看看了。但所謂家裏寄來的信，並無回郵地址。

關於比賽的事，韓師傅似乎也不催促他。只是例行地來檢查他的成果，然後成竹在胸地搖搖頭。

於是，他想到了那封無字信，便向韓師傅討來看。韓師傅微笑了一下，從袖籠裏取出，便遞給了他。好像已預備好了他要來討。韓師傅說，帶回家，慢慢看。

他將燈調得明亮了些，慢慢看。對著光看，由不同的角度。翻來

覆去，都是白紙一張。時日久了，中間的摺痕深了。一處邊角，有淺淺的污。他想，那是韓師傅留下的。他或許也不止一次地，如他一般反覆地查看，揣摩。

可是，一張白紙，能看出什麼呢。

他入神地看，沒留神錫堃進來了。七少爺站在他身後，默默地，半晌，忽然開口說，雪地銀駒。

阿響吃了一驚，回過頭來。看見錫堃眼裏有溫暖的燈影，目光卻在遠處。他問，少爺，你說什麼。

錫堃這才回過神，說，你手裏的這張白紙。讓我想起師父來了。

阿響說，師父？

錫堃說，嗯，李鳳公師父。小時候，阿爸請他教大嫂丹青，帶上我們幾個小的，一起學。第一課，李師父什麼都沒畫。他在屋當中，掛了一幅水青綾子裝好的捲軸。這捲軸上，只裱了一張雪白的紙。他問我們在這紙上看到什麼。我們看了又看，都是一張紙，便回他說，什麼都沒看見。

半晌，只有大嫂一個人，慢慢站起來，說，師父，我看到了。我看到了有匹白色的小馬駒，臥在雪地上。

師父撚一下鬍子，微笑說，對。這畫上看見的，就是你心裏有的。人常說眼見為實，還是著了相。莫相信你們的眼睛，要相信自己的心。

雪地銀駒，大象無形。

雪地銀駒。阿響跟著他，喃喃道。

錫堃打了一個悠長的呵欠，說，慢慢看。我睏了，你也早點歇著吧。

阿響竟似沒有聽到他的話，仍是盯著這張紙，嘴唇翕動。又過了許久，他舉起了這張紙，小心翼翼地伸出舌頭，在上面舔了一下，又舔了一下。

他的眼睛，漸漸亮起來了。

第二天，阿響將信還給了韓師傅。他說，我知道少了哪一味了。

韓師傅微笑，等著他。

他說，鹽。

韓師傅點點頭，說，嗯。鹽是百味之宗，又能調百味之鮮。蓮蓉是甜的，我們便總想著，要將這甜，再往高處托上幾分。卻時常忘了萬物有序，相左者亦能相生。好比是人，再錦上添花，不算是真的好。經過了對手，將你擋一擋，鬥一鬥，倒鬥出了意想不到的好來。鹽就是這個對手，鬥完了你，成全了你的好，將這好味道吊出來。它便藏了起來，隱而不見。

阿響對他拱一拱手，說，我這就去試試。

韓師傅又頷首，說，你師父這封無字信，為難我，卻為成全你。你自己悟出來的，這輩子都忘不了。

中秋當日，阿響打出一爐月餅，給韓師傅嚐。韓師傅只吃了一口，嘴角輕顫了一下，說，這就對了。我做不出的味道，可一吃便知，對了。

這金黃的月餅，齊整整的，在燈底下是燦然的光。韓師傅親手蓋上了得月閣的紅印。小廚房裏，原有一個暗門，韓世江打開來。原來藏了一座供檯，是尊半人高的紅檀木彌勒。阿響見他，將三塊月餅擺在一只碟子裏，擱到供台上。他便喚阿響過來。

阿響過去，他便扯過兩只蒲團，說，響仔，給師公磕頭。

阿響這才看出，那雕像並不是個彌勒，而是眉眼絕類彌勒的胖大漢子，慈悲相貌。那身上也未穿袈裟，而是連身的圍裙，青鈕的護袖。

韓世江帶阿響，磕了三個頭，說，師父，您的手藝擱在師兄這沒斷根兒，算是有個傳人了。這月餅，還是得月的味道。

阿響見他說著，竟然語帶哽咽。待他將暗門闔上，阿響終於問，韓師傅，這打蓮蓉的手藝，師公只教給了我師父一個人？

韓世江愣住了，許久，長長地吁一口氣，說，響仔，你坐定了，陪我說會兒話。

阿響便坐定了。

韓師傅熄了灶，也坐下來，往煙斗裏加了些煙葉，眼睛眯一下，說，我是你師父撿回來的。

對於這位師叔公，五舉山伯倒在「庖影」中發現了不少的資料，一一複印了與我分享。說起對其印象，山伯由衷地說，「真是個人物」。因自辛亥以來，得月閣大半的歷史，與他相關。這裏頭自然多的是江湖野史，可是足以見到其為人的圓圞。做這間老號的掌舵人，光是有廚藝，自然是不夠的，還得有些定奪的心象。看到其中一則軼事，陳濟棠主政廣東期間，大興百業，茂於市政。廣州為南國首善之都之氣勢漸成。一日路過「得月閣」飲茶，見茶樓廳堂生意之盛，民聲鼎沸，感於一己苦心，興之所至，手書「得粵」二字。茶樓經理得之若寶，大為銘感。一番思忖後，又照會了股東，送去製了新的匾額，欲將門楣上「得月」二字代之。這韓師傅知道了，從身上摘下了圍裙，扔在了經理面前，說，罷了，我們得月閣已經沒有了月餅，如今連這「月」字也要沒了嗎？！

在其號令之下，整個大小按的師傅集體請辭，「得月」更名之事算是不了了之。「庖影」的文字，頗有些駕蝴氣，但關於這則軼事。標題卻很鏗鏘，「一心護月，其氣浩然」。當然，這專欄文章發表，是「南天王」下野之後的事了。可是作為當年曝光度很高的名廚，倒是鮮有文字說起他的來由。就連他的師承，也有些支吾其詞。我便拿著報紙去找榮師傅。榮師傅愣一愣道，他說，他是被我師父撿來的。

光緒三十二年。

此時，年輕的葉鳳池隱姓埋名，已拜在名廚任豐年門下四年有餘。任師傅是得月閣開張後的第二任大按。

這一天，師徒二人從河南歸來，回到西關。這經過荔灣湖上捅

翠橋，聽到前面喧鬧。只看到一頭黑狗，呲牙咧嘴地，正對著個孩子。那狗淌著口涎，嘴裏叼著半塊灰撲撲的餅。地面前披頭散髮的孩子，竟然也叼了半塊。兩邊僵持著，孩子忽然就撲了上去。一把擒住那狗頭，將牠嘴裏的餅奪了過來。那動作行雲流水，竟如閃電一般。旁邊的看客們，忍不住叫好。孩子抬起頭，竟然咧嘴笑一下，那牙雪白的。他就將那餅大口吃下去，朝橋下跑。那狗愣一下，瘋一樣去追他。一口咬在孩子小腿上。孩子一面掙脫，一面繼續吞那餅。吃完了，看狗，臉上是痛苦而勝利的神情。狗快快地離開了。他倒是利落地，從褲腿上，撕下了半拉布片子，將那傷口紮上了。

葉鳳池盯著髒兮兮的乞兒。人都散了，他還在看。倒是任師傅說，走吧。亂離人不如太平犬，各掃門前雪吧。

卻見他一瘸一拐地，就往橋底下走過去。走到那孩子跟前，從懷裏掏出個油紙包，是先前在漱珠東市買的光酥餅。

他們返身走了，葉鳳池聽到後頭有聲響。回過頭，看是那孩子跟著。葉鳳池腿腳不利索，便走得慢一些。孩子也走走停停。任師傅搖搖頭，從口袋掏出幾枚大錢，要塞給孩子，揮揮手說，走吧。

孩子並不接，也不走，只是遠遠跟著。葉鳳池轉過身，躬下身，和他對視。問他，你叫什麼。

韓世江。孩子聲音清亮，但幾分老成。

葉鳳池有些吃驚，因這名字，和他的聲音一樣老成。他又問，你屋企呢。

這叫韓世江的孩子，聲音低下去，說，沒了。肇慶打了大風，我家屋塌了，就活了我一個。

葉鳳池把手放在他肩上，硬得硌手。他回過頭，說，師父，我想帶他回去。

任師傅嘆一口氣，你還未成家，先養個細路仔？

可那孩子抬起頭來，朗朗地說，我不是細路，我十六了。

師父常說，我兩個徒弟，一個瘸子，一個矮子。

韓師傅吸了一口煙，將煙圈裊裊地吐到了空中。他看一眼阿響，把煙斗擺在了矮榻上，起身，走到那大案後頭。他摸摸那只樹樁，說，當年啊，我個子小，還不到這大案高，旁人都笑話我。師兄就從白雲山，給我弄來這只樹墩子。他讓我站上去，問我，現在咱倆誰高。我說，我高。

他說，你下來。

我不願意下來。我說，下來了，是個人都比我高。

我師兄就一抬腳，把我從樹墩子上給蹬了下來。我坐在地上哭。他說，江仔，你要想比人高。要麼，就永遠站在這樹墩上別下來；要麼，就得在心裏頭，高過所有的人。

我記著這句話，在這樹墩子上，站了三十多年。站在上頭，我比人高；下來了，我高過人。

我的手藝，有一大半，是師兄教出來的。他只輸我一樣，就是包蝦餃。每次輸了，他就說，「人小精，狗小靈啊！」他做了大按板時，我在「得月」也站穩了根基。師父將打蓮蓉的手藝傳給他，不傳我，我不怨。

那些年，我甘為他上下打點。我知道他和那些人的瓜葛，我也知道比起這得月閣，外頭他有更大的天地。可我呢，我這輩子，就只能守著這座茶樓，還能去哪裏。後來，我聽說他收了外姓孩子做徒弟，要傳他手藝。師徒兩人在小廚房裏，卻瞞著我。我這心裏頭過不去。我恨，恨到了那孩子快出師。他教出的徒弟，暗渡陳倉，我是早知道了，知道了卻沒有言聲。我想，葉七，你也有今天。他對那孩子留了一手，心卻涼透了。他走了，臨走前說，你們要想有一天，雙蓉月餅回到「得月」來，就好好留著江仔做大按。

韓師傅深深看一眼阿響，說，孩子，應承我。這一回，別讓你師父又揀錯了人。

他站起身，將那暗門打開，取出一個陶罐來。那罐子粗礪，表面卻閃著晶瑩的光。他說，這可是好東西，你師公留下的天山岩鹽。你再打一爐月餅，帶回太史第去。大中秋的，都等著呢。

　　河川守智坐在太史第裏。堃少爺將南海廳的大吊燈打開了。這裏是太史大宴賓客的地方。雖只有一桌，但那吊燈投下來蓮花花瓣的影，盛大如佛誕梵景。河川便坐在這燈影中，水靜風停，心裏卻終於有些焦灼。

　　他想，這些天的日子，如在心中結繩記事，終於到了求和的時候。「谷機關」截獲了一封密電，電文為「姮娥遇天皓，談笑照汗青」。文中所隱為，「中秋太史第見面」。

　　當他收到來自錫堃的邀請，稍假思索，便答應了下來。

　　賞心樂事誰家院，菊黃蟹肥正當時。宴到興時，他甚至串了一齣《貴妃醉酒》。梅博士蓄了鬚，不給日本人唱戲。他未領教過那曼妙的身段，可是他聽過唱片。裏頭是個幽咽而任性的貴婦人，唱出了繁花似錦，如水夜涼。

　　不知為何，唱著唱著，他想起的是這個女人在馬嵬坡的終結。有人說她東渡流亡，隱於民間。若真如此，便有多少大和同胞身上，流淌著支那的血液。或自知，或不知。想到這裏，他走了神，唱錯了一個音。

　　此時，不約而同地，錫堃和阿響都想起了那個夜晚，在唱完這齣戲後，一張生命靜止的、美豔不可方物的臉。他們同時聞到了若有若無的，荔枝的氣味。

　　旻伯微笑著，將阿響打好的月餅，端了上來。

　　河川照例是最後一個吃。這晚霾重，看不到月亮。但他吃下去這月餅的時候，仿佛看到一輪滿月，從富士山巔緩緩升起。藍色的月亮，冷而大。

　　其他人，先是笑著，然後看到一滴血，從河川的嘴角流了出來。河川看不清他們的面目，也聽不見他們說什麼。他只看見這枚冷而大的藍色月亮，升起來了。當他倒下的時候，看著阿響，外翻的手掌抖動了一下，僵直地向一個方向使了一下勁，便垂了下來。

　　旻伯蹲下身來，將手指放在他的頸動脈上，點點頭。

他看著兩個未及做出反應的青年，冷靜地説，從大門走。

當他們坐上駛向碼頭的馬車。錫堃握住了阿響的手，那手是冰涼的，有徹骨的寒意。這時，他們頭上的霾竟散了，月光倏忽照在了珠江上。粼粼而泛藍的水，浩浩湯湯。七少爺側過身，阿響仍看到煞白的影，在他臉上掠過。阿響聽到錫堃説，日本人……方才，他功架裏有兩個動作，是能劇裏的。

河川向夫，河川守智的長子，是一位近代史學者。他在前年出版的調查報告中，用大量的篇幅言及二戰在華特務機關。有一段文字，引起了我的注意。這段文字並無特指其父，而是揭露了日軍對於特工培訓的某些關節。其中一項，是為了防止作業中被敵方施毒。他們會有針對性地，預先為諜報人員施餵或注射各種毒劑，極其微量的，但曠日持久。待他們滿師，人體已經適應了相當劑量的毒素，輕易不會中毒。通俗而言，這猶如西南地區傳説中的種蠱，各種毒蟲相互傾軋的結果，是產生毒中之毒。每個特工，便是一隻百毒不侵的蠱。

然而所有的毒，總是有那麼一些軟肋。相對劇毒，這些元素多半是溫柔的。或是解藥，如普魯士藍與鉈的關係。還有一些，會對已與劇毒融為一體的機體帶來強烈的反噬。

河川，死於極其微量的天山岩鹽。其中的礦物質，對普通人可能會被作為所謂營養而吸收。但在他的體內，遭遇蟄伏的毒素。星星之火，便成燎原之勢。

這一回，深受其辱的日軍沒有低調處理，但還未及大肆搜捕，便有人以極戲劇化的方式投案。相關的新聞，登在日偽報紙《民聲日報》上。在這個中秋，市面上忽然出現了久違的得月閣的月餅。其中一些，上面點著巨大的血紅的圓點。人們咬開，發現裏面藏著一張紙條，用小楷寫著激烈的抗日標語。每一張紙條的背面，同樣以極敦厚的小楷寫著一個名字，韓世江。

當載著錫堃和阿響的車趕到珠魚碼頭，他們看到已站著一個人。

這個人向他們走過來，並將斗篷上的風帽取下來。就著月光，阿響看清楚了，是音姑姑。

音姑姑還像以往一樣微笑看他，是慈愛的長輩的笑，仿佛昨日才剛剛見過面。她對阿響說，你們的行李，都在船上了。七哥囑咐你，在外頭別想家。手藝長在身上，行萬里路。回來了也丟不掉。

看錫堃在旁邊愣愣的，她溫柔地說，少爺，放心。你大嫂很安全。

錫堃看著她，忽然醒過了神，問，我允哥呢。

音姑姑望一望江上，江水和入海口連結的地方，格外寬闊。月光在那裏連成一條長長的線，波動著，將天際的深暗裁切開來。她說，快走吧。夜長夢多。

他們坐在船上，聽到船槳搖動的聲音。阿響才回過頭，看岸上黑漆漆的，已經沒有人了。這一刻，他恍惚了一下，覺得似曾相識。他究竟是想不起來，在他還是個嬰兒時，也曾在一個暗夜，由這個碼頭啟航，去往不知名的遠方。

船入了海。四圍靜寂，阿響與錫堃，也都不說話。

聽到船尾有輕微的聲響。搖槳的船婦說，莫怕，是我養的雞。

秋風的涼意，在海上漸起。船頭有一只爐，坐著一口鍋，正咕嘟作響。她停下，掀開鍋蓋。有很清澈的香味傳出來。燃亮煤油燈，她盛了兩碗粥，遞給青年，說，喝吧，暖暖身。

阿響這才發覺，自己餓了。粥的味道很好，清香的肉味，不膩。船婦說，我們蜑家水上人，沒什麼好吃。就這個雞粥，可拿得出手。正月裏的雞仔，到中秋下欄。養在艇尾，不見陽光，只安心長肉。少了許多麻煩。我一年只上一次岸，就為了買雞仔。

這時，撲通一聲，是夜裏的魚躍起。落到水面上，擊碎了平靜。那亮白的月光，沿著漣漪一道道地擴散開來，又一點點地被濃黑的海面吞噬了。

玖·烽火曉煙

薄酒可成禮，何必飲上尊。醜婦可成室，何必求麗人。……

袍布衾亦自暖，不用狐裘蒙錦衣。菜羹脫粟亦自飽，不用五鼎羞鮮肥。

—— 王炎〈薄薄酒〉

榮師傅房間裏少見陳設，但有一張古弓，在客廳當眼的位置，十分醒目。有一次，他取下給我看。這張弓的做工，精美非常。弓臂內側的貼片，上面雕鏤著繁複的花紋，類似鐘鼎文的反白。榮師傅說，這是用中青的犀角製成。但弓弦已經沒有了。榮師傅說，搬屋時，被一個不小心的搬運工人碰斷了。他十分疼惜，曾許以重金，叫五舉各方找人修復。但這弓的形制大約奇特，目下竟然無匠人識得如何入手。他於是便空掛在那裏。此時拿在手中，他不甘心道，你拉一下，才知道它的厲害！說完比畫了一下，聊發少年狂。

我終於問起弓的來歷，他哈哈大笑，說，陪我出去走走。

我們坐電車，來到北角，沿著英皇道向鰂魚涌的方向走。榮師傅在一處藥局門口停住。藥局的生意並不很好，雖也不至於「拍烏蠅」，只有一個年輕人坐在角落裏玩手機，見我們進去，頭抬了一下，問，想要啲乜？

榮師傅張望了一下，指著門口一張已褪色的黑白海報給我看。海報上，有一個圓圈。圓圈底下寫著，「國藥名牌，跌打良方，請認準商標為記」。圓圈裏頭，可看到一個精赤著上身的漢子，正拉滿了一張弓，炯炯望向他方。

我抬眼，順著榮師傅的目光望過去，上頭是大隸的「德興藥局」

四個大字。榮師傅說，藥局開了也有五十年了。這張弓以往就掛在那個百子櫃的位置。段生過咗身，佢嘅仔話佢留遺囑將弓送給了我。我也是吃了一驚呢。

　　在接近這個村落時，已是傍晚。阿響很疲憊，但仍自強打精神。

　　身上的軍裝是精濕的。南雄大嶺的風雪，化了水，滲進了衣服。衣服緊緊地貼在身上，冷得徹骨。耳畔砲火的轟鳴，似乎還未冷卻。

　　身旁有抬著傷兵的擔架經過。先前在黃崗苦戰三日。敵眾我寡，裝備殊異。四五千人，苦守著一座曲江孤城。是夜，副團長黃遠謀殉國。黃團長是在他眼前倒下的。黃團長是台山人，古怪的四邑口音。他們聽不懂。團長不耐煩，總說是雞同鴨講。有次突圍，阿響從奄奄一息的戰友懷中拎起搶，就往前面衝，給團長一巴掌打到了戰壕裏。突圍成功了，團長擦掉臉上的砲灰，朝他爆粗口，說，屌娘閪。一殘成團人肚飢！阿響不說話，由他罵。團長罵著罵著，聲音軟下來，團長說，「響仔，打仗都用槍。七先生的槍是手中筆，你的是飯勺。守好廊仔[1]，那是你的戰場」。和這「火屎殺天」的黃團長同袍四年，從桂西八步至粵北，總算聽懂他的四邑話。可就在昨晚，一個砲彈落在眼前，人走了。

　　錫堃坐在牛車上，裹著件棉袍，一邊咳嗽，一邊奮筆疾書。如今這隨軍的「捷聲粵劇團」，只剩下他一個編劇。演員失散了數個，演不了大劇。他還是不停地寫。寫了一齣，晚歇的時候，幾個受重傷兵士躺在禾稈上凍得發著抖，是斷不可讓他們睡去的。睡過去了，便醒不來。錫堃便將白日寫好的唱出來，直唱到了自己啞聲，還不肯停。唱完了自己寫的，又唱《陸文龍歸宋》，「鄉關遠隔山山嶺嶺，朝朝晚晚人難寧，身居這異國，愁懷無盡罄，每偷偷向風淚盈盈」。年紀輕些的戰士，聽著聽著，便用袖子擦眼睛。段老闆就打斷他，說，七先

1　台山話，廚房。

生，這詞叫不醒人啊。錫堃便説，這後面不就是，「長練好本領，英雄爭氣盛，文龍初闖陣，一戰已功成」嘛。段老闆便説，罷了。

段老闆便脱了上衣，在平地上連翻了幾個長觔斗。級翻、長翻、鷹翻，看家的本事都使將出來，一邊用那大武生特有的沙嗓唸道，唔好睏啊，唔好闔埋眼啊⋯⋯

錫堃唱了半夜，他翻了半夜。直到增援的軍醫來。到底還是有一個睡過去了，再未醒翻。陣地上便沒有人説話。阿響拿著一只鍋，將煮得半熱的黑麥粥，一人打一勺。到了段老闆，他擋一下，説，給七先生多吃點，佢用咗好多腦力。

過龍南、虔南、定南，到了山窪的這處小村。民房寥寥，並無人煙。大約聽説日人要撤兵北上的消息，先疏散了。部隊便在此村中平地駐紮。阿響看錫堃將身上棉袍裹得緊緊的，咳得更厲害了，摸一下頭，滾燙的。叫一聲，人已經不清醒了。這時前頭的哨兵回來，説，村尾有個道觀，看見光，仿佛有人。

團長就叫上段老闆，抬上幾個傷兵。到村尾，果然是一座道觀，雖然敗落，但看得出許多年前，也曾經是繁盛的。觀內可見一座古塔，在這小村，如鶴立其中。團長便去敲門。敲了許久，出來一個老道士，張了一眼，就要關上門。

段老闆眼疾手快，擋住門説，這位道長，且聽我一句。

裏頭仍是把著門，嗡聲道，本觀不涉兵刃。各位請回吧。

段老闆道，普天之下，哪裏有人天生就是個兵呢。不為國難，誰願舞刀弄槍。

裏頭便冷笑，看你的身架，就是個從小練武的吧。

段老闆愣一下，説，我其實是個唱戲的。

裏頭便問，唱什麼行。

段老闆説，自然是武行。

那門竟然開了。老道士出來了，並無仙風道骨。阿響看他，只覺得十分老，卻看不出年紀。頭髮掉得只剩下腦後的一個髮髻，腦門卻很寬大。身上的道袍，也是很破舊的，靠肩膀的地方，竟綴著藍印花

布的補丁。他袖著手，看一下四周，道，既然是武行，我就試你一試。

他便返身回觀裏去。未幾，拿出了一張大弓。他將這張弓遞到段老闆手中，說，少說有六百斤。你要是能拉開，小觀山門可就敞開了。

段老闆將弓拿到手裏，沉甸甸的。舉手便拉，那弓紋絲不動。道士便要將弓拿回來，說，這弓在小觀放了十多年，就沒人拉開過。請回吧。

段老闆說，且慢。他便放下了弓，在空地上先打了一套形意拳。慢慢地收勢，氣沉丹田。再接過弓，竟慢慢拉開了。拉了一個滿弓。

旁邊的人屏息看著，這時候紛紛叫好。那道士捋一下鬍子，也不多說話，便將道觀的大門打開了，作了個「請」的姿勢。

團長便和段老闆招呼人，將傷員先抬進去，安排在觀後的山房。「捷聲」的班底，便駐紮在玉皇殿後的「老律堂」。阿響扶著錫堃進去，仰面看見「琅簡真庭」的橫匾，落了厚厚的灰。七子塑像居中的一位，臉只剩下了一半，另一半露出了填充了稻草的泥胎。面目就有些陰森且滑稽。段老闆看一眼，說，唉，這亂世裏，邱道長也自身難保了。

待安頓下來，阿響一摸錫堃的額頭，更燙手了，不免有些焦急。便要了水，用毛巾蘸了給他敷上。段老闆說，這軍醫剛趕回了前線去，傷員也就兩個護士看著。少說也要天亮才能來。

這時，就見那老道士推門進來，手裏抱著被臥，還拎著半隻臘鵝，說，小觀裏沒拿得出手的東西，這還是年前的臘貨。我是老得咬不動，你們拿去煮煮打牙祭吧。

他見門上掛著一件濕漉漉的軍服，口袋上縫著番號。口中唸，一八七師五六一團。

他就回過頭問，你們是余漢謀的軍隊？

阿響回說，是。我們「捷聲」是隨團勞軍的。

道士便說，我有個不成器的徒弟，去年投軍，參加就是這個部隊。也不知現在是死是活。

段老闆覷他一眼，問，他叫什麼名字，可知道是哪一團的。

道士擺擺手，罷了，他扔下我一隻老嘢。我倒管他這麼多做也！

這時他聽到，錫堃在那燒得已經說起胡話來。道士便蹲下身來，看一看錫堃，將手指搭在他脈上，闔目，睜開說，這是感了風寒，邪氣入裏了。

他便轉身出去了，再回來。手裏拿著幾個紙包，說，煎半個時辰，先喝三副看看。

他見阿響不接，就冷笑一聲，說，以為小觀只有呃人的符水嗎？這是正經的草藥。

暮色濃重，這間叫「玉泉宮」的道觀裏，此時洋溢著奇特的氣息。那是外面臨時架起的大灶起鍋正在燉著的臘鵝，和阿響用小爐子煲著草藥，交織在一起的味道。初聞著有些衝鼻，可聞久了，便產生了奇異的和諧。一種濃郁而清凜的香，在輕寒的空氣中氤氳不去。

半夜，阿響朦朦朧朧地，一個激靈，醒過來。他擦一下嘴角的口水，想明明看著少爺，怎麼就睡著了呢。

他回頭看一眼，身邊的被臥，沒有人。倒看見青白的月光裏頭，坐著個人，是錫堃。愣愣的，和近旁的七子塑像一樣，一動不動的。

他忙走過去，將手背在少爺額上試一試，燒竟退了。他也就安心下來，說，這個老道的草藥，好犀利啊。

這時，錫堃忽然開了口，幽幽唸道：

> 長成日，勿忘宗，滅金扶大宋，壯氣貫長虹，若忘母遺訓，他日黃泉不願逢，若忘母遺訓，他日黃泉不願逢！唉吔！

阿響忖一下，這是《陸文龍歸宋》裏的口白。此時聽著，意頭卻不吉。他想，這沒頭沒腦的，少爺不是燒糊塗了吧。

錫堃說，阿響，我剛才做了一個夢，夢見我阿媽了。

他回過頭來，阿響看他臉色慘白的，嘴角卻有笑意。他接著說，我看過照片，可已經記不清阿媽的樣子。有時候我使勁想，也想不起。可是在這夢裏頭，阿媽眼睛、嘴巴、眉毛，都是清清楚楚。我對她說，阿媽，我給你寫了一齣戲啊，我就唱給她聽。她聽一聽說，這裏不對，要安迴龍腔。我問她，該怎麼唱。她笑笑，說，傻仔。一抬手，就不見了。

阿響說，少爺，這是太太託夢給你啊。

錫堃苦笑一聲，我阿媽，不是什麼太太，都沒進過太史第。

他說，我大概未和你提過，我是在外頭生的。阿爹識阿媽，是因為聽她唱的一支南音。我問阿爹是哪一支，他說記不得了。可那年呢，廣府人都記得，廣州起義。七十二個烈士，無人敢葬。潘達微潘伯伯就跟爹商量，爹出錢在黃花崗把他們給葬了。這事給朝廷知道了，以「通盜之罪」召阿爹進京候查。阿爹著了急，就說，我有個外室姓杜，出身風月。這烏有之罪，一定是「盜」「杜」誤傳。就認了「與妓杜氏通」。朝廷也無實據，便給他治了個私行不檢的罪名，罰了銀子了事。這禍免了，阿爹心裏感激阿媽，要納她入府。阿媽說，老爺，這事真假不論，你如今因我戴罪。我但凡一天在太史第，人就會記得你這個罪名來。便堅辭了這個名份，一個人依然住在外面的桂西街。聽府裏人說，說她先生了女仔，夭了。又過了幾年，懷上了我。臨產那天艱難，阿媽說，老爺，我要有個好歹，你要帶這個孩子認祖歸宗。將我生下來，阿媽就走了。

他說完沉默許久。阿響喃喃道，這我就明白了，為什麼大少奶奶說，整個太史第只敬六娘。

錫堃說，阿響，你說，阿媽是不是來告訴咱們，這仗快打完了？

阿響想想，說，黃副團同我講過，這回日本是在太平洋吃了敗仗，才要打通粵漢鐵路，往北撤。這麼看，是快要打完了。

錫堃說，太好了。那我唱陸文龍，是真唱對了。等仗打完了，阿響你頭件事做什麼。

阿響說，自然是回去看我阿媽。

他這樣説著，頭腦裏出現了慧生的面容，是硬朗朗的樣子，很清晰。他心裏頭，也驀然生起了一股暖。

錫堃説，對，到時把慧姑接到太史第來住些日子，我可饞她的齋菜蹄了。唉，這麼説著，真是餓了。

阿響笑説，這好辦。觀裏的道士，送了臘鵝。我用木薯煲了粥，給少爺留了一碗呢。

過了一兩日，躲日本人的村民，陸續回來了。聽説來了自己人的部隊。有些就帶了酒食，到觀裏來。言談間，看得出對老道士甚尊重。送的都是本地鄉食，一串臘田鼠，幾隻用大鹽醃好的禾花雀。難得還有一小埕雙蒸酒。段德興捧著看，道，這個好，總喝摻了水的土砲，嘴裏真是要淡出個鳥來！村民細細看段老闆，説，天神！這模樣，可就是關老爺再世啊。段德興擺擺手説，我就是個唱戲的。文曲星在這裏！就將錫堃推出來。錫堃就問村民，你們平常聽什麼戲。村民説，窮鄉僻壤，能聽到什麼，過大年能聽幾齣串鄉來的白字戲。

錫堃想想説，叫上大夥，晚上我們唱戲給你們聽。

是晚，就在道觀前面扯了一塊幕布，算搭上了台。給村民們演《桃花扇底兵》《孔雀東南飛》，還有一齣《梳洗望黃河》，是錫堃新編的戲。説的是一個孀婦，二子從軍，在黃河以北服役，經年不歸。婦乃梳洗祭夫，佑子同歸。其子得勝歸來，終得團聚。村民屏息看著，聽著。一兩個眼淺的少女，終於嚶嚶地哭出來。阿響心裏也酸楚，因為又想起了慧生。如此做娘，不知該如何心焦。但他定定站在台上，動也不敢動。因為演員不夠，他串了一個騎兵的將官，卻也披盔帶甲，上了整套的頭面。只有一句詞，眾將士！是迎敵前的將令。他便收拾了中氣，喊得格外豪氣干雲。

待到段老闆上台，演一齣《單刀會》。舉著一把青龍偃月刀，捋長髯，只一個亮相。天氣架勢，此時萬里無雲，月光亮白如洗。這英姿豐神，還未開口，底下竟有一個老人家撲通跪下，雙手合十，對著台上納頭便拜，連連叫著「生關公」，再不肯起來。段德興方才還是

一雙怒目，此時卻柔和，一指台下道，老丈速速起身，且助我擒那魯肅上船！

　　台下笑得一陣閧然，卻為這「生關公」的急智，平添敬重。叫好之聲不絕。

　　戲散了，村民盡興而歸。錫堃興奮得很，說，那些不叫我寫新戲、演新戲的。那些說勞軍非得上台露大腿的，我只恨今晚不能叫他們看看，自打嘴巴。

　　段老闆一面卸妝，一面笑道，哈哈，七先生啊，還念著任護花那個宵小。

　　這時候門開了。老道士走了進來，手中卻舉著那把古弓，對著段德興便是一個揖。段老闆忙起身回禮。老道說，先前是我怠慢了。段老闆這齣《單刀會》唱得，連我這個垂暮之人，都熱血滿腔，何況陣前將士。這把長弓，是我師父的習武之器。他駕鶴後，就再也沒有人拉得開了。如今見了真英雄、生關公，是緣份到了，我就將它贈與你，算是物得其所。

　　第二日黃昏。村裏的少年便來敲門，說，晚上漲潮，我們要去水田捉禾蟲。叫部隊上的後生同去。

　　阿響就問他，要帶什麼去？

　　少年說，布袋，漁網，水盆。什麼易捉帶什麼。不夠帶張嘴都得！

　　一邊歡天喜地往外跑，一邊口中唱，「老公生，老公死，禾蟲過造恨唔返！」

　　阿響聽得也會心地笑了，他記得這句話。

　　這是廣府人的民諺，自然是愛吃禾蟲的老饕編的。說的是新寡婦人，行喪時跟隨喃嘸先生出外「買水」，路遇挑擔叫賣禾蟲。她一身縞素，不急不緩地買了一盆禾蟲回家。這才又哭哭啼啼完成喪儀。男人死了，可以耽誤，吃禾蟲的好時辰，卻耽誤不得。最先說給阿響聽的，自然是慧生。佛山和新會，都是出禾蟲的地方。慧生說打小吃

過，這東西鮮美，是莊戶人家的寶。一年兩造。夏一回，叫端陽蟲；秋一回，叫禾花蟲。慧生有回上街買了來，一缽蠕動的蟲，蒸雞蛋吃。阿響一口也吃不下。慧生自己吃掉了，搖搖頭，說我兒不識寶啊。

說不吃蟲。這四年來，一路征戰，食夠了鹹水煮番薯藤、木薯粥和黑麥。在曲江遇到了蝗災，跟著老兵煨蝗蟲、捉草龍，用濕報紙包起就著火，肥蝗蟲滿腹籽，烤得冒油，一口下去，味道比那魚籽蝦籽好千倍萬倍。分不清是真好，還是窮肚餓嗦。可卻實在知道了，天底下，哪有不能吃的東西呢。

晚上，阿響和幾個兵蛋子，看在水田盡頭。深夜的風，已十分寒涼，凍得他們縮一縮脖子。田水也極冰冷。天上是一輪肥白的滿月，將幾顆疏星的淡光遮沒了，照得水田裏明晃晃的。遠處有一兩聲犬吠，看得到「氣死風燈」的微光，也是來捉禾蟲的農民。忽然便聽到有人大聲喊，嚟啦！嚟啦！

他們便舉起松香燭，望那水面。原來是潮汐來了，這時，禾蟲便會隨潮水湧出。阿響便學村裏的少年，將水田掘開一個缺口。少年裝上一個漁網。阿響呢，他找老道士要了一件破舊的道袍，將袖子紮起來，領口縫起來，便是一只好布袋。那花花綠綠的蟲，就給潮水沖到了布袋裏。不一會便滿了，就盛在木桶裏。如是兩三回，竟然木桶也漸漸滿了。遠處的農民，用小艇裝禾蟲。尚未雞啼，他們已沿小涌泅水返程，口中唱著當地的民謠。歌聲敞亮，猥褻而歡快，正唱到「雀仔凍到頭縮縮，屋企老婆暖被窩！」忽然，少年叫起來，「哎呀」。迎著曦光，只見一條大蟲，在水田渠間蜿蜒而行。竟合小孩的手臂粗，將眾人都看獸了。少年大聲喊，愣著幹什麼，花錦鱔啊！大家才醒悟，一個兵蛋子，脫下軍褸就飛撲上去。那花錦鱔竟似化龍了一般，上下騰躍，力氣大得將那後生甩到了田埂上。塵土飛揚的搏鬥間，響仔的耳朵竟被鱔尾擊中，他頭腦嗡得一下。旁邊的小兵罵道，丟老母！屄條膽你，疔我哋夥頭！舉起衝鋒刺刀，風馳電掣，便將鱔頭剁下了。

曙光裏頭，村上的人，看著幾個兵蛋子和少年，一臉得意，扛著條碩大的花錦鱔，莫不稱奇。議論説，開眼了！這賤年人都冇飯食。這畜生倒長成了這般肥長身形，莫不是成了精。

到了觀裏，阿響説要和少年分鱔。少年豪氣，一回手道，我不要！你哋在外打蘿蔔頭，捱大苦。這條嘢大補，燒給傷員吃。

阿響又和他推託。少年説，那行，我把鱔頭帶回去。我阿嬤頭風，燉天麻畀佢食。

是晚，整個村落裏，都蕩漾著膏腴的香氣，讓人產生一種錯覺，仿彿是在某個豐年的歲除。但其實，那是每家禾蟲的味道。有用它焗蛋的，有用它煲眉豆湯的、也有白天攤在太陽下暴曬，準備做成禾蟲醬留待日後的。這生長在在珠三角農田地底的小蟲，世代靠食禾根為生。一年兩造，雷打不動，隨潮汐而來，仿彿成為了另一種時間的刻度。無關時勢與豐歉，它們只是堅執地按自己的生命節奏，繁衍生息，也造就了嶺南人另一種關於美食的收成。在亂世中，它形成了一種安慰。仿彿過去、當下及某個不可預見的未來，終有某種讓人信任的不變。

而那條花錦鱔，成為了阿響此後最難忘卻的食物回憶。或許對錫堃也是。並不僅因其超絕的美味。而是當他們剛剛舉箸，天上忽然響起了一個炸雷，繼而電閃雷鳴。一道閃電落下，正打在「老律堂」前院的一棵古梅樹上。那樹的枝椏瞬間被燒得焦黑，在隨即而來的瓢潑大雨中，一點點地萎頓。他們獃獃看著，老道士捧著碗，終於放了下來。他説，這大鱔，不會真的是條龍吧。

清晨時分，我和五舉山伯乘上雙體船「新鶴山」號，歷經兩個半小時，抵達鶴山港。一番輾轉，到了沙坪墟，在二十多層高的賓館酒樓用膳，可以俯瞰整個西江。但並未見到榮師傅記憶中的景物。我拿著菜單，想點個「昇平竹昇麵」。年輕的服務員搖搖頭，表示聞所未聞。

榮師傅駐紮過的龍口，離這裏有十華里。以往路程迂迴曲折，司

機説是當地望族為避風水龍脈，到處是「繅紗路」。如今修成了寬闊公路，僅廿分鐘車程，便見到一個豎起的路牌。路牌後是一片鬱鬱蔥蔥的竹林。山伯說，咱們來的不是時候，二五八是沙坪的墟期，聽說也有一百多年歷史了。政府花大力氣恢復起來，雖然只得個形，但都算是好熱鬧。

我拿著一張民國廣東地圖，看「廣州－市橋－勒流－九江－沙坪－楊梅－白土－水口－肇慶－梧州」這條線路。沙坪原是鶴山縣的一個墟鎮，做過縣城。日寇侵華，廣州淪陷之後，沙坪正處於敵佔區和游擊區之間。地處交通要衝，也成為廣東進入內地的一條重要通道。一九四一年香港淪陷後，九江至沙坪一線交通顯得更為重要，來往的人也特別多。因香港居民大量逃入內地，不少人通過這條封鎖線進入廣西。封鎖線一直持續到一九四四年。此時已接近抗戰勝利了。

那個黃昏，看起來過於平靜了。靜得可以聽到西江滔滔的江水聲。阿響正在營地做飯，瞧見一個士兵濕漉漉地跑過來，他是平日潛水偵查敵情的「水鴨」。聽見他說，這可見了鬼了。對岸的鬼子跪一地，鬼哭狼嚎的，唱他們的大戲，像死了親爹。

段老闆一聽，跺腳道，唔通係日本投降了嗎？！

正說著，就有電報生趕過來，高喊著，蘿蔔頭投降了！蘿蔔頭投降啦！

戰士們都圍上來，問，咁突然，堅定流啊？他氣喘吁吁地說，那個仆街天皇在電台講聖諭，點會有假？

這一下，整個營地都沸騰起來。戰士們開始大罵，蘿蔔頭，丟你老母，冚家剷！我哋總算熬出頭啦！一窩蜂地衝到江畔上，有人朝天鳴槍，有人向對岸開火。有人把軍帽、水壺、飯罐狠狠拋往天空，說，丟！老子還食的什麼仆街豆麩、蕃薯藤，老子今天要飲酒！

口挪肚攢下的鈔票花完，手錶、縫在軍服衣角裏的龍鳳戒，全都換成了酒。沙坪、龍口、堯溪的酒莊，還有那掩門賣私酒的，都給喝了一個底朝天。一掃而空。待「捷聲班」趕到，無論是玉冰燒、雙

蒸、料半、糯米酒，已是滴酒不見。大夥面面相覷。段老闆長噓，拿出那「生關公」的架勢，大喝一聲，店家，拿酒糟來。

店主哪敢違抗，便把整甕酒糟抬出來。段老闆，與阿響一起灌了滾水，把滾水和酒糟混集起來，攪勻了，拿椰勺舀來，每人一大碗。一人一口，像是不解恨似的，吃得格外響。吃一陣，飲一大口，竟然很快，也就弄了個半飽酪酊。錫堃臉紅紅的，發著獃。忽然站起來，一手抓著段老闆，一手拉著阿響就往外跑。跑啊跑，跟孩子似的。終於跑到一個高崖上，看西江對岸，燈火幽暗，一片寂然。他攏住口，長長大叫一聲，啊——段老闆也喊一聲，是大武生的嘶啞嗓。阿響也喊，這時候忽然響起了一陣爆竹聲，將他的聲音頂到了空中去，久久迴盪不去。待四圍安靜下來了。錫堃站定，擺了一個功架，在微寒的夜風中，唱：

> 漢山川，擾攘頻年幾經滄桑變，猶是半壁破缺玉碎不瓦全，天際天際空眷念，千里離人尚苦戰，君心堅。眾心比君更貞堅，寫下兩行離鸞券，證心堅，相見爭如不相見，南天烽火已經年……

阿響回到安鋪的時候，已經秋分了。

勝利後，他往安鋪寄了兩封信，石沉大海。後來想了想，就又往南天居寄了一封，寫給袁師父。隔了一段時間，收到了回音。不是袁師父寫的，是很熟悉的字跡。也不再用慧生的口吻，是葉七自己的。但字寫得信馬由韁，有一些竟然溢出了信格。在信上，並沒有寫多餘的話，只是說，收拾好了，盡快回來。

阿響踏上了九洲江的碼頭，腳踏實地踩在了「十八級」的台階上。迎面便是馥郁的桂花香氣。一陣風吹過來，便有許多的桂花，金的銀的，隨風吹到了碼頭上。一些落到了激盪的江水裏去，一些落在了他肩膀上，是幽幽的、沉甸甸的香。他不禁，深深吸一口氣。然而碼頭上，並不似往日熱鬧。因為沒有挑夫，沒有貨物人流，也不見來

往的航船。載他來的木船，已經回程。江面上霧大，那船小，載浮載沉，漸也只剩下了一個灰色的輪廓。

阿響望東大街上走，雖然歸心似箭，步子卻慢了。並非近鄉情怯，而是因一路上的蕭殺氣象。他在北帝廟前的那棵大槐樹停住了。這樹的半邊是焦黑的。樹底下有一個大坑，暴露出了根系。坑裏積滿了雨水，還有一兩點桂花。而樹的另半邊，竟還活著。長得鬱鬱蔥蔥，樹冠向著一邊伸展過去，將北帝廟庇在它的樹蔭底下。走上了西街，在騎樓光影間，他覺得熟悉一些了。空氣中有一種幽暗的濕霉氣，還有一種隱隱的火的味道。他抬起頭，看見一道蒼青的女兒牆，有坍塌後被重新修築的痕跡，用顏色新鮮的紅磚。而另一座，則從山花處整幅截斷了，像被削去了頭顱的巨人。騎樓往日所構成的整齊天際線，因這殘垣頹圮，此時便無端地參差了。走到了「仙芝林」，門關著，上了一把大鎖。竟然門板上還釘了尺把長的木條。他默然在門口站著。這時他聽見聲響，回過身，看見近旁的廊柱旁，站著一個四五歲的細路。不知是誰家的孩子。身形扁瘦，卻有一個大頭顱。細路嘴裏啃著手指，定定看著他，用一雙漆黑的瞳。阿響向他走一步，他便躊躇步子跑開了。跑到了對街的騎樓去，仍然躲在廊柱後面，探出頭看他。

越走到瑞南街時，他心跳便快了一些。待轉過了石角會館，竟有些氣悶。會館門口的石獅子，斜睨著他，也是森森獰厲的模樣。

那座外牆黯淡的騎樓又矗在了眼前，牆根上生著厚厚的苔蘚。他看到一個年輕女人，拎著水桶，匆匆走下來，在樓下的水井打水。他辨認一下，輕輕叫了聲，秀明。

女子轉過頭來，真的是秀明。她的身量長高了許多，但還是瘦小淨白的臉，格外大的眼睛。她定定望著阿響，不認得似的。半晌，她手裏的水桶，落在了地上。她向著樓上喊，阿爹——

阿響拎著一桶水，隨秀明望樓上走。秀明走幾步，就回過頭來看他。沿著黑暗的樓梯，他又聞到了很濃重的中藥味，衝擊著他的鼻腔。這也是熟悉的。

門打開著。他走進去。房間裏很黑,唯一光亮的地方,是騎樓。他看到一個男人的背影,有些佝僂,坐在籐椅上。騎樓上的盆景花草,已萎謝凋零,擁簇地依牆擺著。那棵龍爪槐,只剩了樹幹。他叫一聲,師父。

同時間,他適應了室內的光線,才發覺房間已徒四壁。那些廣作傢具,博古架,紫檀與花梨的書櫃,都不見了。唯有迎臉還掛著那幅草書中堂,和壽星圖。老壽星捧著仙桃,笑容依舊慈祥。他注意到,牆上的那些畫像,都還在。他又喊了一聲,師父。

秀明走過去,和騎樓上的男人耳語。男人才抬起頭。她小心地扶著他。男人拄著拐杖,艱難地站起來。

阿響看到,這是個已完全衰老的人。頭髮全白了。他的眼睛,在空中尋找了一會兒,並未找到落點。阿響看到,他的右腿,褲管是空蕩蕩的。阿響心緊了,走上前,想攙住葉七。手碰到這老人胳膊的一刹那,他感到這胳膊顫抖了一下。隨即他的手被打開了。葉七說,我能走。

他蹣跚地走到了太師椅上,坐下來。秀明蹲下,為他揉著那條右腿膝蓋以上還殘存的部分。葉七似乎感受到了阿響的目光。他說,別看了。在廣州灣,給個法國醫生截掉了。截晚了,眼睛也壞掉了。

太師椅後首的條几上,立著那隻漆黑的鷯哥,倒是炯炯地看著他。卻沒有一絲聲響,不是印象中的聒噪。直到他發現,這鳥,已經是一具標本。葉七說,留個念想,都老了。

他看著面前的男人,眼神混濁。瞳仁上似蒙著一層陰翳。那瞳仁有一瞬間的游移,既而靜止篤定。此時,他的面相,已與身後牆上的畫像驚人的相似,如復刻一般。

她不在了。當阿響左右張望,尋找慧生,他聽到葉七開了口。他在這蒼老的聲音中猶豫了一下,問,阿媽去哪了。

走了,不在了。葉七的聲音,更為沉頓。他的頭,終於向右手的方向歪了一下。阿響,這才看到條几上,有一個牌位。牌位前是個盤子,放著幾只生果。葉七說,來,給你阿媽上炷香吧。

那只牌位，上面寫「佛力超薦　葉榮氏　慧生　往生蓮位」。

阿響獃獃的，忽然腦中轟了一下。這轟響，讓他說不出話來。他想往前挪一步，看得清楚些。腿竟然絲毫抬動不了。

過去了許久，他問，什麼時候的事。

他聽到自己乾涸的聲音，同時感到眼睛被什麼擊打了一下。有滾燙的水，流了下來。

你走那年，日本人炸安舖，都急急往外逃。半路上，你阿媽非要回來拿東西。給炸了。葉七的聲音緩慢、清晰。他的神情裏，沒有任何的內容，像在說一個陌生人。

漫長的沉默後，阿響問，所以，那些信，都不是阿媽寫的。是你不讓我回來。

人死不能復生。他聽到葉七的聲音冰冷了。你回來，有用嗎？

阿響聽到自己的聲音，也冷了下來。他說，我不回來，有用？

葉七放在膝蓋上的手，抬起，在空中抓了一下，卻又放了下來。他點點頭，說，有用。

秀明站起來，走到阿響身旁。輕輕說，響哥，先去洗把臉。

阿響一動不動，定定站著，只望著葉七，等他說下去。葉七慢慢說，打司徒家出了事，我就知人心渙散了。不除幾個谷機關的人，如何整我士氣。有你在，他們情不情願，都要做。見你如見我。

阿響覺得自己的手，漸漸握緊了。他說，這裏頭，也包括你的師弟，韓世江？他本是個局外人。

葉七側過臉，對著騎樓的方向。他的眼睛，還可以感受那裏些微的光線。他說，世道不好，誰都不是局外人。他收到我的無字信，就該知道。一條鹽命，換一個河川，保住了一個你，值得。

阿響覺得自己的身體，一點點地冷卻下去，冰冷徹骨。

葉七咳嗽了一聲，對秀明說，帶他去看看阿媽。

虞山南麓，是安舖下三墩葉家的祖墳。

慧生的墓碑，還很新。無水漬、無青苔。可是墳的周圍，已長了

萋萋的草。雖秋深了，草在萎黃裏竟然還藏著一些綠意，被山風吹得
簌簌作響。阿響猷猷地站在墳前，一動不動。秀明攔上化寶盆，說，
給阿媽燒些元寶吧。

　　他這才蹲下來，燒紙錢。火旺一些，火焰裏頭，飽滿的元寶，
一點點地乾癟了。繼而發黑、發灰，發白，成為餘燼。熱力將這灰燼
激盪了起來，飛舞到了空中，像是一些碎裂的蝴蝶翅膀。有一些飛得
高了，向著青龍舌的方向，被龍舌吞吐。秀明也蹲下來，投了元寶進
去，說，阿媽，響哥回來了。阿媽，你甜處安身，苦處化錢。

　　阿響的眼睛，被這熱燒灼、擊打著。他用力扯著墳周的雜草。一
些微小的紙灰，飛進了他的眼睛。他的淚，便隨著這熱流了下來。忽
然，他趴在了這墳上，將整個身體撲在上面，用胳膊牢牢地抱住。他
開始嚎啕大哭，不管不顧。許久，當他哭累了，仍趴在墳上，不肯起
來。他感到一隻手，放在他的肩膀上，繼而想要拉起他。他終於站起
身來，眼前暈黑，搖晃了一下。旁邊的人，要攙扶他。他卻避開了。
他側過臉，看見秀明正也怯怯地看他。他避開了，撣一撣腿上的土。
他想，這個女人，也參與了對他的隱瞞，瞞了這許多年。

　　他想，她憑什麼在阿媽的墓碑上署名。

　　　先妣　葉門榮氏　慧生　之墓。孝兒　貽生，媳　秀明
奉祀。

　　他怔怔地望著墓碑。這時暮色蒼濃，樹林裏傳來嘩嘩的聲響。是
晚歸的野鳥。他覺得臉頰上，忽然有一陣涼。原來竟下起了星星點點
的雨。他闔上眼，任由雨打在臉上。他想，那個人，除了一個姓，在
阿媽的命裏沒留下痕跡。

　　忽然，他睜開眼睛。看到慧生名字那排字，在墓碑上，並未居
中。而是對稱地，留下了空白。他想一想，倏然間轉過身，看著秀明。

　　他們趕回家中，葉鳳池端正地坐在太師椅上，悄無聲息。

他給自己換上了嶄新的黑綢唐裝，梳洗過，像一個體面的長者。為了保持姿態的端正，他用了很大的氣力。

阿響聞到了久違的馥郁香氣。他看到師父正對著自己，面容僵硬，嘴裏流出一股黑紅的血。嘴角上，還有些未及吞嚥下去的煙膏。

因為過於用力，整個人的身形是緊繃的。他用一只紅籐的手杖，撐持著瀕死的尊嚴。但是，已洇濕的褲襠出賣了他。因為失禁流出的尿液，正沿著無右腿的褲腳，滴滴答答地淌下來。

桌上擺著一個信封。阿響打開，上面寫著兩行字。字跡也是極端正的，不再龍飛鳳舞，但仍有一些寫出了信格。是一個近乎失明的人，努力的結果。

> 我落去陪你阿媽。帶上秀明，返廣州。
> 你已出師。手藝之外，你我再無瓜葛。

秀明兩指放在葉七鼻下，然後拿掉了手杖，方才僵直的身體頓時無力地癱倒下來。她說，響哥，來，搭把手。

她有條不紊地收拾，為葉七擦洗下身，重新換了褲子。翻身時，見一道陳年的疤痕，蜿蜒到股，像血紅的蚯蚓。最後，她伸出手，將葉七的眼皮闔起來。阿響看師父靜靜地躺在床上，無比安詳。

秀明輕輕說，阿爸等這天，已經很久了。每次他痛得在這床上打滾，我就當他死一回。佢記得阿媽話，再疼也未抽過大煙。他，只等你回來。

秀明走進了內室，打開了那只樟木箱。一陣嗆鼻的陳年織物味道。

阿響，看見了那件衣裳，綢緞質地，上面有刺繡。胸前繡了一個鮮紅的「洪」字。他想起那個夜晚，那人當了自己的面，穿起這件衣裳，有如神將。他喃喃，你是誰。

秀明抬起眼，問，什麼？

阿響在心裏說，我是無尾羊。

秀明從箱子裏，捧出了一個布包。她說，我們找到阿媽時，她把這個包袱壓在身子下面，緊緊抱著，怎麼都扯不開。

阿響見包袱完整，除了濺有黑紅血斑。他打開。看到了一個襁褓，顏色陳舊黯然，有淡淡的腥羶氣。襁褓裏的油紙包，包著一把長命鎖，和一枚翡翠鐲。另有只信封，打開，裏面是張已發黃的紙箋，上寫著：

> 吾兒貽生，為娘無德無能，別無所留。金可續命，唯藝全身。

這字跡，不是慧生的。

秀明終於開始抽泣，哭得無法自已。阿響伸出了臂膀，將她攬進懷裏。他由衷地抱住了這個女人。任她在自己懷裏哭，顫抖得如同一片樹葉。他覺得自己的身體，也漸如這女人一樣顫抖起來。

他抬起眼睛，外頭夜色蒼茫。依稀的月光裏，但可看文筆塔挺立的輪廓。還聽見一些濤聲，那是九洲江的潮水，漲起來了。

守孝三年後，阿響和秀明辦了婚禮，在得月閣辦的。

證婚人，是他在南天居的師父袁仰三。

這時，阿響已是得月閣有建以來，最年輕的大按板。「庖影」的常客。由於他在廣州食界有如橫空出世。有關他的來歷，傳聞就多些。多半是捕風捉影。但因有人見他曾出入太史第。而向氏又是廣府數一二的鐘鳴鼎食之家，便傳得更為神乎其神一些。但再多的說法，或仍落於讓他站穩了腳跟的，是他重振了當年「得月閣」得名的聲威，在勝利後舉辦的首屆點心大賽一舉奪魁。出自他手的雙蓉月餅，據說穗上最挑剔的老饕，一嚐之下，也不禁涕零，說這必得自當年葉鳳池一脈的真傳。但是，這竟然是最找不到根據的話。再加上這年輕的榮師傅，人十分低調。此傳聞便更顯神祕，此時無聲勝有聲了。

婚禮也並不鋪張，但仍是驚動了幾個新聞記者。蓋因來賓除了省

港的庖界先賢，得月的若干董事股東，也有一兩個城中顯達。多半是「得月」長年的主顧，如今成了榮師傅的擁躉。也有一些，是禮到客未到。點下來，竟還有一些，是禮到了，卻未具名。

送來的賀禮，其中一副喜幛。圖案是大龍鳳，在幛頭繡的，是篆字「佳期有音」。這個「音」字繡得格外大一些，倒和搖曳的鳳尾一體渾然，成了最為生姿的翎羽。

又有人，送來了一套瓷器。大盤上繪著圖案，乍看是一對陰陽太極。再仔細端詳，原來一邊是蔚藍無盡的海，一邊是依海而建的古鎮，密密的都是屋頂。海與屋宇，一個在光裏頭，一個在光外。古鎮的輪廓，原來像是臥在暗影子裏的一尾魚。密集的騎樓，如同鱗片。而魚的眼睛裏，矗立著一座塔。盤子周圍撻花，不是玫瑰，也不是牡丹。而是顏色濃烈的雲朵。那顏色便一層層地次第滲了出來，火燒似的，將雲一片一片地染紅了。

秀明看著，說，這盤上畫的景，怎麼這麼眼熟呢。

此時阿響正獃獃地出著神。他將盤子翻過來，盤底只烙一朵青色流雲。他問幫忙受禮的人，瓷器是誰送來的。那人想一想，說人太多，記不清。一會兒又說，想起來了。是個女人，好像已有了身己。大著肚子，東西拿得吃力，卻未停留，放下就走了。

婚後一周，這對新人收到一筐荔枝。不知如何送來的。殼色鮮紅，上面還帶著露水。秀明吃了一個，說，真甜，未吃過這麼甜的荔枝。阿響也吃一個，忽而眼睛亮一亮。他說，霧水荔枝。

他對秀明說，送這一份的人，我們要去回個禮。

這小夫婦兩個，一路勞頓，到達蘿崗鄉的蓮潭墟，是正午。遠遠聞聽瀑泉之聲，阿響知進入了蘿崗洞的地界，就是蘭齋農場的所在。但眼前景物，竟然比他兒時記憶裏變了許多。印象中，是一片無垠的綠，通透與繁茂的。初夏陽光下，有層疊的深淺與明暗，全是葉片如雲的樹。

而今，當然也有綠，更多是參差於灰黃之間。因為許多果樹，還

是低矮的，枝條生長亦非爛漫。尚未成氣候，自然更無蔽日之象。但一些竟然已經掛了果，有了纍纍的樣子，那是香芒。在秀明看來，已然是新鮮的。眼裏也泛起了光來。粵西並無這樣的景致。

他們沿著一條小澗走。走到了頭，看見蘭齋農場的入口。周圍的籬笆是倒伏的，入口便有些虛設，全靠釘在籬樁上的楹聯，方勉強認出。「地分一角雙松圃，詩學三家獨瀨堂」，與太史第的那幅一樣。但因是鎪在木頭上，又經歷了風化與戰火，早已殘敗不堪。他看到一個農人，扛了一只筐出來，就問他，可知道向七少爺在哪裏。

農人愣一愣，回了神，笑道，你說小太史啊。

他回身望一望，說，剛才還看到。這林子就這麼大，你們進去轉一圈就找到了。

農人從筐裏，拿出幾個荔枝，教他們嚐，說，剛下來的糯米糍。

秀明接過吃了，讚說，這可就是寄給咱們的那個！

農人說，寄到哪裏都不是這個味兒，還帶著水氣呢。小太史說，霧水荔枝，出了這園子，就不是一個味兒。

二人這才察覺，空氣中蕩漾著一股微甜的氣息，有些清涼滲入了他們。他們便望園子裏走。這荔枝林的葉子，茂盛了一些。陽光透過樹葉照下來，在彼此的臉上，斑斑駁駁地跳動。成串的荔枝，藏在葉子底下，是喜人的。秀明握住阿響的手，身體也靠住他，一起往前走。走了一程，卻無半個人影。秀明剛要開口，卻見阿響站住了，輕輕對她說，你聽。

他們便一起站住聽，有淅淅瀝瀝的水聲，還有間或蟬鳴。過了一會，都聽見了一種曲音，遼遠地傳過來。他們便捉著這聲音走，開始是細隱的，漸漸清晰了。卻還是找看不到人。他們東張西望間，那曲音停住了。

半晌，倒響起了一陣朗朗的大笑。他們忽然聽到一句：來者何人。

這句是用戲白唸出，拉長了腔調。仿彿天外之音，竟在空中有了回聲。阿響這才抬起頭，看見近旁的榕樹，橫伸出一枝粗壯的樹杈。樹杈上半躺著一個人，正笑吟吟地望著他。

這人精赤著上身，滿腮的鬍鬚，頭髮也是半長的。翹著腿，肚上倒搭著一本書。身旁枝椏上掛著個軍用的水壺，這人將水壺舉起來，喝一口，大聲道，阿響。

阿響這才辨出來，是七少爺，也笑道，讓我好找。

錫堃看見了秀明，於是有些不好意思，三兩下從樹上下來，動作竟十分敏捷。隨手撈起樹底下一件衫子披上，遮住了自己。衫子也顯破舊了，露出了半個肩。錫堃捋一下袖子，赧顏道，斯文掃地。

阿響又笑說，少爺好身手。

錫堃哈哈也笑，這不都說我爹是猴子托生。我隨他，自然身手賽馬騮。

阿響道，難怪，方才果農都說是小太史了。

錫堃擺擺手道，倒不為這個。他們醒目著呢，給我戴高帽，還不是我好說話，又話得事。不過在這獃了幾年，可算知道了耕者之苦。當年宛舒姊說得不錯。

阿響說，嗯，五小姐是一手一腳地建起這園子⋯⋯

錫堃聽他沒說下去，便一拍他肩膀，說，前幾天還收到她的照片，我回頭拿你看。她如今在南法種葡萄，另有一番天地。

他這才想起了，跟秀明說，嘖嘖，阿響藏著掖著，現在才見分明。我在報上看到你們的照片，心想阿響好福氣。

這時三人邊說邊走，走到了果園盡頭，見有一處茅屋。阿響依稀想起，這裏本來是一個院落，幾間大屋。如今周遭也竟荒蕪了。錫堃讓他們在院裏坐下，說，你們坐坐，我即刻來。

再出來，換了一襲墨色長衫。雖然還是滿口長髯，卻體面了許多。他手中是一簍荔枝，放在石桌上，笑說，今年這「尚書懷」，只有兩棵掛果。我全部留了下來，不放出去。給你們寄糯米糍，就試你一試。不來，就沒有口福。

阿響說，我那帖子送去了太史第，說是少爺有日子沒回家了。

錫堃愣愣神，說，喜帖我收到了。你知道，我素不愛湊熱鬧。

阿響說，嗯，整個廣府誰不知七先生大名。你來了，怕是要少爺

給他們票一齣。

錫堃摸摸自己滿臉鬍子，大笑，我如今這副模樣，大約只能票一齣《蘆花蕩》。還記得那年我侄子擺酒。許多認識不認識的，都湊成了一桌，七情上面。他們才是扮上唱戲的。到頭來，我是個看戲的人。

秀明抬起臉，輕聲道，少爺方才唱的是什麼，好聽。

錫堃一拍手，說，好，那我就唱給你們聽。

他將一個信封遞給阿響。說，是五姐寫的詞寄過來，我安了新腔。自己清一清喉嚨，便唱。

阿響看那信箋上，字裏行間，是十分娟秀的小楷。抬頭與署名，卻是寫的外文。那信紙裏夾著一頁小照。上頭確是五小姐，西人的裝扮，很利落。眉目已是中年人的模樣，手裏捧著碩大一串葡萄。眼睛很亮，瞳仁還年輕。七少爺正唱道：

> 覺孤村生曉煙，遠岫碧翠環繞，梵經貝葉，矢志清修；泉壑鳴淙淙，岩花垂纍纍……

這聲音太清，近聽，滲了一股涼。四周燥熱的天氣，似都隨之冷卻了。阿響便覺得這個長衫的大鬍子，像是另一人，眼裏頭也有了古意。唱著唱著，他自己擺一擺手說，罷了罷了。

錫堃坐下來，拿出三只小盅，打開了那只軍用水壺，一一斟滿。阿響說，這裏頭竟是酒？

錫堃道，好不容易見上一面，你倒當我給你喝白水？

秀明臉一紅，擋一擋，說不會喝酒。錫堃說，我跟你說說這酒的來歷，你再說喝不喝。我五姐宛舒，在法蘭西種葡萄，建了酒莊。她教我釀酒的法子我學不會，就製了橙花酒。這橙花在晴天陰乾，先用自家產的荔枝蜜浸透，上料三蒸酒醅浸足三個月。說是酒，也不是酒。要說醉了，卻也可醒神。

阿響喝一口，說，好酒。我記得鬼子投降那天，我們吃酒糟吃了個痛快。這幾年喝什麼酒，都好像淡得無味了。

294

錫堃說，想喝，我還有好幾種。偷得浮生日日閒，且要打發時間呢。

阿響說，說實在的，外頭都傳杜七郎出家修行去了。少爺解甲歸田，打算在這農場獃到幾時。

只要不用做官，待到幾時都成。咱們從粵西回來，他們三天兩頭找到太史第。梅博士蓄鬚，是不為日本人唱戲。我如今留起鬍子來，是不想給如今的政府唱。那些接收大員的嘴臉，想必你也知道。道不同，不相為謀。

阿響嘆口氣，說，日本人跑了，仗沒停。北邊的老百姓還是盡著受折騰。

錫堃說，你就看看這農場。一個一個的，當年都是什麼排場。李福林在大塘鄉的，胡漢民在龍巖洞的，都給燒了砍了個乾淨。這蘭齋在蘿崗洞，說這裏民風彪悍，民匪一窩，要防著百姓。可日本人來了，燒殺搶掠，這洞裏的匪沒了活路，就自己打起了游擊。生生打走了日本人，倒是他們將這農場囫圇留下了。

我跟阿爹說，我要去看農場，把幾個阿媽都給嚇得！

阿響說，也難怪怕太太們怕，先前不是有個管工給土匪殺了。

錫堃說，阿爹不怕，當年他是清鄉剿匪認識了李福林這個大天二。落難時，可有比燈筒伯更義氣的？

阿響說，我剛才來時，看四周這就剩了這一處果園，其他都改種了糧食。

錫堃道，我們家搬去香港時，地裏就沒人管了。批給當地人種稻，每畝年成能收三四擔穀，總勝過這麼荒下去。當年荔枝樹逾百，香橙樹逾百。我來時，橄欖樹、青梅、夏茅，無肥可落，早就不掛果了。可唯這荔枝園大半的樹還活著。我才知道，是當地百姓偷偷還打理。又遇歉年，我二話不說，先給他們減了田租。

三個人，就一邊喝酒，一邊吃荔枝。竟也似有說不完的話，不至於醉，只是言語稠了些。漸漸天色昏沉。陽光也柔和了，暖黃的，照在他們身上，竟似鍍了一層金。這時，那先前的農人來了。後面跟著

個老婦人，手裏端著一只瓦煲。婦人瘦小，瓦煲看上去十分沉重。秀明便站起來，想要幫她。可她身體一閃，讓過，穩穩擱在桌上。口中說，城裏人的手矜貴，唔好燙了。

便將瓦煲揭開，裏面竟臥了一隻肥雞。錫堃又拍起巴掌，滿口鬍子，竟露出孩子相，說，我可是叨了你倆的光。

盛到碗裏，阿響吃一口，並未有什麼調料，肉質十分鮮嫩，是天然的清甜。錫堃說，這花生雞，要養上兩年才殺，阿嬸真捨得下了本錢。

婦人說，你們是小太史的客，就是我們蘿崗洞的貴客。

阿響才想起，這雞此地獨有，天生天養。走地於林間，喝澗水長大。他說，一晃這麼多年過去了。上次吃，還是利先叔的手勢。

正吃著，老婦又端上一只砂鍋。錫堃站起來接，她卻不攔，由他接過去。錫堃做了個鬼臉，說，阿嬸又不怕燙了我。

老婦一邊笑，一邊索性將他手掌翻過來，你看這滿手老繭，皮糙肉厚，和我們這土裏刨食的手，有乜分別。

錫堃嬉笑著抽回了手。阿響看清了，心裏卻酸楚了一下，知道少爺話是揀了輕重的說。日裏夜裏，這幾年的苦是吃了許多。老婦人倒還盯著他的手，說，土裏刨食長出的繭，不比槍杆子磨出的，到底叫人心裏踏實。

說完這句，她笑笑口，讓他們慢慢吃。眼裏卻有一線黯然，自己收拾了，轉身離去。待他走遠了，錫堃說，阿嬸的蘊仔，賤年落草做了「大天二」。後來不知應了哪個番號，跟著張發奎的隊伍，去廣西打日本人，再也沒回來。我就勸她說，這仗還未打完，興許就快回來了。你道她怎麼說。她說，那還不如死了。現在打的，不都是自己人嗎。

阿響和秀明，聽到這裏，便都靜默。因各懷了自己的心事。前幾年，兩人經歷的種種，並不相同。甚或像是彼此共同記憶的中斷。這中斷裏又有種種的不得已與不知情。桌上的人，望著砂鍋裏的一尾魚，散發著「啫」味的焦香。那魚乳色的眼睛，在碧綠的蔥段裏，木

然地白。

這時先前的阿嬸卻回來了，端了清炒的水芹菜。隱隱藥味，倒醒了他們的神。阿嬸説，陰功！怎麼都不動筷子。這麼好的山斑魚，剛從泉裏打上來。不吃可就腥了。

錫堃也才如夢初醒，説，快嚐嚐！當年利先叔用這魚釀豆腐。只可惜，如今會做豆腐的場工走了。

阿響吃了一塊，魚殼外焦，而裏面嫩滑，有似曾相識的氣息，在口中纏繞了一下，像是方才尚書懷的餘味。倒是秀明説，這魚好吃，莫不是吃荔枝長大的。

錫堃笑，真是好舌頭。我教他們用荔枝殼墊底乾煎，算是個應時滋味。

趁天未黑透。阿響與秀明起身回程，趕那最後一班小火車。錫堃也不挽留，只説去送送他們。

穿過荔枝園子，一路走，便有甜香一路隨著。雖不及午後馥郁，但自有一種幽靜的沉澱，若即若離，讓他們的心也靜下來。話也不再多説，就這麼默然地走。出了園子，水聲漸漸響了。遠處雲靄裏，可見曲橋跨澗，影影綽綽的飛檐，是當地一處古剎蘿峰寺。這時，荔枝的味道淡去了，換上了另一種更為清凜的氣息。他們沿著這溪水走，才醒覺沿澗所植，原來身邊都是丈二餘高的古梅。雖未值花期，倒自有木本沉和之氣。錫堃就説，你們冬天再來，我有梅酒招待。

這時，阿響看見錫堃，走到了溪水邊，將軍用水壺裏的酒，倒入了澗中。默立了一會兒，像是與人低語。半晌，阿響意會了，心裏驟然一疼。他説，少爺。

錫堃目光在遠處，低聲道，我待在這裏，還有個緣由。剛從粵西回到太史第，夜裏一閉上眼，就聽到隆隆砲聲。來了農場也不見好。有次，我坐在這山澗旁喝酒，喝著喝著，順手倒一杯到溪裏。當晚上，竟就不響了，睡了個安穩覺。所以，我每經過這溪水，就給九娘倒一杯酒，祭一祭。

　　阿響便捉住秀明的手，也站到了溪邊。在暮色暗沉中，三個人都閉上了眼睛，聽那溪水時湍時緩，在腳底下流淌，潺潺地，漸流到夜色盡頭的遠方去了。

〔下関〕

壹拾 · 香江釣雪

　　伊尹論百味之本，以水為始。夫水，天下之之無味者也。何以治味者取以為先？蓋其清冽然，其淡的然，然後可以調甘，加群珍，引之於至鮮，而不病其腐。

——　袁枚〈陶怡雲詩序〉

　　五舉來到「多男」的第一天，就給榮貽生瞧見了。

　　照例每個週五，榮師傅會偷上半日閒。選了「多男」，多半是因為其內裏格局曲折，無人打擾，落得一個自在。他長包了三樓的一處雅座。這裏原是為「撚雀」客備的，所以茶資要比樓下貴上一倍。三號檯靠著拐角的窗戶，可俯望見外面街市的好景致。早市開了不久，只見人頭攢動，上貨的、討價還價的、馬姐[1] 趁著買餸聚散傾談的。可因為有窗子隔著，不聞喧囂，只見煙火。而另一邊，則挨著樓梯，正對著影壁上「鳳凰追日」的木雕。這影壁上，昔日鑲嵌了一枚巨大棋盤，「棋王爭霸賽」也算為「多男」在城中博了不少風頭。眼下這只赤色鳳凰將其取代，成為這間茶樓的新標誌，在燈映下亦稱得堂皇。

　　作為同欽樓的「大按板」，在其他茶樓喝茶，總會引發議論。旁人說，他選了「多男」的原因，不外有二。也是本港的老茶樓，企堂的規矩，和茶博士的手勢都說得過去。他在這裏存了幾餅老茶，點心也尚好，不算遷就；更重要的，這間茶樓在同業裏中上的資歷，也為

1　亦作「媽姐」，粵港地區指女家傭。

他的出現提供了說辭。教人看見了，至多說是降尊紆貴，不至於有關乎業內競爭的聯想與嫌疑。

然而，這雅座的提籠客們，原並不好靜。過了八點，人鳥神歸其位。靠南一字排開，鶯鶯燕燕，便是一番唱鬥。原本頭頂只一籠石燕，啼聲尚可稱得上婉轉。這時七嘴八舌，漸不勝其擾。半個時辰過去了，唱累的剛靜下來。北邊的「打雀」，又是一番纏鬥。看的人也跟著激昂，倒比雀鳥更昂奮幾分，面紅耳赤的。喝起彩來，更無法充耳不聞。榮師傅閤上報紙，站起來。就在這時，看見了那個孩子。

那孩子手裏，拎著一個銅製的大水煲，俗稱「死人頭」。看著又重又沉。孩子矮小，水煲佔去他三分一的身量。孩子抬著頭，定定地看。目光落在那籠裏兩隻正在打鬥的「吱喳」。但在這身邊的喧囂裏，他的眼睛，卻是靜的。沒有興奮，也沒有喜樂，沒有這年紀的孩子眼裏所慣有的內容。這些內容，是榮貽生熟悉的，畢竟屋企已養了兩個男孩。但這孩子都沒有，即使在鬥事的高潮，也未動聲色。榮師傅不禁對這種怠工方式產生了興趣。孩子看了很久，卻自始至終沒有放下手裏的沉重水煲，仿佛牢記自己的責任，精神卻已在「遊花園」。這時，樓下傳來一聲斷喝。這孩子像從夢中驚醒一般，本能地拎起水煲，便走向五號台。眼裏竟然毫無對剛才所見的流連。榮師傅也聽到了這聲喝，是個略顯拗口的名字：五舉。

以後便常見到這孩子。因為留心，榮貽生便似乎也為他做了見證，見證了他在這茶樓裏的成長。他默然地長高，原本有些拖沓的企堂衣服，漸漸合身。他的手勢，也日益熟稔。孩子是勤力的，懂得與茶博士配合，懂得察言觀色，也懂得見縫插針地幹活。有一日，他看這孩子上樓來，忽然站住了。蹙一蹙眉頭，也不動，一瞬後，榮師傅聽得童音喊一聲：十六少到，敬昌圓茶服侍。

過了好一會兒，聽到咳嗽，繼而是遲緩的步子，便見得潮風南北行的太子爺，撩著長衫下擺，提了鎏金的鳥籠慢慢走上來。孩子爽手爽腳，伺候他坐下，又將那對鮮綠的相思掛到了鳥鈎上。

這一剎，榮貽生捕捉到了孩子嘴角的笑容。稍縱即逝，他大約

為自己經年練就的好耳力而得意了一下。但很快，便又恢復了靜穆的表情。

我問過五舉山伯，榮師傅是幾時決定收他為徒。他想了許久，才對我說起那次關於「文鬥」與「武鬥」的對話。對話因由，大約是來自「多男」的老客張經理放飛了他兩條黃魚買來的雀鳥。這隻叫做「賽張飛」的吱喳，似乎從未輸過，卻在那次打鬥中輕易落敗。山伯說，記得榮師傅說了一句，英雄末路。

說這隻鳥？我問。

他很肯定點一點頭。他說，在這三樓的雅座上，榮師傅是長年包座，卻唯一沒有帶雀的客人，他記得很清楚。這中年人說，英雄末路。

我又問，榮師傅沒有養過雀鳥？

他說，在收了他做徒弟後，榮師傅曾經養過。而且是本港的「撚雀」客稱為「打雀」的一種鳥。

我問，那，是吱喳還是畫眉？

他搖搖頭，說，都不是。這種鳥的名字很怪，叫「里弄嘎」。他怕我聽不懂，便用手指蘸了茶水，在桌上寫下「里弄」二字。我問他，這鳥難道和上海存在什麼淵源。他說，他問過他丈人家，都不知道這種鳥。他只記得師父將鳥籠在小廚房裏掛著，並不拿牠去打鬥，是當文雀養的。但這鳥啼叫很難聽，是一種石子劃在玻璃上的聲音，而且中氣很足。漸漸整個後廚都不堪其擾。這樣養了半年，據說有天籠門忘了關，這鳥便「走咗雞」。他笑一笑，說，也有人傳，是別的師傅，使喚手下「細路」，偷偷放走的。

不知為何，我忽然對這種叫「里弄嘎」的鳥產生了興趣。在網上遍尋不著後，我決定還是做一次 field work。旺角曾有著名的雀鳥街。這條叫康樂街的街道，在上世紀末被劃進了舊區重建範圍。重建後的成果，即當今的朗豪坊。然而這條街的人事，倒並未消逝。而是就近遷去了園圃街花園。我從牌樓走進去，便聽到一片嗣啾之聲。沿街數籠山雀，擠擠挨挨的，籠上貼著紙「放生雀」。走了好久，進了

內街，反倒是靜了下來。我看到一個頗大的店舖「祥記」。鳥並不很多。舖面外頭卻掛著許多鳥籠，籠底下擺著一個個塑料袋。裏頭裝著蚱蜢。袋上用粗豪的筆跡寫著「30 蚊」。我走進去，問那正在洗雀籠的店主，有沒有「里弄嘎」。他仔細看一看，說沒聽說過，他阿爺可能知道。我等著下文，他說，我阿爺一早走咗啦。

我便一路走，一路問。這時烈日焦灼，街上的人和鳥，都有些懨懨的。忽然一隻很斑斕的鳥，對我嘶叫了一聲，像是猛獸發出。我嚇了一跳，看籠上標著「南非蕉鵑雀」。牠隔壁的黑羽毛的鳥，則過於安靜。我發現是隻鷯哥，臊眉搭眼。這鳥，讓我想起十多年前寫小說《謎鴉》時的種種，不禁多看了一眼。這時有個很老的老伯從店裏走出來，招呼我。我便又問起「里弄嘎」。他眼光一輪，說，我呢度冇，但我見過。我問他幾時見過。他擺擺手說，咸豐年間事啦。我問他，這鳥是從上海傳來的？他又擺擺手，說，係南洋雀，好嘈！

他約莫看出我的興趣，便把我拉進了店裏。我心裏雖有些失望，但想他大概也寂寞。為了報償他提供的信息，就表現出了很大耐心，聽他介紹他的收藏。是不同款式的雀籠。迎門最堂皇的鎮店之寶，是這行的祖師爺「卓康」所製，如今已經失傳。每只鳥籠都是故事，大的是芙蓉籠，小的繡眼籠；哪裏是玉扳指，哪裏是馬尾弦。他說，我成間舖冇膠嘢[2]，隻隻手鉤都是天壽鋼！

離開雀鳥花園時，已過晌午。路人行色匆匆，卻都不忘看我一眼。大概因我手裏拎著只古色古香的空鳥籠。

其實，榮貽生決定收五舉，是在這孩子開口與他說話之前。

他之所以下了決心，是因司徒雲重的一句話。

這些年，他已經慣了，有許多事都和這個女人商量。而且這些事，多半是大事。他記得許多年前，慧生說過，阿雲是個女仔，有男

2　粵俚，指假貨、贋品。

人見識。

此前，雲重從未到「多男」來，是守著分寸，也是彼此間的默契。這時她虛白著臉，面對著榮貽生。因為三號檯的位置，整個茶樓，無人能看見她，唯有眼前的這個人。

兩個人靜默著，對望間，甚至未意識到這少年企堂的到來。五舉，便在他們的無知覺間，做好了所有的事。榮師傅來「多男」，從未讓茶博士服務過。茶博士張揚的表演，於他是繁文縟節。他只要兩只壺。一只茶壺；一只裝了八成熱的滾水，用來續茶。這滾水的溫度，是他的講究。全靠企堂的大銅煲，快一些、慢一些都不對。

以往的企堂，三不五時「甩漏」。五舉這孩子接了手，一回水冷了，給趙師傅好教訓，以後再未行差踏錯。此時見他有條不紊，洗茶、擺茶盅、開茶。眼裏清靜，手也穩。臨走時，只如常微微躬身。似乎雲重如榮貽生一般，是他長年關顧的熟客。

待他走了，兩人仍是相對坐著。事情過去了，說什麼也不是。說多說少都不是，索性不說了。雲重揭開茶，喝一口，又喝一口。或許也是身子虛，額上便起了薄薄的汗。她不擦，繼續喝。喝了一陣，放下說，「滇紅取其香，湖紅取其苦」。這「雙紅」的飲法，還是我教你的。可現在，自己倒分不出香和苦了。

她啟開了茶盅，續水。卻見茶盅裏臥著一顆開了肚的大紅棗。她便打開榮貽生跟前的茶盅，倒淨了茶，裏頭什麼都沒有。

雲重覺出臉上漾起了一些暖。她望一望底下，方才那個小企堂，跟著茶博士，拎著大銅煲，在不同的桌間穿梭。停下了，腳下有根，站得穩穩的。她看一眼榮貽生，開口道，這個細路，真像你後生時候。

榮貽生回家時，頭腦裏還迴響著這句話。

打開門，家裏有濃郁的中藥味撲面而來，衝擊了他一下，也就沖散了他頭腦裏的念頭。秀明倚在沙發上，目光斜一斜，道，謝醒阿媽送來的，說是端午的禮。

榮貽生望見飯桌上，擺著幾只龍鳳紙包著的大盒。紅得火一

樣，在這灰撲撲的房間裏，有些觸目。他說，端午還有半個月，現在送來？

秀明說，天下父母心，佢哋不放心自己嘅仔。講真，你到底教成怎樣？

榮貽生說，我畀心機教，佢肯學至得。

秀明抬一抬眼，說，佢阿媽知佢不生性，說按規矩管教。這行誰不是這麼過來。

她慢慢地站起身，說，大仔今朝返來，在石硤尾買了幾個糉。我熱給你吃。

榮貽生連忙道，不用了，我同班老友記飲過早茶。你唔使理我，自己歇著罷。去過醫館了？

秀明便輕輕撫一撫心口，說，換了個醫生，重開了一劑方子。先試一試吧。

榮貽生服侍她躺下。關上臥室的門，細一想，謝醒這孩子，已跟了他兩年了。

收謝醒這事，當初他沒聽雲重的。

榮貽生從窗口望一望外頭。皇后大道上有些成群的中學生。男孩子穿了白恤衫、寶藍色長褲，是聖保羅書院的學生。女孩子們則是石青色的旗袍，來自聖史提反女子中學。大約這時已經下了學，在西營盤周遭吃飯閒逛。幾個時髦女，手挽著手，從對面金陵戲院裏走出來。打頭的一個，從手提包裏取出一副墨鏡戴上。

隔壁無端地，又響起了吊嗓子的聲音，咿咿呀呀。是個已經退休的粵劇老倌。和榮家同年搬進來的。

算起來，從廣州到香港，已近二十個寒暑。當初離開「得月」，按廣府庖界的流傳，是出於「政變」，這未免誇張。只是韓世江的大弟子發難，所謂「一山不容二虎」。他想想，便走了。不是怕，是為當年事，對韓師傅還抱著疚。

他來時，「同欽」雖有老號「得月」的加持，已經打開了局面，

但還遠非如今地位。畢竟較之廣州,香港的飲食界更海納百川些。且不論西人加入,光是各地菜系在此開枝散葉,已多了許多對手。香港人又生就中西合璧的「fusion」舌頭。「太平館」這樣中體西用的新式菜館,也便應運而生,源自廣府,卻賺了本港的滿堂彩。

謝醒的阿爸謝藍田,是銅鑼灣義順茶居的車頭。雖久在庖廚,這人天生帶些江湖氣,是個社會人。對時世天生看得清,也玩得轉的。榮師傅與他在佛山的同鄉會結識。原本以為是點頭之交,沒承想謝藍田卻相見恨晚,引為知己。那時年輕的榮貽生,還有幾分恃才傲物。人也木訥些,並不把張揚的謝藍田放在眼裏。這本是剃頭挑子一頭熱的事。後者倒不以為意,對榮師傅還有些怒其不爭。他自作主張,在一次業內聚會,將榮師傅的蓮蓉酥作為伴手禮,送給了香港飲食總會的上官會長。會長一嚐之下,驚為天人,這由此成為榮貽生在本港聲譽鵲起的起點。潛移默化間,也助他在同欽樓站穩了腳跟。嘴裏不說什麼,榮師傅對他是感激的。畢竟同業相輕是常態,何況又同是做白案。謝藍田對此,倒很豪邁。只說榮師傅潛龍出淵,出人頭地是遲早事,自己不過是個順水推舟的人情,「我就係睇唔過眼嗰啲新潮點心佬,喺度搞搞震!」

兩家來往多了,彼此也都多了照應。秀明在戰時落下了頑疾,一遇換季就胸悶憋痛。到了香港倒更厲害些。也是謝家忙前忙後地給找醫生。這些好,榮貽生開始都記著,想要還。後來日子久了,長了,倒處得像半個家人了。

所以,當謝藍田提出要謝醒跟他學徒。他沒怎麼猶豫,便答應了。謝家夫妻談起這孩子,也直唉聲嘆氣。說起來,也是陰功。兩公婆上年紀,才得了這個獨子。榮貽生是看這細路長大,週歲時拜過他做「契爺」。小時看著精靈,整日跟父母盤桓在茶樓裏,手勢看都看了個半會,說起來頭頭是道。可長大了,就是讀不進書,轉了兩間官校,到底輟了學。謝藍田便說,貽生,你兩個仔幾生性,讀「英皇」,日後考港大要做醫生律師。誰來接手你的好本事?教教不成器的契仔,也算手藝有個去處。

　　榮貽生心裏有自己打算，卻不忍拒絕謝藍田。要説心底柔軟，身在他鄉，經過這些年，已有許多的變化。世故是必然的，心也冷了些。但看縱橫八面的謝師傅，蹙著眉頭，是老意叢生的模樣，他也便點了頭。

　　大約一個月後，他方與雲重談及此事。雲重沉默了一會，説，你莫後悔便好。我不想人背後叫你「西南二伯父」。

　　他聽後心裏微微一驚，這是廣府人都知道的典故。説的是不負責任、庇短護奸的老輩人。看似厚道，裏頭卻藏著陰和惡。雲重話説得重，他聽得也重。便收拾了心情，想要好好教謝醒。至於教法，也便如葉七當年。舊日茶樓裏的師徒制，裏頭還是有許多行業避忌。白案師傅連上料稱斤兩，尚要背著徒弟。榮貽生便格外敞亮些，將謝醒當個仔來教。雲重不讓他收，也是因為行內有句老話，叫「教生不教熟」。這有兩層意思。一是徒弟最好是白紙一張，不收別的師傅教出來的半吊子徒弟；二是不要收熟人子弟，教訓起來，話裏深淺都不是，難以成才。謝醒偏兩樣都佔了。自己以為耳濡目染，將大小按功夫，早看了學了個七七八八。由於通家之好，又是契爺，也並沒有將榮貽生這個名廚當師父來待。早兩年，跟爺娘學的那些，在「同欽」也都能應付，且應付得不差，居然點撥起尚要偷師度日的同輩，這便有些犯忌。可是茶樓裏都知道他的來頭。榮師傅不訓，誰還能説什麼。這個混不吝，也有他的企圖，竟有兩次問到榮貽生臉上，問幾時教他整蓮蓉。

　　做師父的，被他問得一愣。榮貽生本沒有葉七的心機。他師父將蓮蓉的絕活兒藏到了最後，臨了還靠他自己悟出了一味。然而，他也覺得時機未到。這孩子問得急，他便也琢磨是不是他娘老子的意思。這樣想，心裏愈發冷。

　　他知道自己還是不甘心，在等一個人。終於，等到了，是個「多男」的小企堂。白紙一張，卻是上好的生宣。

這細路先說不想做打雀，讓榮貽生猶豫了一下，怕他缺的是一個「勇」字。可細細聽他說下來，原來是要做自己的主張。榮師傅心裏動了一下。他想，當年有葉七在，除了拜師這一件事，他何曾做過自己的主張。如今若收了這個，就不好再走這條老路。成全這孩子，便是成全自己。

他想起雲重的話，這細路，真像你後生時候。

可他忘了，這二十年來，他自己已經變了。

五舉是在小按出師後，見到七少爺的。

可他以前見過，在「多男」。就是這個人，他們都叫他「癲佬」。唯獨阿爺，叫他「先生」。

這天晚上，榮師傅領著他，攜了只包裹。叫他拎了一只食盒，裏頭有幾碟小菜，還有剛打好的雙蓉月餅，壓了魚戲蓮葉的花。師父親自在餅上一一打上了大紅點。

這天是中秋的正日子。五舉想，自己是個孤兒。可師父有家有口，這是要帶自己去哪兒。師徒二人，沿著雪廠街，到山底下，搭了電車，走到了上一層坐下。他從車窗探出頭去，望望天上，是一輪透亮的圓月。月光瀑一樣地流下來，鋪在德輔道上。行人、車輛、兩旁的店舖，便都鍍上了一層銀白。電車慢慢的，停靠了一個站，車鈴噹噹地響一響。他便看清楚了外頭，地面與樓宇，似乎都成了線條組成。有的線硬朗，轉上了軒尼詩道，就是一條悠然的弧線。每一點輪廓都發著毛茸茸的光，是個他熟悉而陌生的香港。

他們在灣仔下了車，沿著石水渠街一直走。行至一座老舊的唐樓，門楣上寫著「南昌閣」。底下是個水果店，還散發著碌柚的馨香。榮師傅和店裏的老闆打了個招呼，是熟稔的樣子。另一邊是個裁縫舖，叫「媽記」，已經收了檔。門口鎖著一把破舊的竹躺椅。榮師傅將躺椅搬開，側身進去，看到一扇狹窄的小門。榮師傅敲一敲，沒人應。五舉聽到裏頭傳出收音機的聲響，好像在播鍾偉明的廣播劇。收得不好，滋滋啦啦的。榮師傅便又使勁敲敲門。收音機的聲音沒了，

有嗡聲道，入來。

　　他們便推門進去。燈光昏暗，迎面是一張碌架床，床上坐著一個人，目光滯滯地望著他們。五舉抬頭，看見床架上掛著一件西裝，搭著條石榴紅的暗紋領帶。西裝袖子的肘部，被磨得「起鏡面」了。五舉想，是他。

　　先前在「多男」時，見過這個人。五舉記得，他總是在週五來，將近中午時。左手搭件乾濕褸，捲了一大卷報紙。

　　施施然進來，也不理會人。舉目望，見哪桌吃得差不多了，他便走過去，一屁股坐下。也不言聲，拿起桌上剩下的點心便吃，吃得心安理得。旁人見了，還以為他是搭檯[3]的。這桌上的客，嫌惡地站起身，罵他一聲「癲佬」，急急便埋單走人。也有氣不忿的，便要叫經理。他安靜地抬頭望一眼，無辜得很。站起來，對那客鞠一躬。經理便也息事寧人。他又走到其他桌去。那桌無人，他便安心吃；有人，又罵他「黐線」，經理便請他出去。他安靜往外頭走，也不說話。腳上的皮鞋倒踏得山響，大概是不合腳。五舉，見他腳跟上插了幾塊香煙紙。只有路邊給人擦鞋的人才會這樣，怕的是弄髒襪子。

　　此刻，這雙皮鞋靜靜地攔在地上。併攏，整齊。鞋裏仍插著幾張香煙紙。

　　榮師傅將手裏的東西放下，輕輕喚聲，少爺。

　　五舉心裏一顫，以為聽錯了。但見那人，撩起身邊的乾濕褸披上，望一望榮師傅，也輕輕喚一聲，阿響。

　　這裁縫舖隔籬的梯間，狹窄逼人。天花與地面，構成一個三角。連五舉一個十來歲的孩子，尚抬不起頭來。榮師傅躬下身，從牆角拎過一張折疊桌，打開。然後叫五舉幫他，將食盒裏的小菜端出來，又拿出一瓶酒。

3　在粵港，指互不相識的顧客坐在同一圍檯上一起用餐，多出現在茶樓繁忙時段。

他自己抄過一只櫈坐下。那人望一眼五舉，説，細路，對唔住，沒有櫈子了。

榮師傅説，唔緊要。小孩子，就讓他站著好了。

那人搖一搖頭，從床上坐起來。走去牆角，從報紙堆裏翻翻，彎腰抱起一摞書，有點吃力。他擱在桌子邊上，讓五舉坐在上頭。

榮師傅忙要阻止他，説這坐壞了怎麼辦。那人淺淺笑一下，説，如今這些劇本，在人眼裏似篤屎，正好用來墊屎忽。

榮師傅説，這是我新收的徒弟，叫五舉。

那人説，嗯，我知道不是先前那個。那個口水多過茶。

他從床頭取過一副眼鏡，用衣襟擦擦，戴上。眼鏡柄上纏著膠布。他打量一下五舉，説，細路，我認得你。在「多男」，你賞過我一杯茶。

榮師傅不等他説下去，打開酒瓶，斟滿酒，説，今天中秋，要飲多杯。

那人執起酒樽，看一看，説，玉冰燒。

榮師傅説，少爺，你記不記得。那年我回到廣州，在羊肉館子裏，你請我喝玉冰燒。如今這酒，在香港可不好找呢。

那人拿起酒杯，一飲而盡。望一望，目光卻直了，慢慢説，是啊，我在香港了呢。

榮師傅看他又現出些癡相，忙給他夾了一筷子菜，説，那館子的老闆説，少爺欠了他一支曲，是支什麼曲。

那人蹙一下眉，眉間有川字。忽而舒展開，用支筷子敲一下碟，口中道，查篤撐，查篤撐……清明節鴛聲切往事已隨雲去遠，幾多情無處説落花如夢似水流年……

榮師傅説，少爺，今天是中秋啊，怎麼就唱起了清明呢。飲酒飲酒。

他給那人夾菜，邊説，你最愛吃我娘製的素紮蹄，我可學會了呢。嚐嚐味道正不正？

那人飲下一杯酒，蠟黃的臉色也紅潤些了。他問，慧姑可好，佛

山住得慣嗎，要不要跟我回太史第？

　　榮師傅愣愣，沉默了一下，說，阿媽好好呢。過幾日就來看少爺。

　　那人又問，我允哥好嗎？大嫂好嗎？

　　榮師傅笑笑說，他們都好呢，好掛住少爺，讓我給少爺帶話呢。

　　那人臉上就又多了一些喜色，說，我上星期給允哥寄的本子，《李香君守樓》，他收到了吧。

　　五舉看到師傅放下筷子，臉上抽搐了一下，但立刻又笑了，說，收到了。允少爺誇您寫得好呢，說，省港文膽，我埕弟居二，無人敢稱第一。

　　那人便咧開嘴笑了，露出一排白牙。原本清臞老相的臉，這時竟有了孩子氣。五舉聽他們說話，開始是前言不搭後語。後來，榮師傅喝多了，舌頭也有些大，倒是那個人，神色漸漸肅穆。他說，阿響，我最近晚上睡覺，又聽到槍砲聲音。白天說給裁縫店的老闆娘聽。她說是填海區施工動了風水，要陸沉。被我聽到了。

　　榮師傅就說，那個老闆娘，成個神婆噉。還說我有宮宅相，將來富過包玉剛，我信佢？！

　　這時，外頭傳來鐘聲，「噹」的一聲響。榮師傅抬抬眼睛，說，少爺，我要返屋企了。秀明瞓得淺，等門睡不安穩的。

　　他拿出那個包裹，說，老規矩。還是四只大紅點，應承我，自己食，莫益其他人。

　　那人接過包裹，打開看一眼，說，我唔要。

　　榮師傅就說，少爺，你忘了，這是你借給我辦喜事的。說好中秋還，你不信，借條還是在抽屜裏呢。

　　那人抬起蒼蒼的頭，茫然看著榮師傅，說，係噉？

　　榮師傅很肯定地點點頭。那人從包裹裏，抽出一張鈔票。然後在碌架床的上層翻找。翻了許久，翻出了一個利是封。這利是封顯然用過了，皺巴巴的紅。他把鈔票放進利是封，塞到五舉手裏。

　　榮師傅要擋，說，少爺，非年非節。這是做什麼，縱壞細路仔。

　　那人不管他，撥開榮師傅的胳膊，對五舉說，叫我聲「七叔」。

榮師傅嘆口氣，示意五舉接過來。

五舉看他一眼，喚，七叔。那人笑，問，然後說什麼呢。

五舉想了半天，說，恭喜發財。

那人摸摸他的頭，說，傻仔，又唔係過年，叫誰發財呢。應該說……他想一想，終究沒說下去。他只是抬起頭，看榮師傅，說，阿響，這細路好靜，像你小時候。

師徒二人走出來。那個水果店，竟然還未關門。老闆靠著門打瞌睡。榮師傅就拐過去，跟他買了一個大碌柚，讓五舉抱著，說，給你師娘帶回去。

這時，夜風吹過來，榮師傅的醉意，也醒了幾分。他看著前面走著小小身影，又想起了七少爺的話，這細路好靜，像你小時候。

他想，他要謝謝七少爺，才遇到這個孩子。

每個星期五，他坐在「多男」，等的是七少爺。七少爺從未來過「同欽」。少爺清醒時，硬頸愛顏面，知他在同欽，便不給他找麻煩，小心翼翼地避他。這中西區的茶居，許多是梨園燕邀聚集處，原本視錫堃是省港行尊。敬他一餐半頓茶，可少爺犯起糊塗來，天王老子都敢罵。旁人先同情，漸不能容忍。竟有茶樓請了印巴籍的保安，堵在門口，不許他入內。唯有一間給他進去的，是「多男」。榮師傅知道了，每個週五來「多男」，等少爺。他在三樓雅座，看得見大堂。少爺卻看不見他。少爺坐在了哪桌，他便提前叫人多送一籠點心。怕被發現，有時是叉燒包，有時是蝦餃。一邊悄悄交代下面，他來為這桌的客人埋單。他做不了許多。只想這一天，少爺能吃得安心，吃得飽。有一次，少爺怕被人趕，吃得急。吞嚥間，噎住了，咳嗽起來。他在上面望見了，揪著心。人也站起來，想要下去。這時，他看見那個小企堂，放下了手裏的大銅煲，倒了一杯茶，快步走過去。給錫堃飲下，一邊輕輕撫著他的背，幫他順下氣。

榮師傅慢慢坐下來，他看見七少爺不咳了，定下了神。那個小企堂，便又拎起了大銅煲，疾步走去別桌了。

我問五舉山伯，可記得師父説的這件事。他搖搖頭，説不記得了。

但他説，記得趙阿爺的話，這個人不是癲佬，有一肚子學問，要叫他先生。

至於杜七郎的學問，他跟我説過坊間流傳一椿事跡。灣仔菲林明道上的「太平館」，曾是七先生出沒處。頭個請了印巴保安的，也是他們。那日七先生和保安雞同鴨講，進不去餐廳。他嘆一口氣。拿出筆，在牆上題了一句，「曾經紙毀苦經營」，便拂袖而去。太平館昔日名流匯聚，便有好事者看出，説，杜七郎是出了個無情對。這聯據説到如今，從未有人對得出。

我便向幾個相熟的報界前輩求證。一位《文匯報》的退休編輯，説確有此事，當年他們報上還登過。他説，這聯文難在，看似文人發牢騷，可裏頭隱了個德文詞。「紙毀」是德語「zweite」的音譯，「二次」之意，該聯是指經歷了兩次世界大戰。而句末「營」為平聲，可見杜七郎是成心出了個下聯，叫人對上聯。旁邊人説，豈止！你道太平館最出名的菜式是什麼？——「瑞士雞翼」。怎麼來的？話説當年，這道菜還叫「豉油雞翼」，有個鬼佬客吃後大讚：「Sweet! Sweet! Good!」侍應不知何意，就向一位客人請教。客人也對英文一知半解，將 sweet（甜）聽成了 swiss（瑞士的）。以訛傳訛，「豉油雞翼」就此成了「瑞士雞翼」。這杜七，鬼得很，暗諷太平館是做不中不西的「豉油西餐」起的家。

如今這灣仔太平館，早因重建搬去了銅鑼灣的白沙道，旁邊是賣南貨的「老三陽」，自然也就看不到杜七郎的聯文手跡。倒是應了往日報上的專欄名，「逸人逸事」，皆蹤跡難覓了。

那次見面後，五舉便多了一個差事。三不五時，便到那「南昌閣」，給七先生送東西。多半是吃食，應時糕點，有時也是換季衣裳。還有一兩封信，上頭寫著七先生的名字「向錫堃」。留的是榮師傅的屋企地址。五舉走時，七先生就在牆角的報紙堆裏翻好久，翻出一兩本書，給他帶回去看。倒也不是什麼精深的東西，都是市面上流

行的三毫子小説，像臥龍生的《仙鶴銀針》，依達的《漁港恩仇》。榮師傅看見了，就説，都是印刷公司送給你七叔的。叫他依葫蘆畫瓢，寫寫太史第的事。書他留下了，人都給罵了出去。

這天，五舉照例傍晚時候去。手裏挾著一只盒，外頭包著永安百貨的畫紙，裏頭是條新領帶。五舉走到裁縫舖，看到焦黃臉的老闆娘，坐在門口的躺椅上，悠哉悠哉拍烏蠅。一見他，放下手裏的蒲扇，滿臉堆笑將他迎進去。説衣服一早做好，就等他來。説罷從架上取下一件西裝，鼠灰色，槍駁領，新嶄嶄。她嘆口氣道，你看這面料做工……算了，你一個細路懂什麼。可有得改了！我要給他量身。他倒好，説男女授受不親。

五舉按師父説的，把錢付給她。老闆娘點好，滿意笑笑，卻又斜一下眼睛，壓低聲音説，話給你師父聽，唔好再給你七叔錢。佢傻傻啲，將啲錢跟生果檔換成散紙，周街派給路邊乞丐。我親眼見到的。

兩人敲開七先生的門。錫堃背對他們，床上散了一床的紙，口中唸唸有詞。五舉看不懂，不知那是工尺譜。叫一聲七叔，他回過頭來，眼清目亮，不是往日憔憔的混濁樣。

老闆娘就要給他穿上西裝。他一閃身子，説我自己來。穿上了，老闆娘嘖嘖稱讚，説，你瞧我這眼力，膊頭袖子都啱啱好！七先生真是衣服架子。

錫堃臉上也有喜色。老闆娘説，先生精神好。穿得那麼排場，唔係要去飲啩？

錫堃笑笑，不理她。老闆娘就湊趣地出去了。

五舉幫他將領帶打上。錫堃自己從桌上拿過一只眼鏡盒，小心翼翼地取出副眼鏡戴上。不是原來那副，也是新的，眼鏡腿上無膠布。

五舉看著，也讚嘆。想師父説得沒錯，佛靠金裝，人靠衣裝。七先生收拾得體面，斯斯文文，成個港大教授噉。

他便也問，七叔當真要去飲？

錫堃笑笑，臉衝門上揚一揚。五舉這才看到，門背後貼著戲院的海報。有利舞台的，有普慶戲院的，有太平戲院的。有新有舊，貼得

密密麻麻。五舉想，以往就未有留意到。這些戲碼有些他聽過，因稱得上家喻戶曉。像是《跨鳳成龍》《百花亭贈劍》《雙仙拜月亭》。趙阿爺迷陳鳳仙，連他也哼得出「更聞鶴唳叫泣南崗，亭畔拜仙蹤降」。

五舉便問，七叔要去看大戲？

錫堃點點頭，臉上神情稍蕭穆起來，眼裏頭仍有一點激灩的光。他說，我徒弟請我看他寫的戲。

五舉看海報上，編劇都寫的是一個名字「宋子游」。這名字他也不生，阿爺常提起，是香港鼎鼎大名的編劇。五舉想，這個人，竟是七先生的徒弟。

錫堃眼神晃一下，似看見了他的心事。他將西裝慢慢脫下來，齊整地掛好在床架上。手在袖子上撣一撣。輕輕說，我不成了，至少還有這個徒弟。當年他在太史第門口，唱我的《獨釣江雪》。故意唱得荒腔走板，我才收了他。如今太史第沒了，阿爸也給我剋死了。我就剩下這麼個徒弟了。

錫堃回過身，從床上撿起一頁，仿若自語，他寫好這齣《紫釵記》，同你師父一道來見我。我心窄，沒臉，不見肯他。他在門口站定了，說，七哥，當年我唱你的戲，你讓我進去了。如今我就唱自己寫的。

就是這折《燈街拾翠》。錫堃便對著那頁紙，對著五舉唱：

> 攜書劍，滯京華。路有招賢黃榜掛，飄零空負蓋世才華。老儒生，滿腹牢騷話。科科落第居人下，處處長賒酒飯茶。問何日文章有價？混龍蛇，難分真與假。一俟秋闈經試罷，觀燈鬧酒渡韶華，願不負十年窗下。

我聽得忿氣，就將門打開了。看他站在門口，笑笑口看我。他說，七哥，我唱了李益唱崔允明，唱了崔允明又唱韋夏卿。師父，你終於肯見我了。

你看，過了幾十年了，他還是來激將我。舉仔啊，你說我人活一

世，到頭來，就剩下這麼個徒弟了。

錫堃將眼鏡取下來，撩起衣襟擦一擦。瞇著眼睛，目光散著，漸漸匯聚在門上的海報，不再說話。

五舉說，七叔，你莫唔開心。

錫堃回過神來，說，不不，我好開心。你要界心機，同你師父學，學整蓮蓉月餅。學會了，有出息，周街都買來食。你師父都唔知會幾開心。

第二日清晨，天麻麻亮。還未上客。「同欽」的後廚已在忙碌，預備開早市，榮師傅督場。

這時候，外頭有嘈雜聲。榮師傅便出去，看見企堂攔著一個人，不讓他進來。榮師傅一看，是七少爺。

他忙喝退企堂。想平日錫堃從不來「同欽」找他，請都不來。只見錫堃臉色惶惶的，身上還穿著新西裝。領帶歪在了一邊，頭髮散在額頭上。他走過去，笑笑問，少爺，昨天的戲好看？

錫堃愣愣地看他，忽然開了口。他說，阿響，阿宋死了。

榮師傅也愣住。沒等他回過神，錫堃便哭了起來，開始是哽咽，忽然，哭得驚天動地。後廚的人都出來了，圍成一圈看。看這不知哪裏來的癲佬，站在茶樓大堂的中央，哭得像個孩子，不管不顧。榮師傅慢慢走過去，將手放在錫堃肩頭。那手也趁著肩膀劇烈抖動。他心下一震，便將錫堃抱住了。榮師傅抱住他，閉上眼睛。覺得懷裏的人，怎麼這麼薄，全是骨頭。小時候，是個溫暖厚實的孩子啊。如今，怎麼像片落葉似的薄。

一大早的報紙出來了。頭版都是宋子游亡故的消息。在利舞台，新戲演到第五場，忽然心梗倒在觀眾席上。送到聖保祿醫院，翌日清晨不治。報紙配的照片，上頭是劇照，下面是他觀戲的現場照片。臉上微笑，躊躇滿志的模樣。旁邊坐的人，也笑吟吟的，是師父杜七郎。

榮師傅開了酒店房，看著七少爺。戲曲總會的人說，萬國殯儀館的追思會就不要他去了。到時有媒體到場，還要體體面面地，經不起

一番折騰。

　　第二天中午，錫堃跑了出去。先摸到了殯儀館，靈堂挨個找，找不見。紅磡沿途街道，報攤上，到處都是徒弟的遺照。他搶過報紙就撕，撕了扔在地上。又跑去第二個報攤，接著撕。有人報警，警察來了，攔不住他。他又打又罵，幾個警察聯合起來，才制服了，送上了警車。

　　在差館裏，他倒安靜了。榮師傅趕過來，來保釋。警察說，幾個手足給他打傷，進來倒安靜了。問什麼，來回都只有一句話。

　　從差館出來，杜七郎給送進了青山精神病院。媒體寫，這是他第三次入院。上次是四年前，那時他的新戲《泣殘紅》，口碑票房雙仆街。

　　夜裏頭，榮貽生到了雲重那裏。什麼話也不說，脫下衣服，便與她做愛。

　　做完了，大汗淋漓地，點上一支煙。也不抽，煙灰燃著燃著，落下來。落到身上，燙得自己猛然一抖。他將煙掐滅了，撚在煙灰缸裏。人還是獃獃的。雲重起身，要穿上衣服，被他一把拉住。手勁很大，雲重被拽得跌坐在床上，他翻過身，把頭深深埋在女人胸前，也不動。半晌，雲重感到有滾熱的水，沿著乳房流下來，流得很洶湧。她使勁抬起男人的頭，看他已是淚流滿面。她靜靜看這男人，想這些年，他也有些見老了，臉上有淺淺褶皺。那淚水凝在嘴角的法令紋裏，沒有流下來，晶亮的一渦。

　　待平息了，榮貽生說，阿雲，你知道七少爺在差館裏，來回都只有一句話。他說，我就剩下這麼個徒弟了。

　　我細細想想，當年宋子游在太史第門口等。若不是我多說了一句話，阿宋興許就走了。少爺還怎麼收得成這個徒弟。後來宋子游名頭大了，少爺面皮薄，不肯認這個徒弟。又是我求他，帶著他跟少爺見面。我只想少爺心裏，還能有個盼頭和牽掛。你說當年，少爺在寶蓮寺裏，給鬼佬講佛經。我遠遠看著，精神已經好了不少。要是我不急著找到他，報老太史的喪。他不是魂不守舍，怎麼會從火車上摔下

來。何至於是現在這個樣子。

　　雲重聽著這男人的呼吸，隨自己的心跳起伏，漸漸沒那麼重濁了，方開口道，你說七少爺跟人講佛經，他一定懂得，有因就有果。你既不是因，也不是果。因緣前定，沒有你，也還有其他人。

　　榮貽生抬起頭，直愣愣地看她，阿雲，那你是我的因，還是我的果？

　　雲重坐起來，披上衣服，輕輕說，你回去吧。秀明睏得淺。夜裏等著門，她睡不安穩。

拾壹 · 欲見蓮時

益智子，如筆毫，長七八分。二月花，色若蓮，著實，五六月
熟。味辛，雜五味中芬芳，亦可鹽曝。出交趾合浦。建安八年，交州
刺史張津嘗以益智子粽餉魏武帝。

—— 嵇含《南方草木狀》

荣貽生和司徒雲重重逢，是他來香港的第五年。

三月初時，「同欽」進了一批新茶器和骨碟。以往入貨，都是從
石硤尾的「錦生隆」瓷莊。不過因政府收地，「錦生隆」將廠子搬去了
新加坡的裕郎，那裏新建了鐵路軌道，利於搬運。可往返海外，這樣
於「同欽」的購買成本就高了許多。「錦生隆」便介紹了深水埗的同
業瓷場。新到貨那天，荣師傅與方經理一同查驗。看瓷胎上好白靚，
花頭與車邊都十分細緻。底下印著「粵祥」大紅三角印章，裏頭是英
文縮寫「Y. C.」。檢查至骨碟，繪著普通的魚藻紋。可這搖曳的水藻，
並不是通常的綠。光線下，有一種少見的豔異與通透。背陰處看，又
是幽靜的。荣師傅心裏輕顫了一下。他將碟子翻轉，看到碟子底部，
畫著一朵青色的流雲。

他脫口而出，鶴春。

前來送貨的夥計，有些驚奇地望他，說，師傅這麼懂行，知道
「鶴春」。

他放下碟子，敷衍了過去，我哪裏懂，聽人說起過。

一星期後，荣師傅來到了「粵祥」瓷場。

他看到門口一棵高大的椰樹，突兀而挺拔地立著。四周倒是漫漫

土坡。這些新建造起的廠房，猶如城堡。有巨大的煙囱突起，像城堡上的塔樓。煙並不濃重，裊裊飄向遠處獅子山的方向。

他手裏執著那枚骨碟，向人打聽。一個路過的工人，將頸子衝煙囱揚一揚，説，雲姐，看火眼呢。

榮貽生走進爐房，似乎空無一人。當中的紅磚砌成的大圓爐，倒十分壯觀。七百來呎的爐房裏，可感受到一股熱力，還有木炭燃燒發出的，有些酸澀的氣息。他走出去，向外望，卻聽到後面有細隱的聲音問，你搵邊個？

他轉過身，於是看到了那個細路女，用一雙灰藍的眼睛望著他。那瞳仁上，像是蒙了一層輕薄的霧，因而有些失焦。這是一雙略為凹陷的，很美的眼睛，鑲嵌在淨白而透明的臉上。在香港這些年，榮貽生見過許多洋人孩子。但由於他們鳴放的性格，很少見到這樣安靜的眼睛。但是，這細路女也有很茂盛的黑髮，束在腦後。身上穿件顯見是成人衣服改成的夾襖。有些陳舊的藍底，綴著灰白的碎花。這些都是中國的背景，讓灰藍的眼睛漂浮起來。這個孩子，用地道的廣東話問，你找誰。

榮貽生彎下腰，剛想説話，聽到圓爐後有聲響。他聽到了把女聲，喚，阿妹。

細路女便回身快步走過去。這時，他看到有一個女人從爐後走出。

是司徒雲重。

他們，立刻認出了彼此。雲重本有的微笑，此時凝固在臉上。她瘦而尖削的臉，因梳了一個髮髻而更為單薄。或許是揚起的爐灰，額上有蒼青顏色，混著汗。她不自主地抬起手背擦了一下。大約覺得沒擦乾淨，又撩起了袖子使勁擦。擦著擦著，放下手。臉上是得宜的水靜風停的笑，開口道，響……

這時，她停住，略低下頭，對身旁的細路女説，阿妹，叫姨丈。

細路女，怯怯地躲到她身後去，又慢慢探出頭，只露出雙眼睛，望著榮貽生。

榮貽生愣一愣。他看出來，除了這雙眼睛，這孩子臉上的一切，

都來自雲重。

這時，雲重似乎想起什麼，急急走到外頭，喊一聲，扒火。

喊聲嘹亮，但有些沙，不是少女的聲音了。

外面便進來了幾個年輕漢子，都精赤上身，著短褲，對雲重並不避忌。嘻笑著，一邊用一只鐵鈎，勾進爐底，勾扒出赤紅的火炭。爐房裏頓時火花四揚，伴著更為濃重嗆鼻的硫磺味。榮貽生不禁咳嗽起來。這些夥計們已是灰頭土臉，更為放肆地笑起來，一個將榮貽生往外推出去。

爐子剛還是通紅的火焰，待扒清炭爐後，已是冷灰色。夥計們收拾了東西，也就離去了。榮貽生問，瓷器燒好了，不收拾出來嗎。

雲重拿著掃把，仔細將爐灰掃成了一堆，說，東西還滾燙著，爐不能開，會吹爆。明天揭爐頂，再逐件提出來。

榮貽生躬身，向那細路女喚一聲，阿妹。

女孩側他一眼，頭擰過去，不應。

雲重便說，阿妹，唔好失禮人。

女孩扁一下嘴，說，我有名字的。

榮貽生笑笑，問，你叫什麼名？

女孩說，靈思。靈思堂的靈，靈思堂的思。

榮貽生又問，那姓什麼呢？

雲重搶過話說，司徒。司徒靈思。

榮貽生看她站在門前，眼裏灼灼的。這時眼神卻躲閃了一下。

他便從隨身的挎包裏，掏出了一個紙袋，給女孩，說，姨丈打的點心。

女孩不接，戀戀地看一眼母親。雲重點一點頭。她才接過來，打開，裏面是幾塊烤得焦黃的酥餅。到底是被食物的香氣誘惑，靈思忽有了細路女該有的樣子。她小心翼翼地舔一下那塊餅，咬一小口。灰藍的眼睛裏，泛出了光來。

榮貽生問，靈思，好唔好味？

女孩使勁點點頭。榮貽生便說，好味，姨丈再整給你吃。

雲重便說，阿妹，阿媽點同你講。有了好東西要怎樣。

女孩眨一眨眼睛，似乎不太捨得。但用細細的聲音說，分畀人食。

便捧著這些餅，慢慢朝廠裏走去。

榮貽生沉默一下，讚道，女女好教養。

雲重看著孩子的背影，輕輕說，論理女仔要富養。養不成了，起碼要上規矩。

兩個人，看著那小小的身影，被一群孩子簇擁。個個是雀躍的，大概都是瓷場的子弟。這時候，榮貽生聽到雲重問，你怎麼找了來。

他便掏出了那只骨碟。雲重張一眼，說，你們要得急，瓷場的人手不夠。我平日不畫飯貨。

榮貽生說，我知道，碟子底下沒有「粵祥」的印。可你捨得用了「鶴春」。

雲重便不說話了。久後說，現在誰還在乎這些呢。

他們便一路往前走著。走了一會兒，漸聽到了潺潺水聲。長坡後邊，竟隱著一條溪流，漫漫地流向草叢中去。這時節，還傳來間或的蛙鳴。

榮貽生一時間，似乎有許多的話。待開了口，卻問道，你等到那個人了嗎？

雲重愣一愣，站定了。臉龐望一望瓷場的方向，說，就在這吧，我還沒收工。替我問秀明好。

榮貽生想一想，從口袋裏掏出一包煙，將煙殼剝下來，在上面寫了個地址。他說，這是我們家。遠一點，在上環。有空來，秀明念著你。

「做冬」那天，雲重才帶了靈思來。

因未見過，孩子們都很認生。家裏男孩們到底活潑些，不一會便

也熟了。小的那個，追著靈思叫「鬼妹」。

大人們一聽，愣住了。秀明就衝他屁股上打一記，説，有輕重，這是你表姐。

雲重將自己和孩子，都收拾得齊整。頭上挽著很緊的髮髻，穿件青綢的旗袍夾襖，十分合體。秀明卻看見，這衣服的袖口有淺淺磨毛，怕已有年頭，只是穿得珍惜。

雲重帶了一只很大的碌柚來，説記得秀兒愛吃。秀明説，這麼多年了，虧你還記得。入冬來這東西金貴，人哪裏捨得吃，都用來敬神。

説著接過來，直接便擺到了神龕前頭。龕裏敬著德化瓷的水月觀音，音容慈濟。下面有兩個牌位。一只上面寫著，「尊師　葉鳳池　生西靈位」；另一只寫了「先妣　榮氏　慧生　往生蓮位」。

雲重看了，不説什麼，也沒問。只與秀明求了三支香點上，隨她拜一拜，插進香爐裏。又默立了一會兒。

她還帶來一只瓷盤。正中畫著鳳穿牡丹，瓜果邊是白菜百蝠。開了斗方，裏頭畫著一對捧了石榴的總角孩童。秀明嘖嘖稱讚，説好喜慶。又湊趣説，這細路畫得真好，像極了家裏的兩個討債鬼。

雲重便也笑説，石榴多子，以後還能生。兒孫滿堂。

秀明道，唉，香港這幾年物價飛漲，搵食艱辛。再生養不起，能把小冤孽們糊弄大就不錯了。

罷，她便將這只盤，鄭重擺在了客廳正中的腰櫃上。雲重看到這腰櫃上還有一只大盤，正是自己當年畫的安鋪，如陰陽太極，一半在光裏，一半在光外。

這時，榮貽生端著菜，從廚房裏走出來。戴著青花的圍裙，樣子有些可掬。秀明就説，他啊，平日裏一個廚子，回家是不做飯的。這是當你作貴客了。

榮貽生便説，在家裏頭，就幾個家常菜。

雲重看這些菜，説是家常，又很見心思。魚生臘味蜆菜煲，有幾分「圍爐」味道，是要往年菜的豐足上置備的。她也發現，盛菜的

碗盞，也是自己送的。榮貽生給他們夾菜，説，這套瓷器，秀明可疼惜。從廣州帶過來，一年用兩次。過年一次，中秋一次。今年做冬，算是破例了。

秀明説，雲姐，你還記得，咱們上次一起做冬，是在安鋪。咱們家，阿爸阿媽，還有周師娘。也是六個人，三個老的，三個小的。那時咱仨是小的，如今成了老的了。

雲重笑笑，摸摸靈思的頭，説，是啊，又是做冬。我到哪裏，都是個客。

秀明聽了，臉上的笑容斂了一下，説，講乜哦，我哋係一家人。這不是團圓了嗎。

罷，便支一下男人。榮貽生恍然，站起來説，看我，高興到大頭蝦！湯圓都忘了煮。

飯吃到了一半，秀明問，響哥當年送你回廣州，再沒見過。我們一直擔心著，你去了哪裏。

雲重放下筷子，嘴巴抿一下，用手帕擦了擦。她説，廣州灣。

秀明説，鬼子飛機炸安鋪，我們也去了廣州灣。竟沒有遇得上。

雲重便道，都是亂離人，誰能碰得到誰呢。

秀明輕輕説，也是。個個自身難保，一家人能全鬚全尾就不錯了。

雲重説，方才我一路走過來，經過摩羅上街，好多舖子在賣古董。那價錢高得嚇人。以往在廣州灣，收了工，去赤崁海邊街。騎樓底下，都是逃難的人。什麼好東西都有，都是三文不值兩文地賣了。

她便給秀明看她耳上的墜子。原來是水色很好的翡翠，爍爍在燈下閃著光，從她樸素的形容裏跳脱了出來。她説，買這一對，當年也就幾張西貢紙。

幾個大人喝了點酒，漸漸微醺。秀明説，響哥，你記不記得，那時雲姐教我們唱一支歌，是她阿爺教的。雲姐，那句怎麼唱來的？有船又有花。

雲重猶豫了一下，還是開口唱道：「伍家塘畔係瓷鄉，龍船崗頭藝人居。群賢畢集陳家廳，萬花競開靈思堂。」

剎那間，這歌聲喚醒了榮貽生，或者阿響。他仿佛看到了一個少女，站在安鋪連街的桂花樹下，一邊唱著歌，並無憂慮地望著他。然而，此時這歌聲，似曾相識，雖婉轉，卻聽來鬱鬱的。尾音不復當年豐潤，草草收束，是被歲月風乾了。

唱著唱著，雲重自己先黯然下去。她抒抒鬢髮，抱歉地看一眼，說，細路女的歌，不好再唱了。

她抬起頭，看一眼掛鐘，說，不早了。我們要回去，趕末班的渡海船。

秀明這才想起，她是一路迢迢而來，便說，今晚別走了。難得來，讓孩子們多玩一會兒。

雲重搖搖頭，明天一早還要開工。

秀明就問她住哪裏。雲重說，住在大窩坪廠裏的宿舍。

秀明說，你帶著孩子，住廠裏方便嗎。

雲重淺淺笑，大家有個照應。原本住九龍仔大坑東，這不去年一場火燒了木屋區。現在有個容身之處不錯了。只是孩子上學，以後麻煩些。

她彎下腰，對女兒說，思女乖，跟秀姨姨丈說拜拜。

榮貽生和秀明，將雲重送到德輔道上。兩個人又沿著山道，慢慢走上來。秀明這時回過身，對男人說，雲姐現時這樣，我們要幫幫她的。

我在尼斯見到了司徒靈思。她如今寡居，住在一幢老年公寓裏。

我們吃過了晚餐，她提議去海邊走走。路上經過了一個週末市集，賣各種皮具。她看上了一串綠松石的珠鏈。她堅持不懈地和小販討價還價，用流利而嘈切的語調。她的法語有濃重的後鼻音，我不知這是否是傳說中的里昂口音。她如願地買到了那串珠鏈，立刻戴上，並問我好不好看。灰藍的眼睛，在路燈下，泛著暖色的光澤。我問她，是否記得，她母親有一對翡翠耳墜。

她看我一眼，很清晰地說，記得，我九歲時，給她當掉了。

　　司徒靈思與很多老人不同。她對往事保持著驚人的記憶，精確到可以年份作為刻度。

　　除了幼年時造成家變的那場大火，她似乎善於向我勾勒所有記憶中的場景。她有很好的中文能力，將這些場景還原得如此逼真。甚至於磁廠裏所有廠房與房間的方位，房間的佈局，其中的陳設與工具，工具的功能，都一清二楚。特別是房間裏的圓爐。她説，她在寄宿學校裏，第一次聽孃孃講起巴別塔。也許那時太小，她總覺得這圓爐高得像巴別塔一樣，可以一直通到天上。

　　直到她稍長大，還不足以登上階梯。雲重便抱著她，從火眼望進去，才看清裏面層層疊高的瓷器。為了防止瓷器底面刮花顏色，都以薄瓦在周邊支撐或上磚分隔。她告訴我，極小時，母親便教會了她有關火與顏色的奧祕。這也是燒製過程中加炭升火與扒火的規律。最耐高溫的是西紅。西紅中有黃金磨粉，所謂真金不怕紅爐火。而大紅不耐火，遇火則變黃。我問，那鶴春呢？她説，鶴春和大綠一樣，在火中早成通透。調色裏用了水白，過火便會冰裂，前功盡棄。

　　雖然是五月底，夜裏的海風，其實有些涼。但這沒有阻擋人們下海的熱情。也因為水涼，為了抵禦寒冷的體感，有人在水中熱烈地唱起了歌。是支我並不熟悉的法文歌曲。司徒靈思，跟著這些泳客一起哼唱，一邊在大石嶙峋的海岸邊坐下來。

　　我終於問，離開香港這麼久，有沒有關於食物的記憶。她想一想，説，瓷場的工人們，都好吃狗肉。廠裏的女工很少，他們將買來的狗交給雲重打理。母親將這些狗放掉，然後買了羊肉替代。兩年都未被發現。她那對翡翠耳墜，就是為買羊肉被當掉的。

　　我於是引導式地開啟話題，説，廣東最出名的，是點心。恐怕和這裏唐人街的口味，還是不太相同。

　　司徒靈思，陷入了長久的沉默。夜歸的海鳥，翅膀掠過海面，牽起無數的水花。落下去，便是層層漣漪。

　　一個幼小孩童從水中出來，在大人看護下，慢慢向岸上爬。司徒靈思，定睛看他終於爬上了岸。大人們興奮地對他叫著「Bravo！」她

似乎也鬆了口氣。看一眼我，說，我知道您想問什麼。我已經老了，不會介意更老的人發生過的事。我想，那時我可能需要一個父親。

　　榮貽生想，他一直錯過了司徒靈思的眼睛。

　　這個孩子此後的成長，漸漸偏離了雲重基因的賦予。她的面目，輪廓開始變得硬朗，深目高鼻，卻有海藻一樣豐盛而捲曲的黑髮。在她開始發育時，顯見比同齡的孩子更為茁壯。為了掩飾，她學會了含胸，這並非讓她顯得謙卑，反而有些尷尬。當她上中學時，她發現自己被同學無端地孤立。在中國孩子與本港的西人中，都不被待見。因為他們想當然地，將她推給了對方的陣營。

　　這種誤會也來自於大人。她的成長，漸漸將這種誤會滋生壯大。有一個男人，長久蟄伏於她灰藍色的眼睛，這時開始顯山露水，改造著她，用她的形貌複製著自己。這個人，這麼多年，是雲重想要忘卻的。代表某一段不想被提及的過去。她知道，榮貽生也知道。但是靈思的成長，在提醒和鞭答她，對這段過去的不可遺忘。

　　然而，榮貽生卻也在這孩子的成長中，獲得了某種僥倖。他想，這終究是一個外國孩子，他不屬於雲重，甚至不屬於這個地方。非我族類，或是一切隔閡的開始。當然，他對靈思比以往更加好，甚至比一個真正的父親更為周到。他心裏很明白，這是對一個「客居」者的耐心與善意，而不是對自己的孩子。這種心態一旦膨脹，無知覺間，帶來了自欺欺人的安全感，讓他自我麻痺。

　　他不再那麼審慎。一個外國孩子，會懂得什麼呢。東方人的含蓄情感，她不會懂。發乎情，止乎禮，她也不懂。她只有一雙籠著薄霧的、灰藍色的眼睛。她看不懂的，中國人的眼眉之間，不露聲色，水到渠成。

　　他沒有意識到，這已是險境的邊緣。當將靈思送進了寄宿學校。他便在深水埗的北河街租了一個唐樓單位，讓雲重搬了過來。開始雲重並不願。他說，你一個女人家，住在廠裏，總不是長久之計。

　　他選擇這裏，是因為靠近深水埗碼頭，有來往於上環與深水埗的

「油麻地小輪」。一些清寒的週六，他和秀明會沿著威利麻街一路走到碼頭，登上小輪去看望雲重。後來，秀明的身體不再適合遠行。他便一個人去。這座唐樓在碼頭的斜對面。正門口是劏刀磨剪的舖面，走進去是九曲十八彎數不盡的板間房。裏面除了住家外，更隱匿著小型工廠，有打鐵的、鑄模的和印刷的。四周蕩漾著一種帶有金屬味的煙火氣。

那個單位在最裏面。開開窗，能看見碼頭上的光景。他總是帶著點心。帶什麼，取決於他來的時候。若是中午來，多半是小按包點，叉燒包、蝦餃、又或者是粉粿。到了深水埗，還帶著餘溫；若是過了午後，便是大按的糕餅，蓮蓉酥和光酥餅，這多是他自己的手筆。兩個人就著夕陽的光線，慢慢吃。透過窗戶，看碼頭上的人聚和散。

有一次，他進門，就聞到鮮而甜的芒果味。屋當中的火水爐上，坐著一只小鍋，裏面咕嘟咕嘟，正煮著西米。雲重將西米撈出來，待冷了，用紗布濾乾。這才開始切芒果，切成九宮格，然後細細地將果肉剝下來。她低著頭，說，小時候，我阿媽給我做楊枝甘露。我學會了，還未做給人吃過。

做好了，他們仍是靠著窗吃。看一輛巴士在遠處停下。多是荃灣與葵涌的居民，擠擠挨挨地從車上下來，趕著碼頭的鐘點。一班船走了，碼頭忽然就空了。陽光將柵欄的影子投在石屎路上，像一叢叢劍棘。

雲重放下手中的碗。碼頭上的幾個孩子玩「跳飛機」，她看得入神。一些光線柔和，籠住她的側影，鍍了金一樣。榮貽生看她臉上是毛茸茸的。把歲月的痕跡撫平了，竟還是當年那個少女，站在青龍舌上，惘惘望著九洲江，浩浩湯湯。他走過去，倏然捉住了她的唇。閉上眼睛，芒果餘香，還有一絲薄荷的涼。

以後，榮貽生吃過這只火水爐做過的許多東西。都很簡單，但並不簡陋。有時是甜品，有時是粥品，有時是一只啫啫煲。雖非盛宴，卻經時間堆疊，成了榮貽生內心的一個盼頭。每每他坐上渡輪，就在想，雲重會給他做什麼吃。這樣想著，臉上會有笑意。他想起回廣州

的船上，雲重將他打的蓮蓉月餅掰碎，一點點擲到海裏去。

有一回，雲重什麼都沒有做。他未免失望。卻見雲重說，我今天在街市看到賣蜆，廣州來的黃沙大蜆。我想等你來了再買，新鮮。你等一等我。

他要跟她一起去。她竟默許了。兩個人，就走到了北河街的街市上。雲重在前面走，榮貽生遙遙地跟著後面。看她出入店舖，買香料、買蔥薑，看她相中了路邊一束薑花，駐足，與小販討價還價。她捧著薑花，人走到哪裏，香味便畫出她的行跡。榮貽生便跟著這香味，越跟越近。這仿彿某種成人的遊戲，帶有冒險的性質。賣蜆的攤位上，他們終於走在了一起。他們從未在外面，站得如此接近。雲重買好了，極其自然地，將手中的菜籃遞給他。他也極自然地接過來。

當兩個人走進唐樓，走上樓梯。雲重問道，劼唔劼？

她一邊拎起籃子的提手。但他並沒有放手。兩個人便一人拎著一邊，在黑暗的樓道裏走。這提手便將兩個人的體溫，傳給了彼此。

黃昏時候，他在薑花的香氣中醒來。這花香中，有淺淺的清酒煮蜆的清甜。

他看見雲重，披著衣服，坐在一只燈膽的光下。一手執著瓷盤，一隻胳膊靠在枕箱上。此時她臉上神情，有種端穆與肅然。微微蹙眉，眉宇間似乎也有些蒼青。這一切，似曾相識，讓榮貽生恍惚了一下。

他也認得這只烏木枕箱。是雲重的阿爺傳給她的。箱蓋深深鑴著「司徒」兩個字。凸凸凹凹，一刀一痕。箱身陳舊斑斕，是許多代的繪彩人沾染上的顏料，和時間一道被桐油封印。

榮貽生看她畫的，是一個碼頭，蒼黑地伸向海中。海是藍的。包裹了遠帆，與大小舟隻。海天相會處，用的是鶴春。那樣綠的一線，接於幽明之間。

榮貽生這樣看了很久。直到天色黯淡，雲重回過身來，才察覺。榮貽生說，阿雲，你可還記得？那時在虞山上，你對我說。等我們都

出了師，我做的點心，都用你畫的彩瓷來裝。我們還勾了手指。

雲重放下筆，定定地看外頭的雲靄，對他淡淡笑說，我算出師了麼。我畫的東西，如今在你們茶樓，只配做骨碟。

司徒靈思，很早發現了母親的異樣。這異樣體現在食慾的偏狹。雲重終於不再信任女兒如此粗枝大葉，因為她看到桌上出現了一包楊梅和嘉應子。她刻意沒有去碰。想一想，又在靈思面前故作坦然地打開，拿出了一顆放進嘴裏。一邊有一搭沒一搭地說話。忽然，司徒靈思看見母親抿了下嘴巴，肩頭顫慄了一下。

即使再謹慎，只要一方自認成為了獵物，另一方自然洞若觀火。雲重開始穿起寬鬆的的衣服，有了街頭師奶的樣子。這不符她一貫的審美。靈思仍不動聲色。當漸漸顯出腰身的時候，母女間的博弈也行將結束。靈思想，為什麼那個男人還沒有出現。她於是問，姨丈最近怎麼沒有來。我想他的蓮蓉酥了。

下一個週末，榮貽生便來了。一切如常，帶來的是同欽樓的素包。問她的學業，和同學的相處，開長輩分寸無關痛癢的玩笑。但在這個過程中，他卻沒有看雲重一眼。靈思說，姨丈，下個星期分級試，我心裏沒有底。想去黃大仙拜一拜。

他們就到了九龍城。因為過了十五，人並不很多，但香火依然鼎盛。靈思說要去麟閣拜文曲星。雲重說，女女，我想求支籤。

榮貽生事不關己的樣子，說，我都去望一望。靈思看他們走遠，便往麟閣去。拜完了，又磨蹭了一會，才去解籤檔。卻未見人。便一個個殿看過來，在三聖殿看到母親，正在觀音前，闔目而拜。榮貽生站在很近處，臉上有戚然之色。

晚上，趁母親沖涼，她找到了那支籤。籤詩寫，「十九年前海上辛，節旄惆敗逐沙塵，餐毛嚼雪誰憐我，惟有羊兒作伴群」。她便將籤文抄下來，拿去給師傅解籤。師傅說，求籤的是什麼人。她想想說，我阿姐。師傅說，不好，中下。寒凝瘀阻，孤而不得。

靈思恍惚一下，孤而不得？那我算是什麼。她從來不知道自己的

父親是誰。這孩子還沒生下，便有個老竇看著。哪怕不名譽，但至少是有。

　　清明前，雲重的孩子沒了。
　　她隻身到「多男」時，已平心靜氣。
　　她還是個細路女。雲重輕聲說。
　　榮貽生將頭偏到窗外去。因為隔著玻璃，路面上車水馬龍，卻無聲。他想，為什麼今天七少爺還沒來。這女人卻來了。
　　他的孩子走了。他無數次憧憬過這孩子。
　　籤上說，「蘇武牧羊」，蘇武終究不是回來了嗎。可這孩子呢，卻永遠走了。這女人的細路女，親手把母親從樓梯上推下來。然後在醫院裏哭著告訴自己，沒想到阿媽有身己。流了好多血，佢好驚。
　　雲重喝下一口茶，很熱。但她還是大口地喝下去，沒有停下，直到喉嚨灼痛。這茶裏，有一絲甜。她想，大概是因為最近口苦，吃什麼都是甜的。可是喝到最後，她看到茶盅裏臥著一顆開瓣紅棗。
　　她從樓梯望下去，望見剛才那個男孩。正是長身體的年紀，長手長腳，身形卻單薄。舉著一只很大的黃銅水煲，疾走在各檯之間。她看看面前這個男人，想，她錯過了他的成長。他小時候，大概也是這個樣子。

　　七年後的初夏，五舉記得很清楚。
　　這一年他十七歲，已近成年。這城市經歷了許多，也變化了許多。同欽樓裏，他已看慣了每日朝夕景象。客還是那些，有些老人來不了，或者不來了。有些年輕些的面孔，漸老去。這老去也是在無知覺間，是安靜的。
　　然而這初夏，城市不再安靜。
　　空氣中燠熱，隱隱瀰散一種乾涸氣息。港島中環至北角，開始出現聚散的人群。這股熱浪中便挾裹了聲浪。五舉依稀聽說，這與前一年的「天星小輪加價」有關。人們頭頂盤旋著直升機，也是轟隆作

響。港英政府發表聲明,街上出動防暴軍警。

這一日,五舉去中環送貨,回來路上,路過皇后像廣場,看見擠擠挨挨的人群,他們手中舉著紅色的小書,口中吶喊,向港督府的方向走去。洶湧的人流,將路截斷了。電車停下來,五舉隨其他乘客下了車。也隨著人流往前走。走到華豐百貨,看幾個英籍警察,荷槍實彈,正圍著一處消防栓。消防栓上醒目地擺著一個紙盒。盒子上寫著「同胞勿近」。五舉知道,這是在民間傳說的「土製菠蘿」,是真假難辨的炸彈。

一個督察模樣的警察,用洋腔調的廣東話,呵斥與驅散圍觀的人群。但因經過人流的聲浪,他的聲音被淹沒了。人們簇擁在昃臣爵士銅像周圍。銅像的底座上站著一個青年人在慷慨激昂地演說,忽然舉起一條白色的橫幅,上面寫著「愛國無罪,反英抗暴」。見此橫幅,銅像四周便是如雲的臂膀。就在這時,五舉看到了謝醒。那是師兄的背影,他再熟悉不過,一肩高,一肩低,看起來有些散漫。他和眾人一樣,高舉起臂膀。他想,這兩日都沒有見到師兄返工,原來是在這裏。他於是喊著師兄的名字,但這聲音,也被聲浪所淹沒了。

五舉是黃昏時回到史坦利街的。在茶樓附近,他看到了那個女人。他想,這麼多年,他時而見到她,自從「多男」開始。此時,她站在街角路燈的燈影裏,對面是師父。兩個人站得有些遠。師父的影子被燈光折疊在牆上,她就站在這影子裏,也像是師父的一個影。這麼多年,她是師父的影。只是匿在背陰處,一旦有了陽光,她便不見了。這些年,他從不知她是誰,師父也從未告訴過他。但他知道,人都會有影子。哪怕自己看不到,影子還在。時而浮現,可亦步亦趨,可如影隨形。

女人比他印象中,更為樸素。沒有穿旗袍,而是著暗色的短衫。頭髮也竟剪短了,襯著尖瘦的臉,遠望竟像是個少女。五舉走去了街對面,遠遠地想繞開。但卻看到師父抬起頭,對他喊,舉仔,去幫我買包煙。

他愣一愣,便去士多店,買了一包「金寶」回來。榮師傅接過

來，撕開煙盒，抽出一支，點上。又用手指彈出一根，對五舉揚一下。五舉不知何意，讓一下。榮師傅說，大個仔啦，陪師父食一支。五舉想一想，點上。這是他第一次抽煙，不得要領，感到一股綿長刺激入喉。未及品味，不禁咳嗽起來。

榮貽生大笑，自己吐出一個悠圓的煙圈。散開了，在燈光底下，裊裊地散了，成了極其稀薄的藍霧。

五舉見對面的女人，抬起手，似要驅散眼前的煙霧，卻慢慢地放下了。她說，佢學人去港督府抗議。學校的人都回來了。得佢一個，到依家都沒返。我是真的冇辦法。我知佢對你唔住，可她當年只是個細路女。你要記一世嗎。

榮貽生又吸了一口，卻未將那煙吐出來，咽下去。眼裏有苦意。五舉看他用手指將煙掐滅了。他說，舉仔當年都是個細路，如今大個咗可跟我食煙。你嘅女細時已經好有主意，你唔畀佢做，佢會聽你講？

女人沉默了一下，說，我聽說那些英國人，捉人到差館，給女仔飲頭髮水，他們乜事都做得出啊。我求下你。

榮貽生看著她，目光很冷，忽然笑了。他說，放心，她生了一張洋人的臉，差佬能拿她奈何。

女人似被什麼擊中了，身體猛然顫抖了一下。她抬起頭，五舉看她臉上有兩道淚痕，已經乾涸了。她慢慢地走近了，滿面疲態。但眼睛裏頭，是細隱的光。榮師傅不禁後退了一下。她從五舉手裏奪過還在燃燒的香煙，放進自己嘴裏，使勁地抽了一口。然後那煙霧從她口中游出來，鬆軟地消隱在黑暗裏頭。她將煙擲在地上，用腳使勁撚一撚，轉身離去了。

五舉再見到女人，是在師娘的喪禮上。

她有些見老了，也更瘦，但儀容優雅。不同其他女賓，她穿一身絲絨西服，舉止端穆利落。她敬的花圈，署名是表姐，司徒雲重。

五舉這才知道她的名字。

　　五舉幫著師父招呼賓客，也作了孝子的身份戴孝。榮師傅有兩個兒子，一個年紀比他大，一個比他小。榮師傅便讓他站在中間。在旁人看來，是要讓他在親子中行二，視如己出的意思。此時，謝醒已經出走。五舉以這種方式出場，眾人也便明白。將來這年輕人，是要繼承榮師傅的衣缽了。

　　他與兩個義兄弟，一一向來賓謝儀，鞠躬。對望重的老人，還要磕頭。到了雲重來，弟弟愣愣，忽然趴在她身上哭泣。哥哥在旁邊不說話，身體卻依過來，雲重便也擁過他的肩膀。雲重看著五舉。五舉隨這對兄弟，輕輕叫她雲姨，對她鞠一躬。雲重伸出手，將他的手拿過來，放在自己手裏。她的手心有些涼。雲重又將另一隻手，放在五舉的手背上，重重地按一按。他們的手疊在一起，就有些暖了。

　　隔年的正月初三，榮貽生與雲重相見。

　　彼此心裏都有話，不知該誰先說出來。兩個人走了一程，榮貽生便說，去看戲吧。雲重愣一愣。榮貽生說，看大戲。

　　此時香港的戲院，平日其實放的是電影，新年多是用好萊塢的新片賀歲。粵劇戲班的熱鬧，則不在戲院裏，倒是在公眾地方搭起臨時戲棚。如灣仔的修頓球場、油麻地的佐治公園，旺角的伊莉莎白青年館。每個劇團大概只演到年初八。因是新年演劇，對點演劇目，十分看重應景。多是吉祥之正本劇頭，觀劇亦歡喜得佳兆之樂。如《五子登科》《郭子儀祝壽》《十三歲童子封王》，講的是戲裏戲外的好意頭。各個戲班，也將班牌套入劇目，要一個喜上添喜。如「新景象劇團」的《太平新景象》，取意萬象維新；「鈞天樂劇團」演《樂奏鈞天》，取意娛樂昇平；「大羅天劇團」則演《眾仙同詠大羅天》，取意時逢歲首，仙俗同樂。凡此種種，投觀眾所喜，輒得旺台。唯正月初三，俗謂「拆口」，依戲班規例，向點演兆頭不好的劇本，亦有教忠教孝之意。如《羅成寫書》演羅成殉國的忠烈，後始有羅成掃北，世代英雄；《薛剛打爛太廟》，則是薛家將為奸佞所害，滿門抄斬，僅薛蛟為徐策所救，後討武立功，保全本族聲譽。這些劇談不上大團圓，甚至

有血光殺氣，但含英烈傳代之意，觀眾便也不會責難。

榮貽生和雲重走到了「修頓」，看是覺先聲戲班的台。榮貽生便先擠進人群去。出來，雲重問演的什麼劇目。榮貽生臉上有猶豫，便說，是《十二寡婦征西》。兩個人對望一眼，雲重說，來了就進去看吧。她們這一仗，不是打勝了嗎。

進去才發現，看的人並不多。大約外頭簇擁的人群，想想，終究沒有進來。戲開演了。因是連台本，這時已演到二本。楊文廣率領十二夫人班師。扮佘太君的，大約是個年輕的老旦，唱腔尚好，體態卻是窈窕的。楊排風的演員倒是上了年紀，身形魁偉。大約自知其短，矯枉過正。金殿上與魏化爭帥印一場，竟演出了幾分嬌憨。場上莫名有了喜氣。

戲演完了，走出來。聽到身旁一個師奶，激動地跟老公說著對演員的刻薄話。老公則唯唯諾諾的，敷衍道「一齣戲啫，唔使咁認真喇」，顯見平日在家裏也是詐傻扮懵慣了。

兩個人交換了一下眼色，心情竟有些好起來。

就往維園的方向走。忽然，雲重見榮貽生停住了，引著頸子向人群中張望，看了半天，卻轉過頭來。眼裏空落落的。見雲重望著他，就說，我好像看見七少爺了。

兩人穿過軒尼詩道。到處是人，喜洋洋的。大人穿得平樸，孩子們倒都是錦簇的，想是將全家人對新年的盼頭，都堆疊在了這些細路身上。維園裏頭，正開著花市。多的蝴蝶蘭、黃金果、富貴竹和大盆的修剪得像山一樣的金桔樹。明晃晃的照人眼睛。雲重在一個攤位上停下來。這攤位顯見有一些冷清，擺著幾盆西府海棠。紅的白的，紅白相間的，開得舒展。

她就對榮貽生說，太史第裏，養得最好的就是海棠。

榮貽生想想，杜耀芳村的西府海棠，都是趕了夜送來的。第二天早上正開得好。

雲重說，我進過幾次太史第，只記住了海棠。

榮貽生就挑了一盆小棵大紅的，叫攤主淋上水。顏色愈發地濃

豔。雲重有些歡喜，就抱著那花盆。花盆是石灣的老式樣，上面彩繪聞香的佛陀。

往前又走了一會，走到了電氣道上。這時，榮貽生才說，你來太史第頭一年，我記得。你還從我手裏頭，接過一個福袋。可記得？

雲重搖搖頭。

榮貽生便停下來，在懷裏頭掏出了一只紅燦燦的緞袋。他說，這個給你。雲重見上頭繡了一隻金豬，底下寫「家肥屋潤」。她便笑道，幾十歲人了，這唱得哪一齣。

榮貽生便說，你不要？

雲重扁一下嘴，說，你敢給，我怎麼不敢要。

她便放下手中海棠，接過來，一倒，裏頭是個織錦的盒子。她的笑容，便在臉上凝固了。榮貽生說，打開看看。

她猶豫了一下，到底打開了。

盒裏，臥著一只鑽戒，戒面折射了璀璨的光。這些光由四面八方凝聚為一點，太奪目，有些晃人心神。

榮貽生說，我替你戴上？

她搖搖頭，自己將戒指拿出來，想想，便鄭重地戴在了右手的無名指上。不鬆不緊，將將好。她抬起手，放在陽光底下看一看。看得很仔細。夕陽的光暖暖地從她的指縫間漏了過來，照亮了手背上青藍的血管。

看完了，她將這枚鑽戒，從手指上慢慢褪下來，又放進盒子裏去。將福袋拉緊，還給了榮貽生。她笑笑說，響哥，謝謝你。這輩子，我算是戴過了。

年初八那晚，榮貽生一個人，在茶樓的後廚補餅。

這樣的活計，如他一般的大按板，是很少做的。一個人待在後廚，寂寞不說，何況還在年關。他對新上的車頭道，我來吧，屋企反正都有人。

他補的是「光酥餅」。此刻，爐頭漸漸瀰散出濃烈的、難以名狀

的奇臭，讓他的意志驟然清醒。這是臭粉的氣味。鬆身雪白的光酥餅，麵團發開，全賴於它。這臭味在烘焙過程中揮發。臭味散盡，餅也就成了。

戴鳳行悄然進入後廚時，被這臭味打擊，不禁掩了一下鼻。同時間，榮貽生也看到了這個陌生的青年。他想，這是誰，如何就進入了同欽樓的禁地。

他注意到徒弟五舉，也看見了這個人。五舉更多不是驚奇，而是不安，以有些虛惶的眼神望向自己。榮貽生於是知道，他們是認識的。

此時，青年已鎮靜下來，對他鞠了一躬。待頭抬起來，目光與他相對，不卑不亢。

榮貽生想，他竟不怕。這個瘦弱的青年，為何眼裏會有這樣堅強篤定的光。

榮師傅看一眼五舉，問來人，你是五舉的朋友？

青年點點頭。

榮師傅沉吟一下，目光轉向徒弟，用斬釘截鐵的聲音說，送客。

然而，待兩個年輕人走了出去，他大聲一喝，回來！

他戴上手套，將剛剛焗好的光酥餅從爐裏取出來，對五舉說，回來，給你朋友帶兩個走，回家吃。

然後，他從懷中掏出一封利是，遞給青年，說，以後不要到廚房來了，唔啱你。

待徒弟回來，他問那青年人的名字。五舉回，鳳行，戴鳳行。

他想一想，笑笑，說，這名字，倒像三毫子小說裏的俠客。

剎那間，他想到了雲重。她告訴過他，自己名字是阿爺起的，出自一位明朝的武狀元。

聽說五舉要娶，榮貽生並不很意外。

又聞說是鳳行，他愣一愣，便哈哈大笑起來。他說，衰仔！瞞天

過海啊。你哋兩個，原來是梁山伯與祝英台。

說這話時，他心裏是高興的。他回憶起鳳行與他對視的眼神，堅強篤定。他想，這樣好。這衰仔有主張，身邊需要噉樣嘅人。

他想，五舉無父無母。這一杯新抱茶，便要由他這個做師父的來飲了。

然而，五舉撲通對他跪下來。他說，師父，我結婚後，恐怕不能回來店裏幫手了。

榮貽生瞪目，聽完緣由，跌坐在了椅子上。

他想，原是自己有眼無珠，外江女是在廚房長大，怎會怕入廚房。

他想，都說衰仔無主張，難道這也是他人主意？過半晌，他輕聲問五舉，我養了你十年，你為咗條外江女，說走就走？！

五舉語帶哽咽，聲音卻堅定，師父，一日為師，終身為父。您當我仔來養，我這輩子都拿您當親爹孝敬。

榮貽生閉上了眼，冷笑道，我有親生仔，我要你孝敬？我養你是來接我的班。不是幫外江佬養出一個廚子，去燒下作的本幫菜！

五舉聽到這裏，猛然抬起頭，他說，師父，捻雀還分文武。我敬您，但我不想被養成您的打雀。不是用來和人鬥，和同行鬥，用來給同欽樓逞威風的！師父當年揀我，不選師兄。是看我好，還是看我孤身一人無罣礙，好留在身邊？

榮貽生戰戰地站起來，指一指五舉，厲聲說，你走，我不留你，走了莫要再回來。滾！

五舉抬頭，眼神灼灼，好，徒弟不留後路。師父傳給我的東西，我這後半世，一分也不會用。

五舉對著師父，狠狠地磕了五個響頭。榮貽生偏過身，不再看他，只擺一擺手。

這一晚，五舉架起鐵鍋，燒上炭火，最後一次為師父炒蓮蓉。

榮貽生走到後廚，沒進去，靜靜看著徒弟的背影。因為使力氣，

五舉肩胛上的肌腱鼓起來。孩子這些年，長厚實了。當年他教他炒，先是握著他的手炒，然後讓他自己炒。百多斤的蓮蓉。五舉身量小，人生得單薄。一口大鍋，像是小艇，鍋鏟像是船槳。他看那細路，咬著牙，手不停，眼不停。他在旁邊看著，不再伸手幫他，和當年葉七一模樣。

他看那蓮蓉漸漸地，就滑了、黏了、稠了。他心裏也高興，細路眼睛亮了，划得更有力了。如今他長大了，艇和槳都小了。他還在划，卻不知道要划到哪裏去了。

他想起了雲重的話，這細路，好似你年輕嗰陣時。

他看五舉忽然停下來，用手背抹一抹眼睛。他終於聽到了細隱的歌聲，有些沙，嗚咽傳來，時斷時續。「歡欲見蓮時，移湖安屋裏。芙蓉繞床生，眠臥抱蓮子。」這是葉七教給他的，他教給了五舉。他說，學會了。往後，唱給你的徒弟聽。

榮貽生讓雲重陪著他，一同找到了趙阿爺。

他拿出從銀行取出的兩條黃魚。阿爺問，這是做什麼。

他開不了口。雲重說，阿爺費心，搵個好師傅，打一套赤金龍鳳。

此後，每逢年節，新年、端午、中秋，五舉必帶上鳳行，去看望師父。

每每在門口等上一兩個小時，才走。經年雷打不動。

榮貽生沒有再見他。

他從後廚的窗口望出去。望見那孩子，一動不動地站著。旁邊的年輕婦人，緊靠著五舉。但也是直著身體，站得定定的。

拾貳 · 戴氏本幫

凡一物烹成，必需輔佐。要使清者配清，濃者配濃，柔者配柔，剛者配剛，方有和合之妙。

—— 袁枚《隨園食單》

戴得自小就有些怕姐夫。

至於為什麼怕，他卻是説不上來。

如今自己髮蒼蒼，提到了山伯，還是壓低了聲音，對我説，不知怎的，他不説話，眼裏頭一凜，我就不踏實。

我看他手裏撫摸著紫砂的老泥壺，手指彈動。仍是不安的模樣。

戴得三十歲上，家裏已經在香港開了四間上海菜館。三間在灣仔，一間在觀塘。眼下四間關了三間。觀塘那間是最後關的。姐夫年紀漸大了，做不動。康寧道上，四千多呎的店堂，現在是「雞記」麻將館。

戴得在家裏，排行老么。兄弟姊妹八個，父親五十歲才有了他，是老來子。山伯早前未講鳳行家的事，只帶我到了「十八行」來，聽戴得講。

戴得坐在自己家唯一的店舖裏，滿面紅光。雖然是下午三點，吃中飯的客人已經離去，但後面仍是個忙碌的背景。他的妻子，端著一大鍋碗盞茶杯，雄赳赳地望後廚走過去。姐夫五舉山伯，正在櫃上盤點帳目。他的兒子和侄子，則合力在一個巨型的鋼精盆裏，攪打肉餡。

這個餐館，有一種刻意的陳舊。與同欽樓無奈老去不同，它似乎很享受並強調著這種陳舊，不加掩飾。頭頂的黑色吊扇，已看得見鏽

跡。曼陀羅花樣的米色牆紙，也有著蜿蜒的水漬。但卻並不起眼，因為牆上掛滿了五顏六色的餐牌。餐牌的毛筆字是些許刻意的瘦金體。標示著「龍井蝦仁」、「松子黃魚」和「花雕醉雞」的價格。戴得指著其中一張，上寫著「衝爆羊肉」，顯然是筆誤。但他不以為意，說是請高人所寫，將錯就錯。

牆上還掛著「四大美人」的畫像，看上去也有了年月。戴得頭上，正是「昭君出塞」。原本是悽苦的景象，但不知為何，畫家將明妃的形容畫出了嬌俏與喜氣。不像是遠嫁和親，倒像是芳心有屬未辜負。

儘管山伯介紹我是個做研究的「教授」，但戴得卻還是認定我是「寫報紙」的媒體人。他神采奕奕地請我多寫寫他這個舖頭，並且告訴我當年林家衛的電影都來取過景。

我想一想，問他是哪一部。他說，就是台詞說，人人都是沒有腳的雀仔那一部。

我試探地問他，知道同欽樓的事情嗎？

他哈哈笑說，是人都知啦，「溏心風暴」茶樓版。

我說，你覺得在香港做茶樓，好不好？

他答，當然啦。人人都食「一盅兩件」。

我又問，那開上海菜餐廳呢？

他答，也好。我自家生意，怎麼不好。

我覺得，他的回答過於狡黠與不由衷，於是問了一個潛藏惡意的問題，當年你姐夫為了你家裏的生意，不做茶樓了。你覺得可惜嗎？

他愣了一下，說，這是他和我姐的事情，我管不了嘍。

他臉上依然掛著笑，笑容裏是訓練有素的混不吝的表情。在我看來，這個「二世祖」的範兒多少惹惱了我，才會採取自殺式的訪問方式，這是要把天聊死的節奏。

這時山伯走過來，端了一盤點心，說，嚐嚐「十八行」的招牌，「水晶生煎」。

他橫了戴得一眼，輕聲說，和教授好好聊。

戴得收斂了神色，正襟危坐起來。我注意到，當他緊張時，會有

個習慣動作，就是將食指和中指，交纏在一起。

我望望外頭，斜對過是車水馬龍的告士打道。有一對男女說笑著經過，手裏捧著太平洋咖啡的紙杯。遠處有幾個工人，在馬路的對面勞動，是為清理剛剛過去的颱風颳倒了一棵榕樹的散亂殘跡。若在平日，這是我熟悉不過的景致。但此時，卻好像隔了一層時光，在惘惘地眺望他們。

我於是也鄭重起來，問道，戴生，能說說那年來香港的事嗎？

事實上，戴得已經不記得來香港的情形了。因為那年，他只有三歲。他給我看過一本相簿。其中是他們初來港時拍的照片。那真是我看過的，最具規模的全家福。八個子女，相似的相貌，卻可以看到歲月的退暈。畢竟大哥與戴得之間，整整相差了二十四歲。但這位大哥，並未在照片上出現，因為他選擇留在了上海。照片中間的，是父母親。父親已是半老的人，臉上寫滿風霜。母親微笑著，嘴角的法令紋裏，也刻進了勞苦的痕跡。她的懷裏，抱著戴得。這孩子似乎還沒學會面對鏡頭，如何調整得宜的笑容。但目光裏的無辜和不在乎，與我面前這個近六十歲的老人，別無二致。

直到七十年代，戴得第一次隨父母回到家鄉。船開了三天兩夜。據說上岸後，戴得一直在昏睡。當他醒來時，看到父親戴明義正就著黃泥螺和海蜇頭，瞇起眼睛，在喝一碗清粥，神情說不出的享受。在香港的南北貨行，能買到海蜇頭，但父親總覺得不地道。

戴得給我看另一張照片。戴明義還是清俊的青年模樣，穿著全身的制服。照片的背面寫著一行字。楊浦區通北路 37 號。這是戴家在上海的地址，戴得一直記得。但大半個世紀後的今天，這個地址是否已經拆遷，他也不知道了。

戴得說，那次去上海，因母親想要看看她和父親結婚的地方。也是他們夫婦最後一次一同回鄉。

青年戴明義和柳素娥，相識於救火會和章華紡織公司的聯誼舞會。

　　戴明義在工部局的救火會擔任文職與翻譯的工作。彼時的消防站，屬工部局。虹口救火會。會員大多是義務的，主要是一些本地店家、工廠的志願的青壯年。有火警則救火，只發銅帽、衣褲和皮靴等一干救火行頭。但駐會的僱員，多是外籍，便有和本地溝通的障礙。戴明義在會裏，起了橋樑的作用。他上班的地方，是座清水紅磚的三層樓房。屋頂上有一個方形塔樓，再往上是六邊形瞭望塔。救火會除平時訓練外，會在每年五月二十日，俗稱分龍日，舉行傳統消防演習，比賽操作技能和出水快慢。每逢分龍日，觀者如潮。

　　不知哪年起，演習之後便有青年會組織的舞會。救火會員都是精壯的小伙子。那一年，舞會的聯誼對象是章華紡織三廠的女工們。舞場上正熱鬧，戴明義見一個姑娘，安靜地坐著，臉上只微笑。他便上前邀舞。姑娘說不會跳，他便教她，就這樣認識了柳素娥。

　　柳素娥是浙江舟山人，與寧波一衣帶水。據說家裏與柳鴻生沾了親。柳鴻生號稱實業大王，章華紡織公司便是其產業之一。但因為遠，並未受到許多照應。戴明義聽岳母說過，他們家道興時，曾經放過一任道台。所以論起來，素娥也是官宦家的後人。戴明義笑笑，他其實並不在意這些。他只在乎這姑娘人沉靜，沒有時下上海年輕女子的驕嬌之氣。兩人處得融洽。半年後，便擺了酒結婚，住在了一起。

　　婚後感情甚篤，柳素娥是家務勞作的一把好手，只是美中不足，不善庖廚。戴明義倒不覺得缺憾，因為這正是他的所長。出身浦東三林的明義，早年失怙，自力更生慣了，又與鄰里一個燒本幫菜的老廚師成了忘年交。川沙、三林一帶鎮上有操辦紅白喜事的，進學宴請的，老師傅掌勺，他便也去幫廚。久而久之，早就鍛鍊了一手好廚藝。只是以往一個人，不得施展。如今組了家庭，也正有了用武之地。他便換著樣地給素娥燒菜，有老廚「鏟刀幫」的經驗，又加入了自己的許多心得。做妻的便有了口福。兩個人的小日子也因此多了滋味與盼頭。那時節的上海人吃菜靠時令，本幫菜的燒法又平民近人。如大多老城廂的家庭，四季的食材，明義便也都算是信手拈來。春季的油燜筍、草頭圈子，是將清爽與膏腴相得益彰；夏天人內外濕滯，

便用糟法開胃。魚蟹蝦貝、毛豆茭白、花生麵筋,全可以拿來糟一下。糟法大同小異,而各曲盡其妙;秋冬要補,一個濃油赤醬,考的是火候功夫。多少好吃不好吃的,一燜一煨,都能夠化腐朽為神奇。

明義呢,長處是因材制宜。素娥的口味濃厚,愛吃一道八寶辣醬。本是不起眼的家常菜,不過是將蝦仁、雞丁、肉丁、花生米、鴨肫片、筍丁用豆瓣醬炒在一起,無甚出奇。可他來做,平日有平日的樸質,節慶便有節慶的氣派。滬上到了中秋,吃的也是酥皮的蘇式月餅。明義便跟那做點心的師傅,求酥皮的製法,實驗了多次,終於成了。自己用辣醬做餡兒,做成了獨他一份的辣醬月餅,給素娥吃。看妻吃得高興,他心裏也便說不出的適意。外頭一輪圓月,抿一口花雕。天上人間,不知今夕何年。

這麼過了一年,兩個人的日子平實溫存。素娥有了身子。到第二年的臘月,誕下了一個男孩。月子裏的素娥,想吃魚。

明義喜得很,但心裏卻打鼓。

江浙一帶的人愛吃魚。靠海的溫州、寧波人嗜吃海魚,帶魚、黃魚、鯧魚不稀奇,各種一般內陸人認不出的海魚,浙江人吃得頭頭是道。江蘇一帶河魚吃得多,多數都是吃的一些細巧的江鮮、河鮮。白絲魚、鱖魚,算平常的,拿來清蒸就很好。刀魚、鰣魚也不太當一回事。鮰魚白燒,塘鯉魚和蒓菜汆湯,清淡風味,吃個時令鮮活。昂刺、河鯽魚、鯿魚就不太上台面了。至於更粗一點的青魚、花鰱之類,高興起來做個拆燴魚頭,總之都是粗菜細作的路數。而出身舟山的素娥,老家對這魚的吃法,有過河入海之說,說的便是這地方的人,見慣了鹹淡水各種漁產的世面,對其中的口味,是十分之挑剔的。歸根結底,是要吃一個「鮮」字。可這臘月裏,哪裏可找這鮮魚來。

明義便上十六舖碼頭,在外威瓜街的魚鮮市場轉悠了許久,終於買到了一尾大青魚。這魚肥美,不是尋常的草青,是伏河底專吃螺螄的「烏青」。

他將魚拎回了家。素娥還睡著,昨晚上孩子鬧一夜,奶了又餵,把她也折騰壞了。

明義將魚在水中去了鱗，掏了肚腸。去苦膽，剪開魚腸洗乾淨放在清水裏。魚肝拿下來，濾血水，改刀成塊，在竹籃裏放好。明義想，可惜只有兩塊，不然老好給素娥做道「禿肺」。這魚肝，上海人原是不吃的。後來也是「老正興」成就了一道禿肺，陡然矜貴起來。燒一個菜，倒要用掉十幾條魚去。

他剁下了魚頭和魚尾，想想要不要燒「下巴划水」，猶豫了一下，放棄了。因為他慮到素娥在月子裏，要下足奶水。終於打定了主意，手腳也利索起來。便取了青魚頭、肝、腸、籽，還有魚泡等下腳料，起油鍋，眼看它吱吱冒青煙時下蒜頭、薑片煸炒起香，魚頭兩面煎黃，加香糟入味，投大料，再加兩勺魚骨湯文火煨煮，最後下粉皮划散，裝大碗後撒一把青蒜葉，便是一道湯汁稠醇的青魚湯卷。

魚尾這次不燒划水，斬肉起茸，做魚圓，打得滑嫩，加幾莖碧綠的豆苗煮湯。末了，他將整個魚肚檔拾掇出來，拿白酒擦淨，入鹽和一點點生薑、花椒醃起來。掛到屋檐底下晾乾，待吃的時候加蔥薑一蒸就好。這臘月裏，醃魚的用處還多著呢。做酥燻魚，背肉剔出來炒糟溜魚片，松子魚米、瓜薑魚絲，哪一樣不能給素娥送一大碗白飯。

這樣想著，他心裏蕩漾暖意，沒留神素娥已經站在他身後許久。女人蹲下來，用手背抹一下他額上的薄汗。他趕忙起身，給妻盛了一碗湯，熱騰騰的，一層膏腴的奶白飄在湯水上。素娥喝一口，從喉頭熱到了心窩兒裏頭，馥郁香甜。讓明義也喝，他不喝，又去給她盛。她恰看到他虎口上的血口子，是刮魚鱗不小心割破了。手背上是凍水裏浸泡出的皸裂。她心裏又是心疼，眼底裏無來由地酸。明義卻對她笑，他抱起搖籃裏的嬰孩，貼在孩子臉上。這才十多天，小模樣已經長開了，越看越像自己。自己一個孤兒，也竟有了後。他覺得娶了這女人，真是修來的福分。

素娥感激夫的用心。這條魚，從魚頭到魚尾，從裏頭到外頭，一處沒糟蹋，都用得恰如其分。她嘴上說他，「花樣經透來」。卻已知道家裏的情形，不如以往寬裕了。因為生產，她失去了紡織廠的工作。全靠明義救火會的一份工。瞅了個空，明義說，他想棄了文職，轉往

去火場去當救火員。他輕描淡寫說，那幫子英國人和阿三，沒有我照應，其他人那幾句洋涇浜英文，真不夠用。

素娥知道，去火場比做文職，收入高了很多，明義在意；可也危險了許多，明義又不在意了。

以後呢，明義在家裏的時間就少了。素娥一個人在家裏，常常揪著心。那救火會的樓頂，有座六邊形的瞭望塔。凡遇火災，先鳴警鐘。工部局的報警，第一次先敲鐘五分鐘。之後敲鐘的次數不同，以示火警發生之處：鳴鐘一下，火警發生在外白渡橋；鳴鐘二下，蘇州河到大馬路；鳴鐘四下，是南京路至延安東路；鳴鐘八下，那起火的地方就在浦東、或是黃浦江上的船隻。素娥的心，就跟著這鐘聲走。鐘聲多一聲，她就越擔心一點，因為她知道明義便離她遠了一點。每次明義回來，風塵僕僕的。臉上有煙塵，是笑的模樣。她心才慢慢地落了下來。

素娥也想學著做些暖胃的，給明義吃。但她雖然用心，天賦卻很有限，似乎還不及常人。做出來的菜，不是鹹得無法入口，就是夾生。燒一道烤麩，都可以老得咬不動。明義嘆一口氣，笑說你好在是嫁給了我。公成婆不成，都是個命。素娥後來，終於跟一個娘姨，學了白酒醃黃泥螺、生嗆蝦。後來又學會發海蜇頭，用蔥油、花雕、老陳醋拌來吃。味道居然不錯。有時明義出夜警回來，已經是大早上。她煲了白粥，給他盛一碗，從罐子裏舀出黃泥螺，拌一個海蜇頭。然後溫上花雕，看著他吃。

有一天，明義夜半出去，到了天大亮沒回來。素娥心煩意亂著，這時鄰居家敲門，說不得了。靜安寺那邊失了大火，燒死好幾個人。說是有救火員進去救了人，自己沒出來。素娥聽了，沒命地就往外跑。跑出去，卻和回來的明義撞個滿懷。明義臉上滿是煙塵，只剩下一對眼睛見得白。他聞見家裏一陣焦糊味兒。原來素娥心焦，熬了粥忘記了熄火。明義什麼也沒有說，徑直走到爐前，將鍋端下來，熄滅爐子。他盛了一大碗熬得黑乎乎的白粥，大口大口地吃，一面佯怒說，我在外頭救火，回到家還要救，是沒得歇了。素娥方才愣愣著，

這時「哇」的一聲，哭出來了。她上前抱住了明義，緊緊地。兩個人便抱在一起，笑笑哭哭，哭哭笑笑。

明義去當海員的時候，世道已經很艱難了。銀紙不如紙，連大米都要在黑市上買。他們有了四個孩子。靠一份救火會的工作，已經養不活全家人。素娥一早從外頭接了裁縫和洗衣的活計，沒日沒夜地做，但也是杯水車薪。

後來，明義聽了他浦東老鄉的話，跟著去出海。收入是救火員的許多倍。經了風浪，吃了苦，他也在外頭見了世面。但心裏因為記掛著素娥和孩子們，從不走太遠。至多在南洋轉一轉，就回來。馬來亞、印尼、菲律賓，每次回來，總帶來些新奇東西。多半是吃的，有時是個榴槤，一時是幾個椰子。他看著孩子們吃，自己一邊就著黃泥螺，喝素娥煮的白粥。

有次回來，他從包裹掏出兩個黑漆漆的東西，孩子們都圍上來。明義便問他們知道是什麼。孩子們搖搖頭。素娥看一眼，有些驚奇道，大烏參？

明義呵呵地笑，還是我老婆有見識。

素娥便說，怎會不知。日本人來那年，德興館的「蝦籽大烏參」，廣告貼得到處都是：「交關好味道，鮮到掉眉毛。」

素娥說的事，日後成了一則沒經考證的民間傳說。淞滬會戰之後，中國軍隊南撤，上海市內的公共租界和法租界淪為「孤島」。當時，南市十六舖經營海味的商號生意冷清，銷往港澳和東南亞的一大批烏參積壓。這一消息被當時「德興館」的名廚蔡福生和楊和生得知，他們隨即決定以低價收購。買回大海參後，他們將海參水發，以本幫菜的烹製方法，加筍片和鮮湯調味，烹製成紅燒海參出售。因為當時上海本地飯店都沒有這道菜，所以「德興館」的這一菜品立即成為最吃香的招牌菜餚。名動一時，得以傳世。

但素娥這時回過神來，厲聲道，這是有錢人家打牙祭的東西。買了這兩條，儂弗要過啦。

明義不說話，兀自點上爐子。用火鉗夾住大烏參在火苗上烘烤，

烤到參周身黑焦發脆，用鑱刀颳去硬殼。一天一夜，在旺火與冷水間交替。參發開了，竟有小孩胳膊粗細。

明義一面收拾海參，一面說，我這次去了一個好地方，叫香港。

素娥便問，遠不遠。他說，不遠，他拿起筷子頭，點一下素娥面前的碟子，說，這裏是上海，然後用筷子一路劃下去。劃到了桌子邊緣，意猶未盡，又往自己的胸口劃過來，在空中點了一下，說，香港就在這裏。

所以，明義家有關香港最初的記憶，似乎是和那烏參的味道混合在一起。細滑、豐腴、顫顫悠悠，上面淌著紅亮濃郁的蝦子。但當他們有一日真的踏足這塊土地，已經是若干年後的事情了。

即使成人後，戴得對兄姊們講述這段往事時的興奮，仍記憶猶新。雖則他對他們所經歷的動盪與飢荒，印象依稀。上海曾經艱難果腹的歲月，天寒地凍的後半夜，偷偷排幾個小時的隊去黑市買食物。好不容易排到了自己，食物已經賣完。那種沮喪與絕望，他未有切膚。但他保留著當時的車船票，一併夾在相簿中。

上世紀六十年代初，因為親戚的幫助，他們全家辦了去澳門的手續。坐了幾天幾夜的火車到了廣州。在火車站人挨著人睡了一晚。戴得記得人汗薰蒸的異味，還有一碗火車站售賣的豆腐花的味道。第二天的清晨，他們才買到了去澳門的船票。

澳門本地人多，並不容易討生活。幾個月後，戴家在上海同鄉的幫助下，偷渡到了香港。他們落腳的地方，是北角。

北角這地方，素來是上海人最集中的一區。至今還能看到許多痕跡。抗日戰爭爆發後，大批富裕的上海及蘇浙人為避戰亂南遷香港，接著中國內戰，又帶來一波移民潮。這些上海人，多選擇北角，新建了住宅樓宇，其中一批就在堡壘街和明園西街一帶定居下來。至今仍可見不少三層高、單位面積達千呎的老式唐樓；上海人生活講究，附近就開設了上海理髮店、上海菜館、照相館和各式商店。洋服店多開

在渣華道，樣式的時髦，並不輸舊上海的氣派。有商人照版煮碗，就有了麗池及月園兩大夜總會和娛樂場，於是也頗見得幾分十里洋場的燈紅酒綠、夜夜笙歌，令北角得了「小上海」之稱。可到了戴家來時，其實已經勝景不再，上海籍的有錢人家陸續遷出，搬往地勢較高的半山；而福建人在這一區逐漸多了起來。上世紀六十年代起，菲律賓和印尼先後排華，一些福建華僑離開，轉到香港生活；另方面新中國成立，十多萬名印尼華僑響應呼籲回國，其中部分後來亦遷居香港。

所以明義家所見的北角，品流已呈多元，上海味兒其實凋落了不少。但他們還是感到親切，只春秧街上一間上海人開的「振南製麵廠」，他們便嚐得出那鹼水麵的勁道。

他們便在這裏安頓下來。一大家子，擠在一間板間房裏。兩口子本都是吃得苦的人，加之畢竟有老鄉幫襯，各自都找到維持生計的辦法，也有了奔頭。明義在英皇道上一間國產成藥店做會計，素娥要管著家裏年幼的幾個孩子，卻也在附近的製衣廠找到了一份半日工。漸漸的，他們發現，福建籍的街坊們，其實是好相處的，並不當他們是外人。而福建人各方的宗親會，又很團結重鄉情，大約也是因自己吃苦耐勞慣了，更懂得初來者的艱辛。熟識了，便大小事情上，也長眼為他們張羅。成年的孩子，幫忙介紹去了國貨公司做職員。小孩子們，有福建同鄉會的關照，也進了國語教學的福建學校。

兩夫婦，都是記人滴水之恩的性情，心裏感激著。晚上在燈下談及，彼此說來日方長，待他們慢慢好起來了，是要逐一報答人家。

大約也是看到家中的不易。孩子們都還爭氣，尤其是七女鳳行，後來居上，功課竟很快在學校裏爭了上游。到期末，考試拿了年級第一名。做父母的喜得不行，說，孩子，你讀書知道勤力，爸媽要犒賞你。

鳳行轉一轉眼睛，笑一笑，說，我不要犒賞。可想替小弟討一頓阿爸燒的紅燒肉。

明義與素娥對視了一下，都有些沉默。這小一年來，因為各自都忙著做工，家中是粗食淡飯慣了。用大鍋炒上一頓辣醬，用罐子裝好，便可以給孩子們大半個星期的下飯菜。家裏若有誰生了病沒胃

口，給做上一碗爛糊肉絲麵，便是格外的照料了。

明義點點頭，對鳳行說，好，爸明天休息，就給你們做。

第二天黃昏，明義去了街市，挑了上好的五花肉。說是好，連上皮肥瘦夾花，得有七層。想想孩子們，顧不上手裏緊巴，整割了三斤。路過上海老鄉開的「同福南」，又買了百頁結、水筍和老抽。

大火燒，小火燉，中火稠。到孩子們快放學，這鍋肉剛剛收湯，算是好了。明義也很滿意。濃油赤醬，焦亮糖色，在這本幫菜的紅燒肉上，才是無可挑剔。那撲鼻的香氣，在公共廚房裏飄了出來。

一個隔壁福建街坊的小孩，不知什麼時候走到他身後，眼巴巴地看他。他懂了，洗淨了手邊一只小碗，盛了塊肉。放在這孩子手裏。這孩子似沒見過這肉的做法，打量一下，小心翼翼地咬一口。眼睛漸漸亮了，是欣喜的內容。他飛快地跑出去，再回來時，身後竟是攘攘簇簇的一群孩子。每人手裏，都捧了一只碗。明義看看他們，又看看鍋裏的肉。沒怎麼猶豫，給每一個孩子都盛了一塊。孩子們吃了，興奮地用福建話議論著。領頭的那個孩子，對他鞠了一躬。明義將鍋裏剩下的紅燒肉盛出來，淡淡苦笑。大海碗，竟只有小半碗了。

晚上，自家孩子，都只分得了一塊。小弟阿得「啊嗚」一口就吃完了。吃完看看碗裏空了，嚎啕大哭起來。老五說，爸，這北角以往都是上海的有錢佬。咱們可不是。

明義沉默。七姐鳳行，將自己碗裏的紅燒肉，悄悄撥到阿得碗裏，自己扒白飯。

第二日清早，素娥看到門上掛著許多福建的吃食。千絲萬縷纏繞著紅線的，是閩南的平安糉。

很快，便有街坊的大人，來跟明義討教這紅燒肉的做法。明義耐心地教他們。見他們不得要領，乾脆跟他們下到廚裏，手把手地教。做好了，彼此都歡喜。街坊們千恩萬謝著。明義笑笑說，莫在意，小囡吃得適意就好了。到了吃飯的時候，街坊就敲開了門，遞送來自家做的下飯菜。

再後來，街坊家裏要請客吃飯，老人家要作壽，小孩過百日，

都將明義請過去，幫他們做一個紅燒肉，便也留下他喝酒。明義的這道菜，竟在四鄰做出了名堂。本幫的紅燒肉，原有十六字的祕訣，叫「肥而不膩，甜而不黏，酥而不爛，濃而不鹹」。赴了幾次街坊的筵席，明義便也總結出來，福建人的口味亦有濃厚處。這與烹調原料多取自山珍與海貨有關。也喜用糖，善用糖甜去腥膻。並且講究「甜而不膩，酸而不峻」。這麼說來，竟與本幫菜的做法是不謀而合，也就不奇怪他們何以如此喜歡他做的紅燒肉了。

有次，他所在國藥公司的葉老闆，孩子考上美國大學。也請他去飲宴，又請他做了拿手的紅燒肉。席上驚豔一片。老闆與他飲酒說，我們福建人吃的，那是「一塊潤餅打天下」。阿義，你是真人不露相。老闆太太就說，沒承想，你們店裏藏龍臥虎。阿義這手好廚藝，不開個餐館可惜了。

明義嘴上客氣著，只當這是玩笑話。回去說給素娥聽。素娥也笑，說，真要是開個館子，依我老公的斤兩，只怕門口要排長龍。

夫妻兩個，就都哈哈地笑。素娥看明義，笑得眼角都是摺子。她有些心疼，看出這笑裏，有知足、有認命，也有老。

到了第二年，一日清晨，明義照常去店裏上班。老闆叫他將前一天營業所得款項和支票，拿去銀行存款。剛剛回來，就看到店外嘈雜。一些警察在門口，正跟老闆和幾個夥計不知在爭論什麼。警察聲稱店裏的貨車違例停泊，入內抄牌。即時將店裏的人都扣押了。明義看老闆從後門出來，手上戴著銬。就挺身上去，警察喝問。老闆的聲音更大，說，讓他走。他是個外鄉人，連福建話都說不利索，不關他的事。

明義回到家，失魂落魄。老闆被捉走，沒再回來，幾個夥計也是。被定了非法集會的罪，判了兩年。在北角待久了，阿義自然聽說這一區是香港的左派基地。「六七」餘溫未去，氣氛還很緊張。聽街坊說，他任職的成藥公司加入左派設立的鬥爭委員會，老闆是愛國商人，又是福建同鄉會副會長，一直受港英政府密切監察。近日因接近節慶，裝修店面，早就被警方盯上了。

明義想著，老闆話不多，但人細心厚道。過年時，給他家眾多子女，一人封了一個利是。

店被查封了，他的工作沒了。他只靠窗坐著，望著外頭的燈火失神。素娥說，沒事，再難，還能難過吃不飽飯的時候？

他笑笑，依舊向外頭看著。春秧街上的電車，叮叮噹噹地響，聲音有些倦，像夜歸的孩子。

過幾天，家裏來了人，是老闆的太太。明義剛想安慰她。卻看葉太太手裏執著一個包，交予他手裏。葉太太說，阿義，我們同鄉會的人，集了筆錢。不多，但夠你開個店做生意。渣華道阿水伯的糖水店，年紀大了開不下去。盤過來，開個小館子吧。你一手好手藝，莫浪費了。

明義不肯接，連連推讓。

葉太太把住他的手，實實在在地。她口中說，這年月，誰都不易。這一區的上海人，走得七七八八了。你不靠我們，能靠誰？

明義立時，就哭了。一個大男人，哭得沒成色。他也不知自己為什麼要這樣哭。

兩口子就商量，開了餐館做什麼。

素娥就說，街坊們愛吃紅燒肉，就做紅燒肉吧。

明義說，紅燒肉不當飽啊。

鳳行在旁邊聽見了，說，那就開個麵館吧。紅燒肉和辣醬當澆頭。

做爸媽的聽了，都心裏稱好。想這小囡真是靈。

他們就給麵館起了個名字，叫「虹口」，是明義以往做救火員的地方。

店面裝修好了。素娥找出明義穿著制服、在救火會大樓前拍的照片，去了英皇道上的照相館，翻拍了一張大的。明義寫給素娥的第一封信，就夾著這張照片。照片上的明義是個意氣風發的樣子。他一手叉著腰，一手遙遙指著，方向是身後六角形的塔樓。素娥把照片鑲了

框，擦了又擦，穩穩掛在牆上。

開業那天，街坊們都來了。送了個花牌，也是熱熱鬧鬧的。上面寫著「門庭若市，日進斗金」。

雖不至日進斗金，但生意確實很好。明義和素娥，都沒把它單當生意來做，倒像是每天熱火朝天地給家裏人做飯，心氣兒十分足。一大清早就起來備料，熬高湯。肉自然要當天新鮮的。為了便宜些，明義蹬一架三輪車，自己去肉食公司買五花肉，也還是一塊塊地挑。久了，人家都知道上海師傅是個精細人，糊弄不得。至於麵呢，則是對面「振南製麵廠」送來的上海鹼水麵，高筋麵粉製成，又爽滑又勁道。出鍋後，明義照例要在涼開水裏，先醒一醒，咬勁兒就更足了。

午市開了，來幫襯的先是附近做生意的街坊，魚檔果欄的。再是附近電車廠交班的司機大佬、豐華國貨的售貨員。到了晚上，那可就熱鬧了。因為街坊孩子們都放學了。家裏大人忙的，乾脆給他們在明義店裏包了伙。長身體的時候，格外地能吃，一大碗嘩嘩就落了肚。明義看他們吃得滿頭大汗，就拎起勺，給他們添塊肉，加勺湯。子女們回家早的，也都懂事來幫忙。可是舖子小，後廚又熱。明義和素娥，就將他們趕回去。唯有鳳行，趕不走。兩個老的，見這孩子不吱不聲，見縫插針把該幹的事，都給幹了。間隙還不忘了溫習功課。到了夜裏，過了一點，最後一波下晚班的工人吃了宵夜，走了。店裏才算是能喘一口氣。兩個老的，互相給對方揉揉肩膀，槌槌腰。看著燈底下，是鳳行瘦弱的背影。這小囡還坐在小板橙上，埋著頭洗碗，仍是一聲不吭地。兩個人心裏就又心酸，又安慰。

「虹口」麵館，就在北角扎下了根，一做就是許多年。明義和素娥，漸漸地老了，兒女們也長大了。

麵館就著那個小門臉兒，生意沒有做大，其實名氣是大了。外區的客人，經常慕名而來，就為了嚐嚐戴老闆一口「入口即化」的紅燒肉。有些師奶，竟然要明義面授機宜，教那紅燒肉的做法。按理說，這於店家很不合規矩。但明義笑笑，一五一十地教給他們。然而，她們回去照樣做了，還是燒不出明義店裏的味道。就愈發敬佩戴老闆，

口耳相傳，幫襯得愈發勤了。

這些客裏，總有一個馬姐，夜色將近的時候，拎著一只提籃出現在店門口。那提籃是老物，很精緻，把手上雕著花。籃身上，也還辨得出，是鳳穿牡丹的圖案，雖然已經褪了色。提籃裏頭，還裝著一只駱駝牌的保溫桶。這馬姐總是站在外面等著，也不進店堂。打上一碗麵，就走了。人安靜，和明義也未怎麼交談。印象裏只第一次，麵打好了，看一眼，說，唔好意思，我家主人唔食芫荽。她的廣東話，有外鄉口音，聲音軟糯。明義記住了，自此便再沒有放過香菜。

這馬姐陸陸續續，來了有幾年。有一陣子，香港颱風掛了八號風球。她不來了。明義和素娥兩個，竟有些記掛。其實萍水相逢，記掛的是什麼，兩個人也不知道。但就是隱隱有些擔心。一個月後，她又來了。明義回頭看看素娥，素娥眉眼裏也是如釋重負的笑意。

明義就下廚，燒了一個烤麩。另裝了一碗，一併給馬姐放進提籃裏，說，這碗是送給你家主人吃的。

馬姐依舊沒說話，但眼裏淺淺泛著光，對明義點點頭，算是道謝。

一個星期後，馬姐又來了。這回來得早，明義才剛剛開張。馬姐攙扶著一個老人。老人鬚髮皆白，腳下行動雖不很爽利，但面相精神，目光清亮。

老人坐下來，用上海話對明義說，謝謝你的烤麩，道地。

去鄉多年，明義仍聽出了他的老城廂口音。

明義連忙給他讓了個座，拱一拱手，說，您老吃得適意就好。

老人坐下來，環顧一下店堂。目光停留在了牆上的照片，輕輕說，「虹口救火會」。他便問明義，你這店，開了多久。

明義答，六年多了。虧您多年幫襯。

老人點點頭。明義照例給他端了一碗「紅燒肉麵」。

老人看一看，說，好，吃上了頭湯麵。這回，你給我加點香菜。

明義就見他頓了頓筷子，便埋下頭吃，並不說話。或者牙齒不濟，細嚼慢嚥。但胃口很好，慢慢地吃完了，連湯都喝了下去。

他吃完了，用手帕輕輕抹一抹嘴，説，當真適意。

素娥給他端上了一盅花雕，他也一飲而盡。夫婦兩個，都捕捉到了他嘴角的笑意。老人站起身，説，戴老闆，我這回來，是想央你件事。

明義便説，先生請講。

老人説，你可會做「糟缽頭」？

明義想想説，我這店門面小，只有紅燒肉。

老人笑一笑，説，不是在店裏，是想邀你明日到舍下，幫我製一兩個菜。

見明義猶豫，他便説，老朽年邁，既上得門，君子禮尚往來，等你一句話。

明義稀裏糊塗，便應承了下來。

説完，便看見一輛黑色的轎車，停到面前。馬姐慢慢扶老人上車，轉身對明義説，這是菜單，麻煩你備料。明日黃昏，我來接你。

這時候，恰好「振南製麵廠」的老夥計忠叔來送貨。看見車遠遠地走，愣住神。素娥接過麵，他便問説，邵家的人來過？

見明義兩口子，一頭霧水，便問起方才的情形。明義一五一十地説了。他喃喃説，這可奇了。老人家有日子沒現過身了，邵公最愛吃我們「振南」的麵。

明義把他看馬姐留下的菜單。菜單上並不是什麼稀罕的菜式，相反，其實多是老浦東人日常的下飯菜。忠叔點點頭，説，這就對了，都是顧先生當年愛吃的。

素娥問，哪位顧先生。

忠叔壓低了聲音，顧月笙。

夫婦兩個，這時有些咋舌。這些年在北角，大概都聽説了顧月笙和香港的因果。主題大概是所謂英雄末路，晚景淒涼。也就知道了香港的青幫洪門和顧門下的淵源。如今走過鰂魚涌的「麗池花園」，前身是聲勢浩大的夜總會，顧月笙的李姓小兄弟的手筆。自然，十數年過去，留在世面上都是傳説。明義兩口子聽則聽了，只覺得離自己十

分遙遠。

明義再看一眼菜單，方才想起，少年時倒是聽三林的老廚伯說過，顧月笙出身不遠處的高橋。發跡之後，重鄉情，癡念本幫菜。大約也是當年的滋味，讓他每每憶苦思甜，記掛著少年在十六舖時的艱難營生。

忠叔始終未告訴這位邵公是什麼來歷。只說，當年同盟會元老饒漢祥給黎元洪做祕書長時，曾給顧月笙寫過一副對子：「春申門下三千客，小顧城南五尺天。」顧先生近側的人自然不少。可能顧念著他衣食的，才是真正身邊的人。

因為並非奇珍異饌，料並不難備。臨行前，不忘帶上了一缸老糟滷。明義緊緊抱在懷裏。當年從上海南下忙亂，一路上丟東西，就唯獨沒丟下這個。

還是那輛黑色的轎車，從英皇道拐上了半山。兜兜轉轉，這才停到了一幢建築前。這建築有一種少見的氣派。自然是與他記憶中上海的純粹西洋風的公館別墅不同。外形方正，如中古歐洲的城堡，可四角綠瓦飛檐，鑲有汗白玉欄杆的迴廊，外牆紅磚圍砌，則又是端雅的中國風。明義只在心裏驚嘆。他並不知道，這便是大名鼎鼎的繼園。此為當年廣州軍閥「南天王」陳濟棠大哥陳維周的手筆，移山修建園林，內有山亭水榭。據說全盛時，一家逾百口居於大宅。而此後陳家遷出，幾幢房屋，便各有其主。這建築門口，只一個銅鑲的門牌，旁邊鑴著「邵府」兩個字。

明義只是跟著馬姐走進去。馬姐著一個傭人，將食料幫他拿著，說主人在客廳裏等他。明義說，我直接去後廚就好。

馬姐笑笑，說，我家主人，知道你肯來，歡喜得沒有午睡。你倒說見不見。

說是客廳，佈置倒更像是老輩上海人的廳堂。對門的是一副楹聯，上面寫著「三顧頻煩天下計，一生好做名山游」。先前見過的老人，穩穩地坐在太師椅上。見他便站起身，迎上來。

明義卻後退了幾步，衝他遠遠地作了個揖，敬道：邵公。

老人哈哈大笑，說，你既知道了我的名號，不敢近身，是怕我不成？

明義說，倒不是。只是您點的幾道菜，生鮮時都是味兒大的。我雖然使勁洗涮拾掇乾淨了，可還是怕不體面。

邵公一愣，笑得更厲害了，說，我倒說呢，自己生生點了一堆豬下水、魚下水。不怕，你過來。我一個園丁出身，見慣了髒污，沒那麼多窮講究。

明義走近。他問明義懷裏抱著什麼，答他是糟滷。他揭開來，使勁聞了聞。明義見他，眼裏頭是孩子一樣的欣喜神情，說，這老糟味兒，結棍。

明義走進後廚，擺下食材。見一個銅盆裏，已經發好了一顆大烏參。他笑笑，沒耽誤功夫，便投入了勞作。

待一桌菜都燒好了，已是掌燈時分。

滿目琳琅。明義換上了乾淨衣服，來告辭：邵公，您慢用。我先回去了。

邵公說，你和我一起吃。

明義說，廚不同席。這是規矩。

邵公皺眉道，你不是廚，你是我請來的客人，豈有不上桌之理。再說，你就不想聽聽我對你廚藝的評點。

明義便坐下來。邵公給他斟了一杯酒，說，那日你請我獨飲，今日要與我同醉。你說，這滿桌的菜，我倒是從哪一道起筷。

他說，廣東人的習慣，是先喝湯。

傭人便給兩個人盛了黃豆湯。邵公點點頭，笑說，上好的肉絲黃豆湯，油封湯麵、黃豆酥爛，似冷而實熱。你懂行。

老人喝了一口，忽而面容翕動了一下。又喝了一口，喃喃說，「對，就是這個味道」。沒提防，明義看見邵公一時間，老淚縱橫。

邵公讓傭人再盛了一碗。將他扶起來，他端著這碗黃豆湯，顫巍

巍地，走到了大案的佛龕跟前。明義看見那龕前竟有個牌位。老人恭恭敬敬地將黃豆湯擺在牌位前，説道：鏞兄。你嚐嚐這黃豆湯，是不是咱們喝的那一碗。

邵公重新坐到席前，説，失儀了。今天是我這老哥哥的忌日。小辰光我們在十六舖學生意。鄉下來的，飯量大得很。可掙的飯錢只夠一客蛋炒飯，一碗黃豆骨頭湯。吃完了不夠，到夜裏照樣餓得肚皮亂叫。我這哥哥就説，將來發達了，要將這黃豆湯喝個夠。他對我説，以後做人啊，就如這湯，表面生不見底，裏頭可已經熟透了。哥哥一輩子的時間都花在做人上。後來我們有錢了，有勢力了。人也老了，來了香港，又想起了這口。老哥哥就請來了上海德興館名廚湯水福，專給我們做黃豆湯。他小心翼翼地做。可是，我們卻怎麼也吃不出當年的味道了。想不到，如今他走了二十年。這味道，卻被你做出來了。

邵公給明義斟上杯酒，説，小老弟，我敬你。

桌上的菜，是生炒圈子、糟缽頭、下巴划水、紅燒鯧魚。

邵公一面吃，一面讚好。幾杯花雕下肚，臉色紅潤起來。興致來了，竟然吟唱起一支小調。明義沒聽過。

邵公説，這桌菜好吃。你説，好吃在什麼上？

明義説，好吃在濃油赤醬，不失本味。

邵公説，依我看，這桌子菜，原都是下腳料。豬舌、豬肺、豬肚、豬腸，還有魚頭魚尾，哪一個上得來檯面。可經了你的手，化腐朽為神奇。

明義謙道，不是經我的手。這是三林本幫菜的老法子。

邵公説，這老法子説的，可不就是我和老哥哥的一輩子。我們做過好人，也做過壞人。硬是用了一輩子，燴熟了，燴爛了。讓你看不清底裏，只能説得一個「好吃」。如今，他們都走了。芮慶榮在哪裏，張嘯林在哪裏，四大金剛在哪裏；小子輩的沈楚寶、林嘯谷又在哪裏。只剩下我一個，還喝得上一口黃豆湯。

兩個人吃喝了一晚上，也聊了一晚上。待到後半夜，酒醒了。

邵公便問，老弟，可想過開個餐館，專燒本幫菜。

明義想想，搖搖頭，我這爿小店，已夠忙活了。幾年撐下來，也知足。

邵公說，人始終要有大志向。你這好手藝，埋沒可惜。

明義便道，我也年過半百。有心無力，怕是也做不動了。

邵公佯怒，在我跟前，可談什麼「老」字！我勸你開，自然是懷了私心。如今香港的上海本幫菜，都做得個四不像。你不開，將來我到哪裏去吃。

明義說，可是，我那個小門面，哪能擺下幾張桌子。

邵公便笑了，說，你且點個頭，其他便是我的事了。

回到家，明義與素娥商量。素娥說，眼下孩子們都長大了。你若想做，我們就搏一搏。

明義還是猶豫道，你年前還病過一場，我們何苦來。

素娥說，老公，你且想想。這一輩子，勿識字有飯吃，勿識人頭餓煞。如今你是命中有貴人，弗好做不識敬的壽頭佬。

這時，鳳行走近來，說，爸，媽說得對。你們做不動，還有我。

明義看看閨女，已經長成了大姑娘。這些年，跟著老兩口忙前忙後。不比別的兒女，她的心，是真的在父親的生意上。在廚藝上，人又是特別醒目，幾個小菜，如今燒得似模像樣。關鍵是，這孩子特別能吃苦。想到這裏，明義也嘆一口氣。他有心將店面傳給小兒子。可戴得是個貪玩的性情，十幾歲的人了，還不生性。

明義說，鳳啊，你夏天中學就畢業了。你要想往上讀，爸媽供得起。

鳳行搖搖頭，你們靠賣紅燒肉，已經供起了三哥和五姐兩個大學生。家裏光宗耀祖靠他們，不差我一個。爹這一手燒菜的本事，莫不是不想教我。像老家裏沒見識的爺叔，傳男不傳女？

明義便知道，這些年，鳳行沒變過，還是那個有主意的孩子。

　　這店便開起來了，叫做「十八行」。門面極好，在灣仔的盧押道上。這是邵公的私產，原先是一間海味舖。兩層樓高，裏面的格局陳設都很別致，省去了裝修的功夫。樓上從大堂有一座木橋連上去，本是賣貴重貨物的。給大客人上去驗看，上好的天九翅、九頭鮑、大連運來的灰刺參。極清幽，雖處鬧市，卻滌盪喧囂，打開窗子，可見如黛遠山。明義便和邵公商量，闢作了四間雅室。包間的名字，都是邵公起的。他親手以大篆題名，分別是「高橋」「三林」「川沙」；最大的那間，叫做「十六舖」。知道的，會心他是鄉情所致。再深一層，就是不忘本的意思。

　　生意大了，便也請了幾個會做上海菜的廚師。那時的香港，上海菜的師傅並不難找，但多不是滬上的原鄉人，倒是走難來港的揚州人。揚州人最出名的就是三把刀：菜刀、剪刀、剃刀。說的是三個門類，廚子、裁縫和理髮匠。無論到了哪裏，憑這三把刀，都可以白手起家打天下的。一個好的揚州廚子，京、滬、川、揚四個菜系，都會做。刀功自然了得，火候食材也上手得快。但也因什麼都會，調和於眾口，倒失之專精。

　　明義就做給他們看。從簡單的四喜烤麩、燻魚開始，重在火候和放料的輕重，手中的拿捏。一來二去，這些廚子也就十分服氣了。到大菜，明義自是自己上手。

　　那「十六舖」，自然成了邵公長期的包間。獨酌饗膳也好，宴請親朋也好，只需提前一個電話。明義就早早備好了料，等著他。

　　這來的客，按說非富即貴。可到了近邵公的年紀，也都各自性情起來。講究的，一頭華髮，還是年輕時洋場小開的派頭：全套的花呢槍駁領西裝，口袋裏永遠塞條絲綢的方巾，顏色跟著西裝走；不講究的，全然是家常打扮，穿著件汗衫，一條褪色的桑藍綢緞褲子，趿著拖鞋就過來了。兩種人，彼此看不上。後者戲稱前者是「老克臘」，裝腔作勢，以為還是在上海嗎？前者呢，就學廣東人調侃後者是「麻甩佬」，穿得九不搭八，當係自己屋企嗎？

　　老頑童們一起了鬨，就有個聲音軟軟響起來，做了和事佬，說，

叔叔伯伯，這裏可不就是上海麼？來了就當自己屋企，賓至如歸嘛。

　　這甜美的聲音，話說得俏皮。起齟齬的人心裏舒泰，立時就休了戰，干戈化玉帛了。鳳行於是鬆口氣，利索地招呼其他客人去了。因為少年時來的香港。她的一口廣東話，說得極地道。又有上海話吳語裏，一點細微的軟糯。無論是上海人，還是廣東本地人，聽得都熨帖。明義看在眼裏，想自己讓女兒負責樓面，真的沒有錯。

　　這孩子如小時候，有一種天然的周到。並不是張揚的性格，不聲不響，就把該做的事情做好了。可只要該出面的，她便站出來，溫言軟語，三下五除二，毫不拖泥帶水。這灣仔，長久都是黑社會盤桓之地。「十八行」開張不久，便有古惑仔來找麻煩，收保護費。那天明義原是心裏屈服了，花錢買個平安。可鳳行說，有一便有再，便有三。血汗錢填不滿無底洞。明義沒及攔，她便出去。叫企堂給來人，每人斟上一杯明前龍井。她自己先坐下來，柔聲說，各位大哥，實在唔好意思。小店生意在貴地落腳，還未趕得切拜碼頭，罪過得很。只是啊，保護費的事，我們燒菜的說得不算。因這館子，是邵公的物業。這邵公啊，說我們這小店，只賣三碗麵，一是情面，二是體面，三是場面。不知眾位大哥，想吃哪一碗，我即時讓後廚做上來。

　　鳳行說得輕描淡寫，明義直捏一把汗。但古惑仔們也立時心驚，知道了這店有青幫的淵源，連連賠罪，作鳥獸散。

　　可他曉得，這孩子的心志，還是在跟他學廚。但這一行，不說成見，可就有姑娘家學成了的？始終是缺了把力氣，白案尚可，但兜腕掂勺的活，可是女人能做得了的。況且將來嫁了，手藝和人全留不住。

　　她一心要學，明義便也教。心裏想的卻是讓她知難而退。這樣教了幾個月。有一次，他便教她獨自掌勺一道「紅燒鮰魚」。這是本幫菜裏的頭道功夫菜。做得好了，鮮嫩軟糯，入口即化。可也因鮰魚肉質非常細嫩，魚肉容易從魚骨脫落。要保其形，烹製過程中既不能隨意翻動魚塊，又不能讓魚塊粘鍋。所以最關鍵的步驟，出鍋前要經過兩次整體「大翻」。掌握這個技術，全在腕力與手眼協調。

鳳行獨自掌勺，燒得十分用心。可菜一上桌，明義在心裏嘆上一口氣，嘴上是格外慇懃。

自然，無論「老克臘」還是「麻甩佬」，舌頭卻都是一式地刁鑽。嚐一口，便皺起眉頭，說，阿義，這鮰魚就如此糊弄我們這些老東西嗎？肉散骨碎，這還不算，竟是一點「臘克」都沒有。乾巴巴。你要是砸自己的招牌，邵公也是救不了你。

所謂「臘克」，是滬上老饕們的說法，說的是「自來芡」。本幫大菜的出色處，在成菜毋須勾芡，全靠這道菜的主料、輔料和佐料在適當火候，幾近天然地合成濃厚細膩、如膠似漆的黏稠滷汁。上海人稱這種質感為鍍了層「臘克」。

沒有「臘克」，自然是功架遠遠不到，明義趕緊賠不是。斜眼看看身邊的鳳行，臉色青白，暗暗咬緊了嘴唇。

鳳行不見了活潑，低目蹙眉，似有心事。明義看在眼裏，暗自怪自己。可狠一狠心，想小孩子家，或許過了這一陣兒，也便好了。

一天等廚師們都收了工，廚房裏還有動靜。明義走進去，遠望見鳳行立在灶旁，手裏舉著一只大鍋，用力顛翻。這孩子漲紅了臉，汗如雨下，也不知已經站了多久。但手上卻絲毫沒有停的意思。那鍋裏的東西，每每落下，便在她手中狠狠一震。明義看清楚了，是半鍋鐵砂。

明義在門口看了許久。鳳行專注，竟始終沒有發現父親。明義只覺得眼底酸楚。想上前，但終於沒有，而是悄悄退出，將門帶上了。

一個月後，邵公約下了幾個相熟的客。鳳行請纓，說，爸，我再燒一次鮰魚。燒壞了魚，從我工錢裏扣。燒壞了「十八行」的口碑，我再也不進店裏的廚房。

明義想一想，點點頭，說，翻的時候，穩當點。記住「推、拉、揚、挫」。

菜端上來。邵公先動一筷。明義看他方才談笑風生，此時卻蹙了眉頭，漸漸又舒展開，眼睛亮一亮，說，好啊。

明義鬆一口氣。旁人一聽，便也紛紛下筷子，說，戴師傅的鮰魚，咱們吃了許多次。這次倒是怎麼個好法。

邵公說，你們快來嚐一嚐。這滋味交關好。吃得出是明義的手勢，但又有新的好。我卻說不出哪裏好，只想拍巴掌。

明義說，邵公好眼力。這道鮰魚，是小囡鳳行燒的。

竟是囡囡燒的！邵公愣一愣，上下打量鳳行，倒仿佛以往不認識。

他長嘆一聲，真是虎父無犬女啊。這本幫菜不同淮揚菜，歷來少有女廚。「德興」那樣的老館子，光一記「翻大翻」，難倒了多少英雄漢。囡囡，你讓老伯我生生長了見識！

鳳行算是就此出了道。

不需多久，便已在港島打開了局面。這時的香港，又比以往多了許多的移民，自然不是粵菜天下獨孤。外地菜系，落地為安，漸漸發嬗，日趨爭鋒之勢。有的自成一統，如川湘、雲貴，因口味一味霸蠻，始終難成大的氣候。倒是江南一帶的菜系，潤物無聲，且變化多端，葷可濃烈入骨，素則清淺若無，像是琢磨不透的美嬌娘。這便解了蘇浙移民的思鄉之情，又逗引了生長於斯的香港人好奇的味蕾，可謂大受歡迎。到一九七〇年代，從港島至九龍，漸漸燎原。這裏頭出名的，大約當屬「杭幫菜」。杭菜以精緻著稱，且港地杭菜館的主廚大多來頭不小。像「雲香樓」的韓同春，在杭州時執業時已是遠近聞名。他一道「煙燻黃花魚」，號稱冠絕港九，甚而各國的外商、買辦來港，必去嘗試。「十八行」有自知之明，自然不與其爭。但本幫菜，原就博杭幫、淮揚、徽州、蘇錫之眾菜系所長，要想在一眾江浙菜館間脫穎而出，須闢蹊徑。鳳行的出現，算適逢其時。因了邵公和相熟老饕食客的口碑，加之鳳行的廚藝，日臻精熟。漸漸打出了名堂。因其生得清麗，便真的有食客慕色而來，便又為其手藝絕倒。一來二去，就有了「本幫西施」的雅號。雖則略顯輕薄，但卻名副其實。

明義與素娥，看在眼裏，是高興的，也有十分擔心。明義想，也是宿命。養了八個孩子，五子三女，出息的都算出息，成家立業，

更有出國定居的。到頭來，能繼承自己事業的，竟是這個小女兒。可鳳行再果敢的性子，筋骨裏也還是個弱質女流。這些年，他也漸漸覺出，飲食業池水深，學問大。灣仔呢，又是港島魚龍混雜之處。自己終歸是外鄉來人，邵公是個靠山，可年事已高。自己也早歲過花甲，不知能夠再做幾年。這爿店，剛開得入港，又如何是她一個人的肩膀能撐得起來的。

他們膝下還有的，就是小兒子阿得，慢慢大了。這孩子讀書不長進，看性情優柔也難以指望。但鳳行卻與這個弟弟感情格外好，大概是一起吃苦過來的。照顧入微，竟有半母之風。

老兩口呢，一直到鳳行告訴他們，才知道女兒戀愛的事，也是後知後覺。

接受「家家煮」的邀請，是鳳行自己的主意。那電視台的副經理，也是「十八行」的客。第一次吃到鳳行的「糟香湯卷」，便驚為天人。明義原本已經回絕掉了。他對素娥說，正經家女子，拋頭露面像什麼話，又不是上海灘的舞女。鳳行便賭氣說，他們請我，難道不是因為我的好手勢。爹自己先看輕我，我就非要去了。

鳳行準備兩道菜，都動了心思。一是本幫紅燒肉，是「十八行」的招牌，後面自有一段憶苦思甜的故事。一是「雞火干絲」，她自然知道自己所長，在一手好刀功。帶上一把稱手大刀，舉重若輕。快穩準，誰看了不服。

誰知到了電視台，就先把她請到化妝室，化了個眼眉斜飛如鬢的濃妝，又做了個時髦到極的髮型。她對著鏡子，認不出自己，覺得彆扭。剛想要換上廚師服，導演忙說不要換，口口聲聲道，戴小姐靚女，成個明星噉，唔好嘥咗。

導演剛出去，就聽見場記說，要不要帶她先走走台，熟悉下鍋灶炊具。

導演敷衍道，一個女仔，扮靚就好了。倒是那個同欽樓的主兒，

聽說是榮師傅的唯一嫡傳，要伺候好。

鳳行頓時心涼下來。以為這節目是看重她的廚藝，誰知道到頭來，還是將她當花瓶，是要給男人做陪襯的。

她看到五舉，心裏先有了敵意。

待這著名茶樓的少年「餅王」架鍋起爐，說不過是做老婆餅和蝦餃。鳳行在心裏，先看輕了。想不過爾爾，浪得虛名。可當這青年動作起來，她雖不懂廣東唐點，卻也看出手法嫻熟。行雲流水，非同凡俗。

鳳行想，他師父的蓮蓉包，舉港聞名，他卻沒有亮絕活的意思。大概為人沒有多少心機。她見他眉眼很周正，但戇居居。

待她自己上場，已沒有了要勝他一籌的念頭。做雞火干絲時，刀把斷了。她意興闌珊。沒承想，他卻遞上了自己的刀。

晚上，她在燈底下看這把刀。是德國產的老牌子。刃開得很好，看得出用了許多年。但有些鈍了，她拿到後廚，親自給他磨好。

她一邊磨，忽然磨偏了。發出尖利的一聲響，在她心上軟軟劃了一道。

明義見到五舉。親手下廚，給他做了紅燒肉。

五舉很中意吃，毫不掩飾。素娥便說，裏頭的百葉結，入了肉味也好吃的；將醬汁淋在米飯上，更好吃。

五舉便照做，吃了眼裏有驚喜的光。

明義和素娥交換了眼神，想，這孩子真好，不拘禮，做人真切。

五舉將碗裏的米飯吃了個乾淨，道，我常聽人說，江南菜的好，是有味使之出，無味使之入。今天領教了，就是紅燒肉和百葉結的關係。

鳳行便故意說，粵菜裏也有啊。你們的魚翅鮑魚更講究，要用慢火煨，高湯吊，一日辰光都不夠。

五舉想一想，很認真地說，還是不一樣。魚翅鮑魚矜貴，無味也

難入味。因為矜貴，所以燒起來，用的是強攻的法子，硬是讓味道進去。百葉結呢，是自然吸收了紅燒肉的湯汁，更情願些。粵菜裏的許多無味，倒其實是有味的，我們叫「甜」。

明義説，蘇浙菜裏的甜，可是霸道有味得很，像無錫的醬排骨。

五舉説，我們的「甜」，是食材的本味。有人説粵菜味淡，其實是敬它一個新鮮。湯可以甜，菜蔬可以甜。少放鹽，更沒有素菜葷炒之説。至多白灼一下，也就上盤了。

明義點點頭，覺得這青年純樸，內裏卻有見識，心裏更喜歡了。

五舉大概未聽出，這番對話裏，有對他默默的考驗。這也是明義喜歡他的地方。他聰明有悟性，對人際，卻是有些鈍。聰明不同於精明。上海的精明人很多，但那是人生的皮毛，是不紮實的。這與心地的好壞無關，只能説是一方水土一方人。哪怕是浦東人，在老城廂的眼中，也還是鄉土的。他想自己，當年為了脱去鄉土味，這麼努力地學英文。如今看來，多麼可笑啊。

鳳行説，五舉，你去炒個蔬菜，讓我們嚐嚐粵菜的「甜」。我給你打下手。

素娥説，傻女，哪有讓客人下廚房的道理。

五舉説，不礙事，我本來就是個廚房裏的人。整天在飯桌坐著，倒不自在了。

兩個小的進了廚房。一對老的你看看我，我看看你。素娥先笑了，開口道，這孩子啊，像當年的你。

明義想想，也笑説，是像我當年。我當年最疼老婆。

素娥便瞋他，説，你啊，老了老了，倒沒正經了。

這菜上來了，原來是一道炒芥蘭。明義吃一口，火候正好，菜莖是爽脆的。細細嚼一嚼，真有一股清甜氣。

五舉説，怕芥蘭有苦味，先灑了米酒和薑末。最後用了蒜泥吊味。

明義説，好吃，正好解了紅燒肉的膩。刀功也好。

鳳行説，爸，菜是我切的。您也真是，自家閨女的刀法都認不出了。

素娥便來打圓場，説，五舉啊，想不想天天吃紅燒肉？

五舉點點頭。

明義説，那將來，就讓鳳行天天燒給你吃。

鳳行愣一愣，就明白爸媽的意思了，臉偷偷紅一紅。看五舉低下頭，臉倒比她還要紅。她便想起電視台的人，問他老婆餅的事。心裏一笑，莫名蕩起一陣暖。

晚上，老兩口就叫上鳳行。鳳行問，爸媽，這個人可好？

素娥説，除了國語不好，哪裏都好。

鳳行説，姆媽，你還是嫌棄他是個外鄉人。

素娥説，傻孩子，在這香港，我們才是外鄉人啊。你嫁給一個本地人，讓我們更安心些。

明義説，這個人踏實，有手藝。何況，他師父在一天，便有一天的根基。性情也是好的，不會給你虧吃。

臨了，當爹的補上一句，你嫁過去，不用管爸媽。

鳳行搖搖頭。

明義便謔道，怎麼，不想嫁，要跟爸媽做一世老閨女？

鳳行説，嫁是要嫁，但我不離開爸媽。

明義就大笑，説，傻孩子，你要帶上我們兩個老的做陪嫁？還是要人家入贅不成？

鳳行説，對。

明義素娥一驚，竟都説不出話來。鳳行慢慢地説，我嫁給他，但要他留在咱們家。爸，你不説我也知道，你信不過我一個姑娘家能撐起「十八行」。我再嫁了，咱們這店可還能有幾年的好光景？留下這個人，戴家的本幫菜還有將來。

終於，素娥先嘆一口氣，説，孩子，你倒是不是真喜歡這個人？

鳳行愣住了，半晌慢慢道，喜歡自然也是喜歡的。

明義閉一閉眼睛，再睜開，眼角已經濕潤了。他説，鳳行，五舉要的是你這個人，不是咱家的店。這話不能説，説了誤你自己的將來。

鳳行站起來，斬釘截鐵道，這話要說，但不是我，得您這個做長輩的說。「十八行」要活，便要用我這個人，實在地拴住他！

鳳行知道五舉心裏頭的痛。她心疼五舉。但她想起自己家的「十八行」，於是咬咬牙，鬆不得口。

五舉一個禮拜和她沒見面了。鳳行把自己關在房間裏，看窗外頭的春意盎然。說香港沒有四季的，都是魯莽的人。雖然四季有綠，但唯有春天是看得見新綠的。一點點鵝黃，從樹頂上綻出來。近處的電線上，棲著兩隻燕子，橘紅的胸脯，黑翅膀。牠們的巢，就在隔籬唐樓「福翎閣」二樓的檐下。每年初春，東南亞的燕子都飛到香港繁衍，直到七月才回去越冬。這巢是去年的巢。這一對老燕，還記得回來。今年的雛燕有四隻，已經識得嘰喳爭食。「四兒日夜長，索食聲孜孜；青蟲不易捕，黃口無飽期。」鳳行心裏頭響起了旋律，是小學時音樂老師教的一支童謠，說的燕子，是用首唐詩譜了曲。鳳行想，哪朝哪代，春天的景致，都是一樣的。燕子來了，走了，又再回來。

她於是想一想，去找了五舉。她說，五舉，我爸現在悔得很。他說不想同欽樓上下，說我們上海人不厚道，說不想毀了你。可是我不悔，這是我一個人的主張。同欽樓和我們家，你總要選一個。選了同欽樓，就沒有了我，我們不相欠。選了我，你就要欠你師父一輩子，我還要欠你一輩子。我便要還你師父兩世的情，我這輩子還不起，還要還下輩子。算一算，我不想為難自己，我還不起。

鳳行轉身就走。這時候，她被五舉拉住了胳膊。

五舉說，戴鳳行，你若現在走了，才是欠我的。師父那邊，我們兩個來還，一起還。

這時候，淅淅瀝瀝地下起了小雨。兩人站在原地，都沒有動。雨打濕了他們的頭髮。雨漸漸大了，順著他們的額頭、鼻梁、嘴角流下來。鳳行被雨模糊了眼睛，她有些看不清五舉了。

她聽見了五舉的聲音。五舉問，鳳行，你真的會為我燒一輩子紅燒肉？

鳳行使勁點了點頭。

五舉説，好，那我就當你一世的百葉結。

明義沒看錯，五舉的悟性很高。

起初，他總覺得對女婿虧欠。想將店裏經理的職務給他，覺得體面，讓他負責店面。但五舉説，爸，我是廚房裏的人。還是讓我回廚房去吧。

老實説，明義是有些躊躇的。各大菜系，都有窩裏傳的俗例。這其中有兩層意思，一個是傳男不傳女；一是要傳給本系的廚師。對鳳行兩口子，明義如今掏心掏肺，自然是沒什麼保留。可是，擔心的卻是五舉自己那一關。説到底，廚藝如武藝，既有各種門派，也自有他背後的手勢與習慣。相似的，如本幫與江浙菜，能夠觸類旁通。可打慣了八卦掌，忽然想習詠春，就沒這麼容易了。拳不離手，熟能生巧，可也造就了身上那筋骨裏的勁道。如本能一般，一不留意便流瀉出來。要徹底放下，越規逾矩，先得回到白紙一張。五舉年輕，卻是正傳的粵點師傅。年少有為，十年歷練，已經做到了同欽樓的車頭。本事也都長在身上了。這本幫菜濃油赤醬，他覺得好吃，已是造化。可你讓他就此改弦易轍，先廢了此前的武功，重建修為，也才真是難上加難。

五舉就提出先在廚房裏，為鳳行幫廚。

廚房裏的幾位師傅，對他都很客氣。其實客氣得有點過份，一是知道他的來歷，又聽説他離開「同欽」的因由，未免心裏都有些顧念。

但五舉人隨和，又幫得手，漸漸就和眾人打成了一片。私下裏稱他，也從「老闆姑爺」慢慢變成跟著鳳行叫的、亮堂堂的「舉哥」。

唯可以讓大家看出舉哥過往的，是他當年在大小按上練就的功夫。剁餡、擀皮、上籠，又利落又好。而且，眾人都看出，這小夫妻兩個有一點很像。就是眼裏有活兒、沒架子不造作。誰手上忙了，都能上去幫一把，還都能幫到點兒上。要知後廚忙起來，互相的配合，是靠長期建立起的默契。而五舉在大家忙成一片的時候，就像卯榫，

跟誰都能嚴絲合縫。

　　不忙的時候，他便用心地看。看鳳行「刷刷刷」，三兩下將一條青瓜切得當斷不斷、連綿而不絕。鳳行見他在身邊凝神，笑説，我説過要教你，這是你説的「蓑衣刀法」。便又拿過一根青瓜，要給他演示。

　　誰知五舉説，我來試試，扯過來便切。同樣三兩下，刀下如影將青瓜切成了。鳳行心裏吃驚，畢竟這樣的刀功，在常人需要苦練所得，何況這種刀法裏的花俏，尚有炫技的成分。然而，五舉只看了數遍，竟然可以切得與她不分伯仲。她再看自己男人，卻已經應聲去幫小籠師傅起籠。鳳行心裏泛起一絲柔情，五舉在霧氣中忙碌的背影，便好似仗劍天涯的俠客。

　　其實鳳行和五舉，回到自己的小家，很少談及彼此的廚藝。鳳行不説，是怕勾起五舉的傷心。五舉不説，則是想要忘卻。他們談得多的，是各自的成長。鳳行自然談他們家由上海而來的顛沛，談北角的鄰里，談他們家那間小小的麵館。五舉談來談去，除了那個避而不及的人，便是阿爺。鳳行一面感嘆他人生的單純，一面想，這個毫無血緣關係的老人，何以讓五舉感情如此深厚。她回憶起阿爺在他們婚禮上的樣子，寡言而謙卑。她對五舉説，我們去看看阿爺吧。

　　阿爺的兩隻眼睛，已經近乎全盲，只能看到極少的光影。但是他根據聲音，迅速地辨認出五舉。然後猶豫了一下，清晰地叫出了鳳行的名字。

　　阿爺住在了更小的唐樓單位裏。兩年前，他唯一的女兒去世。女兒也是年邁的老人了，他説自己的是白髮人送白髮人，只怪自己活得太長。他説這些，臉上並沒有一些悲色，平靜得像是説別人的事。他把自己大些的房子，過到了外孫的名下。外孫夫婦便照顧他的日常。鳳行知道，阿爺離開「多男」後，五舉孝順阿爺，常常周濟。阿爺亦待他，一如親孫。

　　他和兩個年輕人，絮絮地説話。他説五舉那時那麼小，雙手拎著一個「死人頭」的大水煲，給樓上的客人。半天不下來，他擔心得

很。上去看，看五舉抬著頭，定定地看人鬥雀，看入了迷，忘了走。他就想，這就是個孩子啊。五舉說阿爺的絕活是「仙人過橋」。他站起來，給鳳行比畫。那麼大的銅壺，拿得穩穩的，遠遠手起茶落。阿爺看不見，但臉上有笑，笑得滿面皺紋縱橫。他們說到五舉去同欽樓前的那一晚，便都沉默了。

鳳行就問，阿爺可去過上海？

阿爺說，上海是個好地方，我年輕時去過。那時候多麼好。人穿得好，吃得好，滿街都是外國人，好像現在的香港一樣。但沒有香港人這麼多。

阿爺說的上海，和鳳行記憶中的不一樣。她說她喜歡阿爺的上海。

五舉和鳳行對望彼此，都覺出了久違的快樂。

臨走時，阿爺將五舉的手，疊上鳳行的手，說，孩子，要對她好。這是一個好姑娘。

那天來人，都是邵公的故舊，從美國而來。說起來，都是上海的淵源。其中有一對夫婦，男的曾是顧先生的部下，女的是昔日滬上很風光的買辦小姐。雖韶華已去，著得家常，皆可見當年的英挺與風姿。兩個人就說，如今三藩，多的是中餐館。可像樣的上海菜卻不多見，更不要說本幫菜。粵菜館倒是處處開花，去國多年，吃得多了，將人的口味都歷練得淡了。那夫人便說，景軒和我一樣，年輕時都是重口的，吃牛扒都要澆上厚厚的黑椒汁。現在人老了，倒慣了粵菜的清淡。我想吃一道本幫做法的廣東點心。不知邵公可能成全？

那還消說，我這裏的大廚，紅案白案，文武雙全。明義聽他誇下海口，在心裏默默流汗。

明義到後廚去商量。五舉想想說，我來吧。

上來的是一道生煎。上面撒了芝麻粒兒和翠綠的蔥花，焦黃的殼，看上去讓人食指大動。夫人看看說，好是好，終歸還是一道生煎。

明義便附在邵公耳旁說了一句。邵公便道，哈哈，內裏有乾坤。

　　夫人便揀起一只，輕咬一口，才發現，這生煎的皮，不是用的發麵，而是透明脆薄，裏面有湯汁流出來，極其鮮美。再一口，原來內藏著兩個蝦仁。還有一些軟糯的丁兒，混著皮凍化成的滷汁，咬下去十分彈牙爽口。夫人品一品，眼睛亮了亮，說，你們快嚐嚐。這花膠，用得太好。

　　眾人下箸，紛紛稱是，都說，想見一見這位點心廚師。

　　明義便引了五舉出來。夫人說，你這道生煎，皮用得很講究。

　　五舉說，用的是水晶粉，混了澄麵。先蒸一道，然後才下鍋煎，所以外脆裏軟。

　　夫人與她先生相視，笑笑說，蝦餃的製法，弗得了。這花膠粒兒，也是你的主意？

　　五舉點點頭。

　　邵公也得意，說你們不知。我這點心師傅，別看後生，可大有來頭。原是同欽樓榮師傅的門下高足。如今和我乾女鳳行結了姻緣，做了上門女婿。也是英雄難過美人關啊。

　　明義沒料到，邵公會說到這一層，便借機上菜，讓五舉退下。

　　可客裏有一個卻恍然道，啊，是「蓮蓉王」榮貽生嗎？聽說傳了一個徒弟也是整了一手好蓮蓉。不知我們有沒有口福？

　　邵公一樂，說，那還在話下？明義，請你女婿給我們幾個老的，做一籠蓮蓉包吧。

　　明義看看五舉，眼神裏黯然下去。沒待他開口，五舉跟幾位鞠一躬，說，我不會做。

　　轉身便走了。

　　食客們面面相覷。邵公何曾給人這麼搶白過，也是動了氣，一拍桌子道：

　　戴明義，你這個女婿太不識抬舉，愣頭青！

　　五舉將邵公給開罪了。

　　明義著小兩口上門，給老人家賠不是。但鳳行說，不去！我五舉

沒有錯。有也是功過相抵。這夥子有錢人，口味刁鑽不怕。可到本幫菜館點廣東點心來吃，不是觸人霉頭嗎！

爹，我且立下規矩。五舉以後不上舖面見人。要見，我來見！

但那日五舉創製的「水晶生煎」，就此便成了「十八行」的一個招牌。即使多年後，別的上海菜館，想要如法炮製，可偏就做不出五舉的味道。

後來有人說起五舉山伯。說五舉不是山伯，是楊過。自己廢了「大按」一條胳臂的武功，剩下「小按」，依然耍得起一手出神入化的獨臂刀。

鳳行呢，便是小龍女。教得五舉，也伴得五舉。兩個人算是琴瑟和鳴，將「十八行」的聲名，漸漸打開了。以五舉的靈，一年後，已將本幫菜燒得輕車熟路。只是落料麼，還稍保守些。鳳行快人快語，是不遷就他的，常說，放醬，加糖。不吊糟，這味怎麼能出來呢。

閒下來時，五舉便好自己琢磨，又做了幾款新的點心，比如「黃魚燒賣」、「叉燒蟹殼黃」。懂行的，便看出是粵滬合璧。只這閒情所得，倒很有成就，慢慢傳播開去，成了食客們飯中必點的主食，便讓「十八行」在港島再不同俗流。

明義與素娥，很是安慰。他們都實實在在地覺得自己老了。一爿家業，到底是指望上了一個閨女。人說巾幗不讓鬚眉。戴家的巾幗卻引來了一個鬚眉。陰陽而來，乾坤定海。

明義夫婦，在此後的數年，其實錯過了小兒子的成長。

戴得是這家裏的異數。三歲來港，對在上海的生活了無記憶。他是實實在在在香港長大的孩子。對這城市的感情，與他自己的成長同奏共閎，休戚相關。上海，對他只是個幻影，代表著他父母的根系。哪怕多年後，他回到了家鄉，也如過客。「楊浦區通北路 37 號」，是他

們在上海的門牌，也只是照片的背面的一行字。一筆一畫，冰冷無溫。

在家裏，他的父母與兄姊，總是講上海話。他會講，亦會聽，但總覺得與自己隔了一層。這種語言有某種魔力，可以在人群中辨認彼此。他記得，在北角成長的歲月，他的家人在任何場合，和陌生人相遇，大家說著廣東話。但凡有上海人在，便迅速捕捉到對方話語中的蛛絲馬跡，改用上海話親切地交談，而不必顧及旁人的在場。年幼的戴得，因此會覺得尷尬，甚而羞愧，好像自己是這個家庭的代表。

他自認是個香港孩子。然而，比起生長於斯的本地孩子，他仍然是孤獨的。家人的存在，一直在提醒著他的來處，也影響了他的口音。讀書時候，同學們總會嘲笑他的口音。他的廣東話裏，帶著上海的腔調，甚至還有福建話慣有的尾音，這是他少年生活在北角的印記，很多年都擺脫不掉。在語言上他是有些遲鈍的，他總覺得自己不及兄姊聰慧，或是因為老來子的緣故。

這些都造就了他身處奇異的邊緣。在試圖努力了許多次，他終於放棄。因此，他讓自己養成了一種看似不在意、信馬由繮的性格。他用這種性格，抵禦周遭令他感到壓力的任何東西。他的父親明義，懷著某種對自己青年時期的執念，將他送進一所英文學校。但他很快開始逃學，因為這所學校向上的氛圍，讓他喘不過氣來。他逃學，無知覺間，開始了在學校附近的游盪。

他發現，他很喜歡游盪。在游盪中，他讓某種緊張的東西釋放。灣仔是很適合一個人游盪的地方。他沿著叫做莊士敦道的電車道漫無目的地走，看到一條橫街巷道，便隨即拐了進去。這一帶，是二戰前發展的住宅區，克街等地能看到許多戰前的舊樓。而太原街、交加街、灣仔道一帶仍有傳統的街市。戴得的心中，有一張漫遊的地圖。利東街的印刷舖，軒尼詩道的循道衛理教堂，星街的聖母聖衣堂，被稱作夏巴油站的德士古大廈，都是這地圖上的座標。

還有太多地方，可以讓戴得在游盪中駐足。修頓球場總有不少待業的人，或站或坐，在等待被人挑選。露天的表演，也可以讓人看很久。從大王東街穿過去，便是洪聖關帝廟，裏面有年老的婆婆，披

散著頭髮，為人「打小人」驅邪。打小人的過程伴隨著歌訣，極為漫長。戴得站在旁邊，可以聽上許多遍。大王東街與莊士敦道交界，是和昌大押所在。戴得遠遠站著，看著典當的人，各色的行止。踮起腳，將東西舉到當舖的窗口。有的同時間，還四顧一下，用動物般警醒的眼神。當他走累了，便隨機地走進一家戲院看電影。有時是「國泰」，有時是「南洋」或者「大舞台」。他其實並不很喜歡看電影。但是他享受在黑暗中，無人打擾的錯覺。他看不見其他人，就當他們不存在。他們不存在，他便是君王。

走出影院，天已經半黑。他就在街邊的大牌檔坐下來，叫一盤腸粉、或炒牛河。這些大排檔多半在馬師道或史釗域道。他對著大街，看著路上的行人，慢慢地吃。他並不很喜歡吃家裏的東西。此時「十八行」的本幫菜，在邵公等一眾老饕的鍛造下，已經日趨精緻。但是，戴得自認沒有高貴的味蕾，他的口味就是在與這些大牌檔的朝夕相處中，積累而成。

家裏的東西，他唯一喜歡吃的，是鳳行做的黃魚麵。

在家裏，他親近的人，是他的小姐姐鳳行。自戴得有記憶，鳳行似乎對他就抱有某種責任。儘管那時，她自己不過是個九歲的孩子。但是，她與幺弟阿得間，有如某種母雞護雛的關係。在外人看來，這種景致未免滑稽。北角的鄰居們，還記得，在戴家門口，一個小女孩，吃力地把一個更小的男孩，抱在腿上。用他們所聽不懂的上海話，在唱一支童謠，一遍又一遍。男孩漸漸聽得有些不耐煩，身體出現了擰動與掙扎。女孩便更緊地抱住他，臉上帶著近乎肅穆的神情。

戴得還記得的，是他七歲。在皇都戲院門口，他受到了幾個外國孩子的挑釁與欺侮。他天性裏的軟弱，讓他避閃與逃走。但這些孩子似乎有許多時間，他們一路追打他。又放開他，再追。這時，鳳行出現了。她衝向在最前頭的孩子，一口咬在他的胳膊上。然後在圍攻中廝打，謾罵。他們彼此語言不通，這些謾罵便成為了小型獸類之間預警的咆哮。異族的孩子，似乎被這個中國小姑娘的勇猛擊打得六神無主，漸漸退卻。鳳行站在英皇道上，滿臉是血。半叉著腰，仍然在

罵。稚氣的臉龐上，漫溢著成熟的市井婦人的凌人氣勢。

戴得便在這樣的呵護下成長。他並不關心，也不瞭解，小姐姐如何放棄了優秀的學業，承擔了家業。又如何以婚姻的方式，為這個家庭引進了一個男丁，去鞏固這爿家業。而他更無法體會，這所做的一切，其實本應是他的責任。或者歸根結底，是為了他。

他感興趣的，是這個被他稱為姐夫的人。與那些只有逢年過節才應景出現的姐夫不同，這個純粹的外人，進入了他的家庭，甚至嵌合進了這個家庭的事業。這個人寡言，臉上總有微笑。眼角略為下垂，鼻翼寬大，目光溫和鬆懈。面相的柔軟，讓他曾經以為，這個年輕人，會是自己一個潛在的同盟。姐夫五舉不會上海話，也讓戴得想像他必然被這個家庭所排異。但現實告訴他，並非如此。當五舉出現時，無論之前聊得多麼熱火朝天，全家人會停下家鄉話，改用廣東話交談。甚至最無語言天賦的母親，都會用口音濃重的國語說話，力圖令他聽懂。而這種遷就，是他從未曾享受過的。在飲食上，似乎也清淡了很多。多年盤踞戴家晚餐的八寶辣醬，不知何時，被端下了飯桌。而代以清炒與白灼的小菜。父親說，廚房裏油煙味兒太重，回家裏來，還是清爽小菜適意。

而事實上，他發現五舉的恭順，不過是一些日常小事上。有一次，他放學歸來，看到了姐夫正在與父親爭論。似乎是為店裏的事情。大概是店裏的一個老廚，監守自盜，偷拿了貴重的食材出去賣。這老廚自「十八行」開業，便是元老，甘苦與共，明義自然是息事寧人。可五舉卻說，這種事情，有一便有再，非要殺一儆百。漫說是魚翅，若在同欽樓，偷吃一個叉燒包，當月工錢就沒了。

父親臉變得鐵青，大約也是情急，說，這裏是「十八行」。你要說同欽樓的規矩好，就回同欽樓吧。

這時，五舉先前柔軟的面相，忽然不存在了。他抬起頭，眼裏的光，可以灼人。

明義這才發現說錯了話，嚅喏了一下。鳳行急急走出來，說，爸，給劉叔支兩個月的工錢，讓他走吧。

　　鳳行拉一拉五舉的袖子。戴得見姐夫的表情，仍然冰冷堅硬。這時稍微鬆懈下來，但臉上肌肉在僵硬地律動，好像是冰在一點點碎裂。

　　戴得感到有些害怕。並沒意識到鳳行到了他身後，拍了他腦袋一記，說，看什麼看，你姐夫都是為了這個家好。

　　戴得自然感受到小姐姐對姐夫或明或暗、或硬或軟的維護。他想，他曾經因為這個男人蠶食了鳳行對他的關愛，而產生敵意。他感到恐懼。不是為父親的懦弱，而是因為這個人表達出的一種力量，是他們家庭裏任何一個成員，所未具備的。

　　此時，鳳行已有了五個月的身己。她似乎因此變得溫柔。戴得想，這也是這個男人帶來的改變。那個瘦小而能量可觀的姐姐，正在發生變化。變得溫柔、瑣碎而纏綿。她開始為這個預產期還很遙遠的嬰孩準備衣物，鞋帽。開始用更為輕盈的腳步，在家中行走。她會將戴得拉到身邊，將他的頭放在自己的腹部，對他說，得，你就快當舅舅了。

　　阿得看姐姐膨脹的小腹，敷衍地將耳朵貼上去。然而，他的確感受到了一個未知生命的律動。這律動讓他的心也莫名顫動了一下。一下而已。

　　阿得並不想成為一個舅舅。他覺得五舉和他帶來的孩子，會造就自己更為孤立的狀態。鳳行對阿得說，他們不讓我進廚房，他們說，這孩子吸了太多的油煙，長大了就只能做一個廚子。你說，做廚師有什麼不好。

　　然而，鳳行最終還是進入了廚房。在一個月以後，是邵公的八十壽誕。

　　邵公說，宴席上的功夫菜，要由我乾女來做。

　　明義猶豫了一下，終於說，邵公，鳳行的身子很笨重了。恐怕難當此重任啊。也怕人有個閃失。

　　邵公的臉色即刻變得不好看。他說，我還能有幾天活頭？她和這個孩子來日方長。告訴她，孩子生下來，我送她一層樓。

鳳行咬咬牙，説，我倒不要他的樓。但我怕「十八行」的舖面，他給收回去。爹您回個話，我做。

鳳行隨明義和幾個廚師，到了邵府。

旁邊人照料著，鳳行身重，手下還十分麻利。糟缽頭、雞火干絲、草頭圈子。鳳行自然知道邵公是看重她的好刀功。刀刀生花，是壽宴上的面子。她就格外地盡心。但始終是站久了，腳下漸漸浮腫。刀法便有些亂，心下一急，就切在了左手的無名指上，當時就汩汩地出了血。明義和五舉看了，忙要換下她。誰知鳳行，用水沖一下，説，不礙事，你們忙自己的去。

這一場壽宴，舉戴家之力，自然是十分的排場，為邵公掙足了面子。便有來客説，怕是如今在上海「德興館」，也吃不到如此地道有味的本幫菜了。

回來後，鳳行笑著對五舉説，這可怎麼辦。這回咱們的孩子吸足了油煙，註定要做一個廚子了。

五舉給她傷口包上，問她疼不疼。鳳行笑得更厲害了，説，廚子怕切手，那真是外甥戴孝——沒救（沒舅）。

鳳行在一個星期後的夜裏，開始發燒。

五舉摸她的額，有些燙手。頭暈、畏寒，沒力氣。

五舉著急，要送她去醫院。鳳行説，三更半夜的，哪有什麼好醫生。天亮再説，沒那麼嬌氣。

五舉就側過身體，攬住她，緊緊地。

天發白時，五舉覺得懷中的身體，瑟瑟發抖。鳳行抬了抬眼皮，眉頭皺起，咬緊牙，手抓住了五舉的胳膊。

五舉胡亂穿上衣服，抱起鳳行，往外跑。

醫生看見鳳行時，額上是密密的汗，臉色已青白了。叫她，沒有應，抽搐不止。

醫生説，怎麼才送來。

鳳行呼吸急促了，烏紫的口唇，慢慢張開，流下了口涎。

忽然間，她睜開了眼，說，舉哥……天怎麼這麼亮呢。

說完了這句話，似乎耗了她的力氣。鳳行大睜著雙眼，眼皮一鬆。她緊緊握著五舉的手，也鬆開了。

五舉愣愣地看著鳳行的臉，心裏一空。

他覺得懷中的人，猛然一重，又輕了。

他說，鳳行。

鳳行沒有答他。

他叫，鳳行。

鳳行沒有答他。

他看見對面是醫院的牆。沒來由地，一大片白色狠狠地向他撲了過來，把他吞沒了。

五舉去領鳳行的骨灰。

是兩個人的骨灰，還有他未出生的兒子。

鳳行走了，因為破傷風。就是無名指上的一個小傷口。

鳳行使得蓑衣刀法，「十八行」人人佩服。她一輩子好刀功，最後送走了自己。

明義說，如果不是大著肚子，鳳行不會切著自己。

素娥說，明知大著肚子，非要去。是誰害死了我的閨女。

明義哭著搧自己的臉。

邵公親自送來了葬儀，被素娥扔到了門外頭。

明義關了「十八行」，把物業還給了邵公。

給鳳行下了葬。

墳場在香港仔，能看見海。

鳳行喜歡海。她說香港的海，沒那麼大的浪頭，好像黃埔江。還

能看見對岸的房子。能看到盡頭的海，讓人心裏踏實。

五舉燒紙。明義和素娥，獸獸地站在墓碑跟前。

素娥說，兒啊，想不到我們家裏十口人，最先走的是你。你說老糊塗的爹娘，為什麼要放你去呢。

說罷了，素娥跌坐下來，又開始哭，漸漸哭得人事不省。

夜裏頭，五舉一個人，又跑到了墳場。

他帶了一瓶花雕。是鳳行生前最喜歡的酒，兩個人經常夜裏對坐著喝。鳳行的酒量很好，喝著喝著，臉就紅撲撲的了。有次喝到微醺，鳳行嘴裏起了一個調，唱：「離峨眉，下九重，雲行千里快如風，不覺已到西湖畔，美麗湖山似畫中……」滬劇《白蛇傳》裏的「遊湖」一折，素娥教她唱的。那次鳳行唱得媚眼如絲，連五舉都心旌蕩漾起來。唱完了，鳳行倒不好意思了。鳳行摸摸自己的臉，看五舉聽得木木的，就說，舉哥，你看我一會兒唱白蛇，一會兒唱小青，一時一個辰光，我都不知道自己是誰了。你倒是，怎麼看都是個獸獸的許仙。

五舉一口一口地抿那花雕酒，喝幾口，就往那墳頭上倒一點。再喝幾口，再倒一點。想到這裏，嘴上也過了門兒，唱了一句。才半句已荒腔走板。他才覺察自己的淚流下來了。他由著他流，盤膝坐在那裏，繼續唱。唱著唱著，竟然睡著了。

他是被山上的寒氣凍醒的，看衣服上結了密密的露珠。待他醒過來，天有點亮了。他看著墓碑上鳳行的名字，還發著怔。目光往下走，早上的供品旁邊，擺著一只小籃子。裏面有幾只點心。那點心正中，點了一個紅點，蓮花樣的。是同欽樓的蓮蓉包。

鳳行的「五七」過了，明義和素娥把五舉叫到跟前兒。

兩個人偎依坐著，原本已上了年紀，現在是兩個全老的人了。這老除了身體面容，是在神態上。那眼裏對生活的一點盼頭，在朝夕之間，全都塌掉了。

老兩口互相看一看。過了一會，明義嘆一口氣，開了口，孩子，

你走吧。回你師父那裏去。這頭家，算是完了。

五舉愣一愣，沒說話，只抬著頭看他們。

明義說，舉啊，你是鳳行硬掙到我們家的。對你，對你師父，我們這心裏的坎兒，一直沒過去。如今鳳行走了，我們也不好留你了。

五舉說，爸媽是不中意我了？

明義使勁搖頭，就因為太歡喜，才怕耽誤了你。如今你的小家沒了，店也沒了。男人，是要有自己前程的。

五舉跪了下來，說，爸，媽，離開師父，算我錯了一次，不能再錯第二次。五舉無爹無娘。如今好容易有了你們這對爹娘，是我賺來的。鳳行和命掙什麼，還不是為了咱們家這爿店。我要走了，她闔得上眼嗎？好容易有了這個家，你們趕我，我也不走了。

這時候，五舉竟使勁牽動了嘴角，笑一笑。老兩口都在這笑裏，看出深深的苦意。他們躬下身，將五舉扶起來。素娥手顫，忽然一聲喊，我的兒啊。便將五舉攬進了懷裏。

五舉臉龐上流著滾熱的水，心裏倒一片篤定，覺得脊梁裏的筋骨，一點點地硬起來了。

拾叁 · 十八歸行

飲必好水，飯必好米，蔬菜魚肉，但取目前，常物務鮮，務潔，務熟，務烹飪合宜，不事珍奇，而有真味。

—— 朱彝尊《食憲鴻祕》

誰都沒想到，五舉一個和和氣氣，看似隨遇而安的人，竟然重新撐起了「十八行」。

戴得說這話時，看一眼姐夫，遙遙地忙著。五舉山伯，精瘦，老是老了，但還是身體筆直。

戴得記得「十八行」重新開張的情形。

在灣仔的柯布連道。天橋底下。談不上什麼市口，天橋上的人看不見。天橋下面的人，又不會打那裏經過。但是，租金尚算便宜。

五舉到了自己找舖，才知道灣仔的舖租原來這麼貴。

當年因為了裝修，借了一筆錢。還掉後，「十八行」歷年的收益，竟所剩無幾。

明義和素娥，心裏有愧。因幾個兒女，看他們折騰了一番，如今已經意興闌珊。紛紛要兩個老的，認命頤養天年，自然也就沒有願意伸手襄助的。

五舉便將自己多年的積蓄，都拿了出來。算起來，從十歲起，也攢足了十幾年，他又沒有什麼花銷。加上兩個老人的，勉強租了這個舖位。

便也就談不上什麼裝修。買了牆紙糊上。原來那些桌椅是用不上了，太堂皇，運去了寄售店。卻看到店舖牆角有幾個大相框，裏頭

鑲嵌著畫，是幾個古裝女子。他便拎起其中一個，是個披著紅色斗篷的姑娘，腳下蹲著一隻羊。姑娘滿臉的喜氣，笑笑口，是個高興的樣子。五舉便問老闆，這是誰。老闆看一眼。四大美人，王昭君。五舉想，這畫面目可喜，或者是個好兆頭。便問老闆賣不賣。老闆說，便宜給你了。在這裏放了好久，賣家都不知哪裏去了。

五舉親手將畫掛到了牆上。以後，這畫便在這牆上掛了四十多年。戴得指著問我，你說，這會不會是個古董？姐夫拿來的時候說，看我今天執到寶了。

我看一看，這畫上浸染了多年的煙火氣，有些水跡乾了之後，紙上漾起的褶皺。不知怎麼，心裏出現了「半老徐娘」四個字。

戴得說，我知道大陸有個節目，叫「鑑寶」，我也想拿去試一試。搞不好值錢得不得了，那我們就不用辛苦做了。

旁邊便有一個女人走過來，說，我們忙得團團轉，幾時到你辛苦過？

女人倒是看不出年紀，敦實，皮膚黝黑。她的廣東話不太純正，我也可以聽出來。她是戴得的太太。

新的「十八行」，就這麼草草地開張了。重開後，客人是沒有多少。以往許多客，都是邵公帶來的。如今，雖不至於門可羅雀，但自然比不上往日光景。

舖便是開著，每一日都是錢。五舉有點著急，明義便安慰說，我們的本幫菜，原本就不該是什麼高級路線。如今開到了街坊裏，倒是對的。

五舉看店裏，尚保留了兩只紅色卡座。都是真皮的背面，漂亮得很。捨不得，便從原來的店搬來了。原來的店堂很大，並不顯得有什麼。現在擺著，撲面而來的紅色，大而無當，其實是有些觸目了。

五舉便說，我們還是要想想辦法，做點事情。

明義嘆一口氣，在北角那會兒，是先有了好街坊，生意都是街坊

帶來的。如今就算再燒了紅燒肉麵，也得有人來吃。

這時，他們聽到身後，響起一個聲音，說，辦法也是有的。

這說話的人，是北方國語口音，聲如洪鐘。翁婿二人忙回過頭，見是個中年人，赤紅面色，寬臉腔，濃眉鳳目。手裏執一杯普洱，正在翻看報紙，施施然的神情。

五舉愣住，想這關公神仙相的客人，剛才是將談話都聽進去了，便一橫心問，先生有什麼辦法。

這客人哈哈一笑，說，您這店剛開了，我來了幾次。菜味道真不錯，可就是巷子深了些。

於是他就對五舉說了句話。五舉眼睛亮一亮，再看一看客人，說，先生這一餐，我請了。看先生一定是好文墨的，不知可能幫我這個忙。

客人還是朗聲大笑，說，不在話下。

這姓司馬的先生，便為「十八行」寫了一份廣告傳單。五舉捧在手裏，只覺得字字硬朗秀勁，他不識是瘦金體，但看著心裏真喜歡。他心想，這是遇到高人了。

傳單上寫，「滬上有佳餚，美味益街坊」。

底下是店裏幾個招牌的菜名。最末寫著「婦孺皆愛，童叟無欺」。

司馬先生又帶了五舉，去附近的印刷所，說將傳單印了兩百份。

印刷所在街市後面的唐樓裏，前面是一個豬肉檔。門臉兒給遮得嚴嚴實實。進去了才發現別有洞天。五舉進門時，聽到機器的運轉聲忽然停止了。裏面的人，都停下了手中的活兒看著他。司馬先生一抬頭，朗聲說，嗨，哥幾個，停機掩活兒呢！這些人才好像驟然鬆弛了，手裏又動作起來。一兩個和他打招呼，開玩笑。

因為不用製版，傳單印得很快，須臾便好了。到要付帳的時候，司馬先生嘴裏對一個經理模樣的人說，這年輕人，可不容易，你給多打點兒折扣。

那人便道，好好，那您答應給莫總編的書稿，可不能再拖了。您

不給他，害他心思思，結我們的錢也不爽利。

司馬先生抽一口煙斗，吐出了一個大煙圈，哈哈大笑，就你算得精。這小哥兒以後少不得還要來叨擾你。你啊，見他如見我。

五舉捧著這疊傳單，還有餘溫，散發著油墨的香氣。五舉鼓起勇氣，問，先生，您是寫書的？

司馬看看他，憋不住笑似的。

旁邊的師傅，一邊切紙條，橫他一眼，靚仔，你不知道他的來頭？這可是個大作家。

司馬就使勁搖搖手，嗨，一個碼字匠。掙點零錢花。

戴家一家人，便把這些傳單分發出去。五舉和戴得，站在路邊發給路人。素娥熟悉街市，便一大早揾定了，拜託那魚檔果欄的，給來往買餸的街坊。明義帶著提桶漿子，在附近的唐樓巷弄，往那人多的地方去，瞅著牆上有空，便貼上去。

來吃飯的人，漸漸多了。證明這法子是奏效的。因為菜的確是好，價錢也公道，便漸漸又有了回頭客。五舉說，爸，午市這麼熱鬧，咱們也學學茶餐廳，做碟頭飯吧。翻台也能快些。

所謂碟頭飯，是一九七〇年代，在本港開始出現的菜飯。類似內地的蓋澆飯，白飯上加上快餐餸料，奉送例湯一碗。

這時的香港，經濟已經起飛。產業結構調整，工作機會比以往多了許多。灣仔一帶漸漸也成了打工仔的天下。到了中午一點鐘放工，他們便需在周圍食肆吃飯。「碟頭飯」勝在簡潔，菜量豐富。做法也各有千秋。燒味店最經典的叉肉飯，廚房飯裏的菜遠排骨、豉椒鮮魷，中式飯的單雙拼，西式的免治牛肉，倒是都能佔個一席之地。

五舉山伯，保留著一本地圖冊。這地圖冊可見經年的煙塵與油膩，是時時翻用的痕跡。翻到「灣仔」那一頁，我看到以「十八行」為中心，用原子筆簡潔地標註著一幢幢建築以及它們的名稱，那是當時灣仔附近的寫字樓，也是五舉派發傳單的目標。然而，饒有意味的

是，在這張六十年代出版的地圖上，五舉將某些樓宇的名稱標註在用虛線所勾勒的範圍內，下方是大片虛空的淺藍。原來，這代表著灣仔彼時計劃內填海的位置，是有關這座城市的憧憬。

在這本地圖冊出版十年後，灣仔已呈前所未有的盛大氣象。一九六五起至一九七二年，港府展開大型的填海計劃。這項工程完成後，灣仔的範圍隨即伸展至今天會議道一帶；港島北岸的海岸線自此完全改觀。一九六八年，行政局通過灣仔的舊區重建計劃，皇后大道東兩旁的舊廈，在其後的十多年間大量拆卸重建。這段時期，香港金融市場漸入佳境，社會對工商樓宇的需求增加，商業活動因中環區的寫字樓供應飽和而漸漸出現向東擴展，灣仔大刀闊斧的變遷，正好回應這一趨勢；往後十多年，一座座耀眼的商業大廈、政府辦公大樓、酒店、運動場館相繼在灣仔海傍建成。這為此一港島老區帶來了生生不息的活力，也潛移默化地改變了當地居民的生活習慣與一成不變的飲食結構。

「十八行」推出的當家碟頭飯，自然是「戴氏紅燒肉」。鮮嫩軟糯，肥而不膩，配搭時菜，最後在白飯再澆上那濃郁的醬汁。真是不淨了那碗碟，自己的舌頭，頭一個饒不了。

這一天，司馬先生是夜裏來的。快打烊了，店裏人少。一進來就叫餓，要下了一個紅燒肉飯。

五舉忙迎過來，説先生好久不見了。司馬一樂，説，你們家的飯，是一日不食，如隔三秋。

五舉便説，盼是您天天來。

司馬説，前幾天去了澳門，見幾個國外來的朋友。又陪著賭錢，輸掉了半本書的稿費。這吃喝嫖賭，後兩樣真不能沾，説能怡情的，不是鄧小閒，就是忘八蛋。讓我大傷了元氣。

五舉不知道這姓鄧的是什麼來頭，但聽懂了忘八蛋，也哈哈笑起來，説，那我給您好好補補。

他和明義，就下廚燒了幾個熱菜，給司馬端上來。明義想想，又

從後廚拎出一瓶陳年花雕，叫五舉一併拿過去。

五舉就安心坐下來，陪司馬先生喝酒。司馬還真是好酒量，越喝越是興起。原本是個紅臉膛，幾杯下肚，紅上加紅，就有點紫得發亮。喝多了，自然話也多了。

他說，知道我為啥喜歡在你們這兒吃飯？

五舉看他眼睛瞪得銅鈴似的，就安靜地等他往下說。

司馬一拍他肩膀，你知道我是哪的人。白山黑水，老東北那旮瘩來的。我愛吃什麼，「棒打獐子瓢舀魚，野雞落到飯鍋裏」，啥好東西不是一鍋燴。大碗喝酒，大塊兒吃肉。來香港這麼多年，吃啥都覺得淡了吧唧的，葷菜沒個葷味兒。可到你這，不道咋地，味兒老厚了。你要說是上海菜，我還真不信！

你這個紅燒肉啊，帶勁！咋說？叫個「人間至味」。杭州的東坡肉我吃過，跟這比，俺不稀罕。你這個肉，不道咋整得，好吃得敞亮。在香港，要說好吃的紅燒肉，我倒還真吃過一回。在北角。不是碟頭飯，是麵條兒。

五舉聽到，心裏一動，說，那店叫什麼名。

司馬想一想說，叫「虹口」。好多年前了，我就去過兩次，都是夜裏頭。巴掌大的小店，門口老坐著個小姑娘，在那洗碗。再去，店就關了。這都多久了。可那味兒，老香了，這輩子都忘不了。

五舉心裏，淺淺地動一下，然後慢慢湧上了一股熱流。他想，那是鳳行啊。這家麵館，他從未去過。但從店裏的陳設、桌椅，到鍋灶的位置，佐料的擺放。他都一清二楚。鳳行，給他講過一遍又一遍。

他於是問，這店裏頭，是不是掛了張照片。照片上，有個消防員？

司馬愣一愣，可不咋地！你也去過？你那會兒，該是個孩子吧。

五舉一激動，叫一聲「爸」。明義應聲來了，在圍裙上擦一擦手，微笑問司馬吃得可好。

五舉說，先生，我爸就是那照片上的人啊。

三個人，於是定定看著明義找出的照片，各懷心事，各有各的回憶。自從「十八行」在盧押道上關了張，明義便將這張照片收起來

了。這是他人生中最意氣風發的時候了，可現在掛起來，怎麼看怎麼像在笑話自己。

司馬說，竟然是你們家開的。我以前，在北角纖園那裏住過。有個老鄰居，跟我誇你們，我總覺得他在跑火車。我這個人，屁股沉，不喜歡走動。待我真去了，覺得好吃，又關門了。後來啊，有人跟我說，這上海老鄰居，把這家店的廚子給包下來了。我還奇了怪了。我也許久不見這老頭兒了。一把年紀，愛哭，沒尿性。我和他嘮不到一起去。哎，對了，那老在門口洗碗的小姑娘呢？也長大了吧。

明義沉默了。五舉還愣愣地地望著那照片上的人，眉目間能看到另一人的影子。

明義給司馬斟滿了一杯花雕，用乾啞的聲音說，先生，喝酒。

這天，司馬先生喝高了。

喝高了，舌頭就不聽使喚。可他興致卻也很高，捋著舌頭，給明義爺兒倆唱家鄉的小調。「老北風，項青山，還有紅局和南邊；東興好把鹽灘，久戰駕掌寺就是蔡寶山；還有得好和靠天，野龍大龍有一千。」唱得激昂了，脖子間的青筋都爆了出來。然而唱著，唱著，氣息卻又弱了下去，嘴裏還是囫圇地說著話。說的，依稀是什麼「主義」那些，五舉都聽不懂。說著，說著，又沒聲音了。

明義便道，這下我作孽了，好好請一頓酒，把先生喝倒了。也不知他住哪裏，可怎麼送。

五舉說，不然就送咱們家裏去吧。

明義想想說，也好。

兩個人就想將司馬架起來。可是司馬，也十足是個關公的身架。高大壯碩。兩個人費了半天的力氣，都挪動不得，徒飆出了一身汗來。

五舉說，爸，不如我在這看著。先生醒了，我就送他回去。你快先去歇著吧。

明義走了。五舉待在店裏，打烊，收拾桌椅，將門口的閘放下來。

司馬先生還睡著。

過了一會兒，輕聲打起了呼嚕。

五舉便到耳房裏，取出值夜的毯子。給他披上。

這時，忽然覺得蝕心的餓，才想起從中午起就忙得沒吃上飯。於是走到後廚，他給自己下了碗麵，慢慢吃。

吃完了，他起身，將碗刷洗了。便坐在司馬先生的對面。司馬的嘴微微張著，呼嚕的聲音漸大了，酣暢起來。臉上的酒色倒漸漸退去，但依然是赤紅。額上有薄薄的汗，原有些捲曲的頭髮，紛亂地貼在額頭上。五舉便想，這是個命力多旺盛的人啊。

他靠著那大紅的皮卡座，也睡不著。便從抽屜裏，尋出一副撲克牌。以往在同欽樓時，工友教他用這個算卦，說是以前一個洋先生傳的。他算了一卦未來，不通。再算，又順了。覺得不踏實，便再算，手中的牌亂了。心裏卻如期而至地痛起來。他把牌放下，木木地坐著。過了一會兒，才嘆一口氣，闔上眼睛，只由那痛一點點地蔓延。自從鳳行走後，日日如此。原來是尖銳的疼痛，就是在心尖上疼，痛不欲生。現在這疼漸漸地鈍了。他便也不再抗拒，由著它去。也就成了日常，朝夕與他問候。

待他覺得好些了，才慢慢睜開了眼睛。卻看見司馬先生已坐起了身，直愣愣地盯著他，是個惺忪的模樣。見他手裏的牌，司馬說，你說這做人，要不要信命。

五舉便問，先生信不信？

司馬想想說，以前我認識一個師傅，擅鐵版神數、周易。那時我潦倒得很，去見他。他給我算出來是「鯤命」。《象》曰：或躍在淵，進無咎也。我問他啥意思。他說，我得去近水的地方，如今是困住了。我說，東北白山黑水，咋個沒水。他說，這是困水，困心衡慮。要去大水之地，鯤化為鵬，去程萬里。

我問，哪裏是大水。

他說，南方。

我就來了香港，一住便是十幾年。可你看，我也沒化成鵬，倒是困在個島上了。這師傅啊，也教了我些皮毛，測字什麼的。你想不想

我給你測一卦，全當打發時間。

五舉想一想，看看那卡座四四方方的高背，便說，那勞先生測一個吧。我測個「方」字。

司馬想了想，在手裏比畫了一番，道：「方字最宜防，逢女便成妨，求名卻不利，久病得良方。」

五舉問，好不好呢。

司馬皺皺眉頭，說，要是困病在身，是好的。但你想要成事，女人是礙事的。你成過家？

五舉點點頭。

司馬說，你唔好怪我說話沒遮攔。你是命硬的人，那女人怕是不在了吧。

五舉低低頭，說，你見過的。

司馬回憶了一下，恍然，說，當年見那小姑娘，就覺得她臉上看得出硬脾氣。就算沒有這些說道，這世上，哪經得起硬碰硬呢。

五舉看看他，沒有說話。以為自己會難過，然而也沒有。只是覺得自己忽然很疲倦，周身發冷。

司馬說，看你是撐不住了。我這一醉，耗了你大半夜。走走，我們各回各家了。

司馬站起身，狠狠搖晃了一下，跟座要倒下的山似的。他撐住了桌子，揉揉眼睛。五舉又說要送。他兀自拉起鐵閘，跌撞著走進了如墨夜色裏，使勁一擺手。

嗨，這點小酒。他回頭對五舉一笑，用不著四六的廣東話說，濕濕水喇。

以後，司馬先生便經常來了。先是來吃飯，後來到了下午工閒的時候，他便自己找了卡位坐下。有時是看書，有時是帶了稿紙來，趴在桌上寫作。久了，那紅色卡座，便成了他專屬的座位。寫累了，他便走到門口，抽煙斗。五舉隔著窗戶，能看到他目光在遙遙的地方。仍不說話，手裏的煙斗，裊裊地冒出了青煙。

　　這時的司馬先生，是格外沉靜的人。即使開口了，與他們打招呼、閒談，是標準的國語，並沒有很多東北的鄉音。五舉回想起那個大開大闔的夜晚，便也看清，他除了爽朗，性格卻其實是溫文的。

　　司馬先生寫作時，五舉從不打擾他。甚至於，他專門做了一個牌子，午後放在紅色的卡座上，給司馬先生留座。有時候，司馬不來了。他看著那個「預留」的牌子，會愣愣地發怔。

　　如今的生意，漸漸又好了。他覺得慶幸，自己把這紅色的卡座，費了很多氣力從老店裏搬過來。如今像是一個小包間，將廚房的忙碌與店堂的喧囂，都隔絕了，為司馬先生留下了一方天地。那發黃的原稿紙上，奮筆疾書下的文字，便似乎也與他有關。雖然他並不知道，那紙上寫下的是什麼。

　　有天黃昏，他將一些買來的各色卡紙，小心裁切好。準備了紙墨，叫來岳父。明義對著菜單，試寫了幾張，很不滿意。搖搖頭，長嘆一聲說，拳不離手，以前在消防局拿筆的手，拿慣了大勺，再也撿不起來了。

　　司馬遠遠瞧見了，放下了煙斗，說，這是寫什麼。

　　五舉說，餐牌。預備貼到牆上。忙起來的時候，菜單不夠用啊。

　　司馬便道，我來幫幫忙吧。

　　明義忙說，先生快忙自己的正事。勞您寫這個，是大砲打蚊子啊。

　　司馬人已經起了身，伸一下腰，說，嗨，寫了這半日，也累了。正好來鬆鬆筋骨。

　　兩人便由他。因這桌子低矮，便給他搬來一把椅子。司馬也不要，開了馬步，懸腕便寫。

　　寫得竟是又快又好。明義見他寫了一手好瘦金。心想，這壯大的人，竟是這樣秀拔硬挺的字，便道，先生是練家子啊。

　　司馬哈哈大笑，說，這倒不是童子功。我以往寫的是歐陽詢，一向嫌趙佶的楷書單薄。後來幫人刻雕版，才練瘦金。人家都說我這寫起來，是張飛拿了繡花針。不過呢，好處是，寫起來，又快又工整。

　　五舉就問，趙佶是什麼人。

司馬說，宋徽宗。畫畫得好，字也過得去。就是不會當皇帝，差點亡了國。五舉再看「乾燒黃魚」、「四喜烤麩」、「紅燒鮰魚」，因為這字，都好像不同了似的。

明義說，街坊上，說想我們加幾個家常菜。先生方便一併寫了？

司馬邊聽他說，邊落筆寫。到中間，明義突然「哎呀」一聲。原來是將「蔥爆羊肉」的「蔥」寫成了「衝」。

明義就怪自己，一口南方國語不地道。司馬說，小事。便要揉了重寫。

五舉卻說，先生，不改了。我看啊，這個菜名，倒有不明就裏的好。誰看見了，都想嚐嚐這「衝爆羊肉」是個什麼做法。

三個人都哈哈大笑起來。司馬說，好好，年輕人有生意頭腦。

原也是有些玩笑的意思。誰成想，這「衝爆羊肉」，卻還真有所成就，成了有的客人必點的菜式。

這一夜，到了凌晨快打烊的時候，忽然門被推開，「撲拉拉」地帶起了一陣風。五舉定睛一看，進來了幾個年輕的女人。一邊說笑著，一邊只管坐下來。她們穿的盡是時髦的旗袍，頭髮也吹得老高，滿身珠翠。幾個人，坐下後，便東張西望。其中一個女孩忽然眼睛一亮，對同伴們說，瞧，在那兒呢。

說罷，便是遙遙地一指。其他幾個便是「哧哧」地笑。五舉回頭一看，見戴得在身邊。如今的戴得已經長大，繼承了明義的高瘦個頭，可臉還是孩子的。此時，臉龐燒得赤紅。那女孩倒是高抬了手，招呼他，嘴裏喊，小老闆，點菜。

戴得斜眼望一眼五舉。五舉將菜單遞給他，示意他過去。

那個領頭的女孩，便看看牆上，說，我就點這個，「衝爆羊肉」。其他幾個姑娘，一起看那菜單，竊竊私語。時間久了，她便很不耐煩，說，還要看多久，吃飽了要回去返工的。

到了落單時，也仍然是她，一個一個報菜名，聲音洪鐘似的。戴得就在跟前，整個店堂裏都迴響了她的聲音。

七七八八，要了一堆菜。還要了酒。

五舉鍋都洗過了，這便重新起火開了灶，給她們將菜炒出來。

吃著吃著，女孩依然是最活潑的一個。吃得熱了，便將身上的披肩扯下來，放在一旁。整件灑金的旗袍，在日光燈下就晃了眼睛。這旗袍可體，可因為她身形比其他人豐腴，便裹在了身上。凸凹起伏間，像一只金燦燦的大元寶。

戴得上一個菜，她便對女伴們飄過眼風。繼而哈哈大笑，也不知笑什麼。五舉聽她的廣東話，十分流利，但其實帶了濃重的外鄉口音，卻又聽不出是來自哪裏。興高采烈間，額上出了很多汗。旁邊的同伴就說，露露，你的妝又花了。

這個「又」字，由同伴的嘴裏說出來，多少有些訕笑與鄙棄。但這露露，似乎不以為意，反倒掏出手絹，在眼底和兩頰上使勁擦了擦。那臉上的粉與胭脂，先前混在一起，是不乾淨的。這時剝落了，露出皮膚的本色，原來是有些黧黑的。加上微醺，整個人便露出了粗相來。然而，卻還是歡天喜地的。

到吃盡興了，又是她「呼拉」一聲站起，說，走了。便將身邊女孩拉起來。女孩們吐吐舌頭，紛紛地掏出銀包，是要分帳的意思。

露露大喊一聲，這一餐，我的。便將一張大鈔拍在台上，說，唔使找了。言語間是豪氣干雲的架勢。

待他們走了，店堂倏然安靜下來。

五舉邊收拾桌子，一邊問阿得，說，這些都是什麼人，你認識？

不待戴得回答。司馬先生遙遙地笑一聲，從紅卡座裏探出頭，說，這還用問，多半是夜總會的舞小姐。

五舉皺起了眉頭。戴得說，我派傳單，派到了駱克道，恰好碰到她們。

司馬哈哈大笑，對五舉說，阿得大個仔了，無非是男女的那點兒事。人家爹娘不管。不聾不啞，不做翁姑，何況你一個做姐夫的。

五舉看看妻弟。這孩子不知何時，身體抽了條，竟是比自己還高些了。竟好像是一夜之間長起來了。嘴唇上是短短的青髭，分明是個

大小伙子了。

　　他便將心裏的火咽下去，憋著聲音說，學不上了，由得你。那就好好在店裏幫手，別到外頭去瞎混。

　　五舉山伯，私下與我說起這些，掩飾不住地光火，全不管戴得現在也是個半老的人。怒其不爭的口氣，倒好像在教訓一個毛頭小子。

　　現在灣仔北會展一帶，相當摩登，商廈林立。白天熱鬧，入夜，便沒有什麼人氣；從灣仔北折向南，經過了告士打道，是謝斐道與駱克道。駱克道前段，自分域街、盧押道伸延至柯布連道地段，是著名的酒吧一條街。

　　如今再看，其實蕭條了不少。但聽老輩的香港人聊起來，仍是津津樂道的口氣。說完也唏噓，盛景不再。

　　我回憶起博士時修讀比較文學課程，說起「東方主義」，教授們言必稱一部小說《蘇絲黃的世界》，背景恰是上世紀六十年代的灣仔。這部小說，被好萊塢改編成電影和舞台劇，紅遍整個西方，劇情俗套，無非是一個香港舞女和落魄畫家的救贖故事。但裏頭可以看到香港最早的風化區的風貌與濫觴。我記憶中的影像，背景一樣的，是無所不在的、穿著設計怪異的軍服的美國大兵。這一切，與彼時的世界局勢相關。韓戰時期，香港成為聯合國軍的休假區。軍人大都是從分域街盡頭處的小艇碼頭登岸，自然經常流連附近的酒吧及夜總會。作家美臣在韓戰結束後泡在酒吧數月後寫成這本小說，令灣仔蜚聲國際。

　　但在「十八行」重整旗鼓時的灣仔，韓戰已是往事，連越戰也已趨塵埃落定，卻見得這十數年，將這一區的歌舞流連推向了高峰。除酒吧夜總會外，數量眾多的休假軍人造就了周邊行業如裁縫、洗熨、紋身、飲食及電影院等的興旺。僅只電影一項，在灣仔可說五步一樓、十步一閣。東方、國泰、東成、香港、國民、環球及麗都等，如前所述，有如節點，連結了戴得這一代青年人的漫遊地圖。

但是，當自己店裏出現了大鼻子的美國兵，還是讓戴明義心裏有一絲彆扭。他記憶中，尚殘存著他年輕時，上海租界那些外國人的作派。這時候，露露們已經有規律地光顧這家上海菜館。多半在凌晨兩點左右，她們有時結隊，有時獨行。當然，所謂獨行，是手裏挽著在夜總會結識的客人。彼此臉上都帶著狂歡後的疲憊，但依然意猶未盡的調笑。翁婿二人雖然心裏不願，但她們頻繁地光顧，的確為「十八行」帶來一筆可觀的收入。當熟悉了這些舞小姐，五舉漸漸看出，雖是逢場作戲，她們有各自喜好的某一類客人。有的是亞洲人，有的只鍾情上年紀的先生，有的則慣與洋人卿卿我我。但露露卻總是帶來不同的男人，她的「海納百川」，如同她大開大闔的性情。這些男人有一個共性，就是出手闊綽。這讓露露在一眾姊妹中，始終臉上泛光。這一天，他帶的這個大兵，不知什麼來歷，竟然可以説很不錯的國語。

他們點了一桌菜，要了一瓶花雕。大兵喝不慣黃酒，就又叫了啤酒。

五舉在後廚熱火朝天地炒菜。每端上一樣，他會禮貌地説「謝謝」。

五舉炒完了最後一個菜，端上了桌。擦一擦手。大兵邀他一起喝一杯。五舉想起明義教他的話，就説，你慢慢吃。廚不同席。

大兵説，你做的菜很好吃。

五舉見他拿筷子，有模有樣，便有些好奇，道，你中國話講得幾好。

大兵就説，我在老家，有個中國女朋友。她爸爸也是個廚子，在中國城開餐廳。不過是川菜，辣得像團火。

五舉又問，你老家哪裏。

大兵就説，匹茲堡。但再往上輩數，廣東人叫「鄉下」吧，是德國巴伐利亞，我爺爺輩的才來美國。出名的是鹹豬腳，最好用來下酒。

他一把捉住五舉的手，握一握，説，我叫史蒂夫。

五舉下意識地將手抽出來，覺得大兵的手心有厚厚的繭，砂紙一樣，在他皮膚上摩擦了一下。

大兵笑了，説，握了手就是朋友。你該陪我喝一杯。

這時候，司馬走過來，扯過一張橙子坐下。他將一只空杯子狠狠頓在桌上，説，我陪你喝。

五舉看這金頭髮的美國人，寬大的鼻翼翕張了，眼神裏有點恐懼。大概是因為司馬橫眉怒目的關公臉。

司馬叫明義，把他存在店裏的一瓶二鍋頭拿來。自己滿上，一仰脖子喝下去，亮一亮杯底。給大兵斟滿，説，喝！

大兵瞪一瞪眼睛，好像給自己壯壯膽，也是一仰脖。喉頭彈動一下，臉色忽然白了，辣得直伸舌頭，用英文説，so strong ！

司馬「嘿嘿」一樂。照樣一杯一仰脖。又給大兵斟上。

大兵是個好勝的性情，司馬喝一杯，他便跟一杯。這高粱製的烈酒，於他是陌生的，但似乎帶來莫名的亢奮。他的臉頰上泛起了紅暈，甚至酒刺都微微發紅。

酒過三巡。露露開始沒話找話，她剔開一隻醉蝦，對五舉説，你們啊，這麼夜了，還要前後忙活著炒菜。不如以後留些冷盤給我們。潮州菜不是有「打冷」嗎？

五舉想一想説，對，那我以後白天做了滷水存著。

露露又要説什麼。司馬粗聲一句，搶白過去，小娘們兒，收口！

一邊又灌下了一杯。

五舉見他整個臉腔，又漲得黑紫的。便知道司馬先生又喝高了。

對面的大兵，自然好不到哪裏去。眼裏都是泛紅的血絲，面頰上的肌肉抖動著，神情卻是個喜慶的模樣。他大著舌頭，想説話，説，好酒量。

司馬不屑地説，東北人，當然好酒量。

大兵説，東北人，我們是老鄉。

司馬樂了，説，娘的，你個番鬼，怎麼和我是老鄉？

大兵搖搖晃晃地站起來，指指自己，説，我們都是東北人。你是中國東北人，我是美國東北人。你不信？不信，我還會唱你們的歌。

司馬説，扯你娘的。

大兵搖搖晃晃地站起來，起了個調門兒，唱，四大紅，殺豬的盆，廟上的門，大姑娘褲襠，火燒雲；四大嬌，木匠斧子，瓦匠刀，跑腿子行李，大姑娘腰；四大白，天上雪，地下鵝，大姑娘屁股，亮粉坨；四大嫩，黃瓜妞，嫩豆角，大姑娘媽媽，小孩鳥……

大兵唱得陶醉，竟然雙手向露露的胸口摸過去。露露躲閃了一下，嘴裏卻也「咪咪」地笑。

司馬聽著，愣一愣，眼睛漸漸紅了。忽然間，他狠狠一掀桌子，吼道，中國人就叫這些狗日的給埋汰了。

剛才喧騰的空氣，忽然凝滯了。大兵還張著口，闔不上了。露露尖叫一聲，卻好像把在場的眾人都叫醒了。五舉才看到司馬攥緊了拳頭，正舉起來要朝大兵揮過去，忙抱住他。

露露攙扶起身邊的男人。大兵搖晃著，依靠在她略敦實的肩膀上，像依著一只拐杖，一瘸一拐地望門口走。五舉這才發現，這個叫史蒂夫的大兵，原來左腿的褲管空蕩蕩的，是一只義肢。

接下來的數日，司馬先生沒有再來。露露也沒有。「翡翠城」其他的姑娘，倒是夜夜照樣幫襯。戴得忍不住，向他們打聽露露，都搖搖頭。

五舉卻記得露露的話，在店裏開了一個滷水冷檔。每天清晨，便做好一些菜擱著，燻魚、毛豆烤麩、乾炸鳳尾魚、醉雞醉腰花。客人來了，即見即點。晚市忙時，人手週轉，倒是省去了不少時間。到了凌晨，舞小姐帶來尋芳客，又可作下酒的菜。觥籌之間，也並不影響他們準備打烊。

每天最受歡迎的滷水，是五舉自製的一道「蘭花豆腐乾」。白豆腐乾買回來，放入鍋中焯燙，撈出涼水浸冷。然後開花刀，當斷不斷。蔥切段，薑拍破。坐炒鍋，溫油炸成金黃，撈出控油。加一大碗水或黃豆芽湯，放入生薑、糖、老抽、桂皮八角，最後倒上店裏存的陳年花雕。大火燒開，小火煨透，收乾湯汁，淋上香油，出鍋便成。五舉每每做好了，看盤裏似蘭花盛放。他擦一擦額上的汗，心裏也有

一點暖。做這道菜，原不想生疏了「蓑衣刀法」，那是鳳行教的。

夜總會的姑娘們，都很喜歡吃，說秋天裏降濁潤燥。也不顧矜持，拈到手裏吃。翹著指頭，笑說是「蘭花指裏開蘭花」。吃完了，還要打包回去，帶給店裏的姊妹。

有次打包多了。五舉好心勸說，這哪裏吃得完，回去嘥咗喇。一個姑娘哈哈大笑，說，就露露那個無底洞，這些都未見夠。

說完，覺得自己失言，連忙掩一下口。匆匆離去了。

到有一夜，一個年輕的舞小姐，獨身進來。鬱鬱地坐下，也不點菜，時不時地往門外望去。過了一會兒，門響了，這才進來了一個男人。戴著禮帽，一身青灰的洋裝，是很成熟的裝扮。懷裏卻擁著另一個女人，行止有些輕薄，似有醉態。他徑直朝那等待的小姐走過去，坐下。那女孩此時正襟危坐，是在鬧脾氣。男人便湊到她耳邊，輕聲說了句什麼。女孩轉過頭來，瞋他一眼，嘴裏卻忍不住笑起來。

那男人便將禮帽取下，打了一個響指，說，點菜。

五舉走過去，男人回過頭。兩人四目相對，都愣住了。

待認出了彼此，男人站起來，使勁拍了拍五舉的肩膀，說，師弟。

果然是謝醒。他的樣貌沒有怎麼變，除了眼角些許的細紋，微微發胖，還是那個馬上輕裘的少年人。倒是五舉，經過了這些年的歷練，整個人蒼青了許多。

不知為何，五舉有些向後躲閃，是下意識的。但謝醒，卻一把將他擁在了懷裏，緊緊地。緊得他可以聽見這人的心跳，耳邊是有些發熱的鼻息，還有酒氣。五舉愣愣地，也抬起胳膊。手在空中卻停了停，這才放在了謝醒的肩頭。

半晌，謝醒放開他，端詳了一陣兒，說，舉啊，你見年紀了，人長紮實了。咱們哥倆兒，有小十年沒見了吧。

五舉心裏算了算，點點頭。

謝醒說，那得喝一杯。五舉轉身說，我去炒幾個菜。

謝醒攔住他，說，炒的什麼菜，耽誤功夫。麗娜說你這兒的滷水

最好吃。

他一轉身，邊摟住了身邊女孩的腰，說，寶貝兒，和辛迪旁邊坐去。男人說話，怕悶死你們。

這叫麗娜的姑娘扁扁嘴，抱怨道，和一個廚子，哪那麼多話說。

謝醒伸出手指，頃刻堵在她的唇上。變戲法似的，從西裝內袋裏掏出兩張大鈔，作勢要順著衣領塞進麗娜的胸口裏去。女孩抽出他的手，一把打掉。將錢放進手袋裏，邊拉起旁邊的女孩，恨恨地說，整日消遣我們。明晚八點場，鄭經理先計埋你條數。

謝醒和五舉對面坐著。酒在手邊，謝醒並沒有喝，取出一支雪茄，用剪刀慢慢地剪。剪好了，點上。一口煙，在口中盤桓許久，才濃濃地吐出來。人也就朦朧了。可看得出他笑笑眼，望著五舉，望得五舉有些侷促，垂下臉。

謝醒便說，你啊，這麼多年，還是個老實頭。真想不出天大的事情，是你幹的。

看出五舉疑惑。他接著說，我後來，又回過同欽樓。老的自然是不肯見我。我便問，小的呢。企堂老冀說，小的厲害，為個上海女人叛師門，現在都叫他「五舉山伯」。

五舉不作聲。

謝醒說，我一聽，心裏那個鬆快。這可殺了那人的氣焰。當年他把我踢出去，最後落得一個孤家寡人。叫他寸[1]，叫他「我命由我不由天」！

你可知道，他叫你給整怕了。你走後，他一連收了好幾個徒弟，失心瘋似的。個個不成器。算盡機關，到頭來，他那一手蓮蓉，怕是要失傳嘍。

阿舉，這些年，要說咱倆沒見過面呢，也不確當。你未見過我，

1　粵語，囂張、張狂。

我可見過你。

五舉抬起頭，茫然看他。

謝醒嘆一口氣，我呢，就是個擰脾氣，做事就要尋個究竟。你我都是茶樓裏養大的孩子，知心知底。你先在「多男」，又在「同欽」。「大按」「小按」都做過，也都做得好。趕上了姓榮的一支單傳，怎麼説走就走，這是要多大的捨得。我想不明白，想不通。想不通我就要尋個究竟。你前面這間「十八行」做得風生水起。我就去看，夥了一群人躲在包廂的角落裏。臨了請客的主人家，要見大廚。你走出來，你老婆也走出來。兩個人笑盈盈的，很般配，看得我眼底一酸。

我認出來，你老婆，就是當年和你一起上「家家煮」節目的女仔。是啊，那電視節目，我也看過。就為看一個你。我離開了「同欽」，不為看那老的，就為看個你。看你一路，怎麼少年得意，看你要混成「大按」的車頭。有你在，我就有個盼頭。終有一天，河東河西，做那笑到後面的人。

可「十八行」，莫名就關了張。也聽不到你的消息，我心裏一下子就空了。空了，涼了，許多念頭都沒了。也好吧，就「今朝有酒今朝醉」。

想不到，在這裏見到。聽麗娜説她們幫襯的「十八行」，我還以為是個拾牙慧的小館子，沒想到真是你。五舉，你老婆呢，沒在店裏？

五舉抬起頭，説，過身了。

他這才發現，説這些，沒有了預想的痛感。説出便説出了，像是説一個故人。

謝醒愣一愣，説，抱歉……什麼時候的事？

五舉説，老店關張那年。

謝醒倒上一杯酒，對五舉抬抬手，喝了。又斟滿一杯，慢慢灑在地上。

兩人靜默地坐了一會兒。謝醒説，五舉，我心裏從未怪過你，你人厚道。出了同欽樓的門，咱們還是師兄弟。你要難，跟我説。

五舉搖搖頭，也倒上一杯酒，飲下。他説，還能對付的。倒是

你，後來去了哪裏。

謝醒笑一笑，我能去哪裏？還不是回我爸的茶樓。可隔兩年，我爸得病死了。我媽呢，改嫁給了茶樓的東家，一個老鰥夫。我日子便不那麼好過了。我就又走了，火爆脾性，也是受不了旁人的閒話。

後來，就滿世界地瞎混唄。你知道我玩股票，在「同欽」掙的那點錢，全都投進去了。跟著一幫朋友，也是狗屎運，竟沒怎麼賠過。五年前股災，恆生指數一年去了九成，股票跌到爛。我放手一搏，趁低買進。如今已經翻了六倍。蝦蟹各有路。咱師兄弟，你有你的風光。我啊，悶聲不響大發財。你猜我做的第一件事是什麼？

那老東西死了，我把我爸媽辛苦過的茶樓，從他不肖子那裏給買過來了。如今，茶樓不如以前景氣。我呢，改了個酒樓，做晚市。對了，你大概也聽說了，香港明年要通地鐵了。我朋友說，周邊的樓價必漲。我那舖在市口上，少不了再賺上一筆。

最近，我把酒樓給裝修了。如今時興「中式夜總會」，做午夜生意，有吃有玩。舞小姐們喜歡得很。說起來，你還搶了我不少生意。我問她們，一個雞毛店，中意什麼。她們說，中意吃你這兒的豆腐乾。冇陰功！

這時，門響了。戴得走進來，大聲說，爸讓我來幫忙打烊。他也不看五舉，徑直收拾起桌椅板櫈。

謝醒望一望他，鬼鬼笑道，我說呢，什麼豆腐乾。這些小騷娘，是貪圖吃這兒的雞仔嫩豆腐。

五舉遙遙道，阿得，過來叫人。

一邊對謝醒說，鳳行的弟弟，慣壞了，沒什麼規矩。

謝醒恍然道，說上海話的？

五舉說，香港土生土長的孩子，老家話都不怎麼會說。

謝醒哈哈道，這會兒打烊，可是來逐客的。我先不留了。

他站起身，從西裝裏掏出名片來，給五舉一張。另一張塞給阿得，拍拍他肩膀，扭頭跟五舉說，你老婆的弟弟，那就是我弟弟。改日醒哥帶去白相，年輕人，要好好開開眼界。

這個月末的中午，司馬先生來了。不過半個月未見，人憔悴了許多。頭髮長了，在頭頂堆疊著，也沒有理。原是個大臉盤，因為身上瘦了，走路一搖三晃，禁不住似的。人倒還是笑嘻嘻的，照例在大紅的卡座坐下，要一個紅燒肉的碟頭飯。

五舉關切問他。他說，嗨，寫完了一本書，病一場。

五舉趕緊另外給他端了一碗螺頭湯來，說，我不懂這寫書的事，但費腦子就要傷身，得好好補補。

司馬笑道，有勞有勞。這道理，就跟生孩子差不多。懷胎十月，生出來了。做老娘的，可不得虛上個一年半載。我啊，就當是坐了小月子喇。

接下來，司馬先生就又天天來了。氣色也漸漸好起來。到了晚市後，他仍是坐在後排卡座上。臉上紅潤，是個飽滿的關公相，鎮店的神似的。不寫東西了，就著燈光看書，磚頭般老厚。五舉瞥到書名，方正的燙金字。他不知道說什麼的，只覺得深奧。

五舉就將後面的燈泡，換成了高瓦數的。方便司馬看書，不累眼睛。

又到後來，凌晨時，司馬身邊多了一些年輕人，學生模樣。仍是圍著那紅色的卡座。司馬坐在中間，抽著煙斗，不怎麼說話，聽那些年輕人說。有時候領首笑一笑，有時候眉頭緊蹙。那些後生仔，初生牛犢不怕虎似的，放大聲量和同伴不知爭論什麼。有時衝著司馬，青白的面龐有些發紅。司馬仍舊不說話，撿起手邊的報紙看。待爭論結束了，他便用極短的話說上兩句。年輕人們就都很信服，繼而用崇拜的目光看他。

這些聚會的末梢，每每司馬會開一瓶酒，叫上幾個滷水小菜，與這些年輕人宵夜。這時他便也活潑起來。他甚至教會了他們划拳，是北方酒桌的遊戲。青年人都很盡興，吃得也開懷。

五舉便也高興，覺得自己為聚會作出了貢獻。他想，這滷水，看來真是很好吃。舞小姐們喜歡，司馬和這些年輕人也喜歡。

有一夜，有學生帶來了一架相機。青年們便簇擁著要和司馬拍

照。他們便要五舉幫忙拍。五舉擺擺手，說這樣高級的相機，怕擺弄壞了。司馬便說，不怕，這種德國相機，結實得很。上手也快，一教就會。

五舉便用這台萊卡，給他們拍了照片。他小心翼翼地，每張都看了又看，才按下快門。

青年們終於有點不耐煩，說，老闆老闆，快點啊。人都笑僵了。

終於拍完了。司馬說，你們啊，也給我和老闆拍一張。

五舉又擺手，說一身的油膩，不好拍。司馬說，好得很，這才是本色，又不是拍結婚照。

他們，便以那張「昭君出塞」的畫作了背景，拍下了一張合影。拍的時候，大約是光線不夠，忽然打開了閃光。「喀擦喀」一聲，將五舉嚇了一跳。

原本店裏的生意，還算是清靜。五舉這個人，循規蹈矩慣了。

店裏丟錢的事，是管帳的翠姐發現的。

翠姐說心裏怕，怕好好地沒了一份工，更怕人說她監守自盜，傳出去辱了聲名。五舉讓她不要聲張。

接連地丟，數目不很大，可也不小。翠姐說，她中午去食飯，頂班的都是少東家。

近日戴得很少在店裏。人在，也是心不在焉的。五舉叫他送個外單，一出去了人就不見了蹤影。因是家裏的「薀仔」，較明義與素娥的歲數像隔了代。老兩口年紀大了，沒力氣管，漸漸也就慣著。五舉身為姐夫，也不便多插手。

前些天，阿得說是新識的朋友結婚，要去飲宴。素娥便陪著他，在「觀奇洋服」做了身西裝。穿上了身，又去北角的上海美髮廳做了個時髦的髮型。家裏人才都發現，這孩子實在長大了。因為繼承了明義的身形樣貌。高大清朗，在香港同輩的孩子裏，是十分出挑的。素娥很高興似的，說，我兒長成個明星了。

倒是明義，看一看，粗聲道，打扮得小開一樣，又不能當飯吃。

　　這一年來，明義的性子多少也有些改變。自從鳳行走後，大約身體就不很好，總是乾咳。漸漸地，也不便常到店裏去，怕客人們瞧見會責難。在家裏，卻又常常坐不住。久了，便也沒有了好聲氣，多有些抱怨。說是不管，他們還是將希望都放在了阿得身上。這是五舉知道的。

　　素娥就做起和事佬，說，怎麼沒有用。我兒站在店裏，那便是一塊生招牌。

　　阿得鼻子裏哼一聲，並不理會他們。對著鏡子，很認真地，將上了髮蠟的頭髮，用梳子朝後抿一抿，昂然地出門去了。

　　後來，阿得便常夜不歸宿。到了大中午，才來店裏轉一轉。午後在櫃檯上看一會兒，一面打著呵欠。到了午市剛過，其他人還在忙著，他晃晃當當地，便離開了。

　　這天晚上，來了幾個客人。都是年紀大的，五舉只覺得面善。幾個人也望望他，只是笑。看那領頭的，許久，五舉終於辨認出來，原是以前老店的客人，綽號叫「老克臘」的。以往洋派得很，三件套的西裝不離身。如今，卻是很隨意的打扮，只一件寬大的襯衫，頭髮也理成了陸軍裝。與昔日大相逕庭，認不出了。再看，後面便是常與他鬥嘴的「麻甩佬」，自然是沒什麼變化，還是逛菜市場的邋遢阿公形容。看五舉怔怔的，「麻甩佬」先笑說，許久未幫襯「十八行」，「老克臘」變成了「麻甩佬」；「麻甩佬」還是萬年青山水長流。

　　「老克臘」便有些不好意思地說，年紀大了，去年又小中風，想開了。沒那麼多窮講究囉。

　　「麻甩佬」便起鬨，莫聽他講大話。嘴巴還是一樣地刁。

　　「老克臘」並沒有回嘴，說，是啊，想戴老闆的「糟香湯卷」、「紅燒鮰魚」，還有阿舉你的「水晶生煎」呀。想想，饞蟲都要爬出來。

　　五舉心裏也十分高興，仿佛他鄉遇故知。他說，現今是個小館子，這幾道大菜，是很少做了。我跟爸說，下次你們來，先給備好料。

老先生面面相覷，嘆口氣說，也怪我們，以往都要先電話訂好的。

五舉說，不妨事，到底許久不來了。怪只怪我們現在店小偏僻，太難找。

「老克臘」想一想，便道，其實，我們是聽說了你們開到了這裏來。但是你也知道，我們原是邵公帶來的。你們家出了這麼大的事情，和邵公再不來往。我們於情於理，都不敢再幫襯了。怕你們兩下都不好看啊。如今邵公人不在了。想想，我們還能活幾年，就沒這麼多忌諱，該來的便來了。

五舉問，邵公不在了。莫不是回了上海？

「麻甩佬」便搶說，回什麼上海，是去下面「賣鹹鴨蛋」囉。

五舉一驚，忙道，邵公過身了？幾時的事。

「麻甩佬」說，有小半年了吧。唉，其實，邵公很疼鳳行的。臨走前幾個月，我們去看他。他還說自己心裏有愧，一時貪嘴貪排場，毀了一個家。

眾人就很唏噓。五舉頭腦裏一片空白。愣了許久，才想起招呼幾個老客人，說，丈人今天不在，我先做幾個小菜，還叔伯們不忘之情。

阿得過來落單。五舉介紹說，這是鳳行的么弟。

老客人們就很敷衍地說，都長這麼大了。樣子也標緻，眉眼像姐姐。

唯獨「老克臘」，卻定睛看著阿得，想了一想，再看看，搖搖頭。

臨到吃完了飯，他一拍腦袋，說，我想起來了。便將五舉拉過來，低聲說，你這個小舅子，我前幾天見過，在駱克道上，摟著個女仔。那女仔矮胖身形，才到他肩頭。人倒是很風騷的樣子，像個舞小姐。

「麻甩佬」就聽見了，說，好嘛，你個老東西，人老心不老。又去夜總會風流，總有日要死在馬上風啊。

「老克臘」忙喝住他道，儂個拉槓精！我都糖尿病了，有心也無力。真的是路過，路過……

　　五舉回家，便把老客來店裏的事情説了。

　　明義與素娥，好久沒回過神來。半晌才説，邵公走了，我們竟不知道。

　　素娥想一想説，邵公的年紀，其實和阿舉的阿爺差不多。阿爺都走了兩年了啊。

　　明義袖著手，輕聲道，是啊。再過幾年，就該輪到我們啦。

　　素娥啐他一口，手在桌子腿上使勁敲一敲，説，大吉利是。

　　但抬起頭來，臉上卻是不勝哀涼的神色。她説，舉啊。邵公怎麼説，也是幫過我們的人。這往日的恩怨，一碼歸一碼。咱們關一天店，悼他一悼吧。

　　五舉口中應著，心裏卻想著「老克臘」的話。

　　這天，阿得午市後，又早早地走了。

　　五舉等到夜裏的十點鐘，收舖打了烊。他找出一件略整齊的衣服換上，便出門去。

　　他沿著柯布連道一直走，拐進了駱克道。

　　有奪目霓虹，在夜色中眨著眼睛。他慢慢地走，辨認著每一處的店名。璀璨的燈光，成片地閃爍，打擊著他的眼睛。有一陣夜風吹過，他不禁在心中抖了一下。這一切，全在他的日常之外。

　　他毫無知覺，與「十八行」近在咫尺，其實是另一個世界。是這城市燈紅酒綠的銷金窟，也是香港經濟興衰的寒暑表。在本地夜生活輝煌的七八十年代，灣仔風化業興盛，先聲奪人。各種娛樂場所如林而立。燈影幽暗的「魚蛋檔」、「黑廳仔」，有説不盡的曖昧纏綿。每逢週末，「墟冚」盛況更形如嘉年華，光猛、人頭湧湧的日式夜總會、民歌舞廳，有明星獻藝，燕瘦環肥穿梭其間。而各色酒吧，更是聚集著本地與外籍的酒女郎，他們刻意地性感妖冶，目光在街面的人群中逡巡，如同暗夜中的獵手。甫一上岸時飢饉的水兵，或者是心思游離的遊客，有的是上好的獵物。她們目光如炬。但一旦與某個男人的眼神撞擊、呼應，那眼風便立刻綿軟下來，帶著一些委屈與柔弱，卻如

同魚鉤，一點點地收線。讓對方終於慾念熾烈，見她們如圈中羔羊，一切便功德圓滿。

或許是五舉的茫然，與尋覓的眼神，讓人心生誤會。他忽然被一個高大的東南亞女郎攔住，用口音重濁的粵語與他調情，為促成一單交易。五舉有些慌張，女郎豐碩的前胸幾乎抵住了他的肩膀。他奮力地想推開她，但不知覺間卻問出了一句話，「翡翠城」怎麼走？

女郎放開他，仔細打量一下。夾著煙的手指向南遙遙一指，末了說，那裏很貴，不是你去的地方。

似乎在期待他的回心轉意，追了一句說，我哋梗係平靚正。

五舉花了很多時間，才找到了「翡翠城」夜總會。其實他已在心神不寧間經過，不知為何卻未有發現。作為灣仔高級的娛樂廳，它的門臉兒似乎過於樸素與低調了。

五舉山伯，帶我來到杜老誌道上的舊址。這屹立於灣仔逾半個世紀的夜總會，捱過了「八七」股災、九七年的金融風暴後，在回歸五週年的前夕，未逃過結業的命運。

一切盡成陳跡。這幢叫做「豐華」的大廈，洗盡鉛華，露出了灰白色的老朽牆體。它被業主分租給了不同的公司做寫字樓。我看到其中有幾間已然被打通了，下面用巨大白底紅字寫著「廣西荔浦同鄉會」。字體張揚，在灰暗的建築上，喜慶莫名。

似乎為了覆蓋我溢於言表的失望，山伯向我描述當年這裏的盛況。高三層，每層面積約二萬呎，如何裝潢豪華；如何被形容為全港四大高檔夜總會之一，與九龍的「大富豪」、「中國城」及「富都」齊名；如何顧客非富則貴，城中富豪及權貴皆爭相來此消遣。

聽他的講述，有著一種過來人的哀惋。我猶豫了一下，終於問，所以，很高級？

山伯十分鄭重地點一點頭，說，嗯，高級得我都不敢進去。

事實上，五舉在「翡翠城」門口舉步不前，是因為，難以預計接下來將面臨的狀況。這，更像是面對謎底的躊躇。

但他徘徊了一會兒，思忖許久，終於還是硬著頭皮走進去。在一個矮個兒西裝男人的引領下，他走進去。穿過一條幽暗的甬道，豁然開朗。

這豁然，並非是暗夜與白晝的區別。而是滿天的星斗，將暗夜生生地點亮。這些星斗的光輝，霸道地放射下來，游動著，在他身上盤桓，又迅速地遊走。五舉並不知道，這就是所謂「星光頂」。是鑲嵌在天花上的幾百盞星星狀的小燈泡，光線似在黑洞洞夜幕間，璀璨而下。現在看來，這種裝飾，談不上豪華甚而些微簡陋，但卻驚駭了彼時五舉的眼睛和心。他抬起頭，愣愣看了一會兒，才回過神來。他身處一個數千呎的舞池，流光溢彩。每個人臉上除了欣然之外，似都帶有莫名的矜持與傲慢，自然掩飾不住欲望。舞池上方是身著黑色燕尾服、打著領結的樂隊。吹單簧管的樂手，忽而昂起頭，向著他的方向忘情地吹奏。舞客們有的翩然起舞，有的三兩地坐在燈光昏暗些的舞場四周，倚紅偎翠。

五舉不知自己何時坐在一個巨大的圓形紅沙發上。他的對面，坐著一個中年女人，與他之間隔了一個黑色大理石光面的桌几。女人盤著頭髮，臉龐青白，高顴骨。眼睛卻十分大和黑，看著五舉，好像要將他吸進去。她是凱莉姐，這間夜總會的媽媽桑之一。

她很耐心地，對五舉介紹有關這間夜總會的種種，設施、規矩以及收費。她將她作新客，臉上是得宜而寬容的笑，以表自己一視同仁。

五舉讓自己，盡量以見過世面的形容應對，但很快就發現了自己的徒勞。因為他忽有所悟，那個吧女對自己說「不是你去的地方」，其實已很委婉。

我問五舉山伯，所以，的確很貴？

山伯說，貴得很。

我不禁有些好奇，問，都有些什麼項目。

　　五舉搖搖頭説，記不清了。一碟花生米，都要六七十蚊。

　　於是，我請一個研究本地風月史的朋友，找到上世紀七十年代本港夜總會的一張價單：

> 　　大致包括以下幾項：A. 最低消費：約 110-1,200 元；B. 酒、水果碟：啤酒約 40-60 元／杯，果碟約 50 元 1 碟，個別免費。其他酒因開酒費約高於市價 2-3 成至幾成；C. 室鐘：舞小姐伴舞坐室費用，按茶舞、晚舞之計算制度而異。大抵茶舞 70-200 元／時，晚舞 100-200 元／時；D. 街鐘：帶舞小姐出外的費用，按茶舞、晚舞及計算單位而異，大抵 150-200 元／時，但可以最低 2 小時或算全鐘。最貴的全鐘為 1,400 元。

　　如此這般，一晚消費，兩三千元不在話下。這個數目，等同當時小市民兩三個月的薪金。七十年代中，香港的經濟已走向騰飛。據記載，一九七五年，五百呎左右的市區新樓才四五萬元。美孚當初開賣五百呎樓由三萬元起，而在長沙灣的工業大廈新樓就要百多元一呎，住家和工業樓價值相類。如此看來，當年在「翡翠城」一擲千金的意義，非當今可同日而語。

　　五舉未等媽媽桑拿出坐台舞小姐的「群芳譜」，已繳械説明，自己是來找人。媽媽桑露出恍然的神情，她關切地問五舉，是找哪一位相熟的小姐。

　　五舉説，我來找朋友。

　　媽媽桑收斂了笑容，又問他找哪位朋友。

　　他剛剛想説「戴得」，但是一轉念，脱口而出，謝醒。

　　媽媽桑嘴角露出嘲意，覺得這個名字不過是「白撞」的藉口。她站起身，準備叫保安。

　　但她身邊，有個舞孃小心地俯身在她耳邊説，是不是 Raymond，謝生？

　　媽媽桑不相信似的，又望了五舉一眼。終於還是捺住性子，抱著人不可貌相的原則，含笑道，請隨我來。

　　在舞廳西南的角落，有一處假山，甚而可聽到潺潺的水聲，漸漸滌清了舞池的喧囂。假山背面，一條彎折的水榭，造就曲徑通幽的幻象。當五舉經過那水榭的時候，忽然水中發出「撲啦啦」的聲響。有碩大的錦鯉，騰空而起，又落在水中。水花蕩漾間，頃刻便不見了蹤跡。

　　水榭盡頭，有一些亮光。走近才發現是幾扇門。媽媽桑先進去，向裏面通報了一聲。半晌，才將五舉帶入。

　　在這門裏，別有洞天。五舉迎面看見了謝醒。他半闔著眼睛，似笑非笑，手捧一杯酒，身邊躺著身形暴露的，著獸皮的女人。而他的右首，坐著戴得，同樣雙目迷離，摟著一個舞小姐。是露露。五舉的鼻腔受到了某種擊打，一種豐熟的異香，在空氣中瀰漫開來。

　　他一個箭步衝到戴得面前，抓起他的領子。戴得似乎並不在意他，辨認了一下，將頭偏過去。

　　他輕慢的神情激怒了五舉，一拳打過去。戴得的臉抽動了一下，鼻子開始流血。

　　媽媽桑驚叫一聲。有人要拉開五舉。這聲音叫醒了所有的人。謝醒呼拉站起來，說，陳五舉，你瘋了。

　　五舉說，我教訓自家細佬，旁人莫插手。

　　謝醒說，他犯了什麼王法，要你教訓。

　　五舉冷冷看他，他偷了家裏的錢，跟衰人上道，要不要教訓。

　　謝醒哈哈大笑，說，我在這裏，有他花錢的份兒？

　　戴得抬起袖子，抹了一把流到嘴唇上的血，奪門而出。

　　露露跟著要跑出去，被謝醒攔住，喝道，死女胞，有蠱惑！我還餵不飽你嗎？

　　露露鎮定下來，說，他背著我，買我的舞票。一鐘插雙。這麼大的人，我還能管住他的手腳？

　　她回過頭來,看著五舉,用很輕蔑的眼神,説,自己一個入贅姑爺,當人大佬,先掂掂自己的斤兩。

　　戴得整一個星期,沒有回家。儘管謝醒差人帶話給五舉,説戴得在他那裏,是好吃好喝供起來,叫他放心。

　　但是,家裏始終是起了風波。先是翠姐,終於將阿得偷錢的事情,説了出來。明義覺得臉上無光,在家裏大罵,罵自己教子無方。祖宗八代,從來沒出過手腳不乾淨的混帳東西。又罵素娥,説棍棒底下出孝子。男孩要窮養的規矩,連大富之家都知道。何況小門小戶,嬌慣成了這個鬼樣子,早晚要去做黑社會。

　　全家人都不敢言聲。明義自從得病後,反了常態,性情乖戾了許多。在家裏頭,一個話不投機,便有脾氣。與往日的溫和判若兩人,有次居然和店裏的客起了紛爭。家裏人曉得,自從鳳行過身後,他便積鬱在心。所以大小事情,都讓著他。

　　可這一回,他怒火中燒,如著火的老房子,滅不下去。火星四濺,遍地燎原。戴得不肯回家,這火終於燒到了五舉身上。先是抱怨五舉,發現戴得偷錢,沒有告訴他,不懂得防微杜漸的道理。再罵五舉交的都是什麼狐朋狗友。以往上海混舞廳的,不是拆白黨就是青皮,哪有一個正經玩意兒。看五舉老實巴交的一個人,到底還是個不知根底的外人。他要是不把戴得全鬚全尾地帶回來,自己就不要進戴家的門!

　　這話説重了。素娥看一直悶著腦袋的五舉,忽然抬起臉,眼底噙了淚。她連連使眼色,讓明義不要説下去。自己忙起身,攙著明義回屋,説氣大傷身。都是我當媽的不是,何苦為難孩子。

　　她出來,見五舉愣在那裏,便長嘆一口氣,半晌説,舉啊,你多擔待。我上個星期陪老頭子看了醫生。他怕是不久長了。

　　五舉驚訝,慢慢回過身。

　　素娥説,沒辦法。你想,你爸年輕時候,這麼多年的消防員,風裏火裏,被那黑煙嗆得喘不過氣。他大概也猜到了幾分,説自己一根

煙也沒抽過，人卻壞在了肺上。

素娥說，我沒跟他們說。孩子們嘴雜，一個說漏了，他便要胡思亂想。這日子還得往下過啊。

五舉看母親，雖然神色戚然，卻是十分鎮靜的。素娥說完這些，甚至還虛弱地笑了笑。

他不禁上前，執住素娥的手，說，媽……我把阿得帶回來。

素娥握住他的手，在他手背上，輕輕地拍一拍。

五舉坐在「明珠」酒樓夜總會裏。他左右張望，看不出半點痕跡，是當年的「順義」茶樓。這茶樓他並不陌生，當年學「大按」時，謝醒帶他來玩過許多次，還吃過謝媽媽親手整的「牛肉茜香」腸粉。

如今的「明珠」，店面比以往大了一倍。原來謝醒已將隔壁的樓面也盤了過來，打通了。雖然一半還是酒樓格局，但另一半卻今非昔比。闢出一個舞池，甚至還有一處演歌台。這時燈光次第亮起，也是滿目的耀昇琳琅。

謝醒問他如何。五舉說，你是要同「翡翠城」搶生意。

謝醒搖搖頭，說，我可不會這樣沒出息。我要做的生意，他們做不了。我這裏陽春白雪，不養舞小姐。可靚女美人兒一個都不會少。

五舉說，戴得呢，我要接他回去。

謝醒叫了一桌子菜，開了一支洋酒，說，急什麼。難得來一趟。你小舅子這會兒，還在睡晚覺，我差人去叫了。咱們兄弟先喝一杯。

五舉山伯，今天對我談起謝醒，仍感嘆他是那個時代的先行者。「明珠」作為獨具特色的「中式夜總會」。在彼時，雖然規模上不及同區的「東興樓」、「翠谷」和灣仔的「喜萬年」，但卻是始終屹立不倒的一個。或許是因酒樓業權在謝醒自己手中，沒有受到日後香港樓價與舖租急升的威脅。一直到他舉家移民，才將經營劃上了句號。

當年的風光，此後數十年中韶華不再。在山伯看來，多半也是時勢造英雄。香港的經濟經歷波折，正當銳氣。工業與進出口商貿相

得益彰。談生意的酬酢亦日趨頻繁。已具規模的老式酒樓，覺察經濟起飛帶來的社會變化，體會原有經營模式不再適合公司企業的社交消費，遂打破酒樓固有格局，增設夜總會，與酒樓一併經營。白天飲茶，晚上設宴歌舞，將飲食娛樂合為一體。

一九七八年三月七日，「碧麗宮」酒樓夜總會刊廣告於報章，文字如是：「在亞洲最負盛名的碧麗宮，欣賞世界一流精彩節目；在最出色的樂隊演奏美妙的音樂下盡情跳舞；享受名廚精心烹調的美饌佳餚，只收 \$100！」當時其中一個表演項目為：「由倫敦專程來港的碧麗宮幻彩歌舞團演出最新節目《幻彩星輝》」。

報章指「佔地一萬六千呎，樓高廿四呎，全無牆柱阻隔……劇院餐廳酒樓兼備，地板分成三級，即使在任何一級就座，面對舞台表演節目，皆可以一覽無遺……中式喜宴可連開百席，酒會式可容一千六百人，劇院式座位可容一千二百（人），舞會式及夜總會式各可容九百四十人」。

我在大學圖書館，翻看舊報，發現了這麼一幀廣告。微縮膠卷保留的版本頗不濟，照片中人物烏黑一團，面目模糊。但仍看到一群藝人落力演出，隱隱然透著一股嘉年華式的熱鬧繽紛。

在「明珠」的那一晚，讓五舉感受到了某種比在「翡翠城」更為劇烈的撞擊。「翡翠城」的璀璨，本與他的日常無關，是在他經驗之外徹底的「新」。但是「明珠」的「新」，卻是從「舊」裏生長出來的。在他所熟悉的那些，從少年時做「茶壺仔」開始，與他的成長同奏共閣。一步一踥，像是經年的老蔓，枝繁葉茂後漸漸頹敗，卻在一夜雨露後，忽然開出一枝色彩豔異的花朵。

晚上十一點，晚市結束。五舉看到，酒樓大廳裏忽然燦若雲茶。華燈亮，人潮至，四面八方，紛至沓來。大多數是附近舞廳「翡翠城」、「新加美」、「富士」、「金鳳池」的舞客。陪伴在側的，是妖嬈婀娜的舞孃。衣香鬢影，樽前美酒，檯上佳餚。

有幾個舞小姐，倩步而來，嬉笑著與謝醒打招呼。謝醒說，看到

沒有？我這裏不設小姐，可也不缺小姐。公子王孫肚子餓了，自然會被她們帶了來。這幾個都是「翡翠城」的。你以為我是去那裏逍遙？說白了，是去偷師兼帶客。露露可幫了我不少忙。

謝醒不斷讓酒。聽到悅耳音樂響起，五舉見歌台上款款走上一個女人。玄色珠光的緞面旗袍，襯得身形分外嬌小。手執一柄香扇，粲齒一笑，目若流星。謝醒俯在五舉耳邊道，看好了，這是我的殺手鐧。

那女人一開喉，竟然是渾厚的中音。帶著幾分綿軟慵懶，行雲流水，仿彿將人挾裏了一般。這歌聲，入耳欲醉。舞池裏跳舞的人們，也不禁駐足。謝醒閉著眼睛，口中跟著哼唱，「歡樂年，不夜天，笙歌處處，天上人間；舞步翩翩，如醉如狂，溫柔纏綿……」

一曲歌罷。他說，我這裏請不來小鳳姐、甄妮。一個林露，也算可以獨當一面。你瞧這身段，看不出有四十開外罷。說起來，她是你老丈人的家鄉人。以前在上海很紅，跟姚莉、吳鶯音齊名。五〇年南下香港定居。認識的人少，身價減了幾成。我花了大價錢從「麗都」挖過來當台柱子，也算佔了個便宜。

他看看五舉，說，舉，還記得在「同欽」，你跟我說，阿爺跟你講當年茶樓設歌壇。那個風頭，可比得過我謝醒的夜總會？徐柳仙再紅，可賽過如今林露的勁頭？我也算重現了咱茶樓的盛況。我說，無論是茶樓酒樓，現下要重新好起來，不動點腦筋是不成了。我知你心裏，還總記掛著「大按」的手藝。兄弟，不如跟著我幹。白天顧你老丈人的舖頭，只要你來晚市。咱們就把那蓮蓉包，打成「明珠」夜宴的當家點心！

此時的五舉，已微醺，醉眼迷離間，聽到了「蓮蓉」二字。忽然一個激靈，正色道，這不成！我離開「同欽」時，可立過誓，師父傳給我的東西，我這後半世，一分也不會用。

哈哈哈。謝醒一陣大笑。在他的笑聲裏，五舉只覺得滿目的流光，在他眼前錯綜顫動。謝醒道，如今的香港，殺人放火金腰帶，扶傷救死無骨埋。一個誓，可有個屁的份量。

說罷了，又給他倒酒。五舉使勁地擺擺手，卻感到一陣暈眩。大

片的黑向他籠罩過來了。

五舉是在窗外「叮叮噹噹」的電車聲響中醒來的。他慢慢睜開眼睛，天已然大亮。這時，他發現自己，躺在一張陌生的床上。

朦朧間，看見對面坐著一個女人。他揉一揉眼睛，發現是露露。露露正在修指甲。修一修，就迎著陽光看一看。

五舉一陣驚惶，連忙坐起身，問道：這是哪裏？

露露將指甲鉗折好，放進一只精緻的化妝包，又取出蛋圓的小鏡，開始塗口紅，一面說，「明珠」樓上也做旅館生意。

五舉輕輕掀開身上的被子，自己和衣，外套掛在床頭的衣架上，心裏暗舒一口氣。

露露仿彿看穿他的小動作，笑一笑，朗聲道，醉得像泥一樣，我可沒心思佔你的便宜。就算我想賴上你，你家「二哥仔」也不會聽話。哈哈。

這笑聲裏，暴露了一絲職業性的淫猥。露露好像也感覺到了，收住了笑，裝作正色，修補唇上的輪廓。一面輕輕說，不過實在的。謝醒大半夜的，把我叫過來，扶你上旅館。恐怕是沒安什麼好心。

這時，她已經收拾停當。對著鏡子，整理了一下鬢髮，滿意地左右看一看。

五舉嚅喏了一下，問，你一直在這裏？

露露回過頭，認真地看看他，說，傻佬，我不用返工嗎？我可是「翡翠城」的紅人兒。你這床上不是大老闆，又沒有著數。

她停一停，道，再說了，我成晚長在這裏，誰給你做早飯？

五舉愣愣地看她，打開了桌上的保溫桶。露露說，對醉鬼，我很有經驗。

露露將兩只食盒端出來，擺在了桌上，說，椰汁西米露，養胃；還有這個，肉骨茶，醒酒。

肉骨茶？五舉喃喃道，你會做肉骨茶。

露露說，嗯，在我老家，人人都會做。

五舉問，你是南洋人？

露露沒有應他。露露拿出筷子和匙羹，細緻地擦一擦，擺在食盒上。做完這些，她站起來，將自己的旗袍抻一抻，說，我要走了。回去加個班。你吃完放在這裏就行。

這時的露露，眼神明亮，峨眉朱唇。她挺挺地立著，又是個整裝待發的戰士了。

五舉坐起身來，說，戴得呢，我要帶他回去。

露露低一下頭，說，他已經回家去了。

她走到了門口，又迴轉了身來，道，你莫太責怪他。人年輕，總要做些荒唐事，才能長大。我是真喜歡他，喜歡他心性單純。男人的本事，可以熬，可以捧。熬著捧著，本事也就長出來了。可是心性要壞了，就再也回不去了。

說完這些，她打開了門，又追一句，趁熱吃。肉骨茶涼了，有腥氣。

露露走後，五舉又獃獃地躺了一會兒。這才覺出宿醉的頭痛。他將窗戶打開，有一股子混著陽光的空氣，撲面而來。外面的電車聲也忽然響亮了。此時的軒尼詩道，已開始熱鬧。香港在這些聲音裏，漸漸醒過來了。

他坐到桌前，喝了一口肉骨茶，嘴裏一陣發苦。昨日被酒麻醉的舌頭，似乎也被這苦意叫醒了。還有數種濃重的中藥味道，擊打了他的鼻腔。同時間，覺得一股暖流，沿著食道，流淌到胃裏，慢慢厚厚地積聚。整個身體，也暖和起來了。

阿得回到家，被明義狠狠地打。他擰著頸子不吭聲，讓當爹的更加氣，直打到明義自己咳了血，才罷手。明義大聲喘息著，說，有錢人家玩戲子、捧舞女，把家敗掉。我們貧賤，你是要敗掉你爺娘的老命，才甘心。

他把阿得鎖起來，叫素娥看著。

戴得每每看五舉，用了仇恨的眼神。

　　五舉心裏發苦，便也不想回家。有時到了打烊時分，將柵欄門放下來。自己就留在店裏睡，權當值夜。這天晚上，他收拾了家什，雖然疲累，卻沒有睡意。便想起，店裏許久沒有掃除，就開始拾掇。拾著拾著，出了薄薄的汗，竟覺得身上有些舒泰了。

　　他打開臨著財神龕位的櫃子，發現裏面有一些客人存的酒。就將這些酒一一拿出來，淘洗了抹布，細細地擦那些酒瓶。擦好了，再一一放回去。忽然，他停住了手，心裏冒出了一個念頭。就去後廚，取了一個酒杯。拿起一瓶酒，看一看份量，就倒一小口，喝下去。又打開另一瓶，也倒上一小口，喝下去。以此類推，做著淺酌即止的遊戲。在他看來，這已是人生中少有的以身犯險。這淺淺的惡作劇，讓他感到一種難言的興奮，臉上也發起燙來。有些許久未打開的酒，他需要回憶他的主人。他闔上眼睛，想他是誰，上次來是何時，並猜測他沒有再來的原因。當他口中飲下了一杯烈酒，味蕾忽然被燒灼了一下。他張開眼，看到手裏的「二鍋頭」，只剩下小半瓶。迅速地想起，這是司馬先生留下的。

　　在那夜，司馬先生被青年們簇擁著拍了照片，並且與五舉合了一個影。他已經很久沒有再來過。

　　五舉隱隱地有些不放心。他想起最近電視上的一些新聞。看似昇平的市景下，仍有一些暗潮，與升斗小民，且近且遠。你不關心，它似乎便不存在，至多影影綽綽。

　　臨近端午，素娥包了一些江南的糯米糉子。素的放紅棗和桂圓，葷的裏面包了紅燒肉。她似乎也悟到，說司馬先生最喜歡紅燒肉，他是好久沒來了。

　　想一想，又說，老客半個親，何況幫過咱們。年節了，給他送點糉子去。

　　五舉說好，但想想，並不知道他住在哪裏。

　　回憶起司馬帶他去印傳單的事。他便用食盒裝了糉子，下廚做了一碗紅燒肉，帶了一瓶花雕。拎著便去石水渠街的灣仔街市。找到了那個豬肉檔，但後面是一個雜貨舖，卻不見了那個印刷所。他疑心走

錯了地方，便在雜貨舖門口看了又看。本來生意平平，老闆娘坐在門口拍烏蠅。見他張望卻不進去，就不耐煩地要趕他。五舉便問，原先這裏是不是個印刷所。老闆娘説，什麼印刷所，唔知！

五舉不死心，説，就是印書的地方。

老闆娘聽了更為惱怒，説，印書！無怪之得我頂咗檔生意咁差，原來是成日執輸（書）！

五舉還想追問。開肉檔的阿叔走過來，對他招一下手，哄了老闆娘兩句。他對五舉説，快點走啦。印刷所一早執笠了。

見五舉愣愣的，他嘆一口氣，壓低聲音説，畀差人封咗。唔知發生咗啲乜。來了好多英國人，老闆給打到滿面血，好得人驚！你快點走，免得惹是非。

拾肆·月落觀塘

論蔬食之美者，曰清，曰潔，曰芳馥，曰鬆脆而已矣。不知其至美所在，能居肉食之上者，只在一字之鮮。

—— 李漁《閒情偶寄》

明義是第二年的秋天走的。

一家人很平靜。大約因為沉痾有時，心裏都有準備。臨走時候，他很瘦，眼睛卻清亮。他讓全家人，都把手疊在他的被子上。然後自己把手放在了最上面。他找到了五舉的手，按一下，說，舉啊，你的紅燒肉，和爸燒得一樣好了。

在英皇道的香港殯儀館出的殯，當天竟來了不少人。除了以前北角的老鄰居、舊識，上海與寧波同鄉會的人。還有不少，都是前後開店的食客。

明義以往在國藥公司的同事都來了，一個個都老了。葉老闆出獄後，很快就過了身。葉太太一個人，重將國藥公司打理起來。大約辛勞，也是兩鬢斑白的人了。她對素娥說，嫂子，我今年也退休了。以後來往照應著。

素娥說，這些年，都是你在照應我們。沒有你和福建同鄉會，哪來的「十八行」。

葉太太禁不住，將她緊緊擁在懷裏，說，一晃二十年了。你們家，也是實實在在的香港人了。

儀過半時，又有人送來了花圈，和厚厚的一封帛金。

説是同欽樓送來的。

五舉忙迎出去，卻沒有看到人。

花圈很高，很盛大，輓聯上寫著：江南嶺南風日好，世道味道總關情。

明義被葬在了鳳行的旁邊。

這時候，素娥才放聲哭了出來，說你們老的老，小的小，把我一個給丟下了。

「五七」上墳。

明義墓碑前擺著一個食盒，裏頭整整齊齊地，排了五只蓮蓉包。鳳行的墓前也有。每個蓮蓉包的正中，都點了一個紅點。

半年後，「老克臘」和「麻甩佬」來了。

問起五舉的打算。五舉說，開著張，生意照做。有什麼打算呢。

「老克臘」就說，你不要瞞我們。我聽說這個舖，快被別人頂下來了。做了這麼多年，業主未免也太不講情面。

五舉只搖搖頭。他不想告訴「老克臘」，買下這個舖面的人，是謝醒。

兩個月前，謝醒對五舉說，我買下了這間舖。是我的，就是你的。你照樣燒你的上海菜。但午市之前，這裏就是茶樓。我們兄弟兩個，在同欽樓學到了什麼本事。全要在這個「十八行」施展。這堂擂台，我是打定了。

五舉說，師兄，你圖什麼？一口氣？

謝醒說，那你圖什麼？白擔一個「五舉山伯」的名聲？

五舉說，當年，我圖鳳行。現在，我什麼都不圖。師父教我的，我半點沒帶走。十年沒碰過的本事，不算本事。

謝醒冷笑，那你對我可就沒用了。我的店裏，容得下你？

五舉說，你的店，還叫「十八行」嗎？我一個上海廚子，自然是留不下了。

五舉對素娥說，媽，是我累著咱們店了。

素娥說，唉，傻孩子。當年你爸讓你回師父那裏，你不走。這店又開了這麼多年，哪一天不是你賺來的？這開店跟做人一樣，都是看命，強求不得。

你師兄是賭當年那口氣，可也是給你機會。你學了一手大小按的好本事，就真不撿起來了嗎。

五舉搖搖頭，說，撿起來，就背了發給師父的誓。

「老克臘」看五舉愣神，就說，你也不用這麼硬頸。你知道，我是在觀塘開工廠的。這些年，賺了些錢。最近聽說了一些風聲，我打算移民加拿大了。我有個舖，在工業區裏。這工業區，少了許多花花世界，可就是不缺上海人。都是二三十年前，帶了錢下來開廠的。我這舖，市口好。與其做別的，不如開一間餐廳。

你放心，我不是當年的邵公。你不欠我什麼。是拿這舖面，入你的股，「麻甩佬」也有心投。我們看好你。將來我們來店裏，想吃「紅燒鮰魚」，別讓我們坐冷板櫈就行了。

五舉山伯，帶我去看「十八行」的觀塘老店。現在叫「雞記麻雀館」。「麻雀」就是麻將。香港曾經賭盛，一八七一年禁賭之後，大約可以讓人一展身手的地方，一是馬會的賽馬。所謂「馬照跑」，便是源於此，幾成社會繁榮的標誌。一就是「麻雀」，是粵人一向的娛樂，雀館則靠「抽水」盈利。

我環顧「雞記」，隱約可聽得鼎沸人聲，大約是有人和牌。已絲毫看不出當年開餐廳的痕跡。這一區曾是香港首個衛星城市，也是向南填海以來，東九龍最大的工業區。如今，已然凋落。

但是舊年觀塘納入了市區重建的版圖，因此可見奇妙的新陳並置、格格不入的景象。這邊廂是老舊的街市、簡易破敗的食檔，隔了一條街，便是五十多層的還在興建中的所謂豪宅。後者將陽光牢牢地擋住，陰影整幅地投射下來，遮住的是這區半個世紀的升斗民生。

一九九〇年代，香港製造業式微，大量工廠閒置。多數工業大廈改作貨倉用途。據說這裏即將轉型成為香港第二個核心商業區，可見的視野內，有 AIA 的總部以及「樂豐」集團。藍色或綠色的幕牆，映照可見近在咫尺的如閱兵般整齊排列的工業大廈。我和五舉山伯，沿著偉業街緩步前行。他指著那些包浩斯樣式、看得出年歲的樓宇，如數家珍，似乎來探訪曾經的老友。這些大廈座落在橫街的兩側。五舉山伯，在一座大廈前停下來。這是一幢六層的樓房，門窗緊閉。他抬著頭，認真地看了一會兒，然後說，走吧。

事實上，因為「老克臘」的話，五舉第一次踏足觀塘。他對這裏感到陌生，甚而有些畏懼。作為一個生長於斯的香港人，他日常活動的範圍，其實有限。不外乎是港島，從上環到灣仔。說到底，他仍是個保守而老派的香港人，這與他的年紀，是有些不稱的。

他是容易知足的人，其中包括日常之需。「九龍」對他而言，不過是個地名。而「觀塘」就是剛剛開通的地鐵線上的一個端點。

「老克臘」與他走到了海邊，與他談著未來的計劃。可是，他的心思卻全在眼前的碼頭。他看到巨大的鐵吊，將集裝箱高高地舉起，然後穩穩落在地上。鐵吊發出了「咣」的一聲。遠方渡輪的輪廓，汽笛的聲音，很雄壯的如同動物的嘶吼。各色各樣的船，高闊的郵輪，窄小的漁船，各有各的作業。海水激盪著，有一些淡淡的機油的氣息，在空氣中氤氳。這是勞動的海，沒有多餘的風光，也沒有浮華的背景。五舉的心裏，莫名地澎湃起來。

依照五舉儉省的性格，並不想花太多的精力用於裝修。但「老克臘」有鄉情，獨攬了店面的佈置。門臉兒做成了石庫門的樣式。雖不及第一間「十八行」堂皇氣派，卻平添了一些弄堂風情。這讓「老克臘」得意，但在五舉看來，卻在周遭的氣氛裏，孤立出來了。

灣仔店將要結業，但店裏的二廚與幾個廚工，大約因為某種地域的成見，並沒有想要跟去觀塘的意思。五舉一面收拾東西，一面就在

兩邊的店舖，都貼了「招工啟示」。老克臘説，都什麼年代了，怎能不在報紙上登廣告呢，於是便又在《明報》上登了廣告。想想，招來的人是要做開荒牛的。五舉有心給高一點的工資。除了每月的工資，還管吃住。

到了最後一天，五舉已經準備交付。店裏空蕩蕩的，一下子便沒有了煙火氣，就是個冷冰冰的房子。五舉想，在這裏多少年，感情是有的。他在這裏，才叫「十八行」。他走了，這裏便什麼都不是。想一想，仿佛沒有什麼好留戀的。

櫥櫃裏客人存的酒，尋到主人的，便叫拿回去。尋不到的，仍放在裏面。可是，那瓶「二鍋頭」，他卻帶走了。他想，司馬先生要是回來，若還能尋著他。他要與他喝一杯，不醉不歸。

這時候，門響了，進來一個人。五舉定睛一看，竟是露露。

這是露露，又很不像。這個露露，沒有穿旗袍，沒有把頭髮燙成卷。原來的長髮剪短了，竟然是個童花頭的樣式。人看上去便也小了很多。因為不施脂粉，沒有妝，是略顯黑黃的一張臉。看上去，倒像是鄰家剛長成的小丫頭了。

只是她的神色，還是喜慶的。眼裏看人，仍有閱歷和風塵。

五舉説，我們不做了。

露露問，怎麼不做。你們不是要搬到觀塘去嗎。

五舉説，山長水遠，難道你還跑到觀塘去幫襯我們。

露露抬起臉，認真地看著他説，我是來見工的。

五舉自然是很驚愕。可想到露露一向是嬉笑怒罵的脾氣，便也不當一回事，便説，現在好好的一份工，還不夠你吃喝。要吃我這裏的苦頭？

露露説，我沒工開了。

五舉更為吃驚。他想起前些日子送貨，路過駱克道，還看見露露當街和兩個水兵打情罵俏。

露露説，我帶客去「明珠」的事，給凱莉姐發現了。説我吃裏扒

外，一早就給開掉了。

五舉說，謝醒那裏呢。

露露冷笑，鼻孔裏發出「哧」的一聲，說，那個沒良心的。我是他放在「翡翠城」的眼線。我被趕了出來，對他還能有什麼用。如今對我是躲都躲不過。

五舉心裏忽而一陣憤然。他將這情緒嚥下去，低聲問，那你靠什麼生活。

露露悠長地打了一個呵欠，說，凱莉姐發了狠，跟港九的夜總會都放了話去。說誰要敢用我，就是和她不共戴天。我能怎麼樣，就在菲律賓人的酒吧打打散工。可是廟小妖風大。幾個洋婊子合起夥來欺負我，狗眼看人低，冇陰功！我可是吃素的？給她們一頓收拾。她們人高馬大，對付我也不是個個兒。

露露掃了掃耳邊的碎髮。她將虎落平陽的過程，說得舉重若輕。五舉才注意到，她右邊的臉頰上，有一處傷痕。

露露說，你可別以為我肩不能挑，手不能抬。我渾身都是力氣。

五舉還是皺了皺眉頭。他想想說，我們是個開餐館的。

露露哈哈大笑，開餐館怎麼了。和我以前的東家還不是一樣，開門都是客？

再說，你不是也吃過我做的早飯。我就是出得廳堂，下得廚房。

五舉張一張口，還要說什麼。

露露說，就這麼著，我過些天來試工。好你就留下，不好再趕我走也不遲。到時候，恐怕你說得也不算，還有你小舅子呢。

她一返身，利落地開了門就出去了。留了五舉一個人，杵在那裏。

可是她又推開門，將頭探了進來，說，我是有名字的。叫路仙芝。

過了幾日，露露果然來了。

開張伊始，店裏沒什麼生意。可是卻有許多花牌和花籃，自然都是「老克臘」和「麻甩佬」他們送的。開市那天，都是他們的人面，

來了許多的人。坐下來吃喝一番，說著「財源廣進」之類的吉祥話，便走了。如今，門口張燈結綵，仍是熱鬧成了一團，倒顯出了店裏的寂寥來。

臨到週末，生意卻忽然來了。是「麻甩佬」的一個侄孫，擺滿月酒。原本訂在了北角的「日昇」酒樓的兩個包廂，賓客忽然多了，擺不下。「麻甩佬」就急忙將生意給他拉過來了。

五舉心裏高興著，但因為缺乏準備，畢竟有些忙亂。主要是廚師廚工們，還未一一到位。就連素娥這上了七十的人，都要過來幫忙。

阿得如今是得力的。明義去世後，他似乎是想通了，便像是脫胎換骨了，漸有了當家男人的樣子。知道幫著五舉，也知道向五舉學。但他似乎繼承了素娥對廚藝的魯鈍。即使用心，進展倒不很大。五舉心裏嘆氣，但看他是生性向好的，便也覺得安慰。想自己離老，遠得很，還可以做許多年。

他在廚房裏揮汗如雨。看阿得進來，便指指剛出鍋的「糟熘魚片」，讓他上菜。阿得卻嚅喏一下，說，露露來了。

他一愣神。看露露已經到了灶台跟前，將阿得推開，端起糟熘魚片，問，哪一桌。

他低聲說，二桌。

露露端著菜，說話間就出去了。

五舉和阿得面面相覷，卻看露露又進了來，手上端著撤下的菜餚。一邊對阿得說，還愣著什麼，三桌的酒都喝完了。

這樣，不一會兒的功夫，她已在廳堂和後廚熟練地來回穿梭。上菜，收菜，給客人斟酒。

間歇，竟還能兼顧進來的幾個散客，只見她手指間夾著點菜單，對著後廚喊，兩個紅燒肉碟頭，一個煎龍脷，蠔油生菜，走青。

大家便都發現，只是多了這麼個人，這餐廳裏，竟好像是一台機器忽然間上了發條。嚴絲合縫，又井然有序地運轉起來了。

待上了最後一道菜，五舉擦了擦手，摘下圍裙，去給擺酒人謝禮。

走到大包間，已經聽到裏面一片笑語歡聲。看著成桌的人，正圍著拍照。正中間的，竟然是露露。她懷裏抱著滿月的嬰孩，旁邊是小孩母親。兩人都是呵護的姿態。露露忽然做了個鬼臉，嬰兒便咯咯地笑起來。攝影師便不失時機地按下了快門。露露的臉上閃著紅潤的光，硬是將整個廳堂都點亮了。

主人家，將一個大紅包，塞到了五舉手中，笑著說，你們這個館子，不得了。菜味道交關好。老闆娘年紀不大，人可真是爽利能幹得很！

「麻甩佬」聽到了，看看五舉，意味深長笑一笑。臨走時，他在五舉耳邊說，你小子，不可貌相。道行深啊，挖角挖到「翡翠城」來了。

不待五舉解釋，他倒已經彈開了好幾步，做了個封口的手勢，說，唔使講，我明，我明！

待將客人送走了，五舉回到後廚。

卻看到露露正蹲著身，和阿得在一起刷洗鍋盆。一邊有說有笑的，手裏分毫未慢下來，格外利落。

五舉一陣恍惚，回憶起司馬先生跟他說的，多年前在「虹口」麵店門口，那個蹲著身使勁刷碗的小小背影。

這時候，素娥走過來，說，舉啊，這孩子是新請的廚工？

五舉知道她不明底裏，正想怎麼應對。素娥深嘆一口氣，說，唉，現今香港人心躁動。這麼能做能吃苦的女仔，可真不多了。請到這麼一個，也是咱們的造化。

露露就算是正式上工了。她住在店裏。搬了東西來，很少。

看她在翡翠城上班，一天一身衣服。以為會有細軟傍身，但其實，只帶來了一只小皮箱。

人們也並不知道，這些夜總會是名副其實的名利場。衣服如行頭，對舞女和舞客都一樣。先敬羅衣後敬人。舞女們的身價，也是靠這些一點點地積累起來。所謂集腋成裘。因此，為了給自己一個好門面，便有了舞衣租賃的業務。露露在這方面，是很玩兒得轉的，和幾

個「衣頭」混得很熟。碰到大的場合，貴的衣服，竟都允她借了衣服，帶給裁縫改。用完了再改回來。也難為露露的身材，不改也確是上不了身的。但這也不是説，露露自己沒有幾身好衣服。可是，畢竟這陣子不濟，要錢用，就只有當給「和昌押」了。

這人算是淨身來了。素面朝天，頂著個齊耳朵的童花頭。穿著寬大的短襟衫子，最後的那點俏皮，都收斂了。

露露幹起活來，其實和她咋咋呼呼的性格很不同，是悶著頭苦幹。擦桌子、拖地、收拾餐具，幹一樣是一樣，中間不停歇。折一個餐巾，能折上一個時辰，直到面前堆起一座山，才幡然醒悟似的。到後廚裏，拎起泔水桶就往外走，一個人拎。誰要搭把手，她就嫌棄地一撐身子。使勁搖搖頭，腮幫兒也跟著微微顫動。使了力的肩膀，跟鋼條似的穩穩地搭起來。到午市後吃飯，她的胃口格外地好。也是悶頭吃，一吃一大碗。專撿帶皮的紅燒肉吃，問她，只説以形補形對皮膚好。這讓五舉和阿得，嘆為觀止。

可是呢，招呼起客人來，她可不悶，是大鳴大放的風格。露露説，以往呢，認識一個大陸下來的客。教她唱過一齣樣板戲，那京戲裏頭有個阿慶嫂，是她的偶像。怎麼唱來著，來的都是客，全憑嘴一張。

這香港，可不就是來來往往都是客。見人説人話，見鬼自然説鬼話。店裏人就裝著責難她，説大白天説話晦氣。咱們開門做生意，哪來的鬼。露露眼珠一轉，説怎麼沒有。打開埠以來，香港的洋人不都叫番鬼？我在凱莉姐那學來的英文、法文，可不是三腳貓功夫，是地地道道的鬼話，好用著呢。

露露和店裏上下打成了一片，客人們也都很喜歡。但五舉總隱隱有些不安。大約覺得她除了生計，待在這小店裏，總是要圖些什麼。可他冷眼察看，倒覺得她如今和阿得，是有些若即若離了。

除了有了一些回頭客，生意仍是無大的起色。五舉漸漸瞭解，其實在這工業區裏，並不如老克臘想得樂觀。這裏的上海人是不少。

但老闆們上餐廳，除了真老饕，多半是要傾生意。傾生意呢，又講排場。吃完了飯，還另有一番花紅柳綠，方算盡興。所以，他們寧願捨近求遠，開車去港島。而在區內的飲食結構，亦談不上百花齊放，其實是形成了某種固定的生態。被幾間餐廳壟斷，粵菜湘菜各據一方。大約並非親民日常的路線，滬菜在這裏未算打開什麼市場。至於工人們，則有在工業大廈內部，隱蔽著一些看見看不見的飯堂。這些飯堂甚至並沒有政府頒發的執照。被發現了，便關閉。過幾天再換一處開，此起彼伏，好像一些游擊隊。但因為方便，工廠中午的公休時間短，由效率計，是深受歡迎了。

有時午市後，露露就不見了蹤影。沒有人知道她去了哪裏。因為她的活幹得快而好，也沒有什麼人管她。倒是五舉，有一次在一處大廈交接貨物，取新運來的焗爐。卻在這大廈天台的涼棚底下看到了露露。中間是個包裝盒疊成的小檯子，她坐在一邊的板櫈上。身旁有一群男人，年紀都很輕，有的身上穿著工作服，上面有油污的痕跡。耳朵上夾著煙捲，臉上還有煙塵，瞧得出是周遭的工人。五舉走過去，看原來是在玩麻雀紙牌。露露手中幾張牌，躊躇著不知出什麼好。旁邊的人湊在她耳邊說了句什麼，她便斷然打了一張去，卻讓對方給和了。他們便讓露露喝酒。露露拎起啤酒瓶，在眾人起鬨中，「咕嘟咕嘟」就灌下半瓶去。不忘用拳頭在教她打錯牌的人肩頭，嬌嗔地擂一記。

五舉看不過眼，想她始終是改不了以往的風月習氣。搖搖頭，心裏嘆了一口氣。

可是接下來的午市，竟然漸漸熱鬧起來。來的客多是工人模樣，坐下來，就要一個碟頭飯，一個例湯，加一瓶忌廉汽水。有些年輕的，大聲地喊「芝姐」。五舉便知道，如今露露在外交往，用的是她的大名。露露便大笑著出來，招呼他們。不知誰說了句什麼。大約是一句葷話，旁邊有人嬉笑地爆了粗口，鬨堂地笑。

素娥恰好聽到了，臉紅一紅，說這成什麼體統。但畢竟都是客，也不好說什麼。

　　晚上打烊，露露便對五舉説，不如在店裏裝一台電視。那些工人説，要是來年能看世界杯，多夜了都來幫襯。

　　五舉終於説，我們開門做生意，靠的是菜的實斤足兩，味道好。

　　露露輕笑，用圍裙擦了擦手，説，他們來都不來，怎知道你做的菜味道好。

　　這話説得五舉啞口，並不知道如何反駁。他便説，露露，小店不濟，在這裏算有個地方棲身。但也不想砸了招牌。

　　露露冷笑，硬邦邦地拋下一句話，我這想法子給你帶了客，倒成了罪過。

　　隔了兩天，露露將一張紙拍在了桌上。

　　五舉問她是什麼。

　　露露説，訂單。

　　五舉一驚，撿起來看那紙上，密密麻麻地寫著的，一欄是附近商廈的名字、公司與工廠的名稱，以及門牌號；另一欄，則是中午訂下外賣的份數，以及每月一半的訂金數額。

　　露露拍拍自己的肚子，輕描淡寫地説，喝一家簽一家，這酒差點喝穿了胃。

　　五舉定定地看她，一時間不知可以説什麼。

　　露露卻已經轉到了一桌，給客人寫菜。客人已是老客，和露露説笑著。一個男人伸出手，想在露露光裸的手臂上摸一把。露露機警地彈開了，一邊笑著問候那男人的阿母，並祝他早仆街、早投胎。

　　「十八行」的外賣，很快遠近聞名。這是五舉都沒想到的。

　　也難怪。份量足，味道好。將盒飯當成了堂食做，沒那麼多古靈精怪。口碑這個東西，初初靠吼喝。但更多的，要靠慢慢攢。

　　阿得説，他去進飯盒。看好多飯店都開始用發泡膠盒，新產品，成本比紙盒便宜了一毫紙。要不咱們也轉一轉。

　　五舉搖搖頭，説，紙盒裏有錫紙。無咁多倒汗水，肉皮唔會臉。

這些小錢，不好省。

露露在旁聽了，說，聽你姐夫的。新東西不都是個好。

以後中午，露露就和阿得兩個負責送外賣。又僱下了幾個小工，露露一個個給分了地區。量雖然不少，但都是井然有序。

露露算是身先士卒。買了兩架三輪車。這車有個諢名叫「三腳雞」，說的是靈活，好停好行，可聚可散。在這工業區裏，寬街窄巷，都穿梭無礙，如魚得水。是最流行的交通工具。

裝滿了飯盒，露露坐在車上。阿得長手長腳，一頭一臉的汗，好不容易蹬動了，卻把不穩方向。車歪歪斜斜地開出去，竟一徑撞到了牆上。露露哈哈大笑，嘴裏嘲他「弱雞」。

阿得便嘟囔，車上坐著個千斤砣。你倒來試試。

露露愣一愣，聽懂了，使勁對阿得啐一口。她跳下車，說，睡不著怪床歪。你給我滾下來，看姑奶奶的本事。

露露費了些力氣坐到了車座上，腳剛剛踩上了車蹬。看那敦敦實實的腰背一使勁，車便穩穩地上了道。她往前騎了兩步，使勁拍拍車龍頭，大聲喊道，老婆仔，上車！

阿得便不情不願，磨蹭地坐到了後面。露露猛一回頭，佯作怒目。後面是店裏人的鬨堂大笑，說，這真是兩個冤家，能逗一世的嘴。五舉也跟著笑。笑著笑著，心裏竟然舒爽了些。

因為送午市飯，時間寶貴，爭分奪秒。送的人，是沒什麼時間吃飯的。忙得不可開交時，五舉和素娥，也到附近幫手。

五舉路過一處工廈，聽見有人喚他。抬起頭，正看見露露在使勁向他招手。她和阿得，坐在工廈後牆的消防旋梯上，在分食一盒盒飯。

五舉便也大聲對他們喊，小心點，唔好跌落來。

他往前走幾步，又回過頭想對他們說，早點返來。阿媽煲好糖水，等你們飲。

但他恰好看見，阿得將一筷子餸菜夾起來，送到露露口中。露露

連筷子一口咬住，卻不鬆口。阿得抽不出手，她才大笑著將嘴張開。笑聲如洪鐘，淹沒了阿得的抱怨。

　　兩人的臉上，都是紅撲撲的。在正午太陽的照耀下，閃著金色的毛茸茸的光芒。

　　辦舞會的主意，是露露出的。

　　這年的年底，作了盤點。「十八行」竟有了很大的盈餘。五舉嘆一口氣，說，這大半年，我沒做過幾道大菜。進項倒比以前灣仔時，翻了一番。

　　露露說，來年還要好。錢不咬手，有銀紙在身，將來什麼樣的大菜不能做？

　　露露籌辦這個新年舞會，說是為了答謝老客戶。順帶讓他們把明年的生意也落下訂。時間呢，定在這年的平安夜。

　　阿得說，香港一到這時候就熱鬧。這個洋節，這麼多年，倒好像和我們家沒什麼關係。他興奮得很，叫了兩個廚工，去油麻地扛了一棵聖誕樹。露露就在聖誕樹上綴滿了各樣的公仔。又挑了一些彩帶和燈串，將餐廳裏裏外外地披掛起來。燈亮了，頓時星星點點連成一片，滿室流動的螢火。人站在中間，竟有些如夢似幻。五舉也獃獃的，像誤入了桃花源，看不出是自己終日勞作的餐廳了。

　　阿得將幾張海報貼在了牆上。一張是近藤真彥和中森明菜的寫真。手上一張呢，是他的偶像詹姆斯・迪恩。一襲皮衣，滿眼的冷酷，寸到不行。露露經過一看，吐吐舌頭說，這鬼佬，是凱莉姐的夢中老公。她房間裏貼了張黑白的，一群仆街個個都說似遺像。都什麼年代了，你倒還學人玩懷舊。阿得向對面牆上努努嘴，懷舊怎麼了？可是我們家的傳統。你看我姐夫，一張王昭君，貼了十多年了。

　　露露看那閃爍的燈火裏，平日黯淡的國畫，顏色也明豔了一些。畫中的長袍美婦，似乎也望著她。笑眉笑眼，臉上竟然也有喜色。露露端詳了一會兒，隨手從牆上扯下一段彩紙，疊了一個聖誕帽，用膠紙貼到王昭君的頭上，然後滿意地舒一口氣。

　　五舉呢，給折騰得團團轉。餐廳外頭的空地，也讓露露他們佈置了起來。支起了好多頂陽傘，說是要學英國人做園會。可燈飾不夠用了，就跑去巧明街上的士多店，買了許多的中國紙紮燈籠。五舉踩著板櫈，一頂頂地給掛上，裏頭點上蠟燭。紅通通的一大片，和餐廳裏的聖誕樹遙相輝映，應了一個中西合璧。要學英國人做冷餐，便要買許多火腿和起司。也是露露的主意，說，幹嘛費這份錢，便讓五舉提前一天做下了滷水。將四喜烤麩，糖醋燻魚各做了一鍋分裝在盤裏。「蘭花豆腐乾」露露卻央他多做了一鍋。五舉惜物，說，這哪裏吃得完，到時嘥咗。露露說，放心，你做的豆腐乾，永遠冇得嘥。仲有人要打包走。

　　五舉見她神神祕祕，待要問她，露露倒嘻嘻笑著跑開去了。

　　五舉山伯，面對著「雞記」門前的車水馬龍，向我回憶那夜的盛況。原來空地的位置，現在已經是個停車場。一輛白色蒙塵的豐田，在他身後使勁地按著車喇叭。山伯終於回過神，避開了。司機駛向馬路，沒忘記將車窗搖下來，對著山伯的方向，大喝一聲「黐線」，同時豎起了中指。

　　五舉山伯，給我看了那夜新年舞會的照片。是他與附近工廈熟識的工友的合照。這些工友也是受邀請的客人，各帶了自己的舞伴。我看著這張照片，很是驚嘆。驚嘆於那時年輕人的時髦，也驚嘆於他們臉龐上的富足與自信。山伯一個個地對我介紹他們，亞強、阿興，這個胖胖的眼睛清亮的，是豆豉仔，他身邊的窄臉女孩，是他的女朋友阿明。時隔多年，五舉山伯說起這些昔日的朋友，仍如數家珍，應該彼此有著很深厚的友誼。山伯說，這個豆豉仔，好怕老婆的。我問，那才感情深吧。山伯停一停，說，阿明走咗好耐喇。

　　他的眼神隨之黯然，一會兒，才羞澀地指著站在右邊的平頭男人，說，你看，最老土的就是我了。不過他們平時做工也不是這樣啦。

　　就這張照片看，五舉的確和那個年代的時尚沒有關聯。可以看

出，照片上的其他青年，為了這次舞會各自盛裝。男的都頂著當時最流行的椰殼頭。據說這種髮型發軔於披頭士和皇后樂隊，但在香港大熱，則是因彼時的歌王許冠傑與「溫拿」的推波助瀾。我瞧著卻並不感陌生。忽而想起，原來這正是此刻當紅歌手蕭敬騰的髮型，大概是出於某種復古與致敬，或印證了流行的循環與回歸。西風東漸，他們穿著色彩鮮豔，緊身大關刀領的恤衫下擺束在牛仔褲裏。留著波浪高劉海、爆炸頭的女孩們，則都穿著鬆身的墊膊衫子，三個骨「燈籠褲」或窄腳的「蘿蔔褲」，看起來也颯爽逼人。

照片上的五舉，則穿著一件槍駁領的西裝，樣式有些鬆懈。不知為何，胸袋裏卻還別了一塊波點的方帕，更與同伴格格不入。他不好意思地笑笑，說，這件西裝，還是當年上「家家煮」節目時，「同欽」上下集資給他買的。這也是他唯一一件出客的衣服，此後再無添置。

五舉就是穿著這件西服，出現在舞會上。

他不會跳舞。在歡快的爵士音樂中，他看著這些平日在工業區的勞作中摸爬滾打的年輕人們，歡快地跳著扭腰舞和牛仔舞，流光溢彩間，好像個個都成了明星。

每個人，似乎都有著使不完的力氣，以一種難以置信的自信，舞蹈在他的視野裏。

露露和阿得，在一番勁舞後，終於笑著下場休息。露露和放音樂的小伙子耳語了一下。響起的舞曲，忽然靜謐了。即使是五舉這樣閉塞的人，也聽出這是林子祥的〈在水中央〉。「青青的山倒影照淡綠湖上，看水色襯山光；浮雲若絮天空裏自在游盪，笑著生太繁忙。」

他注意到自己的岳母素娥，在不遠的角落裏，也望著這些年輕人。眼裏有淺淺的光，甚至於，隨著音樂在慢慢地頷首打著拍子。這是一支「慢三」的舞曲。

這時，阿得走到了母親面前，很紳士地躬身邀舞。素娥猶豫了一下，將手放在了兒子手中。阿得輕輕攬住她的腰，兩個人竟然很默契地起舞。五舉有些恍惚，這個終日在他身邊，不停勞作的婦人。清淡

而寡言，沉默得如同空氣。然而，此時舞姿優雅，儀態萬方，絲毫沒有遲暮的痕跡。有這麼一瞬間，燈光抹去了她臉上的皺紋與疲態，竟與另一人的形象疊合。這讓五舉的心倏然痛了一下。

一曲終了，素娥默然回到了角落裏。露露迎上去，歡快地說，素姨真是好身手，人不可貌相。

素娥擺擺手，說，老了，節拍都跟不上了。

她看一眼五舉，輕輕道，當年啊，我第一支舞，還是你爸教的呢。

儘管孩子們都很好奇。她始終沒有再開口，說起近乎半個世紀前的舞會，與那個高瘦青年的邂逅。但人們都看出，這年老婦人，眼裏忽而有溫柔的憧憬，將她的瞳仁點亮了。

忽然房間裏的燈都熄滅了，全場安靜。再亮起來，是舞會的高潮。

眾人看到五個少女，婷婷而出。一色的大紅珠光旗袍，戴著齊肘的白手套。打頭的是露露，另幾個五舉也覺得眼熟。再一看恍然，原來都是露露在「翡翠城」的姊妹，以前下夜班時常來幫襯他的。

露露輕輕一揚手，輕快的音樂倏然響起。人群沸騰了，年輕小伙子們開始使勁打呼哨。是〈風的季節〉啊。小鳳姐的名曲，去年被梅艷芳翻唱，獲了「香港新秀歌唱大賽」冠軍，街知巷聞。

「日子匆匆走過倍令我有百感生，記掛那一片景象繽紛，隨風輕輕吹到你步進了我的心，在一息間改變我一生。」露露的歌聲，不似梅姑渾厚，但卻有另一種清亮的金屬之音，穿透了音樂。這歌唱的是有閱歷者的舉重若輕，但被露露唱出了期冀和盼望。歌聲在大廳中迴盪。眼波流轉，峨眉入鬢，舉手投足都是故事，這還是那個風情萬種的露露啊。女孩們在她身側翩然起舞。露露從同伴的衣襟上摘下一朵玫瑰，向人群中拋去，同時俏然拋出一個飛吻。

人群歡呼，不知是誰帶了個頭，大夥跟著露露一起唱起來。

吹呀吹，讓這風吹抹乾眼眸裏亮晶晶的眼淚；吹呀吹，讓這風吹，哀傷通通帶走，管風裏是誰。

不知怎的，五舉也有些激動。他想，這才是露露啊。那個熟悉的露露，回來了。

放任無忌的露露，一顰一笑，顛倒眾生。

曲終總有人散時。

餐廳裏的人，都沉默地收拾東西。空氣裏還有高潮後的餘溫，以及濃郁的煙味與汗味。忽然就空了，每個人都覺出了落寞。

露露的小姊妹走了，果然把五舉的「蘭花豆腐乾」通通打包帶走了，歡天喜地的。

五舉說，得，把窗子都打開吧，透透氣。

阿得走到窗邊，發現有人推門進來。是幾個黑衣的精壯男人。阿得對他們說，舞會結束了。

他們沒動，也不說話。露露遙遙一望，都是陌生人，黑口黑面。於是說，我們打烊了。

就等打烊，不然還以為我們來吃霸王餐。

有人應聲而入，是一個胖大身形的男人。臉也是彌勒相，月牙眼，笑笑口。可眉頭間有川字紋，藏了一點狠。他看露露，還未來得及脫下大紅的旗袍，又是哈哈一樂，說，這是哪裏的新嫁娘，那我就來討口喜酒喝。

五舉上前說，朋友說笑了，您貴姓？

那人拱手還了個禮，免貴姓唐。

露露終於意會，柔聲道，看我這記性，忘了請唐老闆來參加舞會。罪該萬死。來來來，咱們喝一杯酒，算給您賠不是。

唐老闆倒沒有理會她，只衝著五舉說，這酒應該和你們老闆喝。陳老闆好手段，一個美人計，撬掉了我四成的客。

五舉先前不明就裏，這時聽得明白。來者不善，是興師問罪來了。

露露偷眼看五舉，怕他不知應付。這個唐老闆，是觀塘工業區裏的一個地頭蛇。棲身「啟祥大廈」，專做工人飯堂的外賣。已有許多年，幾乎成了壟斷，在價格和質量上自然從無讓步。如今這些工廠業

主，琵琶別抱，紛紛改與「十八行」簽約。箇中乾坤，是露露努力的結果，五舉並不清楚。

露露說，唐老闆，都是做生意。我們不傷和氣。您選這時候來，不想傷我們薄面，唔該曬！您說怎麼辦。

唐老闆說，搶了我的生意，就還回來。

露露一愣，問道，怎麼還？

唐老闆點點頭，說，還我兩成，大家求個太平。

露露哈哈大笑，說，這約都簽了，怎麼還回去。搶生意？你們東西好味乾淨，自然搶也搶不來。成日用隔夜油煮餸，問下自己，這份錢賺得心裏踏不踏實。

唐老闆變了臉色，眼神一凜道，誰不知誰的底細。一個「企街」，上岸就上岸，跑到我這裏來興風作浪，這裏可不是你的「翡翠城」！

露露一笑，隨手掂出一支紙煙，點上。抽一口，悠悠吐出一縷煙。走到唐老闆跟前，將煙輕輕塞到唐老闆口中，說，莫動肝火。我明天帶食環署的人來探下您，飲唻咖啡。

唐老闆慌得向後趔趄了一下，這才將煙吐出來，往地上啐一口，對旁邊人一招手，說，上！

幾個黑衣人，開始打砸店裏的東西。五舉衝上去，要護，反被一個人狠狠推在地上，拳打腳踢。

露露從桌上抄起一只酒瓶，拍在桌上，酒瓶立時粉碎。她將已經碎成了玻璃茬的瓶底衝著這幫人，吼道：去灣仔駱克道，問問露露姐的名頭。你們兜尿布那陣，沒趕上吃姑奶奶的一口奶！

這幫人一時被鎮住了。有人蠢蠢欲動，露露拚勁將酒瓶擲出去，頓時在那人頭上開了花。唐老闆從身旁人裹著的報紙中，倏然抽出一把砍刀，向露露揮過去。五舉爬了起來，返身一擋，那刀恰砍在五舉的肩頭。

汩汩的血流出來。所有人都愣了。露露扶住他，看血從那件青灰色西裝裏慢慢滲出來，紫紅的蚯蚓一樣地游動。游到了她的旗袍的袖口，滲進了一片大紅色。

五舉艱難抬起頭，虛弱地對她笑一下，說，唔好同他們打。

唐老闆的刀，咣地掉到地上，臉頰抽動一下，嘴裏卻還硬，call白車吧！好彩有你姘頭替你擋。

露露忽地站起來，嘶吼著，「我屌你老母！」她的波浪髮散開、蓬亂。她嘶吼著，像一頭發瘋的母獅子。

她衝過去，按在唐老闆肩上。那胖大男子沒來得及反應，只覺耳邊一痛，又一熱。再回過神，便看見自己半隻耳朵，落在了地上。

露露到了警局，嘴角還帶著血。讓她錄口供，她不錄，只是大哭不止。哭得撕心裂肺，不管不顧。

誰也不知道，她究竟在哭什麼。

露露出來時，天已經秋涼。

五舉和阿得接她。她看著他們，半晌才問，十八行，還在不在。

五舉點點頭。

露露像是變了一個人，不再說話。木木地，只是悶頭做事。沒有了外賣生意，這間「十八行」，似乎遽然老了。店內空氣，緩慢沉滯。露露見她去年聖誕掛在門廊上的彩帶，還掛著，風吹進來，簌簌作響。也舊了，紅不紅，灰不灰。她就端了櫈子，爬上去，想要扯下來。

五舉看見，輕輕說，留著吧。多熱鬧，是個念想。

露露也就默然地下來了，愣愣看一會兒，仍是不說話。

這一年的颱風，來得晚，但是猛。

在福建繞了一個圈，臨到了香港，本以為強弩之末。天文台中午發布了三號風球的預告。到了傍晚，一下子變成了八號，越颳越烈。

香港人都始料未及。原先的準備是不夠的，有些手忙腳亂起來。

「十八行」打了烊。五舉和阿得，忙著往臨街的落地玻璃上貼膠帶。

外面風聲尖利，打著呼哨。拍打在窗戶上，砰砰作響。五舉望見一棵洋紫荊，給颳得東倒西歪，風裏頭，幼細的枝條忽然斷了。像是個垂死的人，頭髮被無形的力量拉扯著。樹葉紛紛被風撕下來，未及落地，已高高揚起，一忽兒不見了蹤跡。

人在裏面看了，也覺觸目驚心。這時一扇窗忽然被吹開了，風呼嘯而入。露露趕緊去關窗。風太大，混著雨，打在她胳膊上竟是生疼。那風死死地抵著窗子，怎麼拉都拉不動，好像在與她角力。露露咬緊牙，努一把勁，這才關上了。

到底還是遲了，餐廳裏一地的水，還有飛旋而進的落葉。才拾掇好了，又要重新來過。五舉嘆一口氣，去廚房拿拖把。

這時聽到鐵閘門被用力拍打的聲音。開始以為是風，再聽聽，時斷時續。聲音更大些了，才聽出是有人叫門。

五舉趕緊去開門。打開了，看見門外是三個濕淋淋的人。打門的人魁梧身形。三人都是一頭一臉的水。五舉忙將他們讓進來。

來人將連帽雨衣脫下來，燈光底下，那最高大的原來是個老人。臉上皺紋密佈，眼睛卻很亮。後頭兩個年輕人，跟他的眉目也十分相像，都是鱉黑發紅的臉色。待他們坐定了，五舉讓阿得進去拿幾塊乾毛巾。

老人邊擦頭臉，一邊說，這風實在太大。誤打誤撞，走到這裏來。只瞧見這店還亮著燈。看情形你們也要打烊，實在打擾了。

老人聲音是沙腔，渾厚。說國語，卻帶濃重的閩南口音。

五舉說，是啊，這颱風來得太生猛。鏗鏗鏘鏘，像台龍鳳大戲。

後面的青年忽然打了個噴嚏。五舉說，我去給你們煲碗薑茶去。

老人說，太麻煩您。孩子還是少見了風雨，老闆別慣著。

五舉說，不麻煩。出門在外，著涼傷風就不好了。

聊起來，才知道這是祖孫三人。問起老爺子貴庚，說七十歲有三，在海上航了五十年的船。這回呢，是從漳州押了一批瓷貨，往南

去。臨近香港遇到了颱風，實在沒法往前了。就近尋了一處避風塘，將船泊在了觀塘碼頭。人先上岸，找個地方將息。想等颱風過去了，再打算。

老人說，我怕是最後一次航船了，以後就交給他們兩個。這來往的人面，我帶他倆一個個打過招呼，將來也好幫帶些。七十古來稀，風來雨去，光是每年犯幾次老風濕，我還能有幾年。可如今的孩子，吃不得苦。這大的有小三十了，剛成了家，就不想出來。哪像我們當年。

五舉說，您老很健朗了。航船是苦，我岳父早年做過海員，跟我也說過許多。

老人問，您家泰山，出航是去的哪裏。

阿得便搶說，我爸當年常跑馬來亞和印尼。有次路過香港，覺得好，我們家就搬到香港來了。

老人笑笑，說，那巧了。我們也正要回馬來去。

這時，本在專心幹活的露露，也過來坐下，聽他們談話。過了半晌，露露說，老人家，聽您孫子說話，是峇峇口音。

老人愣一愣，說，隨他們的娘。我們家倒是早年泉州過去的「新客」。我爹賣豬仔，在柔佛割橡膠。姑娘，這麼說，你也是星馬人？

露露笑笑，點一點頭。

五舉說，聽我岳父講，星馬華人錢賺得不少，但生活得辛苦。

老人說，一直都辛苦。不過，人世走一遭，總是辛苦的。華人始終是外族，更難些。前年上了個新首相，叫馬哈迪。好不好，都得慢慢看。

這時，五舉恍然道，您看我，光顧上傾談。都餓了吧。

老人擺擺手，說，嗨，謝謝您給我個地方避風頭。雨小了我們就走了。

五舉道，那成什麼話。我們是個開餐館的，哪能讓你們空著肚子走。

五舉就問想吃什麼。

那個較小的孫子，脫口而出，說，咖喱喇沙！

老人便喝他，説，出門有口熱湯就不錯了。人家香港，哪來的什麼喇沙。

這時候，露露「呼拉」一下站起來，説，怎麼沒有？

説完，把正在剝的蒜頭，往籮裏一擱，就往後廚走。

阿得好奇，跟露露到了後廚。看她取了一個瓷罐子出來，就問她是什麼。

露露説，峇拉煎。

阿得問她是什麼。露露説，就是蝦膏製成的辣椒醬。等會用它熬喇沙。

阿得吐吐舌頭，説，真不知道你還藏著這個好東西。

露露打開蓋子給他聞一下。阿得皺了一下鼻子，説，味兒真大。

露露便説，知道你無福消受，我留著自己吃。

五舉也進來了，露露説，舉哥，幫我拿一板蝦出來，蝦仁開背。

五舉便照做。他許久沒有給人打下手的經驗，也覺得新鮮。看露露，利利索索地給豆芽焯水，切洋蔥、生薑、黃薑、南薑、大蒜成末，入鍋上油，炒香。一邊廂將喇沙葉、香茅煮水。

油鍋裏頭，放入峇拉煎炒化，再入咖喱粉、喇沙粉翻炒，下香茅水，直熬到鍋裏泛起紅棕。一面攪拌，一面慢慢倒入椰漿、生奶。

可謂有條不紊，流水行雲。

五舉在心裏暗暗讚嘆，脱口而出，還真是好手勢。

露露不應，顧自將過了涼水的粗米粉入碗，將蝦仁、魚餅、血蚶放下去，直到擺到自己滿意的位置。那全神貫注，好像是在做工藝。最後才慢慢澆上喇沙湯頭。

她左瞧瞧，又看看。確定大功告成，才長舒了一口氣。

三碗喇沙。老人家嚐一口，看一眼露露，笑而不語。兩個孫子，嚐一口，就沒再停下來，「呼哧呼哧」地一氣吃完了。

老人家喝下最後一口湯，説，姑娘，謝謝你。讓我們吃上地道的家鄉飯。

露露笑了，說，今天時間緊些。下次來，我請你們吃肉骨茶。

第二天颱風停了，老人上門來道謝，也是道別。

老人留下一尊瓷製的媽祖、和一套盤盞。

漳州的月港瓷，很出名。自清末起式微，名聲猶在。因海上貿易繁榮，多是外銷，故稱「克拉克瓷」，所以其與國人普遍的傳統審美略有不同。主要是青花，因模印相類，不懂行的往往會誤以為是景德鎮瓷，其實看胎釉便知窯口有別。月港瓷的好，除青白瓷、藍釉醬釉之外，還有五彩瓷。描金畫銀，一團喜氣。

老人的這套盤盞，濃綠重彩地描著火龍、麒麟、梅花鹿等瑞獸，間中花草盤繞，錦地開光。而細細辨別，那繡球等花卉的紋路，其實是極繁複的外文字。因未見過，「十八行」上下嘖嘖稱讚。

倒只有露露，在旁盯著看那尊白瓷的媽祖。這媽祖的形容，與常見的不同。香港所見，多是盛大祥和，手持神笏或如意，顯見的富貴。但這一尊，除了在底座的蓮花，略作青色的模印浮雕。整個的樣態，卻十分樸素。尤其是眉目，流轉傳情。唇微啟，欲語還休，有心事卻說不出的樣子。不像是一尊神，倒實在像是人間女子。露露抬頭，看眾人一眼，說，我要瘦下來，就是這個模樣吧。

露露在店裏設了一個神龕，供這尊媽祖。每兩日換一次供果，倒也十分虔誠。

到黃昏時，店裏的人，就看她在龕前立著，合十默唸。也不知她唸什麼。

這天臨打烊，她又在唸。

唸完了，還上了一炷香。

五舉便微笑道，露露心誠，許下的願會要靈驗的。

露露說，靈不靈，舉哥你說的算。

五舉愣一愣，還是笑了，說，你拜的是媽祖，如何我會說的算。

不是想加人工吧？

露露低頭，再緩緩抬起來。她低聲道，我對媽祖説，我想做舉哥一樣的大廚。

五舉臉上也沒有了笑意。露露走近了一步，説，舉哥，收我作徒弟吧。

他説，露露，學廚是很苦的。

露露説，我一個人從南洋來香港，苦不苦？你不是才誇過我好手勢。

五舉便説，女廚更苦。

露露説，阿得跟我説，最佩服的人就是他姐姐鳳行。鳳行就是個女廚。

五舉聽到這裏，心頭猛然一震，生冷冷地説，不行。

回頭便走。

五舉一個人走在康寧道上。狹窄的樓道之間，有風穿過。這風帶著工業區特別的氣息。是那種鐵鏽與機油混合厚重而黏滯的味道，還帶著些海風的腥鹹。風有些硬，鑽到他的衣領裏，便是一個激靈。有一個孩童，從臨街的一間五金舖裏，呼號著跑出來，好像受了天大的委屈。後面是個精瘦的女人，跟著趕到路中央。拎著孩子的耳朵，粗魯地在他屁股上打一下。拖著他往回走。孩子掙扎著不願回去，女人便用客家話大聲地呵斥。

不知怎麼，五舉竟然停下腳步，獃獃地立在街邊看。這當兒，倏然想起，司馬先生有次醉酒，給他測過一回字。他心中莫名地低沉下來。

本以為，照露露的不屈不撓。一個念頭，有了，便滅不下去。然而，她卻並沒有再提。

依然默默地幹活，為五舉幫廚。幹活的間隙，便給媽祖上香，拜上一拜。

「│八行」的生意，談不上很好，但也沒有再壞下去。大約少了先前的競爭與是非，來幫襯的多是回頭客。「老克臘」從加拿大回來。五舉說，慚愧得很，好好一個館子，給你做成了個茶餐廳。「老克臘」笑笑，擺擺手說，文武之道，能屈能伸。本幫菜的好處就是，能上天，也能下地。當年顧月笙在「十六舖」學生意，一碗街邊的黃豆湯，於他是人間至味。即使那些硬菜大菜，歸根兒說起料來，哪一樣能登大雅之堂。如今你倒是讓這菜，回到了本份了。就像我們上海人，往日浮華，可到了這邊就要服水土。你再看看我，當年都叫我「老克臘」，何其威風、講究，可人也總是吊著自己。如今也成了「麻甩佬」，才知道有多自在。

他說了這麼一大通，五舉當他是安慰，心裏也領受。想想也對，這店裏別的不說，有一樣賣得格外好，就是「滷水」。大約因為附近的工友，工餘小聚、小酌，總少不了下酒菜。滷水味重、香口，又冷熱不拘。路過了，打上一包就能帶走。而其中，又以「蘭花豆腐乾」最受歡迎。中間穿了一支竹籤，咬一口，拉開來，斷斷續續，又有遊戲玩賞的性質，老人孩子都喜歡。所以，往往午市過後，就賣得精光。

可是呢，這幾天，卻不如以往。這豆腐乾他通常備得是多些，但不至於到晚上打烊還有積存。通常呢，他為了節省時間，總是在前一天晚上切好，過滷，擱上一夜，讓那老抽、桂皮八角的香味都滲進去。第二天，這口感、滋味都是將將好。

他於是切少了些，想可能是貪新鮮的人少了，又或者口味變了。買的人並不少，可臨到打烊，又剩下了。接連幾日，五舉覺出了異樣。仔細查看那剩下的豆腐乾，終於笑一笑。他並未聲張，只是這天晚上在切時，在豆腐乾上都用刀劃了十字，做下了記號。到第二天出鍋，再看。果然是有他人所為。這人的刀法，是糙了些，偶有切斷了的。但路數卻是對的，以致先前未察覺出來。

他便每天都看一看，看出了這人的進步。這「簑衣刀法」，切得好不好，是靠個悟。五舉看出了這人自己的琢磨，也看出了琢磨後的成果。再過幾天看，竟已和自己切得不相上下。力道、厚薄、刀口處

的均勻，都恰到好處。然而後來，讓他暗暗吃驚。發覺此人在刀法上的創舉，已不甘於尋常。在下刀的紋路上做起文章，不再滿足於蘭花數瓣，漸漸繁複起來。重瓣、牽扯，外方而內圓。後來，當他將其中一塊拉開，看到竟然如彈簧般，可以一圈套一圈地展開。不禁稱奇，同時間在心裏莞爾了。

他轉念一想，他切了十年，便是墨守成規的十年。這個人不過切了幾天，便已耐不住規矩。

終於在這夜，他打烊後，又折返。果然看見後廚的燈亮著。

透過窗子，他看見露露正在案上切一塊豆腐乾。手法已十分嫻熟。停一停，想想，接著又切。切好了，就看露露將那豆腐乾慢慢鋪展，就如同一張明黃色的剪紙。在燈光底下，恰有影子投過來，落在露露臉上。露露便有喜氣，眼裏星星閃閃，那是成就的神色。

五舉咳嗽了一聲。露露看見他，慌了一下。

五舉慢慢說，我落了東西回來拿。

但他發現這預備好的解釋，實在多餘。因為露露很快就鎮靜了。

露露說，舉哥，謝謝你。看破莫說破。

五舉說，你切得很好。

露露說，切得好又有什麼用。偷師來的，上不了檯面。

五舉沒有說話。露露就笑嘻嘻地問，莫不是有人真的想教我？

五舉說，你用來練手的豆腐乾，天天賣不掉。我唔想嘥咗。

第二天，露露特地泡了一壺茶，要五舉飲。茶裏放了紅棗和荔枝。

五舉說，這是什麼講究。不說清楚，我可不敢喝。

露露吐吐舌頭，說，你當年在「同欽」拜師傅，不喝「拜師茶」討個口彩嗎。

五舉撓撓頭，說，討的什麼口彩。

露露說，你喝下去，是要我「早點勵志」。

五舉恍然，哈哈大笑，什麼都還沒學上，鬼馬倒先有了一堆。

他剛喝上一口。露露扯過椅子上一只坐墊，當作蒲團，就要給

他下跪。

五舉慌得趕緊扶她起來，說，這成個什麼話，也不怕折了我的陽壽。

五舉教露露，是真用了心的。

當年，明義是一五一十地傳給了他。他便也和盤地想教給露露。他有他的規矩。先去問了素娥。素娥聽了說，好事。

五舉沒說話，看著她。素娥說，當年鳳行想學廚，她爸嫌她是閨女，要嫁外姓人，不教。不是她執拗，這門香火早就斷了。咱們是半路出家的廚子，哪來這麼多的講究。她肯學，你肯教。一門手藝，能傳下去總是好的。

五舉心裏，便篤定了些。自到觀塘後，他多時不做大菜了。倒不是技癢，也是怕自己生疏了。若論學廚，他是幸運的。這一行哪有沒偷過師的。他沒有。在「同欽」，都是做師父的言傳身教。而岳父和鳳行，因顧念他是粵廚出身，更是循循善誘，從未給過委屈他吃。他自己也想，這「偷師」究竟有無好處。偷來的，一般人學到了師父表面的皮毛，只是形似，內裏難得其神。而悟性高的，偷了其表，但因為無人往深裏教，便多了自己許多的琢磨與想像。走得好的，倒成就了自己，獨樹一幟。可把握不好，入了旁門左道。就像武藝，怕要走火入魔。

因為前面的事，五舉看出露露的聰慧，但是走偏鋒的性情。畢竟沒有學廚的根基，人稍嫌浮躁了些。他就暗暗地想了教她的方法。

五舉記得榮師傅當年訓練他，用的那「一慢」「一快」的功夫。便想，教露露，要從「吊糟」起。

說起來，「糟」是本幫菜裏的魂。取其醉，得其鮮。這鮮又難以形容，比酒醇厚，比醬清雅，是「酸甜苦辣鹹」之外的第六味。但凡將大葷之物糟上一糟。肥膩盡消，入口鮮成甜爽，健脾開胃。人總說本幫「濃油赤醬」，有此一「糟」，便是十足的中和之道。但這「糟」裏，學問很大。第一是要陳。食家袁子才說「糟油出太倉，越陳越

香」。但如今本港的上海菜，多是買現成的糟汁，在「十八行」看來，是很不上路子的。也只有他們，還堅持用自己的陳年老糟泥。當年明義舉家從上海來港，輕裝上陣。唯獨手上捧了八年陶罈花雕的黃糟。到了去邵公家裏做「糟缽頭」，用的還是這糟泥製的糟滷。而「十八行」聞名的當家滷水，多靠的也是它。

這糟滷出得可不容易，全靠一個「吊」字。一斤糟泥，一斤花雕，香葉、八角，花椒，桂花，拌勻了，用繩子吊起來，地上接個大海碗，就這麼一點點地滴下來。「吊糟」的當口，一邊做「糟油」。講究要冷鍋下涼油，把老糟泥化開。然後開小火，便攪拌邊熬。這裏頭，要的是十足的耐心。因為糟泥裏頭有水分，熬著熬著，水泡不間斷地冒出來。這得熬到最後一個水泡都看不見，關火，濾掉糟泥，濾出糟油，才算是成了。

五舉便用這一吊一熬，磨練露露的心性。手不能停，眼裏還哪頭都不能耽誤。說起來是熬糟，但其實，就是個廚子長年練就的眼力。

露露看起來魯莽，心是細的。可是到底還是不熟火候的深淺。煉那糟油，到了糟香飄出來，興頭頭地看五舉，卻沒來得及關火，生生地出了焦糊味。

她便很沮喪，五舉寬容地笑笑，口卻沒有鬆，只說四個字，倒掉，重熬。

這是練心，再一層，便是力氣。本幫行裏，這多是女廚的軟肋。鳳行告訴過五舉，當年只因兜腕掂勺的功夫，差點就入不了行。所幸一道「紅燒鯽魚」，成敗一蕭何。可露露不同，敦敦實實，往爐前一站，架勢先十足了。力氣自然是不缺的。這一記「大翻」，給她練得是虎虎生風。但是，五舉讓她在鍋裏放的，是生米。因為細碎，比當年鳳行用來練的鐵砂，更吃力，也更難控制。一不小心，就灑了一地。灑到地上，五舉就讓她撿起來，一粒都不能剩。撿到鍋裏，再練，但凡灑了出來，就再撿。露露的魯莽與浮躁，就漸漸收斂了。

五舉呢，從三分之一鍋的米讓她練起，加到了半鍋。最後加到

了大半鍋。露露一抖腕子，穩穩落下來，居然可以一粒米都沒有灑出來。

五舉心下安慰，卻沒有說出來。他想，這個露露，還真是個學廚的好手勢，難不成是祖師爺賞飯吃。

他看見露露，又跑到廳堂裏去拜媽祖。上了一炷香，然後擺供果。擺了三只橙子，不甘心似的，又添了兩只芭樂。碟子不夠大，芭樂要往下滾，露露就小心翼翼地一一捧上去。

可是，到了教菜，五舉才發現了露露的短。露露燒菜，手下是不大有數的。這沒數，多半是因為過了頭。一個就是火候。蒸、煨、糟這樣的功夫菜還好。但到了紅燒、生煸，燒糊真是常有的事。一次爆炒河蝦，油放得太多，在鍋裏起了火，竟難以收拾。每每如此，看她手忙腳亂，五舉雖不忍斥責，但臉色也就沉了下來。而放起料，下手又是格外沒輕重。本幫菜已經擔了「濃油赤醬」的名聲。可露露放起甜鹹佐料來，大鳴大放到了驚人的程度。五舉教她「響油鱔糊」，她如法燒了，賣相是真的不錯。她自己也得意洋洋，請大家品嚐。眾人興致勃勃。可下了一筷，阿得就吐了出來，忙不迭地喝水，說，路仙芝，你是不是打死了一個賣鹽的。

五舉想，大約是她太熱烈的性情，影響到了對味覺的判斷。就琢磨得給她一點節制。他就花了些時間，以自己的經驗，把每道菜的佐料的份量，都寫了下來。以湯匙為計，讓露露照著做。開始，露露覺得束手束腳，很不高興。還挑釁似的，按這方子煮一道湯，自己喝一口，說，嘖嘖嘖，這味寡得，比寡婦還寡。

著急起來，她又大喝一句，我還是燒我的肉骨茶吧。

五舉聽了她的泄氣話，不動聲色，便說，也好，人各有命。

露露可是個認命的人？一鼓腮幫，一擰眉毛，便只有忍著照他說的做了。

到露露出師，真是整了一大席菜。味道先不論，排場是很有的。

煎炸烹煮，滿當當的一大桌子。

除了店裏的人，自然還邀請了工業區裏熟識的工友，還有以前的幾個小姊妹。她一人敬一杯酒，說，我可是熬出來了。

露露緊張兮兮的，看哪道菜誰少動了一筷，劈頭就問，不好吃嗎？

那人看她怒目金剛似的，趕緊夾了，吃一大口，說，好吃好吃。怎麼這麼好吃呢。

有人就說，露露，你敬了一滿圈，怎麼不單獨敬敬你師父。

露露趕緊倒滿一杯酒，走到五舉跟前，對桌上眾人道，都說，教會了徒弟，餓死師父。我現在最怕舉哥滅了我的口。

阿得就起鬨說，那不至於，我最怕你砸了我姐夫的招牌，才是正經。

露露沒有砸了「十八行」的招牌。相反，因為她入了廚，嘴快的在工業區傳了開來。由於她往日的聲名，來幫襯的人，倒漸漸多起來。

露露做的本幫菜，很受工人們歡迎。說到底，但凡菜式流轉到了外地，再怎麼法度謹嚴，還是各人有各人的味兒。五舉是粵廚出身，在食材和佐料的使用上，是頗為節制的。但到了露露，那可是咖喱和峇拉煎鍛鍊出的味蕾。做出的菜來，味道便分外的厚，連醬汁澆頭都是濃墨重彩，倒是恰恰合了工人疲累一天，想要大快朵頤的好胃口。五舉呢，雖仍覺得她的手勢有些粗糲，可擋不住被人喜歡。他心裏便想，這個露露，在哪兒都是時勢造英雄。

但是，有這麼一回，五舉是真的有些動氣。

那天「麻甩佬」來，露露做一道青魚湯卷。做上來，湯色很好。可「麻甩佬」嚐一口，只覺得怪，便問五舉怎麼回事。

五舉問露露。露露說，嗯，可能是魚頭煎得不夠，下了湯煨了半日，就是不起稠。我呢，就往裏面倒了點椰奶。你看，現在奶白奶白的，要湯色有湯色，要滋味有滋味。交關好！

看露露面有得色，五舉更氣了，說，你這不是胡鬧嗎。

露露立即跑到廳堂，對「麻甩佬」一拍桌子，問他，你就說吧，味道好不好？！

「麻甩佬」怯怯看她一眼，低聲說，好，還是好的⋯⋯

露露立即返身對五舉說，吃的人都說好，怎麼叫胡鬧。

五舉也啞口，半晌道，在湯裏頭放椰奶，我做了十幾年的廚子，聞所未聞。

露露說，那是你見識少！我們馬來的叻沙湯頭，放得椰奶；泰國的冬陰功，也放得椰奶。怎麼就你們上海菜放不得？

五舉耐下心來，正色道，露露，一菜一系，根基是不能動的。有些能改，有些不能改。像你這樣，一個菜就傷筋動骨了。

露露滿腹委屈，恨恨說，我跟你學廚。沒想到你年紀輕輕，內裏卻是個老古董。當年你做「水晶生煎」、「黃魚燒賣」、「叉燒蟹殼黃」，哪一個是地道的上海點心？廣東菜裏的好，能用在本幫菜裏頭。我的卻不行，說到底，你還是嫌棄東南亞的東西蠻夷！

五舉看她臉漲得通紅，鬥雞似的。一時覺得秀才遇到兵，便搖搖頭，嘆口氣，回到後廚去了。

露露呢，便也不睬他，連著好幾日。可過了一個星期，「麻甩佬」和「老克臘」一起來了。露露悄沒聲地，將一盆青魚湯卷，端上了桌，說，姑奶奶我請你們的，趁熱吃。

看「麻甩佬」愣愣著，張口結舌的樣子。露露甜甜一笑，說，還不動筷子，湯裏頭又沒下毒。還有，一滴椰奶也沒放！

這一年年末，阿得的大哥來了香港。

以往明義兩口子，帶著阿得與鳳行回去。如今大陸開放了，大哥可以申請來探親了。

五舉是第一次見。覺得大哥的形容，與明義很相像。但看上去，面相更勤勉些。像是上一輩的人，年紀當然是大了些，大約是這些年的艱辛打下的印記。他說話舉止，輕言細語，是很謙恭的江南男人的樣子。

　　大哥對五舉也很和善，讓他煙抽，是一種叫「紅塔山」的香煙。五舉笑笑說不會。他不甘心地又敬他，說，這是大陸最好的煙了。他說，多虧五舉這些年，對阿爸姆媽的照顧。倒是他這個做大哥的，很不孝。也沒辦法，鞭長莫及。

　　五舉問大哥，當年為什麼沒有和全家一起來香港，選擇留在上海。

　　大哥沒有說話，沉默半晌，再抬起頭，笑了。眼角的褶子也都密密地疊在一起。

　　大哥說，我不留在家裏，現在誰來接阿爸回去呢。

　　五舉便知道，明義是要歸根返鄉了。這是他生前的遺願。

　　大哥已經安排好了墓地。留好兩穴。明義先下葬後，等素娥百年。

　　這是家中大事。戴家的人，少有聚得如此齊全。

　　有人就說，讓鳳行也回去吧。陪著阿爸。

　　又有人說，鳳行是出嫁後過的身，要跟著老公留在香港，才合規矩。

　　大家沉默一會。有個阿嫂，在背後嘟囔一句，他自己都是個入贅的。

　　聽到這裏，素娥原本半闔的眼睛，倏然睜開了。她開口道，五舉，現在就是我的兒。鳳行是我兒的媳婦，要跟我兒留下。

　　她說得很慢，卻擲地有聲。便沒有人再說旁的了。

　　這事，終於傳到了餐館裏。露露特地倒了一杯茶，走到素娥跟前，說，姨，我佩服你。我未見過鳳行姐。我看你，就好像看到她的樣子。

　　素娥接過茶，深深嘆一口氣，目光卻在遠遠的地方。她說，你不知道，這些年，五舉這孩子受了多少委屈。

　　素娥帶了全家人，回去了上海過年。自二十多年前戴家移民香港

來，這是第一次。

　　素娥也要五舉一同上去。五舉笑著搖頭道，不了，總要有人在家裏看店。

　　其實觀塘的工業區，過年時生意是極清淡的。因為老闆和工人們都要回去原鄉過年。平日人氣旺盛的工業區，一下子便寂寥下來。

　　到了年初八，人們才陸陸續續地回來了，反而有了比港島市面上遲滯的熱鬧。工廠、商舖門口都立了花牌，貼了楹聯。張燈結綵，有了普天同慶的架勢。老闆們為了鼓舞士氣，一邊給工人們派新年利是；一邊呢，忙著請吃開工飯。那份欣欣向榮，並不輸除夕前的尾牙。

　　觀塘碼頭的「榮信貨貿」，把開工飯定在正月十五。老闆是個老上海，跟「十八行」訂了一席，卻要在公司裏吃，大約是要勵精圖治的意思。

　　五舉做好了，便和露露去送貨。五舉蹬著「三腳雞」，後面坐著露露，護著滿車的食盒。一路上，遇到了熟識的老闆、或是工友。就叫住他們打招呼，一邊從懷裏掏出一封「利是」給露露。露露就下得車來，對他們拱拱手，歡天喜地地說「恭喜發財」。

　　五舉就打趣道，我們露露人緣好啊，坐在車上都有錢收。

　　露露聽了就扁扁嘴，說，還不是這麼老了嫁不出，才被人可憐派利是。

　　五舉不知怎麼接話。倒是露露問，舉哥，你是第一次一個人過年吧。

　　五舉想想，說，嗯。小時候跟阿公。到了「多男」認了阿爺，阿爺大小年節都帶我過。在「同欽」呢，也跟師父過。後來就和你鳳行姐一家人過。說起來，我是孤兒，這樣的命，也算是好的。

　　露露沉默了一會兒，說，我到了香港後，都是自己過。

　　貨送到了。上海老闆留他們喝了酒，彼此說了許多的吉祥話，才放他們走。

出來時，五舉有些搖晃，說，年紀大了，才喝了這些酒，就有點量了。

露露說，得虧我還為你擋了幾輪呢。走，得到海邊吹吹風去。

這時，五舉一看車裏，竟然還留著一個食盒。他一拍腦袋，說，壞了，我這大頭蝦。不知是不是涼菜，趕緊給人家送上去。

露露笑而不語。

五舉就打開來，看裏面是一只精緻的紙盒，上面寫著「美意西餅」。

五舉一臉惶惑。這時露露走過來，將那紙盒開開。裏面是一個蛋糕。蛋糕上面，用奶油雕了兩個紅頭髮的小天使。上面用花體的英文寫著「Happy Birthday」。

露露說，舉哥，生日快樂。

五舉愣一愣，半天才想起來，訥訥地說，我都不記得自己的陽曆生日，你是怎麼知道的。

露露說，我自然有辦法知。

五舉說，我是好久沒過生日了。一個大男人，也不講究。只記得約莫在正月裏頭，前後都一團熱鬧，誰還記得這個呢。

露露掏出一盒蠟燭，點上，要五舉吹。蠟燭星星點點的，在夜色中晃了兩個人的眼睛。五舉笑著，剛嘟起嘴，卻很不好意思似的，又闔上了，說，都不知該怎麼吹，全是細路仔的玩意兒。

露露說，這樣吹。於是吸一口氣，「呼」的一聲，將蠟燭全吹滅了。

看五舉一臉驚訝，露露哈哈大笑，嬉皮笑臉道，我幫你許了個願。

五舉仍木獸獸的。露露說，舉哥，我的生日，也是正月裏。這下好，一個蛋糕一鍋燴，還落你一個人情。

五舉臉上的表情，鬆弛了下來，說，好好，這樣好。露露會精打細算。

兩個人就坐在台階上，切那只蛋糕。露露小心翼翼地，將兩只小天使，完整地切下來，一只給五舉，一只給自己。

露露說，我每年生日，都給自己買個蛋糕，一個人吃。上回有人

給我買蛋糕，是我爸，好多年前了。

露露問他，好吃嗎？

五舉回說，好吃。就是奶味重些。這上面的外國字，倒是寫得幾靚哦。

露露笑，逗他說，西餅上當然是寫外國字。難道寫「福如東海，壽與天齊」？

五舉想一想，道，說起來，我也有十幾年沒吃過西餅了，自從離開了「同欽」後。

露露停下口，等他說。可五舉看她神情嚴肅，卻沒忘了用舌尖將嘴角的一點奶油舔進嘴裏，是個一本正經的兒童樣子。心裏也想笑。

五舉擺擺手，說，也沒什麼。就是做過唐餅的人，心裏的一點顧念吧。

這時候，海上忽然響起了汽笛聲。有慢慢移動的龐大的綽綽的影，那是來觀塘避風塘靠岸停泊的遠洋貨輪。近處則有來往於與北角兩岸的輪渡。船上纏繞著星星點點的燈火。細心的船家，還在船頭掛了紅色的燈籠，這船便立時喜慶了幾分。稍開快了些，便激盪著海水波浪激灩，像是想要夜歸的孩子。靠岸了，人三三兩兩地從船上下來。臉上的表情，怡然或者焦灼。拎著東西，駐足觀望的，是等人來接的。

他們靜靜地看著。露露說，當年我和我爸，坐船剛到香港。那天，我暈船得厲害。落了地，忽然聞到一陣很香的味兒。我爸說，我煞白的臉色立時就好了。我們就循著那香味走。原來是碼頭上的一間賣魚蛋的檔口。我一口氣吃了十二個魚蛋。我到現在都記得那味道，真好吃啊。我吃完了，抹抹嘴巴。我就說，爸，這裏好，我們不要再走了。

我跟我爸，走了那麼多的地方，終於在這裏留了下來。那年，我十一歲。

沒等得及我長大，我爸又走了，不知到哪去了。我已經記不清楚他的樣子了。可是，每次聞到魚蛋的味兒，我都會想起他。我爸說，我到了哪裏，都是個小娘惹的舌頭，只喜歡味重味厚的。可是，味不重、不厚，怎麼能記得住呢。

他們兩個遙遙地望著。那拎著東西等人的，終於等到了來接他的人。兩個人，便都在心裏鬆一口氣。

夜深了些，碼頭上的人漸漸的稀少。甚至潮聲也寂靜了些。這時，近旁不知哪家打開了收音機，聲音開得很大，從窗口裏飄出來。是電台的「金曲點唱」節目，旋律響起，原來是〈何日君再來〉，鄧麗君的版本。歌聲是裊裊的，甜甜的，混著海浪的聲音。

露露也跟著唱，唱到中間，將手指環成了酒杯的形狀，笑吟吟地對五舉唸白，來來來，喝完了這杯再說吧。

說罷作了一飲而盡的手勢。五舉也笑了。

露露站起身，身體旋轉了一下，便在歌聲中跳起舞來。露露的舞姿是優美的，雖然沒有曼紗倩服，但仍然跳得輕盈飄逸。舉手投足，旁若無人。這碼頭闊大，便是她的舞場；月色清朗，是幽幽明滅的舞台燈光。

五舉抬起頭，今年元宵的月亮，真是好。大而圓，毛茸茸的，竟一絲霾也沒有。

露露跳著跳著，跳到了五舉的面前，對他伸出手。五舉搖搖手，說不會跳。露露乾脆牽住他，將他拉起來。露露將五舉的手，擺在自己腰間，然後扶住他的肩頭。她讓他聽著歌聲的節奏，跟她走。慢慢走，慢慢走。他不慎踩了她的腳，慌亂間要鬆開。那手反拉得他更緊了。

慢慢走，慢慢走。他跟上了。五舉覺得自己在挪移旋轉中，看著海天也在旋轉。他覺得自己飄起來了，剛才的微醺，似乎又回來了。他自如起來，覺得體內的血液也奔騰了一些。露露說，舉哥，你跳得很好啊。

「好花不常開，好景不常在。愁堆解笑眉，淚灑相思帶。今宵離

別後，何日君再來。」露露哼唱著，與他又貼近了一些。五舉聞到了一陣豐熟的香，這氣味擊打了他一下，卻又讓他猛然鬆懈下來。他聽到了自己的心跳，也聽到了露露的心跳。那心跳聲越來越清晰，或疾或緩，匯合為一。漸漸地，他閉上了眼睛。

當他們重又在台階上坐下來，還聽得見彼此未定的喘息。五舉的心跳弛緩了。藉著月色，他看到近旁的礁岩，慢慢露出了崢嶸的輪廓。原來是已經落潮了。

不知何時，露露將頭挨在他的肩上，好像是已經睡著了。她顴上微紅，額頭還有薄薄的汗，呼吸很均勻。夜風吹過來，五舉又聞到了剛才的氣息。熱騰騰的，在風裏稀釋了，有點淡淡的甜。這是他身邊的女人的氣味。

五舉將自己挺得更直了些，生怕會吵醒她。露露咂吧了一下嘴巴，厚厚的唇間有笑意，像是做夢的孩子。五舉側過臉，看見她的睫毛很長，濕漉漉的。不知怎的，他終於沒有忍住。他輕輕低下頭，在她額上吻了一下。

這時的海風大了一些，帶著濕潤而腥鹹的氣味。五舉覺得心裏，倏然輕快了。

隔了一天，五舉去看鳳行。

露露也要跟著。五舉想一想說，好。

五舉灑掃鳳行的墓，給四周圍除了草。然後擺上供品，又拿出了一瓶花雕。倒上了一杯，灑給了鳳行。又給自己倒上一杯。

五舉說，鳳行啊。今年姆媽和阿得回了上海，我來看你。這個是露露，也來看你。

露露也倒上一杯酒，喝了，說，鳳行姐，我敬您。我跟舉哥學了廚，我是他的徒弟。您的「簑衣刀法」，也傳給我了。

五舉說，今年擺的供，有「蘭花豆腐乾」，你嚐嚐。是露露切的。這是咱們的刀法，也有她自己的。

他們兩個，就給鳳行燒紙錢。一隻松鼠不知從哪裏跑出來，拱

起手，用晶亮亮的黑眼睛看著他們動作。看了半晌，又忽地鑽到草叢中，不見了蹤影。山風颯颯，火旺了。火勢很猛，挾裹了紙錢。有些燒成了灰白的燼，有些還在燃燒著，被風揚了起來。風越來越大。燒著的紙錢竟然飄到了半空中，紛紛揚揚，像是漫天的蝴蝶。

五舉看得有些獃，一顆灰燼飄到了他的手背上，倏地將他燙了一下。

這時，露露上前一步，蹲下身來，說，鳳行姐，您放心。我會好好照顧舉哥的。

五舉一驚，回頭看露露。露露的臉上神情泰然，目光是定定的。

這時，風小了，紙錢落了下來，靜靜地落了墓碑上，和他們的身上。他們兩個都沒再言語。只聽得腳邊的草，被微風吹得簌簌作響。

他們回來後，話少了，或許也是因為有了默契。五舉心裏暗暗地作了一個決定。

待素娥與阿得回來，臉上都有些喜色。素娥的形容似乎比離港時好了一些。他們說著此行在故鄉的見聞，見了許多多年未見的親人。如今的風物與氣象，也遠不是記憶中的了。

阿得也歡天喜地的。悄悄將五舉拉到了一邊，打開一個錦匣子給他看。裏頭是一串珍珠。那珍珠顆顆圓潤飽滿，晶瑩剔透。

素娥走過來，微笑說，跟你姐夫還神神祕祕的。這是舅爺給他的「東珠」。舅爺在普陀山上做居士，說他算出來，咱家裏要有喜事。

阿得說，姐夫，你說，我幾時和露露說呢。

五舉喃喃道，露露……

素娥說，嗯，舅爺說，這個新抱，是東南位向，丙火命人，與咱們阿得正相配。露露這孩子，跟我們家這些年，總算是知根知底。人都有過往，計較不得。我如今看她，很好。你說呢。

五舉張張口，究竟沒有說話。

素娥望望他，說道，舉，了卻阿得這椿心事，我就合該閉眼了。

隔大清晨，五舉早入後廚，收拾鍋灶。聽到有聲響，抬起眼，看見有人正向門口走出去。露露的背影，是硬硬的。她只一徑往前走過去，並未再回頭。

阿得與露露的婚禮酒，擺在了三月。

五舉親自掌的勺。

戴家許久沒有喜事了。也是二十多年攢下的好人緣，來了很多客人。北角的老街坊們、灣仔的食客、觀塘的工友，加加埋埋，有十幾桌。主婚人是「老克臘」，不知怎麼，說了幾句，竟有些老淚縱橫。露露穿了紅緞的大襟衫子，戴了一身的龍鳳金飾。先給素娥磕頭，敬新抱茶。大家起鬨，讓她與阿得喝交杯酒。露露一口氣喝了，然後朗朗地笑。

五舉遠遠看著。一邊實實在在地滿心歡喜，一邊發著空。

觥籌交錯，挨桌敬酒。阿得不勝酒力，漸漸醉了。露露扶著他，輪到他敬人，露露搶過來便喝。人們就又說，阿得好福氣，娶個疼人的老婆。

一對新人，過來敬五舉。露露給阿得斟滿，說，得，你好好敬敬姐夫。

她又給自己倒上，喝下去，說，這杯是露露敬姐夫。

卻又倒上一杯，穩穩端起來，說，這一杯，是路仙芝敬給師父的。

五舉見她喜紅臉色，眼裏含笑，對他亮一亮杯底。也便倒上酒，喝下去。沒來由的，這酒如一股熱流，滾燙地灼落去，讓他狠狠地疼了一疼。疼得，猝不及防。

他佝僂了一下身子，讓自己挺一挺，對著他倆說，得，成了家，就是大人了。姐夫祝你們，百年好合。

我們離開了觀塘公眾碼頭，經駿業街，沿著觀塘海濱長廊一路走。長廊很長，所經過之處，有些在夕陽下跑步的人，還有嬉鬧玩耍的孩子。都被光線籠罩得金燦燦的，連草地都如同漫無邊際的織錦。能見度很好，清晰地看見啟德郵輪碼頭和跑道公園。近旁有人鼓掌，

是一支青年人的樂隊。低吟淺唱，謝安琪的〈囍帖街〉。

「好景不會每日常在，天梯不可只往上爬，愛的人沒有一生一世嗎？」

五舉山伯，站定了，默默地看、聽。一直聽到一曲終了。他對我說，他們唱的囍帖街，是靠皇后大道東的那個嗎？已經沒了吧。

我點點頭，終於問他，那時候，你後悔過嗎。

我看到他愣住，似乎很久才明白我問的是什麼。我看到山伯的手，垂了下來。手指沿著褲縫摩挲了一下，然後緊緊地捏住。這一刹那，我有些後悔，覺得自己問得殘忍。這問題看似好奇，卻關乎可能改變他一生的那個決定。

然而山伯的手，鬆弛下來，他看著我，笑了。笑得十分真誠。他說，後不後悔，也過去三十多年喇。

此時，人群中傳來了驚呼。原來是海的上空，竟然聚集了濃密的火燒雲。對岸的鯉魚門，在深重的暗影裏，有噴薄而出的血，紅得遮沒了這世界上所有的其他的顏色。我身邊的山伯，也成了一個紅彤彤的人。他的頭髮、眉毛與眼睛，都滲進了血色，並沿著臉上縱橫的溝壑，慢慢地流淌下來了。

露露嫁到了戴家，便不再允許外頭的人叫她露露。她是真的會惱。作為引導，她自稱阿芝。再年長些時，旁人叫她得嫂，以後的小輩人便叫她芝嬸嬸。

此刻的芝嬸嬸，人依然敦實，很勤勉。話並不多。看著阿得，有一種縱容而無謂的神情。她和所有人一樣，稱五舉為山伯。

但有一個人，自始自終都叫她「露露」。幾十年並未改過口，似乎帶著某種挑釁的意味。

我的朋友謝小湘，每談及此，也會以無奈的口氣。他說，我爸明明知道這樣叫，芝嬸嬸會即刻變成烏眼雞。但他還是要這樣叫，好像不知死。

其實露露和阿得的婚禮，謝醒是來了的。不請自來，還帶了賀禮，但露露沒有讓他進門。

但此後，他便天天來。來吃飯。揚手不打笑臉客，開門做生意，誰也拿他無奈何。來了，便點一個紅燒肉碟頭飯。要一碗例湯，有時是粉葛，有時是花生雞腳。喝完了，他便再要一碗。也不理店面上的侍應，直著喉嚨，揚聲叫露露。露露給他裝一碗湯，克制地笑笑口道，謝生，「明珠」店大業大，缺你一口湯喝？

謝醒便說，自己鍋裏的湯，喝多了厭。在你這兒，多喝一碗都是佔便宜。

謝醒自然知道，讓「十八行」上下生厭的，是他自己。可他並無什麼踰矩的行為。吃了飯，喝了湯，只是靜靜地坐著看報紙。偶爾與其他客聊上幾句，也是溫和風趣。因為人屆中年，發了福，其實多了一些敦厚的樣子。頭髮仍然梳得一絲不苟，西裝革履，看上去是個很體面的人。不明底裏的人，瞧他每日在這裏吃飯，仿佛在「十八行」是屈就了。有時看露露不免對他厲言厲色，竟至於有些鳴不平。有人便調侃，阿芝，這位老闆真是好聲氣，肯定和你有故事。

露露也笑笑看他，說，使乜講，定是同你老母有故事。

婚後的露露，也就是阿芝，言語比以往更潑辣了些。行止卻收斂了許多。她不想看到謝醒，其中除了往日過節，還有她個人的過往。謝老闆，每日都從灣仔的市中心，過海來觀塘。吃個飯，跟各種人聊聊天，然後莫名地消耗一個下午，便在晚市來臨前回去。準點準時，像是上班一樣。

有一天，他又讓露露給他添湯。露露道，今天佛手瓜切得塊大，當心噎死了。店小本薄，不償命。

謝醒回她說，怕是我沒死，這店先死了。

露露心裏一驚，想起這人往日手段。心中慍怒，卻並沒有聲張，輕輕說，你又想搞什麼蠱惑。

謝醒說，想知道？

露露有了底，他不過故弄玄虛。拿起抹布擦桌子，落力擦，擺盡了逐客樣子。

謝醒說，和你說上一回，我往後再不來了。

露露平白消失了一個下午，回來時樣子有點失神。

阿得心急火燎，問她去了哪裏。露露說，去灣仔見了謝醒。

這些天的積累，正在新婚燕爾之時，阿得本來就心中不爽。聽到這裏，不禁無名火起。也想自己作丈夫的，立威心切，抬起手就要打人。

露露皺著眉頭，一把握住他的拳頭，狠狠一捏，幾乎「喀吧」作響。阿得被捏得生疼，正要求饒。露露卻鬆開了手，嘆一口氣，道，他說，要把灣仔老店還給我們。

露露也不明白，謝醒為什麼選了她作為談判的對象。

因為駐守觀塘，她其實很少回灣仔來了。也未估到，不過幾年，灣仔的變化會如此之大。她心想，地鐵把這一區的氣象，還真是改得天翻地覆，可能連風水都改掉了。

她多半也是心裏有些避忌，也並未探訪故舊。直接和謝醒見了面，就在以往的「十八行」。她沒承想，這麼好的市口，謝醒並未用來做經營的用途，倒是改成了自己的一間茶室。

謝醒大約看出她在心裏罵著暴殄天物，呵呵一樂，說，放心，我就算再白擺著十年也虧不了。你知道這地鐵一開，附近的樓價好像坐了火箭往上升。

露露不動聲色，卻忍不住上下打量。謝醒也不說話，專心洗茶，漸漸氳氤起熟普的香氣。謝醒給她倒上一杯，冷不丁地問，想回來嗎？

露露心下一顫，像被人道中心事。謝醒微笑，繼續說，你們這個觀塘的店，不長久。

露露回過神，不屑道，你是哪方土地公，能管到海對岸去。我們店裏有媽祖，不勞你費心。

謝醒說，我是嘗不著。我是聽來的。

露露眼眉一挑，想這人吹水吹慣了，把個個人都當水魚。且聽他往下怎麼說。

謝醒泡了二泡茶，舉起杯子看茶色，慢慢說，你以為我天天在你店裏磨洋工，聊閒話？不多待幾天，那些開工廠的老闆，怎麼會跟我掏心掏底。現時還有不少人幫襯你，靠的是什麼，這觀塘還是香港數一數二的工業區。你們家阿得不是才上去上海，可該知道。如今大陸開放，多了四個經濟特區，吸引外資。觀塘的老闆們，心思活絡的，都想著把廠子北上移到內地去。地價低，廠房便宜，工人的人工也低。還不用在香港整天看工會的臉色。要是我，我也走。你想想，廠子都走了，工人解散，誰還來吃你們的飯。你想的是小富即安。從長計議，怕是到時媽祖也保不了你。

這在灣仔，可不同了。你看看，這附近新起了多少寫字樓。這寫字樓裏，又得有多少人能填得滿。再過幾年，那裏……謝醒遙遙一指，就是會展中心。到時候，人山人海，這舖頭可是必經之路。

露露滿腹狐疑。她想想，正色說，謝老闆，當年你把戴家逼走。這筆帳還沒清。做人有果報，天在看著，你得給自己積點德。

謝醒哈哈大笑，道，我請你們回來，不就是浪子回頭嗎。

露露說，那你要什麼條件。這地價一漲，舖租怕是我們也付不起。

謝醒喝一口茶，茶水好像在他喉頭滾動了一下，讓露露分外難受。他說，舖租我不加，走的時候什麼價，回來一樣。

不知為什麼，露露心裏反是一涼。她說，陰功，這可真是天大的好事了。

露露和阿得合計了很久，怎麼說服姐夫去參加這個廚王爭霸賽。

他們說得小心翼翼。

誰知五舉聽了，沒怎麼多思忖，就同意了。

這個叫做「錦餐玉食」的比賽，策劃人是謝醒。

謝醒說，五舉入了前三甲，就將灣仔老店還給他們。

謝醒說，如果得了冠軍，舖頭十年免租金。

謝醒說，他陳五舉只有回到灣仔，才有可能做大菜。難不成在觀塘，做一輩子碟頭飯？

這些都沒有打動五舉。是露露的話，讓他心裏一動。露露說，舉哥，「十八行」是在灣仔起來的。那是鳳行姐學廚的地方。

拾伍 · 秋風有信

凡燉法者有三要：一煠二湯水恰可，三要不失原味。此三者不可缺也；凡炒法者有七忌：一忌味不和，二忌汁多少，三忌火色不勻或老或嫩，四忌小菜不配合，五忌刀法不佳，六忌停洽，七忌用油多少。此七者不可犯也。

——紅杏主人《美味求真》

誰也沒想到，謝醒會把陣仗，搞得這麼大。

他是躲在了幕後，出面的是香港廚師總會和亞洲電視。這會兒的香港，中英談判僵持不下，又陸續經歷了股市數次迭轉。香港人日益務實，其中一個體現，便是把精力，都放在了「吃」上。

吃得講究，也吃得繚亂。像「魚翅撈飯」之流，自然是今朝有酒今朝醉，上不得檯面的。但中西餐卻也在港九遍地開花，各成派系，有如春秋戰國。本港的優勢，又恰如海納百川。有種飲品的誕生，可見一斑，叫「鴛鴦」。是大排檔西茶檔的發明，其實是咖啡、紅茶與淡奶的混合。所謂「七茶三啡適量奶」，便如此時的香港，各種口味是來者不拒，浩浩湯湯，漸成大宗。

但有的餐廳，也想著擴展本地市場，眾口咸宜，竟有了將各地菜系匯合一統的心思。一時間打著所謂「京川滬」招牌的新式餐廳竟漸成趨勢。原本水火難容的口味，看似被調和鼎鼐，可也因此多了遷就與混雜。正經的老牌餐飲主事，紛紛對之心生嫌隙，覺得弄出來許多的「四不像」。

於是香港廚師協會辦這麼個飲食大賽，便是讓各大山頭門派，有個拜拜祖師爺的機會。在本地的飲食界，則是為了正本清源。順道也

敲打下旁門左道、求新無矩的徒子徒孫，清理清理門戶。

　　謝醒靠在沙發上，細細地剪著一支雪茄，一邊看著電視裏幾個剪彩的人，個個喜氣盈於腮。十月如小春。一個穿著超短裙的女記者，正採訪廚師協會的會長。會長面目雍容，氣度不凡，說著似是而非的口水話。謝醒聽得不耐，咳嗽一聲。和他一樣不耐煩的，大約是會長身旁著名的落選港姐馮安妮。原本今年大熱，但偏被爆出未婚生子，功虧一簣，只落得一個「青春小姐」的虛銜。難為收錢來做花瓶，還能保持神情矜持得宜。謝老闆嘴角上揚，卻又即刻耷拉下來，冷冷一笑。

　　這是他親自請來的。他想在利舞台看選美，他是看客。如今還是看，心境卻不同了。這電視的好處，就是隔了層玻璃，看什麼，都像是作壁上觀。連帶這比賽的陣仗，便都不用身臨其境，精簡清靜了許多。

　　但這場比賽，在香港市民這一年的記憶中，卻是鏗鏘與喧鬧的。大約五月落幕的港姐選舉，其間有許多的黑幕與揣測，結果並不盡如人意。一番勾心鬥角，讓人們看熱鬧的單純的心，多少受了影響。食色性也。一臂未成，對食物的關注，倒成了某種代償，安慰了被敗壞了胃口。歸根結底，這自然是謝老闆的創意。口號是「美色易逝，美食無敵」。馮小姐倩笑，端著一碗天九翅的旗袍照。街招貼滿港九，蔚為壯觀，風頭竟然蓋過了同時期的立法局選舉。

　　比賽分區進行。港島西起摩星嶺、堅尼地城，東至柴灣；九龍則西起昂坪洲，東至於鯉魚門。滾動賽制，分時段直播錄播。因為賽期漫長，為了吸引眼球，這場比賽終成了本港全民的嘉年華。其間自然有許多的噱頭，大約也是為了節目效果。如為出身長洲的「蝦醬婆婆」陳七姐賀百歲的壽辰；又如天后電器道的牛腩粉世家盧氏兄弟相鬩。兄長憤而退賽，並且在媒體唱衰手足。這一番煞費苦心，飆高了收視率。其間一波三折，有炒作之嫌，亦為人詬病。但畢竟「民以食為

天」，大小食肆各出奇招，成就了檢閱本港的廚藝脈象，也調動了市民的豐盛食慾。

「陳五舉」這個名字，是人們在狂歡中落潮、走向審美疲勞時，脫穎而出的。

五舉代表觀塘出征。他是中規中矩的人，做菜就是做菜。又是平凡恭謹的面相。一個本幫菜廚子，沒有顯赫的師承，也無甚可圈點的履歷。他是不起眼的。就連對手也不屑與他明爭暗鬥。然而入圍賽便是如此，偏是這樣溫厚的人，評委們是庇佑的。因為不選他或許沒什麼，但選他一定不會出錯。表現乖張的那些，固然大鳴大放，只能是佐料。苦辣酸甜，稍縱即逝，靠自己是難以成就的。要入味，被人記住，終究還是靠食材本身。五舉就是這食材。

評委們也是循序漸進中覺出他的好來。比起港島，九龍始終還是新區，在填海中慢慢地豐滿著輪廓，內裏卻是日新月異的。廚師們，往往也沾染了風氣，想要在事業上標新立異，嶄露頭角。五舉，卻顯見是老派。在菜式的選擇上，他或許是保守的，評委們體會到的是從容。其實，在五舉本人看來，即使初賽，本幫菜食材的活、生、寸、鮮，倒也有許多表現的餘地。但他有自己的智囊，是露露和阿得。露露說，我們要穩。他們越是要攻，我們越守得住。

於是，五舉開始選擇的，都是耳熟能詳的菜式。所謂本幫菜的「老八樣」，在傳統上做文章。雖然都看似清新簡單的小菜，卻可見紮實的基本功。「走油肉」見的是火候，「扣三絲」見的是刀功，「紅燒鯿魚」見的是調味。全都是日常的，全是以「舊」來作了底，卻多少有那麼一點「新」。如「刀魚汁麵」上撒了炒熟的鮺魚籽；至於上海燻蛋，他則用了糟油來燻，糟香與淮鹽的煙燻味兒氤氳一處，是很奇妙的。這香味不霸道，熨帖地、小心地試探你的味蕾。就是這一點小心翼翼的「新」，默然打動了評委，一路為他護航。

讓五舉有了聲名的，是東九龍的出局賽。出的題是「海鮮」。對

手是粵廚，眾人皆驚。想這原非本幫系的強項，對五舉是刁難，多少
有些不公。

先是一道小黃魚。對手用了白貝來焗，一眼便知是「鮮上鮮」的
強攻手段，是要先聲奪人。眾人想這可輸定了，本幫製魚無非是紅燒
或蔥烤，哪裏香得過呢。五舉，出其不意用了「煎封」的法子。這黃
魚出來，外則甘香酥脆。裏頭的水分卻牢牢鎖住了，魚肉嫩滑清爽。
算是打了一個平手。

到了做蟹。對手呢，做的是澳門傳過來的「金錢蟹盒」。這製
法讓評委驚喜，大約因其繁複，在坊間漸漸失傳。也是一點冒險，
畢竟用豬網油包裹餡料，要做到鮮而不膩，是個挑戰，靠的油溫與
蒸發得宜。好在這廚師在葡汁上動了腦筋，竟掩飾了一些火候上的
不足。輪到五舉，用的卻是「避風塘」的炒法，眾人擔心他自己先
失守，投靠了粵菜。然而，卻見他待起味之時，遽然放進了準備好
的菜飯，和鹹蛋一起爆炒。評委們入口，眼睛不禁一亮。菜飯的糯
米，包容了蔥薑蟹肉的鮮香。是滬上「耳光炒飯」的改造，真是打
了耳光也捨不得放下。

最後一道呢，是生蠔。粵廚做的是「花膠金蠔燜花菇」，這是功
夫菜，算一個十分堂皇的收束。料豐味濃，是一場盛宴的高潮。可五
舉，卻反其道而行之。他將活生蠔，用本幫醉蝦醉蟹的辦法。用那陳
年的花雕醉了，只是撒上少許蒜蓉，便端上了桌。這倒難住了評委。
一濃一淡，一豐一簡。可一試之下，他們卻都將票投給了五舉。原
來，「花膠金蠔燜花菇」單獨品嚐，真是無可挑剔。但前幾道菜已是
馥郁饕餮，再豐盛也不過是錦上添花。可一道「醉生蠔」，其香甜簡
單純粹，不加雕飾，卻真真讓評委們的舌頭放鬆了，先醒一下，再軟
軟地著了陸。

此一役贏得十分漂亮，原是皆大歡喜的事。誰也未想到會橫生枝
節。既然上了媒體，他們自有思想準備，會挖出五舉的過往，帶出往
日與同欽樓的恩怨。先是上「家家煮」節目的照片，被翻了出來，附
了一篇文章感慨當年少年餅王的今昔滄桑。然而，意外的是，媒體的

注意力很快發生了轉移。因有好事者認出，給五舉打下手的幫廚，竟是在灣仔「翡翠城」叱咤一時的舞女露露。這一下了不得，瞬時間擊中了坊間小報們的興奮點。成版的專稿一一發了出來，說起露露的來頭，說她當年如何在風月場豔幟高張，又如何犯了行規，被大班掃地出門。說想不到她蟄伏廚界，看似洗盡鉛華，內裏卻與這位陳師傅不清不楚。

一時甚囂塵上。甚至有記者堵在了「十八行」的門口。

露露回去便哭了。不是大放大闔，是一個人躲在餐廳角落裏嗚咽。誰勸也沒用，是真正傷了心的樣子。阿得說，老婆，都是過去的事了，我和姆媽都不介懷。不哭了，我們以後好好地過。

露露抬起臉，說，我不是為自己哭。我師父這一路走過來，太不容易。我幫不了他，卻毀了他。

五舉嘆口氣，也勸她，說，阿芝，命裏有時終須有。大不了就不比了。

露露聽到，先是眼神空空的，目光落在那小報的照片上。是某年與姊妹參加一個富翁飲宴，自己的手搭在這老人肩頭，笑得前仰後合。她忽然心裏一定，眼神也聚攏了，莫名還有一點狠。她說，比，怎麼不比？！我們還要回灣仔給他們看呢。

接下來的比賽，露露再不穿那白色的廚師服。她將以往在夜總會的衣服從箱底翻出來，打扮得格外明豔，熠熠生輝。面對鏡頭，不再是低眉順眼的幫廚，恰是昔日在歡場上驍勇的一個人。這年月，她原本還想著要遮掩，此時卻豁出去了。她做了五舉做菜時的即場解說。她對著觀眾，自稱「芝姐」，該嬌嗔時嬌嗔，該魯蠻時魯蠻，永遠是風風火火的樣子。插科打諢，見風使舵。和主持人一來一往，嬉笑怒罵。自嘲起來，更帶著一股狠勁兒。倒比電視上大受歡迎的諧星，風頭上還要健上幾分。如此，很快便收穫了一大票的擁躉。到後來，有許多觀眾是為了看露露而追看比賽。收視率自然節節攀升。電視台經理，竟來講數，請她去別的節目客串。

露露便咧嘴一笑，大大方方說，好啊，等我舉哥拿到冠軍先！

　　只有在中場休息的時候，五舉看露露低垂著眼睛，神情黯淡，有說不出的疲憊。可鏡頭只要一對準她，即刻，便如充電般神采煥發。

　　看到這裏，五舉內裏，驀然有些心酸。他知道，露露，是要用自己拴住觀眾，拴住了觀眾就拴住了收視率，也便拴住了電視台。終究，是為了他，拴住這場比賽。

　　五舉山伯，向我展示數張參賽時的照片。照片上的芝孀孀，尚有青春氣息，但身形卻見臃腫。山伯悄悄說，那時她已有了阿得的身己。因為擔心老公阻她上比賽，便未告訴他。因為人本來就胖，並不顯身子，所以一直到快臨盆才公布，氣得阿得要同她離婚。

　　我看到山伯，將一張照片的摺角很認真地壓平。上面的芝孀孀容光滿面，高抬雙手，是個佛拉明哥的優雅動作。因電視台的贊助，每張照片裏她都是一身華服，如同電視明星。雖則只是圖像，我卻可從眉目行止，想像聲情並茂。這和五舉不變的木訥，相映成趣。那一剎，我有了不恰當的聯想，便是堂吉訶德與桑丘。理想與現實，交纏其中，不分彼此。不知是誰成就了誰。

　　這張照片，是五舉和露露一生的高光。它被登載在了《香江周刊》的封面，那曾是本港發行量最大的刊物。我在中央圖書館的期刊特藏部發現了它，僅有膠片的版本。其中用了很大的篇幅，記錄了五舉一路披荊斬棘，進入決賽的過程。我不知五舉為何並未保留這本刊物，也沒有再問起。

　　事實上，這本雜誌在「十八行」短暫地出現過，很快不知所蹤。刊載報導中言及決賽的對手，僅有隻字片語。

　　所有人都對奇詭的賽制缺乏心理準備。因為這決賽對手，並非是從海選開始，一路凱歌高奏進入決賽。而是一位業內非常著名的廚師。這成敗的意義，就遠非一般的比賽可相提並論，而更似武林某種有關榮譽的挑戰與守擂。

　　其中的微妙之處，在於，他與五舉之間的關係是一明一暗。五

舉不知他是誰。但他選擇與五舉對壘，則是個饒有意味的決定。坦白說，除卻能力，在聲譽上，這不是一場勢均力敵的較量。但似乎對五舉更為有利。如果輸了，雖敗猶榮。但若贏了，則就此封神，名利雙收。毫無疑問，這場迎戰對前者而言，贏了不會給他帶來更多。輸了，則威名掃地。

「十八行」上下，與大眾一樣，無從揣測這位神祕對手參賽的動機。但可以確定的是，坊間已經有人抱著晦暗的心態，訕笑這位仁兄戇居居，甚而坐山觀虎鬥。

主辦方賣了如此大的關子。不到決賽當日，沒有人知道他是誰。

在一連串的猜測之後，露露一抹嘴巴，對五舉說，管他呢。反正灣仔我們是回去定了。其他的，聽天由命。

五舉收到了決賽的題目：「點心成金」。

他心裏輕微地顫動一下。

夜漫漫地席捲上來，潮水一樣。

五舉一直保持著良好的睡眠習慣，但此時卻不再能睡著。並非是備戰狀態帶來的興奮。相反，他感到十分的疲憊。是一種清醒的疲憊。像是長途跋涉的人，到了終點，洗了個徹骨的涼水澡。他闔上眼睛，努力讓自己睡。但許久未有如此多的念頭。紛繁的，一個接著一個。一個還未有清晰的頭緒，卻被另一個倉促地中斷。然後絞纏在一起，讓他輾轉反側。

外頭有淺淺的月光，流瀉進來，落在他的床頭。青白的，裹在他的臂膀上。他動一動，將胳膊慢慢地縮進了暗影裏。他想起，二十年前，也曾有過這樣的好月光。那時他還是個少年。迎著那月光，他抬起手，捲起手指。影子被映照在牆上，是一隻飛鳥，撲搧翅膀。變換了手勢，是一隻狗，機靈地撐動耳朵，發出無聲的犬吠。或者，是月中的玉兔吧。「廣寒宮，桂花樹，寂寞姮娥舒長袖。」阿爺總共只會這一支歌仔，是他家鄉的童謠。

他在這歌仔中朦朧地要睡去了。卻聽見門外「嘩啦啦」的聲響，或許是夜貓子踩翻了堆在門外的雜物。他嘆一口氣，索性坐起身。打開燈，抄起那本雜誌來看。雜誌封面的一角，是自己的照片。木然無措的樣子，像是被人捉住了錯處的孩子。翻開來，翻到了有自己的那一頁。字印得密，又很模糊，看不清。他想，或許是因為許久沒閱讀過文字了。內頁的照片很大，色調倒更為陰鬱，還有青藍的斑駁。再看看，原來是紙頁太薄，或印刷的質量不好。背面的油墨透了過來。他翻過去，看背面原來是一張女人的照片。她臉頰的輪廓堅硬，眼睛裏有叢生的老意。那是在任的英國首相。就在去年，她簽署了中英聯合聲明，終決定了這城市的命運。這是五舉知道的。而他不知道，也在去年，她僥倖逃過了愛爾蘭共和軍設置在布萊頓的保守黨的炸彈。在以後的許多年，她長時間地被記住，則因在北京與一位老人會晤，走下台階時匆促地跌了一跤。此刻，五舉愣愣地望她的臉。又翻過頁來，看見這張臉的背面，與自己的那件白色的廚師服，重疊在了一起。

榮貽生師傅的出現，是在決賽前的記者招待會上。

媒體們稱他為「三蓉王」。

此時備賽的五舉，渾然不知，師徒即將相見。

甚至同欽樓上下，都倒吸一口涼氣。榮師傅並未告訴任何人，他接受了這樁賽事。即便西點後來居上，唐餅式微，「同欽」仍為業界龍頭。一舉一動，舉港觀瞻。這一賽的成敗，莫名牽扯了整個茶樓的聲譽。何況對手還是陳五舉。這個名字，十數年來，有如榮師傅心中芒刺。外人個個諱莫如深。後來收過一個徒弟，有次閒談時不慎提到，榮師傅竟當場開除了他。

五舉離開後的幾年，每到年節，備禮攜妻，往「同欽」探望。然而榮師傅避而不見，由他在門外站上數個小時。雷打不動。

這師徒的恩怨，雖是舊聞，竟因各種機緣，得以被媒體翻炒。此一賽事，在港眾看來，簡直猶如坐實想像。

　　並且，在記招會上，榮師傅對媒體說，他會在比賽時公開「蓮蓉月餅」的製法。多年來，他尋找著自己可傳衣缽的徒弟，如轉世靈童一般。就為了他那密不外宣的手打蓮蓉祕方。

　　人們都覺得他瘋了，心中卻作好面對狂歡的準備。

　　五舉直至最後一輪，才面對自己的師父。

　　他遽然發現師父老了。

　　這張臉，時隔久遠，但又仿彿朝夕相對，並不覺得有一絲的陌生。他只是覺得，師父老了。

　　師父並未看他。眼神定定的，望著面前的鍋子。

　　他設想過很多次與師父的重逢。如他般木訥的人，對想像是沒有興趣的。但他，設想過很多次與師父的重逢。

　　他知道會是自己的師父。

　　這場決賽，將觀眾當作上帝，可通觀全局。卻對參賽者保留了最後的神祕。五舉被蒙著眼睛，帶入現場。然後發現，與對手間，隔著一道屏風。屏風上有色彩富麗的廣繡，繡著「八仙過海」。

　　他們將在終極一戰中，當面對決。

　　我問五舉山伯，何時知道，對手是自己的師父。山伯垂首，道，是因為賽題。

　　我終於找到了這場比賽的錄像。儘管對主持人故弄玄虛的作派，不甚喜歡。但因為這道屏風的存在。他來往穿梭而不穿幫，卻又十分體現了敬業。

　　主持人公布了賽題，是「一開一合一鴛鴦」。

　　難度在於，對手可相互預先指定，這三道點心的主要原料。

　　越簡單越好，求其廚藝之本真。

　　五舉拿到了對方的題目：豆腐。

他愣一愣神，想想，在給對方的紙條上，鄭重寫下：三蓉。

第一道，一開。五舉選擇做一道「豆腐燒賣」。上海民間的燒賣，皮薄餡大，材料原是豐盛的，糯米、香菇、淋上醬油的肉末。五舉曾自製一道「黃魚燒賣」，是「十八行」席上必點的主食。但如今命題卻以豆腐為主料，便須克制饕餮。又能發揮豆腐的優勢。五舉便以扣三絲之法，將雞脯肉、冬筍切絲，而後將豆腐切成干絲而代替火腿。下以麵皮，香菇去柄托底。高湯作水晶皮凍，斬至碎末，上籠蒸。一只燒賣便是一只碗，皮凍融化還原至高湯，混合雞筍葷素兩鮮，入味至干絲。用的是「無味使之入」的法子。因燒賣開口，聞之已馥郁。入口綿軟，清甜。

而榮師傅應對的，則是一道「開口笑」。這是粵地常見的小食，多見於年節。雖是小食，卻極考功夫，油麵「切拌按壓」皆有講究。而那烹炸「逼油」的手段，更是能否「開口笑」的關鍵。但這「百花開口笑」，卻是內有玄機。「百花」是廣東點心裏的「蝦膠」。蝦肉之所以成「膠」，全賴大力攪拌稠結。更有些老師傅甚至將蝦肉反覆撻至碗內，直至其有彈性。這原本無內容的麵團中加入百花餡，在熱油中綻放，是真正開了花。而為了讓蝦膠不至吸油過多。則在蝦餃外裹上杏蓉，將其封住。杏之清酸、微苦制衡了百花之腥鹹。入口層次豐富，一改「開口笑」之油膩熱氣。

這兩道，雖都是牛刀小試，但各有其創新。評委紛紛稱是，言其不相伯仲。

第二道，一合。要的是收斂。這師徒二人，拿出的作品。看上去皆是無奇，卻內有乾坤。

榮師傅上的是一道「黃金煎堆」。煎堆這東西，若論典故，倒是很有說道。可追溯至唐，當時叫「碌堆」，是長安宮廷的御食。王梵志詩云：「貪他油煎䭔，愛若波羅蜜」，說的便是這個。後來中原人南遷，把煎堆帶到嶺南，就此落地生根。粵港人要好意頭，有「煎堆轆轆，

金銀滿屋」之說。而白案師傅，多會以「空心煎堆」炫技。一個小小的麵團，滾滿芝麻，竟可以慢慢炸至人頭這麼大。榮師傅便端上了這麼一個煎堆，渾圓透亮，煞是好看。可在評委看來，以頂級的大按師傅，此物未免小數。榮師傅便示意主持人舉起一搖，竟是崆峒作響。再用刀切開，切著切著，評委們的眼睛睜大了。原來這個大煎堆裏，還有一個煎堆，上面覆了一層黑芝麻，同樣渾圓。再切開，裏面竟然還有一個，滾滿了青紅絲。切到最後一個，打開，裏面是蜂蜜棗蓉流心，淌出來，是一股濃香。難得的是，拳頭大的一團，漸次炸開。各層竟可毫不粘連，如俄羅斯套娃般，各有其妙，真是堪稱魔術了。

而五舉則呈上了一盤蟹殼黃。蟹殼黃以蟹為名，實為糕餅。油酥加酵面作坯加餡，貼在烘爐壁上烘烤而成。取其入口鬆脆，「未見餅家先聞香，入口酥皮紛紛下」。成品呈褐黃色，酷似煮熟的蟹殼，因其形色而得名。而五舉的「蟹殼黃」上桌，卻為評委們都準備了一碟薑醋。評委咬了一口，十分罕異。朵頤之下，竟是滿嘴的蟹味。原來，這餡料。五舉是用了賽螃蟹的法子，將蛋白與鹹鴨蛋黃混炒，輔以雞腿菇末，提其鮮香。然後一只只包裹在酵面中，烤出來，蟹殼煎黃，殼內見肉，竟是十足的一隻螃蟹。稱讚之餘，有評委質疑道，可這豆腐在哪裏？五舉便掰開一隻，可見蛋白深處，竟窩著一個小小的法海。玲瓏有致，全須全尾，正是用豆腐細細雕成，不禁令人拍案。

最末一道，屏風打開。雙方面目了然。師徒相見，似乎都並不覺得意外。

師父是老了。五舉也幾近是個中年人。然而他們互望一眼，不知為何，五舉卻覺得昨日還曾見過。往日所發生的，似乎沒有影響到二人之間的某種默契。他們互相的命題，便是這默契的表達。

媒體大驚小怪地，不停地拍照，將他們置於鎂光燈之下。似為這師徒同台，加之許多的想像與註解。

然而，此刻他們是對手。

謝醒在電視台的監控室，仿佛因二人臉上的淡靜，感到一絲失

望。但他想到這盤棋下到最後，無論誰勝誰負，將軍的人，始終是他。不禁有些興奮。

面前這兩個人，都是負過他的人。或者，是命運負他，因他們而辜負。他等了許多年。他想，他曾經也想做一個好廚師。因為這對師徒，他，只差了一點點。

對決的主題，是「鴛鴦」。

五舉想，鴛鴦。這是許多年前的喚醒。

主持人興高采烈，說接下來，榮師傅會將他的當家手藝，「同欽樓」紅夠十年的「鴛鴦月餅」的製法，公之於世。

不知他當年的愛徒，會以什麼作品來迎戰昔日的師父。

榮師傅，架鍋，起火。揉麵皮，製奶黃。

五舉不覺額上起了薄薄的汗。他手裏做著一道豆腐布丁。豆腐打碎，融忌廉與魚膠粉，又加入了一勺椰汁。

露露曾問，為什麼不能放椰汁？

他記得了。他花了許多時間，嘗試這道點心。是的，椰汁可以袪除豆味，只餘爽滑。世界上有許多的禁忌，可捆縛手腳，甚至口味。露露說得對，不試怎麼知道呢。

黑豆與黑芝麻打碎，大火，融阿膠。

他兩手各持一碗，平心靜氣。一黑一白，流瀉而下。漸漸地，漸漸地，在鍋裏匯成弧形。旋轉、匯聚，黑白交融，壁壘分明。

這道點心，叫做「太極」。

他手腕轉動，頭腦裏忽而響起一支旋律。「歡欲見蓮時，移湖安屋裏。芙蓉繞床生，眠臥抱蓮子。」止不住地，是個沉厚的男人聲音。安靜清冷。當年，師父手把手教他打蓮蓉。師父不苟言笑，喜不形於色。但那天他對五舉唱起了這首歌。是他少年時師父教的。師父姓葉，手把手教他打蓮蓉。

此時，他辨得出近旁熟悉的氣味，在空氣中浮泛起來。他想，師父快要炒蓮蓉了吧。

忽而，「咣噹」一聲響。五舉手一抖，側過臉。

鍋落到了爐灶邊上。榮師傅用左手緊緊握住右手的手腕，眼神黯然。他面對眾人，說，我輸了。

鍋裏是還未炒香的蓮蓉。

師父手把手，教五舉炒蓮蓉。師父端炒鍋，從來用左手。師父的右手，嚴重地骨折過，使不上力。觸則劇痛。

剛才師父端炒鍋，用的是右手。

師父說，我輸了。

五舉木木地放下手中的碗，走過去。

他靜默地，執起師父的手。榮師傅退後，閃躲一下，卻又由他。五舉在師父腕肘輕輕按摩。以往天寒濕冷，師父手痛，是五舉為他揉。如今這隻手，筋絡密佈，蒼硬如虯枝。

師父胖了，唯獨手卻乾枯粗礪了，被時間熬乾的。

榮師傅定定看自己的徒弟，不再退。鏡頭對著他們。便有千家萬戶，凝神望著他們。榮師傅在心裏嘆一口氣。

做師父的，願到這裏來，有心成全他。做師父的，放下了。他這十多年，所受的苦痛，師父都知道。

做師父的，選了短痛，也是給自己的提醒。償他，讓他贏得結實堂皇。

榮師傅悶聲對他說，回去。

五舉沒有動。

做師父的，眼前是那少年人。少年眼泛淚花，對他說，師父，捻雀還分文武。我敬您，但我不想被養成您的打雀。

如今，少年人老了。眼神又暗沉了幾分，是被歲月磨疲的。內裏卻還硬著，犟著，沒有變。

做師父的急了，聲音厲了些，對他說，回去。

五舉終於轉身，將炒鍋重新架在灶上，開了火。鍋裏的蓮蓉，幼嫩細滑。他執起鍋，慢慢炒。師父說過，要慢慢炒，心急炒不好。

十年沒有炒了。一招一式，他全記得，像是長在了身上了。

做師父的，眼睛慢慢朦朧。那時五舉身量小，一口大鍋，像是小艇，鍋鏟像是船槳。他就划啊划啊。那蓮蓉漸漸地，就滑了、黏了、稠了。

五舉由師父看著，又做成了「鴛鴦」月餅。

一半蓮蓉黑芝麻，一半奶黃流心。猶如陰陽，包容相照，壁壘分明。

是一片薄薄的豆腐，讓他們在一塊月餅裏各安其是，相得益彰。

這場無人勝出的決賽。很多年後，仍有人記得。他們說，什麼比賽，不過是電視台搞出來的噱頭。

我問五舉山伯。五舉愣一愣，說，說是就是吧。

我問榮師傅。榮師傅笑笑口，說，說是就是吧。

謝醒沒有食言。「十八行」回到了灣仔。

開業時，又有人送來了一對花籃。一籃署的是「同欽樓」，另一籃裏頭藏了一只盒子。裏面是滿盒的蓮蓉包。每個包的正中，都點了個紅點。署名是，「師父」。

拾陸·尾聲無邊

「十八行」門前，有一株鳳凰木。每年五月開花。花期漫長，經久不謝，直開至立秋。

七月盛暑，正如火如荼，漫天紅雲。

晚市前，照樣有小歇。五舉出門，抬起頭看。有郵差送來一封信。郵差走時，也抬頭，看一看說，今年的花開得好。

見信封上，都是外國字。五舉問郵差哪裏寄來，說是哥倫比亞，南美的國家。

五舉拆開，裏面是一封信。也是外國字，他不懂。

信裏夾著一張照片。

二人合影，已經發了黃，不甚清楚。背景他認識，是自家「十八行」裏那幅「昭君出塞」，正在迎臉的牆上。早舊了，可他捨不得扔，一直掛著。畫前兩個人，他也辨認出來，一個是當年的老客人，複姓司馬。還有個年輕的，是多年前的自己。照片上的人，眼睛半瞇著，笑得有些僵，也有點驚訝的樣子。

他愣一愣，笑了。這才想起來，拍的時候，大約光線不夠，忽然打開閃光。「喀擦喀」一聲，把他嚇了一跳罷。

辛丑秋完稿，壬寅春修訂於香港·蘇舍

後記

食啲乜？

老話常説，「食在廣東」。屈大均在《廣東新語》裏，有頗為周詳的表達：「天下所有食貨，粵地幾盡有之，粵地所有之食貨，天下未必盡也。」

既已誇下了海口，便需落到實處。廣東人口不離「食」，粵白便以之為核心要義。話裏話外，都是言外之音。粵俚「搵食」説的是「謀生計」；「食失米」指不思進取；「食得鹹魚抵得渴」則形容預計後果之權宜。可看出，廣東的民間語言系統是很務實的，將「民以食為天」的道理身體力行，並見乎日常肌理。

要説到粵食的精粹，其中之一大約便是點心。粵語發音的「Dim-sum」也是最早一批進入《牛津英語詞典》的中式詞彙。這當然得自唐人街的興盛，閩粵人士在各國開枝散葉，也便將之發揚光大。二〇一八年夏，香港金管局聯合中銀、滙豐和渣打三間銀行推出新鈔系列。二十元紙幣主題便是香港的「點心」與飲茶文化。

所以「飲茶」和「點心」，可謂是嶺南飲食文化最為接近民生的部分。前者是表，關乎情感與日常的儀式；後者是裏，確實是紛呈的「好吃」所在。記得首次在茶樓，是族中長輩為來港讀書的我接風。我是真被這熱鬧的氣象所吸引，像是瞬間置身於某個時光的漩渦。他們談起五哥，即我的祖父，説起年輕時來粵飲茶的經驗，竟與數十年後的我心情戚戚。時光荏苒，那間茶樓人事迭轉，但總有一股子精氣神兒。這兩年，「新冠」讓不少香港的老字號敗下陣來。勉力維持中，終於關了張。在新聞裏頭，我也知這一間曾歇業過。今年疫情稍好轉，重開了午市，我偕一個友人去。人自然是不多的，但並不見寥

落。或許因為老夥計們都在，店堂依然舊而整潔。因不見了熱鬧，反而多了一種持重與自尊。「今日，食啲乜？」沙啞的蒼聲，利落，來自年邁的夥計。那刻聽來，是很感動的。

　　想寫一部關於「吃」的小説，是很久的事情了。在《北鳶》裏頭，文笙的母親昭如，在一個飢饉的寒夜，對葉師娘説，「中國人的那點子道理，都在這吃裏頭了」。她想説的，是中國人在飲食上善待「意外」的態度。便從安徽毛豆腐、益陽松花蛋，一直説到看肉。如此，這是中國文化傳統裏「常與變」的辯證與博弈。我念念不忘這個主題，便在這部新的長篇小説裏，將這「常與變」植根於嶺南，放在了一對師徒身上。「大按」師傅在行內，因其地位，自有一套謹嚴的法度。守得住，薪火相傳，是本份。要脱穎而出，得求變。在粵廣的脈脈時光中，「變則通，通則久」。到了六七十年代的香港，經濟起飛，是巨變。巨變如浪潮，將一行一人生的「常與變」挾裹。這挾裹不是摧枯拉朽，而提供了許多的機遇，順應時勢，可百川匯海。所以一時間便是龍虎之勢，新的舊的、南的北的、本土的外來的，一邊角力，一邊碰撞，一邊融合。而飲食，在這時代的磨礪中，成為了一枚切片。質地仍是淳厚的，畢竟帶著日積月累的苦辣酸甜，砥實。但是邊緣確實鋒利，甚而還帶著新鮮的血跡，那是瞬間割裂的痕跡，必然鋭痛。在切片裏，藏著時間與空間的契約，藏著一些人，與一些事。他們有的棲息在這切片裏，凝神溯流；有的一面笙歌，一面舔舐歷史鋒刃斫戮的傷口；還有一些人，蠢蠢欲動，這切片中時空的經緯，便不再可困住他們。

　　然而歲月夕朝，在某一個片刻，時光凝結。這些人坐在了一桌，桌上是「一盅兩件」。端起茶盅，放下筷子。對面而視，味蕾深處忽而漾起了一模一樣的氣息。他們鬆弛，繼而釋然。

　　是為《燕食記》。

責任編輯　　許正旺
書籍設計　　陳朗思

書　　名　　燕食記
著　　者　　葛亮
出　　版　　三聯書店（香港）有限公司
　　　　　　香港北角英皇道四九九號北角工業大廈二十樓
香港發行　　香港聯合書刊物流有限公司
　　　　　　香港新界荃灣德士古道二二〇至二四八號十六樓
印　　刷　　美雅印刷製本有限公司
　　　　　　香港九龍觀塘榮業街六號四樓 A 室
版　　次　　二〇二三年八月香港第一版第一次印刷
規　　格　　特十六開（148 mm × 210 mm）四八八面
國際書號　　ISBN 978-962-04-5344-1（平裝）
　　　　　　ISBN 978-962-04-5383-0（精裝）